W0463980

David Chandler est né à Pittsburgh en 1971. Il avoue avoir entrepris l'écriture de la trilogie *Les Sept Lames* pour apaiser le gamin de treize ans qui sommeille toujours en lui, et qui tenait à rendre hommage aux œuvres de Fantasy et de science-fiction qui ont bercé son enfance. *L'Honneur des voleurs* est le troisième et ultime tome de cette trépidante saga.

Du même auteur, chez Milady, en poche :

Les Sept Lames :
1. *L'Antre des voleurs*
2. *Un voleur dans la nuit*
3. *L'Honneur des voleurs*

CE LIVRE EST ÉGALEMENT DISPONIBLE
AU FORMAT NUMÉRIQUE

www.milady.fr

David Chandler

L'Honneur des voleurs

Les Sept Lames – 3

Traduit de l'anglais (États-Unis) par Benjamin Kuntzer

Milady

Milady est un label des éditions Bragelonne

Titre original : *Honour Among Thieves*
Copyright © David Chandler 2011

Publié avec l'accord de l'auteur,
c/o BAROR INTERNATIONAL, INC.,
Armonk, New York, États-Unis
Tous droits réservés

© Bragelonne 2013, pour la présente traduction

ISBN : 978-2-8112-0893-6

Bragelonne – Milady
60-62, rue d'Hauteville – 75010 Paris

E-mail : info@milady.fr
Site Internet : www.milady.fr

Pour J.R.R.T. et G.R.R.M., les Suzerains Héroïques.

Remerciements

Ô guerrier, écoute à présent le chant des louanges :
Ce fut ALEX LENCICKI, fils de John, qui battit les tambours ;
RUSSELL GALEN, qui lança mille et un navires et nous fit prendre les armes ;
DIANA GILL qui affûta du fer brut en des lames acérées ;
et WILL HINTON qui nous fit mettre en formation et nous prépara au combat.

Sans ces loyaux compagnons, et certains de leurs courageux camarades, cette légende n'aurait jamais pu être narrée.

David Chandler
New York, 2011

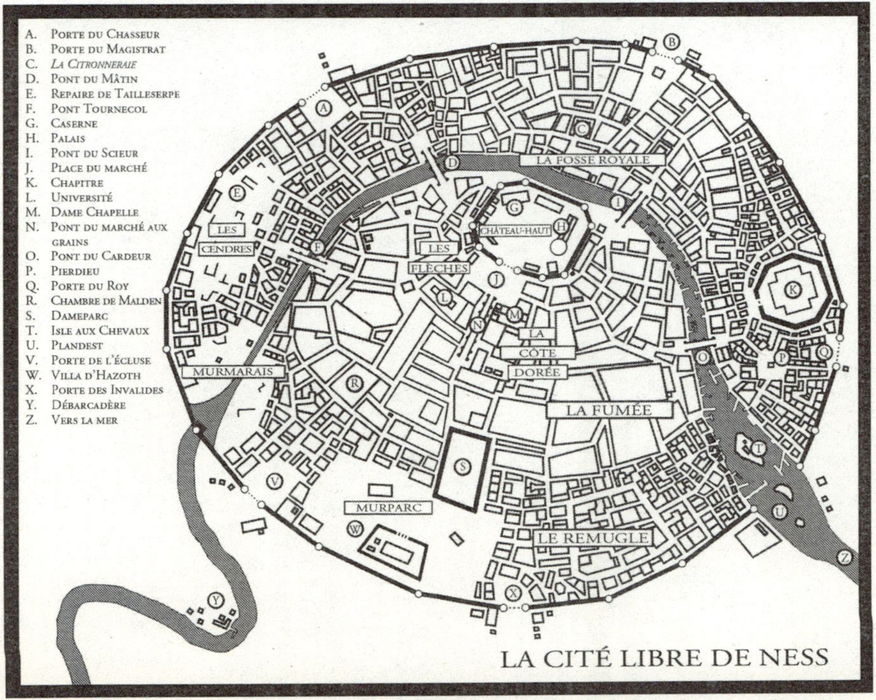
A. Porte du Chasseur
B. Porte du Magistrat
C. *La Citronneraie*
D. Pont du Mâtin
E. Repaire de Tailleserpe
F. Pont Tournecol
G. Caserne
H. Palais
I. Pont du Scieur
J. Place du marché
K. Chapitre
L. Université
M. Dame Chapelle
N. Pont du marché aux grains
O. Pont du Cardeur
P. Pierdieu
Q. Porte du Roy
R. Chambre de Malden
S. Dameparc
T. Isle aux Chevaux
U. Plandest
V. Porte de l'écluse
W. Villa d'Hazoth
X. Porte des Invalides
Y. Débarcadère
Z. Vers la mer
LA FOSSE ROYALE
CHÂTEAU-HAUT
LES CENDRES
LES FLÈCHES
LA CÔTE DORÉE
MURMARAIS
LA FUMÉE
MURPARC
LE REMUGLE
LA CITÉ LIBRE DE NESS

Prologue

La Cité Libre de Ness était connue de par le monde comme une place forte du banditisme, et un homme était à lui seul responsable de cette réputation. Tailleserpe, maître de la guilde des voleurs, contrôlait presque chaque aspect de tous les commerces clandestins florissant dans la ville : de l'extorsion au vol à la tire, du chantage au vol à l'étalage, il dirigeait un vaste empire du crime. Il était impliqué dans bien plus d'affaires qu'on ne le soupçonnait, ambitionnant bien davantage que le simple fait de s'enrichir – et son pouvoir s'étendait bien au-delà des limites de Ness. Il avait des intérêts aux quatre coins du monde, et des espions partout.

Ce qui lui valait de recevoir chaque jour quantité de courrier.

Depuis son bureau situé dans les sous-sols de la Cité Libre, il parcourait sa pile de correspondance avec l'aide d'un unique assistant. Trismus, un vieux voleur à la réputation légendaire, accompagnait toujours Tailleserpe lorsqu'il décachetait ses lettres. Il y avait deux raisons à ce statut privilégié : la première était que Trismus était connu pour sa discrétion, son sobriquet lui venant du fait qu'il ne trahissait jamais un secret. La seconde était qu'il n'avait jamais appris à lire.

Trismus était chargé de recevoir les diverses missives, généralement apportées par des messagers qui ne traînaient sur place que le temps d'être payés, et de commenter le contenu des messages que son chef partageait avec lui. Si le vieillard se demandait pourquoi un homme aussi intelligent avait besoin de son avis inexercé, il ne s'en était jamais ouvertement soucié.

— Intéressant, déclara Tailleserpe en portant à la lumière un morceau de parchemin. Cela m'arrive du royaume nain. Il semblerait qu'ils aient inventé une nouvelle machine. Une sorte de pressoir produisant des livres plutôt que du vin.

Le vieux voleur se rembrunit.

— Vraiment ? Est-ce qu'ils en ressortent trempés ?

— Ça serait un sacré défaut de conception, admit Tailleserpe. Toutefois, si cela fonctionne, cela pourrait permettre de réaliser des économies substantielles par rapport à ce que nous coûte un copiste aujourd'hui.

— Alors, ce sont de mauvaises nouvelles, conclut Trismus.

— Ah ?

— Les livres sont chers, expliqua le vieillard. Leur vol rapporte beaucoup. S'ils deviennent subitement bon marché, on n'en tirera plus rien.

Tailleserpe hocha la tête, mit la lettre de côté et en piocha une autre.

— Cette histoire de presse fera sans doute long feu. (Il ouvrit l'enveloppe à l'aide d'un couteau et en examina le contenu.) Des nouvelles de notre ami du Nord. Il semblerait que Maelfing et Doigile doivent entrer en guerre la semaine prochaine. Une question de droits de pêche, bien sûr.

— De toute façon, ils se battent toujours pour quelque chose, fit remarquer Trismus. On pourrait pourtant penser qu'ils auraient réglé tous leurs différends, depuis le temps.

— Le roi de Skrae espère sincèrement que cela n'arrivera jamais, lui expliqua Tailleserpe. Tant qu'ils se sauteront à la gorge, notre frontière nord sera protégée. Donne-moi ça, tu veux ?

La lettre dont il était question était rédigée sur un rouleau de vélin empaqueté de cuir fin. Tailleserpe en rompit le sceau et la lissa sur son bureau, y collant presque le nez pour la lire.

— Cela vient de notre homme posté sur le col des montagnes de Murblanc.

— Que peut-il bien se passer dans un endroit aussi désolé ? s'étonna Trismus.

— Rien, rien du tout, déclara Tailleserpe. (Il leva les yeux vers le vieillard.) Et je paie cet homme pour m'assurer qu'il en soit ainsi. (Il reprit sa lecture, et ouvrit la bouche pour formuler un nouveau commentaire… avant de la refermer violemment.) Oh, dit-il.

Trismus garda le silence en attendant que Tailleserpe lui fasse part de sa découverte.

Toutefois, le maître de la guilde des voleurs se montrait bien réticent à s'expliquer… Il enroula de nouveau le parchemin et le fourra dans le brasero à charbon qui servait à chauffer le bureau. En un instant, la missive s'embrasa et fut réduite en cendres.

Trismus haussa un sourcil sans rien dire.

Visiblement, ce qui se trouvait dans cette lettre n'était pas destiné à être partagé, même avec l'associé de confiance de Tailleserpe. Ce qui signifiait que cela devait être d'une importance capitale. Plus grande encore que qui volait quoi à qui, ou que l'endroit où l'on enterrait les cadavres.

Tailleserpe se pencha sur son grand-livre – le livre de comptes dans lequel étaient recensées toutes ses affaires, et l'un des ouvrages les plus secrets du continent. Chaque détail de chaque crime se déroulant à Ness y était inscrit, ainsi que bon nombre de choses dont nul n'avait eu vent en dehors des occupants de cette pièce. Il l'ouvrit presque à la fin, et posa son couteau dessus, sans doute pour marquer l'endroit. Trismus constata que cette page était différente des autres, toutes remplies de colonnes de chiffres bien uniformes et de lignes de nombres à n'en plus finir. Celle-ci ne comportait qu'un unique bloc de texte, comme un court message.

— Vieil homme, dit alors Tailleserpe, pourrais-tu me rendre un service et me verser une coupe de vin ? J'ai soudain la gorge sèche.

Le maître des voleurs n'avait encore jamais rien demandé de tel à son assistant. Il se comptait assez d'ennemis pour mettre un point d'honneur à se servir à boire lui-même – ou à faire appel à un goûteur au préalable. Trismus s'interrogea sur les raisons d'un tel changement de comportement, mais il s'exécuta avec un haussement d'épaules. Après tout, le temps qu'il passait là lui était rémunéré. Il s'approcha de la table près de la porte et remplit généreusement une coupe, puis il se retourna pour la tendre à son chef.

Sauf que celui-ci avait disparu.

Ce qui n'avait rien de surprenant en soi. Il existait des dizaines de passages secrets dans l'antre de Tailleserpe, et lui seul les connaissait tous et savait où ils menaient. Le fait qu'il quitte la pièce si soudainement n'avait rien d'étonnant non plus. Prudent à l'excès, il s'assurait toujours que ses déplacements restent confidentiels.

Non, le plus bizarre fut qu'il ne revint pas.

Il avait comme disparu de la surface de la terre.

Jour après jour, Trismus – et tous les voleurs de Ness – attendait son retour. Il n'y avait jamais aucun signe de lui, aucun message. En son absence, l'organisation mise en place par Tailleserpe commença à se déliter : les bandits cessèrent de payer leur dû, les citoyens jouissant de la protection du maître se retrouvèrent soudain vulnérables, le peu d'argent qui rentrait dans les caisses s'entassa sans être compté et fut dépensé en frivolités. La moitié de ces excès était commise dans l'espoir que Tailleserpe, qui ne plaisantait pas sur la discipline, s'en sentirait si offensé qu'il serait contraint de revenir pour rétablir un semblant d'ordre.

Mais quelle que fût la destination qu'il avait prise, Tailleserpe n'avait laissé aucune trace.

Il fallut un long moment avant que quiconque ait l'idée de vérifier le livre de comptes et découvre le message que le maître y avait tracé avec soin.

Première partie

Sous la bannière des pourparlers

Chapitre premier

À l'autre bout des montagnes de Murblanc, dans les prairies barbares, sous la tente du Grand Chef, les feux rougeoyaient et les boissons passaient de main en main, le tout dans le plus grand silence. Les membres de l'assemblée n'étaient pas en train de colporter des ragots ou de chanter, comme à leur habitude, trop occupés à observer deux hommes s'affronter selon un rituel ancestral. Tous deux étaient imposants, taillés comme des ours, et les muscles de leurs bras et de leurs jambes saillaient, pareils aux branches des arbres des forêts sèches. Ils se tenaient de part et d'autre d'une fosse remplie de charbons ardents, agrippant fermement un bout d'une même peau de panthère. D'un côté, Torki, champion du Grand Chef, mille fois vainqueur d'un tel combat. Face à lui, Mörget, dont les lèvres étaient retroussées en un sourire de dément ; la moitié inférieure de son visage était peinte en rouge, couleur traditionnelle des guerriers, même s'il était désormais chef de plein droit de nombreux clans.

Tous deux tiraient de toutes leurs forces, haletant à travers la fumée qui s'élevait des braises ; ils luttaient avec acharnement, tentant de faire basculer l'autre dans les tisons. Chaque homme et chaque femme de la maison longère, chaque guerrier et chaque forban du Grand Chef, chaque épouse et chaque esclave les contemplaient, dans l'expectative, plongés dans leurs propres pensées et leurs espoirs fous.

Une seule personne osait s'exprimer librement, car tel était son droit. Hurlind, le cancanier du Grand Chef, ne cessait de boire et de rire.

— Tu glisses, fils de Mörg ! Tire plus fort, tu es en train de perdre. Autant lâcher tout de suite et t'épargner de tomber dans le feu. Ce n'est pas un jeu pour les gamins !

— Silence, siffla Mörget entre ses dents serrées.

Pourtant, son sourire disparaissait peu à peu, car c'était la vérité. Torki retenait la peau aussi fermement que de profondes racines ancrent un arbre robuste dans la terre. Les coudes verrouillés, l'homme endurci par la vie âpre des steppes tirait, aussi inexorablement que la marée. Même en enfonçant ses orteils dans les graviers, Mörget avançait vers les charbons, pouce après pouce.

Assis sur le banc le plus proche de la fosse, l'un des forbans du Grand Chef posa un sac d'or sur la table et donna un coup de coude à son voisin, un chef tenu en haute estime. Puis il désigna Torki, et l'autre hocha la tête avant de placer son propre argent juste à côté du sac déjà déposé – tout en coulant un regard entendu en direction de leur meneur, installé à sa place d'honneur en bout de table. Peut-être craignait-il que son seigneur s'en formalise : après tout, Mörget était le fils du Grand Chef.

Toutefois, ce dernier ne vit pas se jouer le pari. Il ne quittait pas des yeux le combat. Mörg, l'homme qui avait soudé ces peuples en une nation unique, celui qui avait visité toutes les terres du monde et pillé chaque côte, le père des multitudes, le pourfendeur de dragons, Mörg le Grand était vieux, selon les critères de l'Est. Quarante-cinq hivers faisaient grincer ses os. Cependant, seuls quelques fils d'argent parcouraient l'or de sa barbe fournie, et son regard lumineux ne trahissait pas une ombre de sénilité. Il saisit à l'aveuglette un cuissot de viande rôtie. Il en déchira une part généreuse, qu'il tendit au chien galeux à ses pieds. Celui-ci mangeait toujours le premier. Il se réveilla juste assez longtemps pour avaler le morceau. Alors, Mörg se nourrit à son tour, sans se soucier de la graisse qui dégoulinait sur son menton et jusque sur ses robes de fourrure.

L'issue du combat dépendait en bonne partie de celui des protagonistes qui lâcherait la peau avant l'autre. Le destin de tout le peuple de l'Est et les vies d'innombrables guerriers étaient en jeu – ainsi qu'une dette d'honneur qui durait depuis près de deux siècles. Aucun des spectateurs n'aurait su dire lequel des adversaires, de son fils ou de son champion, Mörg soutenait.

Torki n'émettait pas un son. Il ne semblait pas bouger d'un poil, véritable statue de marbre. Il portait les marques des forbans, des croix noires tatouées sur sa peau rasée derrière les oreilles. Une pour chaque saison de pillage effectuée dans les collines du Nord. Il y en avait suffisamment pour qu'elles lui courent jusque sur la nuque. Pas une goutte de sueur ne perlait encore sur son front.

Mörget changea légèrement de posture, et faillit être précipité dans le feu. Il grinça des dents en tentant de recouvrer l'équilibre.

Non loin de lui, sa sœur, elle-même cheftaine de nombreux clans, se tenait prête, munie d'une cruche de vin épicé à la feuille de myrte. Mörgain, ainsi qu'on la nommait, haïssait son frère depuis sa plus tendre enfance. Elle avait eu beau s'échiner à faire ses preuves, revenir de ses batailles couverte de gloire, Mörget avait toujours éclipsé ses faits d'armes. Le voir remporter ce combat lui laisserait un goût amer dans la gorge. Rien ne l'obligeait à garder son rôle de spectatrice passive. Il lui suffisait de verser le contenu de son récipient sur les planches aux pieds de Mörget, et la lutte prendrait fin. Il serait incapable de conserver son équilibre, et Torki l'emporterait sans l'ombre d'un doute.

— Ma sœur, pose ce vin, gronda le guerrier. Ne préfères-tu pas t'abreuver de sang occidental ?

Mörg haussa un sourcil interrogateur, particulièrement intéressé par la réponse à cette question.

La cheftaine eut un rire sec, et cracha entre les pieds de son frère. Puis elle projeta son flacon contre le mur, où il se fracassa sans causer aucun dommage aux combattants.

— J'ai déjà goûté leur sang. Je préférerais les capturer vivants et les asservir.

— Et tu auras autant d'esclaves que tu le désires, lui assura Mörget, que sa sœur interrompit avant même qu'il eût fini sa phrase.

— Et de l'acier ? Me donneras-tu de l'acier nain, meilleur que le fer que mes hommes possèdent aujourd'hui ?

— Tout ce qu'ils seront capables de porter ! À présent, aide-moi !

— C'est ce que je vais faire, affirma Mörgain. Je vais prier pour ta réussite.

Cela suffit à rompre le silence ambiant, les guerriers de l'assemblée éclatant de rire et se tapant dans le dos. L'ombre d'un sourire apparut même sur les lèvres de Torki. À l'Est, un dicton disait : *Prie le dos tourné, au moins tes ennemis ne verront pas ta faiblesse.* Les clans ne vénéraient que la Mort, et invoquer Son concours était rarement une bonne idée.

— Tu as entendu, Torki ? demanda Hurlind le cancanier. Notre Mère à tous est du côté de ton adversaire, désormais. Mieux vaut raffermir ta prise !

Le champion écarta légèrement les lèvres, dévoilant ses dents. Son premier signe d'émotion depuis le début de l'affrontement.

Pourtant, ce fut comme si un sort venait d'être conjuré. Peut-être que la Mort – ou quelque dessein plus sombre – sourit à Mörget à cet instant. Car soudain, il plia les bras, comme doté d'une force dont il avait oublié l'existence. Il se pencha en arrière, mettant tout son poids dans la bataille.

Le sourire de Torki s'évanouit instantanément. Son pied gauche glissa d'un pouce sur les planches. Ce qui ne lui serait pas nécessairement fatal : une seconde de répit lui suffirait à se rétablir, à verrouiller de nouveau ses genoux et à tirer de plus belle.

Toutefois, Mörget ne lui accorda pas cette seconde. Tout le monde savait que, en dépit de sa taille et de sa force, il était plus rapide qu'un chat sauvage. Il en profita donc pour haler son adversaire jusqu'à lui faire perdre l'équilibre et le voir basculer la tête la première dans les tisons. Torki hurla en sentant le feu lui mordre la figure. Il bondit hors de la fosse, lâchant la peau de panthère, et se saisit d'un pichet d'hydromel pour en verser sur ses blessures.

La longère retentit de cris de joie. Hurlind entonna contre toute attente un chant exaltant la victoire et le courage, une vieille ritournelle que chaque homme et femme connaissait. Même Mörgain se joignit au refrain – Mörgain dont on disait que seul son fer savait chanter.

Au milieu de tout ce vacarme, Mörget approcha du fauteuil de son père et s'agenouilla devant lui. Il tenait dans les mains son trophée, la peau légèrement roussie. Des morceaux de charbon orange en mouchetaient encore la fourrure.

— Grand Chef, dit Mörget en s'adressant au vieil homme comme à un guerrier, et non comme à un parent, vous dominez les cent clans. Ils attendent vos instructions. Depuis dix ans maintenant, vous les empêchez de s'entre-tuer. Vous avez pacifié une terre qui n'avait toujours connu que la guerre.

Dix années, effectivement, durant lesquelles aucune querelle clanique ne s'était déclenchée. Dix années sans conflit, dix années de prospérité. Aux yeux de la plupart des membres de l'assemblée, dix années d'ennui. Mörg avait uni les siens en se montrant plus fort que ses opposants, et en offrant aux différents chefs ce qu'ils désiraient. Au lieu de se battre entre eux, ainsi qu'ils le faisaient depuis des temps immémoriaux, les clans avaient œuvré ensemble pour chasser le gibier des steppes et piller les villages des collines du Nord. Pourtant, il se murmurait désormais que les guerriers n'aspiraient pas à dix années de paix supplémentaires, mais à mettre leur courage à l'épreuve. Si Mörget avait joué un rôle capital dans la propagation de ces velléités, il n'avait fait qu'attiser un feu qui couvait déjà, alimenté par l'ennui. Les hommes de l'Est, les chefs de l'Est, ne pouvaient pas rester assis éternellement dans leur tente en rêvant aux exploits passés. Ils ressentaient le besoin de tuer, un besoin qu'ils devaient assouvir sous peine de devenir fous.

Mörg le Grand, Mörg le Sage, les avait peut-être poussés aussi loin qu'il le pouvait. Alors qu'il parcourait des yeux l'assemblée des chefs, combien de regards brûlant du désir de combattre croisa-t-il ? À présent que les montagnes étaient éventrées, combien de temps pourrait-il encore les retenir ?

— Il semble que toutes les bonnes choses aient une fin, déclara-t-il en contemplant son fils. C'est ce qu'ils disent en vieux Hrush. Tu as gagné le droit à la parole. Dis-moi, Mörget, ce que tu souhaites.

— Traverser ce nouveau défilé à vos côtés, et fouler au pied le royaume décadent de Skrae.

— Tu diriges de nombreux clans, chef. Et je ne suis pas votre roi. Tu n'as pas besoin de ma permission pour t'en aller piller les territoires de l'Ouest.

C'était vrai. Telle était la loi. Mörg était le Grand Chef, mais il ne régnait que par le consentement des clans.

— J'en ai effectivement le droit. Mais je ne souhaite pas me contenter d'effrayer quelques villageois pour leur prendre leurs moutons, expliqua Mörget. Ces deux derniers siècles, depuis que les Skraeliens ont bloqué les cols, nous n'avons rien fait de plus. Aujourd'hui, il existe un nouveau défilé. Autrefois, bien avant qu'un seul d'entre nous soit né, notre peuple ne parlait pas de piller, mais de conquérir. Il évoquait des faits d'armes autrement plus glorieux. Je souhaite, Grand Chef, entrer en guerre. Je veux que les nôtres occupent chaque mille de Skrae, car telle a toujours été leur destinée !

Mörg était le seul ici à porter une arme, sous la forme de l'épée en fer qui pendait à sa ceinture. Toutes les autres avaient été empilées à l'extérieur, car aucun guerrier ne pouvait pénétrer avec sa lame dans la demeure du Grand Chef. Si Mörg le souhaitait, si ses vœux allaient à l'encontre de ceux de son fils, il pouvait dégainer et le pourfendre sur l'instant. Nul ne s'y opposerait.

Ils l'appelaient parfois Mörg le Sage, lorsqu'ils voulaient le flatter. Dans son dos, ils le nommaient Mörg le Miséricordieux, une vilaine calomnie pour les gens de l'Est. S'il frappait à cet instant, ces persifleurs seraient peut-être réduits au silence. Ou bien ils n'en seraient que plus nombreux.

Les chefs désiraient tous la même chose. Ils avaient fait de Mörget leur porte-parole, et l'avaient envoyé ce soir quérir audience.

Et Mörg n'était pas roi, et ne pouvait donc pas s'opposer à la volonté de son peuple pour assouvir ses propres lubies. Seul l'Ouest décadent procédait de la sorte. Les hommes de l'Est, pour leur part, dirigeaient par le respect – ou par la peur – mais toujours de façon honnête, car ceux qui les servaient croyaient en eux. Mörg n'était pas plus fort que les chefs qu'il avait réunis. Sa vie et sa mort dépendaient de leur seuil de tolérance. S'il ne leur accordait pas ce qu'ils désiraient, ils ne seraient pas sans recours : ils pourraient le remplacer. Et ils devraient pour cela lui passer sur le corps. Les Grands Chefs gouvernaient à vie, le meurtre était donc le seul moyen de les renverser.

Toujours à genoux, Mörget avait les yeux plongés dans ceux de son père, et son regard était aussi bleu et pâle qu'un ruisseau de montagne. C'étaient là des yeux qui ne clignaient jamais.

Mörg devait prendre sa décision désormais. Il n'y avait pas de discussion à avoir, pas de conseil à tenir. Lui seul pouvait choisir. Tous les regards étaient rivés sur lui. Même Hurlind s'était tu, dans l'attente de ce qu'il avait à dire.

— Toi, lança Mörg en désignant un esclave debout près de la porte. Apporte-nous des rameaux de myrte humides, et jette-les dans le feu. Qu'ils produisent une épaisse fumée que tous pourront voir. Ainsi, ils sauront. Demain, nous traverserons les montagnes en direction de l'ouest. Demain, nous partirons en guerre !

Chapitre 2

Il y avait une montagne. Puis il n'y eut plus de montagne. Elle s'était appelée Fendciel, car son sommet affilé avait autrefois tranché les cieux, et elle avait eu une histoire longue qui avait donné naissance à bien des légendes. Elle s'était élevée à la frontière orientale du royaume de Skrae, dominant la chaîne de Murblanc. En son sein, bien des siècles auparavant, les nains y avaient bâti une ville nommée la Terre des Longues Ombres. Plus tard, des elfes – les derniers survivants de leur espèce – s'étaient installés dans cette cavité creusée sous le monde. Durant huit siècles, ils s'y étaient terrés, à l'insu des humains qui vivaient à la surface.

Puis cinq imbéciles arrivés de l'ouest étaient venus tout gâcher.

Cythère escalada une haute pile de gravats, veillant à ne pas mettre les pieds n'importe où, testant chaque prise du bout des mains avant de faire basculer son poids. Elle était en nage quand elle atteignit le sommet. De là, elle jouissait d'une vue dégagée sur la vallée où Fendciel s'était autrefois dressée. Elle traversait Murblanc telle une route, et un vent glacial en parcourait constamment les champs de pierre, comme une rivière d'air. Face à elle, côté est, s'étendaient les grandes steppes sur lesquelles régnaient les barbares. Dans son dos, vers l'ouest, prospérait Skrae, son pays natal.

— Quel âge avait Fendciel ? demanda Malden en venant la rejoindre. Quand nous l'avons vue pour la première fois, je n'aurais jamais imaginé qu'elle puisse disparaître un jour.

Cythère se retourna et vit le voleur bondir de pierre en pierre, aussi leste qu'une chèvre. Elle ne put s'empêcher de sourire en observant pareille aisance. Il était petit, aussi malingre qu'un chat de gouttière, mais sa grâce naturelle la laissait toujours bouche bée.

— Fendciel était plus vieille que tu ne peux l'imaginer, répondit-elle.

Fille de sorcière, elle avait appris ainsi certains secrets de l'univers. Elle savait que si elle tentait d'expliquer à Malden la durée d'une éternité, il la contemplerait avec des yeux vitreux. Elle n'irait pas jusqu'à le traiter de nigaud. Il était même plutôt brillant dans son genre, bien qu'irresponsable.

— Tiens, dit-elle en lui offrant sa main.

Il la saisit aussi délicatement qu'un bouquet de fleurs. Quand il fut à sa hauteur, il embrassa le bout de chacun de ses doigts, l'un après l'autre.

— Arrête, exigea-t-elle sans conviction.

Elle voulait l'enlacer, s'allonger avec lui derrière ces rochers et… bref. Mieux valait se montrer prudente désormais, au moins pour quelque temps. Elle retira sa main et se tourna vers l'occident. En bas, sur les contreforts de Murblanc, elle apercevait encore la colonne d'elfes se dirigeant vers une forêt lointaine. Bien qu'à pied, ils progressaient rapidement, tant leur volonté de se protéger du ciel bleu était grande. Ils trouvaient cette vaste étendue terrifiante, car aucun d'entre eux ne l'avait jamais vue.

— Tu penses qu'ils vont y arriver ? l'interrogea-t-elle.

Les bois qu'ils convoitaient ne seraient que la première étape d'un long périple.

— Leurs ancêtres possédaient cette terre avant que nous venions la leur arracher, souligna Malden. Ils sont plus robustes qu'il n'y paraît. Et Crassier est là pour les guider.

Cythère hocha la tête. Le départ du nain lui avait fendu le cœur, mais la reine elfique aurait refusé de suivre quelqu'un d'autre.

— Croy va leur ouvrir la voie pour commencer, afin de s'assurer que personne ne les repère, ajouta le voleur.

Si les autorités humaines découvraient la présence d'elfes sur leur territoire, cela finirait dans un nouveau bain de sang. Ce n'était pas sans raison que ce peuple s'était réfugié si longtemps sous Fendciel.

— Il m'a dit qu'il ne reviendrait pas avant demain, à l'aube. (Il haussa les sourcils, lui adressant une sorte de regard concupiscent.) Nous voilà donc seuls, tous les deux. Je suis censé veiller sur toi en son absence.

Il se rapprocha d'elle et tendit la main pour lui caresser le bas du dos.

Cythère fuit son contact pour la deuxième fois, en dépit de ses propres désirs.

— Il faut qu'on parle, intervint-elle. Je suis toujours fiancée à Croy.

C'était le fondement même de toute cette aventure. La seule raison qui l'avait poussée à quitter la Cité Libre de Ness. Croy – sire Croy – l'avait fait promettre de l'épouser. Elle avait repoussé l'échéance et l'avait esquivé aussi longtemps que possible, mais le grand jour avait fini par arriver. Au dernier moment, elle avait jugé nécessaire de découvrir le monde, avant qu'il l'emmène dans son château où elle consacrerait le reste de son existence à donner naissance à ses héritiers. Elle ne pensait pas que Malden les accompagnerait – honnêtement, elle le considérait comme une tentation qu'il valait mieux fuir. Visiblement, la vie n'était jamais aussi simple.

— Je lui ai fait une promesse. Une promesse qui tient lieu d'engagement au vu de la loi.

Le visage du voleur fut parcouru d'une série complexe d'émotions. Un éventail de sentiments, allant de l'espoir à une intense confusion – en passant par la colère –, y défila. Puis ses yeux s'étrécirent et il acquiesça d'un air solennel.

— Je vois.

— Vraiment ?

Malden laissa retomber sa main.

— Sous la montagne, quand tu pensais que j'allais mourir – quand nous pensions que nous allions tous y rester –, tu m'as dit que tu m'aimais. Parfois, dans des situations de grand péril, certains mots nous échappent, que nous n'aurions jamais prononcés en d'autres circonstances.

— Tu me crois donc si volage ? s'étonna-t-elle, blessée malgré elle.

— J'essaie de me montrer magnanime, répliqua-t-il avec la franchise qui le caractérisait parfois.

Une qualité qui ne l'en rendait que plus touchant : d'expérience, Cythère jugeait que les hommes capables de s'ouvrir honnêtement à une femme étaient aussi rares que les poules pourvues de dents.

— Je te laisse une nouvelle chance de changer d'avis, poursuivit le voleur.

Elle lui sourit. Son amour pour elle était inconditionnel. Il n'envisagerait jamais de lui arracher sa liberté. C'était cette raison qui l'avait poussée à l'aimer en retour.

— Tu as dit que Croy ne reviendrait pas avant l'aube ? (Elle dressa la tête et constata que le soleil était encore loin au-dessus de l'horizon.) Tout ce temps pour nous ?

Plus tard, dans la pénombre d'une nuit sans lune, il embrassa son corps couvert de sueur, tandis qu'elle s'efforçait de reprendre son souffle. Elle savait qu'elle jouait là un jeu dangereux, mais elle ne pouvait pas s'en empêcher.

— Tu me crois toujours prête à changer d'avis ?

— Tu m'as fait peur avec tes histoires de promesses, expliqua-t-il.

— C'était le but.

Il s'éloigna légèrement d'elle. Dans les ténèbres, elle ne parvenait pas à décrypter son expression.

— Dis-moi que tu vas rompre tes fiançailles. Dis-moi que tu m'aimes. S'il te plaît.

— Oui, répondit-elle en toute sincérité. Et je le ferai. Mais tu sais que ce n'est pas si facile. Dès l'instant où je parlerai de nous à Croy, il sera déterminé à te tuer.

— Tu crois qu'il me fait peur ?

— Je crois qu'il devrait te faire peur.

Croy avait passé sa vie à se former aux arts militaires. Il serait l'un des hommes les plus dangereux du monde sans le code d'honneur en lequel il croyait dur comme fer. Tout le problème résidait là.

— Il n'en aura pas envie. Il te considère comme son meilleur ami. Mais l'honneur le lui imposera. Et tu sais comment il est dès qu'il s'agit de son honneur.

— Qu'il essaie ! s'emporta Malden. Je ne supporte pas l'idée de te voir l'épouser. Plus maintenant.

— Je lui dirai tout. Je romprai nos fiançailles et implorerai son pardon, promit Cythère en se cabrant pour lui embrasser les joues et le menton. Je te le jure. Mais Malden… je ne le ferai qu'à notre retour à Ness. Et quand je serai sûre que tu auras une bonne longueur d'avance.

Chapitre 3

Croy revint à l'aube – comme promis –, tout ébouriffé d'avoir chevauché dans les bois la nuit durant. Bien qu'il fût tout en muscles, en cheveux blonds et en sourires béats, Malden s'efforçait de ne pas le haïr. Après tout, le chevalier avait déjà perdu le combat pour gagner le cœur de Cythère – même s'il l'ignorait encore.

Tous trois retournèrent à la forteresse abandonnée sur la colline, où ils avaient laissé chevaux et prisonnière. Balint la naine semblait assez furieuse pour cracher du sang, mais ils l'avaient ligotée et bâillonnée de sorte qu'elle ne puisse pas darder sa langue de vipère. Ils la jetèrent à l'arrière de la selle de Croy et prirent la direction de Helstrow. Ils n'avaient plus qu'à la livrer avant de s'en retourner à Ness.

Le trajet vers l'ouest en direction de la forteresse du roi se révéla bien moins fastidieux que l'aller. À l'époque, ils avaient dû franchir la Strow à l'un des coudes où elle était la plus déchaînée, mais à présent ils pouvaient se présenter directement au château. Le soleil n'en était pas encore à son zénith lorsqu'ils aperçurent les tours de la cité qui s'élevaient au-dessus des collines onduleuses.

Malden était grisé à l'idée de retrouver la civilisation, mais Croy les fit s'arrêter peu avant les portes de la ville. Les cavaliers s'immobilisèrent donc au milieu de la route, afin d'observer un champ d'archers qui étaient simultanément en train de bander leur arc et de viser.

Les cordes vibrèrent, et une centaine de flèches s'éleva dans le ciel ; les fines hampes vrillèrent et tournoyèrent en l'air, certaines s'entrechoquant même. D'autres, à la trajectoire plus directe, plongèrent pour venir percuter un amoncellement d'armures rouillées à l'autre extrémité du champ. Les pointes pernicieuses percèrent le vieux fer tel du parchemin pour venir se loger dans la terre en dessous.

Juché sur sa monture à bonne distance de là, Malden recula tout de même de surprise.

— Qu'est-ce qu'ils font ? s'enquit-il.

— Je pense qu'ils s'entraînent, répondit Croy en menant son roussin à hauteur du genet du voleur. À une époque, chaque paysan mâle du royaume était censé savoir se servir d'un arc et atteindre une cible à cent mètres. La loi leur imposait de s'y entraîner une heure par jour, afin de garder le bras fort et l'œil sûr.

Les paysans de la ligne – de simples serfs, jugea Malden en se fiant à leur tunique brun roux et à leur capuchon serré – encochèrent tous un nouveau trait. Un sergent, vêtu d'un jaque de cuir et d'un chapel de fer, brailla un ordre, et les archers tirèrent encore.

La plupart des projectiles touchèrent terre bien avant d'atteindre leur cible. Un autre, dévié en pleine course, fonça droit sur Malden. Celui-ci tressaillit, mais la flèche, déjà bien ralentie, vint se ficher à une vingtaine de mètres des jambes de son cheval. Le genet ne dressa pas même la tête.

Cythère mit une main en visière pour scruter la pile d'armures. Seule une poignée de traits l'avait atteinte.

— Ils ne sont... pas très doués.

Croy haussa les épaules.

— La loi leur imposant de s'entraîner quotidiennement a été abrogée il y a fort longtemps. Avant même leur naissance, en réalité. La majorité d'entre eux n'avait probablement encore jamais vu d'arc. Et aucun archer n'atteint son but à sa première tentative.

— Pourquoi ont-ils mis fin aux entraînements ? questionna Cythère.

— Il n'y avait aucune raison de les poursuivre. Jadis, Skrae était toujours en guerre avec un ennemi ou l'autre – d'abord les elfes, puis les divers parvenus cherchant à s'emparer de la couronne. Mais Skrae l'a toujours emporté. Les Royaumes du Nord ont été contraints de se soumettre, et dressés les uns contre les autres de sorte qu'ils ne font plus aujourd'hui que se battre entre eux. Les barbares ont été repoussés de l'autre côté des montagnes et piégés derrière deux étroits défilés. Aujourd'hui, il ne reste plus d'ennemi à affronter. Skrae n'est pas entré en guerre depuis un siècle. On recense tout juste une querelle de frontières sur la dernière décennie, expliqua Croy. Le grand-père du roi ne voyait pas l'intérêt de conserver un tel régiment d'archers aguerris. Mieux valait que les paysans consacrent cette heure à cultiver les champs, afin de nourrir une population grandissante.

Malden fronça les sourcils. Tout cela était sans doute exact, mais il devinait également une autre raison. Il avait vu les dégâts que ces longs arcs avaient infligés aux armures dès lors que les traits touchaient leur cible. Aucun chevalier vêtu de sa cotte de plaques brillante ne serait en sécurité face à de telles armes, pas si l'archer avait la moindre compétence. Malden s'imaginait donc que le roi devait redouter davantage une insurrection de paysans surentraînés qu'une invasion étrangère.

En ce cas, pourquoi exhumer cette vieille pratique ? Il ne s'agissait pas d'une simple activité visant à occuper quelques croquants oisifs afin de les empêcher de se chercher querelle – cet exercice était mené avec le plus grand sérieux. Après avoir tiré une dizaine de fois chacun, la centaine d'hommes présents sur le pré fut remplacée par une nouvelle centaine de paysans, et d'autres attendaient de prendre la suite. À l'évidence, chaque serf de la région allait avoir une chance de prouver son habileté.

Quelque chose se tramait.

Quand les trois cavaliers reprirent la route menant à la forteresse du roi, ils traversèrent le village où demeuraient les archers en herbe. Le trio s'attira plus de regards suspects qu'à l'accoutumée. Des femmes pointèrent le nez hors de leur chaumière, toujours armées de leur quenouille ou d'un couteau de cuisine, pour les examiner de plus près. Un officier, portant le gourdin blanc qui symbolisait sa fonction de premier magistrat, s'adossa à l'enseigne d'une taverne pour les contempler, les yeux ronds de surprise. Des enfants déguerpirent en les voyant approcher.

Malden comprit que tous ces gens avaient peur. Peur que quelqu'un surgisse d'un instant à l'autre pour leur arracher leur maigre pitance, le peu de provisions et d'économies qu'ils étaient parvenus à accumuler. Même le maréchal-ferrant claqua les volets de son échoppe en les apercevant, alors que la chaleur de sa forge faisait onduler l'air automnal.

Qu'est-ce qui pouvait bien les terrifier à ce point ?

Bien sûr, peut-être étaient-ils seulement étonnés de voir Balint ligotée au palefroi de Croy. Il n'était pas commun de découvrir un nain ficelé tel un oiseau dans une poêle à frire.

De toute manière, Balint aurait attiré les regards dans n'importe quel village humain. Ceux de son espèce se faisaient particulièrement rares en dehors des grandes villes, et les femelles d'autant plus : la plupart des naines restaient au Nord, dans le royaume nain, tandis que leurs fils et maris allaient quérir fortune en Skrae. En outre, Balint sortait du lot ; son peuple la considérait comme une véritable beauté, même si les nains avaient une notion de l'esthétique bien différente de celle des hommes. Elle mesurait un peu moins de quatre pieds et était aussi maigre qu'un chien affamé. Ses cheveux émergeaient de sa tête en d'épaisses tresses rappelant les pointes d'un fléau d'armes. Ses sourcils se rejoignaient au-dessus de son nez en un enchevêtrement broussailleux de poils noirs, et sa lèvre supérieure était couverte d'un duvet à peine plus clairsemé. Les billes sombres qui lui servaient d'yeux disparaissaient sous des paupières presque closes. C'était une créature nocturne par essence, et la lumière du soleil lui était insupportable.

Même si elle avait été plus agréable à regarder, le fait qu'elle soit attachée n'aurait pas manqué de susciter l'attention. Autrefois, nains et humains s'étaient opposés farouchement, mais un traité ratifié par les deux royaumes avait depuis longtemps changé cet état de fait. Désormais, la loi interdisait à tout humain de s'en prendre à un nain – sous peine de se voir torturer à mort. Les nains s'étaient révélés des alliés trop précieux pour risquer de mettre à mal la paix les unissant à l'humanité. Ils comptaient bien trop aux yeux du roi, car eux seuls connaissaient le secret de fabrication du bon acier dont on faisait les armes, les armures, et mille autres choses. Qu'un nain puisse être ainsi entravé et livré à la justice, tel n'importe quel criminel, était parfaitement inconcevable.

Pourtant, Balint était effectivement une criminelle, et retorse. Ce même traité qui avait mis un terme à la guerre entre les deux races incluait une autre loi, stipulant que les nains avaient l'interdiction formelle de se servir d'une arme sur tout le territoire de Skrae. Pas même en état de légitime défense, ou s'il s'agissait d'un objet qu'ils avaient eux-mêmes façonné. Balint avait transgressé cette règle sans remords ni scrupules. Sire Croy s'était montré inflexible quant au fait de la traîner à Helstrow pour y répondre de ses actes. Selon toute vraisemblance, elle serait bannie du royaume – voire exilée par son propre peuple. Difficile de savoir en pareilles circonstances où elle pourrait atterrir.

Cela ne plaisait toutefois guère à Malden, même s'il avait été le premier à être agressé par la naine. Elle l'avait frappé au visage à l'aide d'un tendeur dans le but évident de l'occire, et il espérait réparation. Cependant, lui-même était un voleur, et contournait la loi plus souvent qu'à son tour. Il vivait selon un certain code de malhonnêteté, dont la première règle stipulait qu'il ne fallait jamais livrer un autre criminel aux autorités, quelles qu'en soient les raisons.

Il essaya de ne pas y penser. Ils se trouvaient désormais au pied du premier portail de la forteresse, un imposant édifice de pierre et de fer dominant tout le village. Des sentinelles en pourpoint de cuir clouté en bloquaient l'accès à l'aide de hallebardes. Bien plus haut, sur les remparts du corps de garde, un chaudron d'huile bouillante était prêt à déverser une mort brûlante sur quiconque tenterait de forcer l'entrée. Une grosse dizaine de meurtrières abritaient en outre des arbalétriers trépignant d'abattre quelque intrus.

— Je m'attendais à meilleur accueil, s'écria Croy en constatant que les soldats refusaient de s'écarter pour le laisser passer. Même si, naturellement, je n'arbore pas aujourd'hui ma tenue de parade. Peut-être ne me reconnaissez-vous pas. Je suis parti d'ici il y a fort longtemps. (Il plaqua sur sa poitrine sa main gantelée de cuir.) Je suis sire Croy, chevalier du royaume. Mes compagnons se nomment Cythère, fille de Coruth la Sorcière, et Malden le, euh… le…

— L'écuyer, intervint son compagnon en tapotant l'épée attachée à sa selle.

Il pouvait difficilement se présenter ici comme Malden le Voleur et s'attendre à franchir la grille. Croy lui avait offert plus d'une fois la position d'écuyer, et même si Malden peinait à imaginer un gagne-pain moins attrayant – ramasser les cadavres pour les jeter dans les fosses communes, peut-être –, la ruse était des plus simples.

— Voilà, c'est mon écuyer, répéta Croy, ce qui n'eut pas l'air d'un mensonge dans la bouche du chevalier.

— Un peu vieux pour ça, nan ? s'étonna l'un des gardes en observant Malden d'un air méfiant.

Mais ils n'étaient pas là pour interpeller des sujets du royaume. Ils attendaient une autre explication.

— La naine que vous trimballez, poursuivit-il. Est-ce qu'elle…

— C'est une parjure. Je suis venu la livrer à la justice du roi.

La réponse de Croy suscita force murmures surpris, mais les soldats s'écartèrent et la herse fut levée. Les trois cavaliers – ainsi que la naine furieuse – entrèrent dans l'enceinte sans autre incident.

Chapitre 4

Sur une carte, la forteresse de Helstrow aurait ressemblé à un œuf fissuré dont le contenu se serait répandu sur une table. Son centre, le jaune, serait l'enceinte intérieure, le cœur du pouvoir de Skrae. Car les demeures et bureaux de toute la cour avaient été érigés derrière un mur épais, de même que le donjon et le palais du roi. Les hauts bâtiments avaient été construits très près les uns des autres, si près parfois qu'il suffisait de tendre le bras par la fenêtre pour serrer la main à son voisin. Le blanc de l'œuf – l'enceinte extérieure, dotée de sa propre muraille – s'étalait, lui, dans toutes les directions. Les maisons, ateliers et églises n'étaient ni aussi hautes, ni aussi resserrées, et pourtant la population y était vingt fois plus nombreuse, car tous les roturiers – les serviteurs, les négociants et les marchands qui nourrissaient, habillaient et soignaient les nobles – y vivaient. Malden avait tenté de visualiser les lieux, résolu à en mémoriser chaque détail afin de pouvoir commencer à tracer dans son esprit un plan global de la ville.

Toutefois, dès qu'ils eurent franchi le portail de l'enceinte extérieure, il abandonna complètement l'idée de s'y orienter seul. Les trois cavaliers et leur prisonnière furent menés par une étroite venelle qui bifurquait devant eux pour déboucher sur une place de marché regorgeant d'étals et de petites échoppes. Des maisons à colombage dominaient la scène ; leurs étages supérieurs saillaient au-dessus des rues, les plongeant dans une ombre permanente. Malden se retrouva subitement précipité dans un tumulte de couleurs et de vie, à mille lieues des paisibles terres arables qu'ils avaient si longtemps arpentées. Tous ses sens furent soudain assaillis, et il ne put que regarder fixement devant lui en attendant d'en recouvrer la maîtrise.

La fumée grise de braseros ou de foyers installés à même le sol s'infiltrait dans les allées encombrées et étriquées. Les chevaux progressaient au milieu des ordures, et surprirent un groupe de cochons qui détalèrent dans une ruelle sombre. Quand un marchand au pourpoint roux se mit à courir après les bêtes avec un bâton, Malden rangea son genet de côté. Au passage, il faillit renverser une aristocrate grasse et rose, qui bascula néanmoins sur un monceau de détritus dont elle se protégea en plaquant sous son nez un mouchoir imbibé d'eau de lilas. Malden s'entendait à peine penser. Partout, bonimenteurs et colporteurs criaient, drainant les clients potentiels en direction d'éventaires sur lesquels s'étalaient viandes rôties, pommes fraîches, tissus de qualité, voire orge, farine, encre, parchemin ou vin au détail.

— Ah, dit le voleur dans un profond soupir. Ça fait du bien de retrouver la civilisation !

Cythère émit un petit rire.

— Tu n'as pas apprécié tout ce temps passé à la campagne ? Au grand air ? Ces collines verdoyantes et le calme de la forêt ?

— Tu parles de ces pluies incessantes et des innombrables piqûres d'insectes ? demanda Malden. Tu veux savoir si j'ai aimé dormir sur le sol gelé, avec une pierre pour oreiller ? Ou manger de la viande cuite sur le feu de camp, donc brûlée d'un côté et à moitié crue de l'autre ? Non, c'est ici que je me sens chez moi.

C'était la vérité. Jusqu'à récemment, Malden n'avait jamais quitté la Cité Libre de Ness, à une centaine de milles plus à l'ouest. Il avait grandi dans un dédale de venelles pavées comme celles-là. Il connaissait le rythme de la vie urbaine, savait se repérer dans la foule. Ses récentes aventures sauvages lui avaient donné mal aux fesses à force de chevaucher, et l'avaient éreinté. Être de retour en ville – n'importe quelle ville – lui procurait un grand soulagement. Ils repartiraient sous peu, traverseraient de nouveau les champs, et il comptait bien tirer profit de ce bref répit passé dans un lieu familier.

Le trio fendait la foule avec précaution, s'enfonçant plus avant dans les rues labyrinthiques. Ils avançaient lentement, s'arrêtant plusieurs fois pour laisser défiler la marée humaine qui traversait devant eux. Une fois, le cheval de Croy s'immobilisa brusquement, et le genet de Malden l'imita obligeamment. Le voleur ne s'était pas préparé à cet arrêt brutal, et vint percuter l'encolure de son destrier. Il n'avait appris à monter que récemment, et ne maîtrisait pas encore cet art à la perfection. Il comprit cependant pourquoi le chevalier avait tiré les rênes, et fut reconnaissant à sa bête d'être moins idiote que lui. Un cortège de lépreux serpentait droit devant. Ils étaient couverts des pieds à la tête, conformément à la loi, et faisaient claquer régulièrement des battants de bois en un rythme lugubre. Croy lança un royal d'or à leur meneur, qui s'en empara avec une aisance insoupçonnée et le fit disparaître instantanément. La main qui avait émergé de la robe n'était pourvue que de trois doigts, et Malden fut soulagé de ne pas avoir aperçu le reste du corps.

Quand les lépreux furent derrière eux, ils repartirent sur un geste de Croy, mais ils n'allèrent guère loin. Ils suivirent l'allée qui longeait la courbe de l'enceinte intérieure et émergèrent dans la cour boueuse d'une auberge. Là, un garçon d'écurie prit leurs chevaux en charge et les accueillit avec des mots doucereux.

Malden se laissa glisser de sa monture en gémissant à cause de ses muscles endoloris et de ses jambes arquées. Il ne se faisait décidément pas à cette activité, et n'était que trop heureux de se retrouver de nouveau sur ses pieds, bien que résolument instable. Le monde entier semblait affublé du même balancement que le genet.

Il fut malgré tout surpris par leur destination. Il ne s'était pas attendu à passer la nuit à Helstrow. Certes, un vrai matelas de paille serait plus que bienvenu, mais il aspirait davantage encore à rallier Ness au plus tôt. Après tout, Cythère et lui ne trouveraient plus un seul instant d'intimité avant d'être rentrés.

— Une auberge ? s'étonna-t-il. Sommes-nous obligés de passer la nuit ici ? Je pensais que nous allions livrer Balint à l'agent du coin avant de reprendre la route.

Croy se pencha en arrière pour s'étirer le dos.

— Nous devons nous assurer qu'elle sera jugée par le premier magistrat du roi en personne. Nous pourrions avoir à patienter plusieurs jours avant d'obtenir une audience.

— Plusieurs jours ? Combien ? s'impatienta Malden. Deux ? Trois ? Une semaine entière ?

Cythère lui tapota les épaules pour en chasser la poussière du voyage, et lui adressa un regard compatissant.

— Tu es donc si pressé de retourner à Ness ? Qu'est-ce qui t'y attend ?

Il resta muet, et veilla à ne pas laisser son visage trahir ses sentiments. Elle le provoquait – elle savait pertinemment pourquoi il voulait retrouver la Cité Libre, où tous les secrets pourraient être révélés. Toutefois, il y avait une autre bonne raison à son empressement. Il ne put s'empêcher de porter la main à son pourpoint et de toucher le morceau de parchemin précautionneusement plié et rangé contre son cœur. Les autres n'avaient pas besoin de savoir ce qui y était inscrit, ni la trahison que cela symbolisait. Pour l'heure, lui seul avait connaissance de ce message.

Chapitre 5

Une fois dans la salle commune, on leur apporta de la nourriture et du vin sans qu'ils en aient passé commande. Malden était convaincu qu'on les leur facturerait quoi qu'il advienne, il dévora donc goulûment la viande froide et le pain frais, et vida sa première coupe avant même qu'elle touche la table. Chevaucher lui avait donné grand soif.

Croy hissa Balint sur une chaise et l'y assit bien droite, sans toutefois lui délier les mains. Le tavernier observa sans mot dire Cythère qui retirait le bâillon et portait un gobelet en étain aux lèvres de la naine.

Balint scruta le récipient comme s'il contenait du poison.

— N'allez-vous pas cracher dedans chacun à votre tour avant de me faire boire ? Même si ça ne changerait pas grand-chose au goût, avec ce vin humain… Je parie que vous l'avez tiré d'un furoncle sur le cul d'un de ces lépreux.

Ils ne l'avaient pas gardée bâillonnée sans raison.

Cythère fit mine de retirer la coupe, mais la tête de Balint plongea en avant tel un serpent et la naine en saisit le rebord du bout des lèvres. Elle aspira profondément autant d'air que de liquide, puis s'adossa et rota.

— Je vais manger un peu, maintenant.

Malden lui jeta un regard noir mais il rompit une croûte de pain qu'il tint de façon qu'elle puisse la picorer.

— Si vous vous avisez de me mordre les doigts, menaça le voleur, je vous attrape par les pieds et vous secoue jusqu'à ce que nous ayons récupéré notre vin.

Une lueur pouvant s'apparenter à du respect illumina l'œil de la naine tandis qu'elle mâchait. Les jurons et imprécations de toute sorte faisaient office de poésie chez les membres de son espèce. Ils étaient en compétition permanente pour savoir lequel saurait se montrer le plus grossier ou le plus vulgaire, et la moindre obscénité passait pour un bon mot. Visiblement, Malden avait marqué des points.

Cythère ne l'entendit pas de cette oreille.

— Ne sois pas méchant avec elle, le rabroua-t-elle. S'il te plaît. Balint a peut-être de nombreux torts, mais elle mérite malgré tout notre respect.

— Demande aux elfes ce qu'ils en pensent, rétorqua Malden.

— Les elfes, répéta Croy en secouant la tête. À ce propos : lorsque nous verrons le magistrat, que lui dirons-nous à leur sujet ?

— S'il doit prendre connaissance des crimes de Balint, il faudra bien lui en toucher deux mots, souligna Malden. Après tout, c'est leur cité qu'elle a détruite. Manquant au passage de les tuer tous, sans parler de nous.

— Toutefois, je frémis d'avance de savoir ce que décidera le roi quand il découvrira que des elfes sont en liberté dans son royaume. Il enverra sans doute ses chevaliers pour les encercler, puis il… non. Non, je ne veux même pas y penser. (Cythère enfouit sa tête dans ses mains.) Ne pouvons-nous pas lui dire que tous les elfes ont péri quand Fendciel s'est écroulée ?

— Et me faire cramer pour un tel massacre ? intervint Balint, les yeux écarquillés. Vous savez que c'est un mensonge. Les elfes ont survécu. Du moins, la plupart d'entre eux.

— Et ce n'est pas grâce à vous, fit remarquer Croy. Vous ne sembliez pas vous inquiéter de leur survie quand vous avez fait sauter cette montagne.

Malden secoua la tête.

— Ça n'a pas grande importance. Notre roi n'a aucune autorité pour vous faire pendre. Au pire, il peut vous renvoyer au nord, ce qu'il fera de toute façon, quel que soit le nombre de victimes dont vous êtes responsable. Alors qu'importe votre crime, puisque le châtiment sera le même.

— Je ne répondrai que de *mes* crimes. J'ai agi dans l'intérêt de *mon* roi, voilà tout, insista Balint. (Constatant que les humains ne la libéraient pas sur-le-champ malgré sa déclaration, elle se ratatina entre ses cordes.) La route a été longue, et j'ai besoin d'uriner. Lequel de ces courageux jeunes hommes voudrait me baisser la culotte ?

Croy recula de dégoût. La naine n'en espérait pas moins. Elle arbora un large sourire et tenta de croiser le regard de Malden.

Ce fut toutefois Cythère qui intervint.

— Je l'emmène aux toilettes, déclara-t-elle en se levant.

Une fois debout, elle ne put étouffer un hoquet de surprise.

Malden pivota sur sa chaise et vit deux hommes se diriger vers eux, se frayant un chemin dans la salle commune. Ils ne portaient pas les manteaux à motifs d'œil des sentinelles de Ness, mais il comprit immédiatement qu'il s'agissait d'hommes de loi. Chacun était vêtu d'un jaque de cuir renforcé de plaques d'acier aux épaules et aux coudes, et tous deux avaient une arme à la main. Les couronnes dorées dessinées sur leur cape symbolisaient leur fonction.

Le voleur les aurait même reconnus sans leur uniforme, rien qu'à leur air suffisant. Ils étaient plus grands que n'importe qui d'autre dans la pièce, et leur allure clamait qu'ils en avaient conscience. Leurs traits rugueux et leurs yeux étrécis les rangeaient en outre dans la catégorie de ceux qui n'ont rien contre une petite rixe. Malden avait passé sa vie à apprendre à reconnaître de telles expressions – et à fuir ceux qui les arboraient.

— Mes seigneurs, commença Croy en se levant et en ouvrant les bras pour leur donner l'accolade. Je vous remercie d'être venus. Nous avions prévu de vous l'amener directement au donjon, mais peut-être accepterez-vous de nous économiser le trajet.

L'un des hommes du roi – celui qui conservait l'essentiel de ses dents – toisa la prisonnière en fronçant les sourcils.

— Qu'est-ce que c'est que ça ?

— Personne nous a parlé d'une naine, renchérit le second en se tournant vers son camarade.

Une vilaine balafre lui marquait le cou, juste à côté de la trachée.

— Ça, expliqua Croy, c'est Balint, autrefois au service de l'émissaire nain à Rougedigue. Elle a rompu son serment, et…

— On n'est pas venus pour une naine, répondit le premier, le denté.

Malden repoussa doucement sa chaise. Il tenta de ne pas produire le moindre son en faisant glisser ses pieds sur le plancher. Ainsi concentré sur chacun de ses pas, il ne se rendit pas compte qu'il reculait jusqu'à un mur. Lorsque l'arrière de son crâne vint en heurter le plâtre, il tourna la tête de droite et de gauche, en quête d'une fenêtre par laquelle prendre la fuite. Il n'en trouva aucune.

Le balafré reprit la parole, prononçant précisément les mots que Malden attendait – et redoutait.

— On est venus pour le voleur, annonça-t-il.

Malden sauta sur sa chaise. Il leva les yeux vers les chevrons, malheureusement hors d'atteinte, dix bons pieds au-dessus de lui. Les deux hommes du roi s'étaient placés chacun d'un côté de la table, comme par réflexe, lui coupant toute retraite.

— Attendez, intervint Croy. Qu'est-ce que cela signifie ?

— On l'a vu franchir le portail aujourd'hui sous une fausse identité. Quelqu'un l'a reconnu et nous a transmis sa description. Et là, on est venus l'emmener.

Malden s'était cru en sécurité dans cette ville. Même si sa réputation n'était plus à faire à Ness, il n'était qu'un étranger à Helstrow. Il avait estimé que personne à la capitale n'aurait même entendu parler de lui. Cette sottise l'avait rendu négligent, lui faisant oublier sa prudence habituelle.

Il se maudit intérieurement, tout en se demandant par où fuir. Généralement, quand il pénétrait dans un lieu public comme celui-ci, il prenait toujours quelques secondes pour en mémoriser les issues. Cette fois-ci, éreinté par la journée de voyage, il n'avait pas pris cette peine.

— Mais pour quel motif ? s'enquit Cythère.

Denté leva les yeux sur Balafre, qui lui rendit son regard, comme s'ils ignoraient l'un et l'autre qui était censé répondre.

— On le soupçonne d'être un voleur, finit par admettre Denté. Bon, lequel de vous s'appelle Malden ?

Balint éclata de rire. Croy commença à se tourner vers Malden, le trahissant ainsi.

Le voleur porta la main à sa ceinture, où il avait l'habitude de conserver son alêne. Ça n'avait été qu'un piètre couteau, mais au moins était-ce alors son arme personnelle. À présent il l'avait perdue – et portait à sa place une épée. Une épée qui n'aurait jamais dû lui revenir, une épée que Croy lui avait confiée au nom d'une confiance pourtant imméritée. Une épée, plus important, avec laquelle il n'avait jamais appris à combattre.

— Regarde, Halbert : il a un surin, s'exclama Balafre.

— Donne-le-moi, gamin, exigea Denté – Halbert.

— Quoi, ça ? demanda Malden. (Il tira alors la lame de son fourreau, lui laissant goûter l'air.) Ça ne coupe même pas.

Cette épée avait un nom. On l'appelait Langacide. Ce patronyme lui venait du fait que, si la lame avait tout d'un vieux morceau de ferraille, rongé et terni par les années, elle était en réalité magique : au contact de l'air, elle sécrétait un puissant acide mousseux capable de brûler à peu près n'importe quoi.

Jadis, lorsque les démons arpentaient encore cette terre, cette épée avait été forgée pour les affronter. C'était l'une de sept armes ancestrales, sœur entre autres de celle que Croy avait lui-même à la ceinture, chacune dotée d'un pouvoir propre. Elle pouvait pourfendre n'importe quelle chair démoniaque résistant aux armes traditionnelles et traverser même les plus épaisses armures ou fourrures aux relents soufrés. Malden savait d'expérience qu'elle était tout aussi efficace sur des substances plus naturelles.

Saisissant la poignée à deux mains, le voleur lui fit décrire un arc de cercle. La lame déchira un pichet d'étain comme s'il était fait de fumée. La partie supérieure tomba sur la table dans un tintement, tandis que le vin qu'il contenait se répandait sur la table telle une vague sifflante.

Halbert et Balafre reculèrent d'un bond, comme si le voleur venait de leur lancer un serpent sur les genoux. Ils s'écartèrent en outre imperceptiblement, Halbert sur la gauche, Balafre sur la droite.

Malden saisit cette occasion et plongea entre eux, fonçant droit vers la porte.

Chapitre 6

Malden émergea brusquement à la lumière du soleil, et tourna la tête frénétiquement de gauche à droite, cherchant par où s'enfuir. Son pied glissa sur un tas de crottin, et il dérapa pendant une longue seconde avant de recouvrer l'équilibre. Balafre et Halbert apparaissaient déjà dans l'embrasure de la porte de l'auberge quand il décida enfin de la direction à emprunter.

Un petit muret longeait l'établissement, une simple pile de pierres sans mortier. Il s'élevait en pente douce jusqu'au toit de chaume de l'écurie et pouvait aisément faire office d'escalier pour une personne aussi leste que le voleur. Celui-ci s'élança et dansa sur l'amas rocheux, l'entendant ensuite s'écrouler sous les pas de Balafre. Difficile d'avoir le pied léger lorsque l'on était vêtu d'une armure.

Malden agrippa le chaume des deux mains et se hissa sur le toit. De là, il dominait une mer de toitures, celles des maisons à colombage qu'il avait découvertes à l'aller. La plupart étaient dotées de bardeaux en ardoise, sur lesquels il était difficile de courir car ils avaient tendance à se fissurer et à se déplacer sous les semelles. Cependant, il aperçut loin sur sa gauche le clocher couvert de plomb d'une église.

S'il arrivait jusque-là, il pourrait gagner énormément de vitesse. Il franchit d'un bond la venelle le séparant de la bâtisse voisine et atterrit debout sur le toit pentu. Il se réceptionna mal sur la cheville gauche, mais il bascula aussitôt son poids de l'autre côté, sans même ralentir sa course. Il entendit les sentinelles lui intimer de s'arrêter, mais ne tint nul compte de leurs avertissements. Il n'avait encore jamais croisé de garde capable d'arpenter les toits aussi habilement que lui.

Il était toutefois assez sage pour savoir qu'il n'était pas encore tiré d'affaire. En sautant du toit suivant, il survola une allée bondée d'ouvriers et de mendiants – parmi lesquels circulaient deux autres hommes du roi, qui pointèrent leur arme vers le ciel en le voyant filer. Droit devant lui, il distingua un square où des femmes réunies autour d'un puits faisaient leur lessive. D'autres agents s'y trouvaient.

Par les huit index de Sadu, jura-t-il intérieurement. Combien de soldats avait-on envoyés à ses trousses ? Il remarqua alors des silhouettes plus petites parmi les officiers ; des gens dépourvus d'armure, aux mains liées devant eux. Leur visage était contusionné, et certains boitaient même. Tous semblaient abattus, et Malden comprit alors.

La garde locale n'en avait pas uniquement après le voleur qui avait franchi les portes de la ville sous une fausse identité : elle ramassait tous les criminels qu'elle pouvait trouver. Il avait déjà vécu une telle rafle à Ness, quand le burgrave avait voulu prouver à la populace qu'il régnait d'une main ferme sur la rue. Il n'existait pas meilleur moyen de prouver sa passion pour la loi et l'ordre que de réunir une dizaine de voleurs et de les pendre tous ensemble sur la place du marché.

Il s'était jeté dans la gueule du loup en se présentant à Helstrow pendant un tel épisode. Quelle façon ignoble de mettre un terme à sa carrière. Il fulminait à l'idée de tomber lors d'une opération aussi grossière.

Malden n'avait aucune intention de se laisser rattraper par la loi, en particulier par la loi d'une ville dans laquelle il n'avait commis aucun crime. Il savait parfaitement ce qu'il allait devoir faire, et avoir un plan le rassurait déjà un peu. Il devrait abandonner ses compagnons pour un temps, trouver un logement bon marché où se terrer pendant quelques jours, avant de rejoindre Croy et Cythère dès qu'ils en auraient fini avec leurs affaires, qu'ils auraient livré Balint à un magistrat et seraient sur le retour. Le chevalier l'inviterait sans doute expressément à se rendre, mais Cythère arrondirait les angles et tous trois pourraient discrètement quitter Helstrow. D'ici là, si la situation dégénérait, il pourrait toujours escalader l'enceinte et se fondre parmi les paysans de l'autre côté.

Cependant, il devait avant tout s'enfuir. En jetant un coup d'œil vers l'auberge, il se rendit compte que Balafre et Halbert s'étaient procuré une échelle et s'apprêtaient à monter le cueillir.

À Ness, Malden aurait su instantanément quelle direction prendre. Il aurait su dans quelle impasse égarer ses poursuivants, où se situait le pont le plus proche à partir duquel plonger dans le fleuve, ou dans quelle cave se tapir sans qu'on vienne l'en déloger. Mais il se trouvait à Helstrow, qu'il ne connaissait absolument pas.

L'église qu'il avait eue en ligne de mire ne constituait plus une option, car c'était sur son parvis que les hommes du roi ramenaient le fruit de leur traque. Il opta donc pour le nord et le mur séparant les enceintes intérieure et extérieure. Il ne voyait pas de point plus haut, et se sentait toujours plus en sécurité en altitude. Il plongea sur un toit de chaume sur lequel il atterrit dans une roulade, sachant que la paille compressée ne lui offrirait qu'une surface spongieuse et incertaine. Il recracha quelques bales sèches et reprit sa course en direction des pierres rugueuses de la muraille – avant de s'arrêter net.

Sur le rempart, derrière les créneaux, des hommes du roi en cape blanche le toisaient. L'un d'eux était armé d'une arbalète qu'il s'affairait à recharger. L'arme serait prête à faire feu d'un instant à l'autre.

Les carreaux utilisés étaient capables de transpercer une armure d'acier – ainsi que les organes dissimulés derrière. À cette distance, le projectile embrocherait sans doute le voleur – qui ne portait aucune protection – aussi facilement qu'un poulet.

Malden, horrifié, s'empressa de faire machine arrière et se rua sur l'autre extrémité du toit, dont il saisit le rebord. Il se suspendit de tout son long et lâcha prise à quelques pieds du sol. Il atterrit sur l'étal d'un marchand de fruits et légumes, au milieu de tonneaux de pommes et de poires.

Le commerçant hurla en le montrant du doigt.

— Mon bon monsieur, je vous en prie, restez calme ! s'exclama Malden en s'extirpant vers la rue, qu'il scruta d'un bout à l'autre. Les hommes du roi sont à mes trousses, et…

— Au voleur ! Au voleur ! cria le marchand.

Il s'empara d'une poignée de prunes qu'il jeta sur Malden avec violence. Un jus poisseux éclata sur son manteau et la moitié de son visage.

Le voleur dressa un bras pour se protéger les yeux et partit à toutes jambes dans l'allée encombrée. Tout le monde se retourna en entendant les braillements du maraîcher et contempla le brigand avec des yeux terrifiés.

— À l'assassin ! tenta le marchand. Au feu !

À l'évidence, il était prêt à tout pour aiguillonner la foule.

Malden avait mal évalué la situation. S'il s'était laissé tomber sur pareille échoppe à Ness, il aurait reçu un accueil bien plus chaleureux. Le commerçant l'aurait dissimulé sous une couverture jusqu'à ce que tout danger soit écarté. Mais Ness était une cité libre, où les gens mettaient un point d'honneur à se méfier de leurs dirigeants. Ici, à Helstrow, chaque homme était vassal du roi – chacun lui appartenait en tout, corps et biens. Et Malden savait d'expérience que les esclaves redoutaient souvent davantage leur maître qu'ils n'aimaient la liberté.

— Au voleur ! Au feu ! Gardes !

Les cris passèrent de bouche en bouche, dans toute la rue. Une dizaine de doigts accusateurs désignaient dès lors Malden, tandis que les marchands alentour secouaient des cloches et frappaient des casseroles pour augmenter le tumulte général.

— Allez au diable, bande de traîtres ! cracha le voleur en détalant dans l'allée, tandis que des femmes le bombardaient d'œufs et de légumes pourris et que des enfants tentaient de saisir son manteau pour le déséquilibrer.

Se protégeant toujours les yeux de cette pluie d'immondices, Malden détala aussi vite qu'il l'osait sur les pavés rendus glissants par les détritus.

Mais les hurlements cessèrent aussi brusquement qu'ils avaient débuté. La rue se retrouva plongée dans le silence, et Malden crut s'en être tiré à bon compte. Avait-il réussi à échapper à la masse ? Il n'avait pourtant parcouru qu'une dizaine de pas, et…

Il baissa le bras et découvrit le chevalier en armure qui s'approchait de lui à grandes enjambées, l'épée au clair.

Chapitre 7

Les marchands fuirent ou se réfugièrent sur les pas de porte, d'où ils pourraient observer la scène relativement à l'abri. Malden se trouvait seul face à son ennemi dans une rue déserte ; seul, et à court de possibilités.

Le chevalier approchait en cliquetant. Son armure de plates le recouvrait des pieds à la tête. Même ses articulations étaient protégées de mailles métalliques. La visière de son casque était baissée, et Malden ne discernait rien de son visage.

Il n'ignorait toutefois pas qu'une telle armure affectait l'esprit de celui qui la portait, lui conférant un sentiment d'invincibilité. Ce qui était vrai, en pratique : aucune épée de fer ne pouvait perforer une telle couche d'acier. Une lance ou une serpe parviendrait au mieux à cabosser les plaques rutilantes. Lorsqu'on était ainsi équipé, il était courant de se penser béni des dieux et accompagné d'un souffle divin dans chacun de ses actes.

La possession d'une armure était comme une incitation à la cruauté et à la rapine.

Cependant, certaines armes étaient en mesure de percer une telle carapace. L'alêne que Malden portait autrefois était conçue pour trouer même l'acier, à condition d'y mettre assez de force et de précision. Les haches de guerre étaient élaborées pour enferrer n'importe quelle cuirasse simplement grâce à l'élan. Une flèche tirée d'un arc long, ainsi qu'il l'avait constaté, rencontrerait aussi peu de résistance qu'en traversant du papier.

Et il y avait Langacide, l'épée que le voleur portait à la ceinture. S'il parvenait à en assener un seul coup bien placé, le chevalier se retrouverait sectionné en deux.

Pourtant, cela pourrait se révéler l'acte le plus stupide qu'il commettrait jamais : par-dessus son armure, le chevalier arborait un long tabard blanc qui lui tombait jusqu'aux genoux. Une couronne dorée était peinte sur le tissu. Il ne s'agissait pas d'un chevalier errant comme pouvait l'être Croy, mais bien d'un chevalier de plein droit, champion du roi de Skrae. Vraisemblablement le capitaine de la garde, supérieur hiérarchique de tous les Balafre et de tous les Halbert de Helstrow.

Si Malden, avec de la chance, parvenait à l'occire, il en serait quitte pour être traqué jusqu'au bout du monde. On ne tuait pas un noble sans en assumer les conséquences, jamais.

Naturellement, restait la possibilité de s'enfuir en courant. Si le chevalier paraissait relativement agile, même lesté de tant d'acier, Malden serait indubitablement plus prompt, et la poursuite ne s'éterniserait pas. Il se retourna, bien décidé à saisir sa chance, mais découvrit qu'il avait hésité un instant de trop.

Un groupe d'hommes du roi arrivait vers lui d'un pas résolu depuis l'autre bout de la rue. Leurs armes pointaient toutes vers son ventre. Ils progressaient de façon régulière, sans non plus se précipiter, visiblement satisfaits de voir le chevalier s'occuper de son cas. Impossible de franchir cette muraille de lames. La seule issue possible nécessitait donc de contourner le champion.

Malden n'était pas homme à prier, même en des circonstances extrêmes – néanmoins, il fit appel à Sadu. Sadu le Dieu Sang, le pourfendeur des inégalités, dont la justice s'appliquait à tous sans exception, même aux chevaliers et aux nobles. Il dégaina ensuite son épée magique, en regrettant de n'avoir jamais appris à la manier correctement. Ou au moins à la tenir correctement. De l'acide dégoulina le long de la lame usée et vint crachoter en gouttant sur les pavés poussiéreux.

Le chevalier jura, sa voix résonnant contre les parois de son casque.

— Par la Dame ! Où as-tu trouvé ce trésor, fiston ? L'as-tu volé à sire Bisbille ?

Malden étrécit les yeux. Comment l'autre pouvait-il connaître l'ancien propriétaire de Langacide ?

— Bisbille est mort, répondit-il.

— Mais pas de ta main, je présume. Tu n'es pas l'une des Sept Lames.

Pour la première fois, Malden observa l'épée de son adversaire. Son pommeau était dépourvu de tout ornement, ses quillons, bien que lustrés, étaient simplement en fer. La lame n'était même pas particulièrement longue. Pourtant, des volutes de vapeur s'élevaient de son plat, tandis que des motifs de givre en fissuraient la gouttière.

— Reconnais-tu mon arme ? s'enquit le chevalier.

— À en juger par le fait que je suis encore en un seul morceau, il me semble juste d'admettre n'avoir pas encore fait sa connaissance.

L'autre émit un rire.

— Voici Glaivefroid, annonça-t-il. Tu le saurais, si Langacide t'appartenait légitimement. Les Sept Lames ne sont jamais transmises à un nouveau propriétaire avant que l'ancien l'ait formé en ce but, lui enseignant leur bon usage, ainsi que l'histoire et le pouvoir de chacune. Aucun d'entre nous n'aurait laissé une épée tomber entre les mains de quelqu'un qui n'en saurait apprécier l'héritage.

— Je suis en cours de formation, rétorqua Malden, ce qui était en partie vrai.

Le chevalier secoua malgré tout la tête.

— Si tu ne connais pas Glaivefroid, tu n'as aucun droit de porter Langacide. J'en déduis donc que tu l'as volée à Bisbille

– ou à son cadavre. Range-la tout de suite dans son fourreau, et dépose-la doucement au sol. Sois un bon garçon.

Malden retroussa les lèvres et gronda en se ruant sur son adversaire. Il brandit Langacide au-dessus de son épaule – son manteau fut bien vite marqué au vitriol – et l'abattit puissamment.

L'autre rit de nouveau, et repoussa aisément l'assaut.

— Ce n'est pas un bâton, fiston, expliqua-t-il en se déplaçant de deux pas sur la gauche, obligeant Malden à pivoter pour continuer à lui faire face. Ne t'en sers pas comme tel. Tu gâches sa puissance. Sers-t'en pour tailler. Comme si tu tranchais une tête de poisson.

— Vous m'apprenez à combattre, alors même que je tente de vous tuer ? s'étonna le voleur.

— À en juger par ton habileté, il te faudra un moment pour y parvenir, rétorqua le chevalier. Je dois bien trouver un moyen de passer le temps.

Malden écumait de rage. Il tenta une botte que Croy avait pratiquée une bonne dizaine de fois devant lui – *rapide feinte à gauche, puis bascule tout ton poids côté droit et, dans le même temps, fais pivoter ta lame pour…*

Le fer mordit le fer. Glaivefroid glissa le long de sa lame sœur, et sa pointe se retrouva plaquée contre la gorge de Malden, tandis que Langacide était déportée de côté.

— Un bon bretteur, expliqua le chevalier, s'entraîne chaque jour de sa vie. Il se sustente d'une nourriture saine, afin d'entretenir sa force. Tu es malingre, fiston. Tu t'es couché affamé de trop nombreuses fois. Tu as un bon jeu de jambes, je te l'accorde, mais les muscles de ton bras sont tendres comme du fromage, ça se voit.

— Allez-vous m'insulter jusqu'à ce que j'en meure ? Arrêtez de jouer avec moi !

— Lorsque deux chevaliers se rencontrent épée en main, on parle d'une conversation, car l'acier chante son plaisir à chaque impact. Chose que tu saurais également, si tu…

Sans prévenir, le voleur fit tourner Langacide en y mettant tout son poids, avec la ferme intention de pourfendre le chevalier. La lame siffla de fendre l'air si vite. Pourtant, l'autre s'était préparé à cet assaut, comme s'il pouvait lire dans l'esprit de son adversaire. Glaivefroid plongea à la verticale et chassa sa sœur de côté, telle la charrue repoussant la terre.

— Terrassez-moi ou laissez-moi passer ! tempêta Malden.

— Si tu y tiens.

Toutefois, le chevalier ne lui accorda pas la grâce d'une mort rapide. Il se contenta de se fendre en avant et de gifler le front de son adversaire du plat de sa lame.

Des cristaux de glace enflèrent dans la tête du voleur, faisant voler ses pensées en éclats et gelant chacun de ses sens. Il eut l'impression que la moindre particule de chaleur était aspirée hors de son corps, précipitée dans l'épée glaçante. Il se mit à grelotter et ses dents claquèrent tels les battants de bois des lépreux qu'il avait croisés plus tôt. Son corps fut pris de convulsions, et il ne put soudain plus contrôler ses doigts. Langacide lui échappa et alla rebondir sur les pavés.

Malden tenta désespérément de serrer ses bras autour de son torse, de taper des pieds – tout ce qui aurait pu l'aider à se réchauffer. Son corps s'était rebellé contre lui, et il se trouvait incapable de cesser de trembler.

Il ne fallut qu'un instant aux hommes du roi pour s'emparer de lui, le ligoter et l'emmener. Il ne put leur opposer la moindre résistance.

Chapitre 8

Lorsque Malden sortit en trombe de l'auberge, Cythère bondit sur ses pieds avec la ferme intention de lui emboîter le pas. Cependant, la foule était compacte et la jeune femme ne jouissait pas de la vitesse ni de la dextérité du voleur. Elle tenta néanmoins de se frayer un chemin – jusqu'à ce que Croy l'attrape par le bras et la tire en arrière.

— S'ils ont un mandat pour l'arrêter, commença-t-il, nous devons…

— C'est notre ami, l'interrompit Cythère d'un ton tranchant comme un poignard. Je vais le chercher.

— En ce cas, procédons au moins de la façon appropriée. Allons trouver les autorités compétentes, et essayons de comprendre ce qu'ils ont contre lui et comment le libérer. Laisse-moi régler notre note ici, puis…

Elle le contempla d'un air incrédule.

— J'y vais seule. Toi, tu surveilles Balint.

Elle tordit le bras pour se libérer et plongea sous le coude du tenancier, venu s'enquérir de la cause de ce tumulte. Les clients de l'auberge reculèrent sous le regard de la jeune femme.

Elle refusait de perdre Malden. Pas alors qu'elle mesurait enfin pleinement combien elle tenait à lui. Elle ne pouvait accepter que le destin l'arrache à elle à cet instant.

Une fois dehors, elle scruta rapidement les rues bondées, ignorant où le chercher. Elle se doutait qu'il était passé par les toits mais, n'ayant pas son habileté, elle ne pouvait suivre le même chemin. Néanmoins, quand elle entendit le raffut qui se déclencha, elle sut qu'elle devait suivre la direction des cris – et elle tourna à un coin de rue juste à temps pour voir le coup porté à Malden. Elle l'appela, horrifiée, mais fut incapable de se ruer vers lui, comme paralysée par la terreur. Elle était convaincue qu'il avait péri, la tête perforée par l'impact, mais il s'effondra simplement, tremblant tel un homme en pleine crise.

Elle voulut courir le rejoindre, l'aider à se relever et partir avec lui, le secourir. Malheureusement, le square débordait d'hommes du roi et le chevalier en armure restait vigilant, prêt au combat. Elle ne pouvait lui venir en aide d'aucune manière, pas directement. Il devait cependant bien exister une chose qu'elle puisse faire, une chose qui…

— Ma fille. Tu es partie trop longtemps.

Cythère en resta bouche bée.

— Mère ?

Un frisson de terreur lui raidit chaque muscle du dos. Elle se retourna lentement, s'attendant à découvrir Coruth la sorcière, debout dans l'allée derrière elle.

Elle ne vit qu'un garçon, un jeune paysan au visage crasseux. Ainsi que plusieurs centaines d'oiseaux.

Des freux, des étourneaux, des pigeons et des colombes, se dressant sur les pavés ou juchés sur les poutres apparentes des maisons alentour. D'autres vinrent se poser autour du gamin, sous les yeux médusés de Cythère. Certains se perchèrent sur l'épaule du petit, d'autres sur sa tête. Chaque volatile la toisait fixement.

Le garçon, par contraste, ne contemplait rien du tout. Ses yeux étaient dans le vague, semblant sur le point de se révulser. Ses bras pendaient mollement de part et d'autre de son corps, et les muscles de son visage étaient complètement flasques, de sorte qu'il articula mal les nouveaux mots qu'il lui adressa.

— On a besoin de toi à Ness. Tu dois rentrer immédiatement.

Cythère comprenait ce qui se passait. Cela n'en était pas moins perturbant. Sa mère avait laissé son esprit errer dans l'éther, dériver avec les oiseaux, ainsi qu'elle en avait l'habitude. Cela lui permettait de découvrir des choses invisibles aux humains et de surveiller le royaume de Skrae tout entier d'un seul coup d'œil. Cependant, les volatiles étaient incapables de transmettre correctement un message, leur bec et leur langue n'étant pas adaptés au langage humain. Coruth avait donc dû supplanter sa conscience à celle du garçon. C'était un acte cruel, et Cythère savait que sa mère ne l'aurait jamais commis si elle avait eu un autre choix.

— Malden a des ennuis, mère. Toi et moi lui devons beaucoup. Je ne peux aller nulle part tant qu'il ne sera pas en sécurité. Je viens de le voir se faire frapper par l'une des Sept Lames.

— Glaivefroid, dit le garçon.

Il ne hocha pas la tête. Coruth ne contrôlait que sa parole. C'était l'une des différences entre la sorcellerie et la magie. Un mage aurait complètement investi le garçon, avant de l'abandonner l'esprit vide et à moitié mort.

— L'une des sept. Étrange. Je les vois toutes, désormais, les sept épées. Elles semblent se rassembler, comme attirées par un même aimant.

— Les épées approchent de Helstrow ? demanda Cythère, intriguée malgré elle.

— Pour un bref instant. Mmm. Cela n'augure rien de bon. L'avenir ne m'apparaît pas parfaitement pour le moment. En revanche, ce que je vois, c'est que tu dois rentrer à Ness. Toi et moi devons discuter. De grands événements se préparent. Certains des êtres qui nous sont chers se voient jetés à terre, tandis que d'autres sont propulsés vers les sommets. Ce qui était solide et éternel sera bientôt mutable. Malden… As-tu dit que Malden avait des ennuis ? Mais c'est impossible. Il a… il va…

Le garçon pinça fermement les lèvres, et l'une de ses mains tressaillit. Coruth commençait à perdre le contrôle.

— Mère ? Mère, de quoi parles-tu ? s'inquiéta Cythère.

Coruth percevait les fondations de la réalité, elle pouvait même entrevoir des bribes d'avenir, mais souvent de façon si confuse qu'elle-même ne savait pas les interpréter. Cythère ne comprenait peut-être que le dixième des visions que sa mère lui racontait.

— Mère, je t'en prie. J'ai besoin d'en savoir plus… si cela concerne Malden, ou Croy, j'en ai besoin !

Mais Coruth avait déjà libéré le garçon. Les yeux de celui-ci semblèrent soudain réussir à refaire le point sur le monde alentour, et les muscles de son visage reprirent une apparence normale. Cythère s'agenouilla pour lui poser les mains sur les épaules et l'aider à recouvrer la maîtrise totale de son corps en lui caressant le front et en lui frottant le dos.

— Madame, dit-il avant de ciller rapidement. Madame, je vous demande pardon… J'ai dû courir sans regarder, et vous rentrer dedans. J'ai perdu l'esprit quelques instants. Je… Je… Je suis où ? J'étais censé faire un truc, mais je n'arrive pas à me rappeler quoi. Je ne me souviens de rien, en vérité. J'ai tellement mal à la tête…

— Tu étais censé me transmettre un message. Tu t'es fort bien acquitté de ta tâche. (Cythère tira un quartin de sa bourse et referma par-dessus les doigts du garçon.) Tu sembles effectivement être en état de choc. Tu ferais mieux de te dépêcher de rentrer te coucher.

Le petit empocha sa pièce et fila, faisant s'envoler les oiseaux qui sautillaient dans l'allée. Cythère espérait qu'il suivrait son conseil : le sort qu'il avait subi le laisserait groggy et épuisé pendant quelques jours, et elle détesterait découvrir qu'il lui était arrivé malheur à cause de sa mère.

Elle se releva lentement. Elle allait retourner à l'auberge trouver Croy. Le chevalier errant était désormais l'ultime espoir de Malden. Mais avant, elle attendit que l'un des oiseaux lui tourne le dos pour lui bondir dessus et l'attraper des deux mains. Il s'agissait d'un pigeon aux ailes iridescentes, qui était loin d'être aussi terrorisé qu'il l'aurait dû. Ce qui signifiait qu'une partie de l'esprit de Coruth l'occupait encore.

— Mère, chuchota-t-elle au volatile, tu aurais pu m'aider davantage. J'ai bien reçu ton message, mais tu n'as réussi qu'à m'effrayer. Si tu as la moindre idée de ce que je suis censée faire maintenant, j'adorerais l'entendre.

L'oiseau se débattit entre ses mains, et elle le relâcha. Sans même un regard pour elle, il s'envola dans un battement d'ailes.

Chapitre 9

Ils traînèrent Malden par le portail de l'enceinte intérieure, puis le long de la colline menant au donjon. Nul ne lui adressa la parole, et il était toujours trop transi de froid pour poser la moindre question. Quand ils pénétrèrent à l'intérieur du donjon aux épaisses parois de pierre, il s'attendait à être abandonné dans une oubliette. Après tout, il avait menacé un chevalier du roi. Il fut au contraire emmené dans une salle de banquet spacieuse, où on lui passa un collier en fer autour du cou, avant de l'enchaîner à un anneau fixé au mur. La pièce était déjà remplie d'hommes, globalement jeunes, généralement maigres et à l'œil fuyant caractéristique des indigents. Malden crut reconnaître certains visages : il les avait vus, rassemblés sur la place. Visiblement, ces gens appartenaient à sa caste. Des voleurs et des mendiants, la lie de la société helstrovienne. Ce qui ne lui serait pas d'une grande aide : eux ne le connaissaient ni de l'Empereur du Sud, ni de celui du Nord, et il n'était pas en état de se présenter. Il parvenait à peine à empêcher ses dents de se briser tant elles claquaient.

Pendant un long moment, il resta recroquevillé sur lui-même à frissonner. Il avait l'impression que tout le froid d'un hiver avait trouvé refuge dans ses os. Son cœur battait la chamade, cognant vigoureusement contre sa poitrine. Ses doigts virèrent à l'écarlate, comme mordus par un vent glacial. Un feu brûlait dans l'âtre à un bout de la salle, et il rêvait de s'installer devant, de fourrer ses mains directement dans les flammes, simplement pour en sentir la chaleur avant que sa peau se mette à roussir. Par chance, la chaîne autour de son cou l'en empêchait.

Le froid surnaturel finit cependant par l'abandonner. Il doutait d'avoir de nouveau chaud un jour, mais au moins ses dents ne se heurtaient plus si violemment.

Il souffla sur ses doigts pour les réchauffer et se tortilla pour s'asseoir et observer les lieux. Rien n'avait changé au cours de la dernière heure, sauf que d'autres hommes avaient été amenés. Rares étaient ceux qui se parlaient. La plupart se contentaient de rester plongés dans un silence prostré, hagards. Un pauvre hère entre deux âges au regard de dément fut enchaîné à côté de Malden. Il le dévisagea sans rien dire, jusqu'à ce que le voleur se tourne vers son autre voisin.

— Eh ? demanda-t-il à son compagnon d'infortune. (Il avait besoin d'informations, et n'avait pas trouvé d'autre moyen de s'en procurer.) Pour quoi ils t'ont attrapé ?

— T'es qui, toi ?

— Je suis étudiant en droit, lui affirma Malden.

Cela suscita un léger rire, toutefois dénué d'humour.

— Ils disent jamais pourquoi. Ils sont venus me choper au lit. Remarque, j'imagine que je mérite plus que d'autres d'être ici.

— Tu es donc un voleur ? s'enquit Malden. (Quand l'autre se rebiffa, il leva les mains en signe de paix.) Je suis moi-même dans le métier, expliqua-t-il, et je n'en dirai pas moins à qui me pose la question.

— Bon, d'accord. On peut dire que j'en suis un aussi, si ça te chante.

Malden opina joyeusement. Puis il fit courir ses mains sur la paille qui jonchait le sol. Comme il s'y attendait, elle recouvrait une épaisse couche de poussière. Il écarta légèrement le revêtement, puis traça du bout du doigt un cœur transpercé d'une clef.

L'autre examina le dessin. Malden comprit sur l'instant qu'il avait reconnu le symbole – le sceau de Tailleserpe, le maître de la guilde des voleurs de Ness. Il n'était pas certain que ce signe soit connu jusqu'à Helstrow.

L'autre passa rapidement un pied sur le croquis, le faisant disparaître avant que quiconque puisse l'apercevoir.

— T'es l'un de ses hommes ?

Malden acquiesça.

— On a notre propre chef, par ici, même si j'oserai pas prononcer son nom, surtout pas dans cet endroit. Mais je peux te dire le mien : c'est Velmont.

— Malden.

Ils se serrèrent la main, un bref instant seulement.

Velmont fit mine de regarder ailleurs tout en parlant du coin des lèvres.

— Bon, peut-être que *mon* patron a entendu parler du tien. Peut-être qu'ils sont copains. Enfin, les hommes d'affaires doivent bien se réunir et, euh, s'entraider de temps en temps. Cela dit, je sais pas ce que tu espérais en me montrant ça.

Malden fronça les sourcils.

— Juste quelques renseignements, rien d'autre. La garde d'ici – les hommes du roi – semble ramasser tous ceux qui contournent la loi. Je n'avais encore jamais vu une telle rafle. Ça arrive peut-être fréquemment à Helstrow…

— Nan.

— … alors je me demande bien ce qu'ils fabriquent. On doit être une bonne centaine dans cette pièce. Et pourquoi ici ? Ça ressemble davantage à une salle de banquet qu'à un cachot. La seule raison qui pourrait les pousser à nous enfermer dans cette pièce, c'est que la geôle soit pleine. Ce qui signifie que bon nombre de nos pairs doivent être prisonniers à d'autres endroits. Peut-être plusieurs centaines. Le roi n'a sans doute pas l'intention de nous faire pendre tous. Inutile de massacrer tant de gens uniquement pour remonter le moral de la population.

Velmont se gratta.

— Ça a commencé il y a quelques jours. Des gars dans la partie depuis bien plus longtemps que moi – des gars carrément intouchables, normalement – se sont fait cueillir au milieu de la nuit. Puis, à l'aube, ils ont fait des descentes dans les tripots et les bordels. (Il haussa les épaules.) Bien sûr, personne nous dit rien. On est que des paysans, qu'est-ce qu'on y connaît ? Mais c'est au même moment que tous les gars honnêtes ont été emmenés dehors pour apprendre à tirer à l'arc. (Le voleur secoua la tête.) T'es arrivé en ville aujourd'hui ? D'après ton accent, t'es de Ness, pas vrai ?

Malden confirma d'un signe de tête.

— T'as choisi le pire moment pour venir à Helstrow, mon pote. Enfin, je pense pas qu'on va se faire tuer. Non, pas comme ça. Mais j'ai réfléchi à ce qu'ils pouvaient bien me vouloir, et j'ai trouvé qu'une seule conclusion possible : conscription.

— Tu crois qu'ils vont nous imposer un service militaire ?

— Ils vont nous laisser le choix. (Il esquissa un sourire mauvais.) La corde ou l'armée. Moi, je connais déjà ma réponse.

— J'imagine qu'il en va de même pour nous tous. Ils doivent compter là-dessus. Selon la loi, ils ne peuvent pas contraindre des hommes libres à combattre pour le roi…

— Eh ouais, mais pour les prisonniers c'est une autre histoire.

La déduction de Velmont n'était qu'une conjecture, mais qui semblait tenir la route. En revanche, la raison pour laquelle le roi voudrait constituer une armée à cet instant précis demeurait un mystère. Les deux voleurs échangèrent diverses théories sur la question, sans trouver quoi que ce soit de valable.

Ils conversaient encore quand le soleil se coucha, plongeant la salle dans la pénombre. La seule lueur subsistante émanait du foyer. Tout autour d'eux, les hommes s'étaient allongés le plus confortablement possible, roulés en boule pour essayer de dormir. Ceux qui chuchotaient encore semblaient d'accord sur le fait qu'on les garderait en détention au moins pour la nuit. Aussi, quand une personne équipée d'une lanterne pénétra dans la pièce et se mit à illuminer les visages des prisonniers, ceux-ci s'assirent pour l'observer. Velmont et Malden se turent et se comportèrent comme s'ils ne s'étaient jamais adressé la parole. Ils avaient déjà assez d'ennuis pour ne pas, en outre, être accusés de conspiration.

La lanterne avança dans la pièce. Les gardes ne pipèrent mot, se contentant d'éclairer une tête après l'autre avant de passer à la suivante, peinant à l'évidence à trouver ce qu'ils cherchaient. Lorsque le soldat à la lampe se rapprocha, Malden comprit sans pouvoir se l'expliquer qu'ils étaient là pour lui. Quand le rayon se posa sur son visage, il refusa de ciller. Le garde fit signe à quelqu'un – un homme du roi –, qui sortit aussitôt des ténèbres. Puis celui à la lanterne pointa un doigt accusateur sur Malden.

— Lui.

Chapitre 10

— Par ici, sire chevalier, ma dame, dit le castellan en les introduisant dans une pièce au plafond bas. Veuillez attendre ici, le temps d'être officiellement présentés.

— Et qu'attendons-nous ? s'enquit Cythère. Je ne comprends pas. Nous sommes venus parler au magistrat afin de découvrir où notre ami était détenu.

— On m'a simplement chargé de vous conduire ici, pour vous y faire patienter jusqu'à votre audience, répondit le castellan.

Puis il sortit à reculons et referma la porte derrière lui.

Croy contempla le double battant, se demandant ce qui pouvait bien se passer. Pourquoi les avait-on menés dans cette salle, en particulier ? Et pourquoi à cet instant ?

Cythère se tourna vers lui.

— Cela ne ressemble en rien à un tribunal. Où sommes-nous ?

Le chevalier s'éclaircit la voix.

— Dans la chambre du conseil privé. C'est ici que le roi consulte ses conseillers les plus proches.

— Et… notre audience ? Par qui avons-nous été convoqués ? L'un des conseillers en question ?

Croy avait la gorge nouée par l'émotion. Cette pièce… cette pièce-ci.

— Je ne sais pas pourquoi on nous a amenés ici, finit-il par répondre.

Cythère poussa un profond soupir et alla s'asseoir. Elle avait eu une journée fort éprouvante, jugea Croy. Ils avaient dû courir de bureau en bureau dans l'enceinte intérieure, en quête de quiconque pourrait leur dire où Malden se trouvait, ou les débarrasser de Balint de sorte qu'ils n'aient plus à veiller sur elle. Ils avaient au moins atteint ce deuxième objectif en recevant l'autorisation de la livrer à l'écuyer du roi, le responsable des écuries royales. Visiblement, tous les autres lieux à la ronde débordaient déjà de prisonniers.

En revanche, nul ne put leur apprendre quoi que ce soit au sujet de Malden. Toutefois, quand ils approchèrent du donjon, on leur expliqua que certains captifs y étaient détenus ; c'était alors que le castellan en personne était venu les chercher pour les guider jusqu'ici.

Dans cette pièce.

Croy était déjà venu dans cette chambre par le passé, à de nombreuses reprises. À une époque, il s'y rendait même chaque jour. Les Sept Lames avaient été forgées pour terrasser les démons, mais quand Croy avait hérité Percespectre de son père, il restait déjà bien trop peu de ces ennemis-là pour justifier l'emploi de cinq chevaliers. Les propriétaires des Lames s'étaient donc vus confier la protection rapprochée du roi – du roi précédent, Ulfram IV.

Ulfram IV était décédé dans cette pièce même. Un conseiller scélérat avait versé du poison sur sa viande de mouton. Les Lames avaient rattrapé le traître avant qu'il puisse s'enfuir, mais il était déjà trop tard. C'était également dans cette même pièce que son fils, Ulfram V, le souverain en activité, avait accusé les gardes du corps d'être responsables du trépas de son père, avant de les relever de leurs fonctions. Il leur aurait infligé plus lourde sanction s'il avait pu prouver qu'ils avaient le moindre lien avec l'assassinat, mais tout le monde connaissait l'honneur sacré des Lames. Il n'avait pu que les bannir de Helstrow, en disgrâce.

Croy se souvenait parfaitement de cette journée-là. La pire de toute sa vie. Par bien des côtés, il aurait préféré être pendu que d'avoir à subir pareille humiliation. Il était depuis lors un chevalier errant – un serviteur sans maître.

Il ne s'était jamais attendu à revenir dans cette pièce.

Il observa autour de lui et put constater combien les choses avaient peu évolué. Les boucliers suspendus aux murs étaient légèrement plus rouillés qu'avant. Le tissu des fauteuils plaqués contre les parois était passé du rouge au vert. Et c'était à peu près tout. Puis il remarqua la seule modification d'importance.

Une carte-tapisserie recouvrait une cloison entière de la pièce, représentation astucieuse des caractéristiques naturelles et politiques de Skrae, composée de fines broderies en bourre de soie. Murblanc – la chaîne de montagnes servant de frontière orientale au royaume – avait été piquée d'un fil argenté qui la faisait luire à la lumière de l'âtre. En dehors d'un unique point sombre.

Croy s'en approcha pour y regarder de plus près. Cela ne fit que confirmer son intuition : quelqu'un s'était servi d'une lame de couteau pour retirer tous les points qui avaient jusqu'alors dessiné les contours de Fendciel, la plus haute montagne de Skrae. Ce qui était somme toute logique, car elle n'existait plus.

Croy rougit en repensant au rôle qu'il avait joué dans cette affaire.

— Croy, chuchota Cythère d'un ton inquiet, je ne sais pas ce que nous faisons ici, mais je suis certaine que lorsque nous en aurons terminé, nous devrons quitter Helstrow au plus tôt. Ma mère m'a fait parvenir un message aujourd'hui, m'enjoignant de rentrer à la maison.

— Elle t'a envoyé un message ici ? Et comment le coursier t'a-t-il retrouvée ?

— Elle ne m'a pas écrit une lettre. Elle sait passer par d'autres voies pour se faire comprendre. Peu importe comment elle l'a fait. Elle a dit que les choses étaient sur le point de changer, que les Sept Lames étaient toutes en train de converger. Elle a dit des tas de choses que je n'ai pas comprises. Nous devons retrouver Malden au plus vite, et…

Elle s'interrompit quand on frappa à la porte. Deux prisonniers furent alors poussés à l'intérieur de la pièce. Balint et Malden, tous deux enchaînés. Croy se précipita vers son ami dans le but de lui demander ce qui s'était passé, mais il n'en eut pas l'occasion. Le garde qui venait d'escorter les captifs avait une annonce à faire.

— Saluez Sa Majesté le Roi Ulfram Taer, Cinquième du Nom !

Il s'agissait donc d'une audience royale. On les avait amenés ici pour attendre le souverain en personne. Cela n'avait aucun sens. Pourtant, Croy savait exactement comment se comporter. Il dégaina son épée et la tendit devant lui, pointe vers le bas, avant de s'agenouiller à côté d'elle. Il inclina la tête aussi profondément que possible.

— Oh, levez-vous, Croy, déclara le roi. Et rangez cette chose avant d'érafler le parquet.

Chapitre 11

Ulfram V avait un an de moins que Croy, mais le poids du pouvoir l'avait usé prématurément. Les poils de son menton avaient viré au gris depuis la dernière fois que les deux hommes s'étaient vus, et un régime incessant de nourriture trop riche avait fait enfler sa bedaine. Son embonpoint l'empêchait presque de revêtir les plaques d'acier et le hausse-col qu'il arborait par-dessus ses robes d'apparat.

Lorsque Croy avisa l'armure du souverain, il comprit immédiatement la raison des événements étranges dont il avait été témoin depuis son arrivée à Helstrow. Le roi de Skrae ne portait une telle protection qu'en temps de guerre.

— Votre Grâce, déclara Croy, j'implore votre miséricorde et vous rend hommage, car…

— Taisez-vous, trancha le roi d'un ton ne prêtant pas à la discussion. Je vous avais ordonné de ne jamais revenir ici, n'est-ce pas ? Ne vous donnez pas la peine de répondre. Je sais que oui. Et pourtant, vous voici. Je pourrais vous faire pendre sur-le-champ. Malheureusement, il s'avère que j'ai besoin de vous, Croy. Je vais donc vous laisser la vie sauve.

Le chevalier ne répondit rien, mais inclina le buste de plus belle.

— J'ai très peu de temps à vous consacrer, mieux vaut donc nous dispenser des formalités, poursuivit le roi. Je crois me rappeler que, lorsque je vous ai relevé de vos fonctions, vous avez affirmé avec une ferveur ridicule que vous n'oublieriez de toute façon jamais vos vœux. Est-ce exact ?

— Ça l'est, répondit Croy avant de remettre un genou à terre. Le serment que je vous ai prêté est sacré. J'ai juré sur le nom de la Dame, et rompre cet engagement me coûterait mon âme. Je resterai votre vassal pour l'éternité, Votre Majesté.

Le roi soupira et fit signe à Croy de se relever.

— Très bien. À compter de cet instant, vous êtes rétabli dans vos fonctions de chevalier. J'imagine que vous auriez aimé une cérémonie ou quelque chose du genre, mais je n'en ai cure. Allez vous présenter immédiatement à sire Équarri, au corps de garde. Il vous transmettra vos ordres. Vous pouvez disposer à présent… je dois m'occuper de ceux-là.

— Majesté, dit Croy. (Il faillit s'agenouiller une fois encore, mais se ravisa.) Je suis venu ici pour une raison bien précise. Je souhaiterais vous entretenir de ces deux prisonniers.

Le roi avait déjà commencé à tourner les talons pour s'adresser à Balint. Il s'immobilisa finalement et resta silencieux un long moment, visiblement stupéfait.

— Je vous demande pardon ? *Vous* souhaitez m'entretenir ? répéta-t-il. (Il paraissait plus surpris que réellement furieux.) Vous êtes resté longtemps errant, chevalier. Peut-être avez-vous oublié qu'un vassal ne s'adresse pas à son roi à moins d'y avoir été enjoint.

Croy baissa la tête.

— Je vous prie de me pardonner, Majesté. Toutefois, vous devez être informé des crimes de cette naine, ainsi que de l'innocence de cet homme. La justice réclame ma voix.

Le roi traversa la pièce jusqu'à l'un des fauteuils disposés contre le mur et s'assit. Ce siège n'était en rien différent des autres mais, en vertu de la présence d'Ulfram V, il devint légalement un trône à cet instant précis. Croy vint s'agenouiller devant.

— Hâtez-vous, ordonna le roi. Je suis plutôt occupé en ce moment.

Croy conserva la tête basse.

— Cette naine a rompu son engagement. Je suis prêt à en être témoin, devant la cour qu'il vous siéra. C'est une meurtrière et une spoliatrice. Une… empoisonneuse, ajouta-t-il.

Depuis la mort de son père, le souverain avait une peur bleue des empoisonneurs. Il était cruel de la part de Croy de prononcer ce terme en ces lieux, mais telle était la vérité, et elle devait être dite.

— Elle s'en est prise aux humains… et à d'autres. Elle a volontairement mené une cité entière à sa perte à force de tromperie, et en se servant d'armes.

Ulfram tourna la tête pour observer la naine.

— Est-ce vrai ? s'enquit-il.

— Jusqu'au plus petit foutu détail, repartit-elle. (Elle leva les yeux au ciel.) Faites ce que vous avez à faire, exilez-moi. J'ai le cul qui me démange, et je ne peux pas me gratter avec les mains liées comme ça.

— Encore une perte de temps dépourvue d'intérêt ! gémit le roi. (Il se massa les tempes du bout des doigts et convoqua l'un de ses domestiques.) Allez chercher un scribe ! Qu'il apporte du parchemin et de l'encre. Et qu'on la détache. Quel est votre nom, naine ?

— Balint.

Croy lui lança un regard mauvais.

— Lorsque vous vous adressez au roi, vous devez l'appeler « Votre Majesté » ou…

— Ou pas. Je m'en fiche complètement, intervint Ulfram.

Les épaules de Croy se contractèrent. Il avait toujours estimé que les rois devaient savoir faire preuve de distance, d'un certain détachement vis-à-vis des petites gens qu'ils gouvernaient. Ulfram V ne partageait visiblement pas son opinion : il avait toujours méprisé le vocable prudent voulu par l'étiquette et s'exprimait aussi crûment qu'un paysan. Tel était son droit, naturellement – le roi pouvait parler comme il le voulait, à qui il voulait. Si Croy trouvait cela inconvenant, cela ne concernait que lui.

— Il semblerait que je sois d'humeur miséricordieuse aujourd'hui, déclara le roi. Croyez-moi, ça n'est pas par choix. Si l'on vous avait présentée devant moi en d'autres circonstances, je vous aurais bannie sur-le-champ. Je n'ai guère de patience à l'égard de ceux qui refusent d'obéir.

Balint resta coite. Elle arborait une expression nonchalante, même si Croy voyait ses mains trembler.

— Dites-moi, reprit Ulfram. Sauriez-vous réparer une baliste ?

— N'importe quel nain en serait capable, lui assura Balint.

Le roi acquiesça.

— Et vous avez mené une ville à sa perte. C'est ce que Croy a dit. Il a tendance à exagérer, mais vous n'avez pas nié. Vous savez donc tenir un siège. Savez-vous également défendre une cité, ou êtes-vous spécialisée dans la destruction ?

— J'ai été formée pour toute sorte de siège, affirma Balint. Je peux œuvrer des deux côtés.

— Parfois, la Dame nous fait don de Sa grâce. (Le roi tendit la main, qu'il posa sur l'épaule de la naine.) Je vais vous absoudre de tous les crimes que vous avez pu commettre par le passé, lui annonça-t-il.

Croy en resta bouche bée.

— Je présume que cela me vaudra quelque gratitude, poursuivit Ulfram. Peut-être consentirez-vous ainsi à travailler pour moi. J'ai grand besoin d'ingénieurs et de soldats du génie. Sommes-nous d'accord ?

— Est-ce que je dois embrasser votre putain de braguette royale pour conclure le marché ? s'inquiéta Balint.

Le roi l'examina longuement, puis finit par hausser un sourcil.

— Non.

— Alors je suis toute à vous.

— Votre Majesté ! intervint Croy. Je… je n'arrive pas à croire que…

Il se tut, soudainement, incapable d'aller au bout de sa phrase. Il n'était plus un chevalier errant. Il avait perdu quelques libertés dès l'instant où il avait été rétabli dans ses fonctions. Mettre en cause les décisions du roi était l'une d'entre elles.

— Je vous demande pardon, Votre Majesté. Je ne prononcerai plus un mot.

— Voilà qui nous fera du bien, rétorqua le roi. Parfait, dame Balint, vous vous présenterez au donjon. Sire Goris est le maître de l'armurerie : faites-lui savoir que j'exige un inventaire complet de tous les trébuchets, béliers et mantelets en notre possession, et qu'il me dise combien nous pourrons en construire à court terme. Goris est un imbécile. Il connaît la différence entre un canon d'arrière-bras et une cubitière, mais je crains qu'il confonde les centaines et les milliers ; veillez donc à vérifier chaque donnée qu'il vous indiquera. Nous aurons beaucoup à discuter plus tard, alors ne vous éloignez pas trop.

Balint s'inclina profondément.

— Votre Majesté.

— Une dernière chose, reprit le roi avant de lui donner congé. Sire Croy est peut-être un imbécile, mais s'il estime qu'une personne n'est pas digne de confiance, il a sûrement raison. Servez-moi bien, et nous fermerons les yeux sur vos erreurs. Trahissez-moi, et je vous renverrai au royaume nain dans un fût scellé, comme du porc salé. Est-ce compris ?

Balint hocha vivement la tête. Puis elle quitta la pièce d'un pas martial, le menton dressé. Elle ne put réprimer un ricanement mesquin en croisant Croy.

— À présent, à nous deux… Vous vous appelez Malden, est-ce exact ? Et vous êtes un voleur ?

— Je m'appelle Malden, Votre Majesté, répondit-il avec un regard pour Croy et Cythère.

Il les implora silencieusement. Toutefois, que pouvaient-ils faire ? Si Croy essayait de le libérer à cet instant, il romprait sa promesse faite au roi. Ce qui était parfaitement impensable.

— Sire Équarri vous a placé en état d'arrestation ce matin. D'ordinaire, il aurait convoqué les magistrats, mais il m'a dit que votre cas était quelque peu particulier ; et naturellement, mon temps important tellement peu aux membres de ce château, il a insisté pour que je vous juge personnellement. Apparemment, vous étiez en possession, lors de votre arrestation, de l'une des célèbres épées. Ces fichues Sept Lames.

— Celle que l'on nomme Langacide, Votre Altesse, confirma Malden.

— Un morceau de fer plutôt précieux.

Le roi fronça les sourcils. Il avisa le manteau bon marché du voleur, ainsi que le manque de chair sur ses os.

— Écoutez, mon garçon, il est évident que vous avez dérobé cette arme. Vous n'êtes pas davantage bretteur que je ne suis poissonnier. Je vais donc vous offrir le même choix qu'à tous les criminels et vagabonds de cette ville. Vous pouvez retourner en cage et attendre que j'aie le temps de vous faire pendre décemment. Ou – s'il vous sied mieux –, je peux vous intégrer à mon armée en tant que fantassin, et peut-être recevrez-vous l'absolution grâce au service militaire. À condition que vous y surviviez.

— J'implore le pardon de Votre Majesté, mais aucune de ces deux possibilités ne me plaît.

— Certes, je m'en doutais. Vous n'avez pourtant pas d'autre choix.

— Ce serait le cas pour un coupable, effectivement. Mais je suis innocent. Je n'ai pas volé cette arme. Elle m'a été librement offerte par son propriétaire légitime : sire Croy.

Tous les yeux de la pièce se tournèrent vers le chevalier.

Chapitre 12

— Est-ce vrai, Croy ? questionna le roi. Avez-vous – réellement – offert un présent inestimable et irremplaçable, à savoir une épée magique… à ce qui ressemble à un détritus de la pire engeance issue de la plus profonde fosse à purin de tout Ness ?

Le chevalier était toujours à genoux. Il n'était pas approprié de se mettre à plat ventre devant son souverain, mais il l'envisagea.

— Ça l'est, confirma-t-il.

Le roi fronça les sourcils.

— J'avais l'impression que vous possédiez déjà l'une des Sept Lames. Oui, je la vois à votre taille… Percespectre, si je ne m'abuse. Mmm. La dernière fois que j'ai posé les yeux sur Langacide, elle appartenait à sire Bisbille. N'est-ce pas ?

— Sire Bisbille est mort, Majesté, répondit Croy. (Il dut déglutir douloureusement avant de poursuivre.) Je l'ai terrassé lors d'un duel d'honneur. Il m'a confié Langacide dans un dernier souffle, et m'a chargé de trouver son successeur. Ainsi fonctionne notre ordre. Et mon choix s'est porté sur cet homme : Malden.

— N'y avait-il pas de meilleur candidat disponible ? J'ai par exemple un neveu qui n'arrive décidément pas à organiser ses fermes, et qui n'aime rien davantage que de s'exercer à la quintaine avec son épée en bois. Il me fait un peu penser à vous, Croy. Il a la tête pleine de rêves et de notions d'honneur et de chevalerie. (Ulfram soupira.) Fichtrement inutile. Ne pourriez-vous pas lui confier Langacide ?

Croy ne pouvait pas se contenter d'un « non ». On ne contredisait pas son roi. Toutefois, il ne pouvait pas non plus lui dire oui. Il connaissait le neveu en question. À l'instar de tous les chevaliers du royaume, Croy était lui-même un lointain parent du souverain, et le neveu de celui-ci était du coup pour lui une sorte de petit-cousin, à quelques ramifications près, il ne se souvenait plus précisément des détails. Le garçon lui avait toujours paru nigaud. En outre, Croy avait déjà donné l'arme à Malden. Une fois que l'une des Sept Lames était échue à son nouveau propriétaire, elle ne pouvait plus lui être retirée. Sauf si Croy considérait que Malden avait rompu son serment. Alors, il n'aurait plus qu'à l'occire pour récupérer l'épée. Le roi pourrait d'ailleurs lui imposer de procéder ainsi (et Croy n'aurait d'autre choix que de s'exécuter), mais il subsisterait malgré tout un problème : le chevalier n'avait pas encore trouvé le temps d'initier son compagnon, et Malden n'avait donc toujours pas prononcé les vœux sacrés. Difficile en ce cas d'estimer qu'il les avait bafoués, puisqu'il ne les avait jamais entendus, et encore moins répétés.

Il devait exister un moyen de prouver au roi qu'il avait pris la bonne décision.

— Votre Majesté, Malden est peut-être mal né, mais son cœur est fort. Son jeu de jambes et sa vitesse en font une véritable merveille de la nature. J'ai estimé qu'avec quelques années d'un entraînement décent, accompagné d'un régime physique drastique, il pourrait devenir un bon bretteur.

Les chaînes du voleur cliquetèrent. Croy se tourna vers lui et le vit désigner son propre visage. Il articula le mot « Moi ? », comme incrédule. Pourtant, lorsque Croy lui avait remis l'épée, il avait sûrement compris que telle était sa destinée. Sûrement…

Le roi se leva de son trône et traversa la pièce à grands pas. En arrivant à la porte, il agita une main dans le couloir. L'instant suivant, sire Équarri fit son apparition, apportant avec lui Langacide, rangée dans son fourreau spécialement doublé de verre.

— Vous avez entendu ? s'enquit Ulfram.

— Oui, Votre Majesté. J'ai tout entendu. Et je jurerais que tout cela est vrai. Je n'ai jamais entendu Croy mentir, pas même pour sauver sa peau. Encore moins pour épargner la vie d'un rat d'égout tel que ce Malden. Ce garçon est un gringalet, mais il est vif comme l'éclair. Quant à ses valeurs, Croy est sans doute le mieux placé pour en juger.

Le roi tira sur sa barbe avec lassitude.

— Bien, bien, rendez son épée à ce garçon. Libérez-le. Et allez tous les trois vous mettre contre le mur. Si je dois me retrouver entouré de trois des Sept Lames, qu'au moins elles se rendent utiles.

Les deux chevaliers se serrèrent les avant-bras avec affection. Ils ne s'étaient plus revus depuis longtemps.

— Tu portes la couronne du roi sur la poitrine, constata Croy en observant le tabard d'Équarri. Je suis ravi de te retrouver, mon vieil ami… mais pas qu'un peu surpris !

Équarri haussa les épaules.

— Après notre dissolution, j'ai essayé de devenir chevalier errant pendant un temps, tout comme toi. Battre la campagne et massacrer gobelins et vauriens, brûler les sorciers sur le bûcher, ce genre de choses. Rien que de très banal. En revanche, je me suis rendu compte que je ne supportais pas d'être mon propre maître. Alors je suis revenu ici l'année dernière, et j'ai supplié le roi de me rendre mon ancien poste. Sa Majesté m'a pris en pitié et m'a autorisé à diriger sa garde. À présent, les pires démons que j'affronte sont des affamés qui ont dérobé un quignon de pain, mais au moins j'ai recouvré l'honneur, un honneur véritable.

— Je suis sincèrement ravi de l'apprendre, répondit Croy.

Une larme s'était formée au coin de son œil.

— Moi aussi, intervint Malden.

Croy ne s'était même pas rendu compte qu'il se tenait à côté d'eux.

Sire Équarri se retourna pour toiser le voleur avec dédain.

— Tu n'es pas encore l'un des nôtres, fiston. Il ne suffit pas de posséder une épée. N'oublie jamais ça.

Malden éclata de rire.

— Je suis simplement ravi de ne pas finir au gibet. Mais prenez-en de la graine, sire chevalier, et souvenez-vous de ça : certains rats d'égout cachent bien leur jeu.

Équarri dressa le menton et sembla mûrir une repartie cinglante, mais son juron mourut dans sa barbe quand le roi s'éclaircit la voix. Se rappelant alors leurs instructions, tous trois s'alignèrent le long du mur ; Malden fit de son mieux pour imiter la posture des deux chevaliers.

— Une dernière petite chose, reprit le souverain. Qui est-elle ?

Il avait pivoté pour désigner Cythère.

— Votre Majesté, répondit celle-ci avant de lui adresser une révérence appropriée à son rang. Je suis Cythère, fille de Coruth. Accompagnée de Croy et Malden, je vous ai livré cette Balint afin que…

Ulfram la fit taire d'un geste.

— Vous auriez dû vous arrêter à « fille de Coruth ». Vous êtes donc une sorcière ?

— Pas exactement.

Le roi se pinça l'arête du nez.

— Possédez-vous quelque don… s'apparentant à de la sorcellerie ?

Cythère rougit. Puis elle tendit les mains devant elle, les positionnant à quelques pouces l'une de l'autre. De vives étincelles crépitèrent entre elles.

Le souverain hocha joyeusement la tête.

— Bien, bien… Continuez ! C'est presque impressionnant. À présent, vous quatre : votre mission, pour les minutes à venir, est de rester là, l'air menaçant. C'est tout. Je ne veux pas vous entendre. Je ne veux pas vous voir bouger. Contentez-vous d'avoir l'air dangereux. Est-ce dans vos cordes ?

— Certainement, Majesté, répondit Croy, mais dans quel but ?

— J'ai une invitée à divertir. (Il n'en dit pas plus, et se précipita vers la porte pour adresser un signe de tête à une personne à l'extérieur.) Faites-la entrer tout de suite. Je n'ai pas toute la journée.

Puis il s'empressa de revenir s'installer dans l'un des fauteuils.

Un héraut en livrée verte pénétra dans la pièce à grands pas et fit une ample et élégante révérence.

— Votre Majesté, annonça-t-il, permettez-moi de vous présenter dame Mörgain, princesse des steppes de l'Est !

La femme qui fit son apparition n'était guère vêtue que d'un manteau en peau de loup. Elle était plus grande que n'importe qui d'autre dans la chambre, et rivalisait presque avec les deux chevaliers en termes de carrure. Son visage était peint de telle sorte que la peau semblait avoir été arrachée de son crâne ; ses cheveux taillés court émergeaient en touffes éparses et négligées. S'il s'agissait de la fille de Mörg le Sage, elle devait également être la sœur de Mörget, que Croy avait autrefois appelé son frère. Le barbare était mort à présent, ce qui lui permettait secrètement de respirer mieux : il n'aurait pas aimé avoir à lui prouver sa valeur en combat singulier. Mais visiblement, Mörgain devait être presque aussi dangereuse.

Elle tenait à la main une hache de fer, à laquelle elle fit décrire un moulinet avant de l'abattre dans les reins du héraut. Le petit messager vola en avant et vint percuter le rebord de l'âtre.

— Aucun homme ne m'appelle princesse, déclara-t-elle.

Chapitre 13

Percespectre se retrouva instantanément dans la main de Croy. À son côté, Glaivefroid se matérialisa dans la poigne de sire Équarri. Croy lança un regard noir à Malden et désigna du menton la ceinture du voleur. Ce dernier dégaina plutôt maladroitement, mais finit par brandir Langacide.

Cythère écarta les mains, et de la lumière crépita entre ses doigts.

Pourtant, avant même que Croy puisse faire un pas vers la barbare, celle-ci avait tiré sa propre épée et s'était accroupie en position défensive. La vue de sa lame aurait suffi à faire marquer un temps d'arrêt au plus discipliné des chevaliers.

Croy en avait déjà croisé de plus longues, mais jamais d'aussi imposantes. Elle surpassait Percespectre de six bons pouces, et était plus large que la paume du chevalier. Cette épée ne comportait pas de quillons, mais n'en avait pas besoin car le fer débordait largement de la poignée, et n'était fuselé qu'en son extrémité. Elle ressemblait davantage à un couteau de cuisine démesuré qu'à une véritable lame. Le grain fibreux du métal témoignait de la qualité du maître artisan. Si équilibrée fût-elle, Croy doutait en outre que la plupart des hommes soient capables de la brandir, même à deux mains.

Mörgain n'en avait besoin que d'une seule pour cela, et les muscles de son bras nu semblaient à peine bandés.

Sire Équarri prononça le nom qui résonnait dans le crâne de Croy.

— Brisecroc…

Brisecroc, une autre des Sept Lames. Forgée huit siècles plus tôt, en même temps que Percespectre, Glaivefroid ou Langacide, et destinée tout comme elles à terrasser les démons et à protéger l'humanité. Depuis plusieurs siècles – depuis le terrible et dernier affrontement avec les barbares, cette bataille qui avait permis de repousser leurs hordes au-delà de Murblanc – le peuple de Skrae considérait Brisecroc et une autre épée nommée Aubelame comme perdues. Les chevaliers en possession de ces lames avaient péri dans les montagnes, et leurs armes avaient disparu. On n'avait fait longtemps que supposer qu'elles étaient échues aux mains des barbares. Un fait que Croy avait déjà confirmé : il avait lui-même vu Aubelame dans la main de Mörget. Et voilà désormais que Mörgain empoignait Brisecroc. Croy se demanda si la barbare était aussi peu digne de confiance – et méritait aussi peu de posséder l'une des Sept Lames – que son frère.

Il était peut-être temps de restituer cette arme au royaume de Skrae. Le chevalier se fendit, redressant Percespectre, restée jusque-là en position basse. Mörgain réagit plus vite que Croy l'avait imaginé, et para de Brisecroc, de sorte que les deux lames tintèrent et ripèrent longuement l'une contre l'autre. Croy sentit que sire Équarri arrivait derrière lui sur sa gauche, le côté faible de Croy. Ensemble, ils ne feraient qu'une bouchée de cette profanatrice…

Sauf que le roi intervint.

— Assez ! Cessez cela, tous autant que vous êtes.

Croy recula d'un bond et lança un coup d'œil à son seigneur. Ulfram V était accroupi près du foyer, une main posée sur le cou du malheureux héraut.

— Cet homme n'est pas mort. Seulement assommé. Je refuse que le sang coule dans ma chambre du conseil. Pas dans cette même pièce où mon père a trépassé. Quant à vous, Malden… rangez cette fichue chose. Vous répandez de l'acide sur mon joli parquet.

Croy continua de surveiller Mörgain. Son visage peint ne trahissait rien, même si ses yeux semblaient assoiffés de sang. Il ne doutait pas que, si Équarri ou lui-même souhaitait poursuivre cette conversation, elle accepterait fort volontiers.

— Arrêtez. Rangez vos armes. Tous ! exigea de nouveau Ulfram.

Croy croisa le regard de Mörgain, puis hocha lentement la tête. Elle l'imita. Tous deux rengainèrent leur épée en même temps. Croy savait qu'il pouvait compter sur sire Équarri pour en faire autant.

— Tant que vous n'emploierez pas ce terme répugnant, annonça la barbare, je me tiendrai tranquille. Je ne suis pas une princesse. Les princesses sont de petites choses vaniteuses et oisives, tout juste bonnes à attendre dans une tour d'être mariées à l'homme le plus fortuné que leur père saura convaincre. Je suis une cheftaine des clans de l'Est. Des milliers d'hommes sont sous mon commandement.

Le roi se déploya de toute sa hauteur. Il avait beau être trop proche de ses subordonnés et peiner à comprendre l'importance des Sept Lames, Croy savait qu'Ulfram V ne manquait pas de courage.

— Vous êtes sur mes terres, à présent. Et je ne vois pas ces milliers d'hommes dans cette pièce. Vous m'avez déjà fait offense. Avez-vous parcouru une telle distance simplement pour m'insulter ? La route est longue depuis les steppes de l'Est.

— Plus maintenant, repartit Mörgain avec un sourire qui dévoila ses dents. (Comparativement à celles peintes sur ses lèvres, elles étaient semblables à de petits crocs acérés.) J'ai cavalé jusqu'ici, poussant mon cheval à l'épuisement. Cela m'a pris deux jours. Mes hommes arrivent à pied. Il leur faudra davantage de temps. Pas beaucoup, cependant.

— Ainsi, mes éclaireurs ne s'étaient pas trompés, réagit Ulfram d'une voix caverneuse. En s'écroulant, Fendciel a ouvert une nouvelle voie à travers les montagnes.

— Une route presque aussi plate que les plaines de mon enfance, confirma Mörgain.

— Et vous allez franchir ce défilé dans le but d'envahir Skrae. De nous conquérir.

— Et tel est notre droit. Nous sommes plus forts que vous. Nous l'avons toujours été, et les forts doivent régner sur les faibles. Durant des siècles, vous vous êtes cachés derrière ces montagnes, tout comme vous vous abritez derrière les murs de vos cités. Mais il semble que même les montagnes puissent s'effondrer. Où donc allez-vous vous terrer maintenant, petit roi ?

Ulfram se hérissa ; en tant que chef d'État, il ne pouvait pas laisser passer pareille provocation. Mörgain était peut-être plus grande que lui, mais il n'aurait pas à l'affronter lui-même.

— Ceci est un acte d'agression. Une tentative téméraire de conquête.

La barbare haussa les épaules.

— Je suis venue vous informer que nous avons été provoqués.

Elle plongea la main dans sa peau de loup et en sortit un gros objet sphérique protégé par du goudron. Elle le fit pivoter, et Croy découvrit un visage. Il s'agissait d'une tête tranchée et embaumée d'une horrible façon.

Cela suffit à lui retourner l'estomac. Pis encore : il reconnut ce visage. Il appartenait à un saint homme qui avait autrefois vécu dans une ancienne forteresse juste à l'ouest de Murblanc. Herward était l'une des âmes les plus pures que Croy eût jamais croisées.

— Cet homme a franchi le défilé il y a une semaine. Il est venu sur notre campement d'automne pour répandre des mensonges sur mon peuple. Le Grand Chef des clans a considéré cela comme un acte d'invasion de la part de Skrae.

— Herward ? Un envahisseur ? s'exclama Croy, incrédule. Il consacrait sa vie à la Dame ! Peut-être n'était-il pas complètement sain d'esprit… (En réalité, ses visions et l'hydromel sombre avaient rendu fou l'ermite. Toutefois...) Il n'avait rien d'une menace.

— Il mentait, insista Mörgain. Il parlait d'une déesse nommée la Dame. Il a exigé que nous la vénérions. À l'Est, nous ne connaissons qu'une seule divinité : la Mort, notre mère à tous. Nous refusons de nous laisser corrompre par votre religion décadente.

Le roi lui arracha la tête des mains. Il contempla les traits déformés.

— Voilà une bien piètre justification, et vous le savez parfaitement, Mörgain. Un prêcheur fou n'est pas une unité d'invasion.

— Je ne suis venue ici qu'avec deux objectifs, rétorqua la barbare, et tous deux sont désormais atteints. Je suis venue vous prévenir, car pour mon peuple, seuls les pleutres attaquent par surprise. Nous arrivons. Vous êtes prévenus.

— Quelle est la deuxième raison ? s'enquit Ulfram.

— Prouver que je suis plus courageuse que n'importe quel homme.

Le roi opina tristement.

— Je suppose que vous l'êtes. Car vous feriez un excellent otage. Je pourrais vous emprisonner sur-le-champ et contraindre vos troupes à retourner dans leurs steppes en échange de votre vie.

Mörgain éclata de rire.

Croy connaissait ce son. Il en avait entendu une version plus grave et légèrement plus forte, quelque temps auparavant. Mörget riait de la même façon. C'était l'hilarité de ceux qui considèrent une mort violente comme une bonne plaisanterie.

— Quiconque me touchera succombera. Peut-être qu'un homme finira par me tuer, voire par me capturer. Mais il succombera néanmoins. Je serai vengée, même s'il faut pour cela dépêcher cinquante mille guerriers. Même si chaque clan de l'Est doit empiler les corps de chacun de ses membres en guise de tour de siège. Même si mon peuple doit verser jusqu'à la dernière goutte de son sang, celui qui me touchera succombera. Bon. Allez-vous oser me retenir captive ?

Croy pivota pour examiner le visage du roi. Il n'y lut aucune peur. Le souverain refusait de se laisser intimider – ou en tout cas refusait d'indiquer à Mörgain que ses menaces avaient fait mouche. Croy en ressentit une certaine fierté. Voilà l'homme qu'il servait.

— Pas alors que vous pouvez m'être plus utile autrement, rétorqua le roi. Repartez en paix, et dites ceci à votre Grand Chef : je le rencontrerai sous la bannière des pourparlers, au lieu et au moment de son choix. Partez. Je ne vous retiens pas plus longtemps. Franchement, je ne veux pas vous voir rester chez moi une seconde de plus.

Chapitre 14

Après le départ de Mörgain, plus personne ne parla pendant un long moment. Croy commençait à être mal à l'aise, ainsi debout contre le mur avec la main sur la poignée de son épée. Le roi, son seigneur, était visiblement bouleversé : prostré dans son fauteuil, le menton dans la paume, profondément plongé dans ses pensées.

— La situation est bien pire que je ne l'imaginais, finit-il par déclarer. Je pensais qu'ils nous laisseraient une chance d'acheter la paix. (Il secoua la tête.) Croy… sire Croy. Vous étiez là-bas. Vous avez vu la montagne s'écrouler. Quelle est la taille de ce défilé ? Combien d'hommes peuvent y progresser de front ?

Croy fronça les sourcils en y réfléchissant.

— Quand tout s'est effondré, cela a provoqué des dégâts considérables à la terre alentour. Le passage doit être large d'un quart de mille.

— Tant que ça ? Tant que ça ! (Ulfram se leva et courut à la porte ; il fit un signe vers l'extérieur, et des bruits de pas résonnèrent dans le couloir.) Mes éclaireurs m'ont dit qu'il était praticable, mais ils ont omis de préciser qu'il était suffisamment vaste pour y faire défiler une armée entière. Nous sommes submergés d'incompétents ! Une faille de cette taille dans mon royaume… Les barbares vont déferler. Nous ne pourrons jamais les arrêter.

— Votre Majesté, intervint sire Équarri. Je présume que vous saviez que cela allait se produire.

Le roi leva les yeux vers son capitaine de la garde.

— Je savais qu'ils regroupaient les clans juste à l'est de la montagne, oui.

— Vous avez déjà entamé le processus de conscription. Notre armée sera prête avant qu'ils arrivent, poursuivit le soldat.

— Une cohue sans entraînement, répliqua Ulfram. (Il eut un geste de frustration.) Et seulement quelques véritables chevaliers pour la diriger.

— Nous pourrions faire appel aux Royaumes du Nord, pour recruter davantage de soldats.

Doigile, Ryving, Maelfing et Anfald se faisaient presque constamment la guerre mais, en temps de paix, ils louaient leurs hommes comme mercenaires.

— C'est déjà fait, affirma le roi. Doigile a promis de nous venir en aide dès qu'ils en auraient fini avec Maelfing. Cependant, ils ne seront pas là avant plusieurs semaines... et les barbares ne se trouvent qu'à quelques jours d'ici.

— Et l'Ancien Empire ? demanda Croy.

Ulfram secoua la tête. Les premiers colons de Skrae étaient des bannis du continent situé de l'autre côté de la mer Australe, une terre dirigée depuis des milliers d'années par une grande cour impériale.

— J'y ai bien sûr envoyé un émissaire dès que la nouvelle de l'apparition de ce défilé m'est parvenue, expliqua le roi, mais l'Empereur ne nous porte pas dans son cœur, même après tout ce temps. Et de toute façon, je ne lui ferais pas confiance, même s'il nous envoyait des troupes. Ils repousseraient sans doute les barbares puis en profiteraient pour nous envahir. Non, nous allons devoir compter sur notre seule armée. Mais nous sommes restés en paix trop longtemps ! Rares sont les hommes de Skrae qui se rappellent comment tenir une épée. Nous sommes tous gras et mous. Les barbares – s'ils ressemblent tous à cette femme – feront peu de cas de nous.

L'un après l'autre, les conseillers du roi émergèrent du couloir. Le trésorier, le sénéchal, le chancelier, le duc de Fangevert, l'archiprêtre de la Dame, et bien d'autres que Croy n'avait jamais rencontrés. Le baron d'Estecoque le gratifia d'un salut amical, mais fut rapidement happé dans la conversation par un homme portant la chaîne dorée du garde des Sceaux royaux. Ils étaient les personnages les plus puissants de Skrae – et contrairement à leur roi, ils semblaient tous terrifiés.

On apporta une table pour y dérouler des cartes. Croy fut assailli de questions, auxquelles il ne savait généralement pas répondre, même s'il fit de son mieux. Cythère connaissait quelques détails supplémentaires, mais elle manquait d'entraînement militaire et était incapable de discuter stratégie. Même Malden fut interrogé sur ce qu'il avait vu de l'état du terrain autour des restes de Fendciel.

Tous s'agglutinèrent autour des plans, cherchant à déterminer le lieu de la future invasion.

— La forêt – ici – les ralentira un peu, mais on peut espérer au mieux une dizaine de jours de grâce avant qu'ils atteignent la Strow, déclara sire Équarri.

— Si seulement nous pouvions les contenir jusqu'à l'hiver, grommela le roi en se tordant les mains. L'affaire de quelques mois. Aucune armée ne peut progresser normalement sur une couche de neige. Ils seraient contraints d'ériger un campement où nous pourrions les harceler ou, plus vraisemblablement, de se replier dans la montagne en attendant le printemps. Ce qui nous laisserait le temps de fortifier le défilé et de les renvoyer là d'où ils viennent.

— Il existe peut-être un moyen de les ralentir un peu, suggéra Croy. Là, dit-il en désignant un endroit sur la carte, non loin du nouveau col. Il y a une vieille forteresse. C'est là que nous avons rencontré Herward. Elle est à moitié en ruine, mais ses murs sont toujours debout. Votre Grâce, confiez-moi cinq cents hommes, et je tiendrai cet endroit un mois entier, dussé-je y laisser la vie.

Le roi contempla la carte. Puis il recula d'un pas et secoua la tête.

— Non, trancha-t-il.

— Je vous en supplie, Majesté ! Offrez-moi cette chance de vous prouver mon honneur.

— J'ai dit non, sire Croy. Vos cinq cents hommes finiraient par se faire écraser, massacrer, et sans que vous ayez pu nous faire gagner assez de temps. Je ne peux pas me permettre un tel sacrifice pour un geste noble. Non, nous allons devoir organiser notre défense ici, à Helstrow.

Sire Équarri se racla la gorge, mais le souverain lui adressa un regard menaçant.

— J'ai pris ma décision, annonça-t-il.

La pièce se retrouva plongée dans le silence.

— Quand la rumeur se répandra, tous les gens situés dans l'enceinte extérieure tenteront de fuir. Je ne peux pas les laisser faire. Scellez les issues. Toutes, sans exception. Nul ne quittera Helstrow sans mon autorisation, déclara Ulfram. Redoublons d'efforts pour recruter la population. Je veux que chaque âme à l'intérieur de cette enceinte se consacre à se préparer à l'assaut. Quant à vous, mes trois Lames : partez maintenant, et rendez-vous utiles. Formez autant de citoyens que possible. Mes conseillers et moi avons du pain sur la planche, vous nous faites perdre notre temps.

Croy sentit le rouge lui monter aux joues. Son cœur battait à tout rompre. Il s'inclina profondément :

— Votre Grâce.

Puis il adressa un signe de tête à Cythère et Malden et les fit sortir hâtivement de la chambre.

Ils ne reprirent la parole qu'une fois hors du palais. Ce fut Cythère qui rompit le silence.

— Je n'arrive pas à croire qu'il ait laissé filer Balint juste comme ça. Après tout ce qu'elle a fait…

— Nous ne pouvons pas le contredire, précisa Croy. Il est le souverain désigné par la Dame, et sa parole fait loi.

— Ce n'est qu'un homme. N'importe quel homme peut se conduire en imbécile, insista Malden.

Le sang de Croy ne fit qu'un tour face à pareille calomnie, mais il parvint à prendre du recul par rapport aux paroles du voleur. Malden ne savait pas de quoi il parlait.

— Il est notre roi, c'est tout ce qui compte. Il a le droit d'agir comme bon lui semble pour notre bien à tous.

— Pas le mien. Je ne connais rien à la guerre, admit Malden, mais il commet une erreur, n'est-ce pas ? Sire Équarri semblait croire que ta stratégie pouvait fonctionner. Qu'elle aurait pu permettre de refouler ces barbares. Au lieu de quoi, il va les laisser approcher jusqu'à lui afin de pouvoir converser tranquillement avec *leur* roi. Ou peu importe son titre. Il va discuter, mais eux ne cherchent qu'à nous massacrer.

L'honneur de Croy ne l'autorisait pas à acquiescer. Mais il possédait assez de connaissances en histoire militaire pour répondre :

— Si les barbares franchissent le défilé sans encombre, ils auront tout le temps avant les premières chutes de neige de s'établir solidement à l'intérieur des frontières de Skrae. Et une fois là, il sera compliqué de les en déloger.

Le voleur posa une main sur l'épaule de son compagnon. Croy sentait trembler les doigts de Malden.

— Je… Je ne suis pas assez doué avec cette épée pour aller au combat. Je ne peux pas rester ici. Je ne peux pas me battre à ton côté.

Croy ferma les yeux. Des paroles de pleutre, mais des paroles sincères.

— Non, Malden, tu ne le peux pas. C'est pourquoi tu vas quitter Helstrow ce soir même… et emmener Cythère avec toi.

Chapitre 15

À la nuit tombée, Malden et Croy reprirent la direction de l'enceinte extérieure. En dépit de la fraîcheur automnale, les rues étaient encore remplies de gens allant de-ci de-là, comme s'ils ignoraient où se rendre et qu'ils n'osaient pas rentrer chez eux. Les hommes du roi défilaient en nombre, ramassant tous ceux dont la loi permettait l'enrôlement. La moindre injure suffisait à se faire arrêter cette nuit-là. L'ivresse publique, l'incapacité à maintenir un cochon hors de la route… des choses banales en temps de paix semblaient devenues passibles de pendaison. Même les femmes n'étaient pas épargnées. Elles étaient menées vers les églises et les édifices publics, où elles seraient préposées à la conception de bandages ou de cordes d'arc.

Malden portait toujours son vieux manteau vert, tandis que Croy avait revêtu un tabard aux couleurs du roi, vert et or, et tous ceux qu'ils croisaient les contournaient largement. Ce qui était peut-être aussi dû à l'épée qu'ils arboraient à la ceinture.

Ils passèrent devant un prédicateur aux mains ensanglantées qui, juché sur le rebord d'un puits, vantait à qui voulait l'entendre les vertus de l'ancienne religion du Dieu Sang – une véritable hérésie dans une citadelle dédiée à la Dame. Plusieurs jeunes gens s'étaient arrêtés pour l'écouter, s'imaginant sans doute que Sadu les protégerait de l'invasion barbare. Toutefois, quand la foule aperçut les couleurs de Croy, elle se dissipa rapidement dans la pénombre.

— Ils feraient mieux d'avoir foi en leur roi, pesta Croy entre ses dents serrées.

Il trouva, dissimulé dans le seau du puits, le porcelet que le prédicateur avait sacrifié. Il le jeta furieusement dans la rue.

— Ils sont terrifiés, lui expliqua Malden. (Il était bien placé pour le savoir.) Ils sont prêts à se tourner vers n'importe quelle source d'espoir. (Il scruta l'allée sombre, tout juste éclairée par la lune.) C'est encore loin ?

— Les conscrits que tu cherches sont détenus dans un cimetière près de l'enceinte externe, lui répondit Croy. Ce n'est qu'à quelques rues d'ici. Une fois que tu les auras trouvés…

— Mieux vaut que tu ignores ce que je ferai après ça, lui assura le voleur. Nous nous séparerons dès qu'ils seront libres.

Croy acquiesça.

— Malden, reprit-il, c'est peut-être ma dernière chance de te parler de quelque chose… qui me perturbe.

Le voleur se raidit, se demandant ce que le chevalier avait en tête. Allait-il changer d'avis à présent, et exiger qu'il reste pour l'aider à défendre Helstrow ?

— Cythère et moi n'aurons pas le temps de nous marier avant votre départ, poursuivit Croy en évitant le regard de son compagnon. Elle m'a promis sa main, mais… Malden, je n'ai jamais douté de ton amitié. Pourtant, j'ai aperçu quelque chose, sous Fendciel. Une chose que je n'arrive pas à m'expliquer.

Le cœur du voleur sembla s'arrêter de battre.

— Tu l'as vue m'embrasser.

Croy était comme muet.

C'est peut-être le moment qu'il va choisir pour m'annoncer qu'il est obligé de me tuer, songea Malden. Il réfléchit au meilleur itinéraire pour fuir.

Toutefois, le chevalier vivait selon un code d'honneur. Cela signifiait qu'il lui laisserait une chance de se défendre.

— Pourquoi a-t-elle fait ça ? s'enquit-il.

Le voleur s'humecta les lèvres. Il allait devoir peser avec soin ses prochaines paroles. Cythère lui avait promis de tout raconter à Croy dès leur retour à Ness, ce qui impliquait que ce n'était pas à Malden de tout avouer. Il ne pouvait pas informer Croy que Cythère et lui s'aimaient. Que les fiançailles du chevalier et de la fille de la sorcière étaient déjà rompues.

Le silence qui se poursuivait avait une bonne raison d'être. Pourtant, Malden brûlait de tout lui déballer. Cela simplifierait la vie de tout le monde. Même si, vraisemblablement, cela raccourcirait la sienne de beaucoup. Néanmoins, il se trouva incapable de mentir totalement.

— Laisse-moi t'expliquer. À cet instant – à l'instant de ce baiser –, j'étais promis à une mort certaine. L'assassin, Prestwicke, allait m'achever. J'étais condamné, sans plus d'espoir de survie. Je l'ai implorée de m'embrasser, comme une dernière volonté. En de telles circonstances, quelle femme aurait pu refuser ?

Croy écarquilla les yeux, et son visage vira à l'écarlate. Malden comprit que le chevalier était embarrassé de l'avoir interrogé. Si un autre homme l'avait surpris à embrasser sa fiancée, un homme moins bon que Croy, le voleur doutait que cette explication aurait suffi. Cependant, d'autres émotions brillèrent dans le regard du chevalier. De la gratitude. Du soulagement. Croy avait tant espéré qu'il existait à ce baiser une explication simple et innocente qu'il aurait probablement accepté n'importe quelle version fournie par Malden. N'importe quelle version, autre que la vérité pleine et entière.

— Tu ne peux pas mettre en doute sa constance, insista Malden. Son honneur…

— Son honneur est mon honneur, et je mourrais pour le défendre. Et tu as raison, elle ne pouvait pas te le refuser à un moment pareil. Elle est tellement compatissante. Tu comprends pourquoi je l'aime ? Mesures-tu la profondeur de mes sentiments ?

— Je pense que oui, répondit Malden à mi-voix.

— Mais cette même qualité que j'adore la rend vulnérable. Les hommes sont fourbes. Ils n'hésitent pas à tirer avantage de la nature plus sensible des femmes, qui ne sont pas toujours assez sages pour résister à leurs charmes.

Malden se rappela une fois encore que le chevalier n'avait pas dû fréquenter beaucoup de femmes. Lui qui avait été élevé par des catins pensait connaître un peu mieux l'esprit féminin. Il savait également combien elles étaient capables de résister aux charmes des hommes... quand elles le décidaient. Il préféra toutefois garder pour lui ses connaissances.

— Quelqu'un d'autre, une personne avec un cœur moins noble que le tien, Malden, aurait pu tirer profit de la situation. Aurait pu demander davantage qu'un baiser. Si elle s'était trouvée contrainte de se compromettre, elle aurait pu remettre en cause la promesse qu'elle m'a faite.

— Ne pense pas à pareilles choses, Croy ! Tu as bien d'autres soucis en ce moment !

Croy secoua la tête.

— J'ai besoin de ton aide, Malden. Et, je t'en prie, ne me la refuse pas. Tu dois veiller sur elle. Assure-toi qu'il ne lui arrive rien. Et qu'elle reste... pure. Je...

Soudain, il haleta. Ses poings étaient serrés devant lui.

— J'en mourrais, reprit-il, mon âme se ratatinerait si je devais découvrir qu'elle ne m'aime plus. Cela me blesserait davantage que des flèches fichées dans mon abdomen, Malden !

— Je te le jure, Croy. Elle ne tombera amoureuse de personne d'autre. Je ne la laisserai jamais seule avec un autre homme que moi.

Les yeux du chevalier étaient embrumés de larmes quand il étreignit vigoureusement son compagnon.

— Tu es vraiment mon ami, finalement. J'en ai douté parfois... mais tu es un véritable ami.

— Tu peux me faire entièrement confiance, le rassura Malden.

Et pour la première fois de sa vie, sa conscience le tirailla après avoir menti à quelqu'un. Mais il savait qu'il pourrait être tiraillé par autre chose – deux pieds d'acier enfoncés dans son ventre, par exemple – le jour où Croy découvrirait la vérité.

Chapitre 16

Il s'efforça de ne plus prononcer un mot jusqu'à leur arrivée au cimetière.

Un endroit lugubre où dormir, même pour des voleurs. Toutefois, on aurait eu beau les cantonner dans les plus belles demeures de l'enceinte intérieure, les appelés seraient restés inconsolables. Ils semblaient tous brisés et épuisés. Tandis que Malden était convoqué par le roi, ceux-là avaient passé la journée à l'entraînement. Des sergents virulents les avaient soumis à un rythme effréné, commençant à leur apprendre à se servir d'une serpe comme d'une arme ou à marcher au pas cadencé, voire à courir attachés à un lourd harnais de cuir. En récompense de ce dur labeur, ils se trouvaient désormais enchaînés par groupes de six afin de ne pas pouvoir s'enfuir ; on avait donné à chacun un bol de soupe fort peu épaisse, avant de les abandonner à leur sort.

Malden supposait que c'était toujours mieux que de se retrouver pendu sur la place publique. Il se demanda combien de ces hommes gémissants partageraient cet avis. En tout cas, l'avenir de l'un d'entre eux au moins s'annonçait plus radieux. Il scruta la foule jusqu'à repérer Velmont, l'ami qu'il s'était fait durant sa propre détention.

— Lui, indiqua-t-il à Croy.

Ils approchèrent des prisonniers, et Velmont leva la tête avec un demi-sourire en reconnaissant Malden. Puis il baissa les yeux sur l'épée à sa ceinture et se rembrunit. Malden comprit qu'il se demandait si l'homme à qui il s'était confié dans la salle de banquet était en réalité un informateur à la solde des hommes du roi. Force était de reconnaître que, si les rôles avaient été inversés, lui-même aurait eu du mal à faire confiance à Velmont.

— Reste calme, et tout ira bien, lui chuchota-t-il.

— Tu t'es bien foutu de moi, hein ? l'apostropha Velmont sans tenir compte de ses recommandations. Avec tes petits discours sur le fait d'être frères d'armes.

— Réjouis-toi, Velmont, lui répliqua-t-il. Je ne vais pas te faire de mal.

— Tu n'es pas un voleur, pas vrai ? l'interrogea encore Velmont avant de cracher dans l'herbe entre deux tombes. Qu'est-ce que tu me veux, encore ? D'autres secrets ?

— Ces gens qui t'accompagnent : ils font partie de ton équipe ? s'enquit Malden.

— Tu veux que je te donne des noms, maintenant ? Il va falloir me torturer.

— Écoute ma proposition avant de la rejeter. (Malden attrapa le collier de fer au cou du prisonnier, qui s'écarta d'un mouvement brusque.) Je vais te libérer, imbécile !

— Ah ouais, me libérer de ma condition de mortel, je parie. Avec tout ce que je t'ai dit… J'en ai balancé assez pour finir au bout d'une corde.

Croy se pencha pour examiner les entraves de Velmont et sortit son couteau de poche pour briser le cadenas. Malden leva les yeux et constata qu'on les observait. Les gardes chargés de surveiller les conscrits étaient jusqu'alors rassemblés autour d'un feu près de l'église attenante, mais un sergent au chapel de fer rouillé s'était levé et mis à courir dans leur direction. Un ruban vert et jaune était noué autour du rebord de son casque. Il tenait une grosse matraque à la main.

— Sans vous offenser, sire chevalier, commença le nouveau venu une fois arrivé en s'adressant à Croy, puis-je vous demander précisément ce que vous êtes venu faire ici ?

Malden baissa la main vers la poignée de Langacide, mais Croy fit un pas en avant et se pencha vers le soldat.

— Le travail du roi, repartit-il d'une voix dure – Malden ne l'avait jamais entendu parler aussi sèchement. Le capitaine de la garde, sire Équarri en personne, m'a envoyé quérir cet imbécile. Je veux m'acquitter de ma tâche au plus vite afin de retourner à des choses plus importantes. À présent, relâchez ces hommes.

— Mais… ce sont des criminels ! protesta l'autre.

— On les attend au donjon pour former un détachement spécial. Nous avons besoin d'ouvriers pour huiler et nettoyer chaque pièce de fer de l'armurerie avant demain matin. Naturellement, si vous le préférez, je peux vous emmener, vous et vos hommes.

Malden en resta bouche bée. Il n'avait jamais entendu le chevalier s'adresser à quiconque avec un tel air d'autorité – ou de menace. Pas plus qu'il ne l'avait déjà entendu mentir. Il l'en croyait même incapable. Visiblement, Croy possédait quelques talents cachés.

Le sergent secoua la tête avec empressement.

— Non, non, sire. Je vais chercher les clefs.

Velmont et les cinq conscrits avec lesquels il était enchaîné se retrouvèrent vite libres. Le sergent proposa de leur lier les mains.

— Je ne pense pas que cela sera nécessaire, lui assura Croy. Nous sommes tous deux suffisamment armés pour maîtriser une demi-douzaine de ces chiens.

— Comme vous voudrez, sire.

Quand l'officier reçut congé, il retourna avec gratitude auprès de son feu, soulagé de ne plus être au centre de l'attention du chevalier. Celui-là ne poserait plus de problème.

Malden et Croy menèrent les six prisonniers dans une allée, et attendirent d'avoir tourné à un coin de rue avant de parler. Croy agrippa les mains de son compagnon et lui lança :

— C'est fait. Je vais m'assurer que Cythère t'attend à l'auberge, avec vos affaires et quelques provisions. Malden, si cette guerre tourne mal, ou si je n'y survis pas…

— Nous nous reverrons, lui assura le voleur. Rentre avant que sire Équarri se demande où tu es passé.

Croy acquiesça.

— Que la Dame guide tes pas, lança-t-il en s'enfonçant dans la nuit.

Malden l'observa un moment, puis il se tourna vers les fugitifs.

Toutefois, avant même qu'il puisse dire un mot à Velmont, il vit une main passer devant lui et défaire sa boucle de ceinture. Langacide tomba au sol et Malden, trop surpris pour réfléchir, se baissa pour la récupérer.

Une pierre s'abattit à l'arrière de son crâne, assez fort pour lui faire tourner la tête.

Chapitre 17

Cythère se tenait debout à la fenêtre de leur chambre, scrutant la rue à travers un interstice entre les volets de l'auberge. Il était presque minuit, mais la citadelle grouillait toujours d'activité, et les allées étroites demeuraient largement empruntées. Des groupes de personnes – des soldats, ou simplement des hommes cheminant de conserve pour plus de sécurité – s'affairaient de-ci de-là, la tête baissée, la voix en sourdine, sans lumière ou presque. Tout Helstrow semblait terrifié par ce qui s'annonçait.

Coruth avait tenté de la prévenir, elle en était certaine. De l'invasion et de la guerre qui s'ensuivrait. Cythère tenta de se souvenir des mots que le garçon lui avait dits dans l'allée, des mots émanant d'une centaine de milles de là. Tel était sans doute le message de Coruth. Les épées qui se rassemblent, des hommes jetés à terre et d'autres propulsés vers les sommets. Qu'est-ce que cela pouvait signifier d'autre ?

Un coup à la porte la fit sursauter. Elle traversa la pièce à grands pas, tendit la main vers le verrou, puis hésita avant de le tirer. Croy s'était montré très clair, et pour une fois elle partageait son opinion. Ils ne pouvaient pas se montrer trop prudents. Le roi refusait que quiconque – en état de combattre ou non – quitte Helstrow. Si ses agents découvraient qu'elle prévoyait de fuir, ils feraient tout pour l'en empêcher. Elle ne demanda pas qui avait frappé mais attendit en silence, les nerfs à vif.

Un deuxième coup survint après une courte pause. Puis un troisième immédiatement. Le signal convenu.

Elle ouvrit le battant sur Croy. Il la contourna sans mot dire pour entrer dans la pièce. Il portait deux lourds ballots qu'il posa sur le lit.

— Ça y est, chuchota-t-il. Je ne peux pas rester longtemps.

Elle acquiesça, compréhensive. Moins ils parleraient, mieux ce serait. Nul ne dormait, à cette heure-là, et il était impossible de savoir qui pourrait surprendre leur conversation.

Croy leva la main comme pour lui caresser la joue. Au lieu de cela cependant il porta les doigts aux lèvres de Cythère. Elle cilla, incertaine de bien interpréter le message.

— Je viendrai à Ness dès que possible, murmura-t-il. Si je le peux.

Cythère ferma les yeux. S'il survivait à l'invasion, en d'autres termes.

Elle ignorait si elle avait réellement aimé Croy. Quand il lui avait demandé sa main, elle y avait vu un moyen d'échapper à son père. Plus tard, elle l'avait plutôt ressenti comme l'annonce d'une grande aventure. À présent, elle savait qu'elle ne serait jamais une épouse comblée avec lui, que seul Malden pourrait lui offrir la vie dont elle rêvait.

Cependant, elle n'avait pas douté une seule seconde des sentiments de Croy, ni de sa gentillesse. Il s'était montré si bon avec elle et sa mère – elle lui devait bien davantage qu'elle ne pourrait jamais lui rembourser. Et la voilà, qui s'apprêtait à le trahir. Elle ouvrit la bouche, soudain parfaitement convaincue de devoir lui avouer dès à présent la vérité. Elle lui dirait tout au sujet de Malden. Elle implorerait son pardon. C'était la seule chose à faire.

— Ne dis rien, lui intima-t-il. Écoute. Quand nous nous retrouverons, nous nous marierons sur-le-champ. Je ne me soucierai pas des bans, ni des diverses formalités ou subtilités. Je t'emmènerai à la Dame chapelle dans les vêtements que nous porterons, de jour ou de nuit. S'il le faut, nous irons réveiller les prêtres et les forcerons à présider la cérémonie. Je m'agenouillerai avec toi devant l'autel, te prendrai la main, et tout sera réglé. Nous serons unis pour la vie.

Elle devait le lui dire. Il serait incroyablement cruel de n'en rien faire.

— Je m'imagine déjà la scène. Les cierges. La corne d'abondance dorée au-dessus de l'autel. Je sens l'encens d'ici. Oui, poursuivit-il en s'inclinant de manière à coller son front au sien. Oui. Cette image me permettra d'affronter toutes les épreuves à venir. Qu'importe le carnage. Qu'importe le danger. Je ne verrai que ton visage au moment où tu me diras oui. Et où je te dirai oui.

— Croy, parvint-elle à articuler d'une voix incertaine. Il y a un point…

Mais il n'en avait pas terminé.

— J'ai eu un professeur, autrefois, un maître d'escrime, qui m'a expliqué qu'il n'y a que deux manières de se jeter dans la bagarre. La première en s'attendant à mourir, mais avec les honneurs, auquel cas la Dame te portera secours et te fera vivre. La seconde avec une raison de survivre, une raison de poursuivre – auquel cas la Dame s'assurera que tu en sortes victorieux. Il disait que celle-ci était toujours la meilleure. Je me battrai pour toi, Cythère. Je lutterai pour m'offrir cet instant à la Dame chapelle.

— Tu dois savoir que…, essaya-t-elle. Tu dois…

Elle avait les mots sur le bout de la langue. Elle était toutefois tout aussi incapable de les révéler que de se rendre sur la lune. Elle rouvrit les yeux pour le regarder. Peut-être que cela l'aiderait à rassembler la force nécessaire pour faire ce qui était juste.

Il souriait, même si des larmes lui coulaient sur les joues.

En lui avouant tout à cet instant, elle le détruirait. D'un autre côté, elle ne pouvait pas garder ce secret. Elle en avait l'intime conviction. Néanmoins, seule une sainte aurait pu prononcer ces paroles à ce moment, et Cythère savait qu'elle n'en était pas une. Elle se comporta donc comme une sorcière, comme sa mère l'aurait fait.

— Alors tu seras un héros, lui répondit-elle. Un champion de Skrae. Quelle femme pourrait te résister ?

Il éclata d'un rire joyeux, tranchant avec la morosité de cette heure sombre. Il l'embrassa sur la joue, puis partit. Il retourna dans la nuit, pour accomplir son devoir.

Quand il eut disparu, elle resta quelques instants à trembler, même si elle n'avait pas froid. Puis elle retourna à la fenêtre, afin de poursuivre sa surveillance. Attendant, cette fois, que Malden vienne l'emmener.

Chapitre 18

Malden ne perdit pas réellement connaissance, mais entre la douleur vrillant son crâne et le fait d'être trimballé dans les venelles sombres par un groupe d'hommes furieux qui le cognaient chaque fois qu'il chancelait, il ne put percevoir vraiment où on l'emmenait. Il aperçut des torches et des pas de portes, vit tantôt les pavés à ses pieds, tantôt le ciel vide et froid. Il roula sur une volée de marches et fut précipité sur une surface de terre battue qui empestait la moisissure. On le fit basculer sur le côté, de sorte qu'il découvrit un mur de pierre où s'entrecroisaient des traînées luisantes d'escargots.

Puis il reçut en pleine figure un seau d'eau croupie, se débattit, cracha et jura en tentant désespérément de s'asseoir. Le récipient en bois rebondit sur son épaule, et il se recroquevilla sous la douleur.

Toutefois, ses idées s'éclaircirent. Il entendait une foule d'hommes grommeler autour de lui, et voyait leur silhouette se dessiner à la lueur d'un feu à l'autre bout de la pièce.

Il discerna de mieux en mieux leur voix.

— Tranchons-lui la gorge et enterrons-le ici, moi je dis. Mais sa putain d'épée ? C'est pas vendable, n'importe qui reconnaîtrait l'une des Sept Lames rien qu'en la regardant. Du coup, on aura tous ces chiens du roi sur le râble, qui viendront nous poser des questions en nous tapant sur la tête.

— Je dis qu'on lui coupe les doigts et les orteils jusqu'à ce qu'il nous dise qui il est vraiment.

— Et moi, je dis – et c'est moi qui commande, pas vrai ? – qu'on n'a pas beaucoup de temps avant que l'autre chevalier vienne le chercher. Alors on règle ça maintenant, calmement, et on trouve une autre planque en attendant que ça se calme.

Il y eut quelques protestations, mais aucun éclat de voix. Puis un homme avec un couteau pas plus long que son pouce s'approcha de Malden ; il empoigna de sa main libre les cheveux du prisonnier et lui bascula la tête en arrière. La taille de la lame n'avait rien de rassurant : ils allaient lui trancher la gorge. Inutile de se servir d'un hachoir pour entamer la trachée.

Malden rampa à reculons jusqu'à ce que son dos entre en contact avec le mur. Il n'avait plus guère le choix.

— Vous autres n'appliquez donc pas la vieille tradition du droit d'asile ? s'enquit-il.

L'homme au couteau se figea.

L'un de ses comparses bien plus imposant, à la tête ronde et lisse comme une lune, se dirigea vers eux d'un pas lourd.

— De quoi tu causes ?

— Je suppose que Velmont m'a amené à la guilde des voleurs locale. J'espère de tout cœur ne pas me tromper. À Ness, où Tailleserpe règne en maître, nous accordons le droit d'asile. Tout voleur, quelle que soit son origine, peut requérir l'autorisation de se cacher dans l'un de nos sanctuaires, et cela ne lui sera pas refusé. Tant qu'il paie sa cotisation.

L'homme au couteau fit face au chauve. D'après la silhouette, Malden comprit que Velmont lui-même s'était trouvé sur le point de l'égorger.

— Il dit vrai, patron, déclara ce dernier.

— Ouais, à un détail près. L'asile est réservé aux voleurs. Et toi, t'es pas un voleur, homme du roi. Maintenant, boucle-la pendant qu'on t'étripe.

— Velmont, insista Malden, dis-leur. Toi et moi avons beaucoup discuté ce matin. De sujets que seul un voleur connaîtrait. Et cette nuit, après avoir réussi ma propre évasion, je suis revenu te chercher. Si je voulais te causer des ennuis, pourquoi t'aurais-je libéré de tes chaînes ? Pourquoi aurais-je été assez stupide pour m'en remettre à toi ? Je ne suis pas à la solde du roi ! Je suis un simple voleur, comme vous.

Velmont baissa la main qui tenait l'arme, mais ne recula pas.

— J'ai vu le type qui t'accompagnait. Pour un voleur, t'as des amis drôlement bizarres.

— J'ai embobiné ce chevalier pour qu'il vienne m'aider, affirma Malden. J'ai dérobé cette épée, et tout le monde a supposé que j'étais l'un des leurs.

Ça n'était pas tout à fait dénué de sens. En Skrae, tout homme n'étant pas au minimum propriétaire d'un terrain ne pouvait même pas prétendre à toucher une épée, au regard de la loi. En porter une à la taille suffisait donc à convaincre les autres de son statut social, ainsi que d'un certain degré de fiabilité.

— C'était risqué, mais c'était ma seule chance de te faire sortir vivant de cette forteresse.

— Quand bien même, pourquoi un foutu chevalier aurait aidé un type comme toi ? demanda le chef.

— Parce qu'il avait besoin de faire quitter la ville à sa fiancée avant le début des combats. Une femme nommée Cythère.

Les voleurs échangèrent des regards sceptiques. Quelques marmonnements s'élevèrent, mais le patron les fit cesser d'un geste.

— Une femme, devrais-je ajouter, que j'ai déjà retournée, poursuivit Malden.

Des éclats de rire surgirent parmi l'assemblée des voleurs de Helstrow. Leur chef tenta de les faire taire, mais tous savaient apprécier une bonne blague aux dépens d'un chevalier du royaume. En ternissant l'honneur de Cythère – bien qu'en se cantonnant à la stricte vérité –, Malden venait de marquer un point auprès de l'équipe.

Il lui restait cependant encore à rallier leur meneur à sa cause. Celui-ci se rendit dans un coin de la pièce, où s'ouvrait une fenêtre profondément renfoncée, tout près du plafond. Ils devaient donc se trouver dans une cave, comprit Malden. Sans doute sous une taverne ou un tripot. Le patron regarda par la fenêtre, comme s'il s'attendait à y voir apparaître le visage d'un chevalier. Puis il retourna en clopinant jusqu'à Malden, qui s'aperçut que son ravisseur avait une jambe de bois. Il ne serait pas évident de convaincre un homme tel que lui d'entreprendre à pied un périple d'une centaine de milles. Pourtant, c'était précisément ce qu'il s'apprêtait à essayer de faire.

— Je dois partir d'ici. Cette nuit, avec cette femme. Je paierai grassement quiconque m'y aidera, conclut doucement Malden.

Il savait qu'à Ness, la possibilité de voir de l'argent changer de mains ne laissait aucun voleur indifférent. L'équipe helstrovienne semblait faite du même bois.

— Les portes sont scellées, reprit Malden. Et je suis un étranger ici. J'ignore tout des passages secrets de cette ville. Mais celui qui les connaît pourrait devenir très riche quand je serai libre.

— Il se peut que je connaisse un moyen, intervint Velmont.

— Ta gueule, Vellie ! tonna le chef. Je refuse d'en entendre pl…

— Par les tripes du Dieu Sang, tu vas écouter ce que j'ai à te dire, rétorqua Velmont. S'il y a de l'argent en jeu – ou en tout cas, une promesse d'argent –, je suis tout ouïe.

Malden acquiesça. Il n'avait pour l'heure rien à leur offrir. Mais au moins, ils ne parlaient plus de l'égorger. En outre, il semblait subsister une chance de fuite. Il espérait de tout cœur que Velmont ou son organisation connaisse une issue secrète menant hors de la forteresse.

— J'en suis fort aise. Peut-être que cela vaut également mieux pour vous. Peut-être que vous devriez tous m'accompagner.

Demain, il sera trop tard. Chacun d'entre vous sera conscrit. Contraint à se battre. Et croyez-moi, mieux vaut ne pas affronter ce qui arrive par ici. Les barbares ne sont qu'à dix jours du fleuve, et ils progressent vite.

— Des barbares ? s'étonna l'un des voleurs.

La clameur qui envahit soudain la cave fit mal aux oreilles de Malden. Il se rendit subitement compte que ces bandits n'avaient pas la moindre idée des raisons qui poussaient leur roi à se préparer à la guerre. Ou plus vraisemblablement que personne ne s'était donné la peine d'informer la populace des dernières nouvelles de l'Est.

— Combien ? À cheval ? J'ai entendu dire qu'ils avaient des sorcières capables de faire cailler le sang d'un homme d'un simple regard !

— Nous avons encore le temps de fuir. Mais cela doit se passer cette nuit. En le faisant ce soir, nous serons des réfugiés. Demain, nous serions des déserteurs, et les déserteurs finissent pendus, souligna Malden.

— Et pourquoi tu me dirais pas simplement où se trouve ta dame ? s'enquit le chef. Je pourrais m'assurer qu'elle arrive bien à destination.

— Me prends-tu vraiment pour un imbécile ? Je partirai avec elle – et tous ceux qui voudront m'accompagner. À savoir, tous ceux qui veulent rester en vie plus d'une quinzaine de jours. (Il secoua la tête.) Les barbares sont des ennemis redoutables. Certains d'entre eux se peignent le visage en rouge, pour montrer qu'ils ont bu du sang humain. Leurs femmes se maquillent pour que leurs visages ressemblent à des crânes, car on raconte que c'est le seul moyen pour que les hommes viennent les embrasser. Accompagnez-moi, et nous nous rendrons ensemble jusqu'à Ness. Là, Tailleserpe vous accordera bien davantage qu'un simple asile. Il fera de vous d'authentiques membres de notre guilde. Il vous couvrira d'or.

Malden avait à peine conscience de tout ce qu'il racontait et de toutes les promesses qu'il venait de faire. Il aurait dit n'importe quoi pour rallier les voleurs à sa cause.

— Écoute, chef, intervint Velmont. Je crois qu'il nous dit la vérité.

— Je ne t'ai pas demandé ton avis, Vellie, répliqua le chauve. La décision m'appartient. Et je décide qu'on ne bouge pas.

Le groupe de voleurs se tut instantanément, plongeant la pièce dans un silence de mort. Malden sentit le sang affluer dans ses veines tandis que son cœur s'accélérait.

— J'ai vécu ici toute ma vie, je vais pas tout foutre en l'air maintenant. La guerre est une bénédiction pour nous autres. Ils vont envoyer tous les hommes du roi au combat, et nous laisser ici, seuls avec nos récoltes. Non, on part pas. Et si celui-là refuse de me dire où se trouve cette dame, et si le chevalier est une montagne d'or, alors je les trouverai tout seul. À présent, je crois te l'avoir déjà dit : étripe-le.

Velmont baissa les yeux vers son couteau.

— Désolé, les temps sont durs.

Malden s'aplatit contre la paroi. Il n'y avait aucune issue.

Velmont fit alors un pas de côté – et trancha d'un coup sec la gorge de son chef. Du sang gicla de la blessure et vaporisa le mur du fond, aussi brillant que les traînées d'escargot qui s'y trouvaient. Le patron porta les mains à son cou, mais s'effondra sans émettre le moindre son. Les autres voleurs se replièrent, terrifiés, s'agglutinant à l'autre bout de la salle. Ils ne crièrent toutefois pas, ni ne poussèrent le moindre piaulement de surprise ou de peur. Tous avaient déjà été témoins d'un meurtre, et savaient quand tenir leur langue. L'espace d'un instant, le seul bruit perceptible dans la cave fut le tambourinement de la jambe de bois du mourant sur le plancher. Celui-ci aussi finit par cesser.

Velmont fit face à ses compagnons, la lame ensanglantée toujours à la main.

— C'était un bon patron, à sa manière, mais il nous aurait tous fait tuer. Je me range du côté de celui qui cherche à nous sauver la peau. Ça pose un problème à quelqu'un ? harangua-t-il.

Sa question ne suscita qu'un silence plus profond encore.

— Bien. (Il rangea son arme, puis tendit la main vers Malden pour l'aider à se relever.) Maintenant, laisse-moi t'expliquer comment je compte quitter Helstrow sans passer par la porte avant.

Chapitre 19

Le pont sur la Strow se trouvait à l'intérieur de l'enceinte extérieure de la ville. Nul ne pouvait le traverser sans l'assentiment du roi – en tout cas, pas par-dessus.

Sous le pont, un enchevêtrement complexe de poutres en pierre en maintenait le tablier. Un homme agile ne craignant pas les hauteurs pouvait donc passer d'un bout à l'autre sans jamais poser le pied sur la route ainsi surélevée.

Malden était doté de ces deux qualités. Cela ne le dérangeait pas le moins du monde de se suspendre à la force des bras à une poutre de granit, trente pieds au-dessus des eaux tumultueuses du fleuve. Velmont et les siens prirent tout leur temps, mais parvinrent à franchir l'obstacle sans glisser. En revanche, lorsque ce fut au tour de Cythère de s'élancer, elle s'immobilisa au tiers du parcours, fermement agrippée à un pilier minéral, les paupières closes.

Malden leva les yeux. Il entendait des chevaux traîner de lourds chargements sur le revêtement de bois du pont. La structure craquait et grinçait sous leur poids. Le voleur se balança jusqu'à rejoindre Cythère et lui passa un bras autour de la taille. Lentement, elle se laissa convaincre de le regarder.

— Pour toi, ça fait partie du métier, pas vrai ? lui demanda-t-elle d'une toute petite voix. Je pensais que ça irait. J'ai déjà couru sur des toits, grimpé à des tours…

— C'est différent. Je comprends, répondit Malden d'un ton rassurant.

Il observa la rive opposée et vit que Velmont les contemplait. Le Helstrovien lui fit signe de la pousser des deux mains.

Malden s'efforça de ne pas en prendre ombrage. Ils étaient effectivement pressés par le temps. L'aube poindrait d'ici une heure, et ils devraient alors se trouver de l'autre côté de l'enceinte, hors de la vue des hommes du roi.

— Vas-y doucement. Ne regarde pas en bas, conseilla Malden.

— Je ne peux plus bouger les bras. Ils refusent de lâcher, répondit Cythère.

Le voleur réprima l'impatience et la peur qui le gagnaient. Il réfléchit à ce qu'il pourrait dire. Il pourrait difficilement la porter tout le long. Il pourrait essayer de l'amadouer telle une mule butée ou un enfant terrifié, ou... pas. Il s'agissait de Cythère, pas d'une vierge effarouchée redoutant de trouver un fantôme dans les toilettes ou des araignées dans une cuvette.

— Tu es la fille d'un mage et d'une sorcière, déclara-t-il.

— Ce n'est pas la magie qui va me faire traverser ! lui cria-t-elle. (Ce qui n'empêcha pas sa voix d'être presque noyée par le vacarme de l'eau ; elle baissa les yeux.) Si je tombe, combien de lieues penses-tu que mon corps va parcourir avant que le fleuve me rejette sur la berge, les lèvres bleues, les yeux vitreux, les os brisés par les roches ?

— Tu es la fille de la sorcière Coruth, insista Malden. (Il était sûr d'être sur la bonne voie.) Tu as pénétré de ton plein gré dans le Vincularium. Tu y as combattu des démons et des elfes, ainsi que des morts-vivants. Ce pont est particulièrement solide. Des tailleurs de pierre y travaillent quotidiennement pour l'empêcher de s'écrouler. Viens avec moi. Suis chacun de mes pas.

Puis il se détourna et sauta sur une corniche à moins de trois pieds de là. Il plaqua une main sur la poutre pour ne pas perdre l'équilibre, et lui fit signe de le suivre de l'autre.

Elle s'exécuta.

Prudemment, un pied après l'autre, ils se balancèrent le long des poutres, sautant quand nécessaire, marchant en crabe sur les rebords les plus étroits, sans jamais s'arrêter de façon à se servir de leur élan.

Cythère ne tomba pas.

À l'autre bout, un épais tuyau émergeait de sous le pont. Il servait à acheminer les eaux du donjon et des caves jusqu'au fleuve. Une grille en fer en barrait l'entrée, mais Velmont l'avait déjà débloquée et fait basculer sur ses gonds. Ils durent ramper à l'intérieur, avant de déboucher sur un passage plus large. Il y faisait si sombre que Malden avait l'impression de sentir la pénombre se presser contre ses yeux. Il tendit un bras derrière lui, et Cythère lui attrapa la main.

C'était l'endroit idéal pour une trahison. Si Velmont souhaitait le tuer, il y parviendrait sans le moindre mal.

Au lieu de quoi, le Helstrovien fit un feu et alluma une torche. Malden se rendit compte qu'ils se trouvaient à la jonction de plusieurs conduits, certains à peine plus gros que son poing, d'autres suffisamment hauts pour pouvoir y progresser debout.

— Les contrebandiers empruntent ce chemin tout le temps, expliqua Velmont en désignant un mur.

Des centaines de marques et symboles en tout genre en ornaient les briques, des noms et des colonnes de nombres gravés dans le nitre des parois. Des générations entières de voleurs semblaient avoir suivi cette route.

— Un tuyau d'écoulement remonte à la base du mur extérieur, juste là.

Il montra du doigt un large conduit s'enfonçant dans les ténèbres. Malden voulut y attirer Cythère, mais Velmont l'attrapa par l'épaule et le fit pivoter.

— Ton Tailleserpe a plutôt intérêt à nous venir en aide, à moi et aux miens. Pas question que j'abandonne tout ici pour finir mendiant dans un pissoir de la Cité Libre.

Malden acquiesça sans mot dire.

Peu après, ils poussèrent une autre grille de fer et émergèrent dans la clarté lunaire. Au-dessus de leur tête, l'enceinte de Helstrow s'élevait haut dans le ciel. Ils étaient dehors, dans la campagne s'étendant au-delà de la forteresse royale. Libres.

En levant la tête, Malden discerna quelques lumières entre les créneaux. Des soldats y montaient la garde. Les fugitifs venaient de franchir un obstacle important, mais il était encore trop tôt pour exulter.

Velmont éteignit sa torche et fit signe à Malden de continuer à avancer. Le conduit d'évacuation se vidait dans un étroit fossé qui s'éloignait en ligne droite de la citadelle. Malden ne regarda pas derrière lui avant d'avoir parcouru un bon quart de mille. Puis il se retourna pour voir des lampes briller dans le donjon et le palais. Il distingua les portes scellées de Helstrow, et les villages déployés au pied de chaque entrée, visiblement déserts. Aucune lumière n'y luisait, tous les habitants ayant été menés dans l'enceinte – soit pour leur propre sécurité, soit pour être intégrés à l'armée.

Il remarqua que Velmont regardait lui aussi en arrière. Il se demanda si le voleur était déjà sorti de sa ville. Faire ses premiers pas dans une campagne inconnue pouvait se révéler une expérience terrifiante. Malden était bien placé pour le savoir : jusqu'à sa récente aventure, il avait passé chacun de ses jours à Ness. La première fois qu'il en était sorti, il avait eu l'impression d'être soulevé par une violente bourrasque et propulsé au beau milieu de l'océan. Il ne s'était jamais réellement habitué à la vie à la campagne.

— Dans quelques mois, dit-il au voleur helstrovien, nous aurons gagné la guerre. Tu reviendras ici plus riche que tu n'en es parti, et tu n'en aimeras Helstrow que davantage.

— À condition que tes barbares pourrissent pas trop ma ville après s'en être fait un campement. (Velmont afficha toute une palette d'émotions.) Une partie de moi-même – une petite, hein, mais quand même – aimerait rester pour voir ce qui va se passer.

— Tu voudrais ne pas partir et te battre pour protéger ta terre ? s'étonna Malden.

Les voleurs, en règle générale, n'étaient pas connus pour leur patriotisme.

— Nan, répondit Velmont avec un gloussement. Je voudrais plutôt être là quand elle brûlera.

Chapitre 20

Dans la chapelle personnelle du roi, au sein du donjon de Helstrow, Croy était agenouillé devant l'autel de la Dame, les mains jointes en prière. Il ne voyait pas les encensoirs allumés que les acolytes avaient disposés autour de lui, ni ne sentait l'odeur prégnante qu'ils dégageaient. Il ne voyait pas non plus la corne d'abondance dorée suspendue au mur devant lui. Il ne voyait rien d'autre que la Dame qu'il imaginait, une femme d'un rayonnement surnaturel, tout de vert et de blanc vêtue. Il n'entendait rien d'autre que le chuchotement de ses propres suppliques, bruissement à peine reconnaissable après une nuit passée sans une goutte de vin ou même de lait.

Il n'entendit pas le son métallique de l'armure de sire Équarri quand le capitaine de la garde pénétra dans la chapelle royale, ni le raclement de gorge poli du chevalier. Pas même son propre nom, prononcé à mi-voix pour attirer son attention.

Seul le contact viril de la main sur son épaule le tira de sa méditation.

— L'aube est levée, Croy, déclara Équarri sans rudesse. Tu es resté ici assez longtemps.

Croy cligna des yeux et leva la tête. Il voyait tout, entendait tout. Ses sens lui paraissaient soudain douloureusement affûtés.

Il remua lentement, toujours à genoux. Releva une jambe, et posa le pied par terre. Sa rotule claqua et exprima sa douleur dans un grincement. Chaque parcelle de son corps était raide quand il se remit debout avec précaution.

À une époque, il pouvait rester en veille toute la journée durant, et se relever d'un bond sans le moindre début de douleur. À cette même époque, il était capable de ne penser qu'à la Dame durant toute sa prière – sans que le visage de Cythère se superpose à celui de sa Déesse.

— Je me fais vieux, annonça-t-il à Équarri avec un léger sourire.

Le capitaine de la garde plaqua les mains sur ses épaules.

— Un privilège rare, chez les chevaliers. Et plus encore chez les Sept Lames. Remercie la Dame de te prêter une vie si longue. (Équarri le guida vers la porte de la chapelle.) Ne te plains pas trop, mon ami. Une longue journée nous attend, et je ne veux pas te surprendre en train de faire la sieste. Où est ton écuyer ? Comment s'appelle-t-il déjà… Malden ?

— Il devrait être ici à m'assister. Sans doute en train de dormir sur l'un de ces bancs, répondit Croy en regardant autour de lui, comme s'il s'attendait réellement à trouver le voleur. C'est étrange. Je ne le vois nulle part.

Équarri haussa un sourcil.

— Je savais que ce garçon était indigne. S'il s'est enfui, avec la Lame à la ceinture… J'enverrai la garde à ses trousses. Sur mes yeux, il n'ira pas loin.

— Ne jure pas dans cette pièce, le réprimanda Croy.

Équarri éclata de rire en menant son compagnon hors de la chapelle et vers l'armurerie, au sous-sol du donjon. Ils descendirent un long escalier, leurs armes et armures résonnant au milieu de cet espace confiné.

— Tu n'as pas changé, à ce que je vois, railla le capitaine de la garde. Toujours le plus dévot d'entre nous – et le plus digne de confiance. Es-tu certain que ce Malden mérite la tienne ?

— C'est un homme bon. Il est habité d'un grand sens de l'honneur, même s'il le niera si on lui pose la question.

Équarri se rembrunit.

— Si je le trouve aux portes de la ville en train d'essayer d'acheter sa fuite, je ne te demanderai pas ta permission avant de le faire passer à la bastonnade. Qu'avais-tu en tête, en confiant Langacide à ce gamin ?

— Il m'a sauvé la vie et, plus important encore, a préservé mon honneur, répondit Croy. (Il devait impérativement changer de sujet : si Équarri découvrait qu'il avait demandé à Malden de quitter la ville, il pourrait avoir de gros ennuis.) Quel genre de mission as-tu à me confier, aujourd'hui ?

— Je veux que tu te trouves une armure digne de ce nom. (Équarri donna une claque sur les côtes de son compagnon.) Qu'est-ce que tu portes, une brigandine ? C'est un truc de fantassin. (Il ouvrit une porte au bout d'un couloir sombre, et invita Croy à en franchir le seuil.) Tiens, je te présente Chambage, notre armurier. Malgré son apparence, il est particulièrement doué avec un marteau et des pinces.

L'artisan fit une profonde révérence aux chevaliers qui pénétraient dans son domaine. Il avait le teint noirci de ceux qui travaillent le métal, sauf sur la partie gauche de son visage, dont l'horrible couche de peau brûlée apparaissait blanche et irrégulière à la lumière de sa forge.

— Équipe cet homme d'une cotte de plates digne de ce nom, ordonna Équarri. Et prépares-en une autre, pour un petit gars de sa taille, mais deux fois moins large. Reste ici, Croy. Je vais débusquer Malden. Quand tu en auras terminé, tu descendras au champ de tir pour adresser un discours inspiré à nos nouveaux archers. C'est en cela que nous sommes les plus efficaces, selon le roi : motiver les troupes.

Croy fronça les sourcils.

— Il n'a jamais cru en notre force, ni en nos bras. Pas depuis la mort de son père – notre père à tous. Je crains qu'il ne tire pas profit de nos capacités.

— Eh bien, j'imagine que nous aurons bien assez tôt l'occasion de lui montrer ce dont nous sommes capables.

Équarri sortit sur ces mots. L'armurier silencieux se mit immédiatement au travail, assemblant diverses pièces d'acier sur le corps de Croy. Ce dernier dut se tenir parfaitement immobile durant de longs moments, ce qui ne le changea guère de la méditation qu'il venait d'accomplir. Après avoir mesuré et marqué chaque élément, Chambage les martela pour leur conférer la bonne taille et la bonne forme. Il ne prononça pas le moindre mot. Dans la chaleur de l'armurerie, Croy se surprit bientôt à s'endormir, ne se réveillant que lorsqu'on lui demandait de se lever pour de nouvelles mesures.

Équarri finit par revenir, sans doute plusieurs heures plus tard, le visage rouge de colère. Il déclara que Malden demeurait introuvable – de même que Cythère. Par quel mystère avaient-ils pu s'évader de la forteresse, nul n'aurait su le dire, mais Équarri n'hésita pas un seul instant avant d'accuser Croy de ce qu'il estimait être un crime de première importance : Malden avait emmené Langacide avec lui.

— Ces barbares trois fois damnés en ont déjà deux sur les Sept, fulmina Équarri, de la salive jaillissant de sa bouche à chaque syllabe. Et maintenant, une espèce de gamin froussard en possède une troisième – Croy, comment as-tu pu laisser faire ça ? Comment as-tu pu confier un trésor d'une telle valeur à une personne aussi douteuse ? Si n'importe qui d'autre avait commis pareille idiotie, je l'aurais fait écarteler pour trahison. J'aurais jugé qu'il essayait de nous affaiblir ! Mais je te connais trop bien, Croy. Je sais que tu serais incapable de pareille folie. Si seulement tu avais autant d'esprit que d'honneur !

Croy resta immobile, à l'écouter avec une expression contrite. Après quelques secondes, il n'entendit plus aucun mot. Il ne perçut même plus le martellement incessant de Chambage, et ne sentit plus la chaleur de la forge sur sa peau.

Il ne voyait plus que la Dame, tout de vert et de blanc vêtue. Et dont le visage était celui de Cythère.

Chapitre 21

Le lendemain du jour où les portes de Helstrow furent scellées, la ville se trouvait déjà sur le pied de guerre. Des chariots remplis d'hommes s'y rendaient depuis une centaine de villages. Croy et Équarri se tenaient à cheval près de l'entrée principale, à superviser l'enregistrement de chaque nouveau contingent, avant que les recrues soient réparties pour être armées et formées. Il s'agissait de fermiers, d'hommes – de garçons – qui ne s'étaient jamais éloignés de chez eux de plus d'un mille. Tous avaient les mêmes yeux ronds en découvrant pour la première fois les couleurs et le désordre de la capitale. Ils n'avaient encore jamais vu de ville de leur vie mais, même dans le cas contraire, ils n'auraient pas été préparés à celle-ci. L'enceinte extérieure grouillait désormais de monde, chaque maison étant aménagée en cantonnement, et chaque taverne en arsenal. Des hommes en formation patrouillaient dans les rues, tandis que des sergents équipés de chapels de fer leur hurlaient des ordres et n'hésitaient pas à battre ceux qui sortaient du rang.

Les quelques nains qui n'avaient pas emballé leurs affaires pour rejoindre leur propre royaume au nord travaillaient jour et nuit à fabriquer des armes et des armures rudimentaires. Ils œuvraient de conserve avec les forgerons humains, et la nuit résonnait de coups de marteau et s'illuminait de grandes gerbes d'étincelles émergeant du conduit de cheminée de chaque forge. Des incendies se déclaraient sans arrêt, vite maîtrisés par les nombreux hommes prêts à porter des seaux d'eau ou de sable. Le fer coulait à flots, et la ville fut ainsi armée petit à petit, de serpes, de hallebardes, de haches et d'épées. Ainsi que de lances, de fléaux ou de masses d'armes à la tête ridiculement boudinée. Et que de jaques de cuir, de cottes de mailles ou de plates et de hauberts.

Le troisième jour, sire Rory se présenta aux portes de la ville, qu'il heurta à plusieurs reprises du pommeau de Chantemort pour qu'on le laisse entrer. Une autre des Sept Lames rejoignit ainsi les couleurs du roi. Sire Rory était le plus âgé de l'ordre, avait tendance à faire un peu de gras, et arrivait avec sa femme et ses six enfants, tous à cheval. Il amenait également avec lui une compagnie de volontaires, que le souverain accueillit bien volontiers. Tous ceux qui décidaient de leur plein gré de se battre pour Skrae se voyaient automatiquement gratifiés du statut de sergent et pouvaient choisir leurs armes en premier.

— Ils lutteront jusqu'à leur dernier souffle, promit Rory tandis que ses hommes avançaient vers le donjon en rangs presque serrés. Même s'ils se défendent mal.

Croy empoigna les brassards d'avant-bras du vieux chevalier et lui lança :

— Ravi, mon ami. Des nouvelles de sire Orne ?

Rory tira sur son épaisse moustache.

— La dernière fois, il était tout au nord, à chasser quelque sorcier vieux de plusieurs siècles. Mais je ne doute pas qu'il entendra l'appel.

Croy l'espérait. Orne avait davantage d'expérience militaire que n'importe lequel d'entre eux : lorsque Ulfram V les avait relevés de leurs fonctions, Orne avait voyagé vers le nord, où il y avait toujours quelque chose à combattre. Les escarmouches incessantes avec le peuple des collines avaient fait du chevalier un maître stratège – ce dont Helstrow avait encore plus besoin que de fer ou d'acier.

— J'ai entendu dire que Bisbille était mort et Langacide tombée entre des mains inconnues, déclara sire Rory en traçant le signe de la Dame sur sa poitrine. Nous ne sommes donc plus que quatre. Contre deux.

— Le fait que les barbares possèdent Aubelame et Brisecroc ne m'inquiète pas outre mesure, intervint Équarri. Ils n'ont pas notre entraînement. Ils n'ont jamais prêté serment. Et l'un d'entre eux est une fille !

— Tu as pourtant vu à quoi ressemblait Mörgain, lui rappela Croy.

— C'est une femme. Peu importe sa taille, aucune femme n'est en mesure de trancher un homme du jabot à la croupe.

Croy aurait aimé partager cet avis. Il avait croisé bon nombre de guerrières au fil des années, et toutes s'étaient montrées plutôt féroces. Les femmes qui choisissaient de prendre l'épée devaient faire leurs preuves en permanence, ce qui les rendait bien plus motivées et dangereuses que n'importe quel homme. Et Mörgain ressemblait bien trop à son frère, Mörget – le combattant le plus fort et le plus redoutable que Croy ait jamais rencontré.

— La Dame nous soutiendra, déclara-t-il, plus pour se rassurer lui-même que pour soutenir ses compagnons.

Le sixième jour, Balint fit son apparition dans la cour devant le donjon. Croy avait réussi à l'éviter jusqu'alors, mais ce soir-là, alors qu'elle menait un cortège de balistes hors de l'armurerie, le peuple lui réserva une grande ovation, et les Lames durent lui rendre hommage.

La naine était juchée sur le carreau de son œuvre, et battait des jambes en brandissant un torseur dans l'air tandis que l'on poussait l'arme dans la rue. Les machines de guerre furent tirées par des conscrits jusqu'à la porte de l'enceinte extérieure, puis de l'autre côté du pont traversant la Strow, où la moitié de la ville les attendait pour fêter l'événement. Le roi sortit sur la terrasse au sommet du palais, tandis que ses hérauts agitaient des flammes et jouaient de la trompette. Quand Balint arriva à hauteur des chevaliers sur leur monture, elle gratifia Croy d'un long regard triomphant.

— Quand ils verront mes petits bébés, lui lança-t-elle, les barbares tourneront les talons et détaleront si vite qu'on pourra leur balancer des carreaux droit dans le cul.

— Je n'en doute pas, naine, repartit Croy avec un air amer. Vous êtes reine dans l'art de tirer dans le dos des gens.

Balint croassa joyeusement – elle adorait les bonnes piques, qu'elle les lance ou les reçoive – et avança jusqu'à la porte est, où elle disposa les arbalètes géantes en haut du rempart.

Le huitième jour, les conscrits amorcèrent une révolte. Une rumeur enflait selon laquelle seul un homme sur deux serait équipé de fer quand le combat débuterait, tandis que les autres n'auraient rien d'autre que des boucliers car leurs vies seraient sacrifiées pour endiguer la première offensive barbare.

— Qui leur a dit qu'on leur fournirait des boucliers ? demanda Rory dans un murmure.

Du haut de la muraille de l'enceinte extérieure, les Lames observaient les appelés se rebeller contre leurs sergents, les repoussant contre la paroi.

— Nous devrions être en bas à ramener l'ordre, grinça Croy entre ses dents serrées.

— Tu as entendu ce qu'a dit le roi. Il a une meilleure méthode, lui rappela sire Équarri.

Ce qui était effectivement le cas. Sans signe d'agressivité, le souverain apparut devant la foule en tête d'une caravane de mules, dont chacune tractait une énorme barrique de bière. Les bondes furent ouvertes en grand, et un liquide brun et écumant ruissela dans les rues. Les conscrits oublièrent instantanément leurs officiers pour ne pas laisser perdre le breuvage.

Le matin suivant, rares étaient ceux qui envisageaient de renouveler leur mutinerie. Croy ne se souvenait pas d'une matinée aussi calme depuis que les portes avaient été scellées. Il put arpenter les remparts sur près de la moitié du parcours sans entendre le moindre juron ou la moindre insanité.

En contrepartie, ils n'accomplirent pas non plus grand-chose, mais au moins la paix régnait à Helstrow.

Quand Croy atteignit la pointe septentrionale du mur, il lambina un peu et contempla les terres arables onduleuses qui s'étendaient en direction des lointaines forêts du Nord. Il fallut toutefois attendre la fin du neuvième jour pour voir sire Orne apparaître, dressé sur son cheval dans un champ à un demi-mille de la citadelle, Soiffarde brandie au-dessus de la tête. Avec la distance, les côtés de l'épée semblaient flous, comme si elle irradiait sa propre lumière. Il resta là immobile pendant des heures, tandis que sa monture baissait occasionnellement la tête pour paître l'herbe naissante.

Quand le soleil se coucha, Orne abaissa son arme, puis se laissa glisser de sa selle et s'agenouilla à terre. Il abandonna son destrier derrière lui et parcourut le reste du trajet à quatre pattes.

Il s'agissait d'un acte de dévotion envers la Dame. Nul n'osa se précipiter à sa rencontre pour l'épauler ou l'aider à avancer. Il ne franchit les murailles de la forteresse que bien après minuit.

Croy était là pour l'accueillir. Tandis qu'Équarri aidait le chevalier à se relever, Croy voulut saisir la main libre d'Orne pour la serrer chaleureusement – mais fut repoussé après lui avoir brièvement saisi le poignet.

— Ne le prends pas mal, je te prie, lui dit Orne. (C'était le plus jeune des quatre, et pourtant ses yeux sombres dissimulaient une douleur ancienne mais toujours vivace.) C'est pour ton bien, je suis glacé. Je ne voudrais pas te transmettre ma malédiction.

— Une malédiction ? s'étonna Équarri. Nous avons entendu dire que tu pourchassais un sorcier dans le Nord. As-tu eu ce salopard ?

— Oui, confirma Orne. (À l'évidence, il s'en serait volontiers tenu là, mais les regards insistants de ses deux camarades eurent raison de lui.) Cependant, il a ri de moi en rendant son dernier souffle, et m'a dit comment j'allais mourir.

Ils comprirent l'un et l'autre ce que le chevalier leur cachait. S'il avait à ce point peur de rallier Helstrow, cela ne pouvait signifier qu'une seule chose : la prophétie du sorcier avait dû lui apprendre qu'il périrait ici même, dans la forteresse.

Équarri contempla Croy, une lueur d'angoisse dans les yeux. Croy secoua la tête.

— Tu es venu jusqu'ici, déclara-t-il en s'inclinant devant Orne, c'est tout ce qui compte.

— J'ai prêté serment, lui répondit ce dernier. J'ai prêté serment.

Ils le portèrent au lit, et postèrent un garde devant sa porte, non pour le protéger, mais pour éloigner les curieux qui l'entendraient hurler dans son sommeil et espéreraient entendre la prédiction qu'il n'osait répéter à l'état d'éveil.

Le dixième jour suivant la fermeture des portes de la ville, les barbares arrivèrent.

Chapitre 22

Malden posa la main sur la poignée de Langacide, mais ne dégaina pas. C'était une arme ridicule pour un voleur : une fois tirée, elle se mettait à écumer et à crachoter, et son acide coulait partout dans un bruit sifflant. Un bruit qui pourrait le conduire à sa perte.

En se déplaçant à la seule lumière des étoiles, il contourna le mur d'une maison milliaire et jeta un coup d'œil dans la cour. Il ne vit rien – pas le moindre mouvement, en dehors d'une volute de vieille fumée s'élevant entre les mauvaises herbes.

La loi imposait qu'une telle demeure soit érigée tous les dix milles sur la route menant de Helstrow à la Cité Libre de Ness ; elle devait en outre rester ouverte à toute heure. Elles servaient d'abri aux voyageurs éreintés, qui pouvaient y passer la nuit, y acheter de nouvelles montures ou simplement rincer la poussière de la route avec une chope de mauvaise bière. Malden et les siens les avaient évitées avec soin, avant tout désireux de passer inaperçus. Celle-ci, en revanche, avait attiré l'attention du voleur, car elle venait d'être réduite en cendres.

Les murs de pierre tenaient toujours debout, mais le toit s'était effondré. Les écuries étaient désertes, et il ne semblait pas y avoir la moindre trace de présence humaine alentour.

Il aurait sans doute été plus sage de ne pas s'en approcher non plus, mais ce triste spectacle ne plaisait pas du tout à Malden, qui jugea que cela pourrait augurer d'ennuis à venir un peu plus loin sur la route. Il voulait en apprendre plus.

Velmont avait déclaré, avec un rire ironique, qu'il l'invitait à aller découvrir les lieux… tout seul.

Progressant aussi silencieusement qu'un chat en chasse, Malden plongea dans les ténèbres derrière l'embrasure vide de la porte d'entrée. L'intérieur sentait la fumée et le poil brûlé. Les étoiles se réfléchissaient sur une flaque d'eau au centre de ce qui avait été la salle commune. Les propriétaires avaient peut-être tenté d'éteindre l'incendie, à moins que de l'eau de pluie se fût accumulée depuis la chute du toit.

Malden se glissa à l'intérieur, sans s'éloigner du mur noirci de suie. Il n'entendait rien, ni ne percevait le moindre mouvement. Mais il préférait se montrer prudent.

Un endroit du sol avait été nettoyé de ses cendres et de ses débris. Une pile de bouteilles en argile s'élevait à côté des restes d'un feu de camp. Des morceaux de tissu avaient été rassemblés en guise de couche sommaire. Quelqu'un était donc venu là après le désastre. Malden courut le risque de se faire repérer en se faufilant dans la lumière juste assez longtemps pour ramasser l'une des bouteilles et en renifler le goulot. Il en émanait une odeur de vieux vin aigre. Le contenu avait été vidé jusqu'à la lie.

Quelqu'un gémit alors dans la pénombre, et Langacide étincela hors de son fourreau.

— Non, je vous en supplie, pas encore, croassa une femme.

Seule une couche de suie cachait sa nudité. Ses cheveux, peut-être blonds à l'origine, étaient tellement couverts de cendres qu'ils paraissaient blancs. Seuls ses yeux reflétèrent la lumière quand elle leva la main pour l'empêcher d'approcher.

— Je suis un ami, lui chuchota Malden. Êtes-vous toute seule ici ?

— Un ami ? Il ne m'en reste aucun.

Le voleur vit qu'elle avait les lèvres crevassées et la langue sèche et blanche. En fouillant dans les décombres, il dénicha une bouteille qui avait échappé au cataclysme – et à ce qui s'était déroulé ensuite. Il la déboucha à l'aide de son couteau de poche et porta le goulot aux lèvres de son hôte.

Elle le suçota goulûment, tel un bébé nourri au sein.

— Quel est votre nom ?

Elle se contenta de le dévisager, toujours consumée de terreur.

— Très bien, dit Malden, je n'ai pas besoin de le connaître. Vous avez eu d'autres visiteurs, un peu plus tôt, poursuivit-il sans regarder la pile de bouteilles. Sans doute pas des clients. S'agissait-il de bandits ?

Elle hocha la tête, tout en s'assurant de ne pas le quitter des yeux.

— Six. Certains sont revenus chercher du rab.

Malden retira son manteau et en enveloppa la femme.

— Lorsque les sergents recruteurs sont venus et ont emmené tous les hommes, je suis restée seule pour gérer cet endroit. La loi nous impose de rester ouverts, expliqua-t-elle à Malden.

— Ils ont enrôlé votre… mari ?

— Mon père, et tous mes frères. Ainsi que tous les hommes qu'ils ont pu trouver. Tous les fermiers du domaine local, tous les villageois. La plupart des femmes ont fui chez des amis ou des parents. Je n'avais personne. Je savais que ce n'était pas sûr, mais… c'est la loi. Et je pensais qu'avec l'enrôlement de tous les hommes, je ne risquerais pas grand-chose. Visiblement, quelques-uns sont passés à travers les mailles du filet. Ceux qui refusent de répondre à l'appel. Il en restait six, six hommes ayant conservé leur liberté. Et j'étais seule ici.

Malden ferma les yeux, horrifié.

— Faites-moi ce que vous voulez, souffla-t-elle, résignée. Mais je vous en supplie… je souffre. Ça me fait mal là en bas, et je ne pense pas pouvoir encore…

Malden rejoignit la cour à grands pas, écumant de colère. Il se tint sur le seuil à l'endroit où il y avait le plus de lumière, et agita un bras en l'air. Aussitôt, Cythère et le clan de Velmont vinrent le rejoindre. Il ne voulait parler qu'à la première.

— Il y a une femme à l'intérieur. Elle ne voudra plus revoir le visage d'un homme avant un long moment. Peux-tu essayer de la réconforter ?

— Bien sûr, lui répondit Cythère.

Elle se précipita dans la bâtisse.

Malden fit alors face à Velmont.

— À partir de maintenant, nous marcherons hors des sentiers battus. Tous les hommes valides de la campagne ont été ramassés. Ce qui ne signifie pas qu'il ne reste pas des recruteurs dans le coin. Pis encore, il reste des bandits de grand chemin.

Velmont haussa les épaules.

— Ça se passe comme ça, en temps de guerre. Les gars s'amusent comme ils peuvent. Et tu devrais pas te mettre dans des états pareils, vu que t'es tout comme eux.

Malden sentit le rouge lui monter aux joues. Il dévisagea le voleur helstrovien.

— Je dérobe l'argent de riches marchands et d'imbéciles qui ne surveillent pas leur bourse. Mais je ne fais de mal à personne, sauf en cas d'extrême nécessité. Et je n'ai jamais –*jamais !*– fait de mal à une femme. Et puisque tu travailles pour moi, désormais, tu suivras le même code.

— Ah oui ? Moi je travaille pour toi ? ou pour moi-même ?

— Tu ferais bien de te décider rapidement, lui lança Malden.

Puis en faisant attention à ses doigts, il rengaina Langacide.

Chapitre 23

La femme de la maison milliaire se révéla être une fille sans charme de seize ans nommée Gerta. Quand Cythère eut pris soin de ses blessures et nettoyé la suie qui lui couvrait les cheveux, elle put se lever et marcher seule. Malden en fut soulagé. Il ignorait comment il se serait débrouillé si elle s'était montrée incapable de veiller sur elle-même.

Gerta fut très heureuse de prendre la route avec eux : visiblement, la simple idée de rester seule sur place la terrifiait. Bientôt, Velmont chercha à l'amadouer, lui répétant combien ses cheveux étaient jolis, lui offrant sa protection virile. Malden y mit un terme immédiatement.

La nuit suivante, ils trouvèrent un refuge sur les terres d'un manoir abandonné. Ce n'était pas grand-chose, juste quatre murs de pierre et une porte verrouillée, mais cela offrait tout de même davantage de sécurité que les chaumières qu'ils avaient vues sur la route. Une vingtaine de femmes venues des villages environnants s'y étaient enfermées. Elles refusèrent d'ouvrir à Malden ou aux autres, mais elles acceptèrent d'y laisser pénétrer Gerta quand tous les hommes se seraient éloignés. Cythère resta avec la jeune femme pour s'assurer que les inconnues tiendraient leur promesse, puis elle alla rejoindre Malden et son groupe, et tous prirent la direction du sud, s'éloignant de la route.

Quitter les sentiers battus les ralentit considérablement, mais ils cheminèrent la journée entière sans croiser âme qui vive. Ils franchirent des champs moissonnés en train de se transformer en parcelles de boue, loin de tout village ou demeure seigneuriale.

Cythère s'arrêta, une fois, pour ramasser une gerbe de blé piétinée dans un fossé d'irrigation.

— Au moins, nous ne mourrons pas de faim cet hiver, déclara-t-elle.

Malden fit la moue.

— Comment ça ?

Cythère soupira et laissa la tige voltiger dans l'air.

— Les récoltes ont été ramassées, sans doute même moulues à l'heure qu'il est. Nous sommes en pleines moissons. Si cette guerre avait débuté au milieu de l'été, si tous les fermiers avaient dû abandonner leur tâche, les céréales seraient restées à pourrir au sol. (Elle secoua la tête d'un air malheureux.) J'ai lu des histoires de batailles au Nord, durant lesquelles la famine et la maladie ont tué plus d'hommes que n'aurait jamais pu le faire l'acier. Je m'inquiète du printemps à venir, si cette situation perdure : il n'y aura personne ici pour labourer et semer.

Malden n'avait jamais vraiment réfléchi à l'origine de la nourriture qu'il mangeait. Du grain apparaissait deux fois par an aux portes de Ness, et était comme par magie transformé en pain. Du bétail était mené par les rues jusqu'à de grands abattoirs, et divers morceaux de viande se matérialisaient sur les étals des bouchers les jours de marché. Tout cela sans qu'il s'en rende vraiment compte, il supposait donc que cela ne changerait jamais.

Bien sûr, il avait eu faim plus souvent qu'à son tour, mais toujours à cause d'un manque d'argent, et non d'une pénurie de nourriture. La perspective d'une situation inverse, avec quantité de pièces à dépenser mais rien à acheter, le mettait légèrement mal à l'aise. Il pouvait difficilement envisager de faire pousser sa propre pitance : il n'avait jamais appris à le faire, et n'y tenait pas. Combien des citoyens de la Cité Libre connaissaient ce secret ? Et combien mourraient de faim avant de le découvrir ?

— Nous nous en soucierons plus tard, répliqua-t-il à Cythère, ne souhaitant pas, pour l'heure, imaginer Ness sans nourriture. Dans l'immédiat, nous devons honorer notre rendez-vous. Nous avons déjà un jour de retard.

Ils dressèrent le camp pour la nuit dans une grange déserte. Ils n'osèrent pas faire de feu, mais les murs les abritaient tout de même du vent. Malden s'assura que Cythère était suffisamment réveillée pour monter la garde – il ne la laisserait pas dormir seule au milieu de Velmont et des siens. Vers minuit, il s'éclipsa dans le froid.

À un mille de là, au croisement de deux routes, se trouvait un ancien gibet, érigé sur le site d'un temple du Dieu Sang profané depuis longtemps. Quand l'Église de la Dame s'était approprié cette terre, ce lieu saint s'était transformé en place de châtiment.

Normalement, un brigand sain d'esprit – bien que superstitieux – ne se serait pas approché à moins d'un demi-mille de cet endroit. Même Malden trouvait presque insupportable d'entendre craquer l'arbre en croix au-dessus de sa tête. La pendaison était le traitement réservé aux voleurs, et il avait vécu toute sa vie en s'attendant à finir suspendu au bout d'une corde. Toutefois, sur cette plaine, il s'agissait du meilleur point de repère qui soit. Malden alluma une unique chandelle qui vacilla dans la brise nocturne, puis il s'assit pour attendre.

Rien ne bougeait dans les ténèbres nuageuses. Rien ne remuait. Il entendit une chouette ululer à plusieurs milles de là, un son bas et sinistre que le bruit de sa propre respiration faillit recouvrir.

Il patienta.

Il sortit le morceau de parchemin de sous sa tunique et le déplia sur sa jambe. Dans la lueur chancelante, il discernait à peine les mots et le symbole au bas de la page – une sorte de signature.

— C'est quoi, mon gars ? demanda Crassier en pénétrant dans le cercle lumineux.

Crassier ne mesurait guère plus de quatre pieds. Il était mince comme un clou, et aussi pâle qu'un reflet lunaire sur de la neige. Son abondante barbe noire était tout entremêlée, et ses yeux perçants étincelaient à la lumière de la bougie ; cependant, sa tenue sombre le rendait presque invisible, de sorte que son visage semblait flotter dans l'air. Il aurait pu s'agir d'un spectre vengeur, hantant les lieux de son trépas.

Pour Malden, c'était une apparition qui faisait chaud au cœur.

Le voleur se précipita vers son vieil ami et l'étreignit chaleureusement. Il n'avait plus revu le nain depuis qu'ils s'étaient séparés devant les ruines du Vincularium. Bien avant qu'il se rende à Helstrow.

— Une lettre d'amour de ta maîtresse ? insista Crassier en tapotant le parchemin.

— Pas vraiment, répliqua Malden en s'empressant de le replier.

— C'est bien ce qui me semblait. Je t'ai vu le récupérer sur le cadavre de Prestwicke, il y a bien longtemps. Depuis, ça n'arrête pas de me turlupiner.

Malden secoua la tête. Il n'était pas prêt à parler du parchemin, pas encore. Pas avant d'être certain de la loyauté du nain.

— Comment vont les elfes ? demanda-t-il pour changer de sujet.

— Bien rangés, comme des putains de clous dans un tiroir, répliqua Crassier. Je les ai emmenés aux Landes vertes, où ils auront au moins la compagnie des arbres, et je leur ai demandé d'être féconds mais discrets. Vu l'aspect désolé de cet endroit, et leur méfiance naturelle, on peut être sûr qu'aucun humain ne les trouvera jamais. (Le nain poussa un profond soupir.) Même s'ils ont menacé de me suivre, et ne voulaient pas rester tranquilles jusqu'à ce que je leur promette de revenir pour Aethil. Elle est toujours éprise de moi.

Malden éclata d'un rire discret.

— Peut-être qu'elle aime les petits.

Aethil, la reine des elfes, avait ingéré un puissant philtre d'amour qui la ferait succomber au premier homme qu'elle verrait. Malheureusement pour toutes les personnes concernées, celui-ci s'était révélé être Crassier. À en croire Cythère – qui connaissait son sujet –, les effets de la potion seraient permanents.

Le fait que les elfes et les nains soient des ennemis héréditaires n'y changeait rien. La dernière fois que Malden les avait vus ensemble, Aethil s'imaginait que Crassier était un humain particulièrement court sur pattes.

— Assez discuté de l'amour de ma vie, trancha Crassier. Parle-moi plutôt de ce papier. Depuis quand on a des putains de secrets l'un pour l'autre ?

Malden jeta un coup d'œil au message froissé dans sa main. Il avait espéré détourner l'attention de Crassier, mais les nains étaient particulièrement perspicaces, et il savait que son ami ne lâcherait pas prise avant de découvrir la vérité.

— Il s'agit d'un contrat pour une exécution. La mienne. Il y a ma description, ainsi qu'une liste de mes repaires préférés à Ness. Aucun prix n'y est indiqué, mais étant donné que Prestwicke a traversé un royaume entier pour s'acquitter de sa mission, je suppose que la récompense était considérable.

— C'est signé ? s'enquit Crassier.

Malden fronça les sourcils, le temps de déplier le parchemin.

— D'une certaine manière.

Il tendit le papier afin que Crassier puisse le voir. Au bas de la page se trouvait un croquis grossier, représentant un cœur percé d'une clef.

Le nain écarquilla les yeux.

— Le patron a envoyé un assassin à tes trousses ? s'étonna-t-il.

Malden scruta l'expression de son compagnon. Celui-ci était également un employé de Tailleserpe. Malden n'était pas sûr d'avoir pris la bonne décision en lui montrant la signature du maître de la guilde.

— Mais bordel de cul, pourquoi ? Tu es l'un de ceux qui lui rapportent le plus.

— Peut-être que c'est justement pour ça. Peut-être qu'il m'estimait trop bon pour ce boulot, et que ça faisait de moi une menace.

— Envers lui ? Ça m'étonnerait. Désolé, mon gars, mais tu n'arrives pas à la cheville de ce salopard infâme. (Crassier se tira sur la barbe.) Je n'y comprends rien.

— Je n'étais pas censé voir ça. J'étais censé mourir. Tailleserpe ne sait pas que je l'ai.

— Et qu'est-ce que tu vas faire, maintenant ? s'enquit le nain d'un ton prudent. Si tu comptes t'en prendre à lui, tu ferais bien d'agir vite. Il est plus malin que toi. S'il en vient à se douter que tu en as après lui, tout sera terminé en un clin d'œil.

Malden se leva lentement. Si le nain estimait que son allégeance envers Tailleserpe valait la peine d'être défendue, cette conversation pourrait prendre un très mauvais tour.

— Crassier, je dois savoir…

Le nain balaya ses inquiétudes du revers de la main.

— Tailleserpe est mon employeur. Toi, tu es mon ami. Les nains ne mettent pas ça sur le même niveau. Je ne sais pas où va la priorité chez les humains…

Malden hocha prudemment la tête. Il devrait se contenter de cette espèce de garantie. Il savait de toute façon qu'il ne pourrait jamais faire de mal à Crassier. Ils avaient vécu trop de choses ensemble.

— Tu vas quand même à Ness ? demanda le nain.

Malden l'avisa rapidement de l'invasion barbare. Crassier disposait déjà de certaines informations.

— Ouais, on dirait bien que Ness est l'endroit le plus sûr dans cette tempête de merde. Quand on y sera, je ne veux pas savoir ce que tu as prévu. Peut-être que tu ne comptes rien faire. Agir comme si tu n'avais jamais vu ce contrat. Peut-être même que tu vas oublier toute cette foutue histoire. Ce serait plutôt malin. Bien plus malin que ce que feraient la plupart des humains que j'ai pu croiser. Ou peut-être que tu vas tenter un truc. Ne me dis rien, comme ça, je ne pourrai en parler à personne, d'accord ?

— Marché conclu, déclara Malden.

Chapitre 24

Le roussin de Croy hennit et regimba quand le chevalier grimpa sur son dos.

— Doucement, l'apaisa-t-il en lui flattant l'encolure.

La bête n'était pas habituée à son poids lesté d'une armure complète. Lui non plus, d'ailleurs. Il suait déjà sous le jaque matelassé enfilé à même la peau. Avec le haubert en mailles qu'il portait par-dessus, et la cotte de plates qui recouvrait le tout, il redoutait sérieusement de bouillir au soleil.

Un sergent lui tendit une longue lance, qu'il cala sous son bras. Il reçut enfin son écu noir et argent – les couleurs de Percespectre et, par extension, de Croy lui-même. Il aiguillonna sa monture pour la faire rejoindre les autres. Sire Orne portait déjà son heaume, ce qui soulagea Croy, qui ne tenait pas à croiser le regard lugubre du chevalier. Sire Équarri était prêt depuis une heure et semblait impatient de commencer.

Les enfants de sire Rory lustraient ses jambières et ses cuissards à l'aide de chiffons, tandis que son épouse, debout sur un marchepied, le nourrissait de morceaux de poulet.

— Cela suffit, femme, finit-il par lancer avant de s'éloigner de sa famille.

Les quatre Lames réunies cheminèrent ensemble en direction de la porte est.

Ils restèrent là, immobiles, à contempler pendant près d'une heure la herse baissée, attendant leur roi.

Ils parlèrent peu. Chacun calmait sa monture dès qu'elle se mettait à piaffer. Les gens d'armes rassemblés autour de l'ouverture étaient appuyés sur la hampe de leur serpe et plaisantaient entre eux pour relâcher un peu de pression.

Le souverain apparut seul, sur son imposant destrier, tout juste accompagné du héraut qui brandissait sa bannière. L'étendard vert et or claqua dans la brise quand on ouvrit la porte.

— Veillez à ne rien dire, peu importent les provocations, déclara Ulfram V.

Quelqu'un lui tendit sa couronne, un morceau d'or massif serti d'émeraudes. Il la ceignit et l'ajusta tout en dispensant ses consignes.

— Il doit s'agir de pourparlers entre leur Grand Chef et moi. Ne dégainez pas vos armes, à moins que je ne vous l'ordonne directement. Ne faites pas de gestes brusques et – quelles que soient les circonstances – ne me donnez pas le moindre conseil. Vous êtes ici pour me servir de garde d'honneur, rien de plus.

— Naturellement, Votre Majesté, répondit sire Équarri.

Croy éperonna son cheval pour suivre le rythme de l'énorme étalon du roi. En franchissant la porte, il enfila son heaume par-dessus le capuchon de mailles de son haubert. Les fentes ménagées dans la pièce d'armure étrécissaient sa vision, de sorte qu'il ne voyait plus que ce qui se trouvait droit devant lui. Une fois à l'extérieur, il dut tourner la tête de droite et de gauche pour prendre la mesure des troupes déployées face à eux.

Dix mille barbares avaient franchi le défilé. Ils avaient été aperçus au matin, approchant de la ville sans formation apparente. Ils ne s'étaient pas davantage organisés depuis. Ils se tenaient telle une cohorte de géants sur les champs herbeux s'étendant à l'est de Helstrow. Seuls quelques-uns d'entre eux montaient à cheval, et Croy n'avisa aucun groupe d'archers, ni aucune machine de siège. Dix mille fantassins contre une forteresse : cela paraissait parfaitement impensable pour le chevalier, rompu aux tactiques militaires. Où donc étaient les officiers, les tambours, les étendards ? De nombreux barbares, las d'attendre debout, s'étaient assis sur le gazon. Certains avaient même commencé des parties de dés ou d'osselets.

Devant leur… armée, faute de meilleur terme, les barbares avaient creusé une rangée de foyers alimentés de gros blocs de tourbe. Les plus grands de leurs guerriers dansaient sauvagement autour des flammes, lançant les bras au ciel à intervalles irréguliers, piétinant le sol de leurs pieds impressionnants. Tous arboraient le maquillage que Croy avait déjà pu observer sur le visage de Mörget : une bande rouge sang leur recouvrant la moitié de la figure, des yeux jusqu'au cou.

Ces danseurs furent les seuls parmi les envahisseurs à ne pas regarder le roi de Skrae avancer dans leur direction.

Alors que l'équipée royale approchait des foyers, seul un barbare remua. Un homme, jusque-là pris par l'enjeu d'une partie de dés, se leva lentement. Il semblait plus âgé que les autres. Ses cheveux étaient parmi les plus longs – les autres les avaient plutôt courts, voire rasés, alors que celui-ci arborait une véritable tignasse or et argent, ainsi qu'une barbe bien fournie. Ce qui le faisait davantage encore sortir du lot était qu'aucune partie visible de son corps n'était peinte. Il ne portait toutefois pas de fourrure plus élégante que celle de ses compagnons, ni le moindre bijou ou accessoire. En revanche, une épée large lui pendait dans le dos. Un chien bâtard se leva en même temps que lui pour trotter à son côté.

Un deuxième homme, jusque-là allongé à boire du vin, se mit à son tour sur ses pieds. Celui-ci ressemblait davantage aux autres – il avait les cheveux très courts et un sourire railleur peint sur les lèvres. Il suivit l'ancien à la crinière dorée, et tous deux dépassèrent les foyers pour se poster juste assez loin des remparts de Helstrow, hors de portée des archers. Les deux hommes – et le chien – ne tenaient ni bannière ni étendard. Ils ne s'annoncèrent pas non plus.

Le héraut d'Ulfram galopa jusqu'à eux pour leur crier quelques mots. Celui à la tignasse d'or hocha la tête, puis leva les yeux et agita un bras en direction du roi de Skrae. Il arborait un sourire chaleureux.

Le souverain s'approcha avec méfiance. Équarri alla rejoindre Croy.

— J'ai un peu l'impression qu'ils se moquent de nous, chuchota-t-il.

— C'est juste leur manière d'être, répliqua Croy sur le même ton. À l'est des montagnes, ils traitent leurs inférieurs comme leurs égaux. Il n'y a que peu de différences entre les classes.

— Mais comment font-ils pour rester à leur place, dans ce cas ? Sont-ils même des hommes, comme nous ? Ou des sortes de singes glabres ? Vu leur taille, j'aurais tendance à le penser.

— Ce sont des hommes. Ne les sous-estime pas, l'avertit Croy.

Équarri tourna la tête, son heaume pivotant de gauche et de droite, comme pour entreprendre de recenser les éléments composant la horde.

— Aucun risque.

Chapitre 25

Le roi fit avancer sa monture jusqu'aux deux barbares. Les quatre Lames le suivirent de très près.

Ce fut le messager d'Ulfram qui parla le premier.

— Saluez et rencontrez-vous sous la bannière des pourparlers ! Roi Ulfram, cinquième du nom, seigneur de Skrae, maître de la forteresse de Helstrow, protecteur du peuple, élu de la Dame…

— Propriétaire d'un bien joli cheval, compléta le barbare avec un sourire peint. Pourrais-je l'avoir ?

Son compagnon à la tignasse dorée ricana.

Le héraut d'Ulfram blêmit de rage, puis termina néanmoins son annonce.

— Gouverneur de la Strow et de la Skrait, protecteur du royaume nain… me permettez-vous de vous présenter le Grand Chef Mörg des steppes de l'Est ?

— Ha ! Ne m'oubliez pas ! insista celui au sourire peint. Hurlind le cancanier ! Ah, est-ce mon tour de parler ? Ce type a bavassé si longtemps que j'en ai complètement oublié mon texte. Oh, grand Mörg le Sage, voici… un roi quelconque, je pense que vous avez déjà eu vent de son identité.

Mörg rit à gorge déployée.

— Ouais, en effet. Eh bien, ravi.

Il tendit la main pour serrer celle du roi.

— Et le chien, Skari. C'est quoi ? le quinzième du nom ? poursuivit le cancanier.

L'animal dressa la tête en entendant son nom, puis se laissa tomber sur le côté, tout haletant.

— Vous osez présenter votre chien au roi de Skrae ? s'offusqua le héraut d'Ulfram en virant au cramoisi.

— Ce n'est pas mon chien, précisa Mörg. Il m'arrive de le nourrir, voilà tout. Et plus d'une fois, alors que je mourais de faim, c'est lui qui m'a nourri. Parfois, je me considère comme *son* humain.

Le messager du roi commença à se plaindre de nouveau, quand le souverain l'interrompit d'un geste.

— Je pense que cela suffit. Retournez au portail, à présent, et annoncez à tout le monde que j'ai été accueilli avec les honneurs nécessaires. Allez-y, mon garçon.

Le héraut toisa une dernière fois les barbares avant de tourner les talons. Ulfram poussa un profond soupir après son départ, puis descendit de cheval afin de se mettre au niveau de Mörg.

— J'ai décidé de ne pas m'offusquer de vos plaisanteries et de vos rodomontades, déclara-t-il. J'ai cru comprendre que votre homme ici présent, votre cancanier, était formé à railler et à provoquer plutôt qu'à vous dispenser ses conseils.

— Ce n'est pas mon homme, rétorqua Mörg. (Il désigna d'une main la cohue derrière lui.) Ce ne sont pas mes hommes. Ils m'autorisent à parler en leur nom, voilà tout. Tel est le rôle d'un chef. Un Grand Chef leur sert simplement de porte-parole.

— Mais êtes-vous investi du pouvoir de parvenir à un accord aujourd'hui ? s'enquit le roi.

— Oui. Voulez-vous vous asseoir ? Cela risque de durer un moment.

— Je préférerais ne pas souiller mes robes d'apparat, répondit Ulfram.

— Comme vous voudrez.

Ulfram lui adressa un signe de tête reconnaissant.

— J'ai cru comprendre que vous estimiez avoir été envahis les premiers, par un certain Herward, un vieil ermite solitaire et dévot. Que vous avez massacré sans jugement.

Mörg balaya l'argument du revers de la main, comme s'il chassait une mouche.

— Afin de prouver ma contrition face à pareille offense, reprit le souverain, je suis prêt à vous payer un tribut : cent coffres remplis de pièces d'or. Lorsque l'échange sera effectué, je m'attends à ce que vous rameniez votre peuple par ce nouveau défilé, jusqu'à vos propres terres.

Mörg soupira.

— J'ai déjà énormément d'or.

Croy voyait Ulfram trembler. La couronne remuait sur son crâne.

— Je ne veux que de la terre, poursuivit le barbare. Nous en possédons également en quantité, à l'est, mais elle n'est pas bonne à cultiver. Mon peuple a besoin de se nourrir. J'ai passé ma vie à essayer de le persuader que la vie ne se résume pas à la mise à sac et au pillage, mais il est difficile de l'en convaincre quand on n'arrive pas à faire pousser du bon grain. À vrai dire, personnellement, je préférerais éviter de voir le sang couler aujourd'hui. Je n'aime pas regarder mourir les gens.

— Je suis ravi de l'entendre, commenta Ulfram d'une voix éteinte.

— Malheureusement, cela fait de moi une exception chez les miens.

Le cancanier éclata de rire.

— Pour nous, le cri des hommes rendant leur dernier souffle est une douce musique ! Nous adorons le choc du fer contre le fer. Certains aiment boire du sang chaud, d'autres préfèrent…

Mörg donna un coup dans la mâchoire de Hurlind. Son poing était telle une tête de marteau, et le cancanier s'écroula dans l'herbe, se tenant la figure comme si tous ses os étaient brisés.

Croy porta instantanément la main au pommeau de Percespectre. Il dut fournir un gros effort pour ne pas la dégainer et pourfendre le barbare aux cheveux d'or. Mais il avait des consignes.

— Désolé, dit Mörg. Parfois, même moi il m'agace. Comme je le disais, les clans veulent la guerre. C'est ce qu'ils aiment par-dessus tout. Je pourrais peut-être les convaincre de vous laisser vivre. Mais il leur faudrait quelque chose en échange.

— Quoi donc ? s'enquit Ulfram.

— Que vous nous offriez toutes les terres à l'est de la Strow ; et que leurs habitants soient placés sous notre contrôle.

Croy ne put retenir un hoquet de stupeur. Cela représentait un tiers de la totalité du royaume.

Chapitre 26

Le roi de Skrae bredouillait de rage. Croy ne lui en tint pas rigueur.

— Sous votre contrôle, finit par cracher Ulfram. Vous voulez réduire des milliers de mes sujets en esclavage.

Mörg haussa les épaules.

— J'ai besoin d'hommes pour nous montrer comment semer et veiller sur les plantations.

— Nous savons déjà récolter, intervint Hurlind, qui se frottait toujours la mâchoire.

— Dans tous les cas, reprit Mörg, l'esclavage n'est pas si terrible. Selon nos lois, un esclave a les mêmes droits qu'un chef, et il peut même racheter sa liberté s'il travaille dur pendant une vingtaine d'années. Vous avez bien des serfs en Skrae, non ? Dites-moi une chose : si un premier magistrat punit l'un d'eux pour une faute commise, qu'adviendra-t-il à ce serf s'il réplique ?

Ulfram se tourna vers ses chevaliers, comme s'il s'attendait à ce qu'ils lui expliquent pour quelle raison on le questionnait sur des points de détails du système féodal.

— Il serait arrêté sur-le-champ, bien sûr, et jugé pour agression. Et il finirait probablement pendu à titre d'exemple.

— C'est bien ce que je pensais. Oui, poursuivit Mörg en hochant le menton. J'aimerais autant être un esclave. Si un maître bat son esclave trop violemment, et qu'en retour il se fait briser la nuque, la plupart d'entre nous crierons de joie.

— Nous savons apprécier une bonne vengeance, confirma le cancanier.

Mörg sourit.

— J'imagine que nombre de vos serfs préféreraient l'esclavage s'ils avaient le choix.

— Sûrement pas, décréta le roi. Les citoyens de Skrae ne seront jamais vendus comme esclaves. Seule la Dame peut décider du sort d'un homme – même moi je n'en ai pas le pouvoir. La réponse est non. Je ne vous offrirai pas cette terre, pas plus que mes sujets. Si cela doit nous mener à la guerre, alors partons en guerre.

— Je craignais que vous disiez ça, repartit Mörg en s'étirant de tout son long. Bon, j'aurai essayé.

Ulfram ricana au nez du barbare.

— Vous attendiez-vous vraiment à ce que j'accepte votre offre, ou n'était-ce qu'une simple ruse visant à justifier un carnage ?

— En réalité, répondit Mörg, je cherchais surtout à gagner du temps. Les massacreurs en ont besoin pour s'échauffer.

Il se tourna vers les foyers, où les danseurs fous tournoyaient à une allure démentielle. Il leur adressa un simple signe de la main, et tous cessèrent sur l'instant, s'immobilisant.

L'un après l'autre, les hommes peints de rouge se mirent à trembler. Même de loin, Croy les voyait frémir. Leurs dents s'entrechoquaient et leurs yeux se gorgeaient de sang. Ils semblaient en proie à une sorte de crise d'apoplexie collective.

— Votre Majesté, déclara sire Équarri d'une voix tendue comme une arbalète.

— Je vous ai dit de ne pas parler, aboya le souverain en retour.

Les massacreurs ramassèrent haches et écus gisant sur l'herbe. Leur visage était désormais aussi rouge que la peinture qu'ils avaient autour de la bouche. L'un d'eux se mit à ronger le rebord en bois de son bouclier, comme pour en arracher un morceau.

— Pardonnez-moi, Sire, insista sire Équarri, mais remontez tout de suite sur votre foutu cheval !

Le roi n'était pas aveugle. Il bondit en selle. Toutefois, avant de faire faire volte-face à sa monture, il jeta un regard noir à Mörg.

— Vous osez profaner le rituel sacré des pourparlers, cracha-t-il. Ni violence, ni traîtrise !

Mörg éclata de rire.

— C'est votre tradition, pas la nôtre. La nôtre consiste à ruser par tous les moyens possibles. C'est beaucoup plus efficace.

Équarri se précipita en avant et battit les flancs du destrier royal. Croy n'attendit pas de nouvelle provocation pour faire pivoter son roussin et se diriger vers la ville.

— Protégez-moi ! ordonna le roi. Placez-vous tous autour de moi !

Les Lames s'empressèrent de venir l'encadrer, alors même que les massacreurs se mettaient à gronder et les prenaient en chasse. Ils couraient plus vite que n'importe quel homme, brandissant leur hache haut dans le ciel, fendant l'air de leur bouclier.

— La porte ! Ouvrez la porte ! commanda sire Rory.

Loin devant eux, Croy vit des soldats tenter d'obéir avant l'arrivée du roi.

— Les balistes ! hurla Croy.

En haut des remparts, les arbalètes géantes furent lentement bandées.

— Tirez par-dessus nos têtes ! Tout de suite ! ordonna Croy.

Les chevaux galopaient vers la forteresse, projetant dans leur sillage de grosses mottes de terre. L'entrée était encore à cent mètres.

Les massacreurs gagnaient du terrain. Et derrière eux, dix mille barbares se levaient à leur tour, l'arme à la main.

Une baliste fit feu avec le bruit d'une gigantesque corde de luth se brisant subitement au milieu d'un accord ; un carreau de fer de six pieds de longs vola au-dessus du heaume de Croy. Il traversa un massacreur, lui perforant la poitrine d'un trou gros comme le poing. Il empala également celui qui se trouvait derrière lui, avant de s'enfoncer profondément et silencieusement dans le sol.

Le premier massacreur mourut avant d'avoir touché terre, sa hache rebondissant à plusieurs reprises dans l'herbe jaune. Le suivant, celui qui venait de se faire empaler, survécut plus longtemps. En regardant par-dessus son épaule, Croy fut estomaqué de le voir tenter de se relever, emportant avec lui le carreau qui l'avait transpercé.

Avançant pied après pied, le massacreur poursuivit sa progression. Son visage n'affichait pourtant pas la moindre trace de douleur. Sa danse sauvage l'avait-elle insensibilisé ? Il effectua un pas de plus – et parvint à se libérer. Le carreau produisit un raclement quand il fut arraché à son dos.

Le massacreur éclata de rire – puis trépassa, quand du sang jaillit puissamment de la plaie.

Cinquante autres arrivaient derrière lui.

— La porte ! Ouvrez la porte ! criait le roi, et Croy s'attendait à la découvrir déjà béante.

Toutefois, la herse était toujours baissée.

Chapitre 27

Derrière la herse, les soldats s'invectivaient et des hommes couraient de-ci de-là en essayant de la relever. Elle avait été conçue pour être abaissée à la hâte, pour tomber de toute sa hauteur en une fraction de seconde, en conséquence de quoi elle était particulièrement longue à hisser. Des paires de soldats suaient sang et eau sur les guindeaux pour la faire remonter pouce après pouce. Croy sauta de cheval alors même que les barreaux de fer commençaient à se soulever – mais lentement, si lentement que cela revenait à observer la mort arriver à petits pas. Croy arracha ses gantelets, puis saisit la grille à mains nues afin d'aider à la manœuvre.

— Votre Majesté ! cria sire Équarri.

Croy jeta un coup d'œil derrière lui, et avisa la volée de flèches qui obscurcissait l'air.

Il avait aperçu si peu d'arcs parmi les barbares qu'il avait supposé qu'ils en dédaignaient l'usage. Et voilà qu'une centaine de traits au moins plongeaient sur eux.

Équarri fit basculer le roi de sa monture juste à temps. Il abrita le monarque derrière le flanc du destrier juste quand les pointes trouvèrent leur cible. Une dizaine d'autres rebondirent sans dommage sur l'armure protégeant le dos de Croy, mais les chevaux hennirent et certains s'emballèrent.

Les massacreurs approchaient toujours davantage, hurlant, s'automutilant avec leurs armes pour ajouter de nouvelles zébrures d'un rouge étincelant à leur visage déjà peint.

— Votre roi est en danger, cria Croy à travers les barreaux.

Les fers acérés en bas de la herse n'étaient toujours qu'à quelques pouces du sol.

Sire Rory dégaina Chantemort et se dirigea vers les assaillants. Le vieux et gras chevalier frappa de droite et de gauche quand la première ligne de ces déments arriva à sa hauteur. La lame sembla normale jusqu'à l'impact ; alors le métal se mit à couler et s'incurva tel du vif-argent, se remodelant alors même que Rory attaquait. Chantemort s'entortillait comme un serpent en éviscérant les barbares, mue par la magie vers les parties du corps les plus vulnérables, tel un corbeau croassant sur le champ de bataille avant de fouiller les entrailles des cadavres. Les massacreurs ne montrèrent ni peur ni douleur alors que la lame pliait et ployait dans les ventres et à travers les cœurs. Et pourtant, ils tombaient l'un après l'autre. Sire Orne se joignit à la mêlée, arrachant Soiffarde à son large fourreau. La lame semblait trouble même de près, mais elle était tout aussi efficace. Ses deux fils étaient dentelés de manière agressive – et chacune des dents était elle-même dentelée, et chacune de ces nouvelles petites dents également, et chacune d'entre elles, et ainsi de suite jusqu'à ce que les crocs soient trop minuscules pour être perçus à l'œil nu. Même le coup le plus faible traversait la chair jusqu'à l'os et provoquait une importante hémorragie. Orne avait appris à employer sa Lame au mieux de ses capacités, ne cherchant à porter que les coups les plus rapides et superficiels. Ils suffisaient toutefois à entamer le squelette de l'ennemi. Une brume sanguinolente planait dans l'air autour d'Orne, tandis que les veines éclataient et que les artères projetaient des gerbes écarlates directement dans l'herbe.

Cela ne suffit néanmoins pas à arrêter les massacreurs. Ils avaient l'air de ne faire aucun cas du nombre de morts qui s'amoncelaient devant la porte sous les assauts répétés des deux chevaliers. Ils se ruaient comme des fous au cœur du combat, où ils attaquaient avec une sauvagerie inouïe, dotés grâce à leur transe d'une vitesse et d'une force avec lesquelles aucun homme normal n'aurait pu rivaliser. La lourde armure des chevaliers repoussait la plupart des coups de hache, mais une lame transperça malgré tout l'épaulière gauche de Rory et mordit profondément dans la chair. Le chevalier perdit immédiatement l'usage de son bras et lâcha son bouclier ; Orne se servit du sien pour protéger le flanc gauche de son compagnon, tout en décapitant un barbare d'un revers de Soiffarde.

— Fais rentrer le roi, mets-le à l'abri, cria Équarri à Croy.

Ce dernier baissa les yeux et constata que la herse se trouvait désormais à une paume de main de hauteur.

— Fourre-le à l'intérieur, si tu dois en arriver là !

Croy se saisit des robes d'apparat de son souverain et le traîna vers lui. Le monarque était inconscient. Une flèche semblait l'avoir frappé à la tempe, sans y pénétrer. Sa couronne avait disparu, sans doute tombée sur le champ de bataille. Croy n'avait pas le temps de la chercher. Dès que la herse fut remontée d'un pouce supplémentaire, il glissa le roi par l'ouverture. Les fers déchirèrent la soie, et le chevalier ne put qu'espérer ne pas avoir écorché la peau au passage.

Une fois que le roi se trouva à l'intérieur, des soldats de l'autre côté le soulevèrent pour l'emmener à l'abri.

— Maintenant, à ton tour, lança Équarri à Croy en dégainant Glaivefroid.

— Non, répliqua Croy en lui bloquant le poignet. Il n'est pas en état de donner des ordres. C'est toi qui commandes, à présent. C'est toi qu'il faut protéger.

Équarri ne perdit pas de temps en palabres. Il se laissa tomber sur le ventre et rampa par l'ouverture, faisant grincer les fers de la herse sur l'acier de son dos.

Croy se rua au secours de Rory au moment où le vieux chevalier commençait à céder. Il le redressa tandis qu'Orne le protégeait des coups de hache, et lui cria à travers le heaume :

— À ton tour, mon frère.

Rory acquiesça avec gratitude et s'empressa de se glisser sous la grille.

Soiffarde s'abattit dans un violent coup de taille qui trancha en deux le visage d'un massacreur. Un autre barbare succéda au défunt, et Croy parvint tout juste à lever Percespectre pour parer une lame sifflante. L'assaillant se rua en avant et le chevalier se retrouva face à son ennemi. Il lut de la sauvagerie dans ces yeux rouges, une rage triomphante sur le visage peint. Il virevolta, faisant décrire un large cercle à son arme, pure extension de son bras, et pourfendit l'homme. Cela ne suffit pourtant pas, et la hache s'éleva une fois de plus, comme si le massacreur coupait du bois.

Avant qu'elle puisse s'abattre sur le cou du chevalier, Soiffarde sectionna le bras ennemi. Orne donna un coup de bouclier et brisa un autre nez adverse.

— Orne ! Est-ce cela que le sorcier t'a prédit ? Ton heure est-elle venue ? demanda Croy.

Son compagnon se fendit de côté et sa lame glissa au travers de la cage thoracique d'un barbare. Du sang jaillit de la plaie, éclaboussant les deux chevaliers.

— Pas encore, répondit Orne.

— Alors rentre ; tant que nous ne serons pas tous les deux à l'intérieur, ils ne pourront pas rebaisser la herse.

Croy abrita Orne derrière son bouclier et le força à reculer en direction de la porte. Il ne se retourna pas pour voir s'il lui obéissait, car une grosse dizaine de massacreurs lui faisait face ; il dut se pencher et esquiver pour ne pas se faire tailler en pièces.

L'un des barbares lança son bouclier sur lui. Il rebondit vainement sur les jambes du chevalier, qui le renvoya d'un coup de pied, faisant trébucher deux de ses agresseurs. Puis il plongea en avant, Percespectre au clair, et transperça une gorge barbare. Il retira sa lame d'un coup sec, et l'agita en arcs de cercle devant lui, mutilant oreilles, yeux et nez. Des hommes normaux, des hommes sensibles à la douleur, auraient reculé face à pareille offensive, redoutant de se retrouver estropiés. Les massacreurs ne cillèrent pas.

Même un guerrier accompli – un chevalier aguerri – pouvait finir par se faire submerger par cette vague immonde de chair barbare. Croy savait qu'il devait se replier sous peine d'être dépecé sur place.

Une hache fendit l'air à l'endroit précis où il s'était trouvé un instant plus tôt. Il donna des coups de bouclier, sans se soucier de toucher au but ou non, puis se jeta en arrière et roula sous les barres de la herse.

Une fois de l'autre côté, il se releva d'un bond alors que trois massacreurs se glissaient à sa suite, ayant déjà passé la tête et les bras.

— Maintenant ! cria Croy. Abaissez-la !

Un bloc de pierre fut délogé du guindeau qu'il retenait, et une chaîne cliqueta tandis que la grille s'effondrait. Elle empala les trois massacreurs, qui continuèrent à s'agiter, n'ayant pas encore rendu les armes.

Croy les abandonna à leur triste sort et courut rejoindre Équarri.

Chapitre 28

Les massacreurs vinrent s'écraser contre la grille et la secouèrent en hurlant, tentant d'en tordre les barreaux à mains nues. Un geste que Croy avait craint précisément, même si la herse était constituée de blocs de fer de deux pouces d'épaisseur.

Il entendait les balistes se détendre avec une secousse loin au-dessus de sa tête. Elles étaient si lentes, à peine capable de tirer quatre fois à la minute.

— Archers ! commanda-t-il. Faites venir les arcs longs, faites reculer l'armée. (Il jeta un coup d'œil aux massacreurs à la porte.) Et des piquiers ! Dégagez-moi cette entrée !

Sire Équarri se trouvait à une dizaine de pas de là, à brailler ses propres ordres à un groupe de sergents en jaque de cuir. Lorsque Croy s'approcha de lui en courant, le chevalier congédia les officiers et secoua la tête.

— La plupart de nos hommes sont toujours en cantonnement, et y resteront tant qu'on n'ira pas les chercher. Nous n'étions pas prêts… Je ne m'attendais pas à un assaut avant l'aube demain matin.

— Ne perdons pas de temps à maudire le destin, répondit Croy. Nous devons…

Une flèche tomba du ciel et Équarri laissa échapper Glaivefroid. Croy leva la tête : le projectile semblait venu des nuages.

Une centaine d'autres apparurent sous ses yeux.

— Ils tirent en chandelle par-dessus le rempart afin d'abattre tous ceux qui protègent la porte, comprit Croy en voyant les traits tournoyer dans sa direction.

Il s'abrita sous son bouclier. Les flèches tombèrent sur lui comme une pluie de bois, avec à peu près le même effet. Il se mit à rire, pensant que les barbares gâchaient leurs munitions. Puis il leva la tête et avisa un soldat en jaque de tissu debout devant lui. L'homme semblait particulièrement déconcerté par les trois flèches fichées dans sa poitrine. Il fit un pas vers Croy et se mit à crier.

Le chevalier l'attrapa à temps pour l'allonger sur le bord du chemin, où il ne se ferait pas piétiner. Même si cela n'aurait guère d'importance : il était mort avant que sa tête touche le sol. Les soldats alentour couraient au hasard en poussant des glapissements, tentant d'échapper au déluge.

Sur le rempart, l'une des balistes bascula sur le côté. Son maître tomba des créneaux, une flèche dans l'œil. Balint le regarda choir, puis donna de la voix pour réclamer un remplaçant.

— Un qui soit foutu de viser correctement ! précisa-t-elle.

— Archers ! cria encore Croy. Où sont nos archers ?

Il entendit un violent fracas, ainsi qu'un bruit semblable à celui d'une cloche délogée de son beffroi. Il aperçut alors des barbares armés d'un bélier de la forme d'un crâne de fer géant, qu'ils balançaient inlassablement contre la herse.

— Équarri ! appela Croy.

— Je sais, mon frère. Recule ! Que tout le monde recule ! Repliez-vous dans l'enceinte intérieure. On ne peut pas tenir la porte. Retraite ! Sonnez la retraite !

Sire Orne apparut soudain au côté de Croy.

— Le roi ? Où est-il ?

Croy ne put que secouer la tête. Il ignorait où on l'avait emmené.

— Il ne peut pas être déjà perdu. Je suis sûr qu'il me survivra de toute façon, commenta Orne. Va aider sire Rory, il semble avoir du mal à tenir debout.

La plus vieille des Sept Lames s'était adossée à un mur à moins de dix pieds de là. Chantemort pendait au bout de son gantelet, semblant sur le point de tomber. Croy la lui prit et la rangea dans le fourreau à la ceinture du chevalier.

— Merci, mon frère, dit celui-ci.

Il avait parlé d'une voix pâteuse, comme s'il était ivre. Croy s'inquiéta de sa blessure et découvrit une épaisse couche de sang coagulé dans l'interstice de son armure en acier. Quel genre d'homme était capable de transpercer une plaque d'acier ainsi qu'une cotte de mailles avec une hache en fer ? Les massacreurs en transe devaient être plus forts que des géants.

— À quoi ça ressemble ? s'inquiéta Rory.

L'espace d'un instant, son visage ne montrait plus le moindre courage, simplement la peur désespérée de celui qui se sait en train de mourir. Puis il serra les lèvres sous sa moustache.

— Ça ne fait pas si mal, fanfaronna-t-il.

Croy hocha lentement la tête. Même si Rory survivait, même si la plaie ne s'infectait pas, il ne pourrait plus jamais se servir de son membre mutilé.

— Ce n'est que ton bras gauche, expliqua-t-il, sachant ce que son compagnon avait besoin d'entendre. Tu peux toujours utiliser ta Lame.

— Ha ! s'exclama Rory avant d'essayer de rire. (Il ne parvint qu'à émettre une sorte de souffle sifflant.) On va quand même leur montrer, pas vrai, Croy ? On va…

Il fut interrompu par un tumulte soudain. Des trompettes sonnant la retraite. Ce qui était parfaitement inutile, car une foule de soldats remontait déjà la grande rue au pas de course en direction de l'enceinte intérieure, certains abandonnant même leurs armes au passage.

— Pleutres ! lança sire Rory en crachant du sang.

— Ce sont essentiellement des paysans, fit remarquer Croy.

Des appelés. Dix jours plus tôt, ils auraient pu être condamnés pour le simple fait de tenir une arme. En à peine une semaine, on leur avait appris comment défendre leur roi. Ils n'avaient pas reçu l'entraînement nécessaire. Ils n'avaient encore jamais combattu.

— Ils sont effrayés.

— On devrait pendre ces sales types jusqu'au dernier, insista Rory.

Croy ne répondit rien, mais commença à remonter la rue également, le bras valide de Rory autour des épaules. Il n'avait pas fait vingt pas qu'Équarri lui attrapa sa main armée.

— Croy, le roi...

Il secoua la tête.

— Personne ne semble savoir où il est.

— Nous devons le trouver. Il pourrait être tombé quelque part et se faire fouler aux pieds par cette cohue. Il pourrait être blessé et mourir à petit feu.

Croy grimaça à cette évocation.

— Je vais le retrouver. Emmène Rory dans le donjon. Orne ! Orne, où es-tu ?

Le chevalier maudit arriva en courant.

— Orne, répéta Croy, nous devons trouver le roi.

— Oui, soupira son compagnon.

Équarri agrippa le heaume de Croy et le fit pivoter, de façon que tous deux se retrouvent face à face.

— Mets-le en sécurité. À n'importe quel prix. C'est un ordre.

— Et je compte bien obéir, répondit Croy.

Puis il se retourna et se mit à courir.

Partout autour de lui se trouvaient des hommes paniqués. Seule une poignée d'entre eux portait encore une arme. Certains avaient même ôté leur jaque de tissu et leur chapel de fer, estimant sans doute qu'ils seraient épargnés s'ils n'avaient pas l'air de soldats. Croy tenta de les orienter vers le donjon, le seul lieu sûr de la ville, mais nul ne l'écouta. Ils s'amassaient dans des caves ou des greniers, se barricadant comme si quelques meubles et une porte verrouillée suffiraient à repousser les barbares.

Il était difficile de se déplacer dans la citadelle à contre-courant de cette marée humaine. Orne eut même à dégainer Soiffarde et à l'agiter au-dessus de sa tête pour contraindre les fuyards à s'écarter.

Avant qu'ils aient croisé une demi-douzaine de rues, ils entendirent un grondement sourd et le hurlement déchirant du métal ; ils comprirent que la herse venait de tomber. Les barbares avaient pénétré dans Helstrow.

— Combien de temps penses-tu qu'Équarri pourra tenir le donjon ? s'enquit Orne.

— Je l'ignore, avoua Croy entre ses dents serrées.

Il esquiva une charrette remplie d'hommes toujours armés de leur serpe. Ils paraissaient effrayés mais n'avaient pas encore déserté, peut-être se dirigeaient-ils vers la mêlée.

— Il y a assez de nourriture pour tenir plusieurs mois, et des tonneaux remplis de flèches, et les forgerons…, poursuivit Croy. Mais il ne s'agit pas d'un siège. C'est une attaque frontale. Si Équarri parvient à faire rentrer suffisamment d'hommes et à verrouiller les portes avant que les barbares l'atteignent, peut-être quelques jours.

— Et la reine ? et leurs enfants ?

Croy se fraya un chemin entre un groupe de soldats à genoux, occupés à implorer l'aide du Dieu Sang.

— Ils sont partis pour Fangevert il y a plusieurs jours. Toi, lança-t-il en attrapant l'un des prieurs. As-tu vu le roi passer par ici ? (L'autre ne cessa pas de psalmodier, forçant Croy à le secouer.) Je te repose la question : as-tu vu le roi ?

— N'est-il pas avec vous, sire chevalier ? s'inquiéta l'homme avant d'arborer un masque de terreur indicible.

Croy le repoussa et commença à fulminer quand une femme se pencha par la fenêtre au-dessus de sa tête et attira son attention.

— Ils sont partis par là, le renseigna-t-elle en désignant une étroite venelle entre deux maisons.

— Ma dame, je vous remercie, repartit Croy.

— Je ne suis pas une dame ! Mais pour la peine, dites-moi : qu'est-ce qu'on doit faire ? J'ai six enfants avec moi, et ils veulent savoir d'où vient tout ce raffut.

Croy tourna la tête vers la porte est, où il savait que le combat faisait rage. Pour le moment au moins, des bâtisses lui cachaient la scène, mais il savait que d'une minute à l'autre les massacreurs déferleraient dans les rues, détruisant tout sur leur passage, assassinant chaque homme, femme et enfant qu'ils croiseraient. Il reporta son attention sur l'inconnue à la fenêtre et chercha quel conseil lui donner.

— Je vous en prie, sire chevalier. Au nom de mes enfants ?

Il ferma les yeux et baissa la tête.

— Allez au donjon, si vous y parvenez. Restez aussi près que possible du mur ouest. Si vous croisez quelqu'un qui saigne ou qui hurle, faites demi-tour. Je prierai pour vous, ma bonne dame.

Elle claqua ses volets sans mot dire.

Croy et Orne s'engouffrèrent en hâte dans l'allée qu'elle leur avait indiquée et avisèrent un sergent, une flèche plantée dans le dos. Il haletait et était blanc comme un linge, mais il leur fit signe en les apercevant.

Il les mena jusqu'à un cellier, où le roi reposait sur une couche de cilice. Il avait les yeux clos et une vilaine contusion à la tempe.

— S'est pas… réveillé depuis… que je l'ai… amené ici, pantela le sergent.

Sire Orne empoigna la flèche fichée dans le dos du soldat et la fit pivoter pour la retirer, avant de plaquer un morceau de tissu sur la plaie. L'officier grimaça jusqu'à ce que des larmes lui montent aux yeux, mais il n'émit pas le moindre son.

— Vous êtes un homme bien, déclara Croy en posant une main sur l'épaule du blessé.

— Amenez-le… à sire Équarri… il…

Le sergent n'en dit pas plus. Il s'assit sur la terre battue et riva les yeux au plafond.

Croy retourna dans la rue et la fouilla du regard jusqu'à trouver ce qu'il cherchait : deux serpes à la hampe suffisamment longue. Il y noua un drap trouvé dans la maison abandonnée et confectionna ainsi une civière de fortune qu'Orne et lui porteraient. Ils y installèrent le roi et entreprirent de monter l'escalier.

— Venez avec nous, lança Croy au sergent blessé.

Mais celui-ci était mort, les yeux révulsés. Croy les lui ferma avant de retourner à son fardeau.

Chapitre 29

— Où est-ce qu'on l'emmène ? demanda Orne quand ils furent de nouveau dehors. Au donjon ? Ou à la porte ouest ?

Croy tenta d'y réfléchir. Il devait mettre le roi en sécurité. À n'importe quel prix. Ordre d'Équarri. Mais où le souverain le serait-il ? Impossible à dire sans en savoir plus.

Ma Dame, pria-t-il silencieusement, *adressez-moi un signe.*

Il fut exaucé – même s'il aurait préféré qu'elle demeurât silencieuse.

Un massacreur se précipita vers lui en hurlant. Il était nu et couvert de blessures – des coupures superficielles au visage et à la poitrine, des plaies profondes aux jambes. Il tenait une hache dans chaque main.

Peut-être n'aperçut-il même pas Croy dans sa fureur, car il n'engagea pas le combat, et donna au contraire l'impression de vouloir contourner les deux chevaliers. Croy dégaina Percespectre et lui trancha la gorge sans rencontrer de résistance. Le barbare tomba mais, derrière lui, à une rue de là, Croy en vit d'autres arriver, riant et jubilant.

Ils n'avaient guère le choix. Ils n'avaient aucune chance d'atteindre le donjon s'ils devaient pour cela se frayer un chemin à travers toute l'armée de Mörg. Il leur fallait donc rejoindre la porte et fuir Helstrow. Les chevaliers ramassèrent le brancard de fortune et se dirigèrent aussi vite qu'ils le purent vers l'entrée ouest. Elle n'était pas loin, tout juste une dizaine de rues plus loin, mais leur armure et leur fardeau les ralentissaient.

Ils n'avaient pas parcouru la moitié de la distance quand les barbares les repérèrent. Un puissant hurlement s'éleva et les chevaliers durent se réfugier dans une allée latérale, sous peine d'être rattrapés.

En sinuant dans les petites rues, ils parvinrent comme par miracle à rester devant leurs poursuivants et à atteindre leur but. Croy n'était plus en état de réfléchir, tout juste conscient de ses pieds et des bruits de carnage qui l'entouraient. Il devait faire tout ce qui était en son pouvoir pour sauver le roi. Tel était son devoir. S'il était terrassé avant qu'ils atteignent le portail, la Dame ne pourrait plus rien lui demander. Mais il refusa de s'arrêter. Il n'envisagea même pas de se cacher ou de cesser de courir.

Quand il aperçut la porte devant lui, il se rendit compte d'un nouveau problème : elle était scellée, comme depuis ces dix derniers jours.

— Pose-le par ici, dit Croy.

Puis il s'approcha de l'imposante traverse qui maintenait les vantaux de fer clos. Il n'y avait pas de herse de ce côté-ci, cependant les portes en épaisses planches robustes qui bouchaient l'entrée étaient renforcées par de gros clous métalliques. La traverse elle-même était un morceau de fer plus gros que son poignet.

— Viens m'aider.

— Non, répondit Orne. Tu dois l'ouvrir seul.

Croy se retourna furieusement, mais il avisa alors Soiffarde dans la main de son maître… ainsi qu'une horde de barbares envahissant la rue. Orne courut à leur rencontre, sa Lame sifflant tandis qu'elle fendait l'air encore et encore.

C'était donc ça. La prédiction. Le moment où Orne mourrait.

Croy décida que Orne ne périrait pas en vain. Il se débattit avec la barre de fer et mit toute sa force pour la déloger, jusqu'à sentir un muscle se déchirer dans son dos. La traverse finit par quitter ses crochets et s'écroula au sol avec un bruit si puissant que les os du chevalier en frémirent. Croy poussa le battant jusqu'à ce qu'il commence à pivoter.

Alors seulement regarda-t-il derrière lui.

Orne avait disparu dans la mêlée, mais Croy pouvait apercevoir Soiffarde s'élever et plonger, trancher et virevolter. Croy n'avait jamais vu un homme se battre de façon si désespérée, ni une épée maniée avec une telle vitesse. Des mains, des bras et des doigts bondissaient et tournoyaient en l'air tandis que Soiffarde prenait son dû. Toutefois, à chaque barbare abattu, c'étaient dix coups de hache qui menaçaient Orne, tandis que des lances l'aiguillonnaient par chaque ouverture et que des flèches paraissaient flotter au-dessus de sa tête. Les barbares ne semblaient pas gênés à l'idée de toucher ou de tuer l'un des leurs dans la confusion, tant qu'ils venaient à bout du chevalier maudit. Le sang ruisselait entre les pavés et coulait jusqu'aux égouts, mais ils ne relâchaient pas leurs efforts.

Croy voulait aller prêter main-forte à son compagnon mais ne l'osait pas. Il se pencha pour soulever le roi et fit basculer le corps endormi sur son épaule.

Alors entendit-il l'horrible rire tonitruant qu'il ne connaissait que trop bien. Fendant la horde de barbares, Mörget venait défier Orne.

— Non, dit Croy en chancelant sous le poids de son roi.

Non, c'était impossible. Mörget ne pouvait pas avoir survécu. Il se trouvait sous Fendciel quand elle s'était écroulée. Il avait déclenché de ses propres mains l'explosion qui avait aplani la montagne. Même le colosse n'aurait pas pu survivre à cela.

Et pourtant, il était là.

Mörget, le plus grand homme que Croy ait jamais vu. Le plus féroce combattant qu'il ait jamais rencontré. Le fils de Mörg, et lui-même chef de nombreux clans barbares. Son visage était à moitié peint en rouge, à l'instar de celui des massacreurs, mais il était plus dangereux que n'importe lequel de ces guerriers insensibles.

Croy l'avait autrefois appelé son frère. Ils avaient combattu un démon côte à côte, et Croy avait été émerveillé par sa musculature puissante et le plaisir pur que Mörget prenait à cogner, trancher, tuer. Le barbare avait terrifié le chevalier, alors qu'ils étaient dans le même camp.

Puis Mörget avait trahi Croy – ainsi que tous ceux qui étaient entrés dans la montagne avec lui. Avant même que les barbares déclarent la guerre à Skrae, Croy et Mörget étaient devenus ennemis jurés. Si le chevalier avait cru le barbare toujours vivant, il aurait été contraint par son honneur à le traquer jusqu'à l'abattre lors d'un duel. Jusqu'à le terrasser et à lui arracher l'épée nommée Aubelame.

Mörget se rua dans la bataille, une hache dans une main, la Lame en question dans l'autre. La foule des barbares s'écarta, et Croy aperçut Orne au cœur de la clairière ainsi formée. Le chevalier avait perdu la moitié de l'armure à son bras gauche, et son heaume lui avait été arraché. Il semblait parfaitement calme et résigné.

Il brandit Soiffarde, prêt à parer le coup de hache de Mörget.

Ce dernier était gros comme un cheval, son bras tel un tronc d'arbre. La hache décrivit un arc irrépressible, un coup aussi vif et inévitable qu'une avalanche.

Orne prit la posture idéale et saisit la poignée de Soiffarde à deux mains. Il se mit en garde. Combien de fois s'était-il tenu ainsi, prêt à encaisser une frappe mortelle pour n'importe quel autre homme ? Orne était un chevalier et l'une des Sept Lames. Un guerrier au talent incomparable.

Il n'aurait pas davantage pu endiguer le coup de hache qu'un océan démonté à marée haute. L'arme l'aurait fendu en deux, si telle avait été l'intention de Mörget. Au lieu de quoi, elle vint briser la lame de Soiffarde.

Le bout de l'épée dentelée tournoya en l'air un instant, puis tomba au sol avec un bruit métallique. Orne brandissait désormais une poignée et un pied de fer sectionné.

C'est impossible, songea Croy. Bien sûr qu'une épée pouvait être détruite. Un homme assez puissant pouvait même fêler de l'acier nain, et Mörget était l'homme le plus fort que Croy ait jamais vu. Toutefois… Soiffarde n'était pas une épée ordinaire. Les Sept Lames avaient huit cents ans. Elles avaient été forgées par les plus grands forgerons de l'époque, qui s'étaient servi de techniques depuis longtemps oubliées des artisans modernes. Elles avaient été imprégnées d'une puissante magie et bénies à la fois par les prêtres du Dieu Sang et ceux de la Dame, à l'époque où le peuple de Skrae les vénérait autant l'un que l'autre. Ces armes étaient sacrées, et censées être éternelles. Durant tous ces siècles, aucune d'elles ne s'était jamais brisée. Pourtant, Croy venait de le voir de ses propres yeux. Soiffarde s'était fendue aussi facilement qu'un morceau de fer mal forgé, et morcelée en même temps que huit cents ans de tradition.

Comme si le monde venait de s'écrouler.

Comme si tout ce que Croy avait toujours su se révélait finalement erroné.

Même Mörget parut surpris. Il ne ralentit pas pour autant son assaut. La hache heurta les pavés, mue par son élan inexorable, mais le barbare fit à présent tournoyer son épée, sa propre Lame brandie dans toute sa splendeur.

Orne ne cilla même pas quand le coup de taille d'Aubelame lui trancha la tête.

Son heure était enfin venue. Comme prévu.

Croy voulut hurler à l'injustice, provoquer Mörget pour qu'il vienne frotter sa hache à Percespectre. Il brûlait du besoin de venger la mort de son compagnon et d'abattre Mörget ainsi que son serment l'exigeait. Chaque parcelle de son être, chaque fibre de son cerveau en ressentaient la nécessité, lui imposaient de mettre un terme à cette bataille.

Cependant, il avait fait une promesse, une autre promesse qu'il ne pourrait jamais rompre. Il devait sauver le roi, quels que soient ses propres désirs. Il devrait attendre avant d'affronter Mörget.

Croy ne perdit pas une seconde de plus. Il franchit la porte ouverte à toutes jambes, et la referma discrètement derrière lui. Si les barbares l'avaient vu, ils ne tarderaient plus à réclamer son sang. Ils le prendraient en chasse.

Ils le tueraient, ainsi que son roi.

Il n'avait d'autre choix que de courir.

Il tenta de le faire en silence, priant pour ne pas avoir été repéré, et dévala la route de l'ouest, loin de la muraille de Helstrow. Il ne s'arrêta pas avant d'atteindre un bouquet d'arbres éloigné de l'enceinte de la citadelle, un endroit où il pensait pouvoir se cacher le temps de reprendre son souffle. Il déposa le roi sur une étendue d'herbe douce, et regarda derrière lui sans jamais cligner les yeux.

Il vit le donjon et le palais dominant les remparts de Helstrow. Tous deux étaient en flammes.

Deuxième partie

Le roi endormi

Intermède

Il existait un endroit, dans la Cité Libre de Ness, où les conducteurs de bestiaux emmenaient pâturer leurs bêtes en attendant de les vendre au marché. Un agréable espace vert au milieu d'une ville bruyante et grouillante d'activité. Il n'était pas particulièrement sûr de s'y promener de nuit (ça ne l'était nulle part, en réalité), et pourtant le calme idyllique qui y régnait était devenu plutôt prisé, et certains des plus riches notables de la ville faisaient bâtir leurs villas au bord du parc, des palais de plaisance où échapper au flux et reflux permanent du commerce.

Au milieu de cette pelouse gisait un large andain de débris et de bois brûlé que personne n'avait jamais complètement nettoyé. Cela marquait le lieu où la plus grande de ces demeures s'était autrefois élevée. Tous les objets s'étant trouvés dans ces ruines et ayant eu le moindre semblant de valeur avaient été glanés depuis longtemps, mais personne ne souhaitait reconstruire ici, et même les moutons préféraient éviter le coin.

Il s'agissait de la maison d'Hazoth, le sorcier. C'était là que ce grand homme avait été entraîné dans la fosse par les démons qu'il avait lui-même asservis. C'était également là que Cythère était née, et que Coruth la sorcière était restée emprisonnée bien des années.

Coruth était très certainement la première personne à pénétrer dans ces vestiges depuis la nuit où cette demeure s'était écroulée. L'idée ne l'avait jusqu'alors jamais effleurée

– elle avait été trop heureuse de quitter cet endroit –, mais parfois une sorcière doit savoir se rendre là où nul autre n'ose mettre le pied.

Ce jour-là, elle avait tout l'air d'une vieille dame voûtée, car c'était ainsi qu'elle se sentait la plupart du temps et que, personne n'étant là pour la regarder, il lui était inutile de fournir le moindre effort pour paraître imposante. Ses robes noires étaient difformes et quelconques. Ses cheveux couleur de fer étaient liés en arrière par un morceau de ruban bon marché. Elle progressait du pas mesuré d'une vieillarde, même si elle conservait assez de vanité pour refuser d'utiliser d'une canne.

Il n'était pas difficile de repérer le point précis où Hazoth était mort. Le sol s'était ouvert pour l'avaler, et si la terre s'était remise à niveau, même les mauvaises herbes ne parvenaient pas à prendre racine. Coruth traversa hâtivement jusqu'au milieu du terrain parfaitement nu, puis s'assit dans la poussière et laissa le soleil la réchauffer avant d'entreprendre quoi que ce soit d'autre.

— C'est aussi ta fille, lança-t-elle finalement.

Hazoth ne l'entendait pas, bien sûr. Il était mort. Mais certaines choses devaient être dites, même quand il n'y avait personne pour les entendre.

— Tu étais un homme horrible, un vrai salopard, même. De la pire engeance. Mais c'est ta graine qui l'a fait naître en moi, et je me dis que tu as le droit de savoir ce qu'il va lui arriver. Ce n'est pas réjouissant.

Une légère brise remua l'herbe à la lisière de la parcelle désolée. Chacun des brins frémit, venant frotter contre son voisin. Un grillon en quête de nourriture s'approcha de la sorcière, puis changea d'avis et fit volte-face. Il n'y avait pas âme qui vive en vue – et encore moins à portée de voix.

— Elle va finir par apprendre la magie, d'une manière ou d'une autre. Elle acquerra le genre de pouvoir que toi et moi maîtrisons, peut-être même davantage. Je vais devoir la former. C'est sa seule chance. Et tu es mieux placé que quiconque pour savoir ce que cela signifie. J'ai vu son avenir, et elle peut suivre deux chemins différents. En général, quand je vois le futur, c'est irrémédiable. Rien ne peut l'altérer. Je fais de mon mieux pour paraître surprise quand les choses arrivent. Et en tant que sorcière, quand je perçois quelque chose de défavorable, quelque chose qui ne me plaît pas du tout, c'est horrible. Le plus souvent, je dois vivre avec et faire en sorte que cela se produise malgré tout. Cette fois, cependant, je vois deux possibilités. La première est qu'elle devienne comme moi. Une sorcière. Vieille, seule et amère, mais le monde s'en portera mieux. La seconde est qu'elle devienne une magicienne comme toi, et toutes les horreurs de la fosse ne rivaliseraient pas avec ce qui se passerait ensuite. Je ne peux pas laisser cela se produire. Elle a encore le temps de choisir quelle voie emprunter. Tu sais à quel point ça m'est précieux ? Comme il m'arrive rarement de pouvoir œuvrer pour un monde meilleur ?

Un nuage dissimula brièvement le soleil, l'un de ces fins nuages sans substance qui ne peuvent empêcher toute la lumière de passer. Un vent frais remua les vêtements de la sorcière, mais le nuage poursuivit sa progression et le soleil revint. Coruth renversa la tête en arrière pour laisser la chaleur baigner son visage.

— Il va m'en coûter. Surtout maintenant, alors qu'on a besoin de moi pour d'autres choses. J'imagine que tu t'en fiches, mais Helstrow est tombée aujourd'hui aux mains des barbares. Je vais avoir plus de travail que je n'en pourrai abattre. Rien de bien nouveau.

Elle entendit tinter au loin la cloche d'une vache, tandis qu'on menait un troupeau d'animaux sur le pré.

— Fait chier, dit-elle. J'attrape des crampes à rester assise ici à discuter avec toi. Mais je pensais que tu avais le droit de savoir, à propos de Cythère. Un père doit être informé de ce genre de choses.

Elle se leva sans bruit, même si ses articulations lui faisaient souffrir le martyre. Elle s'éloigna de la zone désolée avec la ferme intention de rentrer chez elle pour entamer les préparatifs. Soudain, elle se retourna, l'air sournois, pour s'assurer que personne ne l'observait, puis revint en arrière.

Ce cercle de poussière était tout ce qu'Hazoth avait en guise de tombe. Elle souleva sa jupe et urina dessus sans cesser de glousser. Puis elle rentra chez elle.

Chapitre 30

Helstrow brûla pendant des jours. Les barbares étaient trop occupés à fêter leur succès pour s'en rendre compte. Une grande beuverie s'organisa dans toutes les bâtisses épargnées par les flammes, orgie de boissons et de débauche. Dans les rues, des Skraeliens pendaient à chaque avant-toit et à chaque réverbère, ou gisaient puants et sanguinolents sur les pavés. Dans chaque maison, les massacreurs dansaient et les pillards jouaient pour empocher les prises de guerre, tandis que des esclaves avinés parcouraient les demeures élégantes, volant tout ce qu'ils pouvaient transporter et détruisant le reste.

De toute la horde, seul un homme demeura sobre le soir de la victoire : Mörget, désormais nommé Tuemontagne, qui ne buvait jamais d'alcool. Pas plus qu'il n'exulta ni ne jubila cette nuit-là. Au lieu de cela, il arpenta chaque allée et chaque venelle de Helstrow, en quête d'une chose qu'il ne trouvait pas.

Cet endroit, cette citadelle appartenait désormais à son peuple et à lui. C'était normal. Cela aurait déjà dû être le cas. Mörget connaissait l'histoire de cette terre, ayant entendu les cancaniers la répéter depuis son plus jeune âge.

Autrefois, le peuple de Mörget et celui de Skrae sortaient du même moule. Lors de leur arrivée sur ce continent, fuyant la décadence et la bureaucratie de l'Ancien Empire, tous avaient été des combattants, chacun aussi fier et féroce que les massacreurs et les pillards de Mörget. Ils avaient vécu en chasseurs nomades. Toutefois, avec le temps, les plus faibles s'étaient regroupés pour former des villages, des places fortes, puis des villes permanentes. Ils avaient bâti de hautes murailles pour se préserver de ceux qui étaient trop forts et trop sauvages pour vivre dans quelque structure moins éphémère qu'une tente. Finalement, les citadins s'étaient unis contre les nomades. Une grande guerre s'en était suivie et les vagabonds – les guerriers –, trop peu nombreux, n'avaient pu résister. Ils avaient été repoussés à l'est, où ils ne menaceraient plus le peuple sédentaire. À terme, ils s'étaient retrouvés au-delà de la chaîne de Murblanc. Une paroi naturelle plus imposante que n'importe laquelle des fortifications dont les faibles pouvaient se targuer.

Durant deux cents ans, les clans de l'Est s'étaient trouvés parqués, prisonniers derrière ces montagnes par les Skraeliens. Autrefois, le peuple de Mörget avait été constitué de grands guerriers – des soldats, des généraux, des pourfendeurs d'elfes et d'ogres. Durant bien trop longtemps, ils en avaient été réduits à attaquer les bergers des collines au nord de leurs steppes, ou au mieux à lancer quelques attaques aux frontières de Doigile, dans les Royaumes du Nord. Cela leur avait permis de rester affûtés, les contraignant à rester forts et aptes au combat. En revanche, cela les avait également remplis d'aigreur, car ils savaient que leur véritable destinée était de gouverner, de pulvériser chaque mur pour piller le trésor amassé à l'intérieur.

À présent, leur destin s'accomplissait. Et pourtant…

Mörget avait cru qu'il se sentirait heureux en arpentant ces rues qu'il avait conquises. Il s'était dit qu'il trouverait une forme d'accomplissement à présent que le grand œuvre de sa vie était en marche. Il rendrait l'Ouest aux forts, aux légitimes, à ceux qui ne vénéraient que leur mère la Mort.

Alors, pourquoi errait-il ainsi sans but, se sentant vide, comme s'il n'était encore qu'une partie de ce qu'il devait devenir ?

Se promener seul dans ces circonstances aurait été imprudent pour n'importe qui d'autre. Mörgain et ses hastaires occupaient les toits, arc à la main. Leur visage était peint pour ressembler à celui de la Déesse Mort, et elles se comportaient comme ses servantes en ce monde, achevant les rares soldats skraeliens qui avaient préféré ne pas se rendre et se terrer dans des lieux sombres. De temps à autre, alors que Mörget empruntait une nouvelle route, ses pensées étaient interrompues par le claquement sec d'une corde d'arc suivi d'un cri désespéré. Les femmes de Mörgain étaient ivres d'hydromel sombre, aux vertus hallucinogènes, et Mörget se demandait si elles voyaient la moitié des cibles sur lesquelles elles tiraient ou si elles traquaient autant de chimères que d'ennemis véritables. Elles le mirent en joue plusieurs fois, mais il n'avait qu'à leur jeter un regard noir, une expression peu amène sur son visage à moitié rouge, pour leur faire relâcher leur corde sans libérer leur flèche.

Il finit par arriver devant les Salles de Justice, le seul bâtiment public de toute la citadelle à ne pas être en proie aux flammes. La voix de Hurlind le cancanier lui parvint depuis l'intérieur ; il racontait la bataille du jour, embellissant l'histoire de bien des plaisanteries et de remarques acerbes sur la qualité et la quantité de membres virils en Skrae. Mörget faillit passer son chemin, mais en levant la tête vers la lumière et les réjouissances, il aperçut une chose remarquable.

Son père était assis sur un banc de pierre, entouré de femmes barbares à moitié nues aussi saoules que lui. Le chien sans maître était roulé en boule sur son giron, remuant une patte dans son sommeil. Les massacreurs s'étaient écroulés en tas sur le sol de marbre. En tant que premiers assaillants à avoir atteint la porte, et premiers à avoir affronté les défenseurs de cette ville, ils avaient eu l'insigne honneur de célébrer leur victoire en compagnie du Grand Chef ; toutefois, aucun d'entre eux n'était parvenu à rester éveillé assez longtemps pour en profiter. La furie dont ils avaient fait preuve au combat avait un prix, et l'épuisement pouvait les plonger dans la torpeur pendant plusieurs jours. Mörget avait jadis été comme eux et les comprenait donc. Ainsi, au lieu de les piétiner en pénétrant en trombe dans la chambre de justice, il enjamba les corps endormis.

Hurlind effectuait une profonde révérence quand Mörget surgit derrière lui. Le cancanier avait un coussin de velours dans les mains, sur lequel reposait la couronne de Skrae. Mörget savait que les siens l'avaient ramassée dans l'herbe après la bataille à la porte est. Elle était enfoncée d'un côté, et certaines de ses émeraudes manquaient, mais quelqu'un l'avait depuis lustrée.

Et à présent, Mörg, le Grand Chef des clans de l'Est, allait s'en saisir.

Mörget frappa Hurlind à l'arrière de la nuque, le clouant au sol d'un coup de son poing massif. La couronne vola en tournoyant jusqu'à un coin de la pièce.

Mörg observa son fils, sourcils froncés. Tapi derrière une colonne, Torki, le champion de Mörg, se dessinait clairement à la lumière de l'âtre, une grande hache à la main.

Mörget ricana en apercevant le visage brûlé du colosse. Il l'avait battu une fois, il pouvait recommencer. Si on lui en proposait le défi, il l'accepterait volontiers.

Mais visiblement, Mörg avait reçu le message que son fils avait voulu lui transmettre. Cette couronne n'était pas destinée au Grand Chef. Aucun homme des steppes de l'Est ne pouvait se proclamer roi, telle était la loi. Le Grand Chef ne servait que de porte-parole à son peuple. Il ne le gouvernait pas.

En outre, si la bataille était terminée, la guerre débutait à peine. Helstrow avait été prise et mise à sac, mais Helstrow n'était pas Skrae. Il n'était pas non plus certain que le véritable propriétaire de cette couronne soit mort. La plupart des membres des clans pensaient qu'il avait péri au combat, mais tant que le cadavre d'Ulfram V ne serait pas retrouvé, Mörget ne le croirait pas.

Mörg contempla son rejeton dans les yeux, comme s'il se méfiait du feu qui y brûlait, du feu qui empêchait Mörget de se reposer, même après pareil triomphe. Ce feu qui avait toujours séparé le père de son fils, qui les avait toujours empêchés de se comprendre. Mörg n'avait jamais respecté cette flamme. *C'est toi qui l'y as mise*, voulait lui dire Tuemontagne, mais il n'était pas l'heure de parler. Le Grand Chef finit par congédier son fils d'un geste de la main, et Torki recula d'un pas. Mörget cracha par terre, non loin du visage de Hurlind, puis disparut dans la nuit.

Il traîna un moment près de la porte est, extirpant les corps des gravats. Même après que la herse avait cédé, l'ouverture n'avait pas suffi à accueillir les barbares en masse, tant et si bien qu'ils avaient dû abattre quelques morceaux de muraille – alors que les défenseurs étaient encore agglutinés sur les créneaux. Il y avait de nombreux cadavres à exhumer.

Aucun d'entre eux n'était celui du roi.

Hurlant de frustration, il ramassait les pierres et les jetait au loin, sans se soucier de ce qu'elles pourraient percuter. Il piétina la bannière du roi, abandonnée là par un héraut larmoyant.

Les jours vont passer, se dit-il. *Il y aura d'autres batailles. Les clans ne se satisferont pas longtemps de ce sang qui a coulé. Ils en voudront davantage, et je leur offrirai, au nom de notre mère la Mort. Je ferai saigner ce pays jusqu'à ce qu'il soit exsangue.*

Il s'assit sur une pile de décombres et tira de sa ceinture les seuls souvenirs qu'il avait conservés de cette journée. Une poignée d'épée avec un bout de lame brisé net, et six pieds d'une autre lame issue d'une arme ancestrale. Soiffarde et Chantemort, ou ce qu'il en restait.

Il avait été aussi surpris que quiconque en les voyant se casser. Il savait que la hache qu'il portait avait été forgée dans le meilleur acier nain – il l'avait lui-même dérobée dans une ancienne cité naine. Sa face étincelante était parcourue d'ombres sinueuses, et sous un certain angle la lame semblait iridescente. Il s'agissait d'une belle arme, même si elle n'avait rien de magique.

Pourtant, elle avait détruit deux des Sept Lames sans faiblir. Mörget avait longtemps cru que les Sept étaient indestructibles. Tout le monde pensait cela – c'était un article de foi. Néanmoins, il venait d'avoir la preuve que même les épées magiques étaient mortelles.

Sachant cela, il ne pouvait que s'interroger.

Vais-je réellement trouver ici, en Skrae, cet ennemi que j'ai cherché si longtemps ? Cet ennemi qui me sera plus précieux que n'importe quelle maîtresse – cet ennemi qui pourra me défier et me faire transpirer tant je douterai de pouvoir le vaincre ?

Il avait vaincu tous ceux qu'il avait affrontés à l'est des montagnes. S'il avait tant insisté pour venir dans l'Ouest, c'était pour y trouver ce qu'il cherchait. Pourtant, même les Lames légendaires de Skrae étaient si faciles à abattre…

Sa rêverie cessa immédiatement quand il entendit un gémissement s'élever d'une pile de cadavres. Un survivant – un homme qui avait échappé à sa fouille frénétique et que sa sœur n'avait pas découvert en hantant la cité morte.

Mörget bondit de son perchoir et écarta du pied briques et autres morceaux de mortier. Quand il eut déblayé le terrain, il se pencha et tendit sa poigne imposante pour s'emparer de son butin.

— Toi ! s'exclama-t-il.

Ce fut le premier mot qu'il prononça de toute la soirée.

— Et maintenant, tu vas m'embrasser, ou m'empaler sur une pique pour me faire rôtir vivante ? demanda Balint la naine. (Elle avait dû tomber là lors de l'effondrement de la porte, restant auprès de ses balistes jusqu'à l'ultime instant.) Dans les deux cas, je dois d'abord changer de culotte.

Chapitre 31

Juste devant les portes de Ness, un sergent recruteur aux membres brisés avait été pendu à une poutre. Son chapeau lui avait été cloué sur la tête de manière à rester en place, afin que tous ceux qui passeraient devant lui identifient sa fonction du premier coup d'œil. Ses jambes et ses bras avaient été cassés en plusieurs endroits et enroulés autour des rayons de la roue qui avait servi au supplice avant d'être exposée en hauteur.

Malden espérait seulement que l'homme était mort avant de subir tout cela.

Le message transmis par cette sinistre exécution était on ne peut plus clair. Les recruteurs avaient visité tous les comtés et toutes les baronnies autour de Ness, enrôlant chaque homme en état de se battre pour Skrae. La ville avait refusé de répondre à cet appel. En tant que Cité Libre, elle n'avait en théorie aucune obligation envers le roi – il ne pouvait pas engager des citoyens de Ness, ni exiger d'eux qu'ils paient des impôts pour financer ses campagnes. À l'évidence, un sergent s'était montré assez stupide pour imaginer que les habitants de la Cité Libre n'en étaient pas moins patriotes.

Cette fibre indépendante avait vu naître Malden et avait fait de lui ce qu'il était devenu, lui conférant cette agressivité toute nesséenne à l'égard de l'autorité. Toutefois, il doutait que le soldat ait mérité pareil traitement. Le burgrave qui dirigeait la ville aurait sans doute pu se contenter de le passer au goudron et aux plumes avant de l'expulser.

Mais bien sûr, Malden savait que c'était sans doute le burgrave en personne qui avait ordonné la mort du recruteur. Car Ommen Tarness était de nature farouchement indépendante. Il ne répondait qu'au roi, et directement à lui, et même alors il excellait à faire respecter à la lettre la charte de la ville. Tarness, qui percevait la Cité Libre comme son propre fief, aurait vu d'un très mauvais œil toute tentative d'enrôler des hommes parmi ses citoyens.

— Pauvre salaud, compatit Crassier.

Cythère n'adressa même pas un regard au défunt, toute concentrée qu'elle était sur les murs de la ville.

— Enfin chez nous, souffla-t-elle avec une pointe de soulagement et d'espoir.

Malden lui prit la main, sans craindre qu'on les remarque. Leur périple depuis Helstrow avait été une succession interminable de nuits passées à patauger dans la boue des champs, et de longues journées à se terrer dans des granges abandonnées quand ils apercevaient le moindre indice signalant la proximité de bandits. Velmont et les siens leur avaient donné la force du nombre, ainsi qu'une certaine sécurité, mais Malden préférait éviter l'affrontement avec une bande désespérée.

Amusant. Il n'y avait pas si longtemps, il s'était lui-même considéré aussi désespéré que ceux-là pouvaient l'être.

— Ça va me faire du bien de retrouver mon atelier chez Tailleserpe, déclara le nain en essuyant la poussière de ses yeux.

— Ouais, il va être content de nous revoir, opina Malden.

Le nain darda vers lui un regard éloquent, que le voleur fit mine de ne pas remarquer.

La porte de la ville était surveillée par un unique soldat, un vieux boiteux vêtu d'une cape miteuse à motifs d'œil. Cela faisait de lui une sentinelle, chargée de faire respecter l'ordre public au nom du gouverneur. Généralement, la garde n'était pas de faction devant la porte. Malden craignit que le vieux le reconnaisse, mais ce dernier se contenta de lorgner sur l'épée que le voleur avait au flanc avant de le laisser entrer.

La rue derrière était déserte. Habituellement, elle aurait grouillé de colporteurs et de mendiants, espérant soutirer une petite pièce aux nouveaux arrivants. Malden ne se rappelait pas la dernière fois où il avait vu cette rue – ou n'importe quelle rue de Ness, d'ailleurs – autrement que bondée.

— Où sont tous les gens ? demanda-t-il.

La sentinelle éclata de rire.

— Cachés sous terre pour les plus malins, ou enfuis aussi loin que leurs pieds les ont portés. Vous ignorez donc qu'une guerre se prépare ?

Malden se mordit la lèvre.

— J'ai effectivement entendu quelques rumeurs…

— D'où venez-vous, si je puis me permettre ? s'enquit le garde en observant Malden de plus près. (Le voleur regretta d'avoir entamé la conversation.) On m'a dit de m'attendre à voir des réfugiés de Helstrow. J'imagine que vous êtes bien assez poussiéreux pour en faire partie.

— Nous arrivons de Rougedigue, mentit Malden, incertain quant au sort réservé auxdits réfugiés.

Le soldat avait probablement reçu pour ordre de les chasser : aucune ville n'aimait accueillir de nouveaux immigrants en temps de guerre. Les fuyards n'étaient que des bouches supplémentaires à nourrir, venus sans rien d'autre que les vêtements qu'ils portaient sur le dos.

— Nous sommes en affaire avec Guthrun Terblanche, maître de la guilde des potiers.

Le garde ricana.

— Alors adieu, car il n'est pas ici. Lui et la plupart des bourgeois ont déjà mis les voiles. Certains vers l'ouest, d'autres jusqu'à l'Empire, à ce qu'on raconte. C'est un nain qui voyage avec vous ? Ils ont été les premiers à partir – ils ont déguerpi vers leur propre royaume des jours avant que nous entendions parler de la venue des barbares. Personne ne sait pourquoi.

— Parce qu'on est plus malins que vous autres, fit remarquer Crassier.

— Eh bien, c'est ce qu'on dit. Et pourtant, vous êtes là, petit gars.

Crassier eut assez de bon sens pour ne pas réagir à cette pique.

— Terblanche n'a pas pu abandonner son affaire de la sorte. Il a bien dû laisser un agent derrière lui, insista Malden, reprenant le fil de la conversation. Je dois absolument lui parler.

— Bonne chance à vous, si vous espérez trouver quelqu'un avec qui causer affaires. Entrez.

— Je vous remercie, répondit Malden en franchissant la porte ouverte.

Il trouva sa ville énormément changée depuis son départ. Certes, les bâtiments étaient toujours les mêmes, les rues tout aussi sinueuses, étriquées et crasseuses que dans son souvenir. Toutefois, chaque enseigne, chaque étendard, les pignons de chaque maison avaient été recouverts de branches d'aubépine – l'arbre le plus sacré de la Dame, car il arborait Ses couleurs. Chaque porte semblait en avoir été ornée d'une couronne.

Pourtant, il ne se trouvait personne alentour pour apprécier ces décorations. La rue à l'entrée de la ville n'était pas la seule à être vide : toutes celles de Ness l'étaient. À l'occasion, Malden surprenait quelqu'un derrière une fenêtre, ou entendait des pas résonner dans une venelle ; en dehors de quoi, la rue aurait tout aussi bien pu être abandonnée, désertée – silencieuse. Ou presque.

— Tu entends cette musique ? lui demanda Cythère.

Il la perçut dès qu'elle eut posé la question : les notes stridentes d'un fifre et le battement lent et morne d'un tambour.

— On dirait que ça vient de Château-Haut.

Ness avait été érigée sur une imposante colline, bâtie en zones concentriques autour du palais du burgrave. La place du marché était tout en haut, entourée des Flèches, le quartier des temples, des édifices publics et de l'université. Malden mena son groupe vers le pont du marché aux grains, dans le but de découvrir la source de cette musique et de comprendre où tous les citoyens étaient passés. Si fatigués qu'ils fussent, Velmont et les siens le suivaient de près. Ils n'étaient encore jamais venus ici et n'avaient probablement aucune envie de s'y égarer.

La route était longue et pentue, mais les pavés paraissaient si familiers à Malden qu'il ne sentit pas la fatigue liée à l'effort. Crassier avait beau grommeler, Cythère n'arrêtait pas de prendre de l'avance, comme impatiente de voir Malden atteindre le sommet. Quand ils aperçurent enfin la façade de la salle des comptables, en lisière de la place du marché, Malden leur fit signe à tous de s'arrêter et demeura immobile, regardant droit devant lui.

Une armée se tenait sur l'esplanade, composée peut-être d'un millier d'hommes en tabard brun-roux et vert. Tous semblaient porter une arme et une armure différentes, mais ils marchaient autour de la place en ordre scrupuleux, leurs pieds touchant le sol au rythme du tambour. Certains d'entre eux tenaient une bannière des armoiries de Ness, d'autres des étendards de campagne si vieux et mités qu'ils s'effilochaient sous les yeux de Malden.

Le voleur avait déjà vu ces drapeaux auparavant. Ils étaient alors suspendus dans une chambre secrète à l'intérieur du palais du burgrave, en souvenir de Juring Tarness, le premier burgrave de la ville, un général qui avait contribué à la fondation du royaume de Skrae huit siècles plus tôt. Ommen Tarness était son descendant direct.

— Les gars, allez-vous venir répondre à l'appel ? les apostropha une voix claire et puissante.

Malden sursauta et leva les yeux sur un vieil unijambiste qui arrivait vers lui en clopinant sur sa béquille. Un brin d'aubépine était épinglé à sa tunique.

— Skrae a besoin de nous, car nous vivons des heures bien sombres. Mais l'Armée Libre va montrer à ces barbares de quel bois elle se chauffe !

L'estropié leur tendit des brins semblables à celui qu'il arborait.

Malden observa une fois de plus les soldats sur la place. Il crut en reconnaître certains. Des menuisiers, des cordonniers, des dinandiers, des funambules… des hommes pratiquant toutes sortes d'activités. Le cœur des bons citoyens de Ness, simples artisans la dernière fois qu'il les avait croisés. Des hommes critiquant la politique du burgrave et ses levées d'impôts, et qui tenaient souvent des propos séditieux à son égard dans les tavernes et les tripots. Des hommes considérant le gouvernement comme un mal rarement nécessaire et malgré tout inévitable. Et à présent, ils étaient soldats, recrues – peut-être même volontaires ?

— Que se passe-t-il si nous refusons ? s'enquit Malden.

L'estropié eut l'air d'avoir croqué dans un citron.

— Eh bien, c'est votre droit, évidemment. En tant que citoyens, rien ne vous contraint à vous enrôler. Mais vous m'avez l'air en pleine forme. Pourquoi refuser cette occasion ? Vous verrez du pays, et la solde est meilleure que ce qu'offre n'importe quelle guilde. Voyez combien de vos voisins nous ont déjà rejoints ! Voyez comme ils ont fière allure. Et n'oubliez pas : toutes les jeunes femmes fondent pour les soldats. N'est-ce pas, Madame ?

Cythère secoua la tête, incrédule.

— Malden, déclara-t-elle sans répondre, ils ne sont pas envoûtés. Je le verrais si un sort leur avait été jeté. Cependant, je n'ai pas d'autre explication. Je devrais aller parler à ma mère.

Le voleur lui serra la main et plongea son regard dans le sien.

— Sois prudente, je n'aime pas la tournure que ça prend. Venez, poursuivit-il à l'intention de Crassier et Velmont. Allons chercher Tailleserpe. Il saura peut-être nous dire ce qui se passe.

Chapitre 32

Cythère trouva sa mère du côté de Murmarais, où la Skrait franchissait les remparts de Ness. Le quartier était inondé chaque printemps, ce qui expliquait que personne n'y vive – et parce qu'il était si sinistrement déserté par rapport au reste de cette ville grouillant d'activité, il avait gagné une sombre réputation. On racontait qu'il était plein d'esprits, d'espèces sauvages disparues et de lieux où le sol pouvait engloutir un homme en moins de temps qu'il ne lui en faudrait pour appeler à l'aide. En réalité, l'endroit aurait été paisible et agréable sans toutes les piqûres d'insectes encourues. Des pâtés de maisons entiers se retrouvaient désormais couverts d'une végétation tentaculaire d'où émergeait parfois un pan de mur effondré ou les fondations enfouies de quelque ancienne bâtisse.

Coruth fréquentait souvent ce site en quête d'herbes et autres simples. Cythère surprit sa mère accroupie au-dessus d'une plante rougeâtre, en train d'en ramasser des pétales. Le panier fourré sous son bras débordait déjà de bryone, de fraxinelle et de rue.

— Tu es revenue, dit Coruth sans lever la tête. Je me disais que tu avais peut-être choisi de ne pas tenir compte de mon appel. J'espère que tu as fait bon voyage.

— J'ai passé une semaine à fuir les bandits et à réconforter des jeunes filles violées par plusieurs hommes, sans cesser de redouter que des barbares nous surprennent et nous massacrent tous durant notre sommeil. Je me suis entassée avec d'autres dans des granges carbonisées durant le jour, et je dormais toute recroquevillée sur moi-même afin de conserver un peu de chaleur pour la nuit. J'étais terrifiée et malheureuse tout du long. Je ne sais pas si tu en as conscience, mais nous sommes en guerre. Et voilà que je rentre pour découvrir Ness désertée. Mère, que se passe-t-il ? Qu'as-tu vu ?

La sorcière se redressa et sourit à sa fille.

— Oh, des choses terribles. Mais ça m'arrive tout le temps. Le problème quand on voit l'avenir est le même que quand on contemple le passé : c'est tellement brutal et sanglant. Mais aujourd'hui, le soleil brille et les feuilles changent de couleur. Je suis contente de te revoir.

Cythère en resta bouche bée. Elle ne se souvenait pas d'avoir déjà entendu sa mère lui parler avec pareille tendresse. Coruth n'était pas du genre chaleureux. Après tout, les sorcières se devaient de conserver un aspect inquiétant.

— Tu m'as manqué aussi, répondit Cythère.

— J'ai toujours apprécié cette partie du métier, reprit Coruth en se penchant pour arracher les feuilles épineuses d'une plante si petite que n'importe qui d'autre ne l'aurait pas même remarquée. C'est tellement agréable de se retrouver à l'air libre, au contact de la nature. Tu connais cette espèce ?

— Du souci, répondit Cythère. Ça tombe de la fleur.

— Effectivement, confirma sa mère. Ça fait chuter la fièvre. C'est très utile. Et celle-ci ?

Elle désigna un enchevêtrement végétal poussant autour d'un ancien poteau indicateur. Cythère le contempla un moment. La plupart des herbes avaient un aspect rigoureusement identique, mais un usage et des vertus très différents.

— De l'herbe aux écouvillons, finit-elle par répondre.

— Très bien. Et pourquoi voudrais-je la ramasser ?

Cythère secoua la tête. Elle avait conscience de passer une sorte d'examen – ce n'était pas la première fois que Coruth s'amusait à cela –, mais il devait y avoir un truc.

— Je ne lui connais aucun usage.

— Vraiment ? insista Coruth.

Cythère se mordilla la lèvre inférieure, tentant de se souvenir. Il devait s'agir d'une question piège.

— Oui. J'en suis certaine. Elle est parfaitement inutile.

— Sauf pour couvrir le toit d'une maison. Ou nourrir les bestiaux, souligna Coruth. Et comme elle sent plutôt bon, je pourrais la mélanger au jonc que j'étale par terre. En outre, l'herbe aux écouvillons peut se révéler extrêmement précieuse pour un homme pris en chasse par des soldats ennemis. Elle peut même lui sauver la vie, car elle est suffisamment haute pour le cacher tout entier.

Cythère soupira.

— Je voulais dire qu'elle n'avait aucun usage magique.

Coruth éclata d'un rire qui n'avait presque plus rien d'un caquètement.

— Je pensais t'avoir mieux éduquée. La magie n'est pas uniquement une question de sorts. À présent, aide ta vieille mère avec tes yeux de jeune femme. Vois-tu le moindre coquelicot par ici ? Si nous nous retrouvions avec des tas d'hommes blessés sur les bras, ce qui ne manquera pas d'arriver prochainement, il nous faudra quelque chose pour apaiser leur douleur.

Cythère observa les alentours sans trouver aucune fleur rouge. Il s'agissait d'un nouveau test, mais elle ignorait si elle devait continuer à chercher jusqu'à en découvrir ou si elle était censée annoncer qu'il n'y en avait pas. Puis elle aperçut une fleur violette qu'elle ne connaissait que trop bien, et réprima un hoquet de stupeur.

— Tu en as vu ? s'enquit Coruth.

— Non. Non, mais… regarde. De la mandragore.

La sorcière et sa fille se penchèrent sur la plante, qui poussait tout près du sol. Ses feuilles charnues s'étalaient autour des pétales mauves et assombrissaient la terre en dessous. La mandragore était l'une des plantes les plus rares, et comptait parmi les plus utiles pour une sorcière. Chaque partie d'elle recélait un poison mortel, mais diluée de façon adéquate et préparée de la bonne manière, elle permettait la composition d'une centaine d'enchantements différents.

— Superbe trouvaille, admit Coruth. Alors que j'ai justement grand besoin de ses racines.

Elle se baissa pour cueillir la plante.

— Mère, non !

— Quelque chose ne va pas ?

— Tout le monde connaît la mandragore. Ses racines sont comme de petits hommes, et quand on les arrache de terre, elles meurent. Mais elles ne partent pas seules : leur hurlement d'agonie fera périr quiconque l'entend.

— Oh ? s'étonna Coruth. Et pourtant, il doit bien exister un moyen de la ramasser.

Ah. Tel était donc le véritable test. Cythère hocha la tête.

— Il faut nourrir un petit chien jusqu'à ce qu'il te suive partout. Puis tu attaches sa queue à la tige de la plante, et tu pars en courant. Il tentera de te poursuivre, arrachant ainsi la racine. Le chien meurt, mais tu peux récupérer ton trésor.

— Quelle horrible méthode, commenta Coruth. (Elle fit claquer sa langue.) Aucun animal ne mérite de périr de la sorte.

Cythère s'arma de courage.

— Les sorcières ne peuvent pas toujours être gentilles. Parfois, elles doivent se montrer impitoyables, pour le bien général. Une sorcière est au-dessus de notions telles que le bien et le mal, mais soumise tout de même à la vraie morale. Elle doit savoir quand causer un peu de mal permettra d'éviter de nombreuses souffrances à venir. Et elle doit se tenir prête à porter ce fardeau.

— Je vois que tu as écouté certaines des choses que j'ai essayé de t'enseigner. Oui. Tu as même fini par en retenir une partie. C'est déjà un bon début.

— Je comprends maintenant pourquoi tu voulais que je rentre à Ness, l'interrompit Cythère. (Le sang dans ses veines s'était glacé, semblable à une rivière en plein hiver.) Tu veux m'entraîner à suivre tes pas. À devenir une sorcière.

À une époque, Cythère avait supplié sa mère de lui enseigner son savoir. Quand elle pensait encore que posséder ce pouvoir serait le seul moyen pour elle d'être libre, de vivre sa vie comme elle l'entendait, au lieu de simplement devenir l'épouse de quelqu'un. Coruth avait refusé, et Cythère avait alors été mortifiée, pensant que cela signifiait qu'elle n'était pas à la hauteur. Cela l'avait tant affligée qu'elle s'était précipitée dans les bras de Croy.

Désormais – désormais elle avait fini par trouver le véritable amour avec Malden, un amour qui ne se résumait pas à une chaîne passée autour du cou. À présent qu'elle avait une raison de vouloir devenir une femme normale, et à présent seulement, sa mère semblait avoir changé d'avis.

— Oui, admit Coruth. Exactement. Même si tu ne sais pas encore pourquoi.

Cythère baissa la tête.

— Parce que Ness va avoir besoin d'autant de sorcières que possible. C'est cela, n'est-ce pas ? Les barbares vont venir jusqu'ici. Ils tenteront d'envahir la ville. Et nous devrons nous défendre.

— En réalité, ce n'est pas ça du tout, répondit Coruth.

— Mère, reprit Cythère en se déployant de toute sa hauteur, tu me fais un grand honneur en me proposant de me former. Je ne suis pas certaine d'en avoir envie, en revanche. Je…

— Je ne te demande pas ton avis, trancha Coruth sans même lever la tête.

Cythère se tint parfaitement immobile, comme pour laisser passer l'orage.

— Autrefois, tu voulais ce pouvoir que je t'offre. Tu voulais maîtriser la sorcellerie, afin d'être libre. À l'instar de quelques trop rares femmes dans le monde. Tu te trompais en pensant que cela te mènerait vers la liberté : aucune sorcière n'est libre. Je t'ai donc refusé cette faveur.

— Je ne prétends pas comprendre ce que tu dis, mais tout ce que je sais, c'est qu'une sorcière ne peut pas se marier. Elle ne peut même pas avoir un amant. Mère, j'ai trouvé quelque chose avec Malden, quelque chose que…

Coruth l'interrompit d'une voix creuse et sans inflexion. Cythère connaissait parfaitement ce timbre.

— Tu auras une chance de devenir sa bien-aimée. Vous serez heureux. Pour un temps. Puis tu feras quelque chose de si horrible que tu ne pourras jamais plus le regarder en face.

Cythère en resta bouche bée.

Coruth venait de parler de la même voix que lorsqu'elle déclamait une prophétie.

— Tu as vu l'avenir, chuchota-t-elle. Mon avenir. Peux-tu me dire ce que tu m'as vu faire ?

— Non, répondit sa mère d'un ton plus naturel.

— Mais… quelque chose d'horrible ? De si horrible que… Mère ! Qu'est-ce que je vais faire ?

— Tu vas t'entraîner pour devenir sorcière, c'est le seul moyen d'éviter ce qui arrive. J'en ai vu assez pour le savoir. Maintenant, arrêtons de faire comme si tu avais le choix. De prétendre que ton opinion a la moindre importance.

Cythère voulut se mettre à crier. Éclater en sanglots, et fuir aussi loin de Ness que possible. Elle serra les poings. Ferma étroitement les yeux. Puis elle finit par hocher la tête.

— Bien. Commençons donc dès maintenant, d'accord ? Première leçon.

Coruth propulsa la main en avant pour lui agripper le poignet. Cythère eut l'impression que les serres d'un démon lui labouraient la peau. Elle poussa un cri, mais la pression ne fit qu'accroître. Elle n'aurait jamais pu se défaire de cette étreinte – même Croy n'aurait pas pu. Coruth força sa fille à plonger la main vers le sol, à refermer les doigts autour de la tige de mandragore.

— Mère ? Non ! hurla Cythère.

— Tire, ordonna la sorcière.

Et leurs deux mains, verrouillées ensemble, libérèrent la racine. Cythère voulut se boucher une oreille de sa main libre, espérant étouffer au moins en partie le cri mortel, l'agonie de la plante, toujours fatal à quiconque osait…

Le bulbe quitta le sol sans même un gémissement.

Elle n'avait rien d'humain non plus, pas vraiment. Cythère s'était attendue à un petit homoncule aux yeux morts et aux crocs acérés. Au lieu de quoi, elle contemplait un simple végétal, marron et fibreux, qui se séparait en deux branches à une extrémité, donnant l'illusion de deux jambes minuscules.

— Mais…

— Voici la première leçon : *Réfléchis*. *Réfléchis* toujours. As-tu déjà vu une plante dotée de poumons ou d'une gorge ? La racine de mandragore ne peut pas crier. Et même si elle le pouvait, quel genre de son serait susceptible de tuer quelqu'un ? Au pire, cela pourrait te donner mal à la tête, et tu as suffisamment d'écorce de saule alentour pour régler ce problème.

— Pourtant, toutes les autorités l'affirment, répliqua Cythère, quand elle se fut assurée d'être toujours vivante. Peut-être que ce n'est pas de la vraie mandragore, peut-être que tu voulais juste me prouver quelque chose, au sujet de… de…

— C'est bien de la vraie mandragore. Ne crois pas tout ce que l'on raconte. La moitié des vieilles légendes au sujet de notre art ne sont rien de plus que des légendes. Des histoires vouées à effrayer les non initiés. Il serait trop dangereux de laisser n'importe qui s'amuser avec la mandragore, d'où cette fable ridicule de racines hurlantes que nous avons inventée pour effrayer les mains ignorantes. Tiens. Prends ce panier. Il nous en faut une bonne douzaine pour ce que j'ai en tête.

Chapitre 33

Après que Cythère fut partie chercher sa mère, Malden mena Crassier et le groupe de voleurs vers le bas de la colline, à travers le quartier des forgerons et des ateliers communément nommé la Fumée. En temps normal, le surnom était parfaitement éloquent, car les émanations des cheminées d'un millier de forges et des cuves fumantes des tanneurs enveloppaient les rues d'un voile perpétuel et vicié. Ce jour-là, l'air était presque respirable. Hormis ce qui concernait les maréchaux-ferrants, dont les échoppes débordaient d'hommes venus chercher armes et armures, toute activité avait cessé.

— C'est… c'est foutrement écœurant, s'exclama Crassier quand ils dépassèrent la boutique d'un étameur désertée et fermée à double tour. (Il posa ses mains fines sur la cheminée de l'atelier.) Elle est gelée, alors qu'elle devrait être brûlante. Ils ont laissé les feux s'éteindre… ça ne se fait pas ! Tu sais combien de temps il faut pour faire chauffer un fourneau éteint ?

— Toutes les boutiques de cette allée sont fermées, fit remarquer Velmont. Les maîtres ont dû fuir et leurs apprentis rejoindre cette armée qu'on a vue. (Un sourire mauvais se dessina sur son visage.) Ça nous offre un pillage de première main, pas vrai ? Je crois que je pourrais me plaire à Ness, Malden.

Ce dernier garda ses conseils pour lui. Ils s'enfoncèrent plus profondément dans le Remugle. Quand il habitait en ville, Malden vivait dans ce quartier, dans une petite chambre située au-dessus du local d'un marchand de bougies. Il y faisait toujours bon l'hiver grâce aux grands bacs de cire fondue installés à l'étage d'en dessous, et l'idée d'aller se coucher dans son propre lit cette nuit-là était plus qu'attirante. Cependant, il aurait beau frapper et appeler, il n'arriverait pas à réveiller son propriétaire ou les ouvriers qui travaillaient là.

Au moins, le Remugle n'était pas aussi désert que la Fumée. Il restait bon nombre de femmes, vaquant à leurs occupations comme elles l'avaient toujours fait, suspendant leur linge aux fils tendus au-dessus des rues, moulant la farine pour préparer le pain, rapportant leurs commissions. Elles parurent méfiantes en apercevant les hommes, mais ne dirent rien. Il y avait également quelques vieillards et estropiés, bien plus que Malden ne l'avait imaginé, ainsi que de très jeunes enfants qui jouaient à l'extérieur et échappaient à leur mère. Sans homme adulte dans les parages, ils semblaient bien plus nombreux qu'avant.

Malden affichait un air confus quand ils atteignirent le bas de la ville, près de Murouest. Là se trouvaient les Cendres, les décombres de maisons réduites en ruine par le Feu de Sept Jours qui avait ravagé la ville avant la naissance du voleur. Le quartier était déjà si pauvre avant l'incendie que les bâtiments n'avaient jamais été reconstruits. Des mauvaises herbes jaillissaient désormais entre des pavés comme embroussaillés par la fraîcheur automnale, et des débris calcinés emplissaient la plupart des venelles. On s'attendait à ce que les Cendres soient désertes, et elles l'étaient à l'évidence – mais quelque chose parut curieux à Malden. Quand il comprit de quoi il s'agissait, il commença à s'inquiéter sérieusement.

Il n'avait pas le sentiment d'être surveillé.

Les Cendres abritaient le quartier général de Tailleserpe, ainsi qu'une bande d'orphelins loin d'être innocents, des enfants rassemblés pour plus de sécurité, qui avaient en outre passé un accord mutuel avec la guilde des voleurs. Normalement, ils surveillaient les lieux en permanence, prêts à tuer quiconque s'approcherait un peu trop sans l'accord de Tailleserpe.

Normalement, quand on savait où regarder, on pouvait aviser l'éclat de petits yeux dans les vestiges d'une bâtisse, ou voir des enfants vous observer sans ciller depuis la charpente apparente des églises écroulées du quartier. Normalement, Malden savait où ils se trouvaient bien avant de les apercevoir.

Ce jour-là, il se sentait parfaitement seul dans les Cendres.

Le burgrave ne pouvait tout de même pas avoir recruté ces enfants sauvages ? La plupart d'entre eux étaient trop jeunes, même s'ils excellaient dans le maniement de leurs armes de fortune.

Quand il atteignit l'antre de Tailleserpe sans être mis en garde, il sut qu'il allait devoir se montrer prudent. En pénétrant dans l'auberge incendiée qui surmontait le repaire, il ne fut pas surpris cette fois de la découvrir déserte. Un cercueil de bois brut était disposé au milieu du sol noirci, mais nul n'était installé dessus.

— Il devrait y avoir trois vieillards dans cette pièce, expliqua-t-il à Velmont. Barbacane, Onzedoigts et Trismus. Les doyens de notre guilde. Je n'aime pas ça.

Crassier se posta bien en retrait quand son compagnon ouvrit la trappe qui menait au sous-sol. Rien ne leur parvint d'en dessous, en dehors d'une bouffée d'air rance. Malden descendit le premier, demandant aux autres de rester à l'étage tant qu'il ne se serait pas assuré que la voie était libre.

Il pénétra dans la salle commune où les hommes de Tailleserpe se détendaient généralement entre deux missions. Malden ne l'avait encore jamais vue déserte. Il s'y déroulait toujours une partie de dés, à n'importe quelle heure du jour ou de la nuit, tandis que le dernier garde du corps en date surveillait la porte du maître. Ce jour-là, la pièce était aussi vide que silencieuse. Malden se dit que le burgrave avait peut-être profité de la crise actuelle pour finalement dissoudre la guilde des voleurs. Il avait pu envoyer ses troupes ici pour abattre Tailleserpe et ses ouvriers. Pourtant, il n'y avait pas le moindre signe de lutte. Les riches tapisseries suspendues aux murs étaient indemnes, les meubles volés avaient conservé leur place d'origine. Les bougies avaient même été remplacées dans les chandeliers, et n'attendaient que d'être allumées. Malden gratta sa pierre à briquet et illumina légèrement les lieux, ce qui ne les rendit que plus glauques.

Échaudé par l'expérience, il avança avec hésitation jusqu'à la porte du bureau de Tailleserpe. Personne ne pointa le bout de son nez pour le saluer ou le faire déguerpir. Il prit le temps de bien vérifier que le battant n'était pas piégé, mais ne trouva rien de suspect.

Il poussa doucement le vantail, qui pivota sans résister. Il n'était même pas verrouillé.

Malden s'aventura plus avant dans le bureau, s'attendant à n'y trouver que ténèbres et abandon. Cette fois au moins, il se trompa.

Des bougies y brûlaient. Il vit le gros bureau dont le maître ne se servait jamais, ainsi que le tabouret sur lequel il était toujours juché. Vides tous les deux. Le livre de comptes de Tailleserpe reposait sur son lutrin. Chacune des transactions de la guilde y était référencée, y compris le nom des membres ayant été punis pour avoir trahi la cause. Les voleurs ne l'auraient jamais laissé là s'ils avaient déserté leur tanière, et si le burgrave avait fait une descente il l'aurait sans aucun doute confisqué comme pièce à conviction.

Non, Tailleserpe n'aurait jamais quitté ce livre des yeux. Il renfermait le travail d'une vie, et Tailleserpe s'appliquait chaque jour à noircir de chiffres ses larges pages de vélin. Toutefois, le maître lui-même semblait absent, ce qui, en soi, constituait un mystère. Pour ce que Malden en savait, Tailleserpe ne sortait jamais de son bureau.

Ce dernier n'était pour autant pas entièrement désert. Lors de sa première inspection des lieux, le regard de Malden avait glissé sur le vieil homme installé à la table sans même remarquer sa présence. Trismus leva alors une main en guise de salutation, et Malden sursauta.

— Bienvenue chez toi, mon garçon.

Le vieil homme avait émis un léger filet de voix, affaibli par de nombreuses années d'un silence presque total. Trismus connaissait une multitude de secrets mais s'était forgé la réputation de les garder pour lui. On disait de lui qu'il ne trahissait jamais une confidence… à moins d'en tirer le meilleur prix possible.

— Mon vieil ami, je suis content, répondit Malden en s'inclinant. (Trismus lui avait beaucoup appris, et son élève le chérissait.) Est-ce que Tailleserpe est occupé ?

Il s'était peut-être simplement rendu aux toilettes. À moins qu'il dorme.

— Parti, répliqua laconiquement Trismus.

— Parti ? Juste parti ?

— Ouais, comme tous les hommes dans cette ville ayant les moyens de fuir.

Malden peinait à y croire. Tailleserpe n'abandonnerait jamais Ness… D'un autre côté, Trismus ne lui avait jusqu'alors jamais menti. Il maniait à merveille les semi-vérités, mais il ne mentait pas.

— Et son garde du corps, Tyburn ? Et les autres voleurs ?

Trismus haussa les épaules.

— La plupart se sont déjà engagés.

Malden hocha lentement la tête.

— Ils ont rejoint le burgrave, c'est ça ? Cette folie semble s'être répandue sur la ville comme une épidémie. Mais dites-moi, qui gère les affaires ici ? Avez-vous pris la place de Tailleserpe ?

Trismus le gratifia d'un bref éclat de rire. Une sorte de « ha ».

— Moi, mon gars ? Aucune chance.

— Mais… quelqu'un doit bien tenir les rênes ?

— Oui, l'homme en lequel Tailleserpe avait le plus confiance s'est vu offrir la direction de cet endroit.

Malden fronça les sourcils. Il ne pensait pas connaître quelqu'un en qui Tailleserpe avait confiance. « Le plus confiance » devait donc signifier celui que le maître redoutait le moins de voir trahir ses intérêts.

— De qui s'agit-il ? s'enquit Malden.

— De toi, mon gars. Il t'a tout laissé, et tout attendait ton retour.

Chapitre 34

— C'est ridicule ! s'exclama Malden.

Comment pouvait-il être l'homme de confiance de Tailleserpe ? Et plus étrange encore : pourquoi Tailleserpe s'attendait-il à le voir revenir ? Après tout, il avait envoyé un assassin à ses trousses. Et celui-ci avait bien failli remplir son contrat.

— Permets-moi d'aller chercher les autres, reprit Trismus.

Il avait l'air épuisé d'avoir déjà tant parlé. Il s'éclipsa derrière l'une des tapisseries, et reparut quelques instants plus tard en compagnie de Barbacane et Onzedoigts. Les deux vieillards avaient les yeux chassieux, comme s'ils se réveillaient à peine.

— Oh, mon garçon, quelle bonne surprise, dit Barbacane en étreignant amicalement le jeune homme.

Malden rendit l'embrassade bien volontiers. Onzedoigts le tapota dans le dos, tout sourires.

— Tailleserpe a été l'un des premiers à quitter la Cité, avant même qu'aucun d'entre nous n'entende parler de l'arrivée des barbares. Les temps ont été durs, par ici, sans personne pour nous guider. Chaque jour, de nouveaux membres se lassaient d'attendre et partaient sans que nous puissions les en empêcher. Nous aurions peut-être fui nous-mêmes, si nous avions eu quelque part où aller. Nous avons veillé ici à tour de rôle, guettant ton retour. Je n'ai jamais douté que tu reviendrais, pas une fois. Je suis certain que tu remettras tout d'aplomb en un rien de temps.

— Sans doute, répondit Malden en regrettant de ne pas avoir la moindre idée de la façon dont il devait s'y prendre. Écoutez, mes amis, j'ai été absent un long moment. Je suis resté à Helstrow presque jusqu'à l'arrivée des barbares... mais je n'ai depuis plus reçu la moindre nouvelle. Que s'est-il passé ?

Les vieillards échangèrent des regards, comme s'ils rechignaient à répondre.

— Helstrow est tombée, l'informa Onzedoigts.

— Pillée, renchérit Trismus.

— La forteresse est entre les mains de nos ennemis ; et ils prétendent que notre roi est mort.

Malden en fut bouche bée. Croy était sur place, aidant à diriger les troupes. Indépendamment de tout ce que le voleur pouvait penser du chevalier, il l'avait toujours pris pour un maître en arts militaires. Si Helstrow était vaincue, c'était que Croy avait échoué, ce qui était presque impensable.

— Je pensais que le siège tiendrait encore.

— Ils ont fait preuve d'une vile supercherie, déclara Barbacane, visiblement moins outré qu'admiratif.

Si un maître voleur voulait s'emparer d'une ville, il n'utiliserait évidemment pas la force brute. Il chiperait tout simplement la cité des mains des précédents propriétaires. Apparemment, les barbares avaient plus ou moins eu la même idée.

— Les citoyens sont asservis, l'armée décimée et en déroute. La nouvelle nous est parvenue il y a une semaine, alors que le burgrave commençait à peine à lever ses propres troupes.

— Je les ai vues s'entraîner sur la place du marché, commenta Malden.

Onzedoigts acquiesça tranquillement.

— Et ce n'est que le dernier contingent. Il y en a bien d'autres – des milliers d'hommes ! – qui bivouaquent près de la Skrait. Prêts à engager le combat, si l'ennemi approche.

— Je peine à croire que les Nesséens aient été si prompts à prendre les armes pour défendre la couronne, dit Malden. Je les connais ! On ne trouve pas plus corrompu et égoïste.

— Il est vrai que le burgrave a d'abord eu du mal à inciter quiconque au patriotisme, répondit Barbacane. Mais les plus riches se sont alors mis à déguerpir comme des chiens. À peu près au moment où la forteresse est tombée. Ils devaient être mieux informés que nous, car la plupart ont disparu en une seule nuit. Ils ont pris tout ce qu'ils pouvaient porter, et se sont réfugiés là où ils se pensent à l'abri. À l'évidence, ils n'avaient aucune confiance en la populace.

— Le matin suivant, enchaîna Onzedoigts, le burgrave a annoncé officiellement qu'ils étaient des traîtres. Dès lors, il a pu s'emparer de leurs biens sans vergogne. Il leur a pris leur argenterie et leur or, ainsi que leurs terres. Il a tout vendu contre des royaux d'or. Puis il s'est adressé au peuple depuis l'estrade sur la place du marché. Il a dit que la ville venait d'être libérée d'un fléau, d'une horde de pleutres perfides. Qu'il ne restait plus que des hommes bons, honnêtes et travailleurs. Et qu'ils méritaient d'être récompensés pour tout cela.

— Récompensés ? s'étonna Malden.

— En or, expliqua Trismus.

— Chaque homme se ralliant au burgrave se voit offrir un royal d'or, ainsi que la promesse d'en recevoir un de plus par mois écoulé.

— Ah, ah ! s'exclama Malden.

À présent, il comprenait. Le boiteux qui avait tenté de le recruter lui avait parlé d'une solde confortable. Même s'il n'avait pas avancé de chiffre.

Ni évoqué l'or.

Un royal représentait une année entière de salaire pour un ouvrier non qualifié de la Cité Libre. Même un apprenti talentueux dans une forge ou un maître de la guilde des glaneurs ne pouvait pas s'attendre à voir plus d'une poignée de grosses pièces d'or en une existence. Et on ne s'en servait généralement pas pour payer : la plupart des commerces acceptaient seulement l'argent, les deniers ou les quartins de cuivre. Un seul royal d'or s'apparentait à une petite fortune, et la perspective d'en percevoir douze par an avait de quoi motiver les esprits guerriers.

S'il existait un moyen d'inciter les Nesséens, d'attirer leur attention, c'était bien d'en appeler à leur avidité. Apparemment, le burgrave connaissait parfaitement son peuple.

— Mais c'est une vraie folie ! reprit Malden. Combien de soldats dirige-t-il, à présent ? Si tous les hommes valides le rejoignaient, cela s'élèverait à quoi ? Vingt mille ? Il lui est parfaitement impossible de dépenser vingt mille royaux d'or par mois pendant longtemps ! Il va vider ses propres caisses !

— Certains ont fait effectivement la même constatation, répondit Barbacane avec un haussement d'épaules. Certains l'ont même raillé pour cela, ont tenu de grands discours allant dans ce sens sur les places et dans les tavernes. (Un autre haussement d'épaules.) Puis les royaux se sont mis à apparaître entre les mains de ceux qui n'en avaient encore jamais vu. Des hommes dont le seul talent consistait à s'adosser au mur d'une auberge et à vider des chopines. L'or est bien réel, Malden.

Pour l'instant, songea le voleur. *Mais à ce rythme, il n'y en aura bientôt plus.* Il supposa que ce n'était toutefois pas un problème aussi grave qu'il y paraissait. Les hommes de Ness n'étaient pas des guerriers nés. S'ils devaient affronter les barbares, la plupart succomberaient dès la première offensive. Le burgrave n'aurait plus qu'à régler leur solde aux survivants.

Foutu salopard. Peut-être était-ce une qualité nécessaire pour diriger des troupes – peut-être fallait-il se montrer méchant pour les faire filer droit. Malden n'avait jamais fait usage d'autorité, et avait toujours détesté ceux qui se proclamaient ses supérieurs. Il avait déjà rencontré le burgrave, qui avait confirmé tous ses préjugés.

Néanmoins, tout cela était plus cynique que moralement acceptable. Et cela n'était pas cohérent avec un véritable désir de former une armée.

— Je n'arrive pas à croire que cet Ommen Tarness aime tant son roi qu'il est prêt à dilapider sa propre fortune pour protéger le pays, fit remarquer Malden. Que cherche-t-il vraiment ?

Barbacane ricana.

— Il n'a pas jugé opportun de partager ses motivations avec nous.

Non, se dit Malden. Il ne risquait pas d'étaler ses plans au grand jour. Ce n'était pas son genre.

— J'imagine que cela importe peu. Qu'il se fasse tuer et emmène la moitié de Ness dans la tombe avec lui, s'il veut jouer aux soldats, soupira le jeune homme. Bref. Quand il partira à la tête de son armée, cela nous simplifiera l'existence et nous pourrons nous emparer de tout ce qu'il laissera derrière lui. Les vagues les plus dangereuses ramènent toujours des trésors sur la côte.

Chapitre 35

— D'accord, dit Malden. Me voilà à jour. Maintenant, j'imagine que je dois réfléchir à l'avenir. Si je dois gérer cette guilde, il va bien falloir que je commence par quelque chose. Tailleserpe m'a-t-il au moins laissé des instructions ?

Il n'avait jusqu'alors jamais rien dirigé, pas même une partie de cartes. Tailleserpe n'avait tout de même pas imaginé qu'il saurait assurer le quotidien d'une entreprise criminelle.

— Il a dit que tout était dans le livre, répondit Barbacane.

Malden acquiesça et s'approcha du lutrin, où l'ouvrage tristement célèbre était ouvert à une page à moitié remplie. Il découvrit des colonnes et des colonnes de chiffres, ainsi qu'un commentaire associé en pattes de mouche. Rares étaient les notes qui lui évoquaient quelque chose, mais il supposait qu'elles représentaient certaines quantités d'argent rapportées par divers voleurs, ou quelque pot-de-vin versé ou autre dépense. Cela n'avait rien d'une notice explicative. Estimant que Tailleserpe avait dû lui laisser un message plus évident, il tourna la page et découvrit ce qu'il avait cherché… même si cela ne fit que l'embrouiller un peu plus.

Au sommet de la page étaient inscrits les mots « POUR MALDEN S'IL REVENAIT ». Ce furent les seules lettres qu'il put reconnaître. Le reste avait été griffonné dans un alphabet qu'il n'avait jamais croisé jusqu'alors. À moins qu'il s'agisse d'une sorte de message codé, les mots étant composés de cercles, de triangles et de groupes de points. Cela ressemblait davantage à des runes naines qu'à une écriture humaine.

— Qu'en déduisez-vous ? demanda-t-il aux vieillards en leur désignant la page.

Onzedoigts tourna la tête.

— Eh bien, en fait, c'est vraiment très personnel…

Barbacane hocha rapidement la tête.

— Ça ne nous regarde pas, à proprement parler…

— Aucun de nous ne sait lire, compléta Trismus.

— Ah, commenta Malden. Bien entendu.

Ce n'était pas une aptitude très courante. Lui-même avait appris à lire et à écrire car il avait grandi dans un bordel ayant besoin de quelqu'un pour tenir les comptes. On ne pouvait pas s'attendre que des voleurs, même aussi érudits, sages et vénérables que ces trois vieux hommes, maîtrisent un tel art.

— Je vous demande pardon.

Il saisit la page entre ses doigts et entreprit de l'arracher proprement. Il hésita un instant, car le livre appartenait à Tailleserpe. Il pouvait figurer dans les annales des voleurs de Ness comme une sainte relique.

Peu importait. Le message lui était nommément adressé. Il la déchira donc et la fourra dans sa tunique, juste à côté du contrat que Tailleserpe avait signé pour son assassinat.

— Je veux qu'on avertisse tous les voleurs de cette ville n'ayant pas encore rallié le burgrave, déclara Malden. Qu'ils me retrouvent tous cette nuit. À minuit, ajouta-t-il, jugeant qu'il s'agissait d'une heure opportune pour un conclave de criminels.

Il réfléchit un instant avant d'ajouter :

— À la Pierdieu.

Les vieillards acquiescèrent. Quand il les eut remerciés dans les formes, et qu'il leur eut donné à chacun un sac de pièces pour les faux frais, il quitta le bureau et retourna dans la salle commune. Velmont et ses hommes étaient déjà descendus et faisaient comme chez eux, se vautrant sur les meubles avec leurs bottes boueuses. Malden jugea soudain cela d'autant moins acceptable qu'il s'agissait désormais de sa propriété.

— Velmont, déclara-t-il. À partir de maintenant, tu travailles pour moi. Est-ce que cela te pose un problème ?

— Où est ton fameux Tailleserpe ? s'enquit le voleur helstrovien.

— Parti. Il m'a confié la boutique. Je te répète ma question : est-ce que cela te pose un problème ?

Velmont tendit la main, paume vers le haut.

Malden hocha la tête et sortit une dizaine de pièces de sa bourse. Avec ce qu'il venait d'offrir aux trois vieux sages, il ne lui restait plus grand-chose, mais les affaires avaient un coût. Il déposa l'argent dans la main de Velmont.

— Aucun problème, lui affirma celui-ci.

— Bien. (Malden chercha Crassier des yeux, et l'aperçut à son établi, en train de recenser ses outils pour s'assurer que rien ne lui avait été dérobé.) Crassier… fais-les visiter. Trouve-leur de quoi manger. Je suis sûr qu'ils ont tous faim après ce long voyage.

— Bien sûr, mon gars, répliqua le nain en se levant.

S'il était surpris de voir Malden prendre la tête de la guilde des voleurs, il n'en montra rien.

J'aimerais être aussi sûr de moi, songea le nouveau maître.

Il se dirigea vers la trappe, mais Crassier l'interrompit d'un regard.

— Où vas-tu ? s'enquit-il. Au cas où on ait besoin de toi.

Malden hésita à rétorquer au nain de se mêler de ses affaires. Mais Crassier n'avait pas tort. Si la garde surgissait et fouillait le repaire en son absence, il aimerait qu'on le mette au courant.

— Je vais voir la sorcière Coruth.

— Ta future belle-mère, compléta Crassier avec un sourire en coin.

Malden n'avait jamais envisagé la chose sous cet angle. Il pensait juste que Coruth pourrait bien être la seule personne à Ness capable de déchiffrer les instructions de Tailleserpe.

Chapitre 36

Croy fit délicatement remonter la pierre le long du fer de son épée. Le bruit ainsi produit mettait ses nerfs à rude épreuve, alors qu'ils étaient déjà bien sollicités. Tant mieux. Cela l'aiderait à rester éveillé. Il n'avait pas dormi depuis trois jours.

Il fit glisser la pierre jusqu'à la garde de Percespectre. Il affûta le fer, puis repartit dans l'autre sens, jusqu'à la pointe. L'épée nécessitait un entretien tout particulier. Sa lame avait été forgée à froid selon un procédé lointain et oublié qui dotait le métal de certaines qualités. Si elle devait un jour être exposée à une forte chaleur – même due à la friction d'une pierre à aiguiser – elle perdrait son côté mystique. Elle ne serait plus aussi puissante qu'elle était censée l'être pour son but premier : détruire les démons.

Même si aucune de ces créatures n'avait récemment fait son apparition. En tout cas, pas une espèce surnaturelle arrachée à la fosse par quelque sorcier fou.

À une époque, sept lames avaient été nécessaires, quand les démons arpentaient librement le monde et que sept chevaliers avaient dû s'unir pour les vaincre. À présent, ces ennemis-là étaient devenus rares, car la sorcellerie avait été peu à peu éradiquée. Désormais, de plus en plus souvent, les Sept Lames affrontaient de simples humains… quand elles ne se mesuraient pas les unes aux autres.

Leur temps était-il révolu ? S'agissait-il de l'aube d'une nouvelle ère, où les hommes ne combattaient qu'entre eux ?

Les elfes avaient pratiquement disparu. Les ogres, les trolls et les gobelins n'étaient plus évoqués qu'autour des feux de camp.

Et à Helstrow, Croy avait vu de ses propres yeux l'une des Sept Lames se briser.

Ces épées avaient été forgées dans un but précis. Si cet objectif était atteint, si le monde n'avait plus besoin d'elles, alors cela pouvait expliquer que l'impossible se soit produit. Peut-être était-ce là un signe de la Dame, leur intimant de ne pas se reposer sur les choses du passé ?

À moins qu'il existât une raison plus terre à terre. La hache dont Mörget s'était servi pour détruire Soiffarde était faite d'acier nain. Cet alliage n'existait pas huit cents ans plus tôt, quand les Lames avaient été forgées. L'acier n'avait rien de magique, mais il était plus robuste, plus flexible et plus affûté que n'importe quel fer, si ésotérique fût-il.

Croy observa le plat sombre de Percespectre, son reflet étincelant dans l'argent qui recouvrait son bord de fuite. Cette épée n'était sans doute pas adaptée à livrer bataille contre des humains à l'armure d'acier et aux armes modernes. Pourtant, il la considérait toujours comme son âme. Tel était le credo des Sept Lames : *Mon épée est mon âme. Elle n'est pas mon bien. Je suis son serviteur. Je périrai, mais la lame survivra.*

Si Mörget avait brisé Percespectre au lieu de Soiffarde… eh bien, peut-être valait-il mieux qu'Orne n'ait pas survécu à sa lame plus d'un instant.

Depuis les remparts du fortin dans lequel il avait trouvé refuge, Croy discernait à peine Helstrow à l'horizon. Il distinguait les tentes montées devant la porte ouest et un début d'agitation. Les barbares s'étaient lassés de la forteresse qu'ils avaient prise, et s'apprêtaient à se mettre en route vers leur prochaine cible.

Croy fit de nouveau glisser la pierre jusqu'à la poignée de Percespectre. Réitéra le mouvement inverse.

Le tranchant de fer était aussi affûté que possible.

L'autre bord de la lame était couvert d'une couche d'argent permettant de vaincre les sorts et toute forme de sorcellerie. L'argent avait été coulé à une température bien spécifique, juste en deçà du seuil de fusion, de sorte qu'il avait glissé le long de l'épée telle de la cire de bougie, laissant de longues traînées brillantes dans la gouttière et sur le plat. L'argent n'avait pas besoin d'être aiguisé : il ne tranchait rien de tangible. Croy l'inspecta toutefois de près, en quête de la moindre ébréchure ou bosselure susceptible de dévoiler le métal sombre en dessous. Celles qu'il apercevait, il les lissait inlassablement d'une forte pression du pouce.

Au loin, un barbare à cheval se mit à cavaler vers le sud, pour rejoindre la route de Rougedigue. Il n'était pas illogique que la cité érudite soit la prochaine sur la liste. Toute la puissance de Skrae reposait sur un tabouret à trois pieds : Helstrow, Rougedigue et Ness, les trois plus grandes villes du pays, les trois bastions les mieux défendables. Quiconque souhaitait s'emparer du royaume devait d'abord rompre cette stabilité. Il suffirait de couper deux des pieds pour que le siège se renverse. Une autre raison faisait de Rougedigue une cible évidente pour les envahisseurs : si Mörg et ses enfants la capturaient en plus de Helstrow, ils contrôleraient la Strow – et auraient ainsi conquis la terre qu'ils avaient exigée en réparation, celle que le roi avait refusé de leur céder.

Croy priait pour que la ville soit prête à se défendre.

Même s'il était convaincu du contraire.

Lissant toujours l'argent du plat du pouce, il sauta du merlon qui lui servait d'assise et descendit l'escalier menant à la cour du fortin.

La structure n'avait pas été érigée pour être confortable. Humide et pleine de courants d'air, elle ne comportait rien d'autre qu'un sol en terre battue et quelques tonneaux de porc salé. Jadis, la tourelle s'élevait au milieu d'un village de fermiers. Même si ce dernier s'était déplacé, le bastion était resté, la porte envahie de mauvaises herbes et les murs recouverts de cercles parfaits de lichen vert et noir. Il conservait toutefois son utilité d'origine : les vilains du coin pouvaient s'y abriter si des bandits venaient les attaquer.

Il n'aurait néanmoins pas tenu une heure face à la horde barbare. Toutefois, dans l'urgence, Croy n'avait rien trouvé de mieux.

Le roi Ulfram V gisait sur une paillasse de fortune, près d'un feu fumant. Il ne s'était pas réveillé et n'avait pas bougé depuis que Croy l'avait amené là. Néanmoins, sa respiration était régulière, et le chevalier avait trouvé un pouls, bien que faible.

Il dégotta une marmite qu'il posa sur le foyer. Il prépara un bouillon composé de quelques carottes et de patates vertes coupées en rondelles. Il y plongea une cuiller, qu'il laissa refroidir dans la fraîcheur de l'air ambiant, puis l'appliqua précautionneusement contre les lèvres du souverain.

Une infime quantité de liquide s'écoula dans la bouche royale, et Ulfram déglutit comme par réflexe lorsque le brouet chaud ruissela jusqu'à sa gorge. Croy attendit un moment, puis replongea la cuiller dans la marmite.

Quand il eut décidé que le roi avait avalé suffisamment de bouillon, il borda une couverture autour des épaules du blessé. Il roula en boule la tunique du roi en guise d'oreiller. Il ne pouvait guère faire mieux.

Il retourna lisser le bord argenté de son épée.

Il finit par s'assoupir. Il n'eut pas l'impression de s'endormir, plutôt de plonger dans une sorte de transe pieuse, la même hypnose que celle qui s'emparait de lui lors de ses longues nuits de surveillance. Il resta toujours plus ou moins conscient de ce qui l'entourait. Sa main ne se détendit jamais vraiment autour de la poignée de Percespectre.

Ainsi, quand quelqu'un vint frapper à la porte du fortin, il fut sur ses pieds en un instant, l'épée au clair.

Chapitre 37

Croy entendait des voix d'hommes à travers la robuste porte en chêne du fortin. Il n'arrivait pas à estimer leur nombre, ni à deviner l'identité de leurs propriétaires ; il pouvait s'agir de barbares, de bandits ou, par quelque sinistre coup du sort, de poursuivants.

— J'entends un feu crépiter à l'intérieur, dit l'un d'eux tout près de l'entrée.

— Ouais… et le bruit d'une armure, renchérit un autre, moins fort.

— Qu'est-ce que ça peut faire qu'il y ait des gens à l'intérieur ? reprit le premier. J'ai froid, je suis crevé, et je meurs de faim. On leur règle leur compte, et on aura le fortin pour…

Croy entrouvrit le vantail et vit un visage terrifié le regarder. Il attrapa l'homme par la gorge, l'attira à l'intérieur et claqua le battant derrière lui avant que les autres aient eu le temps de forcer le passage. Il remit la barre en place, scellant de nouveau l'entrée, et fit volte-face pour pointer Percespectre sur l'inconnu qu'il venait de faire entrer.

L'intrus bascula en arrière et s'écroula au sol, son chapel de fer glissant devant ses yeux. Il leva la main pour ôter son casque mais Croy l'en empêcha du plat de sa lame.

— Qui êtes-vous ? demanda le chevalier.

L'autre semblait trop effrayé pour répondre. Il était vêtu d'un jaque de tissu, renforcé de plaques de fer aux coudes et aux épaules. Une arme pendait à sa ceinture – elle ressemblait davantage à une dague qu'à une épée, mais pouvait néanmoins se révéler fatale. L'homme ne tenta même pas d'en atteindre le manche.

Croy lui piqua la gorge du bout de Percespectre.

— Vous portez l'équipement d'un soldat du roi. Si c'est bien ce que vous êtes, alors je ne suis pas votre ennemi.

— G-g-gavin…, bredouilla l'autre.

— C'est votre nom, Gavin ? Quelle est votre affectation ?

— Helstrow, Monseigneur, répondit Gavin. (Il leva lentement la main pour redresser son casque ; cette fois-ci, Croy le laissa faire.) Vous êtes sire Croy !

Le chevalier ne nia pas.

— Monseigneur, je vous en supplie… épargnez-moi. Je suis simplement venu chercher refuge ici !

— Et tu me l'aurais volé, par la force si nécessaire.

Gavin écarquilla les yeux de terreur.

— Depuis combien de temps êtes-vous ici ? Depuis la bataille ? Vous n'avez pas idée de ce qui se passe dehors ! Les barbares ravagent la campagne. Ils tuent tous les hommes qu'ils croisent, emmènent les femmes. Ils brûlent les villages et détruisent les récoltes. N'importe quel endroit avec un toit et une porte mérite qu'on se batte pour l'obtenir.

— Et le roi a eu la bonté de te donner un équipement pour te battre, précisa Croy. (Il tapota de sa lame l'arme à la ceinture du soldat, puis le casque sur sa tête.) Combien êtes-vous en tout ?

— Sept. C'est tout ce qui reste de ma compagnie. Je vous en prie, Monseigneur… laissez-moi partir.

Croy s'écarta de sa victime. Il retira la barre et tira légèrement la porte. Il vit d'autres hommes le regarder. Ils semblaient encore plus effrayés que Gavin.

— Entrez l'un après l'autre, et déposez vos armes au passage. Au moindre signe suspect, je taille Gavin en pièces. C'est compris ?

Les autres hochèrent vivement la tête.

Croy les fit pénétrer un à un. Ils étaient tout crasseux après des jours passés à ramper dans la boue, et leurs visages pâles avaient les yeux hagards de ceux qui ont vu trop de sang couler. Ils obéirent à ses ordres, jetant jusqu'à leur couteau. L'un d'eux possédait un bouclier. Il tenta de le conserver, mais Croy fit résonner Percespectre dessus. Tous sursautèrent à ce bruit.

— Un écu peut s'avérer aussi efficace qu'une massue, si l'on sait s'en servir. Lâche-le.

Le soldat s'exécuta.

— Bien, reprit Croy. Bon. Il y a de la soupe dans cette marmite. Si vous avez faim.

Six d'entre eux se jetèrent sur le potage, mettant leurs mains en coupe pour pallier l'absence de bols. Seul Gavin sembla capable de résister. Sans doute parce qu'il avait aperçu quelque chose de si étonnant qu'il en avait oublié ses besoins.

— Sire Croy, déclara-t-il après quelques secondes. Est-ce…

— Oui, confirma le chevalier en se rapprochant de la silhouette endormie d'Ulfram V. C'est bien notre souverain. Vous comprenez maintenant pourquoi je me montre si méfiant envers mes invités.

Deux des soldats s'écartèrent de la marmite pour s'agenouiller et tracer le signe de la Dame sur leur poitrine, ainsi que l'exigeait leur statut. Les autres étaient trop affamés – ou pas assez croyants – pour cesser leur festin.

— Il est blessé, constata Gavin.

— Il dort. Je n'arrive pas à le réveiller. L'un d'entre vous était-il apothicaire ou herboriste avant de rejoindre l'armée ?

Tous l'observèrent sans comprendre. Non, à l'évidence, il ne s'agissait pas de guérisseurs. La chance semblait fuir Croy depuis quelque temps. Ils avaient dû être fermiers, à l'instar de quatre-vingt-dix-neuf pour cent des soldats d'Ulfram. Des paysans enrôlés, ayant bénéficié d'un ou deux jours d'entraînement avant d'être équipés et déclarés aptes au service sans même qu'ils aient compris de quoi il retournait.

Croy leur tourna le dos.

— Mange, Gavin, lui conseilla-t-il. Depuis quand n'as-tu rien avalé ?

— J'ai pris mon dernier morceau de pain il y a trois jours, répondit le soldat. Merci, Monseigneur.

Croy opina. Tandis que Gavin se dirigeait vers la marmite, il s'assit près de la tête d'Ulfram V. Il plaça la pointe de Percespectre contre le sol en terre battue et s'appuya dessus, reposant le front sur son pommeau.

— Quelles sont les nouvelles du conflit ?

L'un des hommes – pas Gavin – lui répondit.

— La guerre est perdue, déclara-t-il en secouant la tête. Le barbare s'est emparé de cette terre, et nul n'ose lui tenir tête.

— Je les ai vus envoyer des cavaliers vers Rougedigue. Des éclaireurs précédant les troupes, précisa Croy. Pour eux, ça n'est pas terminé.

Le soldat écarta les bras.

— Je ne suis jamais allé là-bas. Je n'y connais personne. Pourquoi me soucierais-je de leur sort ?

Croy ferma les yeux un instant. Si seulement il pouvait faire confiance à ces hommes, les laisser monter la garde pendant qu'il dormait… Mais non, pas encore.

— L'un d'entre vous a-t-il vu sire Équarri, ou sire Rory ? s'enquit-il.

Les soldats échangèrent des regards inquiets, comme s'ils redoutaient de répondre.

— On prétend qu'ils ont péri dans la débâcle, expliqua Gavin entre deux gorgées de soupe tiède. Évidemment, on dit la même chose de vous, Monseigneur. Et… et de votre maître.

— Ils le croient mort ? s'étonna Croy en redressant brusquement la tête.

C'était peut-être la première bonne nouvelle qu'il entendait depuis bien longtemps. Si tout le monde pensait que le souverain n'avait pas survécu à la bataille, alors les barbares en étaient sans doute également convaincus. Ce qui signifiait au moins qu'ils ne le recherchaient probablement pas activement.

— Bien, bien, commenta Croy. Ne les détrompons pas avant d'être prêts à les surprendre en faisant éclater la vérité. Quand nous aurons secrètement rassemblé nos hommes – tous ceux qui auront survécu à l'assaut. Tous ceux qui voudront se battre sous les couleurs du roi. Vous n'êtes sûrement pas les seuls vaincus à avoir gardé la vie. D'autres doivent être prêts à reprendre les armes, de véritables Skraeliens, blessés mais debout, et quand…

Il s'interrompit en constatant qu'une fois de plus les autres échangeaient des coups d'œil. Comme s'ils détenaient un secret qu'ils ne voulaient pas partager avec lui.

Croy fronça les sourcils mais resta coi quelques secondes. Il attendit que ses hôtes aient fini de manger. Puis, pesant ses mots avec soin, il leur demanda :

— Où était affectée votre compagnie, durant la bataille ?

Gavin répondit en détournant la tête.

— Nous étions cantonnés dans la partie ouest de la ville, dans un ancien hospice. Nous n'avons pas été prévenus de l'offensive avant que les barbares aient déjà franchi la herse.

Croy acquiesça.

— Et quand vous avez su que la forteresse était en déroute, où votre sergent vous a-t-il affectés ?

D'autres échanges de regards.

Croy comprit ce que signifiait ce silence partagé. Ces hommes n'avaient pas pris part au combat. Ils n'avaient sans doute jamais eu l'occasion de dégainer leur arme. S'ils avaient fui Helstrow avant que les barbares atteignent la porte ouest, ils avaient dû partir alors que Croy et le roi étaient encore sur place.

Il ne s'agissait pas de vétérans aguerris, mais de déserteurs.

— Peu importe, ne répondez pas, dit-il.

Il préférait ignorer certaines choses. Par exemple, ne pas savoir si Gavin et les siens avaient déserté sans encombre, ou s'ils avaient dû se battre voire occire leurs propres sergents au préalable. S'ils étaient de simples pleutres ou, bien pis, des traîtres.

Dans les deux cas, il comprit qu'il ne pourrait pas dormir tranquille avant un moment. Impossible de remettre la vie du roi en de telles mains.

L'honneur, les serments qu'il avait prêtés, les principes sur lesquels sa vie reposait, tout l'obligeait à livrer ces hommes à la justice s'ils étaient coupables. À les exécuter sur-le-champ. Tel était le sort réservé aux déserteurs dans toute armée digne de ce nom.

Toutefois, les aléas de la guerre pouvaient causer des ravages à l'honneur. La peur pouvait avoir des conséquences étranges sur le cœur d'un homme. Il décida donc de diluer sa colère dans la miséricorde. Il surveillerait de près Gavin et les siens, mais il ne les abattrait pas au nom de la justice, pas encore. Pas avant qu'ils aient eu une seconde chance de prouver leur valeur.

— Le passé est le passé. Vous êtes ici, maintenant, et c'est tout ce qui compte. Ici, où vous pouvez toujours servir votre roi. Nous allons devoir lui fabriquer un brancard, que deux hommes porteront. Nous n'irons pas loin si je dois sans cesse le charger sur mon épaule.

— Monseigneur, intervint prudemment Gavin, vous ne songez tout de même pas à ressortir ? s'inquiéta-t-il en désignant la porte. Alors que nous sommes ici au chaud et en sécurité.

— Dès que nous nous serons tous reposés, lui affirma Croy.

La guerre n'était pas terminée. Pas tant qu'Ulfram V serait toujours vivant.

Chapitre 38

La Skrait traversait Ness en serpentant, ondulant entre Château-Haut et la Fosse Royale avant de plonger droit vers Plandest, où elle s'élargissait pour former un port naturel. Les deux rives de ce port, également nommé Plandest, constituaient un quartier de cabanes branlantes et de quais empestant le goudron. Le marché aux poissons s'y tenait chaque jour, ainsi qu'un commerce régulier d'une autre espèce de denrée à la nuit tombée. Ce coin de la ville était un véritable aimant à voleurs ; pourtant, les hommes de Tailleserpe s'y aventuraient rarement, car les quais et les rues non pavées étaient arpentés en permanence par des fleuviers armés de piques et de harpons – des citoyens qui ne confiaient pas leur propre sécurité à la garde.

Malden n'avait jamais vu Plandest autrement que grouillant de poissonnières ou de saleurs bien charpentés, de vieux loups de mer ou de pirates cherchant un endroit où disparaître. Ce jour-là, toutefois, et à l'instar du reste de la Cité Libre, le quartier était une friche désolée et quasiment inoccupée. Le voleur aperçut quelques femmes rassemblées autour d'un pichet d'alcool fort. Elles observaient les bateaux de pêche hissés sur la rive et renversés pour les préserver du soleil. Il avisa également quelques marins confus, arrivant tout juste de ports lointains et inconscients de la guerre ou du tour que le destin jouait à Skrae. Cependant, la plupart des venelles tortueuses que Malden emprunta – il longea pourtant près de la moitié des baraques de Plandest – se révélèrent désertes.

Il se dirigea vers l'escalier de Bord-Fosse qui menait jusqu'à l'eau ; là, il put louer une barque à un manchot qui sembla plus que ravi de cette rentrée d'argent inespérée. Néanmoins, quand Malden lui apprit où il comptait se rendre, l'autre fit la moue et exigea un dépôt de garantie pour son bien.

— J'y serai bien accueilli, je peux vous l'assurer. Je suis connu là-bas, et apprécié, tenta en vain de le rassurer Malden.

— Certaines personnes dans ce monde apprécient leur intimité ; Coruth, elle, n'accueille jamais personne, insista le loueur. Pas même ses vieux amis.

Le voleur soupira et offrit une pièce supplémentaire, qu'il doutait de jamais revoir même s'il rapportait l'embarcation en parfaite condition. L'autre insisterait probablement sur le fait que la barque avait été contaminée rien qu'en débarquant sur l'Isle aux Chevaux.

Peu importait. Si Malden était effectivement devenu le maître de la guilde des voleurs – *ce n'est qu'un autre tour que me joue Tailleserpe*, ressassait-il depuis le début de la journée –, il pouvait bien se permettre pareille surcharge. Il bondit dans la barque et en saisit les avirons.

Ce moyen de locomotion ne lui avait jamais plu parce qu'on ne pouvait pas voir où l'on se dirigeait tandis que l'on ramait. Toutefois, dans ce cas précis, il était presque heureux de s'élancer à reculons sur le faible courant de la Skrait. L'Isle aux Chevaux n'était pas belle à voir. Elle avait été ainsi baptisée après une catastrophe survenue lors d'une année particulièrement pluvieuse où le fleuve avait gonflé et inondé ses berges, jusqu'à devenir parfaitement impraticable. Malgré tout, certains bateaux avaient tenté l'aventure, car Ness était le port le plus riche du royaume, et payait la marchandise au prix fort. Un navire s'était empêtré juste en arrivant à Plandest, après avoir percuté un écueil. Il avait coulé avec son équipage et son cargo, mais par miracle un groupe de chevaux avait réussi à fuir l'épave et à nager jusqu'au seul îlot encore émergé. Chaque tentative d'aller les y récupérer en dépit du terrible orage qui sévissait s'était soldée par un échec, et pendant des jours les habitants de Plandest avaient entendu les hurlements des bêtes terrifiées, tandis que l'eau ne cessait de monter, menaçant heure après heure d'engloutir leur refuge.

L'îlot avait finalement tenu bon, mais nul n'avait retrouvé les animaux à la fin du déluge. Les gens du coin avaient dès lors estimé que cette petite langue de terre était désormais hantée, et personne n'osait plus y aborder pour quelque raison que ce fût. Il s'agissait de l'une des rares parcelles de terrain inhabité entre les murs de la ville, ce qui aurait dû la rendre inestimable aux yeux de tous à mesure que la population croissait et venait occuper chaque espace disponible à Ness. Malgré tout, personne n'avait jamais tenté de s'y installer, avant que Coruth décide de se l'approprier.

Culminant à tout juste six pieds au-dessus de la surface, l'îlot était envahi d'ajoncs et de ronciers. La demeure de Coruth – une baraque en bois flotté d'où s'élevaient régulièrement des lumières étranges, et d'où provenaient parfois des bruits parfaitement inexplicables – en constituait l'unique relief. L'endroit idéal pour une sorcière.

Malden tira sur les rames jusqu'à ce que son embarcation vienne crisser sur la plage rocailleuse en dessous de la bâtisse. N'ayant pas annoncé sa venue – il ignorait comment contacter Coruth sans venir frapper à sa porte –, il resta un moment debout dans sa barque pour se faire remarquer avant de mettre pied à terre.

Comme personne ne s'adressa à lui, il tenta d'appeler, criant que c'était Malden et qu'il souhaitait discuter avec Coruth. Cela ne suscita pas davantage de réaction.

Il bondit donc sur la berge caillouteuse et marcha vers la maison.

Il n'avait pas avancé de plus de dix pas quand une corde, à moitié dissimulée par les galets, se détendit sous son pied. Il la sentit bouger et jura. Un piège – un piège qu'il aurait pu repérer, car il n'avait rien de magique. L'un des pièges les plus simplistes qu'il ait jamais croisés. La corde était reliée à un poteau orné de centaines de coquillages. Sous la pression de sa semelle, le poteau s'agita et les coques tintinnabulèrent – un son doux et plaisant qui disparut dans le soupir du vent. Malden avait déclenché suffisamment d'alarmes dans sa vie pour savoir que quelqu'un entendrait celle-ci.

Chapitre 39

Se frayer un passage à travers les ronces entourant la cabane de Coruth devait être suffisamment décourageant pour éloigner la plupart des intrus, songeait Malden. Pourtant, il savait désormais qu'il ne tarderait pas à devoir affronter d'autres gardiens moins passifs. Il s'efforça de rester sur ses gardes.

Ce qui ne l'empêcha pas de sursauter quand un cheval vint s'ébrouer tout près de son oreille gauche. Il pivota rapidement, s'attendant à découvrir quelque animal spectral qui lui aurait montré des dents fantomatiques ; à sa grande surprise, il ne vit rien du tout.

Le voleur avait déjà suffisamment frayé avec le surnaturel pour le respecter, et l'éviter dans la mesure du possible. Il songea à capituler, tourner les talons et s'éloigner à la rame, abandonnant son plan originel. Il reviendrait plus tard, quand Coruth serait disposée à le recevoir. Cependant, quand il voulut rebrousser chemin jusqu'à la berge, il entendit le grondement sourd de sabots battant le sol siliceux entre lui et sa barque de location.

— D'accord, sorcière. Montrez-moi comment partir, c'est tout ce que je vous demande, dit-il à voix haute.

Les hennissements qui retentirent tout autour de lui étaient pareils à des rires.

Il ne voyait rien. Apparemment, les fantômes des canassons ne laissaient même pas d'empreintes sur le sol. Et ne dégageaient aucune odeur. Cependant, dès qu'il essayait de lever une jambe ou de bouger une main, il les entendait partout autour de lui, comme s'ils l'encerclaient de près, hésitant à ruer pour le piétiner.

Il espérait que s'il restait parfaitement immobile, ils ne lui feraient pas de mal. Ce piège invisible avait peut-être pour unique but de l'empêcher de bouger en attendant que Coruth décide de venir le chercher.

Alors il entendit le bruit puissant d'un destrier galopant droit sur lui, chaque claquement des sabots qui frappaient le sol résonnant tel un coup de semonce. Son souffle infernal s'échappait bruyamment de ses poumons de non mort ; le harnachement du spectre résonnait même de part et d'autre de son corps. Si le voleur ne bougeait pas, s'il ne fuyait pas, il ne constituerait pas un grand obstacle…

… à moins, bien sûr, qu'il ne s'agît seulement de l'un de ces pièges destinés à faire croire à un danger en vérité inexistant. Le but d'un tel traquenard étant bien sûr de pousser sa victime à fuir, la précipitant dans un péril pourtant extrêmement facile à éviter en d'autres circonstances.

Malden s'efforça de ne pas bouger. Néanmoins, à mesure que le galop se rapprochait, sans que le cheval dévie sa course le moins du monde, avec l'intention évidente de tout détruire sur son passage, l'esprit retors du voleur cessa de réfléchir et passa à l'action.

Criant de terreur, Malden fit volte-face et courut.

Les chevaux l'entouraient, leurs lourds sabots heurtant le sol si vite et si fréquemment qu'il était convaincu qu'ils l'écraseraient d'un instant à l'autre. Il sentait leur souffle chaud sur son cou, n'entendait rien d'autre que leurs hennissements et leurs ébrouements, ainsi que le son colossal provoqué par leur course rythmée. Il enserra sa tête de ses bras pour la protéger et fonça sans savoir où. S'il finissait par plonger dans les eaux glaciales de Plandest, ce serait parfait. S'il atterrissait dans son bateau, il se répandrait en remerciements, si…

… quelque chose de particulièrement solide et tangible vint le percuter au visage, manquant de lui casser le nez. Quand il osa rouvrir les yeux, il constata qu'il se tenait sous le porche de la cabane de Coruth, au beau milieu de l'île. Il venait de se cogner contre sa porte.

Il ne percevait plus le moindre bruit de cheval. Le vent iodé remuait à peine la végétation épineuse derrière lui. Le silence était semblable à un éclat de rire assourdissant, et il se sentit rougir.

Puis le vantail pivota avec un grincement. Lumière et chaleur se déversèrent sur lui, et Cythère apparut et prononça son nom avec un air de confusion totale.

Il l'étreignit fiévreusement et l'embrassa sans retenue. Elle ne lui résista pas – pas là, où personne ne pouvait les surprendre.

— Qu'est-ce que tu fais ici ? demanda-t-elle.

Il l'embrassa derechef.

— Tes baisers, si tendres soient-ils, ne répondent pas à la question, plaisanta-t-elle.

— Je suis juste soulagé d'être en vie, avoua-t-il. Les gardiens illusoires de ta mère sont incroyablement crédibles.

— Les chevaux ?

— Les chevaux. Mais… maintenant que je suis de nouveau en état de réfléchir, je ne peux m'empêcher de me poser la question : pourquoi ne se sert-elle pas de bestioles de nature plus effrayantes ? Comme des basilics ou des démons…

— Je crois me souvenir de la première fois que tu es monté sur un cheval, rétorqua Cythère. Tu m'avais alors semblé particulièrement terrifié.

Malden sourit.

— Il ne voulait pas s'arrêter. J'étais sûr que j'allais tomber.

Cythère éclata de rire en lui faisant signe d'entrer.

— Si tu veux tout savoir, la sorcellerie ne fonctionne pas comme ça. Un mage pourrait très certainement créer l'illusion d'un dragon qui fondrait sur toi en crachant du feu, ou toute autre scène du genre, avec pour seule limite son imagination débordante. La magie tire son pouvoir de la fosse et de ses habitants, mais il faut les rembourser pour leurs dons… tu as vu à quel point ils peuvent déformer l'âme d'un mage.

— Sans parler de son visage, confirma Malden en repensant à certains de ceux qu'il avait croisés.

Aucune difformité naturelle n'aurait pu rivaliser avec l'aspect monstrueux des puissants mages. En public, ils portaient toujours un voile noir pour dissimuler leurs traits.

— Les sorcières se servent du pouvoir qui les entoure. Elles se contentent d'apporter quelques changements subtils au monde qui les entoure, rien de plus. Nous sommes sur l'Isle aux Chevaux, il doit donc s'agir de chevaux.

— Je vois, répondit Malden.

Mais, comme chaque fois que l'on tentait de lui expliquer la sorcellerie, il eut la sensation désagréable que la logique qui lui apparaissait alors n'était due qu'à l'éclairage simpliste que son interlocuteur portait sur les faits. Des faits qui, en réalité, dépassaient de loin son entendement.

— Toutefois, pour répondre plus précisément à ta question, ajouta le voleur en laissant de côté ses réflexions philosophiques, je suis venu voir ta mère.

— Ce n'est pas elle que tu as trouvée, répliqua Cythère d'un ton taquin. Tu veux acheter un philtre d'amour. À moins que tu veuilles te venger… de moi, qui suis une maîtresse si inconstante.

Il sourit. Elle n'était pas si joueuse, habituellement.

— Ni l'un ni l'autre, mon amour. Tu es la seule femme de tout Skrae capable d'attirer mon regard, et j'aime tes contradictions tout autant que ta profonde constance. Mais dis-moi : qu'est-ce qui te met de si bonne humeur ?

Le sourire de la jeune femme disparut un instant avant de resurgir.

— Ma mère a eu des visions. Qui concernent les alentours de Helstrow.

— Un bien sinistre spectacle, à n'en pas douter, commenta Malden en pensant à ce que les barbares devaient être en train d'infliger aux terres arables cernant la forteresse.

— Je ne lui ai pas demandé de détails. Je voulais juste savoir une chose, et j'ai eu ma réponse. Croy est toujours vivant.

— Vraiment ? s'étonna Malden.

— Ne prends donc pas cet air consterné. Quand il découvrira la vérité pour nous, il sera plein de haine, mais pour l'heure il te considère encore comme son meilleur ami. Allons, assieds-toi, je vais te chercher une tasse de thé. Ma mère sera là dans un instant, dès qu'elle aura fini son travail.

Malden s'installa et la regarda se diriger dans la pièce voisine, vraisemblablement la cuisine. La cabane n'était pas vraiment telle qu'il l'avait imaginée. Il s'était figuré un chaudron bouillonnant au-dessus d'un feu de soufre fumant. Des morceaux d'animaux divers, tranchés et suspendus au plafond pour sécher. Peut-être quelques tas d'os, ou des milliers de fioles de verre renfermant des substances étranges et inconnues. Une pile de livres surmontée d'un crâne humain. Un ou deux reptiles naturalisés ne l'auraient pas surpris.

Au lieu de quoi, il se trouvait assis dans un petit salon aussi simple qu'ordonné. Le fauteuil dans lequel il avait pris place, à l'instar des autres meubles, paraissait sans prétention mais bien conçu. Le feu qui brûlait dans l'âtre avait l'éclat orange d'un bois normal et sain en train de se consumer. Seul un détail, à première vue bénin, indiquait qu'il se trouvait chez une sorcière terrifiante : le seau posé sur la table à l'autre bout de la pièce. Malden se leva pour jeter un coup d'œil à l'intérieur, convaincu qu'il y trouverait de la cervelle de grenouille, des fantômes écorchés ou du sang de vierge laissé à coaguler – le genre d'ingrédients qu'une sorcière amasserait pour réaliser ses sorts.

Il ne découvrit à l'intérieur qu'une demi-douzaine de racines longues et pâles, peut-être des navets. Cythère avait dû les ramasser pour préparer le dîner de sa mère. Malden s'en trouva légèrement déçu. Toutefois, en observant la chose de plus près, il se rendit compte que les racines se scindaient de façon curieuse, comme si chacune d'elles était dotée de jambes et de bras. En vérité, on eût presque dit des corps humains. L'une d'elle disposait même d'une bouche rudimentaire et de deux rides qui auraient pu lui servir d'yeux. Malden voulut en attraper une, mais avant de pouvoir les effleurer, il recula d'un bond. Il était certain d'avoir vu ces plis s'entrouvrir – et un œil aveugle et laiteux le contempler.

Coruth entra alors en trombe dans la pièce, ses cheveux d'argent voletant autour de sa tête.

— Qui que vous soyez, il vous coûtera la vie de toucher ça ! cria-t-elle.

Chapitre 40

Malden s'écarta du chemin quand Coruth déboula et se dirigea droit sur lui, sa longue robe tournoyant autour d'elle. Elle s'approcha du seau et se pencha par-dessus, prononçant des incantations qu'il ne comprenait pas. Les mots appartenaient à une langue qu'il ne connaissait pas, mais il avait davantage l'impression d'entendre une mère réconfortant un bébé en pleurs qu'une sorcière invoquant quelque funeste puissance. Malden se plaqua contre un mur et s'efforça de ne plus bouger.

— Qui êtes-vous ? Que faites-vous ici ? hurla-t-elle en pivotant pour lui faire face.

Ses yeux ne semblaient toutefois pas concentrés sur ses traits. Elle avait l'air de regarder dans le vague.

— Coruth, c'est moi, Malden.

— Malden ? demanda-t-elle comme si elle essayait de se souvenir de ce nom. Malden !

Ses yeux se rivèrent enfin sur lui, et un sourire chaleureux se dessina sur ses lèvres. Elle se précipita vers lui pour l'étreindre avec une certaine forme d'affection.

— Je suis bien contente que vous soyez venu, mon garçon. C'est tellement gentil de votre part de rendre visite à une ancêtre et à sa vieille fille célibataire.

— Mère ! lança Cythère depuis la porte. Malden, pardonne-lui je te prie. Elle était très, très loin d'ici.

— Je voyais, admit Coruth. L'avenir. Des choses dangereuses.

Elle s'affala sur une chaise et posa les pieds sur la table. Elle inclina la tête en arrière, puis souffla bruyamment.

— Il est tellement facile de se perdre, quand on est loin de son corps. Et bien sûr, on n'est jamais sûr de ce qu'on va trouver. Malden, poursuivit-elle en se penchant vers lui, comment vous portez-vous ? Je ne vous ai pas vu depuis un moment.

— Je suis vivant, ce dont je ne cesse de me réjouir, répondit-il avec un haussement d'épaules. À part ça, il semblerait que la roue tourne pour chacun d'entre nous. Helstrow est tombée, et…

— Rougedigue sera la prochaine, annonça Coruth. (Elle pinça les lèvres, comme pour s'excuser.) Les barbares se déplacent rapidement – c'est l'une de leurs meilleures astuces. Ils ne s'encombrent pas de voies de ravitaillement complexes, car ils ravagent toutes les terres qu'ils traversent et se nourrissent des restes. Chaque chef commande son propre clan avec une grande autonomie, il est donc inutile que des compagnies entières entrent en garnison en attendant que les ordres arrivent d'en haut. (Elle secoua la tête.) Rougedigue tombera. Mais ils ne s'arrêteront pas là. Ils bifurqueront vers l'ouest. Ils viendront par ici.

Malden se sentit blêmir.

— Vous avez… vu tout ça ? Avec votre don de seconde vue ?

— Inutile, répondit-elle en agitant une main décharnée. C'est logique. Tout le monde sait que cela va arriver. C'est pour ça que tous ceux qui pouvaient fuir l'ont déjà fait. (Elle lui adressa un regard entendu.) On dit que même Tailleserpe s'est enfui.

Malden fut légèrement surpris de constater qu'elle connaissait son existence. Il supposa cependant qu'une sorcière pouvait connaître n'importe qui – ainsi que son activité, et d'autres détails qu'il préférait ignorer. Il acquiesça.

— Oui, je viens moi-même de l'apprendre.

— Et maintenant qu'il est parti, qui est le nouveau ministre des voleurs ? s'enquit Coruth.

Face à n'importe qui d'autre, Malden aurait menti. Inutile de crier son nouveau statut sur tous les toits, cela causerait sa perte. Cependant, il s'entretenait avec Coruth. Elle percerait n'importe quel mensonge à jour.

— À vrai dire, c'est là la raison de ma visite. Il m'a confié cette tâche.

Coruth écarquilla les yeux, puis son sourire lui revint. Elle ne parut pas surprise par le fait que Tailleserpe ait désigné Malden comme successeur.

— Tu as entendu, Cythère ? Le voilà maître de guilde ! Un homme important. Tu aurais pu tomber bien pis.

— J'en déduis que vous savez que Cythère et moi…, dit Malden.

Ou plutôt, essaya de dire.

— Je sais tout, je vois tout, l'interrompit la sorcière, le regard pétillant. Si elle désire vous épouser, je ne l'en empêcherai pas. La décision lui appartient.

— Pour l'heure, je désire surtout m'occuper du dîner, lança Cythère avant de se précipiter dans la cuisine.

Coruth et Malden restèrent un bon moment assis en silence. La sorcière finit par saisir une bourse accrochée à sa ceinture et par en verser le contenu dans sa paume. Malden songea à des fruits séchés, même s'il ne l'aurait pas parié. Coruth choisit l'une de ces choses desséchées et la glissa sous sa langue.

— Vous n'êtes pas venu chercher conseil en amour, déclara lentement la sorcière.

Malden sortit la page qu'il avait déchirée dans le livre de comptes de Tailleserpe.

— Non, admit-il. Je suis venu vous demander votre aide à ce propos. C'est une espèce de code secret, mais je n'y comprends rien.

Coruth opina et étudia le papier avec attention. Puis elle y plaqua le nez et renifla. Elle le frotta entre ses doigts et l'écouta grincer.

— Ça n'a rien de magique. Ça m'aurait d'ailleurs étonné de la part de Tailleserpe.

— Pourquoi ?

Coruth sourit.

— Parce que j'aurais alors pu vous le lire aussi facilement que si cela avait été écrit en skraelien. Non, cette énigme doit être résolue à l'ancienne. Il voulait que vous vous creusiez la tête.

— Je risque de ne pas en avoir le temps. Je dois retrouver ses… je veux dire mes voleurs, cette nuit. Il va bien falloir que je leur dise quelque chose, que je leur indique une ligne de conduite. Sans quoi, ils me prendront pour un pantin, tout juste bon à tenir les comptes en l'absence du maître. Si je veux les voir suivre mes ordres, je dois leur faire comprendre que je suis en position d'en donner.

— Alors vous avez du pain sur la planche, répliqua Coruth en lui rendant la feuille. Quoi qu'il en soit, ce message ne m'est pas adressé. Il ne l'aurait pas codé s'il avait voulu que n'importe qui puisse le lire. Je ne peux pas résoudre votre énigme, Malden. Mais je peux vous montrer comment le faire, si vous le souhaitez.

— Ce serait très aimable, accepta-t-il. Je peux vous dédommager pour vos services, bien sûr.

— C'est hors de question. Je n'accepterai pas votre argent. Vous m'avez sauvée d'un emprisonnement éternel, Malden, et je ne l'oublierai pas. (Elle lui adressa un sourire de matrone.) En outre, je serai peut-être bientôt votre belle-mère.

— Je ne demanderai pas la main de Cythère en guise de récompense. Elle ne m'aimerait pas, pas sincèrement, si elle pensait que je l'avais achetée d'une manière ou d'une autre. (Il secoua la tête.) Non, elle doit décider librement.

— Bon garçon. Bien, avant qu'elle ait terminé de préparer le repas – vous restez pour manger, n'est-ce pas ? –, parlons des énigmes, de leur usage, et de la manière dont on peut les décrypter.

Chapitre 41

À la fin du dîner, Malden prit congé. Tout sourires et comblé, il alla même jusqu'à baiser la main de Coruth pour la remercier de ce qu'elle lui avait appris. Cythère se tenait dans l'embrasure de la porte de la cuisine, amusée de voir sa mère détourner la tête telle une fillette gênée. Tous deux s'entendaient si bien.

Cythère se surprit alors à s'imaginer une autre vie. Une vie où elle ne deviendrait pas une sorcière, mais l'épouse de Malden. Quand elle l'envisageait de façon abstraite, comme une situation hypothétique, cela ne lui paraissait pas aussi douloureux qu'elle l'avait redouté.

Malden l'observa depuis l'autre bout de la pièce, et elle sentit son cœur fondre légèrement quand elle découvrit l'air dans son regard. Il l'aimait – vraiment, honnêtement. Il ne voulait pas l'enfermer dans une tour quelque part pour l'engrosser. Il voulait la voir heureuse.

Une fois qu'il eut quitté les lieux, Cythère fit la vaisselle et s'organisa pour le lendemain matin, couvrant le feu et étalant les galettes d'avoine que sa mère et elle avaleraient au petit déjeuner. Puis elle retourna dans la pièce principale, où elle trouva Coruth attablée. Un gros livre était disposé devant elle, mais elle ne le lisait pas. Elle ne le touchait même pas. Cythère ne pensait pas l'avoir déjà vu chez sa mère jusqu'alors. La reliure de cuir était ornée de crânes et d'os, et un petit cadenas en cuivre le maintenait fermé.

— Qu'est-ce que c'est ? s'enquit-elle, comprenant que sa mère n'en attendait pas moins.

Cependant, Coruth ne répondit pas tout de suite.

— Ce garçon est en train de devenir un homme bien, déclara-t-elle enfin. Et il montera plus haut encore. Et il doit être bon au lit pour couronner le tout, avec ses longs doigts fins et sa manière de se mouvoir…

— Mère, je t'en prie, ma vie privée ne concerne que…

— Ne fais pas ta délicate avec moi, ma fille. Je sais que tu l'as déjà essayé.

Cythère rougit et s'en retourna vers la cuisine, simplement pour quitter la pièce. Elle savait toutefois qu'elle n'aurait pas le droit d'aller se coucher directement. Ce livre signifiait quelque chose.

— Il y a suffisamment peu de douceurs dans cette vie pour que nous nous empêchions de goûter au miel, de peur des piqûres d'abeilles, déclara Coruth.

Cythère soupira.

— Mais il ne sera jamais mien. Pas si je dois devenir une sorcière.

— Pas pour toujours, non. Mais il te reste un peu de temps à passer avec lui avant ton initiation. Si tu laisses passer cette chance, tu le regretteras plus tard.

Coruth avait l'air de parler d'expérience. Cythère ne savait pas grand-chose de la vie de sa mère avant qu'Hazoth la capture et l'emprisonne. Elle n'y avait encore jamais vraiment réfléchi.

— Mère, dit-elle. Et si je renonçais tout simplement à la magie ?

Elle ne pensait pas que cela puisse être aussi simple. Mais au cas où…

— Tu l'as dans le sang. Et dans ton avenir. Viens ici.

Cythère n'avait pas le choix. Elle obéit et s'installa à table, en face de la sorcière.

— Ce livre appartenait à ton père.

Cythère opina. Elle s'en serait doutée. Elle se rappelait la bibliothèque d'Hazoth. Elle regorgeait d'ouvrages comme celui-là – et d'autres volumes plus étranges et plus sinistres encore.

— Quand sa villa s'est effondrée, la plupart de ses recueils ont été détruits, mais pas celui-ci. Je l'ai sauvé des flammes et rapporté ici afin qu'il ne tombe pas entre de mauvaises mains. Lis-le.

— Maintenant ? Il se fait tard.

— Alors feuillette-le, ordonna Coruth. Après tout, tu n'auras pas d'autre héritage de sa part.

Coruth ne bougea pas, ni ne prononça la moindre incantation, mais le livre glissa vers sa fille, comme mû par sa propre volonté. Le cadenas de cuivre se déverrouilla en cliquetant, la couverture se souleva et l'ouvrage s'ouvrit à la page de titre.

ENFANTS DE LA PHOSSE,
ou Le Lhivre des Noms Daifendus

Écri de la mhain de
Daulben de Myraum

Cythère ne put réprimer un hoquet de surprise. Elle avait déjà entendu parler de cet ouvrage. Il s'agissait d'un traité de démonologie de base, le premier recueil qu'un mage en devenir se devait de compulser.

— Aucune sorcière ne devrait regarder ça, affirma-t-elle.

— Cela ne fait pas partie de ton entraînement, c'est juste en guise d'explication, insista Coruth. Maintenant, lis.

Cythère tourna la page d'une main tremblante. Elle observa les pattes de mouche comme si elles risquaient de prendre vie et de lui sauter à la figure. Mais il ne s'agissait que de mots. Elle survola rapidement le chapitre introductif, ne prêtant guère attention aux avertissements qu'il contenait, bien plus intéressée par les promesses qu'il faisait. L'auteur laissait entendre que quelqu'un qui invoquerait les démons de la fosse obtiendrait des pouvoirs dépassant l'entendement. Les démons pouvaient faire le tour du monde en une seule nuit. Ils pouvaient retrouver des objets égarés depuis des siècles. Ils connaissaient les secrets de tous les morts, et étaient capables de terrasser un ennemi à coup sûr. Les maîtres – ou maîtresses – de démons pouvaient devenir incroyablement riches, gouverner des nations ou obtenir l'amante de leur choix.

Ils pouvaient épouser qui ils voulaient.

Daulben avait été un mage, bien que pas particulièrement puissant – contrairement au père de Cythère. Il semblait indiquer que les choses qu'il décrivait devaient être effectuées avec prudence, mais qu'elles n'étaient pas formellement interdites. Les démons étaient des créatures maléfiques, qui pouvaient cependant contribuer à aider l'humanité. Ils pouvaient guérir les malades, ou faire pousser des récoltes dans le plus aride des déserts. Ils pouvaient apprendre à un mage comment réaliser des choses exceptionnelles et positives, ainsi que lui enseigner de noirs secrets. Vue sous cet angle, la magie ne paraissait pas si mauvaise. Elle ne l'était en tout cas sans doute pas par essence.

Le reste de l'ouvrage était plein d'incantations que Cythère n'osait pas lire, même silencieusement. Certains des noms cités dans ce livre recélaient une part de pouvoir même s'ils étaient simplement pensés avec la bonne intention. Elle tournait tout aussi rapidement la page lorsque y figurait une gravure sur bois représentant un démon célèbre. Les démons étaient des créatures surnaturelles qu'il n'était pas sain de regarder.

Coruth se leva et arpenta la pièce tandis que sa fille poursuivait sa lecture. Cythère se rendit à peine compte que sa mère changeait les bougies éteintes et ravivait le feu quand la pièce devenait trop fraîche. À l'évidence, aucune d'elles deux n'allait dormir cette nuit-là, car très vite Cythère se retrouva absorbée dans son livre, incapable d'en relever la tête.

Quand elle atteignit la fin et referma le volume, elle était si raide et fatiguée qu'elle peina à se relever.

Coruth, à l'inverse, paraissait plus en forme que jamais. Elle contourna la table et vint se pencher devant le visage de sa fille.

— Tu en as assez vu ? lui demanda-t-elle. Tu es tentée ?

Cythère cilla et se frotta les yeux. Elle avait déjà compris pourquoi sa mère lui avait fait lire cet ouvrage.

— Tu m'as dit que si je ne devenais pas sorcière, je finirais par commettre quelque horrible péché. Une chose impardonnable. C'est ce que tu as vu, n'est-ce pas ? Tu as aperçu mon avenir et tu m'as vue devenir magicienne. Comme mon père.

Coruth hocha la tête.

— Cependant, j'ai également vu que ce n'était pas gravé dans le marbre. Il subsiste une chance que tu évites cette erreur. Mais il va te falloir de la discipline. Et avant de me croire vraiment, tu devras obtenir la seconde vue. Découvrir toi-même ton avenir. Alors seulement seras-tu en mesure de résister aux tentations qui se présenteront.

— Je suis ta fille, insista Cythère. Je n'ai pas besoin d'être convaincue ! Je sais que ce que tu vois est vrai. (Elle repoussa le grimoire.) Je ne voulais pas savoir tout cela. Tu m'as forcée à le lire.

— Tu es ma fille, et tu es sous ma responsabilité, reprit Coruth sans l'écouter. Tu es également celle d'Hazoth. Tu as le potentiel pour devenir aussi puissante que lui. Peut-être même plus. Tu pourrais devenir une grande femme.

— Je serai une sorcière, trancha Cythère.

Coruth avait raison depuis le début ; elle n'avait pas d'autre choix.

— Les sorcières ont également du pouvoir, lui rappela sa mère. Ces choses que les démons peuvent réaliser, toutes les promesses faites dans ce livre : combien d'entre elles pourrais-je accomplir en m'y attelant vraiment, et en n'employant que la sorcellerie, en rejetant la magie ?

Cythère connaissait la réponse. Elle ne l'avait jamais vraiment crue, mais Coruth la lui avait donnée de nombreuses fois.

— Aucune, dit-elle.

Coruth ricana.

— Tu me penses donc impotente, comparée à lui ?

— Non, mais je saisis la différence qu'il y a entre vous. Il se servait de la magie pour assouvir ses désirs. Pour obtenir ce qu'il convoitait.

— Et moi ?

— Tu es une sorcière, mère. Tu n'as pas de désirs. Tu as des responsabilités. La puissance que tu emploies ne vise pas à te simplifier la vie, ou à te rendre plus forte. Elle est là pour accomplir la volonté de forces plus grandes que toi. Pour œuvrer au nom du hasard et de la destinée. Voilà en quoi consiste la sorcellerie. Il n'est pas question de puissance à dilapider, mais de la volonté de se soumettre. De faire ce qui doit être fait, que cela te plaise ou non.

— Tu as appris les paroles, intervint Coruth, mais je vois dans tes yeux que tu ne les comprends pas.

— Non… non, je… (Elle bredouilla tant qu'elle finit par se taire et changer d'approche.) Je ne m'adonnerai jamais à la magie, mère. Et sans doute pas maintenant.

— À la cour d'Ulfram V, on t'a demandé si tu possédais quelque don « s'apparentant à la sorcellerie ». Tu as fait naître des flammes entre tes mains. Oh, oui, je l'ai vu. Je t'observais.

— Le roi voulait effrayer la princesse barbare, j'ai donc réalisé ce petit tour que père m'avait appris. C'est tout. J'ai obéi. N'était-ce pas approprié ?

— Une sorcière ne reçoit d'ordres d'aucun homme. Pas même d'un roi. D'où penses-tu que venait ce feu, ma fille ? Croyais-tu que tu étais alors en train de t'adonner à la sorcellerie ? Tu as joué avec un feu issu de la fosse. En le faisant apparaître, tu as provoqué une petite fissure entre ce monde et celui d'en dessous.

— Tu veux parler…

— De la fosse, oui.

Cythère frémit d'effroi. Vraiment ? Avait-elle réellement fait cela ?

— Mais… autre chose aurait pu surgir !

Coruth secoua la tête.

— Non, la brèche était trop étroite. Cette fois-ci. Sauras-tu me convaincre que tu ne réitéreras jamais pareille expérience ? Peux-tu me le promettre ?

— Mère, je te le jure ! Si j'avais su, je ne l'aurais jamais fait !

— C'est ce que tu dis maintenant. Mais les tentations seront nombreuses. Et à présent que tu as lu ce livre, tu sais comment fonctionne le pouvoir. Tu sais comment créer de plus grosses failles entre les deux mondes. Des failles suffisamment larges pour que n'importe quoi s'y fraie un chemin.

— Je te le jure, mère ! Je te jure que je ne le ferai plus !

Coruth recula pour laisser Cythère s'écrouler sur la table en pleurant. La sorcière resta un instant silencieuse, à regarder sangloter sa fille. Puis elle hocha la tête une seule fois.

— Tu sais comment était ton père. Je sais que tu t'en souviens. Il n'a pas toujours été comme ça. À une époque, il était bon et ne souhaitait que servir autrui. Et il a fait de grandes choses, vraiment. Le temps passant, il est devenu de plus en plus puissant, et s'est mis à considérer les autres comme ses inférieurs. Après tout, ils étaient effectivement plus faibles que lui. À terme, il a commencé à les détester pour cette faiblesse. Il leur était supérieur ; il n'était pas simplement un grand homme, mais un être d'une autre sorte, un être meilleur. Son pouvoir n'a cessé de croître, tandis que le leur allait diminuant. Ils vieillissaient et mouraient alors que lui restait jeune et fort. Ce genre de pouvoir ne peut en aucun cas rendre un homme meilleur. Il a fini par m'enfermer dans cette pièce durant des années, se nourrissant de mon pouvoir.

Il t'a torturée et s'est servi de toi, Cythère. Ni toi ni moi ne valions davantage à ses yeux qu'une seule des pages de ce livre. Aucun être humain sur cette planète n'était son égal, et il aurait préféré les voir tous détruits que de ne pas assouvir l'une de ses lubies. Voilà comment la magie transforme ceux qui l'emploient.

— Je m'en souviens, plaida Cythère.

Coruth la considéra avec attention.

— Notre deuxième leçon débute cette nuit. Avant l'aube, elle sera terminée, et tu auras fait un pas de plus vers la sorcellerie. Permets-moi juste de t'assurer d'une chose avant que nous ne débutions : si je soupçonne un seul instant que tu t'adonnes à la magie – peu importe alors la pureté de tes intentions –, je te tuerai sur-le-champ. Je n'hésiterai pas une seconde.

Cythère contempla sa mère, les yeux écarquillés.

— Je suis une sorcière. Et je me comporterai en sorcière, poursuivit Coruth.

Puis elle quitta la pièce, laissant sa fille toute seule.

Avec le livre.

Cythère comprenait pourquoi. Coruth aurait dû détruire le grimoire bien longtemps auparavant. Elle aurait dû le jeter au feu et s'en débarrasser. Cependant, elle n'aurait pas pu se faire aussi bien comprendre. Cythère devait être soumise à la tentation. Elle devait mesurer le genre de pouvoir qu'elle pouvait acquérir si elle décidait de s'en servir.

Le pouvoir. Il y en avait tant, derrière cette couverture. N'était-ce pas ce qu'elle avait souhaité durant toutes ces années ? Elle s'était rebellée contre la manière dont les femmes devaient vivre dans ce monde. Elle avait refusé de devenir une épouse, car elle aurait dû pour cela dire adieu à sa liberté. Au pouvoir qu'elle avait de prendre ses propres décisions.

Cet ouvrage lui offrait justement ce pouvoir. Et bien d'autres encore.

Ce fut précisément pour cela qu'elle refusa de s'en servir.

Coruth lui avait dit – de nombreuses fois – que la sorcellerie ne consistait pas à imposer sa volonté aux autres. C'était même précisément le contraire. Une sorcière pouvait tenter de convaincre les autres qu'elle avait raison. Elle pouvait leur montrer les conséquences de leurs actes. Mais elle ne pouvait pas contraindre quelqu'un à faire quelque chose contre sa volonté. Coruth lui avait donné ce livre, car Cythère était seule maîtresse de son destin.

Il était capital qu'elle renonce d'elle-même à son pouvoir. Et pas uniquement parce qu'on l'avait menacée ou mise en garde. Cythère devait prendre conscience qu'elle était destinée à devenir sorcière, pas magicienne, et que tel était l'ordre des choses.

Repousser le livre était la décision à prendre. Le brûler et oublier qu'elle l'avait jamais vu. Ce serait une déclaration importante, un pas significatif sur la voie de son initiation.

Elle ne voulait plus avoir à le toucher. Elle le ramassa malgré tout et marcha jusqu'au foyer.

Un frisson étrange l'envahit alors qu'elle se tenait devant les flammes. Coruth l'avait vue pratiquer la magie, à un moment de son avenir. Une magicienne pouvait épouser qui bon lui semblait. Cythère pourrait avoir Malden pour elle seule. Coruth avait dit qu'il refuserait de la regarder en face si elle succombait à cette tentation. Mais grâce au pouvoir des démons dont elle disposait, elle pourrait l'y contraindre. Elle pourrait se faire obéir de n'importe qui.

Non.

Elle frémit, son corps entier se convulsant comme en proie au froid, même si le feu devant elle brûlait assez fort pour faire roussir les poils de ses bras. Elle jeta le livre dans les flammes, des flammes qui ne seraient jamais aussi chaudes que la fosse. Elle le regarda se consumer.

Je deviendrai une sorcière, songea-t-elle. *Il n'y a pas d'autre issue possible. Malden… je suis désolée.*

Chapitre 42

Les voleurs de Ness se rassemblèrent juste avant minuit, quand la lune eut disparu derrière les murailles de la cité, et que la place sur laquelle trônait la Pierdieu fut plongée dans un noir d'encre. Seules les étoiles illuminaient légèrement les lieux, mais nombreux furent ceux qui restèrent tapis dans les ombres les plus épaisses, où même Malden était incapable de discerner leur visage.

Ceux qu'il voyait arrivaient des quatre coins de la ville ; ils étaient venus seuls, se tenaient seuls, et aucun d'eux ne chuchotait à un ami ou complice. Tous n'avaient d'yeux que pour Malden sur son perchoir.

Il était debout sur la Pierdieu, un vieil autel du Remugle depuis longtemps désacralisé. Ce mégalithe de quinze pieds de haut était tout simplement trop gros pour être déplacé quand la religion du Dieu Sang fut officiellement abolie. Pour l'essentiel de la population, il ne s'agissait dès lors plus que d'un simple point de repère, mais certains y voyaient encore un site hautement vénérable. Pour sa part, Malden était davantage intéressé par sa localisation que par sa symbolique : les sentinelles de la Cité Libre s'éloignaient rarement autant de Château-Haut.

Les gens qui habitaient autour de la place fermaient leurs fenêtres à la nuit tombée, et on pouvait leur faire confiance pour ne rien divulguer de ce qu'ils pourraient apprendre – tant que Malden ne disait rien que la garde serait prête à payer pour entendre. Il ne citerait donc aucun nom ce soir-là, ni ne s'adresserait directement à aucune des personnes présentes. Cependant, tous l'écouteraient et apprendraient ce qu'il avait à leur dire.

Il n'avait pas eu le temps de décrypter le message de Tailleserpe, et ignorait les ordres qui lui avaient été transmis ou ce que le maître de la guilde attendait de lui. Le temps pressant, il allait donc devoir improviser rapidement.

Près d'une centaine d'hommes attendaient qu'il s'exprime, la tête levée vers lui. Il considéra longuement chaque visage et comprit soudain pourquoi Tailleserpe avait pu l'envisager comme possible successeur.

Il connaissait chaque personne sur cette place. Leur nom, leurs talents. Il savait faire la différence entre ceux qui portaient un manteau sombre – des cambrioleurs et des escrocs, qui rapportaient beaucoup d'argent mais étaient peu dignes de confiance – et ceux dont la tenue était plus pauvre, simple tunique en grosse toile et capuchon raccommodé – les voleurs à la tire, les faux mendiants, les détrousseurs, les tire-soie, les escamoteurs, les happe-bourses, les fripons, les voleurs à l'arraché. Des agents de troisième ordre, qui vivaient des quelques deniers et quartins qu'ils parvenaient à amasser. Des hommes pour qui la guilde représentait la seule autorité, et qui voyaient en Tailleserpe la figure paternelle qu'ils n'avaient jamais eue. Ceux-là méritaient la confiance de Malden – tant qu'ils acceptaient sa promotion.

Il avait lui-même procédé au recrutement de bon nombre de brigands des deux catégories. Certains lui tenaient encore rancune de la façon dont il avait procédé – l'entrée dans la guilde s'effectuait souvent par chantage ou coercition. D'autres, en revanche, figuraient presque parmi ses amis. Il savait qui ressentait quoi, et qui s'opposerait à lui le moment venu.

Il savait ce que ces hommes voulaient, ce qu'ils redoutaient, et ce qu'ils étaient prêts à accomplir pour obtenir l'un en évitant l'autre.

Et il parvenait à visualiser les plans et stratagèmes qui lui permettraient de neutraliser ses ennemis et de fidéliser ses amis.

Et même s'il ne savait toujours pas quels conseils Tailleserpe lui avait laissés, il sut précisément quoi dire.

— Bonsoir, Messieurs, commença-t-il avec un sourire. Merci d'être passés.

Une onde de soulagement déferla sur les visages en contrebas comme un nuage passe devant la lune. Ils avaient espéré trouver quelque chose dans l'attitude de Malden – peut-être de la confiance, ou simplement de la bonne humeur – et venaient d'être comblés. La disparition de Tailleserpe avait dû les laisser vulnérables et exposés. Que quelqu'un vienne à présent leur promettre une forme de continuité, les rassurer quant au fait qu'ils n'avaient pas été abandonnés et laissés là à pourrir, suffisait pour l'heure à obtenir leur attention.

— Vous savez tous maintenant que le patron a foutu le camp. Sans doute mis les voiles vers le sud pour y trouver du beau temps. On vous aura probablement informés qu'il a néanmoins choisi son remplaçant avant de partir. Dans la plupart des guildes honnêtes telles que celle des tonneliers ou des boulangers, des règles très simples régissent un changement de direction. Il existe des pratiques à respecter, des formules à conserver. Pour nous, c'est très différent. Nous n'avons rien de tout cela. En règle générale, quand une guilde comme la nôtre change de chef, certains y voient l'occasion de renverser l'ordre établi. Choisir un dirigeant plus proche d'eux, marcher dans ses pas, miser sur tel ou tel autre. C'est dans ces circonstances qu'une guilde comme la nôtre se déchire – quand chacun tire la couverture à lui, cela ne dure pas longtemps. Ceux qui partagent des intérêts communs forment des clans pour se protéger des autres. Les clans se regroupent et constituent des gangs. Mais les gangs ne rapportent pas d'argent. Les gangs existent pour une seule raison : combattre d'autres gangs. Et vous savez qui remporte à coup sûr ce genre de guerre ? La garde de la ville. Les sentinelles adorent quand une confrérie comme la nôtre connaît des dissensions. Parce qu'elles sont paresseuses. Lors d'une guerre de gangs, elles n'ont pas à traquer les méchants toute la nuit. Elles peuvent se contenter de se pointer le matin pour ramasser les corps.

Malden scruta attentivement les visages de ses comparses. Il aperçut Velmont, en lisière de la foule, qui regardait ailleurs. Il avisa aussi Onzedoigts, assis sur un abreuvoir, hochant la tête comme s'il avait vu cela se produire de nombreuses fois. C'était sans doute le cas.

— Mais nous sommes également face à une conjoncture unique, reprit Malden, à condition de rester soudés. L'armée du burgrave s'apprête à franchir la Porte du Chasseur avec la moitié de la ville – dont les soldats de la garde. Oh, je ne doute pas qu'il laissera quelques hallebardiers unijambistes pour surveiller sa planque. Mais nous aurons notre content d'occasions : les maisons vides sont faciles à cambrioler. Arracher une bourse est pour nous un jeu d'enfant quand aucune sentinelle ne nous surveille. À nous tous, nous pouvons faire une grande récolte.

» Toutefois, cela implique de travailler ensemble. C'est la raison pour laquelle l'ancien patron nous a réunis, vous vous rappelez ? C'est ce qu'il nous a promis. Travailler ensemble. Travailler les uns pour les autres, pour nous protéger tous. Nous pourrions nous enrichir bien davantage qu'en œuvrant chacun de notre côté. L'honneur des voleurs. Le reste du monde pense que c'est une plaisanterie. Que cela ne peut pas exister. L'ancien patron était plus malin qu'eux. Il savait aussi que cet honneur avait un prix. Il se mérite. Mais après l'avoir gagné, nous sommes tous plus en sécurité. Plus riches. Et nous respirons mieux.

Malden s'assit au sommet de la Pierdieu, ses jambes pendant dans le vide. Au milieu de la foule il découvrit Crassier, qui levait un poing au ciel. Le nain n'était pas le seul – mais Malden savait qu'une ovation timide desservirait sa cause plus qu'elle ne l'aiderait.

Il leva les mains pour réclamer le silence.

— Ne me donnez pas votre réponse tout de suite. N'en parlez pas, à qui que ce soit. Rentrez chez vous à présent. Ou allez à la taverne, ou au lupanar, ou là où vous vous trouvez habituellement à cette heure de la nuit. Je ne veux pas de louanges ni d'acclamations – pour l'instant. Je ne vous ai rien offert d'autre que des mots, et nous savons tous ce que les mots rapportent. Tout ce que je souhaite, c'est une chance de prouver que tout ce que je viens de dire est vrai. Offrez-moi cette chance. Et au moment venu, nous pourrons nous réjouir, ensemble, de ce que nous aurons accompli… ensemble.

Chapitre 43

Quelques murmures s'élevèrent de la foule, en dépit des demandes du voleur pour obtenir le silence. Les plus bruyants étaient probablement les opposants, les rebelles, ceux qui détestaient Malden et souhaitaient prendre sa place. Qu'importe. Tant qu'il n'entendait pas distinctement leurs revendications, c'était qu'ils ne les criaient pas. Pour le moment.

L'un après l'autre, les membres de la guilde se mirent à déserter la place. Certains se retournèrent pour lui adresser des signes de tête d'encouragement. D'autres disparurent sans un regard en arrière. Quand ils furent tous partis, Malden entreprit de descendre de la Pierdieu. Même si les parois de l'obélisque étaient lisses, des runes y avaient été gravées des siècles plus tôt, offrant au voleur suffisamment de prises pour peu qu'il y aille lentement. Quand il ne fut plus qu'à six pieds du sol, il se laissa tomber sur les pavés où il atterrit, silencieux comme un chat.

Il n'avait pas l'intention de rentrer directement chez lui, même s'il n'avait nul autre endroit en particulier à visiter cette nuit-là. Il était certain qu'au moins un espion s'était infiltré parmi la foule, quelqu'un qui rapporterait chacune de ses paroles au burgrave. C'était inévitable. Il supposait que s'il choisissait précisément la destination à laquelle le burgrave s'attendait, il pourrait bien tomber nez à nez avec une sentinelle armée d'un couteau sur le pas de sa porte.

Il hésita à s'installer dans une taverne, mais il était déjà très fatigué et savait qu'il s'endormirait dans l'heure s'il se mettait à boire. Il préféra donc se diriger vers *La Citronneraie*, un bordel qu'il connaissait sur l'allée Poussebliaut. Il se languissait de la compagnie qu'il y trouverait. Pas celle qu'un homme cherchait généralement dans une maison de passe : Malden ne payait jamais pour une relation d'une nuit. Mais il avait grandi dans un claque du même genre, et certaines des femmes lui rappelaient sa mère, qui avait été comme elles. Elles l'accueilleraient chaleureusement avant de le nourrir et de lui offrir un lit douillet et – s'il le demandait poliment – vide.

Il déambula rapidement dans les rues, s'orientant vers le pont du Scieur, qui le mènerait jusqu'à la Fosse Royale. Il préféra ne pas quitter le sol, plus sombre que les toits.

Il fut ainsi un peu surpris de se rendre compte qu'on lui filait le train. Il ne voyait pas son poursuivant, mais entendait des pas légers derrière lui. Et il y avait plus d'une paire de pieds.

Il fronça les sourcils sans toutefois s'inquiéter outre mesure. Il avait passé tant d'années à échapper à des gens qu'il s'estimait capable de semer ceux-là. Il s'enfonça dans la première allée qu'il croisa, un virage aveugle qui le mena dans un cul-de-sac, où les maisons étaient si proches les unes des autres que leurs étages supérieurs se touchaient presque par endroits. Habituellement, une personne pourchassée ne se montrerait pas assez stupide pour s'enfoncer dans une impasse. Mais Malden connaissait bien celle-ci, et savait que le lierre qui grimpait aux parois était assez robuste pour supporter son poids. Il aurait rejoint les toits et disparu dans la nuit avant même que les autres atteignent la venelle. Ils n'avaient aucune chance.

Sauf, bien sûr, s'ils avaient posté un homme dans la cour de l'impasse, debout près d'un feu, une hallebarde à la main. Étant donné le manteau orné de motifs d'œil de l'indésirable, il s'agissait d'une sentinelle.

Malden rebroussa hâtivement chemin, remontant l'allée afin de prendre le premier passage qui se présenterait. Ses poursuivants se mirent à courir pour le rattraper. Juste devant lui, le ciel étoilé lui dévoila un croisement avec une grande rue. Il y trouverait de nombreuses voies de fuite…

Néanmoins, avant qu'il l'atteigne, une voiture élégante s'arrêta juste devant son nez. Des chevaux blancs comme neige la tractaient, et le postillon était vêtu d'une livrée soignée, même si les ténèbres empêchaient d'en distinguer clairement les couleurs.

La porte du fiacre s'ouvrit et un homme se pencha dans la nuit.

— Malden, dit-il, j'aimerais m'entretenir avec toi. Est-il vraiment utile que mes employés te pourchassent toute la nuit ?

Le voleur déglutit douloureusement, une boule s'étant soudain formée dans sa gorge.

Il ne distinguait pas les traits de son interlocuteur, mais il avait sans peine reconnu sa voix – ainsi évidemment que la simple couronne dorée qu'il portait sur la tête. Il s'agissait d'Ommen Tarness, le burgrave de la Cité Libre en personne.

Chapitre 44

Il existait peut-être une autre raison pour laquelle Tailleserpe avait fait de Malden son successeur. Celui-ci n'était pas étranger à certains cercles d'influence. On le savait associé à sire Croy, l'un des hommes les plus prestigieux et les plus célèbres de Ness. On murmurait qu'il était allié à la sorcière Coruth, la plus puissante adepte de la ville. Et d'aucuns prétendaient qu'il avait autrefois rendu un service capital à Ommen Tarness, l'unique dirigeant de la Cité Libre.

On s'imaginait sans doute que cela conférait au voleur un certain poids. Peut-être même que Tarness lui devait une faveur. Dommage que celui-ci ne vît pas les choses du même œil.

Malden aurait préféré grimper dans la voiture de Sadu le Dieu Sang en personne et être emmené directement dans la fosse que de s'entretenir avec Ommen Tarness. Il prit néanmoins place dans le fiacre du burgrave.

On ne lui avait guère laissé le choix.

Une fois la porte refermée, l'attelage se mit en branle. La cabine rebondissait violemment sur les pavés, comme si le postillon poussait ses bêtes à la limite de leurs forces. Malden chercha de quoi se tenir, mais ne trouva que des coussins de brocart.

— Ton discours était impressionnant, Malden, déclara le burgrave en contemplant par la fenêtre les rues plongées dans la nuit.

— Vous étiez dans la foule ? demanda le voleur, sachant pertinemment que ce n'était pas le cas.

Il hésita à faire remarquer que Tarness était le plus brillant voleur que Ness ait jamais connu, mais il jugea cela impoli.

De toute façon, Tarness ne répondit pas.

— Vraiment enthousiasmant. Ça m'a rappelé moi au même âge.

Seule une poignée de personnes encore vivantes savait qu'Ommen Tarness était, en réalité, un imbécile. Une créature presque dépourvue d'esprit, incapable de se vêtir seule. L'homme assis en face de Malden était une simple coquille vide. C'était la couronne qui s'adressait au voleur. Car l'artefact renfermait l'esprit de Juring Tarness, le premier burgrave de la Cité Libre. Mort depuis huit cents ans, mais ayant survécu en prenant possession de ses descendants directs. Quand Juring disait de Malden qu'il lui rappelait sa jeunesse, il faisait référence à une époque qui remontait plusieurs siècles en arrière.

Le voleur préféra ne faire aucun commentaire sur ce point de détail. Le burgrave avait une façon étrange de récompenser ceux qui partageaient son secret, même lorsqu'ils étaient bien décidés à le garder pour eux. Seule l'intervention directe de Tailleserpe avait empêché Juring d'occire Malden. Et à présent, le maître de la guilde avait disparu.

— J'imagine que tu t'attendais à trouver plus de visages autour de la Pierdieu, poursuivit le burgrave. Il y avait naguère deux fois plus de voleurs en ville, n'est-ce pas ? Mais naturellement, mes recruteurs ne posent pas de questions quand ils distribuent mes royaux d'or. Ils acceptent chaque homme doté de deux mains et d'une tête, qu'il s'agisse d'un voleur ou d'un honnête ouvrier. Le passé s'efface lorsque l'on rallie ma glorieuse campagne. Nombreux sont tes bandits à avoir déjà accepté mon offre. Et toi, Malden ? Choisiras-tu la pièce d'or, et de mettre tes bras à mon service ?

Malden se rencogna dans un coin de la voiture et s'arc-bouta. Il commençait à se sentir nauséeux.

— Vous n'avez pas de quoi rémunérer tous les hommes entrés à votre service, répondit-il.

Peut-être était-ce idiot de sa part de le faire remarquer. Cela fit toutefois rire Juring.

— J'ai assez d'argent pour recruter, c'est tout ce qu'il me faut dans l'immédiat. Mais rassure-toi, mes gens d'armes seront payés.

Malden secoua la tête.

— Pas à ce tarif. Pas tous les mois. Même quand ce contingent se fera tuer, les survivants vous conduiront tout de même à la faillite. Il vous faudrait mettre la main sur le trésor royal pour verser de tels salaires.

— Ne crois-tu pas que le prochain roi sera ravi de payer le prix qu'il faut pour récupérer son pays ?

— Non, affirma Malden. Et je ne pense pas que vous soyez assez s… assez optimiste pour partir en guerre avec cet espoir en tête.

Ça n'était pas passé loin. Il avait failli le traiter de stupide. Il aurait commis une grave erreur.

Juring balaya ses doutes du revers de la main.

— Je ne suis pas venu te trouver au milieu de la nuit pour discuter de mes finances.

Malden scruta le burgrave. Quel était son plan secret ? Il devait avoir une idée de l'endroit où trouver tant d'or. S'il ne tenait pas sa promesse et ne parvenait pas à régler ne serait-ce que la solde d'un mois, son armée se disperserait sur-le-champ. Il ne s'agissait pas de soldats professionnels, habitués à attendre avant d'obtenir leur dû. Il s'agissait des avides citoyens de Ness, qui ne vivaient que pour l'argent.

— Vous espérez peut-être écraser les barbares, et vous servir de vos prises pour alimenter votre armée.

— Tu penses que je pourrais les vaincre si rapidement ? demanda Tarness.

Il avait l'air d'espérer quelque flatterie. Après tout, Juring Tarness avait en son temps été un grand général. Avant l'invention de l'acier, des armures de plates ou de l'arbalète.

— Non, avoua Malden.

— Moi non plus, reconnut le burgrave avec un soupir. Mais cela suffit.

Le voleur leva les yeux sur la couronne qui ceignait le front de Tarness. Nul n'était censé argumenter avec quiconque arborait ce genre de bijou. Les enseignements de la Dame dictaient que de telles personnes étaient sacro-saintes et infaillibles. C'était forcément le cas, puisqu'Elle les avait choisies Elle-même. Une couronne signifiait…

Une couronne. Sauf que celle que portait Tarness n'en était pas vraiment une, tout juste un simple diadème. Seuls les rois possédaient de véritables couronnes.

— Vous n'avez pas commencé à recruter avant que la nouvelle de la mort du roi se répande, déclara Malden, qui pensait avoir tout compris. Combien de temps faudra-t-il avant que son héritier soit en âge de régner ?

Juring observa le voleur du coin de l'œil.

— Le seul enfant vivant d'Ulfram – une fille – a quatorze ans. Elle ne pourra pas devenir reine avant quatre années encore. Mais quel rapport avec ce qui nous intéresse ?

— Vous n'auriez pas besoin de la supplier de vous offrir l'or nécessaire à entretenir vos troupes… si vous possédiez déjà la couronne. Vous n'avez pas mis cette armée sur pied pour chasser les barbares. Vous allez vous emparer de Skrae. Vous autoproclamer roi.

— Non ! Tu n'as rien compris à mon plan ! hurla Juring avant de se pencher pour saisir Malden à la gorge. (Il ne serra toutefois pas assez fort pour l'étrangler.) Il n'y aura pas de reine. Ni de nouveau roi. Ce temps est révolu. J'ai bâti cette ville, voleur. Je l'ai bâtie pour les hommes libres. À présent, je ferai la même chose avec une nation entière.

Malden écarquilla les yeux. Qu'est-ce que cela pouvait bien signifier ? Le concept même lui échappait. Un pays avait besoin d'un roi. On le lui avait appris dès son plus jeune âge. Il n'imaginait pas d'autre moyen de fonctionner.

— Ils feront de moi leur seigneur protecteur, grâce à tout ce que je leur aurai offert. Tous les anciens serfs, ou pis, tous ces fermiers qui auront passé une existence d'esclave sans en porter le nom, me feront part de leur gratitude. Et ils m'*autoriseront* à gouverner en leur nom.

Ah, songea Malden. Alors rien ne changerait vraiment, en dehors de quelques titres.

Voilà qui paraissait plus cohérent.

Chapitre 45

— J'ai de grands projets pour le peuple de Skrae, déclara le burgrave. J'introduirai une nouvelle ère. Mais d'abord, je dois remporter cette guerre. Je dois repousser les barbares avant de m'emparer de Helstrow. Et c'est là que tu entres en jeu.

Malden secoua la tête. Il ne pouvait pas parler, pas alors que la main de Tarness lui comprimait la trachée.

Apparemment, il n'avait pas son mot à dire.

— J'ai besoin d'un symbole, Malden. De quelque chose pour enflammer mes troupes. Elles me voient comme Ommen Tarness, un petit fonctionnaire pacifique et grassouillet au service d'un roi mort. Pas le genre d'homme apte à sauver un pays, ni même à en gouverner un. Ils doivent me considérer comme un guerrier.

Malden haussa les épaules. Il ne comprenait pas du tout où Juring voulait en venir.

— J'ai besoin de l'une des Sept Lames. Et tu en possèdes une dont tu ne te sers pas.

Il s'agissait donc de Langacide ? Malden peinait à le croire.

— Visiblement… je ne… la porte… pas ce soir, suffoqua-t-il.

Le burgrave le relâcha. Malden retomba sur les coussins, aspirant de grandes goulées d'air.

— Les Sept Lames sont des armes puissantes, poursuivit Juring. Mais elles sont bien davantage encore. Depuis des siècles, on les associe avec les plus grands guerriers de l'histoire.

Quand j'en aurai une à la ceinture, mes hommes me croiront béni. Un champion du mérite. Qu'en penses-tu ?

Honnêtement, cela ressemblait à des fadaises. Juring Tarness avait huit cents ans, et on ne pouvait pas vivre aussi vieux sans devenir un peu sénile. L'esprit qui hantait la couronne était-il donc dérangé ?

Et pourtant… l'idée n'était pas complètement ridicule. Malden avait vu les effets d'une telle arme en personne. L'épée de Croy, Percespectre, n'était pas une simple lame. Quand le chevalier la dégainait, il inspirait instantanément un certain respect. Ceux qui la voyaient cessaient de le considérer comme un imbécile et commençaient à le prendre au sérieux. Bien sûr, c'était sans doute aussi par peur de se faire tailler en pièces s'ils se moquaient de lui…

Tarness avait peut-être raison sur un point. Il se pouvait qu'un homme que les autres respectaient déjà – celui qui détenait le pouvoir ultime à Ness – puisse aller loin en brandissant l'une des Sept Lames. Et Malden n'avait jamais vraiment voulu de Langacide – Croy l'avait forcé à l'accepter, estimant que cela suffirait à le transformer soudain en noble guerrier. Malden l'avait dégainée une demi-douzaine de fois tout au plus depuis qu'il en avait hérité, et n'avait jamais tué personne avec. Il n'exploiterait très certainement jamais son plein potentiel. Il était voleur, pas bretteur. Il pourrait s'en séparer sans qu'elle lui manque.

Néanmoins, la donner lui paraissait… inapproprié.

— Que m'offrez-vous en échange ? s'enquit Malden.

Le burgrave éclata de rire.

— As-tu vraiment l'impression que je te doive quoi que ce soit ? Je t'ai épargné. Tu ne recevras pas d'autre rétribution de ma part. Je ne négocie pas avec les voleurs.

— Alors peut-être feriez-vous mieux de trouver un chevalier et de lui acheter son épée, rétorqua Malden.

Il tendit la main vers la poignée de la portière dans le but de disparaître dans la nuit. Toutefois, avant même qu'il l'atteigne, une étoile du matin s'abattit à l'endroit où ses doigts se seraient trouvés s'il n'avait pas eu la vivacité de les retirer à temps. Il n'avait en tout cas pas vu le coup venir. Il ne s'était même pas rendu compte que le burgrave était armé.

— Je pourrais me contenter de m'emparer de la Lame. Elle ne t'appartient pas à proprement parler, affirma Juring.

Son regard était parfaitement calme. Malden était impressionné. En général, ceux qui essayaient de dissimuler leur rage étaient toujours trahis par leurs yeux. Mais Juring avait la maîtrise totale de ses émotions.

Malden n'avait jamais apprécié les situations où toutes les cartes se trouvaient entre les mains de son adversaire. Par chance, il lui restait un atout dans la manche.

— La lame est en sécurité. Si vous me tuez, vous ne la trouverez jamais.

Il tenta d'éluder le fait qu'il était possible de torturer quelqu'un pendant des jours sans le tuer.

— Je me demande bien où tu as pu la cacher, s'amusa Juring. Tu n'as pas encore regagné ta petite chambre depuis ton retour à Ness, elle ne peut donc pas être dissimulée sous les lames du parquet. Dans les Cendres ? Au fin fond de l'antre de Tailleserpe ? À moins que tu l'aies confiée à Coruth, sur l'Isle aux Chevaux ?

Malden fronça les sourcils. Les espions de Juring avaient dû le surveiller toute la journée, car il connaissait son trajet par cœur. Sauf si le burgrave avait fait appel à un mage doté d'une boule de cristal pour épier le moindre des mouvements du voleur. Son adversaire avait peut-être tout vu…

… mais non. Dans ce cas, il saurait déjà où Langacide se trouvait. L'épée n'était pas particulièrement bien protégée : Malden n'avait pas envisagé que l'on puisse vouloir la lui voler. Elle n'était pas facile à atteindre, mais n'importe qui de suffisamment agile pourrait mettre la main dessus à condition de savoir où chercher.

—Je partirai demain matin à l'aube, accompagné de mon Armée des Hommes Libres, annonça Juring. Tu m'apporteras alors la Lame, avant que j'atteigne les portes de la ville.

—Sinon ?

Juring racla sa masse d'armes sur le plafond du fiacre. Le postillon arrêta son attelage sur la place du marché, juste devant l'entrée fortifiée de Château-Haut. Chez Juring. Des domestiques équipés de torches accoururent depuis la porte – des valets de pied en livrée –, accompagnés d'un homme paré des robes de soie d'un haut dignitaire. Malden reconnut la tenue, mais pas celui qui en était drapé.

—Malden, permets-moi de te présenter Pritchard Hood, dit Juring en descendant de voiture, le gouverneur de la Cité Libre de Ness.

Ce dernier s'inclina profondément – face à son seigneur, pas à Malden.

Le voleur considéra Hood avec soin. Le statut de gouverneur était l'un des plus importants dans l'univers de Malden. Un tel homme avait pour charge de maintenir l'ordre, ce qui faisait de lui le chef de la garde et lui offrait toute latitude pour arrêter ceux qu'il considérait comme une menace pour Ness. Par bien des manières, le poste de gouverneur était l'antithèse de celui de Tailleserpe. Celui que Malden occupait désormais.

—Pritchard restera ici pendant mon absence, l'avertit Juring. Il sera mes yeux et mes mains. Il disposera de tous mes pouvoirs habituels. Pritchard, voici Malden, le maître de la guilde des voleurs.

—Ravi, déclara ce dernier avec un sourire chaleureux.

Le gouverneur ricana en détournant la tête.

—Pritchard : comme tu le sais, ton prédécesseur, Anselme Vry, avait un accord avec la guilde de Malden. Il fermait les yeux sur certains crimes et mettait un point d'honneur à ne pas pendre les criminels à jour de leurs cotisations. Il faisait cela avec mon accord tacite, car les voleurs nous rendaient certains services que je ne pouvais pas obtenir autrement.

— Notre but est de vous satisfaire, déclara Malden d'un ton las.

Il pensait savoir où cette conversation allait les mener.

— Malden ici présent va me rendre l'un de ces services demain. S'il s'exécute, Pritchard, considère que je réaffirme mon soutien – silencieux – à cet accord on ne peut moins conventionnel. Naturellement, dans le cas contraire, cet accord sera caduc. En réalité, s'il manquait à ses obligations, je veux que tu arrêtes les voleurs de la guilde de façon clairement punitive. Je veux que chaque potence de la ville soit occupée. Je veux que tu traques cette vermine sans le moindre répit. Et je tiens à ce que tu t'assures de faire passer ce message aussi clairement que tu le jugeras bon : la responsabilité de cette purge incombera à Malden, et à lui seul.

— Comme vous le souhaiterez, Monseigneur, répondit Hood avec une nouvelle révérence.

— Bonne nuit, Malden, conclut Juring avec un petit signe de main par la porte ouverte du fiacre. Mon cocher te reconduira où tu le désires. Tu devrais peut-être rentrer te reposer. Ne dors pas trop longtemps, cependant : nous avons rendez-vous à l'aube.

Chapitre 46

Le ciel luisait d'un éclat bleu nuit qui donnait mal à la tête à Malden, alors qu'il entreprenait l'ascension du clocher de la Dame chapelle, la plus haute église de Ness. Le manque de sommeil commençait à se faire ressentir. Ses mains l'élancèrent quand il se hissa sur une gargouille en forme de poisson denté. Ses pieds n'arrêtaient pas de glisser, même sur les rebords les plus larges.

En dessous de lui, sur la place du marché, l'Armée des Hommes Libres se rassemblait. Les étendards pourrissants du burgrave claquaient au vent, tandis que des hommes équipés de tambours signalaient aux membres de leur compagnie de se regrouper. Les soldats formèrent des carrés presque réguliers, l'arme reposant sur l'épaule. Des sergents aux couleurs du burgrave circulaient entre les formations, distribuant des coups de bâton pour obtenir des rangées plus droites.

Sur Château-Haut, derrière les remparts, on équipait un destrier blanc d'une protection en acier doublé d'argent. Toute une caravane de chevaux de trait lestés de coffres et de tonneaux fut amenée sur un côté du palais, tandis que deux bœufs tiraient un chariot plein de ferraille – des armures et des armes, sans doute, une panoplie importante pour le général qui mènerait les hommes à la bataille.

Alors que l'aube éclaircissait le ciel, les soldats continuaient à affluer. Le millier d'entre eux que Malden avait vu à l'exercice la veille n'était rien par rapport à cette foule qui ne cessait d'enfler. La place du marché était pleine à craquer, et débordait même dans les rues adjacentes. Le cloître de l'université et le parvis de la Dame chapelle étaient combles eux aussi. Les troupes faisaient de leur mieux pour rester en rang sur le pont du marché aux grains, même lorsque y chevauchaient des messagers ou armuriers effectuant des allées et venues entre Château-Haut et les Flèches.

Malden trouva un endroit ou s'asseoir et cala le menton entre ses mains pour observer. Il ne savait pas quoi faire. Quand le premier rai rouge vint caresser les murs du palais du burgrave, il se gratta le nez, puis se leva et se glissa à l'intérieur du beffroi.

Langacide s'y trouvait, là où il l'avait laissée. Dissimulée en évidence en plein cœur de la ville. Les hirondelles qui nichaient là l'avaient épargnée – les oiseaux étaient peut-être plus sensibles que les hommes à la magie dangereuse. Aucune déjection ni plume ne souillaient son fourreau. N'importe qui sachant grimper à l'échelle aurait pu la trouver et s'en emparer.

Pourquoi le burgrave n'avait-il pas envoyé ses milliers d'hommes fouiller la ville de fond en comble ? Cela aurait épargné à Malden le poids de cette décision. À présent, le temps pressait. Il devait choisir entre offrir au burgrave ce qu'il désirait, ou le défier au risque de tout perdre.

Une épée dont il n'avait pas besoin. Une épée qu'il savait à peine manier. *Donne-la,* se dit-il, *et offre-toi un peu de répit.*

Cela ne plairait évidemment pas à Croy. Pour lui, les Sept Lames n'étaient pas de simples armes. Croy percevait Percespectre comme la représentation manifeste de son âme. Et quand il avait confié Langacide à Malden, il avait supposé que le voleur ressentirait la même chose. Croy avait toujours eu l'intention de le prendre sous son aile, de lui enseigner le bon usage de son épée pour faire de lui un chevalier.

Malden n'envisageait guère de destin qui lui siérait moins. Et pourtant… selon Croy, les Sept Lames n'étaient pas des biens que l'on pouvait troquer comme de simples pièces de monnaie. Elles *signifiaient* quelque chose. Et Malden ne faisait pas confiance au burgrave, pas le moins du monde. Cette nation libre qu'il souhaitait bâtir… il ne s'agissait que du même système féodal, régi d'une autre manière. Cela ne faisait aucun doute. Le burgrave pouvait bien le bercer de douces paroles, la vérité était très claire : il allait usurper le trône de Skrae. Déclenchant au passage une guerre civile qui ferait couler un flot de sang intarissable et causerait de profondes douleurs au peuple qu'il prétendait représenter. Et si Malden lui donnait l'épée, il contribuerait à la réalisation de ce projet.

Cependant…

Malden avait également des responsabilités à l'égard des voleurs de la ville.

S'il ne s'exécutait pas, les hommes de Tailleserpe – ses hommes – seraient pendus, l'un après l'autre. Telle était la menace, et il l'avait parfaitement comprise. Hood, le nouveau gouverneur, raierait la guilde de la carte. Et quand il en abattrait le dernier membre, Malden lui-même serait mort depuis longtemps. Dès que les autres comprendraient qu'il était à l'origine de ce fléau, ils se retourneraient contre lui. Sa vie ne vaudrait plus un sou.

Un demi-soleil pointait au-dessus de Murest. Un feu orange se reflétait sur les courbes de la Skrait qui sinuait à travers la Cité Libre. Les vieilles pierres des Flèches, de la Côte Dorée et de Château-Haut étaient à présent baignées d'une lumière jaune.

Le burgrave apparut sur la place du marché. Sous la plus grande et la plus colorée de ses bannières passées, il chevauchait dans son armure de fer laquée de noir ; des filigranes argentés traçaient des circonvolutions florales du haut de son crâne au bout de ses pieds. Un motif parfaitement démodé, mais tel était précisément le but. Ommen Tarness, le burgrave actuel, voulait que son peuple le compare à Juring Tarness, le général défunt qui avait fondé cette ville. Des plumes rouge vif pendillaient de ses épaules et de son heaume. Il tenait sa lance pointe vers le ciel.

L'assemblée l'acclama en l'apercevant, et le bruit ressembla au grondement de l'océan qui s'écrase sur la côte.

Tarness n'avait pas d'autre escorte que les chevaux et chariots qui le suivaient. Aucun chevalier ne le protégeait, aucun prêtre ne bénissait les caracoles de sa monture. C'était parfaitement intentionnel. Il affirmait ainsi qu'il était libre, à l'égal de chacun de ses hommes. Peut-être un peu mieux habillé, mais vraiment, un gars comme un autre. Difficile de croire que quiconque puisse gober une telle ineptie, mais quand les temps sont difficiles – en période de guerre, par exemple –, chacun se raccroche à la moindre brindille.

Tarness fit stopper son cheval et prononça un discours très bref que Malden n'entendit pas. Puis il marqua une pause, se contentant de rester assis en jetant des coups d'œil de droite et de gauche.

Malden savait ce qu'il cherchait.

Il était temps de lui donner ce qu'il souhaitait.

Sa décision était prise. Le voleur devait s'y résoudre, il n'aurait jamais pu en être autrement. Le burgrave était tout simplement trop puissant et trop dangereux. Le défier relèverait du suicide.

Les sentiments de Malden ne comptaient plus. Il devait agir, et agir tout de suite. Il allait transmettre Langacide à Tarness, et laisser les historiens seuls juges de son acte.

Il prit le temps de pousser un long et douloureux soupir, puis il se pencha en avant et attrapa la poignée de la Lame. Tenta de la soulever.

L'épée refusa de bouger.

Malden contempla l'arme, perplexe. Elle était certes lourde, mais il l'avait portée bien des fois auparavant. Il essaya de nouveau, sans plus de réussite. Il voulut faire levier en s'appuyant sur le sol du beffroi. Il tira, grogna, et sua en vain.

Langacide aurait tout aussi bien pu être scellée au clocher – voire sculptée à même les pierres. En dépit de tous les efforts du voleur, elle refusait obstinément de glisser de la moindre fraction de pouce.

Sur la place du marché, le burgrave fit un geste. Pritchard Hood accourut pour recevoir les dernières consignes de son seigneur.

— Non, dit Malden. Non ! Putain de saloperie, viens là !

Mais l'épée n'obéit pas.

En bas, Hood opina puis retourna vers la muraille de Château-Haut. Le burgrave inclina sa lance, provoquant de nouvelles acclamations, puis presque tous les hommes valides de Ness le suivirent vers la Porte du Chasseur et la gloire.

Dans son beffroi, Malden s'échinait encore à tirer, pousser, forcer sur la Lame. Finalement, le dernier soldat disparut par la Porte du Chasseur, et ses deux impressionnants battants furent refermés derrière l'armée, verrouillés pour de bon.

Alors seulement – à présent qu'il était trop tard –, Langacide remua. Elle quitta le sol et se laissa loger dans la main de Malden comme si de rien n'était.

— Magie maléfique ! pesta-t-il rageusement.

Cependant, il savait qu'il se trompait. Ce n'était pas quelque magie qui avait entravé la lame. Mais bien de la sorcellerie.

Chapitre 47

L'air de la maison de Coruth semblait avoir été remplacé par une gelée épaisse. Cythère inspirait profondément la fumée dense tout en contemplant fixement les bougies autour d'elle. Les flammes étaient basses et verdâtres, comme si elles se nourrissaient non pas de cire, mais des étranges vapeurs. La jeune femme était trop faible pour demander pourquoi, les seules forces qui lui restaient lui permettant tout juste de garder la tête droite alors qu'elle s'avachissait dans une chaise raide.

Le visage de sa mère apparut juste devant elle, cerné de sa tignasse grise. Les yeux de Coruth se rivèrent sur les siens. Puis la vieille sorcière hocha la tête, une fois seulement.

— Tu t'en es bien sortie, dit-elle.

Cythère lutta pour parler. Chaque muscle de son corps lui semblait lourd et faible. Ce qu'elle avait réalisé… ce qu'elles avaient réalisé ensemble était parfaitement insensé. Elle avait senti le pouvoir voguer dans la pièce, telle une brise si légère qu'elle n'agitait pas les cheveux, et pourtant si intense qu'elle risquait de propulser Ness tout entière dans l'océan.

— Est-ce… toujours… ? haleta-t-elle.

Elle ne parvint pas à achever sa phrase. Elle n'en eut pas besoin.

— Ça deviendra de plus en plus facile. Tu apprendras à jouer avec les courants naturels et les remous de l'éther, plutôt qu'à lutter contre eux. C'est ce que fait une sorcière : elle se sert de ce qui existe déjà. Tu comprends ?

Cythère commençait effectivement à saisir. Ce qui la terrifiait.

— Était-ce…

— Nécessaire ? compléta Coruth. Tu veux savoir pourquoi nous avons contrarié les plans de ton amant ? Ça paraît effectivement étrange, n'est-ce pas ? J'aime bien ce garçon. Je n'ai pas pris cette décision pour lui nuire, ma fille. Je ne suis pas si vile. Ferme les yeux.

Cythère sentit les pouces de sa mère caresser ses paupières, et ses autres doigts s'enfoncer dans sa chevelure jusqu'à son crâne. Les ongles irréguliers de la sorcière lui griffaient la tête.

— Je vais t'offrir une vision, à présent. Juste un aperçu.

Coruth s'exécuta, et sa fille lui hurla d'arrêter. La guerre – du sang – des cadavres empilés devant les murs de la ville – un feu traversant des champs de bataille – une épée – toujours cette épée – l'Épée, Langacide, celle qu'elle avait envoûtée à l'aube. Celle qu'elle avait effleurée de son pouvoir. Elle la voyait brandie par nombre de mains différentes, et comprit qu'elle distinguait divers futurs possibles. Elle voyait Skrae tomber. Elle voyait les barbares repoussés, taillés en pièces et implorant pitié, Skrae sauvée. Elle voyait une guerre qui n'en finissait pas. Toutes ces images étaient superposées les unes aux autres, et pourtant chacune était si limpide qu'elle ne pouvait qu'être réelle.

Les mains qui tenaient l'épée étaient toutes ensanglantées, sauf celle de Malden – elle la reconnut instantanément –, sur laquelle quelques gouttes seulement remplaçaient les traces rouges indélébiles des autres.

— Rien n'est strictement nécessaire, expliqua Coruth, mais certaines choses valent mieux que d'autres. L'épée doit rester avec Malden. Quoi qu'il advienne.

— Même s'il… ne la veut… pas ?

Coruth fit claquer sa langue.

— C'est le problème, quand on peut voir l'avenir. On perçoit alors à quel point le désir de chacun importe peu.

On observe les gens prendre des décisions terribles, et faire des choses qu'ils sont voués à regretter. Malden ne tirera aucun bonheur de cette arme. Néanmoins, s'il ne la garde pas, tout le monde en pâtira.

Cythère comprenait – même si elle n'était pas certaine de le souhaiter. Être une sorcière imposait de faire des choix délicats. À moins qu'elle n'ait en réalité le choix de rien du tout.

— Toutefois, même si Malden la conserve…, commença-t-elle, au bord des larmes.

Elle était sûre de s'effondrer bientôt, de plonger dans un profond sommeil sans rêves. Elle n'avait plus l'énergie pour quoi que ce fût d'autre, mais elle ne trouverait pas le repos tant qu'elle ne saurait pas.

— Même s'il… la conserve… J'ai vu… de multiples avenirs dans lesquels il l'avait encore. Lequel s'avérera ?

— Ce n'est pas à moi de te le dire. Tout dépend de toi.

— De moi ?

— J'avais une bonne raison de te demander de débuter ton entraînement sur-le-champ. Malden jouera un rôle clef dans la tournure que prendront les événements. Le tien sera plus grand encore… et plus sombre.

À présent, Coruth avait un air presque compatissant. Cythère savait pourquoi, car elle-même avait entraperçu son propre destin.

Dans certains des futurs, Malden posait l'épée et sortait un anneau en or qu'il glissait au doigt de Cythère. Ces avenirs-là dépérissaient déjà, à mesure qu'ils devenaient de moins en moins probables.

Dans d'autres – lumineux et limpides, clairement envisageables –, il lui tournait le dos et ils ne se revoyaient plus jamais.

Dans d'autres encore, qui lui paraissaient tout aussi réels, il se servait de Langacide contre elle, pour la terrasser, les joues ruisselant de larmes.

Chapitre 48

Mörget fit tournoyer sa hache en l'air avant de l'abattre violemment sur sa cible de fortune – une bille de bois durcie au feu et enfoncée dans le sol. La lame mordit profondément dedans, et il sentit les os de son bras ployer et se tordre sous l'impact. La souche était déjà marquée en des centaines d'endroits, et des morceaux en avaient été arrachés, révélant le bois clair en dessous.

Il releva son arme pour un nouvel assaut.

Après tout, il n'avait rien de mieux à faire.

Derrière lui, deux mille guerriers cuisinaient, entonnaient de vieilles chansons à boire, affûtaient leurs armes, pariaient ou se battaient entre eux. La plupart étaient ivres. Il s'agissait du plus ancien remède barbare contre l'ennui. Mörget, lui, ne buvait ni bière ni hydromel. Il prenait du lait quand il en avait l'occasion, ou de l'eau quand il avait trop soif. Contrairement à la plupart des gens, il ne tombait pas malade en se rafraîchissant au puits. Quoi que lui réservât le destin, il ne lui infligeait jamais ni fièvre ni courante. Sa sobriété faisait de lui une exception au sein des clans de l'Est, et ne faisait qu'accroître sa réputation terrifiante.

Ce qui signifiait en revanche qu'il était condamné à subir, sans la moindre ivresse, chaque instant ennuyeux de la vie d'un guerrier, des instants d'ailleurs bien trop nombreux – ce qui lui laissait amplement le temps de ruminer ses sombres pensées.

À deux cents mètres de là, les murailles de Rougedigue le dominaient de toute leur hauteur, dissimulant le soleil matinal. L'architecte ou l'ingénieur qui avait conçu cet endroit était plus talentueux que celui de Helstrow. Les briques des remparts étaient faites de grès rouge, défiant toutes les armes que les barbares avaient apportées avec eux. Les portes étaient closes et scellées avec de robustes barres de fer qui résistaient aux béliers de Mörget. Les défenseurs de la citadelle refusaient de se jeter dans la bataille, en dépit de provocations constantes et de la menace d'un siège prolongé. Même si, depuis trois jours, Mörget campait à l'extérieur de la cité à bonne distance d'un jet de flèche, cela n'empêchait pas quelque archer de sortir et de tirer une volée dans leur direction. Les barbares s'amusaient alors à courir chercher le projectile avant que le soldat adverse ait pu armer une nouvelle fois. Un seul homme avait été tué, quand les défenseurs avaient eu la bonne idée d'envoyer deux tireurs en même temps.

Mörget abattit de nouveau sa hache, qui fit voler un copeau de bois du côté de sa cible. Son dos l'élançait à force d'efforts. Il souleva néanmoins son arme une fois encore.

Cependant, avant qu'il puisse porter son coup, il entendit une voix caverneuse s'élever d'un trou près de son pied.

— … de la boue dans des endroits que je ne peux pas atteindre, grommelait-on. Tellement de boue dans les oreilles qu'il m'en ressort par le cul.

Mörget posa sa hache.

Balint et ses sapeurs émergèrent de la cavité, grimpant laborieusement l'échelle qui leur permettait de rejoindre la surface. Les hommes employés par la naine étaient des occidentaux – des esclaves, à présent, recrutés parmi les innombrables prisonniers capturés à Helstrow. Leur conscience semblait les faire davantage souffrir que leur dos. Ils trimballaient des pioches et des piques qu'ils s'empressèrent de jeter dans l'herbe, comme s'ils répugnaient même à toucher leurs outils.

— C'est terminé ? s'enquit Mörget.

Balint tira le bout de la corde hors du trou.

— J'ai habité dans cette ville, tu sais ? Il y a toute une colonie de nains là-bas, peut-être une vingtaine, qui vivent paisiblement dans leur propre palais. C'est le seul endroit dans tout Skrae où on peut boire une bière naine digne de ce nom avant qu'elle devienne plus plate qu'une poitrine de pucelle.

— Avez-vous réussi ? s'impatienta Mörget.

Balint porta la main au collier clouté qui lui cerclait le cou. Le barbare l'avait refermé lui-même, après l'avoir épargnée.

— Oui, répondit-elle doucement.

Elle lui tendit le bout de la corde.

Mörget s'empressa de l'attacher au harnachement d'un attelage de bœufs, de grosses bêtes laineuses qu'il avait amenées des steppes de l'Est. On disait qu'elles pourraient tracter l'océan, pour peu qu'on trouve un moyen de les y arrimer. Leur bouvier abaissa ses aiguillons, et les animaux commencèrent leur lente marche en avant.

— Tu sais que tu es un vrai bâtard ? demanda Balint.

Mörget fronça les sourcils, incertain de ce qu'elle entendait par là. Les mariages étaient rares dans l'Est, et la plupart des enfants naissaient de la passion et non d'une union officielle.

— Tu sais, un fils de pute, poursuivit Balint.

Mörget haussa les épaules. En réalité, il connaissait bien mal sa mère.

— La femme qui m'a donné la vie était une esclave du Nord. Quand ils m'ont montré à elle, quelques secondes après ma venue au monde et alors que je braillais, elle a détourné la tête et elle est morte.

— Après avoir accouché d'un aussi gros connard que toi, moi aussi je voudrais mourir.

— La Mort est ma mère, à présent, répondit Mörget.

Il coupa court à ce mystérieux débat et tempêta après le bouvier pour qu'il redouble d'efforts.

La corde que Balint lui avait donnée disparaissait dans le tunnel qu'elle avait consacré trois jours à creuser. L'autre bout était solidement attaché à un groupe d'étais situés juste sous les remparts de Rougedigue. Elle avait tant creusé que la muraille ne reposait plus que sur ces supports.

Les bœufs tirèrent sur la corde tendue, enfonçant profondément leurs sabots dans le sol rougeâtre. Le chanvre grinça. Les bêtes s'enfoncèrent. Si le lien se rompait… mais soudain, il y eut du mou et les bovins purent s'élancer.

L'espace d'un instant, la corde sembla avoir tout simplement craqué, sans autre conséquence. Puis Mörget sentit la terre remuer sous ses pieds. Très bien… elle avait réussi.

Le barbare courut rejoindre son armée. Il brandit Aubelame haut dans le ciel, et en dépit de leur ivresse, ses soldats ramassèrent leurs armes et se mirent en branle.

— Maintenant, déclara-t-il alors qu'un profond grondement émanait du tunnel.

Les barbares crièrent en se précipitant vers la muraille. Les défenseurs, qui sautillaient d'étonnement, coururent aux créneaux et bandèrent leurs arcs. Une volée de flèches mal ajustée fila jusqu'à la horde, et quelques barbares s'écroulèrent avant d'être piétinés. L'armée de Mörget se ruait néanmoins toujours en braillant vers la forteresse impénétrable. Ils ne se dirigeaient même pas vers l'une des portes, juste vers un mur de briques en grès rouge, comme s'ils comptaient y enfoncer la tête.

Avant qu'ils atteignent la muraille, celle-ci avait disparu.

Elle s'écroula en une impressionnante cascade de débris et de poussière rouge. Ils coururent à travers un nuage qui les étouffa et leur fit monter les larmes aux yeux. Ils déboulèrent sur une pile de gravats encore instable.

Ensuite, le nombre l'emporta sur les paroles.

La garnison de Rougedigue comptait moins de cinq cents hommes. Même le sergent le plus aguerri de la compagnie était soldat depuis moins d'un an, et ne commandait que depuis quelques mois. Au moins un tiers des défenseurs périrent lors de l'effondrement du rempart.

La ville était peuplée de cinq mille âmes – des ouvriers, des intellectuels et des enfants. Ceux-là se défendirent au mieux de leurs capacités en se servant des premiers outils ou couverts qui leur tombèrent sous la main. Aucun d'eux n'avait jamais reçu le moindre entraînement militaire.

Deux mille barbares déchaînés et habitués à se battre depuis qu'ils avaient été expulsés du ventre de leur mère fondirent sur eux.

Les rues de Rougedigue, également pavées de ce grès rouge, étincelèrent de sang ce jour-là. La cité avait été bâtie au sommet d'un immense barrage au large déversoir. Il serait exagéré de prétendre que la Strow coula rouge jusqu'à l'océan, mais elle fut clairement teintée de rose.

Le combat – le massacre – se poursuivit durant des heures. En vérité, il dura même des jours. Mörget ouvrit la voie le long de la seule grande rue de la ville pour rejoindre le centre spirituel de Rougedigue : sa célèbre bibliothèque, avec la plus grande collection de livres, de parchemins et de manuscrits si l'on ne comptait pas celles de l'Ancien Empire. Mörget s'y était déjà rendu une fois, bien avant la chute de Fendciel et la déferlante barbare. Il était venu s'instruire et n'avait commis aucune violence. À cette époque, il avait été traité comme une curiosité, un représentant d'un exotisme méprisable, car il était arrivé seul.

À présent, il était davantage redouté que tous les démons de la fosse.

Les imposantes portes de la bibliothèque n'avaient aucune vertu défensive. Les hommes de Mörget les détruisirent à la hache en une poignée de minutes.

À l'intérieur, un moine de la Confrérie des Érudits l'attendait. Il ne portait pas d'armes – interdites aux saints frères –, mais il leva les mains en un geste de défi.

— Vous ne devez pas profaner cet endroit ! hurla-t-il. Si vous brûlez ce bâtiment, mille années de savoir seront perdues à jamais. Les travaux rassemblés ici ne pourront pas être remplacés. Je vous préviens, barbare. Il s'agirait d'un péché de première importance.

Mörget éclata de son puissant rire mauvais.

— Ne craignez rien, petit homme. Mon père, le Grand Chef, a déjà déclaré que vos livres étaient sacro-saints. Il adore le savoir, et il m'a chargé de ne pas abîmer une seule page, de ne pas dégrader un mot de votre précieuse collection. Nous avons besoin de chacun de ces ouvrages.

Le moine abaissa lentement les mains. Son visage tremblait de soulagement.

— Nous n'avons toutefois que faire des moines, poursuivit Mörget.

Sa hache fendit alors l'air en sifflant, ainsi qu'elle l'avait déjà fait un million de fois auparavant.

Chapitre 49

Le camp de bandits se révéla une bien triste affaire. Deux douzaines d'hommes terrés dans un défilé, leurs armes empilées près du foyer. Des bouteilles brisées et des os rognés jonchaient l'entrée principale de la gorge, un tas d'ordures rendant difficilement praticable la seule issue de secours. Les hurlements des prisonnières résonnaient en écho contre les hautes parois rocheuses couvertes de mousse qui dominaient le campement.

Le chef des brigands était un grand homme au visage noirci de suie d'un ancien forgeron. Une vilaine balafre courait sous l'un de ses yeux, dont l'éclat particulièrement brillant contrastait avec la crasse qui recouvrait sa peau. Une veste de cuir cloutée camouflait sa tunique. Peut-être considérait-il cela comme une armure.

Ses hommes se débauchaient autour du feu, trop ivres pour remarquer quoi que ce fût. Ils avaient capturé deux femmes dans un village voisin – après y avoir massacré tous les vieillards – et les avaient ramenées là dans un but que Croy devinait sans peine mais répugnait à considérer. Les malfrats avaient entrelacé les tresses des deux captives, les entravant l'une à l'autre grâce à un nœud extrêmement complexe. Leurs ravisseurs semblaient apprécier de les voir lutter et tirer l'une l'autre.

Agenouillé au sommet du mur de roche qui délimitait le camp, Croy leva deux doigts. De l'autre main, il désigna le meneur des bandits. Puis il abaissa les deux bras.

Rien ne se produisit.

Il ferma les yeux et tenta de recouvrer son calme. Ses nouveaux soldats n'avaient pas suivi l'entraînement approprié. Ils n'en avaient pas eu le temps. Ils n'avaient sans doute même pas remarqué son signal. Il comprit seulement alors que ceux qu'il menait au combat n'étaient guère meilleurs que les brigands qu'ils s'apprêtaient à prendre par surprise.

Il n'avait pas vraiment eu le choix en recrutant sa compagnie. Son petit groupe de déserteurs – Gavin et les siens – en avait été parmi les premiers membres et les mieux organisés. La plupart des autres soldats qu'ils avaient trouvés dans la campagne autour de Helstrow allaient seuls ou par deux, et n'auraient pas manqué de mourir de froid ou d'inanition s'il ne les avait pas secourus. Un peu de porc salé avait suffi à acheter leur loyauté.

Croy se leva lentement, veillant à ne pas faire craquer ses genoux. Il pivota et chercha du regard les deux archers – l'intégralité de son artillerie – postés dans les branches d'un arbre surplombant le défilé. Ils devisaient paisiblement, sans même avoir bandé leurs arcs.

Avec six mois de temps et l'équipement adéquat, Croy aurait à n'en pas douter pu constituer une force de frappe efficace. Ne disposant ni des uns ni de l'autre, il avait dû se résoudre à employer la méthode de n'importe quel officier désespéré : violenter ses troupes pour leur inculquer un semblant de discipline. Il dégaina Percespectre et porta un coup au tronc. Les branches frémirent, et quelques brindilles chutèrent des rameaux supérieurs.

Les archers s'agrippèrent fermement à leur branche et le dévisagèrent comme s'il était fou. Croy les toisa en retour de façon à confirmer leur impression. Puis il refit lentement les mêmes gestes.

L'un des archers hocha la tête et tendit sa corde. L'autre, voulant aider, offrit à son camarade une flèche issue de son propre carquois.

Croy se retourna pour observer le défilé. Le chef des bandits urinait dans l'étroit ruisseau qui coulait à l'intérieur. Le trait l'atteignit au cou, lui sectionnant les cordes vocales avant de venir percuter la muraille et de rebondir bruyamment au sol.

Croy s'attendait plutôt à voir la flèche se ficher dans le sol entre les jambes de l'homme, en guise d'avertissement. Il estima ne pas devoir se mettre trop en colère face au résultat obtenu.

Le bandit bascula dans l'eau sans un bruit. L'un de ses hommes, un brigand édenté vêtu d'une blouse de potier, le pointa du doigt en ricanant. Il le pensait peut-être simplement ivre mort. Il faisait sombre, et la visibilité était très limitée au-delà du bord du feu. Il n'avait vraisemblablement pas remarqué le sang qui ruisselait du cou de son chef. Ou alors, il trouvait cela amusant malgré tout.

— Emparez-vous d'eux ! cria Croy.

Ses dix plus grands soldats déboulèrent, l'arme au clair, par l'entrée couverte de détritus. Ils grondaient comme il le leur avait appris, produisant un bruit terrifiant qui suffit à déséquilibrer certains de leurs adversaires.

Quelques-uns eurent néanmoins la présence d'esprit de se ruer sur leurs armes ; mais avant qu'ils les atteignent, Croy s'était laissé glisser le long d'une corde et posté devant, Percespectre brandie.

Les brigands se rendirent sur-le-champ, s'agenouillant devant la Lame. Ils n'auraient pas pu écarquiller davantage les yeux ; leurs dents claquaient violemment en dépit du feu qui chassait convenablement la fraîcheur nocturne.

— Je suis l'homme du roi, et vous avez rompu la paix du roi, les informa Croy. (Il commanda à l'un des siens d'aller détacher les deux femmes.) En des temps plus calmes, je vous aurais conduits au seigneur le plus proche pour vous voir jugés pour les actes commis au village aujourd'hui. Vous seriez tous déclarés coupables et pendus.

L'un des brigands vomit sur sa chemise, sans jamais cesser de regarder Croy.

— Toutefois, nous sommes actuellement en guerre contre des vauriens et des assassins pis que vous autres. Je compte les chasser de Skrae. Pour y parvenir, j'ai besoin de votre aide. Si vous souhaitez me rejoindre, approchez-vous et venez embrasser mon épée.

Leurs lèvres graisseuses défilèrent sur la lame de Percespectre. Croy était tiraillé par sa conscience. Mais peu importait. Une arme pouvait toujours être nettoyée avec de l'eau, du sable, ou un morceau de tissu. Un royaume ne pouvait être épuré qu'en versant le sang de ses courageux enfants – et dans l'immédiat, le sang de ceux-là ferait l'affaire.

Chapitre 50

Des détachements de barbares contrôlaient la route reliant Helstrow à Rougedigue mais, de nuit, ils restaient rares et espacés. Croy mena son groupe sous un fin croissant de lune et lui fit traverser en hâte les marais en direction d'Estecoque, où résidaient les derniers survivants du conseil réduit du roi.

Aucune lumière ne brillait au manoir : les fenêtres avaient été dissimulées sous de la toile à sac, et les feux qui brûlaient à l'intérieur étaient régulièrement couverts pour ne pas dégager trop de fumée. Le chemin qui quittait la grand-route pour rallier la maison du baron avait été camouflé avec des feuilles mortes afin d'être impossible à repérer à moins de savoir où chercher. En allant conquérir Rougedigue, Mörget et sa horde étaient passés juste devant Fangevert sans s'arrêter. Le baron ne tenait pas à leur offrir la moindre raison de se rattraper sur le chemin du retour. Même Croy ne discerna pas la demeure avant de se trouver à moins de cent mètres de sa muraille basse. Il n'approcha pas de la porte, verrouillée à l'aide de chaînes et de cadenas rouillés qui n'avaient pas l'air d'avoir été ouverts depuis des années. Au lieu de quoi, il fit la courte échelle à ses hommes pour les aider à franchir le rempart. Quand ils furent tous de l'autre côté, il leur fit signe de ne plus ni bouger ni faire le moindre bruit.

Un officier armé d'une arbalète chargée surgit des ténèbres et considéra longuement Croy avant de l'autoriser d'un geste à entrer avec les siens.

Ils traversèrent les écuries, où les six derniers véritables destriers de Skrae – pour autant que Croy le sache – les dévisagèrent d'un œil suspicieux. Une fois dans la grande salle, le chevalier poussa un soupir de soulagement et ordonna à ses troupes de ranger leurs armes près de la porte et d'aller se chercher de quoi manger. Il y avait quantité de pain, ainsi que de grosses marmites de potage et de bouillon au lard. Simple, mais nourrissant. La meilleure tactique que Croy avait élaborée pour recruter était de promettre un ventre plein, et il n'avait jusqu'à présent pas failli à sa parole. Le temps, toujours le pire ennemi pendant la guerre, avait pour l'instant joué en sa faveur. La loi de Skrae stipulait que le roi ne pouvait pas enrôler ses sujets à l'automne avant que les récoltes soient rentrées. Il s'en était fallu de peu, mais les champs de Fangevert avaient été moissonnés avant l'invasion barbare. À présent, le baron avait des greniers pleins qui leur permettraient de survivre à une campagne hivernale.

Ses hommes ne mourraient pas de faim. C'était déjà ça.

Croy se débarrassa de son lourd manteau d'un haussement d'épaules, et le mit à sécher sur une patère près de l'âtre. Il se prépara une tartine de beurre et de miel, puis se dirigea vers les salons privés jouxtant la grande salle et s'annonça auprès du héraut du baron.

— Mon seigneur est toujours réveillé et accepte de vous recevoir, lui répondit le messager. Dès que vous aurez pris le temps de vous reposer et de vous restaurer, naturellement.

— Je suis prêt, affirma Croy en terminant son modeste repas.

Il était pourtant éreinté, n'ayant jamais dormi plus de quelques heures par nuit depuis qu'il avait fui Helstrow. Il commençait à s'habituer à la fatigue. Il franchit la porte menant au cabinet de travail du baron, où le roi, toujours sans connaissance, gisait sur un lit de camp. Bethane, la fille d'Ulfram, le veillait, priant pour son rétablissement. Même si sa jeunesse dorée ne l'avait pas préparée au rôle qu'elle jouait actuellement, Croy estimait qu'elle s'en tirait à merveille.

— Y a-t-il eu la moindre évolution ? s'enquit-il aussi doucement que possible.

Bethane secoua la tête. Elle se leva et lui adressa un sourire chaleureux en écartant les bras pour l'embrasser. Il l'étreignit tendrement.

Il n'avait fait sa connaissance qu'une semaine auparavant, quand il s'était rendu compte qu'Estecoque n'avait pas été capturé. Elle s'était terrée là avant l'invasion, et il l'avait découverte accroupie dans l'arrière-cuisine, entourée de vieux hommes et de femmes armés de rouleaux à pâtisserie. Ils avaient pris Croy et ses recrues pour des pillards, et Bethane avait pleuré tout son saoul quand il s'était agenouillé devant elle, pensant qu'il se moquait avant de l'occire. Même lorsqu'il avait prouvé sa bonne foi au baron, elle avait continué à le craindre – il puait la mort, en dépit de son sourire. Toutefois, beaucoup d'eau avait depuis coulé sous les ponts, et les aléas de la guerre faisaient croître l'affection même dans les cœurs ne pouvant pas se permettre de clémence.

— Y a-t-il eu d'autres combats ? demanda Bethane. Combien d'hommes ramenez-vous ce soir ? Avez-vous pu vous approcher suffisamment de Helstrow pour voir ce qu'il s'y passe ? Avez-vous des nouvelles de ma mère ?

Le chevalier sourit et lui caressa les cheveux. Un mois plus tôt, la principale préoccupation de Bethane était de choisir la couleur des rubans que les dames de la cour devaient utiliser pour nouer leurs manches. Elle apprenait très vite. Il lui répondit de son mieux, sans omettre aucun détail. Elle deviendrait reine un jour, peut-être bientôt, si l'état de son père ne s'améliorait pas. Elle méritait de tout entendre.

— J'ai recruté une nouvelle équipe de bandits. Ils sont plus durs que la plupart de ceux que je ramène d'habitude, mais ils nous seront utiles. Puis nous avons tendu une embuscade à certains des éclaireurs les plus avancés de Mörg. J'en ai capturé deux, même si l'un de mes hommes a perdu un bras et risque d'y laisser la vie. Rien ne semble avoir changé à Helstrow. Les incendies ont enfin été éteints. Votre mère… reste introuvable.

Quand la capitale avait été menacée pour la première fois, l'épouse d'Ulfram n'avait pas suivi le même itinéraire que sa fille pour rejoindre Fangevert. Le but avait été de s'assurer qu'au moins l'une des deux arriverait à destination. On n'avait depuis lors plus eu de nouvelles de la reine. Peut-être avait-elle entendu que le roi était mort, et préféré se cacher quelque part.

C'était en tout cas ce qu'ils espéraient tous.

La porte intérieure du cabinet s'ouvrit sur le baron d'Estecoque, qui portait une bougie. Il fit signe à Croy de venir le rejoindre dans l'arrière-chambre. Le chevalier s'agenouilla rapidement devant Bethane pour lui baiser la main, et elle le pria d'aller rejoindre le baron. Il savait qu'elle ne le suivrait pas : elle quittait rarement le chevet de son père.

La petite pièce adjacente était meublée de façon spartiate ; en des temps meilleurs, les hôtes de marque s'y retrouvaient pour discuter autour d'une bouteille d'eau-de-vie. Désormais, ses larges tables étaient couvertes de cartes et de rapports écrits, un trésor de mots que le baron étudiait de près tandis que Croy sortait, nuit après nuit, trouver de nouvelles recrues. La seule autorité légitime de Skrae s'organisait depuis cette chambre. Elle n'avait rien de comparable avec celle du conseil de Helstrow, mais elle remplissait son office.

— C'est bon de votre part de soutenir la princesse, déclara le baron, un homme fin aux sourcils broussailleux qui se vêtait toujours de lin.

Croy ne l'avait jamais vu brandir une épée de sa vie, même s'il en portait en permanence une à la ceinture. Toutefois, quand le chevalier était apparu sur le pas de sa porte, hagard, griffé de partout par les ronces et lesté d'un souverain blessé, le baron l'avait laissé entrer, ce dont Croy lui serait éternellement reconnaissant.

— Elle ne parle plus que de vos exploits, vous savez ?

— Cela lui permet de ne plus penser à l'état de son père, suggéra Croy.

— Hum, c'est intéressant. J'ai pu observer votre comportement à la cour, Croy. Vous êtes un véritable galant, n'est-ce pas ? Je vous ai vu passer devant une coterie de dames charmantes, qui tentaient toutes d'accrocher votre regard, mais rentraient toutes bredouilles. (Le baron gloussa.) Si vous étiez un homme moins vertueux, vous auriez désormais toute une tripotée de bâtards, et personne au royaume ne s'en offusquerait. Dans ce cas précis, vous feriez peut-être bien de vous montrer plus chaleureux, poursuivit le baron en choisissant chacune de ses paroles. Mon médecin me dit que le roi ne se réveillera pas. Que son corps pourrit déjà. Vous pourriez devenir bientôt l'époux d'une reine, et tout ce qu'il vous en coûterait serait quelques mots d'encouragement. Voire une légère caresse de temps à autre.

Croy rougit et détourna la tête.

— Elle n'a que quatorze ans !

Le baron ricana de nouveau.

— Sa mère a épousé Ulfram alors qu'elle avait douze ans et lui trente. Oh, ne prenez pas cet air scandalisé : de tels mariages sont fréquents à la cour, et ils sont loin d'être aussi vénaux que vous pouvez l'imaginer. On dit qu'Ulfram n'a pas posé la main sur la reine avant que sa poitrine ait gonflé et que ses hanches se soient suffisamment arrondies.

— Ce n'est pas ce qui m'importe. J'ai… déjà une dame, même si elle est bien loin d'ici, insista Croy. Jamais je ne trahirai son affection.

— Oui, oui, très bien. J'aimerais avoir un fils sous la main, voilà tout, ou ne pas être marié moi-même. Quelqu'un doit courtiser Bethane. Elle ne peut pas diriger seule le royaume… et cela ne desservirait pas notre cause d'avoir un roi puissant prêt à être couronné.

En une période moins trouble, Croy aurait sans doute jugé de telles paroles proches de la trahison. Il savait cependant que le baron se montrait simplement réaliste. Les grands principes étaient devenus denrée plus rare encore que les armes ou armures dignes de ce nom.

Le baron abattit son poing puissant sur la table, faisant tressauter la vaisselle qui y était disposée.

— Mais nous sommes ici ce soir pour discuter d'affaires d'hommes, pas de princesses. Nous devons parler d'épées, de sang et de guerre.

— En effet, confirma Croy, tout heureux de changer de sujet.

Chapitre 51

Le baron soupira et se plongea dans ses cartes et ses rapports.

— Rougedigue est tombée, sans surprise. Mörget s'est servi de soldats du génie – une tactique étrange pour un barbare, mais qui a fonctionné. La ville est envahie et le gros de la population est mort, à en croire mes espions. (Il déroula une nouvelle carte et la plaqua sur la table à l'aide d'un gobelet et d'une dague sertie de pierres.) Deux mille envahisseurs se trouvent dans l'enceinte, sous le commandement direct de Mörget.

— J'ai vu à présent de quoi il était capable, répondit Croy. C'est un meneur d'hommes efficace. Je ne m'attendais pas à ça quand je l'ai rencontré pour la première fois.

— Diriger des barbares n'a rien de compliqué. Il suffit de leur indiquer la direction de femmes sans défense ou de fûts de bière bien remplis. Ils courent après ce genre de choses comme une mule après une pomme véreuse. Ici, poursuivit le baron en désignant un endroit sur la carte, légèrement au nord de Rougedigue. Selon mes sources, des messagers font route en ce moment même vers Helstrow. Il leur faudra au moins deux jours pour y parvenir, même en poussant leurs chevaux jusqu'à la mort. Demain à l'aube, ils devraient se trouver par là.

Il indiqua un nouveau lieu, non loin d'Estecoque cette fois.

— Vous souhaitez que je leur tende une embuscade, Monseigneur ?

— Bien sûr. Si Mörg n'a pas de nouvelles de son fils d'ici quelques jours, il se demandera quel est le problème. Il enverra un autre contingent mener l'enquête. Un petit groupe – quelques centaines d'hommes seulement. Nous pouvons affronter une armée de cette taille.

Croy acquiesça, songeur. Il y aurait de lourdes pertes. Malgré tous ses efforts, il n'avait pu recruter que peu d'hommes valables. En tout, il pourrait peut-être réunir trois cents bandits, déserteurs ou fermiers ayant échappé à la conscription. Face à cent barbares aguerris et bien armés, la victoire serait difficile à obtenir. Et le nombre de victimes élevé.

— Peut-être, admit-il enfin. Mais Mörg sera alors prévenu de notre présence ici. Jusque-là, nous avons réussi à passer inaperçus – toutes les actions que nous avons entreprises contre lui peuvent encore sembler l'œuvre de pillards ou de quelques soldats indépendants.

— Cela ne durera pas éternellement. Quelqu'un verra votre visage et annoncera à Mörg que l'une des Sept Lames est encore en vie. Nous devrons alors tout miser sur sa surprise – en croisant les doigts pour que cela pousse les vilains à la révolte. À mon avis, il vaut mieux que nous l'affrontions dès maintenant. Nous avons besoin d'une victoire, Croy. D'une victoire pour montrer aux barbares qu'ils ne sont pas invulnérables.

Croy inspira profondément. Une victoire – une petite victoire – pourrait pousser Mörg à suspendre l'offensive. Cela pourrait l'inquiéter. Mais une grande victoire l'ébranlerait sérieusement. Lui ferait suffisamment peur pour le renvoyer vers l'est, de l'autre côté des montagnes, et lui faire oublier Skrae pour un temps. Un coup décisif, porté au bon moment, pourrait retourner complètement la situation.

Il savait que d'Estecoque ne l'entendait pas de cette oreille. Le baron n'imaginait qu'une guerre se poursuivant durant des années, une succession amère de sièges et de contre-sièges, à mesure que les barbares se déplaceraient inexorablement vers l'ouest, mille après mille. Il avait peur, et Croy ne pouvait pas le lui reprocher. Le plan du chevalier impliquait de prendre un risque considérable à court terme. Et pourtant, il savait avoir raison.

— Ce n'est pas le bon moment, insista-t-il. En un mois, je pourrais doubler, voire tripler nos effectifs. Je pourrais envoyer des messagers aux divers fiefs et domaines seigneuriaux de l'Ouest. Je pourrais recruter des hommes jusqu'à Ness. Je pourrais les former, leur apprendre à se battre. Puis, quand Mörget quitterait Rougedigue, je pourrais l'affronter sur la route de Helstrow, avant qu'il puisse y rejoindre son père.

— C'est hors de question. Il commande deux mille hommes.

— Il devra en laisser en garnison à Rougedigue. Peut-être la moitié. Et nous n'aurons jamais une autre chance de prendre l'un de leurs principaux chefs par surprise. Si nous frappons maintenant, et même si nous l'emportons, Mörg contre-attaquera. Il passera Fangevert au peigne fin jusqu'à nous avoir retrouvés. Nous serons contraints de nous disperser de nouveau… et nous ne pourrons plus nous regrouper avant l'hiver.

— Hum, répondit d'Estecoque en lissant la carte d'une main. Je vois que vous y avez beaucoup réfléchi, Croy. (Il s'approcha de l'étroite fenêtre au fond de la petite chambre, oubliant peut-être que des couvertures l'obscurcissaient.) Peut-être que, d'un point de vue militaire, votre plan tient la route.

— Je suis… ravi de vous l'entendre dire, repartit Croy avec un optimisme mesuré.

— D'un point de vue politique, en revanche, il est bien trop hasardeux. Vous avez quitté la cour il y a fort longtemps, mon vieil ami. Même quand vous la fréquentiez, vous n'avez jamais fait preuve d'une grande habileté politique. Si nous l'emportons maintenant, si vite après le premier succès de Mörg, nous lui prouverons que nous parlons la même langue.

Il acceptera alors de négocier avec nous. Il viendra parlementer avec moi et nous trouverons quelque arrangement. Nous devrons sans doute lui céder une partie de nos terres, et accepter qu'il asservisse certains de nos paysans. Il exigera peut-être un don en or. (Le baron haussa les épaules.) Donnons-lui ce qu'il souhaite. Au moins, l'essentiel de Skrae sera préservé de son emprise. Puis, lentement, étape par étape, nous pourrons œuvrer pour récupérer ce qui nous appartient.

Le sang de Croy ne fit qu'un tour.

— C'est là... pure folie.

Le baron fit volte-face pour le dévisager.

— Je vous demande pardon ?

Le chevalier venait d'insulter le seigneur, de le traiter de dément. On se battait en duel pour moins que ça. Toutefois, Croy ne pouvait pas rester les bras croisés à écouter pareilles inepties. Mörg n'accepterait pas de négocier tout de suite. Il les avait renversés, les quatre fers en l'air. Il les avait cloués au sol, précisément comme il l'avait prévu. Il était parfaitement inutile d'essayer de raisonner des barbares. Tout aussi vain de tenter de les acheter. Ulfram V en avait fait les frais, et l'avait payé chèrement. Il fallait répondre à la violence par la violence – et s'assurer de bien préparer ses défenses.

— Je vous prie de m'excuser, Monseigneur, mais votre plan...

— J'ai pris ma décision. J'attends que vous l'appliquiez.

Croy vit soudain rouge.

— Je crois que vous omettez une chose, d'Estecoque. C'est moi qui ai recruté nos troupes. C'est donc moi qui commande.

— Et je crois que *vous* omettez une chose, *Croy*. (Le baron abattit de nouveau son poing sur la table.) Vous êtes un chevalier, et moi un baron.

Croy lutta pour empêcher sa main de se refermer autour de la poignée de Percespectre.

— Si la Dame m'a accordé ce statut, ce n'est pas sans raison, poursuivit d'Estecoque. C'est parce que je suis capable de voir les choses dans leur ensemble. Elle vous a fait chevalier pour que vous chevauchiez des destriers afin de trancher la tête de *mes* ennemis.

— Je ne sers que le roi, rétorqua Croy.

— Et à l'heure actuelle, je vous parle en tant que régent.

Le chevalier grinça furieusement des dents.

— Nul ne vous a confié ce rôle ! Seul le roi peut nommer un régent, et il…

— Et il dort profondément. Je suis la seule personne capable d'assumer ce rôle. S'il se réveillait assez longtemps pour qu'on lui pose la question, vers qui d'autre pourrait-il se tourner ?

— Je… vous l'accorde, cracha difficilement Croy, comme si chaque syllabe recélait une dose de poison. Mais…

— Mais ? Avez-vous une réclamation à faire ? Hein ?

— Non, grogna Croy.

Il voyait bien que d'Estecoque ne tolérerait pas d'être tourmenté plus longtemps.

— J'ai la préséance, ici. Cela ne fait pas le moindre doute. C'est donc moi qui donne les ordres, et vous qui les appliquez. (Il s'assit alors et croisa les chevilles.) À genoux, Croy. Agenouillez-vous ici, tout de suite, et embrassez ma chevalière. Prouvez-moi que vous n'avez pas oublié qui vous êtes.

Croy fit un pas vers le baron, puis prit une profonde inspiration.

Il avait formulé certains vœux. Les mêmes que ceux de n'importe quel chevalier.

Il se mit à genoux.

Chapitre 52

L'argent continuait à affluer comme il l'avait toujours fait, et cela suffit à faire taire la guilde des voleurs. Non que la ville fût très bruyante de toute façon. La plupart des magasins et des lieux de travail de Ness avaient fermé ; on avait cloué des planches aux fenêtres et cessé toute activité à l'intérieur. Alors que Malden et Cythère déambulaient dans ces rues qu'ils avaient toujours connues, ils ne cessaient de se faire mutuellement remarquer combien elles avaient changé.

Nul ne prenait vraiment la mesure de la foule, du vacarme, des odeurs méphitiques et des ordures amoncelées tant que tout n'avait pas disparu.

— On devrait avoir une guerre chaque année, plaisanta Malden, ne serait-ce que pour nettoyer les rues.

Cythère rit à ce trait d'humour, mais doucement et brièvement. Elle semblait distraite ce jour-là. Quelque chose la tourmentait. Toutefois, quand le voleur lui demanda de quoi il s'agissait, elle se contenta de changer de sujet.

— Regarde, s'exclama-t-elle en désignant une petite alcôve près de l'entrée d'un passage. Depuis quand n'en avais-tu pas vu ?

Elle parlait de la petite statue en argile figurant le Dieu Sang sous la forme d'un homme à huit bras. Sept mains d'un côté, portant chacune un couteau ou une massue miniatures, la huitième de l'autre, étreignant fermement la tige d'une fleur minuscule.

— Ça fait un moment, admit-il.

En théorie, la loi interdisait les représentations du Dieu Sang, et la plupart étaient désormais dissimulées derrière des portes fermées. Le burgrave ne s'était jamais vraiment donné la peine de les détruire – en réalité, Malden était secrètement entré dans le palais plus tôt dans l'année, et avait découvert à l'intérieur une grosse statue magnifiquement dorée de Sadu. Toutefois, une exposition aussi ostentatoire était assez rare pour être soulignée. La croyance officielle en Skrae était l'Église de la Dame. La tolérance religieuse était nulle à Helstrow comme à Rougedigue – là, ceux qui reconnaissaient publiquement vénérer Sadu pouvaient être arrêtés et verbalisés. Les disciples du Dieu Sang n'avaient pas pour autant disparu – les gens simples L'adoraient trop –, surtout à Ness, où son culte était tacitement toléré. Même si le clergé du Dieu Sang avait été déclaré hors la loi et exterminé, ses autels et ses effigies profanés ou brisés selon le rituel approprié, le peuple avait continué à Lui rendre hommage discrètement, et le burgrave avait eu le bon sens de ne pas mettre trop de zèle à le punir pour cela.

Néanmoins, exhiber ainsi Son image demeurait un acte risqué.

— La dévotion est en hausse, commenta Malden. La religion retrouve des couleurs à Ness. Ça a toujours été un lieu de perdition. J'espère que les gens ne gâcheront pas tout en devenant trop vertueux.

— Ils sont terrifiés, expliqua Cythère. J'imagine qu'ils ont de bonnes raisons de l'être.

— Même à Helstrow, j'en ai vu se tourner vers Sadu, repartit Malden. Il n'avait pas l'air d'humeur à les exaucer.

La petite statuette n'était pas l'unique symbole de foi visible dans la cité. La Dame était également largement vénérée. Des banderoles vertes et blanches pendaient à tous les balcons, affichant Ses couleurs. Pritchard Hood les y avait placées pour rappeler aux citoyens que leur seigneur était parti mener une sainte croisade et qu'ils devaient prier pour lui.

Hood prononçait quotidiennement un discours allant dans le même sens sur la place du marché, même si rares étaient ceux qui s'arrêtaient pour l'écouter.

Le nouveau gouverneur ne manquait jamais une occasion d'apparaître en public pour signifier à tout le monde qu'il détenait le pouvoir. Malden aurait aimé en savoir plus sur cet homme – notamment sur la façon dont il pourrait l'acheter. Cythère et lui se dirigeaient vers une taverne où le voleur avait bon espoir d'obtenir de telles informations. Une fois là-bas, il l'envoya commander une bouteille de vin et deux coupes, tandis qu'il se soulagerait dans l'allée. Velmont l'y attendait, tapi dans l'ombre.

Le Helstrovien avait beaucoup de choses à lui rapporter, même si Malden aurait préféré n'en rien savoir.

— Ce nouveau gouverneur suit les ordres de son maître au pied de la lettre. Hood a engagé des chasseurs de primes – des spadassins à la petite semaine, en fait, mais assez malins pour ramener leur proie. C'est qu'une question de temps avant qu'il trouve quelqu'un à pendre.

Malden jura.

— Qui est ce salopard ? D'où vient-il ? L'ancien gouverneur, Anselme Vry, était corrompu et ambitieux. Pritchard Hood doit être fait du même bois pour avoir atteint ce poste si rapidement.

Velmont haussa les épaules.

— J'ai demandé son histoire à quelques gars, comme tu m'as dit. Ils prétendent que Hood était un acolyte à la Dame chapelle, mais qu'il est jamais rentré dans les ordres. Il s'est rendu compte qu'il était plus à sa place au milieu des bouquins qu'à dire des prières. Il servait de comptable à Tarness jusqu'à récemment.

— Est-ce que quelque chose indiquerait qu'il puisse être plus créatif avec ses chiffres que la loi ne l'autorise ? s'enquit Malden avec espoir.

— Pas que je sache. Ton burgrave l'a remarqué pour une raison ou une autre et l'a recruté l'année dernière. Il l'a placé à un poste de confiance, et le type n'a cessé de prospérer depuis. Et aujourd'hui, c'est lui qui fait la pluie et le beau temps en ville.

— Nous devons découvrir s'il est vraiment si parfait, insista Malden. Tu as déjà fait du bon travail. À présent, essaie d'en apprendre autant que possible sur ces chasseurs de primes. Il est peut-être possible de leur graisser la patte et de nous éviter certains ennuis.

— Mes gars seraient pas non plus contre un peu d'huile, précisa Velmont.

Malden acquiesça et déposa quelques pièces dans la main de son comparse. L'instant suivant, le Helstrovien avait disparu. Malden rentra dans la taverne, où Cythère l'attendait avec un sourire.

Cette période de guerre présentait au moins un avantage : ils pouvaient se retrouver tous les deux aussi souvent qu'il leur plaisait. Il se décida à passer un après-midi tranquille, et le soleil se coucha sans qu'il s'en rende compte. Pour la première fois de sa vie – une existence passée à travailler presque exclusivement de nuit –, il se mit à détester les trop courtes journées d'automne.

— Viens, dit-il à Cythère en lui lâchant les mains le temps de vider sa dernière coupe. Je vais te ramener chez toi avant qu'il fasse nuit noire.

— C'est trop aimable de ta part, repartit-elle, les yeux pétillants.

L'un comme l'autre avaient légèrement trop bu. Malden se demanda si elle lui proposerait de passer la nuit sur l'Isle aux Chevaux. Il existait certains refuges plus romantiques, mais tant qu'ils étaient ensemble, il savait qu'il pourrait être heureux n'importe où.

Il riait et lui tenait ouvertement la main quand ils passèrent de nouveau devant la ruelle où la statue de Sadu avait été exposée. Il n'y aurait sans doute pas prêté plus d'attention que cela s'il n'avait pas marché accidentellement sur un morceau de terre cuite qui se brisa sous sa botte. Il baissa les yeux et découvrit le bras du Dieu Sang qui tenait la fleur. L'idole avait été arrachée à sa niche et réduite en pièces sur les pavés.

— Oh non, souffla Cythère en se penchant pour ramasser la tête morcelée. Quelqu'un l'a renversée. Qui ferait une chose pareille ?

Malden observa alors l'alcôve. Des serpentins verts et blancs remplaçaient la figurine.

Chapitre 53

Les chasseurs de primes ne mirent pas longtemps à réaliser leur première prise. Cette même nuit, ils surprirent un voleur sur la Côte Dorée. À l'aube, Pritchard Hood était prêt à en faire un exemple.

Cependant, s'il s'attendait à attirer les foules pour la pendaison, Malden estimait qu'il serait déçu du résultat. Une atmosphère lugubre recouvrait Ness depuis que l'Armée des Hommes Libres avait levé le camp, un mélange de peur et de crainte qui assourdissait les voix et mettait le moral en berne. Quand le condamné grimpa sur le gibet et que le nœud coulant se resserra autour de sa gorge, les huées et les cris de l'assemblée manquaient d'entrain et paraissaient presque tristes. Étant donné qu'il s'agissait là du plus grand spectacle public organisé depuis toute une semaine, la prestation fut relativement pitoyable. Malden eut à peine à jouer des coudes pour se frayer un chemin jusqu'à la potence.

Le gouverneur resta imperturbable face à la foule déprimée. Ses yeux brillaient quand il énuméra les charges.

— Oyez, oyez, qu'un dénommé Janbart, un voyou notoire, a été condamné pour avoir dérobé une coupe en étain enchâssée de bronze dans la maison du maître de guilde Harrit Fuller, citoyen de la ville absent de son domicile la nuit dernière. Oyez également que, sous l'autorité d'Ommen Tarness, burgrave, j'ai jugé cet homme coupable et l'ai condamné à mort par pendaison ce jour. Janbart ! Avez-vous quelque chose à ajouter, avant l'application de la sentence ?

Janbart était un petit homme malingre de trente ans, vieux avant l'âge et tremblant de façon inconsidérée à cause d'une faiblesse pour l'alcool. Il paraissait encore plus lamentable qu'à son habitude, ainsi debout sur l'estrade – émacié et blême, comme s'il avait passé des semaines dans sa geôle à attendre le verdict, alors que Hood avait diligemment accéléré le processus.

Malden était certain que l'homme avait été torturé après son arrestation. La manière dont il gravit les marches indiquait que sa jambe avait été enfermée dans une botte de fer, et que des vis avaient été enfoncées dans son pied jusqu'à ce que le voleur donne à Hood ce qu'il espérait.

Il n'eut pas à attendre longtemps pour découvrir ce qui avait poussé le gouverneur à agir ainsi : ce dernier voulait davantage qu'une simple confession.

— Suis-je obligé de le faire ? chuchota Janbart.

Si Malden ne s'était pas trouvé au premier rang, il n'aurait rien entendu.

— Oui, ordonna Hood.

Janbart se mordit la lèvre et regarda l'horizon.

— Je n'ai qu'une chose à dire : que ma mort serve d'exemple à ceux qui suivent le chemin tortueux. La… (Janbart s'interrompit, comme s'il cherchait à se remémorer son texte.) La Dame, en vérité, m'a offert toutes les chances d'être honnête, mais je L'ai repoussée. Toutefois, la faute ne m'incombe pas totalement. Sans mes mauvaises fréquentations, et en particulier celle du dénommé Malden, le maître des voleurs de cette ville, je ne serais pas ici aujourd'hui. Ma triste fin est entièrement due à ce Malden.

Les gens autour de Malden s'écartèrent d'un pas, craignant vraisemblablement d'être associés à lui. Seul Crassier demeura près de lui.

— Voilà qui est mieux, déclara le nain quand ils se retrouvèrent isolés. Maintenant, je vois correctement.

On plaça un sac sur la tête de Janbart. Pritchard Hood s'inclina pour une prière rapide, puis adressa un geste au bourreau, qui plaça les deux mains sur le levier pour libérer la trappe.

— Janbart ! cria Malden. Je m'assurerai que ta femme et tes enfants n'aient aucun ennui !

La tête du condamné remua sous son sac, comme s'il essayait d'entendre les paroles de son chef. Peut-être ajouta-t-il quelque chose.

Le bourreau fit son office, et Janbart dansa brièvement dans le vide. Tout fut vite terminé : la corde ayant juste la bonne longueur, les vertèbres cédèrent presque immédiatement.

Bientôt, la foule commença à se disperser. Hood partit à pied, suivi d'une escorte de sentinelles. Il n'essaya même pas de glisser un mot à Malden.

Sentant que tel était son devoir, ce dernier attendit puis paya des garçons pour détacher Janbart et emmener son corps afin de l'inhumer. Quand ce fut fait, Crassier et lui se retrouvèrent seuls sur la place.

— Eh bien, mon gars, déclara doucement le nain d'un ton compatissant. Te voilà bien baisé.

Malden ne répondit rien. Il lui tardait de quitter les lieux. Il pouvait encore agir. Il allait devoir œuvrer rapidement, rassurer les membres de la guilde qui s'alliaient déjà contre lui, s'assurer le soutien de ceux qui ne lui avaient pas déjà tourné le dos. Et tisser ses propres alliances, au sein même de l'organisation qu'il était censé diriger. La journée allait se révéler très longue.

Courant derrière lui, Crassier ne cessait de pester, arguant que Malden avançait trop vite pour que quelqu'un doté de petites jambes parvienne à le suivre. Le voleur ne ralentit pas pour autant.

Il doutait honnêtement de pouvoir accomplir tout cela. Il se sentait relativement serein pour l'instant, estimant qu'on ne tenterait pas encore de lui glisser un poignard entre les côtes à la première occasion. Dès le lendemain, en revanche…

Il était sûr que le lendemain, à l'aube, un autre voleur serait pendu. Et un autre le jour suivant.

Chapitre 54

Crassier suivit Malden, traversant le Pont du Scieur et marchant jusqu'à la Fosse Royale. Habituellement, le vieux pont étroit – ainsi nommé car les bûcherons s'en servaient pour transporter du bois de chauffe au nord de la ville – grinçait sous le poids des hédonistes qui se dirigeaient vers les tripots et les boutiques de vin de l'autre côté. Des prostituées pieds nus vêtues de jupes rouges arpentaient depuis toujours la passerelle, attirant les clients diurnes mieux que n'importe quelle publicité vantant les mérites des sources d'amusement que le visiteur pourrait découvrir à l'autre bout. Ce jour-là, seule une fille tenant un chat domestique contre son ventre était de sortie. Elle salua joyeusement Malden, qui ne lui répondit que d'un hochement de tête distrait.

Une fois de l'autre côté, Crassier s'effondra au sol et supplia son compagnon de lui accorder une courte pause.

— Putain, je ne peux plus courir aussi vite qu'avant, se plaignit-il. Et ce foutu soleil m'aveugle à moitié. J'ai besoin de reprendre mon souffle. Mais pourquoi es-tu si pressé ?

Malden observa la rue Tiretunique, les enseignes de ses bordels qui ressortaient de façon criarde sur les maisons à colombage autrement sobres. Sans les pictogrammes pornographiques qui ornaient les panneaux, il aurait pu s'agir de n'importe quelle rue de Ness. Elle était suffisamment peu fréquentée pour qu'on ne puisse deviner son traditionnel commerce.

—Je dois plancher sur un truc qui pourrait me donner certaines réponses et résoudre tous nos problèmes.

—Ah. L'énigme de Tailleserpe.

Malden pivota pour dévisager son ami. Il n'avait parlé du message codé à personne d'autre qu'à Coruth et aux trois vieillards de la guilde.

—Comment es-tu au courant de ça ? s'enquit-il.

—Trismus sait garder un secret, pas de doute là-dessus, répondit le nain d'un air presque contrit. Mais les deux autres sont infoutus de fermer leur clapet.

Malden secoua la tête. Si Crassier était au courant pour le message, alors toute la guilde devait l'être également. Si les membres se rendaient compte que leur nouveau chef ne l'avait pas encore décrypté, ils pourraient commencer à le croire trop bête pour les diriger.

Toutefois, il existait peut-être un moyen de tourner ceci à son avantage.

—Écoute, dit-il. Tu veux me rendre un service ? Faire quelque chose qui m'aiderait énormément ?

—Ça dépend quoi, mon gars. J'ai mes principes. Je suis un nain, tu sais. On a un code moral très contraignant à respecter. Extrêmement strict.

Malden fronça les sourcils.

—J'ai besoin que tu mentes pour moi.

—Ah, d'accord, alors c'est entendu.

—En fait, j'ai plutôt besoin que tu lances une rumeur. Tu dois faire croire à tout le monde que j'ai déchiffré le message. Que j'ai compris le conseil de Tailleserpe, et qu'il me livre un secret susceptible de sauver la guilde.

À l'instar de tout bon mensonge, celui-ci était fondé sur un grain de vérité – tout au moins d'optimisme. Malden n'avait guère progressé avec l'énigme, qui restait impénétrable. Pourtant, il en était venu à croire, sans rien pour étayer son hypothèse, que les indications laissées par Tailleserpe le mèneraient à son salut.

L'espoir était mince, mais un homme plongé dans un abîme de confusion et de découragement se raccrochait à n'importe quel fil, aussi petit soit-il.

Malden offrit à Crassier un moment de répit, puis se dirigea droit vers *La Citronneraie*, l'une des maisons de passe les moins réputées de la rue. Malden avait jeté son dévolu dessus car il y était connu, mais aussi parce qu'il s'agissait de l'un des rares commerces de la Fosse Royale dans lequel Tailleserpe ne possédait pas la moindre part ; le maître de la guilde des voleurs n'avait jamais voulu absorber la moindre dette de *La Citronneraie*. Ce qui signifiait qu'elle était moins susceptible d'abriter un espion de l'une des factions rivales qui souhaitaient son éviction.

En temps normal, durant la journée, Malden devait s'annoncer à plusieurs reprises en tambourinant à la porte avant de pouvoir entrer, mais cette fois *La Citronneraie* était ouverte depuis le petit matin. Elody, la propriétaire, l'accueillit avec un baiser sur la joue.

— Les affaires marchent si mal en ce moment que je ne peux pas me permettre de refuser le moindre client, expliqua-t-elle en le faisant pénétrer dans la cour intérieure.

Un citronnier chétif y poussait, quelques fruits ratatinés pendant encore à ses branches. Des grabats de paille étaient étendus tout autour de son tronc pour les clients les moins fortunés. Tous étaient pour le moment déserts.

— J'ai cassé les prix, offert à tous des services que je réservais auparavant à mes visiteurs privilégiés, mais rien n'y fait…, poursuivit-elle avec un soupir.

Malden en fut attristé, mais guère surpris. L'immense majorité des habitués d'Elody avaient quitté la ville avec le burgrave. Les vieillards qui restaient dans la cité étaient rarement en quête de tendresse négociable. Et Pritchard Hood et la poignée de sentinelles qui l'accompagnaient n'étaient certainement pas du genre à lambiner au lupanar.

— Je vais voir si je peux t'envoyer quelques personnes, promit Malden.

Ses voleurs constituaient l'un des rares groupes de jeunes hommes encore présents à Ness. Elody avait été l'une des meilleures amies de sa mère, et l'avait même veillée tandis qu'elle succombait à la vérole des marins. Il avait une dette morale envers elle.

Il lui devait également quelques pièces d'argent, qu'il s'empressa de lui régler.

— Tu as veillé à ce que la porte reste fermée ? s'enquit-il.

— Je n'en ai pas eu besoin, affirma-t-elle. (L'argent disparut dans son décolleté plongeant.) Et lui ? demanda-t-elle en désignant Crassier.

— C'est un ami. Crassier, viens avec moi. À moins que quelque chose te plaise ici.

Le nain loucha vers la galerie dominant la cour intérieure. Les femmes qui y étaient réunies semblaient hagardes, affamées et épuisées. Elles savaient cependant comment se vêtir pour apparaître sous leur meilleur jour.

Mais Crassier secoua la tête.

— Elles sont toutes chauves comme des bébés...

Malden haussa un sourcil. À l'instar de toutes les catins en ville, les travailleuses de *La Citronneraie* arboraient une longue chevelure ornée de rubans. Il s'agissait là de l'un de leurs principaux attraits, car la plupart des femmes honnêtes de Ness dissimulaient leurs cheveux sous des capuchons ou des guimpes.

— Je les aime avec la moustache, expliqua Crassier.

Malden éclata de rire – pour la première fois depuis plusieurs jours – et mena le nain jusqu'à la chambre privée qu'il louait à Elody. C'était là qu'il travaillait à résoudre l'énigme. La pièce était évidemment pourvue d'un grand lit, mais également jonchée de morceaux de parchemin, raturés à la plume suite à autant de tentatives de décryptage avortées. Le texte d'origine était punaisé à un mur, tandis que des rouleaux vierges, de l'encre et un livre de grammaire attendaient Malden sur la chaise.

Il s'attela immédiatement à la tâche, parcourant le message encore et encore, en quête de quelque regroupement suspect de caractères.

— Chaque symbole doit correspondre à une lettre de l'alphabet, expliqua-t-il à Crassier.

Voilà ce que Coruth lui avait appris.

— Mais comment veux-tu le déchiffrer si tu ne sais pas à quelle lettre correspond quel symbole ? s'étonna Crassier.

Le nain semblait intrigué… il se trouvait en présence d'une forme d'intelligence, d'une science délicate qu'il ne maîtrisait pas encore.

— Il faut savoir que certaines lettres sont plus fréquentes que d'autres, expliqua Malden. Par exemple, le E est la plus commune de notre langue, il serait donc logique que le symbole qui revient le plus souvent dans le message en soit un. À moins, bien sûr, qu'il s'agisse du A, qui est également relativement courant.

— Ça ne peut pas être aussi simple, répondit Crassier.

Malden soupira tristement.

— Malheureusement, non. Je n'arrête pas de trouver des combinaisons différentes, mais elles ne semblent jamais former le moindre mot. Je me dis que le message n'est peut-être pas rédigé en skraelien mais dans la langue écrite de l'Ancien Empire, voire dans celle de l'un des Royaumes du Nord. Le vrai problème, cependant, est que certains caractères ne correspondent à rien. L'alphabet que l'on m'a enseigné compte vingt-deux lettres, et pourtant il y a bien plus de caractères différents dans ce message. Il se peut qu'il s'agisse de signes de ponctuation, de chiffres… ou de tout autre chose. Des notes de musique ? À moins qu'il y ait deux messages entremêlés, chacun encodé différemment.

Il commença à chiffonner le morceau de parchemin qu'il tenait à la main. Encore du temps perdu. Il s'interrompit toutefois à temps : ce support d'écriture était bien trop cher pour être bêtement gaspillé.

— Tailleserpe voulait que tu déchiffres ce message, mon gars, l'encouragea Crassier en lui posant la main sur l'épaule. Tu vas finir par y arriver.

— Je l'espère sincèrement, et le plus tôt possible.

Il avait d'autres choses à faire, des choses bien plus urgentes. Par chance, la plupart d'entre elles pouvaient être réalisées depuis sa chambre à *La Citronneraie*. Il chargea Crassier de diverses missions, dont le nain s'acquitta alors qu'il faisait jour, quand tout membre de son espèce, pour peu qu'il fût sain d'esprit, était censé dormir profondément dans son lit. Des messages arrivèrent à Malden des Cendres ou de Château-Haut, où certains de ses espions surveillaient Pritchard Hood et ses hommes. Elody finit par lui apporter une assiette de pain et de hareng, et il se rendit alors compte qu'il venait de perdre une demi-journée à tenter de percer ce mystère. Il ne s'arrêta pas pour autant et plusieurs heures s'écoulèrent encore. Quand on frappa à sa porte, il s'aperçut en allant ouvrir que la nuit était tombée.

Il avait consacré la journée à ce code, et n'en voyait toujours pas le bout.

Il cilla plusieurs fois pour chasser les taches troubles qui dansaient devant ses yeux, et contempla sa visiteuse. Il faillit ne pas la reconnaître.

— Postiche ? Mais où sont tes fourrures ?

La matrone de *La Maison des Soupirs*, le plus impressionnant et le plus cher des bordels en ville, se tenait sur le pas de sa porte, vêtue d'une simple blouse de coton. Il ne l'avait encore jamais vue autrement que parée d'hermine, telle une duchesse.

— Je les ai toutes vendues pour t'apporter ça, annonça-t-elle en lui remplissant la paume d'or. Voici ce que je te dois.

Tailleserpe avait possédé une part considérable de *La Maison des Soupirs*. L'un de ses investissements les plus rentables. Cet argent devait correspondre à la part de Malden.

— Ça me semble un peu léger, répondit-il instinctivement.

— Les affaires vont mal, expliqua-t-elle. Tout est là.

— Très bien, dit-il. Je te remercie.

Il s'apprêtait à refermer quand elle lui posa la main sur le bras.

— Maintenant, je veux récupérer ce que toi, tu me dois.

Chapitre 55

— Une protection ? répéta Malden après que Postiche lui eut expliqué sa requête.

— Ton ancien maître me l'avait promise. Je présume que notre arrangement tient toujours. Mon commerce est tombé en ruine, et j'ai remboursé ma dette. À toi de tenir tes engagements.

— Mais… une protection contre quoi ? Ne me dis pas qu'on essaie de mettre la main sur tes affaires ?

C'était la dernière chose dont Malden avait besoin : qu'une organisation rivale œuvre contre la guilde des voleurs.

— D'une certaine manière, confirma Postiche. Puis-je m'asseoir ?

Malden s'empressa d'aller libérer la chaise et de la rapprocher du feu. Postiche avait également connu sa mère, même si elles ne s'étaient jamais bien entendues. Toutefois, Malden respectait toutes celles qui survivaient assez longtemps à la rue Tiretunique pour atteindre le vieil âge. Cette vie-là était difficile, et jalonnée de davantage de dangers que la plupart des gens n'en connaîtraient jamais.

— J'ai reçu hier soir la visite d'un groupe d'hommes armés de couteaux. Vu l'état actuel de mes finances, je les ai accueillis. Mais ils n'étaient pas là pour ça. Ils ont lacéré les tableaux dans mon vestibule, déchiré les tapisseries, brisé plusieurs sculptures érotiques que j'avais importées directement de l'Ancien Empire.

La collection d'art de *La Maison des Soupirs* était l'un des trésors les plus originaux de tout Ness. D'une certaine manière, il s'agissait d'une véritable profanation. Malden bondit sur ses pieds.

— Je vais de ce pas réunir quelques sicaires. Nous les débusquerons et les forcerons à tout te rembourser.

— Tu n'auras pas à chercher bien loin, lui affirma Postiche. (Elle pinça les lèvres un instant, comme pour retenir une imprécation.) Ils venaient de Château-Haut. Oh, ils avaient retiré leur manteau à motifs d'œil. Mais les sentinelles ne sont plus assez nombreuses en ville pour que je ne les reconnaisse pas. Je suis allée trouver Pritchard Hood en personne ce matin pour demander compensation. Sais-tu ce qu'il m'a répondu ?

Malden secoua la tête.

— Que les images de luxure étaient une offense faite à la Dame. Je lui ai bien sûr répliqué que je n'étais pas une adepte de sa nouvelle religion, et il m'a informée, plutôt poliment, qu'en temps de guerre, tout le monde devait requérir les faveurs de la Dame. Les croyants comme les non-croyants.

— C'est un vrai fanatique, déclara Malden, brûlant soudain d'une haine renouvelée pour Hood.

Les citoyens de la Cité Libre de Ness avaient jusqu'alors toujours joui d'une certaine liberté religieuse. À l'évidence, Hood entendait les priver de cette largesse.

Malden se demanda toutefois si cette attaque était uniquement motivée par la foi. Elle avait dû être fomentée pour l'atteindre lui aussi. Tout le monde savait que Tailleserpe gagnait davantage d'argent grâce à ses investissements dans la Fosse Royale qu'il ne pouvait en obtenir par le simple vol. Les tripots contribuaient également à sa fortune. À présent que Malden avait hérité de ses comptes, Hood escomptait peut-être faire tarir ses sources de revenus.

Postiche souffla bruyamment.

— Tu dois faire quelque chose, Malden. Il faut que tu m'aides. Toi et moi n'avons jamais été proches. Mais tu es ami avec toutes les travailleuses de cette ville… c'est en tout cas ce que l'on raconte. L'heure est venue de prouver ta sincérité.

— J'aimerais bien, répondit-il en tentant de gagner du temps. Mais j'ai mes propres problèmes, tu sais ?

À l'évidence, Postiche n'accepterait aucune excuse. Elle se leva et se dirigea vers la porte. Avant de partir, elle tourna les talons pour lui lancer :

— J'ai toujours trouvé que les hommes se révélaient inutiles quand on avait le plus besoin d'eux. C'est la raison pour laquelle je ne me suis jamais mariée. Cela explique aussi que j'ai cherché à me frayer seule un chemin dans ce monde. Pour une fois – pour une fois seulement –, j'espère qu'on me prouvera que j'ai tort.

Elle partit avant qu'il puisse prendre le moindre engagement. Postiche était une femme maligne, qui n'aurait de toute façon probablement pas cru à ses promesses.

Il reçut deux autres visites de matrones ce soir-là, qui lui rapportèrent des histoires similaires. Apparemment, Pritchard Hood avait été très occupé. La seule maison dans laquelle il n'avait pas envoyé ses sbires sous quelque prétexte fallacieux était *La Citronneraie*, ce qui accréditait la thèse selon laquelle il essayait de lui couper les vivres avant de le massacrer. Désespéré, Malden n'eut d'autre idée que de se replonger dans son énigme.

Il n'accomplit pas le moindre progrès. Il travailla jusque tard dans la nuit, sans avoir d'illumination. Crassier revint lui tenir compagnie, au plus grand bonheur de Malden. Toutefois, la frustration du voleur était telle qu'il craignait de s'en prendre violemment à son plus fidèle ami s'il ne se surveillait pas.

— C'est du charabia ! hurla-t-il en déchirant un morceau de parchemin en lambeaux, qu'il jeta en l'air. (Ils retombèrent telles des feuilles d'automne.) Il y a trop de symboles. Ou trop peu. S'il s'agissait de deux énigmes mêlées, il devrait y en avoir quarante-quatre. Mais je n'en compte que trente-sept.

Crassier leva la tête de l'assiette de pain perdu qu'il s'attelait à vider.

—Trente-sept ?

—Oui ! s'exclama Malden, exaspéré, en saisissant son livre de grammaire. Ce qui n'a aucun sens. L'alphabet de l'Ancien Empire n'en contient que vingt-neuf. Même dans les Royaumes du Nord, où la moitié des lettres sont couvertes de trémas, de circonflexes ou d'autres signes diacritiques que personne ne sait prononcer, il n'y en a que trente et un. Il n'y a jamais eu un seul alphabet humain dans toute l'histoire qui ait employé trente-sept lettres, même en incluant les virgules, les points d'interrogation et autres.

—Pas d'alphabet humain, non, confirma Crassier, mais...

—Je n'y arriverai pas ! brailla Malden avant de s'affaler sur le lit, écrasant ses rouleaux de parchemin gâchés et maculant sa tunique d'encre. Tailleserpe n'a jamais voulu que je décode son message, ça me semble évident. Il a d'abord envoyé un assassin à mes trousses. Puis, quand celui-ci a échoué, il m'a confié ce travail, sachant pertinemment que j'allais tellement tout foirer que mes propres voleurs se retourneraient contre moi. Et il m'a laissé un dédale de symboles sans queue ni tête pour que je m'y égare, afin de me faire perdre tant de temps que je ne verrais même pas arriver le coup fatal.

—Non, mon gars, je n'y crois pas un seul instant. Il voulait que tu résolves cette putain d'énigme. Il savait de quels outils tu disposerais : Coruth, pour t'expliquer le fonctionnement des codes, et moi.

Malden se redressa soudain. Il ne dit rien, de peur d'interrompre Crassier.

—Il existe trente-sept runes connues chez les nains. Exactement trente-sept, acheva-t-il d'une toute petite voix.

Malden se leva et s'approcha de la chaise où était installé le nain, son assiette de pain au lait sur les genoux. Il tendit la main vers l'épaule de son compagnon.

Un coup frappé à la porte lui fit faire volte-face. Avant même qu'il puisse réagir, le battant s'ouvrit violemment sur Velmont. Le voleur helstrovien avait l'air d'avoir couru depuis la muraille : il avait le souffle court et le visage inondé de sueur.

— Les chasseurs de primes ont encore frappé, annonça-t-il.

— Et qui ont-ils eu, cette fois ? s'enquit Malden.

Velmont s'essuya la bouche.

— Barbacane.

Chapitre 56

Croy s'agenouilla dans les ronciers sur le bord de la route. Il y voyait mal sous la faible lueur argentée de la lune, mais chaque fois qu'une herbe remuait dans la brise nocturne ou qu'une chouette fondait d'une branche pour quelque vile entreprise, son corps entier se raidissait et sa main se resserrait sur la poignée de Percespectre.

Il n'avait à sa disposition que peu d'hommes dont il était sûr qu'ils ne prendraient pas leurs jambes à leur cou au moindre signe de danger. Il commettait une terrible erreur et en avait conscience.

Il avait reçu des ordres.

Il entendit croasser un corbeau depuis les arbres bien au sud de sa position, et sut que l'heure approchait. Les corbeaux volaient de jour, et dormaient de nuit, comme n'importe quelle créature sensée. Ce cri indiquait donc que des cavaliers approchaient du côté de Rougedigue.

Il savait qu'ils seraient quatre. Quatre éclaireurs rapides, retournant à Helstrow pour annoncer la prise de la ville érudite. Il ne s'agirait pas des meilleurs guerriers de Mörget, ni de massacreurs. Il en était relativement sûr.

Bientôt, il entendit le bruit des sabots battant le chemin à moitié gelé. Il ne les distingua que peu avant qu'ils tombent dans le piège.

— Maintenant, chuchota-t-il.

Il sentit derrière lui un mouvement soudain et brutal.

Une corde robuste se tendit au milieu de la route, soulevant un nuage de poussière en s'élevant à hauteur d'épaules. Elle traversait le passage de bord en bord et, à moins d'être informé de sa présence, elle était presque impossible à détecter. Le premier cavalier, qui la prit de plein fouet, fut arraché à ses étriers et projeté au sol. Sa monture continua à avancer. Le deuxième réagit à temps pour ne pas se faire démonter, mais il s'empêtra dans la ligne et tenta de tirer son couteau pour se libérer.

Les deux autres firent stopper leur cheval.

Tout s'était déroulé mieux que Croy l'avait espéré. Bien entendu, ça n'était pas encore terminé.

Et si le message qu'ils doivent transmettre se trouvait dans les sacoches de selle du premier canasson ? songea Croy. Il ne parviendrait jamais à le rattraper dans le noir. Si l'animal était assez malin pour galoper jusqu'à Helstrow…

Il y avait toutefois d'autres sujets d'inquiétude plus pressants.

— Aux armes ! hurla-t-il, et tout autour de lui des torches s'illuminèrent. Soldats de Skrae, aux armes !

La compagnie de Croy surgit des arbres, brandissant ses piques et ses serpes en direction des barbares. Le chevalier dégaina Percespectre et courut jusqu'à celui qui était tombé. Il y voyait suffisamment pour distinguer le nombre de croix qu'il avait au cou, symbolisant le nombre de fois qu'il était parti piller. Combien de villages avait-il incendié ? Combien de femmes avait-il souillées, combien de gorges innocentes avait-il tranchées ? Il peinait à se relever, et même à rouler sur ses bras. Ses jambes ne bougeaient pas du tout. Peut-être s'était-il brisé le dos.

Croy avait reçu des ordres. Percespectre étincela avant de venir trancher la gorge du malheureux, presque assez profondément pour le décapiter.

Le cavalier entravé fit pivoter son cheval et dévoila une hache au long manche. Les rayons de lune filtrèrent à travers le quatre-feuilles évidé dans la lame. Percespectre tinta en parant le premier coup. L'autre tira sur son arme pour la récupérer, et Croy se fendit d'une frappe d'estoc vers le haut. Le barbare ne put que la bloquer de l'avant-bras. La lame mordit dans la chair, et du sang gicla au visage du chevalier.

La hache siffla de nouveau dans l'air. Croy la repoussa une fois encore – Percespectre était plus rapide que la mieux forgée des haches. Le barbare voulut agripper son adversaire de son bras blessé, mais ses doigts refusèrent de se refermer sur le tabard. Croy en profita pour se rapprocher, largement à portée désormais des sabots de la monture. Il allait devoir mettre un terme rapide à ce combat. Un coup précis à la poitrine de son adversaire y suffit, et le chevalier s'éloigna d'une roulade avant que le destrier à moitié fou le piétine. Le cavalier bascula de sa selle et fut traîné au grand galop dans les champs jouxtant la route.

Les hommes de Croy avaient encerclé les deux autres, sans les blesser. Les soldats paysans ignoraient complètement comment se servir de leurs armes. La plupart d'entre eux avaient tout simplement trop peur de blesser un être humain. Dans un autre monde, un monde gouverné par la Dame, Croy aurait été admiratif de leur grandeur d'âme.

Mais ils ne vivaient pas dans ce monde-là. Il bouscula ses hommes, en précipitant certains au sol pour se frayer un chemin jusqu'à l'ennemi. Le troisième cavalier repoussait les serpes à l'aide d'une lance de chasse et se protégeait des pointes des piques grâce à un bouclier. Il eut à peine le temps de remarquer Croy quand Percespectre lui sectionna l'artère de la cuisse. Il mourrait, exsangue, en moins d'une minute. Croy tourna les talons et s'éloigna.

Plus qu'un.

Le dernier était parvenu à franchir un cordon d'armes d'hast. Deux des hommes de Croy gisaient au sol ; l'un avait la poitrine enfoncée suite à un mauvais coup de sabot, le second avait été défiguré par une lame bien affûtée.

D'autres gémissaient, blessés mais vivants, tandis que le barbare tentait de fuir à travers champs.

— Ne le laissez pas s'échapper ! s'exclama Croy, sachant qu'il parlait dans le vide.

Ses troupes reculèrent à bonne distance de l'arme que le survivant agitait devant lui. En un clin d'œil, celui-ci monta en selle, éperonna sa monture et partit au grand galop.

Croy avisa le cheval du troisième cavalier. Ce dernier était mort sans être désarçonné. Croy le poussa du coude pour lui prendre sa place. Le destrier se cabra et rua, mais le chevalier parvint à saisir la bride de sa main libre et à balancer un violent coup de talon dans les côtes de l'animal terrifié.

Il avait reçu des ordres. Il devait poursuivre le fuyard.

Loin de la route et des torches, le sol était d'un gris indistinct, et le barbare une simple tache dans la pénombre. Croy ne distinguait que sa cape flottant derrière lui et un rare éclat de lumière se reflétant sur les sabots quand ils quittaient le sol. Croy s'efforçait de suivre les pas de son ennemi, afin d'éviter que son propre cheval se brise une jambe sur quelque bosse malvenue ou trébuche sur un rocher à moitié enfoui. Il entendait le souffle saccadé des deux équidés, ainsi que le battement puissant de son cœur, mais rien d'autre. Droit devant, il aperçut une vieille grange, dont le trou dans le toit laissait apparaître quelques étoiles. Le cavalier semblait se précipiter vers la porte ouverte. Au nom de la Dame, pourquoi ? Croy n'en avait pas la moindre idée.

Il le suivit néanmoins à l'intérieur, puis bondit de cheval car il ne voyait rien. Tout n'était que ténèbres. Était-ce le but du barbare, de le piéger dans ce noir de poix et de lui échapper tandis qu'il chercherait son chemin à tâtons ?

Apparemment pas. Croy sentit son souffle lui effleurer le visage et eut tout juste le temps de tituber en arrière pour éviter l'épée qui glissa juste devant lui. Son adversaire voyait peut-être mieux que lui dans la pénombre, même s'il en doutait. Ou peut-être s'imaginait-il qu'un combat à l'aveugle pouvait l'aider à le remporter – il avait dû observer Croy en train de terrasser ses camarades, et tentait d'égaliser les chances.

Le chevalier retint son souffle. Percespectre palpitait légèrement dans sa main, au rythme de son cœur.

L'épée du barbare s'abattit avec fracas sur l'armure qui lui protégeait le bras. Un coup de veine : elle fendit la jointure de cuir entre le brassard d'avant-bras et le canon d'arrière-bras, et glissa sur la peau rugueuse de son coude. Si le barbare avait pu voir ce qu'il faisait, ou ajuster un peu mieux son assaut, il aurait sectionné la moitié du bras de son adversaire. Il avait cependant omis une chose.

Il s'agissait du bras gauche de Croy.

Celui-ci sentit une vague de douleur déferler sur lui, menacer d'engourdir ses sens, mais il se contenta de baisser étroitement les paupières et de retenir son souffle pour écouter les pieds de son ennemi claquer sur le parquet. Là.

Les yeux clos, Croy visualisa l'épée du barbare, le bras qui la brandissait, la poitrine, le cœur…

Percespectre atterrit pointe la première et empala l'homme, déchirant le nœud de muscles juste à gauche du centre de la poitrine.

L'autre poussa un hurlement d'agonie, qui fut toutefois très bref.

Croy arracha Percespectre à la blessure fatale, et laissa tomber la Lame sur le sol couvert de paille. Il s'agenouilla alors et empoigna son coude blessé.

Il ne rouvrit pas les yeux avant que ses hommes viennent le chercher avec leurs torches. Alors, il découvrit pour la première fois le visage de celui qu'il venait d'occire.

Ou plutôt, de celle. Elle avait la figure peinte pour ressembler à un crâne. Il s'agissait de l'une des guerrières de Mörget. Croy n'avait jusqu'alors jamais tué de femmes – pas même pour sauver sa vie.

Mais il avait reçu des ordres.

Chapitre 57

Je ne voulais pas de ce boulot, songea Malden. *Je ne l'ai jamais réclamé. Tailleserpe a sans doute voulu me punir en me le confiant. Mais qu'est-ce que je lui ai fait ? J'étais son employé, je contribuais à le rendre riche.*

Et aujourd'hui, je dois nettoyer le merdier qu'il a laissé derrière lui.

Barbacane avait été l'un des favoris de Tailleserpe, l'un de ses plus anciens comparses. Tout le monde l'appréciait au sein de la guilde. S'il devait finir pendu, celle-ci se déchirerait ; les voleurs reprocheraient à Malden la mort du vieux bandit et le démettraient de ses fonctions sans prendre de gants.

Malden n'avait d'autre choix que d'empêcher l'exécution. Il fit signe à Velmont de le suivre, et se précipita dans la nuit.

Les portes en laiton de la Dame chapelle restaient grandes ouvertes. Une lumière jaunâtre se déversait sur les marches de marbre. Malden pénétra dans l'odeur d'encens et la chaleur des braseros, et eut comme un instant d'étourdissement, ses pensées tourbillonnant dans sa tête de façon incontrôlable.

Pritchard Hood priait à genoux devant l'autel, les mains jointes. Un prêtre habillé d'un vêtement sacerdotal vert était debout derrière la table, les bras levés en supplication. Derrière lui, une corne d'abondance dorée luisait de l'éclat de cent cierges.

L'air de l'église était lourd et immobile. Malden avait l'impression de s'enfoncer dans du verre fondu. Il avait à peine conscience de Velmont qui marchait derrière lui.

Pritchard Hood ne bougea pas en sentant Malden approcher. Le prêtre dévisageait le nouveau venu, s'attendant sans doute à ce qu'il vienne profaner ce lieu saint. Si étonné et effrayé qu'il fût, le voleur conservait toutefois suffisamment de bon sens pour ne pas faire n'importe quoi. Il ignorait à quel point la ferveur de Hood était sincère, ou s'il se servait juste de la foi en la Dame comme d'un bouclier ou d'une ruse politique. Peu importait. Si Malden commettait un acte irréfléchi à cet instant – comme faire couler le sang du gouverneur sur l'autel –, il aurait un millier d'ennemis supplémentaires à affronter.

— Pritchard Hood, dit-il.

Celui-ci se retourna lentement, comme s'il se trouvait toujours en communion avec sa déesse.

Malden fit la moue.

— Vous avez capturé un vieil innocent.

— Je ne dirais pas de Barbacane qu'il est innocent, répliqua Hood avec un ricanement. Il est l'un des voleurs les plus tristement célèbres de tout Skrae.

— Ce n'est qu'un vieillard. Il ne vous a pas volé ne serait-ce qu'un sou, pas plus qu'à n'importe qui d'autre dans cette ville.

Malden croisa les bras, veillant à ne pas laisser sa main à portée de la poignée de Langacide, qui pendait à son côté.

— On l'a baptisé ainsi quand il s'est faufilé par une meurtrière dans les casernes de Château-Haut. Il a dérobé l'argent des troupes du burgrave.

— C'était il y a vingt ans.

Hood sourit de toutes ses dents.

— La Dame n'oublie jamais le mal fait aux Siens. Tu le saurais, si tu avais reçu la moindre éducation religieuse. Ceux qui vivent une existence saine, par des moyens honnêtes, se voient récompensés. Les autres sont punis par Ses serviteurs en ce monde. Je suis l'un d'entre eux.

Malden secoua la tête.

— La justice du Dieu Sang me plaît davantage. Elle s'applique aux riches comme aux pauvres. Tous sont jugés et torturés selon leurs péchés dans la fosse aux âmes. Sadu n'a pas besoin de serviteurs pour appliquer sa vengeance.

Le prêtre se mit à trembler.

— Ce nom ne doit jamais être prononcé dans cette demeure, proclama-t-il. Vous profanez les pierres mêmes de cette église avec votre langue fourchue !

Malden ne releva pas.

— Libérez Barbacane, Hood.

— Serait-ce une menace, Malden ? Peu me chaut. Ton voleur se balancera au bout d'une corde dès l'aube. Et ses dernières paroles t'accuseront. C'est ce que la Dame souhaite, ainsi soit-il, donc.

Malden eut un goût de bile dans la bouche, mais sut qu'il était impuissant. Il ne pouvait pas abattre Hood dans cette église. Et même s'il le faisait, Barbacane ne serait pas libéré pour autant. Il devait pourtant agir. Toute la guilde des voleurs aurait les yeux braqués sur lui. Il n'avait plus de temps à perdre, l'heure n'était plus à la conciliation ou à la patience.

En sortant de la Dame chapelle, il comprit que l'heure n'était plus non plus à la réflexion. Une demi-douzaine d'hommes l'attendait sur les marches, tentant vainement d'arborer un air nonchalant. Il les connaissait tous – des voleurs, des cambrioleurs, des aigrefins, des brigands. Ceux-là même qui n'avaient jamais voulu de Malden pour chef, venus lui prouver à quel point sa réputation s'était détériorée.

Tous étaient armés.

— Velmont, demanda posément Malden, puis-je te faire confiance ?

— De quel couleur est ton argent ?

— C'est de l'or, Velmont. De l'or bien brillant.

— Alors tu peux compter sur moi.

Cependant… à deux contre six…

— Messieurs, lança Malden à son comité d'accueil.

L'un des hommes fit un pas en avant. Il s'appelait Tock, et Malden s'était personnellement chargé de son recrutement. Les méthodes que la guilde employait à cet effet n'étaient pas toujours les plus douces. Tock avait eu de bonnes raisons de haïr Malden avant même que Tailleserpe ait quitté la ville.

— Tu as l'air fatigué, Malden. C'est à cause de la pression liée à ton nouvel emploi ?

— Ils ont eu Barbacane cette nuit, répondit-il, tentant de faire appel à l'esprit communautaire.

— C'est aussi ce qu'on a entendu dire. Ça, c'est un gars qui mérite notre protection. Mais où étais-tu quand ils l'ont capturé ? Dans un bordel, à ce qu'il paraît. Enfermé dans une chambre privée.

Malden ne prit pas la peine de se justifier. Tailleserpe ne le faisait jamais. Bien sûr, Tailleserpe aurait été accompagné de sicaires tapis dans l'ombre, prêts à frapper dès que Tock se saisirait de son couteau.

— Je vais le faire libérer. Et vous pouvez soit m'y aider, soit tenter de m'en empêcher.

L'un des six bandits tira un lourd couperet de sa ceinture. Tock ouvrit la main, la paume parallèle à la rue. Il ne s'agissait donc pas d'un simple groupe de voleurs en colère. C'était un gang organisé, s'ils s'étaient donné la peine d'élaborer des signaux. Capable de se battre de conserve.

Malden et Velmont n'avaient jamais combattu côte à côte. Le nouveau maître des voleurs ignorait comment s'en sortirait le Helstrovien s'ils en arrivaient à cette extrémité.

— Je te le répète : vous pouvez m'aider, insista Malden.

— Tu as un plan ? lui demanda Tock.

— Toujours, mentit-il en retour.

— Tu comptes aller lui rendre visite à Château-Haut ? Te faufiler dans sa geôle, et repartir avec lui sur l'épaule ?

Certains des rebelles gloussèrent à cette suggestion. Jusqu'à cet instant, c'était précisément ce que Malden avait eu en tête. Il allait devoir trouver autre chose.

— Non, soupira-t-il. Ce serait pure folie.

— Alors quel est ton super plan ?

Malden ferma les yeux. Et entendit chanter. Le prêtre dans la chapelle dirigeait les prières du soir, et Pritchard Hood, le seul fidèle présent, prêtait sa voix au cantique.

— Ah, s'exclama Malden qui venait de trouver la solution. Je vais dire une courte prière.

Chapitre 58

Il ne fut pas évident d'obtenir des informations si tard le soir. Les gens honnêtes – ou à peu près – de Ness avaient tendance à verrouiller leurs portes à la nuit tombée et à aller se coucher tôt : les bougies coûtaient cher, et après une longue journée de travail, tout le monde aspirait à un peu de repos. Les rues n'étaient pas sûres quand il faisait sombre, même si elles semblaient désertes. Pourtant, Malden avait fondé tous ses espoirs sur cette frange de la population qui gagnait sa croûte après le coucher du soleil.

Ses voleurs furent les premiers à arriver sur la place de la Pierdieu, comme la première fois. Ils s'y présentèrent seuls, pour la plupart. Certains montrèrent quelque signe de soutien quant au plan de Malden, tandis que d'autres, Tock en tête, n'étaient venus que pour le voir échouer… et être anéanti. Trismus et Onzedoigts vinrent se poster non loin de la Pierdieu. Qu'ils croient ou non en Malden, ils devaient de toute façon bien ça à Barbacane. Crassier, à l'instar de tous les nains, était dans sa meilleure forme à la nuit tombée, quand le soleil ne lui brûlait plus les yeux. Il arriva néanmoins en retard, et adressa un sourire d'excuse à Malden. Puis il leva des doigts maculés d'encre pour expliquer son manque de ponctualité.

Velmont se faufilait telle une panthère parmi le groupe des voleurs, guettant le moindre signe de trahison. Malden ne doutait pas qu'il en surprenait, mais pour l'instant au moins les couteaux demeurèrent cachés.

Les voleurs ne restèrent pas longtemps seuls. Bientôt, les catins de Ness arrivèrent par groupes de six ou dix, les matrones menant bruyamment leurs filles en signe de solidarité. Elody était la plus volubile d'entre toutes, mais Malden fut heureux de constater que Postiche avait rameuté toutes les travailleuses qu'elle avait pu trouver. *La Maison des Soupirs* avait dû fermer ses portes pour la nuit pour la première fois depuis sa création.

Elles ne furent pas les dernières à se présenter. Les agents de Malden avaient fouillé les moindres recoins du Remugle, même les quartiers les plus pauvres où les voleurs n'étaient pas davantage en sécurité que les opulents marchands. Ils avaient frappé à toutes les portes, annoncé la nouvelle à grand renfort de cris. Malden s'était attendu à ce que seules quelques vieillardes ou barbes blanches répondent à l'appel, et fut donc surpris de voir apparaître nombre d'estropiés, de malades, voire de mères de famille supposément plus raisonnables. Bientôt, la place était tellement pleine que la foule s'étendait jusqu'aux rues adjacentes ; les volets des maisons alentour s'ouvrirent quand les habitants du quartier cherchèrent à comprendre la cause de ce raffut.

Malden n'était cependant pas prêt à prendre la parole. Pas avant la venue de Pritchard Hood.

Il attendit près d'une heure, debout au sommet de la Pierdieu, comme quand il s'était adressé à sa guilde, à l'époque où Ness était encore un lieu où il faisait bon être voleur. Il ne s'adressa pas à la foule, sauf pour accueillir les nouveaux venus et saluer ceux qu'il connaissait. Il ne leur transmit pas le moindre encouragement. Il s'apprêtait à accomplir un acte solennel, pas les singeries d'un bouffon à la foire de la saison des moissons. Même s'il n'avait lui-même jamais été très croyant, Malden avait eu vent de la façon dont les anciens prêtres du Dieu Sang procédaient. Ils prenaient leurs rituels particulièrement au sérieux, et il escomptait bien faire de même.

Lorsque Pritchard Hood apparut finalement, accompagné de six de ses gardes les plus costauds, il fendit la foule jusqu'à se trouver à l'aplomb de la Pierdieu. Malden fut surpris de constater que les sentinelles ne portaient pas leurs habituelles armes d'hast, mais des maillets et des pioches. Intéressant. Visiblement, Hood avait prévu sa propre démonstration.

— Je ne sais pas à quoi tu joues, Malden, cria le gouverneur. Cet endroit a été rituellement profané. Cette roche n'a plus rien de sacré.

Malden lui sourit.

— Vous pensez que Sadu a ressenti quoi que ce soit quand les prêtres de votre Dame ont lavé cette pierre avec du vinaigre en chantant leurs petites comptines ? Vous pensez même qu'Il s'en est rendu compte ?

— Je pense qu'Il a tremblé dans Sa fosse, rétorqua Hood en observant les lieux. Je pense qu'Il savait que Son temps était révolu, et que l'ère de la Dame débutait.

— Ah, mais les gens de votre sorte s'imaginent toujours que les dieux peuvent être écartés quand on ne veut plus d'eux. (Malden parcourut la foule du regard. Il vit les visages captivés, l'étrange calme qui habitait leurs yeux.) Quand cela devient politiquement intéressant.

Il fit porter sa voix aussi loin que possible, afin que tout le monde l'entende. Il regrettait simplement qu'il ne fasse pas jour, pour que chacun puisse également voir. Mais Barbacane devant être pendu à l'aube, il n'avait pas eu de temps à perdre.

— Les véritables croyants savent que les dieux ne meurent pas, poursuivit-il. Les enfants de Sadu ne L'ont pas oublié. Ici, à Ness, nous avons toujours eu le droit de vénérer le dieu de notre choix. Même si cela n'est pas stipulé dans la charte de la Cité Libre, chaque burgrave nous a jusqu'à présent laissé cette liberté. Vous semblez vous y opposer.

— Il n'y a qu'une seule déesse susceptible de sauver Skrae à l'heure actuelle, rétorqua Hood. Qu'attends-tu précisément de Sadu ce soir ? Que comptes-tu Lui demander ? De fendre la terre en deux pour que les murs de la prison s'effondrent et que ton vieux camarade puisse s'enfuir ? Je le rattraperais. À moins que tu souhaites invoquer l'aide de démons ?

Un murmure parcourut l'assemblée. La démonologie était l'apanage des mages, et nul ne leur faisait confiance. Si tel était le but recherché par Malden, alors il risquait de perdre tout le soutien qu'il avait espéré gagner.

Par chance, il avait autre chose en tête.

— Je sollicite le Dieu Sang pour une chose uniquement. La seule chose qu'Il nous ait jamais promise : la justice, pour chaque homme et chaque femme. Et je Lui offre en échange le sacrifice de son choix.

Il dégaina son couteau de poche et, suffisamment vite pour ne pas même grimacer, il s'entailla la main gauche. Il montra la blessure à la foule, puis serra le poing à plusieurs reprises afin de faire affluer le sang.

— Pour toi, Sadu ! cria-t-il avant de se baisser bien bas, de manière à pouvoir apposer sa paume ensanglantée sur la surface de la Pierdieu. Du sang ruissela sur la roche, traînée sombre apparaissant clairement à la lumière lunaire.

L'espace d'un instant, toute la place retint son souffle.

Pritchard Hood rompit le silence en éclatant de rire.

— Malden, tu viens de te condamner ! Tu sais que verser le sang en sacrifice est illégal en Skrae depuis près d'une centaine d'années. Tu sais pertinemment que quiconque adresse le moindre sacrifice à cette pierre s'expose à la peine de mort.

Malden jeta un coup d'œil aux maillets et aux pioches que tenaient les soldats.

— Alors venez m'attraper, chasseurs de primes.

Si Hood avait apporté une échelle, il aurait pu monter le rejoindre et Malden aurait été perdu. S'il avait posté des archers sur les toits entourant la place, il aurait fait abattre le voleur sur-le-champ.

Mais Hood avait décidé de faire d'une pierre deux coups.

— Tu viens de m'offrir une excellente raison de faire ce qu'aucun burgrave ni aucun gouverneur n'a jamais eu le courage de réaliser jusqu'à aujourd'hui. Je t'en remercie, Malden ! Vous six : détruisez-la.

L'un des gardes souleva son maillet, et l'abattit violemment sur le côté de la roche. Des fissures serpentèrent à la surface de la Pierdieu, et des fragments minéraux en tombèrent. Les intempéries et les années l'avaient fragilisée, et les sentinelles auraient tôt fait de la réduire en miettes.

Du moins, si personne ne les arrêtait.

Pritchard Hood avait commis une grave erreur de calcul. La Dame, selon les textes, plaçait chaque homme dans la situation qui était la sienne par un décret sacré. Ceux qui prospéraient dans cette vie Lui devaient allégeance, car Elle était Celle qui distribuait richesses et trésors. Les rois de Skrae et tous leurs nobles, chaque riche marchand ou maître de guilde du pays, chaque membre du clergé autorisé par la loi adoraient la Dame et dédaignaient les rites du Dieu Sang. Ils avaient – violemment – réprimé le culte de Sadu. Ils avaient combattu contre Ses fidèles. Mais ils n'étaient jamais véritablement parvenus à faire disparaître l'ancienne croyance.

Les pauvres, les démunis, les parias de la société n'avaient jamais oublié le nom de Sadu. Ne l'avaient jamais laissé mourir.

Quand la rumeur d'une invasion barbare avait atteint Ness, tous les citoyens opulents avaient pris la fuite. Tous les négociants, tous les petits bourgeois et les courtisans, tous les membres les plus éminents de l'Église de la Dame avaient abandonné la ville à son sort.

Ceux qui étaient restés l'avaient fait par manque de moyens. Ceux-là même étaient les enfants de Sadu. Les véritables croyants, ceux qui se souvenaient des vieilles traditions, ceux qui emplissaient la place de la Pierdieu cette nuit-là.

Avant que le garde pût porter un nouveau coup de maillet et détruire la pierre, la fureur de la fosse se libéra soudain.

Chapitre 59

Une vieille poissonnière au visage semblable à un navet pourri se jeta devant la Pierdieu et défia le soldat de la cogner. Il hésita un instant, juste assez longtemps pour que Pritchard Hood écarte sans ménagement la mégère. Elle voulut lui griffer les yeux, et il ne put que la maintenir à bout de bras.

La foule se mit alors à crier, les voix se mêlant les unes aux autres.

— Il va la tuer !

— Il malmène cette pauvre femme !

— Laissez-la !

— Dispersez-vous, ordonna Hood qui se débattait toujours avec la poissonnière. Lâche-moi, maudite. Dispersez-vous, tous autant que vous êtes ! Rentrez chez vous !

L'assemblée se rapprocha d'un pas de la Pierdieu.

— Reculez ! Reculez tous ! brailla Pritchard Hood. Gardes, faites-les reculer.

Une pioche vint s'enfoncer dans le flanc d'un badaud qui s'était trop approché, l'un des voleurs à la tire qui avait rejoint la guilde avant Malden. Il cria de douleur. Un maillet broya le crâne d'un mendiant aveugle.

La foule rugit de plus belle. Elle réclamait vengeance.

Elle effectua un pas de plus en avant.

— Arrêtez ! Arrêtez tout de suite ! s'époumona Hood.

Un garde brandit son maillet pour détruire la pierre…

… et un couteau de jet lui transperça la gorge. Il s'écroula en s'étouffant avec son propre sang. Le grondement d'un océan en furie accompagnait la horde qui s'approchait encore de la pierre, agrippant les soldats et le gouverneur en dépit des pioches et des maillets qui fendaient les têtes et brisaient les côtes des vieillards et des lépreux.

Rien n'aurait pu arrêter la cohue. Elle fondit sur Hood et les siens tel le Dieu Sang en personne.

— Plaquez-les au sol ! commanda Malden. (Il parvenait à peine à entendre sa voix par-dessus le vacarme ambiant.) Ne les laissez pas se battre… empêchez-les de vous tuer !

La foule n'avait pas besoin d'encouragements, et n'écoutait aucun conseil. Hurlant, écumant comme un taureau enragé, elle agissait tel un seul homme, tous ses membres unis par une même soif de sang. L'une des sentinelles fut dépecée membre après membre sous les yeux horrifiés de Malden ; le sang du malheureux coula sur les pavés, de sorte que bon nombre des furieux glissèrent et furent piétinés par d'autres qui tentaient de s'approcher davantage pour participer au massacre.

Les soldats restants se défendaient désespérément à l'aide de leurs outils. Le nombre de victimes parmi les pauvres et les vieillards enfla rapidement – un carnage pur et simple –, mais les gardes ne tiendraient plus longtemps. Malden ne voyait plus Pritchard Hood parmi la masse humaine, ce qui ne l'empêcha pas de hurler :

— Emparez-vous de Hood ! Chassons-le de la ville !

Hood était peut-être déjà mort quand les mots franchirent les lèvres du voleur. En tout cas, il l'était bien un instant plus tard, quand Malden put voir son corps désarticulé hissé sur les épaules d'un groupe de prostituées et évacué de la place. Nul ne pouvait survivre avec la tête pendant de la sorte au bout du cou, ou la cage thoracique si profondément enfoncée en autant d'endroits. Du sang coulait de la bouche figée du gouverneur et s'accumulait dans son orbite énucléée. Malden préféra se détourner plutôt que d'en voir davantage.

Toutefois, la meute n'était pas rassasiée. Elle réclamait plus. Plus de sang. Plus de vengeance. Toute la tension de ces dernières semaines, alors que Ness attendait d'être mise à sac et pillée par la horde barbare, se libérait subitement dans une orgie de rage.

Malden resta juché sur la Pierdieu – essayer d'en descendre aurait relevé du suicide – et réclama un peu d'ordre, de raison, de calme. Il implora civilité, paix, véritable justice. Ses mots furent noyés dans le raffut.

Quand la plèbe déserta la place en direction de Château-Haut, le voleur sentit les larmes lui rouler sur les joues. Qu'avait-il fait ? Qu'avait-il déclenché ? Il n'aurait pas été surpris que la foule mette la ville à feu et à sang. Massacre chaque homme, femme ou enfant sur son passage, sans tenir compte de leur innocence ou leur culpabilité. Quand il put redescendre sans risque, il se laissa glisser le long de la pierre et atterrit douloureusement sur sa cheville. Son cœur battait la chamade, plus de peur que de colère.

Des cadavres jonchaient le sol. Des corps d'indigents, d'estropiés, de voleurs. La meute avait emporté avec elle ceux des gardes, dans un but que Malden préférait ne pas imaginer.

— Mon gars ! Par ici, bordel ! appela Crassier. (Le nain s'était abrité dans l'embrasure d'une porte, de l'autre côté de la place.) Putain, tu sais combien c'est dangereux d'être aussi foutrement petit quand cette saloperie de monde entier perd la raison ? demanda-t-il, le visage déformé de terreur.

— Je ne… je ne pensais pas qu'ils…

Crassier secoua la tête.

— Écoute, Malden. Tu ne peux plus rien y faire. Va te mettre en sécurité quelque part. Laisse passer la nuit. (Le nain jeta un coup d'œil derrière l'angle du mur.) Merde. Peu importe.

Le voleur dévisagea son ami, profondément confus. Puis il se pencha à son tour pour regarder.

Coruth la sorcière traversait la place pour venir les rejoindre, veillant à ne pas trébucher sur un cadavre.

— Malden, déclara la vieille femme. Venez avec moi.

Chapitre 60

Coruth n'attendit pas qu'il lui confirme qu'il la suivrait. Elle traversa la place et se transforma en oiseau.

Il l'avait déjà vue réaliser cette prouesse auparavant, mais il n'en fut pas moins mal à l'aise. Elle n'avait pas même battu des bras, ni prononcé une incantation, ni même rapetissé de façon notoire. Elle semblait juste être entrée dans une ombre avant d'en ressortir dotée d'ailes et d'un bec. Elle déploya alors ces dernières et vola jusqu'à la charpente d'une maison, où elle attendit patiemment qu'il la rejoigne.

Malden grimpa aisément à la bâtisse. Les bardeaux étaient peints de lumière lunaire rehaussée d'une pointe de rouge. Il ignorait d'où provenait cet éclat. Coruth ne prononça pas un mot. Elle se contenta de voleter vers la maison d'en face et de se jucher sur le toit, donnant de petits coups de bec aux tuiles comme pour attraper une mite.

Malden secoua la tête. Il était obligé de la suivre. Il en connaissait assez sur la sorcellerie pour savoir qu'il n'était pas raisonnable de désobéir à ses adeptes. Il courut le long du faîte, les pieds bien à plat pour ne pas perdre l'équilibre, et sauta sur le bâtiment voisin. Juste au moment où Coruth reprenait son envol.

Il traversa la moitié de la ville en la pistant de la sorte. Les toits dans cette partie du Remugle étaient particulièrement raides, mais tous plus ou moins à la même hauteur. Le voleur s'était déjà aventuré des milliers de fois au cœur de cette haute mer de bardeaux et de gouttières. Il se balança aux gargouilles d'une église, bondit d'un conduit de cheminée pour s'agripper à un balcon, avant de se hisser du même élan gracile à l'étage d'une boulangerie. Finalement, quand ils atteignirent le Pont du Cardeur, Coruth manqua de juchoirs. Malden atterrit dans la rue et franchit la passerelle avant même que la sorcière puisse reprendre la voie des airs. Il savait désormais où elle le menait.

Là, le Remugle cédait le pas à la Côte Dorée, le quartier des manoirs qu'habitaient naguère les riches marchands de Ness. Du haut des toits, rien n'indiquait ce changement de quartier, sauf que les tuiles de la Côte n'avaient pas tendance à bouger ou craquer quand Malden s'y posait de tout son poids. Plus loin s'étendaient les Flèches, où chaque bâtiment était fait de pierre, et où la plupart des toits étaient doublés de plomb pour isoler de la pluie. Le voleur poursuivit donc son périple, escaladant les nombreux dômes de la salle des comptables jusqu'à surplomber la place du marché, à deux pas de la muraille de Château-Haut.

Il distinguait désormais la source de la lumière rougeâtre. La place était couverte de brandons tenus par une horde bruyante. La foule n'avait pas perdu de sa hargne. La porte menant à Château-Haut était verrouillée, mais des hommes qui n'avaient encore jamais levé la main de colère se précipitaient désormais pour empiler du bois à brûler devant le battant. D'autres brisaient des barils d'huile de lampe et en répandaient le contenu sur le tas de bois et sur le vantail, s'aspergeant copieusement dans la manœuvre.

À l'évidence, la meute entendait faire brûler la porte pour ravager le palais.

Du haut de la muraille, quelques sentinelles tentaient vainement de repousser les envahisseurs. Armés d'arcs, ils tiraient inlassablement sur la foule, sans doute trop effrayés pour prendre le temps de choisir leurs cibles. Chaque fois qu'une vieille femme ou qu'un mendiant unijambiste était percé d'un trait, le grondement populaire gagnait en volume et en intensité. Cette défense timide ne faisait qu'accroître la fureur publique.

Malden n'avait jamais rien connu de pareil. Il avait toujours vu les citoyens de Ness se replier devant la moindre démonstration de force. Le peuple n'avait jamais véritablement aimé son burgrave, mais avait toujours respecté son autorité – une autorité soutenue par des épées bien affûtées ou une rangée de hallebardiers vêtus de capes à motifs d'œil. Malden avait été témoin de nombreuses révoltes, durant lesquelles la populace arrachait les pavés pour les jeter sur ses supérieurs. Chaque fois, un homme équipé d'une lame et d'un plumet sur le heaume avait repris le contrôle de la situation et calmé tout le monde. Chaque fois, l'agitation avait été étouffée avant même d'avoir pu naître vraiment.

Cette fois-ci, c'était différent. Il s'agissait d'une rébellion en bonne et due forme.

— Voyez le pouvoir de la foi, déclara Coruth. (Elle avait recouvré forme humaine et s'était assise sur un pignon, comme si elle avait parcouru le ciel pour trouver un siège confortable.) Vous avez peut-être commis une erreur, Malden, en prenant le parti d'un dieu.

— Pritchard Hood s'est servi de la religion contre moi – je me suis contenté de me défendre avec la même arme.

— Ça a fonctionné.

La foule ne faiblit pas, même quand les gardes se mirent à faire basculer de lourdes pierres par-dessus le rempart pour écraser les assaillants. Les sentinelles réclamaient davantage de flèches, sans cesser d'essayer de raisonner la cohue. Malgré tous leurs efforts, les défenseurs ne parvinrent pas à empêcher l'inévitable feu de joie. Les flammes vinrent lécher le haut de la muraille, noircissant les pierres. Le portail en bois résista au sinistre, mais il ne supporterait pas éternellement pareille chaleur.

Les archers arrêtèrent de tirer. Les sentinelles organisèrent une chaîne humaine armée de seaux dans l'espoir d'étouffer l'incendie, ne parvenant toutefois qu'à produire de gros nuages de vapeur argentée. Les soldats furent bientôt rejoints par les domestiques du palais et quelques gardes en manteau vert. Le burgrave n'avait pas laissé beaucoup d'hommes lorsqu'il avait quitté la ville, et Château-Haut manquait de bras.

— Vous allez devoir commencer à réfléchir à ce que vous allez faire de votre nouveau pouvoir, reprit Coruth.

— Un pouvoir ? Moi ? Je ne me suis jamais senti plus démuni de toute ma vie, répondit Malden.

Coruth éclata de rire.

— C'est l'une des premières leçons que j'ai apprises en tant que sorcière. Le monde est vaste, et les forces qui s'opposent à nous sont nombreuses et puissantes. On n'obtient pas le pouvoir en les affrontant, mais en faisant corps avec elles. Chaque victoire est une capitulation devant l'inéluctable.

— Je vous en prie, Coruth : plus d'énigmes pour le moment. J'en ai assez de tout ceci. Je n'ai rien à voir avec ça. Vous parlez de pouvoir ! Si j'en avais, je pourrais arrêter ça.

La sorcière haussa les épaules.

Sur la place, le portail commença à plier sur ses gonds. Ces derniers étaient peut-être en train de fondre, à moins que ce ne soit le bois qui gauchisse sous l'effet de la chaleur. Bientôt, le battant s'écroulerait, et rien ne pourrait plus retenir la foule.

Coruth pivota pour faire face à Malden.

— Demain, le peuple possédera cette ville. Il ne subsistera aucune autorité civile. J'ignore s'ils massacreront les prêtres de la Dame. Leur colère semble davantage dirigée contre le burgrave, qui les a abandonnés. Peu importe. Demain, ils se chercheront un nouveau meneur. Un homme qui leur dira comment agir. Quelqu'un qui a déjà prouvé qu'il partageait leur cause. Une personne capable d'action, de beaux discours, et de les convaincre qu'ils ne sont pour rien dans les événements de cette nuit.

— Qu'ils n'y sont pour rien ? Ce qu'ils ont fait me rend malade.

— Mieux vaut ne pas leur avouer. Ils auront besoin qu'on leur pardonne. Ils auront besoin qu'on leur explique quoi faire.

— Mais cela ne pourra pas être moi, se défendit Malden. Je ne suis qu'un simple voleur. Non, dit-il en baissant la tête. Non, je ne le ferai pas. J'en suis incapable.

— Faites attention, Malden. Si vous n'endossez pas cette responsabilité, quelqu'un d'autre le fera sûrement. Quelqu'un que vous n'aurez pas choisi. Faites ce que vous avez à faire, Malden. Il ne sert plus à rien de vous battre contre votre destinée. Quand vous aurez besoin de moi, venez me trouver, et je vous aiderai bien volontiers.

Elle se releva en maugréant. Il savait qu'elle allait se transformer une fois encore en oiseau et disparaître là où il ne pourrait pas la suivre.

Voilà un pouvoir qu'il aurait donné cher pour posséder.

— Attendez, la rappela-t-il. (Il fallait qu'il sache.) Dites-moi au moins comment…

Mais Coruth était déjà partie.

Il passa la nuit sur le toit de la salle des comptables, jusqu'à ce que le drame qui se jouait sous ses yeux se termine. Le portail céda. Les défenseurs résistèrent vaillamment. Ils étaient bien entraînés et bien équipés. Mais ils se battaient à un contre cinquante. Et la foule se fichait du nombre d'individus qui y resteraient.

À l'aube, les flammes avaient atteint les fenêtres de pierre du palais, et les casernes avaient été détruites.

Château-Haut était en ruine. Tout ce qu'il symbolisait était parti en fumée.

Chapitre 61

Dans un champ boueux un peu à l'écart de la route de Helstrow, le plan du baron d'Estecoque s'apprêtait à être éprouvé. Dans à peine quelques heures, on verrait si la horde de déserteurs et de bandits pouvait vaincre un petit groupe de barbares.

Croy n'était pas particulièrement optimiste.

De la vapeur s'élevait des anciens sillons du champ et s'enroulait autour des vestiges des plants de blé qui avaient poussé là tout l'été. Des oiseaux tournoyaient au-dessus de la boue, en quête de quelque grain abandonné par les glaneurs. En lisière du terrain, là où les arbres assombrissaient le sol, les premières gelées formaient une croûte sur l'eau d'un fossé d'irrigation.

La blessure de Croy avait été fermement pansée, et était désormais dissimulée derrière un large bouclier qu'il parvenait à peine à soulever. Son bras l'élançait, mais pas autant qu'il ne le ferait après une longue journée de combat.

Il ne vivrait peut-être pas assez longtemps pour que cela devienne un problème.

Il parcourut du regard la mer de visages pleins d'attentes, sans trop savoir quoi leur dire. Rares seraient selon lui les survivants à la première vague de l'offensive. Des éclaireurs avaient rapporté qu'une force de fantassins barbares avait quitté Helstrow avant l'aube. Visiblement, cette grosse centaine d'hommes était dirigée par Mörgain en personne.

Croy avait réuni pour sa part trois cent soixante soldats. Chaque personne valide qu'il avait pu trouver. Ils avaient suivi une formation de base, leurs armes étaient faites du plus mauvais acier, et ils n'avaient encore jamais combattu de leur vie. Le chevalier les avait vus affronter une poignée d'éclaireurs en très large infériorité sans pour autant faire de réels progrès. Cette fois-ci, il s'attendait à en voir détaler la plupart dès que les hostilités débuteraient vraiment. Ce qui, d'ordinaire, n'aurait pas été si terrible. La retraite était une tactique valable sur un champ de bataille – quand on était surpassé, incapable d'attaquer constamment, mieux valait s'enfuir que de mourir sur place. Toutefois, contre des barbares, un repli même stratégique s'apparentait à un suicide. Les envahisseurs couraient plus vite que n'importe quel Skraelien, et ne comprenaient pas le concept de laisser la vie sauve.

Croy fit faire les cent pas à son cheval devant sa ligne de guerriers. Des officiers au heaume orné de rubans jaunes et verts bousculaient leurs troupes et les invectivaient afin de leur faire former des rangs dignes de ce nom. Le chevalier fit mine de ne pas entendre les plaintes et les protestations. Il adressait un petit signe à tous ceux qui croisaient son regard. Puis il s'en retourna en tête de colonne et se leva sur ses étriers. Les sergents réclamèrent bruyamment le silence.

Il était temps de trouver quelque chose à dire. N'importe quoi qui pourrait donner du courage à ces hères.

— Vous êtes le peuple de Skrae, lança Croy en se tenant bien droit. Vous combattez sous l'œil attentif de la Dame. Elle ne vous abandonnera pas maintenant que vous avez le plus besoin d'Elle.

Il s'attendait à des acclamations, mais n'en reçut aucune. Il fronça les sourcils et les dévisagea en quête de quelque signe d'enthousiasme. Si seulement Malden était là. Le voleur avait toujours été doué avec les mots. Il aurait sans doute eu une ou deux idées qui auraient équilibré les chances. Et avoir une autre Lame à ses côtés ferait une grande différence.

Croy secoua la tête.

— Très bien. Vous savez quoi faire. Serrez les rangs. Tenez bon. Et si vous avez une occasion de blesser un barbare – la moindre occasion –, faites-lui très mal.

Cela suscita un léger ricanement parmi les troupes. Le chevalier n'en comprenait pas la raison : il n'avait pas cherché à faire de l'humour.

— Restez vivants. N'oubliez pas de parer et de bloquer leurs coups. Je suis sûr que vous vous en sortirez très bien.

Il se rassit sur sa selle. Certains des officiers se tournaient vers lui, l'air interrogateur, comme pour lui demander s'il avait déjà fini. Si c'était tout.

Le chevalier leva une main, puis la laissa tomber. Son unique clairon joua un air parfaitement faux, puis la poignée de tambours donna le rythme de la marche.

Une fois sur la route, ils avancèrent rapidement, même si le chevalier ne forçait pas l'allure. Inutile d'épuiser les siens alors que l'ennemi approchait. Il les guida vers le nord, suivant le ruban poussiéreux de la route qui sinuait entre une succession de petits marais. Des arbres bordaient le chemin de part et d'autre, leurs feuilles mortes voletant devant Croy en un sinistre écho aux pétales de rose que l'on jette sous les pieds d'un glorieux héros. Il les ôtait de la fente de son heaume quand elles venaient se poser dessus.

La petite armée faisait tant de bruit que Croy n'entendit pas Mörgain et les siens avant qu'ils se retrouvent presque face à face. Il brandit alors sa main dominante, doigts écartés, faisant cesser les tambours. Sa troupe prit tout son temps pour s'arrêter derrière lui, les hommes se rentrant les uns dans les autres en râlant. Ils finirent par se mettre en formation et par sortir leurs armes.

Mörgain chevauchait sans autre armure qu'un manteau de fourrure. La peinture sur son visage semblait encore fraîche et terriblement blanche. Derrière elle, une multitude de barbares cheminaient à pied. Selon les éclaireurs, ils avaient couru toute la matinée et seraient déjà fatigués lors de l'affrontement. C'était au moins ça.

Mörgain cracha un mot que Croy ne comprit pas. Les fantassins s'immobilisèrent au beau milieu d'une foulée. Ils s'arrêtèrent comme un seul homme, sans un bruit ou un geste superflu. La barbare plissa les yeux, et son visage ressembla plus que jamais à un crâne. Elle étudia sans mot dire l'armée qui lui faisait face.

Les termes de la rencontre étaient clairs. Chacun savait ce qu'il faisait là, et qu'il s'agirait d'un combat à mort. Inutile de parlementer, car il n'y avait de toute façon rien à négocier.

Croy hésita toutefois un instant avant de donner la charge. Il voulait d'abord essayer quelque chose.

— J'ai cru comprendre, cria-t-il, qu'il existait chez votre peuple une loi des champions. Que lorsque deux clans se rencontrent, leurs chefs respectifs peuvent décider de s'affronter en combat singulier. Un duel à mort, entre les meilleurs combattants de chaque partie.

Mörgain fronça les sourcils et caressa l'encolure de son cheval.

— C'est bien cela.

— En outre, que lorsqu'un champion perd un tel affrontement, son clan doit rendre les armes et capituler. Que tous les guerriers sont soumis aux termes de ce duel.

— Vous nous connaissez bien.

Croy haussa les épaules.

— J'ai rencontré votre frère, jadis, dans une autre vie. Je l'ai même appelé frère, moi aussi, et l'ai écouté me parler de votre terre et de votre peuple. J'en suis venu à respecter certaines de vos traditions. Seulement certaines. Mais celle-ci me parle. Descendez de cheval, et affrontez-moi en un contre un.

Mörgain secoua la tête.

— Les deux camps doivent être d'accord. Vous ne pouvez pas me forcer la main, sire Croy.

Le chevalier se sentit soudain accablé. C'était pourtant sa meilleure chance.

— Chez moi, seul un rustre traiterait une femme de pleutre, essaya-t-il.

— Chez moi, personne n'oserait, rétorqua-t-elle.

— Vous avez beaucoup à gagner, ma dame. Nous sommes à trois contre un.

— Je suis prête à en affronter beaucoup plus.

Croy se mordit la lèvre.

— Très bien, dans ce cas. Si une dame souhaite une bataille, un gentilhomme se doit de la lui accorder. Ne perdons pas davantage de temps... *princesse* Mörgain.

La barbare grinça des dents sous ses lèvres peintes et dégaina Brisecroc. Elle était déjà à moitié debout sur sa selle – et Croy était prêt à charger –, quand elle écarquilla les yeux et éclata de rire.

— C'est très malin de votre part, sire Croy ! Mais vous n'arriverez pas à m'aiguillonner suffisamment pour...

Croy claqua des doigts.

Il avait passé assez de temps avec Malden pour apprendre certaines ruses.

De l'autre côté de la route, à l'abri des arbres, une dizaine d'archers tirèrent. Derrière Mörgain, plusieurs barbares crièrent et basculèrent, les jambes, les bras et le cou percés de flèches. À cette distance, avec tant de cibles potentielles, même les plus mauvais tireurs étaient obligés de faire mouche.

— Chargez ! cria Croy.

Et ses hommes se mirent à courir.

Chapitre 62

Les barbares de Mörgain furent distraits par les archers et se tournèrent vers les arbres pour débusquer les tireurs et les massacrer. Croy envoya ses soldats au beau milieu du groupe adverse, dirigeant pour sa part sa monture directement vers la guerrière afin de ne pas lui laisser l'occasion de reprendre l'ascendant. Les Skraeliens frappèrent vite et fort, comme conscients de ne disposer que d'un instant de grâce avant que leurs ennemis recouvrent leurs esprits et contre-attaquent.

Les serpes tranchèrent la fourrure puante et la peau malpropre en dessous. Les piques s'enfoncèrent dans le dos des pillards momentanément retournés. L'espace d'une seconde, le combat sembla déjà terminé, les hommes du roi effectuant des percées sanglantes au cœur de la masse barbare, abattant les colosses les plus grands et les mieux armés.

Évidemment, cela ne dura pas. Les peuples de l'Est savaient se battre et survivre. Ils tournoyèrent avec leurs haches et leurs épées sommairement forgées, arrachant des bras et des têtes aux corps civilisés, grondant tels des taureaux furieux.

Les sergents de Croy hurlèrent à leurs hommes de poursuivre l'offensive, de ne pas ralentir. Le chevalier n'eut pas l'occasion de s'assurer qu'ils répondaient à l'appel. Il était bien trop occupé avec Mörgain.

Il vint poster son cheval à sa hauteur et se lança dans un assaut déchaîné, tentant de la prendre par surprise.

Elle se contenta de rire.

Elle se battait comme aucun homme. Elle était si rapide que la tête du chevalier lui tournait. Elle n'avait pas d'écu, mais n'en avait nul besoin – Brisecroc étincelait même dans cette faible lueur, tournoyant pour aller contrer Percespectre chaque fois que Croy pensait avoir une ouverture. La Lame de la barbare jouissait d'un équilibre qu'aucun fabriquant d'épées n'aurait su reproduire, pas même un nain – malgré son poids, elle semblait flotter dans la main ennemie aussi légèrement qu'un bâton.

Croy pouvait à peine lever son bras blessé, mais il était obligé de s'en servir chaque fois qu'elle contre-attaquait suite à une parade. Le tranchant parfaitement affilé de Brisecroc dessinait de profondes balafres dans le bois du bouclier, qui ne tenait plus que par son cerceau de fer.

Il semblait au chevalier qu'il entendait Bisbille, son instructeur de l'époque, lui murmurer à l'oreille, lui signaler toutes les occasions manquées, les ouvertures qu'elle laissait. Néanmoins, il ne parvenait pas à tirer profit des failles de son adversaire sans s'exposer lui-même. Un bon coup porté avec Brisecroc déchirerait même son armure en acier et entamerait ses chairs.

Lève ton bouclier, garçon, lui dictait Bisbille. *Débrouille-toi pour que sa pointe en frappe l'ombon et écarte. Non, attention, pare, pare, pare !*

Il ne pouvait pas l'atteindre sans être touché aussi. Elle était trop rapide. Et lui était déjà blessé. Toutefois, s'il ne la terrassait pas bientôt, ou au moins s'il ne mettait pas un terme à ce duel, il ne serait plus capable de commander ses hommes – ni même de constater le déroulement de la bataille.

Brisecroc percuta son bouclier avec une violence telle que les planches ployèrent dans le cerceau. Un autre coup comme celui-là le briserait et laisserait le chevalier sans défense.

Tu n'as plus le temps, garçon. Fini de jouer.

De son bras blessé, Croy poussa le bouclier détérioré de toutes ses forces. En général, on parait une offensive selon un certain angle, de manière que la lame adverse glisse sur l'écu et parte à gauche. Cette fois, Croy intercepta de face l'attaque de Mörgain.

La pointe de Brisecroc s'enfonça dans le bois, ralentissant à peine alors qu'une gerbe d'échardes rebondissait sur le plastron du chevalier. L'épée se dirigeait droit vers son cœur, et percuta l'armure avec grand fracas.

Croy se débarrassa de ses étriers et pivota ; il fit basculer son épaule entre les deux chevaux, provoquant de vives protestations du côté de son bras mutilé. Les animaux s'écartèrent quand il tomba à terre, soulevant la jambe par-dessus la selle.

L'épée de Mörgain était bloquée dans la structure métallique du bouclier. Elle devait soit l'accompagner dans sa chute, soit abandonner sa Lame. Il espérait qu'elle opterait pour la seconde option.

Elle choisit la première.

Croy regarda entre les jambes des chevaux pendant sa cabriole, et ce qu'il aperçut raviva grandement ses forces faiblissantes. Les hommes de Skrae avaient le dessus.

Les barbares ne s'étaient visiblement pas remis de leur surprise initiale. Ils s'étaient jetés dans la mêlée, mais en tant qu'individus, chacun choisissant une cible adverse et se concentrant sur elle uniquement. Les hommes du roi, à l'inverse, semblaient se souvenir du peu d'entraînement qu'ils avaient reçu, et se battaient en unités, prenant à revers et assaillant leurs ennemis. Ils étaient trois pour chacun des barbares, et même si n'importe lequel de ceux-ci pouvait terrasser deux adversaires, il en restait toujours un pour porter le coup fatal. La route était recouverte d'un amoncellement de corps ensanglantés, et la plupart d'entre eux étaient vêtus de fourrure.

Croy voulut intimer à ses sergents de poursuivre l'offensive, mais le souffle lui manqua quand Mörgain lui tomba dessus de tout son poids, son visage de mort si près du sien qu'il sentait même l'odeur de la peinture dont elle était recouverte.

— Ah ! s'exclama-t-elle. C'est donc ça que tu voulais depuis le début ? Coucher avec moi ? Il fallait demander !

Incapable de formuler une repartie digne de ce nom, il se contenta de reculer pour abattre son front blindé contre le nez de la barbare. Bisbille lui avait également enseigné cette botte.

Mörgain se libéra d'une roulade et s'assit dans la poussière ; elle essuya le sang de sa lèvre supérieure. Elle paraissait abasourdie. Croy changea de prise sur la poignée de Percespectre et se prépara à porter un nouvel assaut.

Toutefois, avant qu'il puisse lever le bras, elle recouvra ses esprits et lui assena un coup de poing à la tempe. Le heaume de Croy résonna comme une cloche, et son crâne sembla rebondir contre les parois à l'intérieur à plusieurs reprises. Sa tête pivota et, pendant une seconde, il ne perçut rien d'autre qu'une lumière éclatante.

Bisbille lui criait des consignes. *Lève-toi, maudit. Un homme à terre est un homme mort.* Les mots semblaient hurlés à travers un tuyau, mais le chevalier s'efforça de mettre un pied à plat au sol, puis de se hisser sur un genou en se servant de Percespectre comme d'une béquille.

Quand il vit de nouveau clair, Mörgain avait libéré Brisecroc du bouclier en miettes et la brandissait très haut dans le ciel pour lui porter un coup décisif. Croy n'était pas certain de pouvoir le parer – pas alors que l'épée était si lourde.

Il ne saurait jamais s'il en aurait été capable ou non. Alors que Mörgain poussait un ultime cri de guerre, une flèche lui perça le biceps. Le trait semblait surgi de nulle part, mais il l'atteignit avec tant de puissance qu'elle dévia de côté. Sa lame vint mordre profondément dans la route, manquant Croy d'un bon pied.

Elle ne s'était pas attendue à rater d'autant. Elle était déséquilibrée. Croy lui balaya les jambes tout en se mettant péniblement debout.

— Sergents ! Rassemblez vos hommes. Ne laissez aucun survivant ! cria-t-il.

La bataille était presque gagnée. Seules quelques grappes adverses subsistaient, se battant dos à dos tout en tentant de repousser au mieux les Skraeliens. Ils ne pouvaient pas espérer durer longtemps contre des bouquets de piques. Ils étaient peut-être meilleurs combattants, mais ils ne possédaient pas les armes ni la science tactique de Skrae.

Croy se demanda si d'Estecoque avait finalement vu juste. Les choses s'étaient-elles déroulées exactement comme le baron l'avait imaginé ? Une victoire humiliante, face à l'un des principaux lieutenants de Mörg, sa fille en personne. S'ils l'emportaient, les clans n'auraient peut-être d'autre choix que de solliciter la paix…

— Tu vas mourir ! hurla Mörgain en bondissant derrière lui. Même si tous mes hommes périssent, tu ne seras plus là pour le voir, sire Croy !

Le chevalier effectua une parfaite volte-face, faisant siffler dans l'air la pointe de Percespectre. Bisbille aurait été fier de sa tenue, de sa vitesse d'exécution.

Cela aida sûrement que Mörgain saigne copieusement et que les muscles de son bras dominant aient été entaillés. Quand le plat de Percespectre vint percuter Brisecroc avec un écho assourdissant, l'épée de la barbare vola en l'air. Elle plongea pour la rattraper avant qu'elle tombe au sol.

Croy ne pouvait pas le lui permettre. Il poursuivit gracieusement son geste, et piqua le creux de la gorge de Mörgain de la pointe de Percespectre. Juste ce qu'il fallait pour ne pas la transpercer.

— Demande-moi grâce maintenant, et je t'épargnerai. Tu peux survivre si tu te rends.

Mörgain retroussa les lèvres en un rictus de défi. Puis elle se fourra deux doigts dans la bouche et poussa un sifflement si perçant que Croy eut un mouvement de recul qui lui fit fermer les yeux.

Quand il les rouvrit, elle avait récupéré Brisecroc et s'était éloignée de lui.

— Tu crois que j'ai peur de la mort ? railla-t-elle. La Mort est ma mère !

Les oreilles de Croy bourdonnaient toujours des suites du sifflement. Il percevait néanmoins quelque chose, une sorte de grondement semblable aux prémices d'un séisme. Bientôt, il entendit diverses voix au milieu de ce vacarme – des plaintes, des vagissements, et des claquements de dents.

Une horde de massacreurs surgit des arbres et se rua sur lui.

Chapitre 63

De la bave écumait à leurs lèvres peintes en rouge. Ils arrivaient en courant, les yeux injectés de sang, brandissant leur hache au-dessus de leur tête et mordant leur bouclier. Croy les avait déjà vus auparavant, aux portes de Helstrow, mais il avait alors eu une herse et une muraille derrière lesquelles se replier. Cette fois, il était bel et bien encerclé.

Les rares barbares qui restaient sur la route abandonnèrent le combat et s'écartèrent pour laisser la place aux renforts. Les Skraeliens, sans doute encouragés par leur victoire quasi certaine, se remirent en formation, s'organisant en carrés serrés hérissés de piques. Même une charge de cavalerie ne pouvait pas réellement briser un tel dispositif.

Les massacreurs n'avaient pas la moindre conscience du danger. Ils se jetèrent sur les piques, s'empalant dessus tout en en frappant les hampes de leurs haches. Les armes d'hast explosèrent en une volée de petit bois et les carrés commencèrent à se disloquer. Les massacreurs, perforés en des dizaines d'endroits, leurs blessures dégouttant de sang, ne ralentirent même pas. Quand un carré de piques s'ouvrait, ils bondissaient au cœur de la faille, taillant de droite et de gauche, sans se soucier de leur propre sécurité.

— Rompez et fuyez ! hurla Croy. (Il n'y avait nulle couardise à essayer d'échapper à pareille folie.) Sergents, dispersez vos troupes !

Cela ne changea rien. La voix du chevalier ne couvrait pas les braillements des massacreurs.

Croy pivota à temps pour voir Mörgain grimper sur le dos de son cheval.

— Ils élimineront tout sur leur passage, amis comme ennemis, l'informa la barbare. Leur fureur ne peut être étanchée que par le sang. Si vous êtes malin, vous ferez comme moi.

Croy lui lança un regard noir.

— Vous imaginez que je vais laisser mes soldats mourir ici ?

— J'espère bien que oui, rétorqua-t-elle, une étrange lueur de regret dans les yeux. J'aimerais bien vous revoir. Au bout de mon épée ou… en d'autres circonstances.

Puis elle éclata de rire et éperonna son cheval, qui partit au grand galop. En un instant, elle avait disparu derrière un virage de la route.

Croy pesta de frustration et courut vers la mêlée. Percespectre trancha la colonne vertébrale du premier massacreur qu'il croisa, le terrassant sur-le-champ. L'ennemi s'écroula, mais ses jambes continuèrent à battre le sol alors qu'il tentait de se relever.

Un autre homme au visage peint en rouge grogna à l'encontre du chevalier et entreprit de lui porter un coup de hache, assez puissant pour abattre un arbre mais mal calculé. Croy plongea sous la lame et enfonça la sienne dans le cœur du barbare.

Les massacreurs mouraient comme n'importe qui. Ils mettaient simplement plus de temps à s'en rendre compte. Croy en avait occis deux de plus avant d'atteindre les carrés de piques.

— Sortez de là ! cria-t-il à ses propres soldats. Vous n'aurez pas d'autre chance !

Alors que le sergent, sans cesser de se battre, transmettait les consignes à ses troupes, les Skraeliens fuirent l'un après l'autre en direction des arbres. Nombre d'entre eux furent rattrapés par les massacreurs, mais certains parvinrent à leur échapper. Malheureusement, Croy se retrouva dès lors seul face à deux adversaires, qui n'avaient plus d'autre ennemi pour apaiser leur colère.

Ils étaient rapides, bien moins toutefois que leur cheftaine. Croy retourna leur insouciance contre eux en en faisant trébucher un alors qu'il arrivait à portée de l'autre. Le chevalier brandit Percespectre et l'abattit pour les éliminer tous les deux ensemble. Ils n'essayèrent même pas de parer le coup. Croy prit un instant pour s'assurer qu'ils étaient bien morts et qu'ils n'allaient pas venir lui mordre les chevilles.

Soudain, un autre massacreur apparut juste à côté de lui. Une lame de hache acérée percuta le côté du heaume du chevalier. Le casque suffit à la dévier, mais le coup lui laissa la tête vrombissante ; en outre, il n'avait plus les yeux en face des fentes. Aveugle et sourd, Croy donna un coup d'estoc tout en ôtant son heaume de sa main libre.

Il faisait face à deux autres massacreurs, encore à dix pieds de lui. C'était plus qu'assez pour lui laisser le temps de réfléchir à une manière de les vaincre. Ou pour tenter de dissoudre un autre carré de piques. Croy chercha son groupe de soldats le plus proche…

… et n'en trouva aucun.

Ils avaient peut-être eu suffisamment de bon sens pour rompre les rangs et fuir sans attendre son ordre. Il découvrit cependant des piles de cadavres et, cette fois, reconnut la plupart des visages. Il ne restait plus aucun Skraelien debout sur la route. Seulement des figures peintes en rouge aux yeux injectés de sang.

Le chevalier était seul, contre au moins trente massacreurs.

Croy n'avait toutefois plus la responsabilité d'aucun homme. À présent qu'il n'avait plus d'armée, il n'avait plus d'ordres à transmettre. Il courut aussi vite que possible vers son cheval. Il bondit en selle et l'éperonna violemment avant même d'en avoir saisi les rênes, manquant de tomber.

Malgré la vitesse de son destrier, les massacreurs lui donnèrent la chasse. Ils couraient derrière lui en poussant des cris et en agitant leurs armes, couverts de sang. Croy avait l'impression d'être prisonnier d'un cauchemar où le galop le plus rapide ne suffisait pas à le tirer d'affaire.

Peu à peu, il finit néanmoins par gagner du terrain. Sa monture pantelait à mesure que ses sabots étincelaient sur la route poussiéreuse. Il se pencha pour éviter les branches nues des arbres qui menaçaient de le désarçonner. Il allait y arriver. Il…

Un massacreur bondit et s'agrippa à sa selle. Ses jambes avaient beau traîner au sol, il refusait de lâcher prise.

Croy contempla ses yeux de dément. Il y lut de la colère, et seulement de la colère – de la colère envers le monde, envers les dieux, envers tout ce qui pouvait saigner. Le massacreur saisit la bride dans la bouche et entreprit de la découper avec les dents.

Croy n'eut pas le temps de crier sa surprise. Il leva Percespectre et se servit du pommeau pour cogner si fort le crâne du barbare que l'os se brisa. Les mains du forcené libérèrent la selle, et le corps s'écroula.

Estecoque, songea Croy. Il devait se rendre immédiatement au manoir. Le baron, le roi et la princesse s'y trouvaient. Il devait les déplacer, peut-être les mener loin à l'ouest. Peut-être jusqu'à Ness.

Il n'y avait pas une seconde à perdre.

Troisième partie

Changement de statut

Intermède

— Halte ! ordonna Mörgain.

Les quelques rescapés de son groupe se rangèrent en formation derrière son coursier. Elle descendit de cheval en grimaçant légèrement – sire Croy l'avait suffisamment couverte de bleus pour se rappeler ainsi à son bon souvenir. Derrière elle, la dizaine de pillards se dévisageaient, se demandant visiblement ce qu'elle s'apprêtait à faire. *Qu'ils se posent la question en silence*, se dit-elle. S'ils commençaient à mettre en doute ses décisions, alors elle agirait.

Elle avait aperçu quelque chose dans la poussière, et voulait savoir de quoi il s'agissait. Une pensée naissante lui titillait l'esprit, et elle souhaitait la voir quitter sa chrysalide et déployer ses ailes.

Elle se pencha pour ramasser une pomme, qu'elle considéra longuement. Puis elle leva les yeux vers les arbres qui surplombaient la route, essayant de comprendre d'où elle avait pu tomber. Cela n'avait vraisemblablement aucune importance. Et pourtant…

Ce fut Halvir, l'un de ses plus féroces guerriers, qui décida de s'exprimer au nom du groupe.

— Cheftaine, nous devons retourner à Helstrow au plus vite. Le Grand Chef doit être informé de cette résistance skraelienne.

— Nous avons vaincu l'armée de sire Croy, rétorqua-t-elle en faisant tourner le fruit dans sa main, et sans jamais lever la tête. Il ne nous causera plus d'ennuis, désormais, même s'il a survécu aux massacreurs.

Les guerriers en transe étaient toujours quelque part au milieu des arbres, à attaquer tout ce qui bougeait ; à moins qu'ils ne soient déjà plongés dans le profond sommeil qui suivait chacune de leurs crises de folie meurtrière. Elle les rassemblerait le lendemain, et les récompenserait pour cette victoire. D'ici là, elle ne disposait que d'une poignée de barbares, les seuls survivants de l'attaque si bien orchestrée par sire Croy. Cela pourrait suffire.

Si elle rentrait à Helstrow à présent, elle obtiendrait gloire et honneur de la main de son père. Après tout, elle était venue à bout d'une attaque surprise menée par une force supérieure en nombre. Toutefois, cela ne suffirait pas à Mörgain. Son frère reviendrait après avoir conquis une ville. Sa prouesse éclipserait tout le reste, et il ne manquerait jamais de le lui rappeler.

Non. Mörgain rapporterait autre chose au Grand Chef. Elle pourrait se targuer d'avoir croisé la dernière armée de Skrae – et de l'avoir écrasée, purement et simplement annihilée. Mais elle devait pour cela trouver leur terrier et les enfumer pour les en faire sortir.

Mörget ne pourrait pas rivaliser avec un tel fait d'armes.

Depuis sa naissance, la gloire de Mörgain avait toujours été ternie, assombrie par la grandeur de son père et de son frère. Les cancaniers vantaient en chansons leurs voyages et leurs duels, rapportaient comment Mörg avait vu chaque terre de ce monde, comment Mörget avait terrassé chacun de ses adversaires. Leurs chants sur Mörgain faisaient rire les hommes. Ils l'avaient appelée « la fille qui voulait jouer avec des couteaux ». Puis « la fille qui voulait devenir cheftaine ». Depuis peu, ils avaient cessé ces moqueries : elle avait tué assez d'hommes pour que ses exploits n'aient plus rien d'amusant. Toutefois, on l'estimait toujours plus faible que son frère.

Tant qu'elle ne prouverait pas qu'elle lui était supérieure, elle ne serait jamais satisfaite.

— Nous avons un peu de temps devant nous. Le temps de porter un autre coup. Peut-être un coup fatal, ajouta-t-elle.

La défaite qu'elle avait failli essuyer sur la route avait enhardi Halvir.

— Nous sommes blessés et fatigués, et il nous tarde de retourner à la forteresse, Cheftaine. Pourquoi repousser ce moment ?

Elle le dévisagea, surprise. Elle savait qu'à sa place son frère aurait abattu cet homme simplement pour l'avoir défié. Il n'aurait jamais laissé personne lui parler de la sorte. Cependant, Mörgain avait peut-être hérité un peu de la sagesse de son père. Mörg aurait voulu connaître les pensées de ses subordonnés. Il aurait su qu'il avait pu omettre quelque chose, ou qu'ils pourraient proposer une solution originale à un problème qui le contrariait.

Elle décida de couper la poire en deux, et de faire comme si un tel acte de défi ne valait pas la peine d'être considéré. Une grosse mouche passa en vrombissant.

— N'y a-t-il pas un manoir par ici ? s'enquit-elle. Il en figurait un sur la carte que j'ai vue à Helstrow.

Le barbare fronça les sourcils.

— Oui, un lieu nommé Estecoque, à moins d'un quart de mille d'ici. Cependant, les hommes de Mörget nous ont rapporté qu'il était abandonné. Ils n'ont pas vu de fumée dans les cheminées, et les portes semblaient condamnées. Aucune lumière la nuit. Apparemment, il est inoccupé et tous les Skraeliens ont fui ce tronçon de route.

— Pas tous, à l'évidence, rétorqua-t-elle.

Elle montra la pomme à Halvir. Quelqu'un avait croqué dedans. Et récemment. Sa chair claire avait légèrement bruni sur les bords, mais pas encore pourri.

Halvir se rembrunit. Il ne semblait pas comprendre.

— Lève les yeux, déclara-t-elle.

Un pommier étendait ses branches au-dessus de la route. Çà et là, un fruit rouge pendait au bout d'une tige, mais il n'y en avait pas autant que l'on aurait pu l'escompter. Et aucune pomme pourrie ne jonchait le bord de la route, ni n'avait été piétinée sur le chemin. À part celle qu'elle avait trouvée.

— Quelqu'un les a ramassées. Les a peut-être récoltées pour l'hiver. Quelqu'un qui habite non loin, mais qui est assez malin pour ne pas se montrer à nous.

Les narines de Halvir se dilatèrent. Comprenait-il enfin ? Ou était-il simplement fâché qu'elle lui ait fait honte ? Chez la plupart des hommes, c'était la seule réaction possible quand une femme prouvait qu'elle avait une cervelle – ou un bras capable de brandir une épée. Mörgain se demanda nonchalamment si elle allait devoir le tuer avant la fin de la journée. Pour en faire un exemple, et le punir d'avoir eu la langue trop pendue.

— Tu as vu les hommes que sire Croy commandait, poursuivit-elle. Une cohue mal entraînée. Mal habillée. Mais ils disposaient d'un gros avantage : ils étaient bien organisés. Mieux que nous, ce qui nous a coûté de nombreuses victimes. Croy a rassemblé chaque homme disponible pour nous combattre, et il les a formés lui-même. Il devait bien avoir un endroit où les réunir, un lieu depuis lequel préparer son offensive.

— Tu veux donc piller Estecoque pour trouver cet endroit, suggéra Halvir. (Il détourna la tête, mais acquiesça malgré tout.) Et peut-être retrouver Croy au passage. Sa tête ferait un joli trophée à rapporter au Grand Chef. Toutefois, si le manoir se révèle vide et déserté…

— Au moins, nous aurons un toit sous lequel dormir cette nuit, fit remarquer Mörgain.

Halvir ne paraissait pas tout à fait convaincu. Il comprit néanmoins qu'il valait mieux ne pas la provoquer davantage. Mörgain remonta sur son cheval et ouvrit la voie. Le manoir était en réalité tout proche, et relativement facile à trouver quand on savait où chercher. Comme annoncé, les portes étaient entravées par des chaînes et la maison barricadée, mais la barbare sentit un frémissement d'excitation en s'en approchant. Il s'agissait de la plus grande gloire qu'elle connaissait, de son plaisir le plus délicat : se rendre quelque part, l'épée à la main, sans savoir ce qu'on allait y découvrir.

La soif de nouveauté, supposa-t-elle. La soif de nouveaux ennemis à détruire. Qui savait ce qui pouvait se tapir à l'intérieur de cette demeure ? De la poussière et des ombres ? Sire Croy, en train de panser quelque blessure le laissant dans l'incapacité de se battre ?

Le corps tant recherché du roi de Skrae ? Voilà un trophée intéressant.

Ils attachèrent des cordes au portail et se servirent de la puissance des chevaux pour l'arracher à ses gonds. Il s'écrasa sur la route avec fracas. Si quelqu'un se cachait dans la maison, il l'aurait sans doute entendu, mais aucune porte ne s'ouvrit, rien n'étincela à une fenêtre comme lorsque l'on jette un coup d'œil dehors pour voir de quoi il retourne. Mörgain brandit Brisecroc devant elle et avança sur ses gardes, comme si elle prenait d'assaut une forteresse ennemie et s'attendait à se faire cribler de flèches.

Les dix autres barbares lui emboîtèrent le pas, loin de se montrer aussi prudents.

— Regardez la porte, lança Helvir suffisamment fort pour être entendu depuis l'intérieur.

Mörgain ne se retourna pas pour le réprimander, mais regarda dans la direction indiquée. Des feuilles mortes s'étaient entassées contre le bas de l'huis. Personne ne semblait être entré ou sorti par là depuis des semaines. Mörgain commença à se demander si elle n'avait pas finalement commis une erreur.

— J'en ai assez, s'impatienta Halvir.

Il dépassa sa cheftaine à grands pas.

Ainsi, quand un paysan de l'Ouest se laissa tomber d'un arbre, ce fut sur lui qu'il atterrit, et non sur Mörgain. Le petit homme renversa le barbare et lui assena une succession de coups de pierre sur le crâne. Du sang gicla, et Halvir hurla de douleur.

Visiblement, Mörgain n'aurait pas à se donner la peine d'occire elle-même le pillard. Elle se rua en avant et embrocha le paysan. Ce dernier mourut dans un cri, alors que plus d'une vingtaine de ses compagnons émergeaient en hâte de la maison ou des écuries, réclamant vengeance en agitant leurs armes.

Les barbares de Mörgain avaient déjà tous participé à des raids auparavant. Ils formèrent un groupe compact derrière elle, épées et haches au clair. Ils étaient en infériorité numérique. Cependant, la cheftaine jeta un coup d'œil sur l'équipement des paysans – des bâtons et des outils de ferme –, et un sourire mauvais naquit sur son visage.

Elle avait sans doute trouvé ce qu'elle cherchait.

Chapitre 64

Malden s'agrippa à un rebord de fenêtre et se hissa dessus. Il posa un pied sur la croisée, puis sauta, les bras en l'air, pour se saisir de l'angle saillant du toit ; il s'y balança avec un grognement et grimpa non sans mal le long des bardeaux. Il pivota autour d'un conduit de cheminée, et courut jusqu'à l'extrémité du faîte avant de bondir dans le vide, se rattrapant tout juste à la tête d'une statue de marbre qui s'élevait sur la place en dessous. Profitant de son élan, il prit appui sur les épaules de la sculpture pour effectuer un saut périlleux qui lui permit d'atterrir sur le balcon à l'étage de la maison d'en face.

À travers la vitre devant laquelle il se trouvait, il découvrit une famille de quatre personnes, attablées devant leur déjeuner. Le père leva les yeux un instant, et croisa le regard de Malden – un voleur, qui escaladait sa demeure.

L'homme le salua joyeusement et se précipita pour aller ouvrir le battant.

— Seigneur Maire ! Seigneur Maire ! s'exclama-t-il.

Mais Malden avait déjà atteint son toit et en dévalait la pente aussi vite que possible.

Il n'avait pas eu le temps de prendre la mesure des bouleversements qu'avait connus sa vie. Pas le temps d'y réfléchir, ni même de penser à ce qu'il allait faire à présent. Il avait été si occupé depuis que la population l'avait porté en triomphe dans les rues avant de lui ceindre la tête d'une couronne de roses séchées. Trop occupé pour y songer ou même considérer le fardeau qui lui pesait désormais sur les épaules. Il ne trouvait plus le calme et la sérénité que sur le toit des autres, à cavaler comme s'il avait la garde à ses trousses.

Sauf qu'il n'y avait plus de garde, et que ceux qui le poursuivaient espéraient simplement pouvoir lui serrer la main et lui exprimer leur gratitude.

Durant la semaine qui avait suivi la mort de Pritchard Hood, les choses avaient changé à Ness. Les citoyens possédaient eux-mêmes leur ville, désormais. Celle-ci avait toujours été une Cité Libre, et ses habitants bénéficiaient d'un certain nombre de libertés. La dispense des taxes royales. L'exonération de la conscription. L'accès à la propriété et l'autorisation de conserver son propre argent. Toutes ces choses avaient été garanties par une charte, un morceau de papier que Juring Tarness avait signé huit siècles plus tôt. Il y avait un dicton à Ness : « L'air de la ville rend libre. » Naturellement, cette liberté avait des limites. En dehors des exceptions spécifiquement stipulées dans ce document, les autres lois étaient les mêmes que dans le reste du royaume.

Dorénavant, il n'y avait plus de roi. Plus de burgrave. Seulement un Seigneur Maire. L'intitulé du nouveau dirigeant de Ness fut sujet à de nombreux débats. Le titre finalement retenu ne correspondait à rien d'existant en Skrae : c'était celui que l'on donnait aux hommes des Royaumes du Nord, élus en tant que chef des cités commerciales. Techniquement, il était parfaitement inapproprié, car Malden n'était seigneur ni de sang, ni de droit, mais la population aimait néanmoins l'appeler par ce nouveau statut.

Un honneur que Malden détestait, car il faisait de lui l'ennemi de la liberté.

La liberté était l'une des rares choses qu'il chérissait vraiment ou en laquelle il croyait. La liberté pouvait devenir la quête de toute une vie, lorsque tous les seigneurs, les chevaliers et les rois tentaient de vous en priver. La liberté était une chose merveilleuse – tant que votre voisin ne décidait pas de se servir librement de vos biens, de votre femme ou de votre vie. Quelqu'un devait alors se dresser pour l'en empêcher, et le priver de *sa* liberté pour préserver la vôtre.

Malden, qui avait passé son existence à haïr les sentinelles, les juges et surtout les souverains, était désormais celui qui envoyait les gens en prison. Celui qui présidait leur procès, choisissait qui méritait sa liberté et qui devait être enfermé pour le bien de la ville. Celui qui allait devoir châtier les scélérats, dès qu'il aurait trouvé un moyen de le faire sans que cette perspective ne lui noue l'estomac. Il n'y avait plus eu de pendaison à Ness depuis que Château-Haut avait été rasé. Il y avait en revanche eu plus d'une dizaine de meurtres. Pas plus tard que ce matin-là, il avait dû envoyer Velmont et un groupe de voleurs dans un quartier malfamé du Remugle. En l'absence de sentinelles, il revenait aux voyous de maintenir l'ordre – ce qui les avait fait se tordre de rire lorsque Malden le leur avait demandé, même s'il l'avait fait très sérieusement. Un homme, un citoyen, parfaitement dérangé, avait assassiné sa propre fille. Il avait prétendu vouloir apporter son sang à la Pierdieu pour y effectuer un sacrifice rituel. Le dément estimait que rétablir les sacrifices humains était le seul moyen de repousser les barbares.

Malden l'avait mis aux fers. Après s'être entretenu brièvement avec lui, il avait compris que le fou, dès qu'il aurait recouvré sa liberté, chercherait quelqu'un d'autre à tuer. Ce meurtrier avait six autres filles, et deux garçons en bas âge.

— Assez ! s'exclama-t-il depuis les toits, quand toutes ces pensées manquèrent de le faire déraper.

À vingt-cinq pieds au-dessus du sol, sur des bardeaux qui tombaient en miettes, le moindre faux pas lui aurait été fatal.

Et s'il mourait ce soir-là, qui empêcherait Ness de sombrer dans l'anarchie ?

Il parcourut le reste du chemin jusqu'à *La Citronneraie* avec la sensation qu'un vent sombre hurlait tout autour de lui. Quand il se laissa tomber dans la cour à côté de l'arbre rabougri – il constata que les frondraisons avaient perdu tous leurs fruits –, il se sentit presque humain.

Malheureusement, la cour n'était pas vide. La ville entière savait que Malden avait élu domicile dans la petite chambre privée à l'étage. Des citoyens des quatre coins de Ness affluaient désormais, et payaient les deux deniers qu'Elody exigeait (le tarif de ses prestations les plus rapides dans les moins bonnes conditions d'hygiène) simplement pour entrer dans la maison.

— Seigneur Maire ! Plus personne ne travaille dans le moulin à grains de l'allée Basse-Chapelle… Je ne trouve plus de farine pour faire mon pain !

— Seigneur Maire ! Mon chariot a perdu une roue ce matin, mais le charron affirme qu'il ne trouve pas de menuisier pour fabriquer de nouveaux rayons !

— Seigneur Maire ! J'ai mis une image de la Dame à ma fenêtre la nuit dernière, vous savez, juste au cas où… et un groupe de gamins a cassé mon carreau en y jetant des pierres !

— Seigneur Maire, je vous en prie, rien qu'une seconde !

— Seigneur Maire !

— Seigneur Maire !

Leur souffle emplissait la cour, rompant avec la fraîcheur de l'air et donnant le tournis à Malden. Ils se rapprochèrent de lui et attrapèrent ses vêtements pour tenter d'obtenir un instant d'attention.

Le voleur se sentit faiblir. Il avait grand besoin de s'échapper. Il grimpa sur le tronc instable du citronnier et sauta jusqu'à la galerie au-dessus. D'autres suppliants l'y attendaient, mais il parvint à se faufiler jusqu'à sa chambre et à en barrer la porte avant qu'ils puissent faire davantage que de crier son nom. Ils frappèrent au battant en le priant d'ouvrir, mais au moins allait-il pouvoir bénéficier d'un instant de tête-à-tête avec lui-même.

Ou plutôt… de tête-à-tête avec l'unique personne de tout Ness qu'il avait envie de voir. Cythère se retourna sur le lit et ouvrit un œil embrumé. Puis elle lui sourit.

Il y avait tout de même quelques avantages à être Seigneur Maire.

Chapitre 65

Malden se pencha pour embrasser délicatement Cythère. Elle enroula les bras autour de son cou et l'attira sur le lit. Ils restèrent allongés ensemble un moment, simplement à s'étreindre. Des amants lors d'une période de grande activité, dérobant quelques précieuses secondes à leurs obligations.

Malden savait que, dans un court instant, il devrait se lever et se remettre au travail. Il pouvait prétendre ne pas entendre les gens qui frappaient à sa porte, ni leurs plaintes incessantes, mais pour un temps seulement, car il comprenait désormais qu'avoir le pouvoir signifiait surtout écouter les problèmes de tous et tenter de trouver un moyen de les résoudre… sous peine de perdre toute cette influence nouvellement acquise.

Il aurait volontiers cédé ce pouvoir contre un denier tordu. Mais il n'aurait en réalité jamais osé l'échanger même contre tous les trésors du monde.

— Tu sembles aimer les personnes influentes, déclara-t-il avec un sourire, tandis que Cythère faisait courir un doigt sur son bras.

— Certaines plus que d'autres, répliqua-t-elle.

Il écarta une mèche de cheveux tombant sur son front. Il avait tant de questions à lui poser. Jusqu'à présent, il n'en avait jamais eu le courage. Le soir suivant le sac de Château-Haut, elle était venue le trouver. Ce n'était certes pas leur première nuit ensemble, mais celle-ci avait été différente. Comme si quelque chose de tangible était né entre eux. Une chose fragile et inestimable. Une chose qui pouvait disparaître aussi vite qu'elle était apparue.

Il s'agissait pourtant de Cythère. Il savait – au fond de lui – qu'elle n'était pas seulement attirée par ses nouveaux pouvoirs ou l'argent qui les accompagnait. Toutefois, il ne comprenait pas pourquoi elle avait choisi ce moment-là pour lui témoigner ainsi son intérêt.

— Je pourrais t'acheter une maison sur la Côte Dorée, à présent. Nous pourrions y vivre en tant que mari et femme.

Ses épaules se raidirent. Elle fuyait son regard.

— Est-ce censé m'intéresser ? s'enquit-elle, sans plus sourire. J'ai passé les sept dernières nuits dans le lit d'une catin, et je n'en ai jamais connu de plus agréables.

Malden caressa le couvre-lit. Il n'avait pas songé un instant qu'il la faisait venir dans une maison de passe, ni ne s'était demandé comment elle percevait la chose. Il se sentait ici chez lui.

— J'ai demandé à Elody de changer les draps, plaisanta-t-elle.

— Épouse-moi, déclara Malden d'un ton insistant.

Il lui avait déjà posé la question des milliers de fois. C'était devenu une sorte de jeu, car chaque fois qu'elle disait non, elle le faisait de manière à laisser entendre qu'elle pourrait bien changer d'avis. Qu'il lui tardait de devenir sa femme autant qu'il avait hâte d'être son mari.

— Non, répondit-elle encore.

Mais sans la moindre promesse dissimulée dans son regard.

Malden soupira et reposa sa tête sur l'oreiller. Il voulait lui demander pourquoi. Il voulait la voir céder. Si ce n'était pas le bon moment actuellement, cela ne le serait jamais. Toutefois, il redoutait de découvrir pourquoi elle accepterait d'être sa maîtresse mais pas sa dame. Il était terrifié de la réponse qu'elle avancerait.

Surtout depuis qu'il craignait de connaître la vérité.

— Sept nuits de bonheur suprême, insista-t-il en contournant le sujet, mais il y a huit nuits, j'ai parlé à ta mère.

Ensemble, elle et moi avons regardé brûler Château-Haut. Elle m'a dit que j'allais devoir accepter cette fonction, sans quoi quelqu'un d'autre le ferait, quelqu'un que je ne choisirais pas.

— Elle perçoit beaucoup de choses. Peut-être plus qu'elle ne le devrait, repartit Cythère.

Elle tendit le bras pour lui serrer fermement la main, comme si elle s'inquiétait qu'une violente bourrasque puisse soudain leur arracher tout ce qu'ils possédaient.

— Même avant cela, reprit le voleur, je pense qu'elle savait que cela arriverait. Quand j'ai voulu donner mon épée à Ommen Tarness, j'ai été incapable de la soulever. De la sorcellerie l'entravait.

Cythère ferma les yeux.

— Je crois savoir pourquoi elle n'a pas voulu que je me débarrasse de Langacide, poursuivit-il. De cette lame que je n'ai jamais souhaitée, que je n'ai jamais appris à utiliser, et que je ne peux même pas vendre. Elle a tout provoqué. C'est elle qui m'a fait défier le burgrave pour que je devienne Seigneur Maire.

— Coruth n'a rien fait de tel.

— Quoi ?

— Ce n'est pas elle qui a jeté ce sort.

Malden s'assit sur le lit, sans doute trop rapidement. S'il ne s'était pas agi de Coruth, alors… Il sentait Cythère s'éloigner de lui, tressaillant comme s'il l'avait frappée. Telle n'était pas son intention.

— Cythère…

— J'entends la peur dans ta voix, Malden. Et je sais pourquoi elle est là, chuchota-t-elle. N'aie pas peur. Demande-moi tout ce que tu veux, et je te répondrai.

— C'était toi ? souffla-t-il comme s'il poussait un soupir. Tu as jeté ce sort ?

Elle lui tourna le dos.

— Croy t'a donné cette épée pour une bonne raison. Il estimait que tu étais son possesseur légitime, et pas le burgrave. C'est tout.

Ce qui ne répondait pas du tout à la question, mais en appelait une autre.

— Croy, répéta Malden. Ton ancien fiancé.

— Croy, confirma Cythère. Qui est très loin d'ici en ce moment.

Elle tendit la main vers lui, et il la saisit. Se rapprocha d'elle, de sorte que leurs visages se touchent presque. Il était toujours Malden. Elle était toujours Cythère. Même si elle était différente.

— Tu es une sorcière, susurra-t-il en plaquant les lèvres sur son front.

— Pas encore. Mais j'apprends.

— Mais… pourquoi ? Pourquoi, alors que tu pourrais avoir… autre chose ? s'étonna-t-il.

Alors que tu pourrais devenir ma femme.

— Quand j'étais petite, j'ai supplié Coruth de m'enseigner la sorcellerie. Je l'ai suppliée tant de fois. Malden, les femmes de ce monde n'ont pas la vie facile.

— Je ne le sais que trop bien, repartit-il.

L'existence de sa mère n'avait été qu'une litanie de douleurs. La pauvreté, la faim, la maladie. Une mort douloureuse et prématurée. Cependant, elle ne cessait de répéter qu'elle avait une chance folle de ne jamais avoir été mariée. Les hommes de Ness battaient régulièrement leur épouse – autant que la loi l'autorisait. Tomber enceinte était chaque fois une demi-condamnation à mort : les femmes regardaient leur ventre enfler avec amour et fierté, sans pour autant cesser de se demander si elles survivraient pour voir le premier souffle de leur enfant, car une mère sur deux mourait en couches.

— Non, tu n'en as aucune idée. Tu ne sais pas ce que nous endurons, et tu ne le sauras jamais. J'ai grandi dans l'idée que j'étais l'égale de n'importe quel homme. Que j'étais plus intelligente que la plupart. Les pouvoirs de ma mère m'ont maintenue en bonne santé, tandis que les enseignements de mon père ont renforcé ma volonté. Néanmoins, quand Croy est tombé amoureux de moi et a demandé ma main, j'ai compris. Peu importait qui j'étais ou qui je souhaitais devenir. Ma vie était déjà toute tracée. Je ne deviendrais jamais quelqu'un d'important. J'allais devenir l'épouse de quelqu'un d'important.

Malden s'entendit protester malgré lui.

— Croy n'a jamais rien voulu d'autre que ton bonheur.

— Oh, je le sais. Il est le piège le plus délicat que j'aie jamais déclenché. Il était galant, et tellement gentil. Et il m'aurait ôté chacune de mes libertés. Pas pour me faire du mal, ni pour me posséder comme une tête de bétail. C'était pourtant tout ce qu'il avait à m'offrir. Une pièce dans son château, où je pourrais broder et lire des poèmes d'amour idiots en attendant de mourir en couches pour lui donner un héritier. Avec un peu de chance, j'aurais pu survivre assez longtemps pour apprendre sa mort sur quelque champ de bataille étranger, et passer le reste de mes jours seule à me morfondre. Même quand je lui ai dit oui, je crois que je savais que je ne l'épouserais pas. Je voulais fuir. Je voulais découvrir un antidote à l'amour, et une excuse qui me permettrait de changer d'avis.

Elle poussa un profond soupir, les yeux rivés à ceux de son amant.

— Je savais qu'une seule chose me le permettrait. Je suis allée voir ma mère, et je l'ai suppliée de faire de moi une sorcière. De me former à son art. Une sorcière ne peut appartenir à aucun homme, pas même à un merveilleux chevalier.

— Mais c'était il y a un bon moment, souligna Malden. Elle n'a pas dû…

— Non, elle me l'a alors refusé, prétextant en avoir suffisamment découvert sur mon avenir pour avoir de bonnes raisons de ne pas me confier un tel pouvoir. Elle n'a pas voulu m'en dire plus. Je l'ai détestée ce jour-là. (Cythère secoua la tête.) Je ne comprenais pas. J'ignorais… elle voulait que je découvre le monde. Que je connaisse l'amour. Que je te rencontre.

— Elle nous a vus ensemble ?

Cythère haussa les épaules.

— Elle a vu que je pourrais vivre une certaine existence. Précisément celle que je souhaitais. Même si cela ne durerait qu'un temps.

Malden la serra contre lui.

— Cela peut durer jusqu'à la fin de nos jours, si tu le décides.

— Non, Malden, c'est impossible. Quand nous sommes revenus en ville, elle avait une surprise pour moi. Elle m'a dit qu'elle avait changé d'avis. Qu'il était temps que je débute ma formation.

— Ta formation de sorcière, souffla Malden.

— Je t'en prie, ne me regarde pas comme ça.

Elle lui attrapa les mains, et les tira pour le forcer à s'asseoir face à elle. Puis elle se pencha en avant très lentement, et posa ses lèvres sur les siennes.

— Tu vas devenir une sorcière. Comme Coruth.

— Elle a le sentiment que les temps qui nous attendent seront très durs. Très sombres. Que j'aurai besoin de tout le pouvoir que je serai en mesure de rassembler. (Il voyait dans ses yeux qu'il y avait autre chose, mais il ne la pressa pas.) Elle ressent la même chose à ton sujet. C'est pour ça qu'elle – et moi – t'avons guidé vers ce travail.

— Une sorcière, répéta Malden, qui ne parvenait pas à penser à autre chose.

Une sorcière comme Coruth. Un Seigneur Maire pouvait imaginer pires alliées que deux habitantes sorcières. Même si, pour l'une ou l'autre raison, le fait d'envisager Cythère vêtue de robes informes et observant des lieux lointains les yeux écarquillés le faisait se sentir faible et seul.

Une sorcière ne pouvait appartenir à aucun homme, avait-elle dit. Et quel homme voudrait faire sienne une créature si dangereuse ? Malden aurait pu répondre à cette question. Cependant, il savait que le simple fait que Cythère devienne une femme dotée de son propre pouvoir n'était pas le seul problème.

La sorcellerie impliquait systématiquement des règles. Des règles condamnant quiconque les transgresserait. Des règles qu'aucun homme ne connaîtrait jamais.

— Je ne comprends pas, dit-il en s'affalant, soudain las.

Elle refusa de le lâcher. Elle l'attira vers elle, et il n'eut pas la force de lui résister.

— Ne t'éloigne pas de moi maintenant. Je n'ai pas encore suivi mon initiation. Faisons en sorte que notre bonheur dure au moins sept nuits et un jour.

Elle se redressa et entreprit de délacer son corsage.

Chapitre 66

Barbacane ne marcherait plus jamais comme avant. Quand la meute s'était emparée de Château-Haut, quelqu'un avait eu la présence d'esprit de le tirer du donjon du burgrave avant que la populace y mette le feu, mais une nuit dans la chambre de torture avait déjà été une nuit de trop pour le vieux voleur. Il avait passé de trop longues heures dans cette chose en fer baptisée la botte.

Malden lui avait dégotté une béquille dans une boutique d'apothicaire laissée à l'abandon. Elle était de bonne conception, et disposait d'un confortable coussinet à caler sous le bras ; elle était en outre incrustée de nacre. Barbacane parvenait à clopiner avec, même s'il lui en coûtait visiblement. Le moindre mouvement faisait souffrir l'ancien, à présent que chacun des os de sa jambe gauche avait été brisé.

— Ne fais pas attention à moi, dit le vieillard à Malden tout en grimaçant, alors qu'ils faisaient le tour du quartier général de Tailleserpe. Je suis déjà content d'être en vie.

— Dites-moi de quoi vous avez besoin. Vous l'aurez, promit Malden en dissimulant le bas de son visage derrière sa main pour que son ami ne puisse pas voir son air dépité. De la nourriture, du vin, des femmes… tout ce que vous voudrez, vieil homme. Vous serez traité comme seuls les voleurs sachant échapper à la potence le sont. De l'or. De beaux vêtements…

— Ce n'est pas la première fois que j'échappe à la corde, plaisanta Barbacane. Bien sûr, la dernière fois, j'avais dix-huit ans. Tu sais, je connais un truc pour quand on t'attache les mains. Tu bandes les muscles des avant-bras aussi fort que possible, ça les fait gonfler. Tiens, regarde. (Il fit une démonstration à Malden.) Puis tu détends tes mains, et les nœuds sont assez lâches pour t'en défaire. Quand ils m'ont passé la corde au cou, j'ai attendu qu'ils commencent à énumérer les charges qui pesaient contre moi, puis j'ai libéré mes mains. J'ai attrapé la corde au-dessus de ma tête, comme cela…

Barbacane tendit les bras en l'air. Sa béquille glissa, et il pivota sur son pied valide. Malden le rattrapa juste avant qu'il ne tombe.

Il le mena avec précaution jusqu'au siège confortable derrière le bureau de Tailleserpe. Barbacane chercha son souffle un moment, inspirant et expirant lourdement, tel un poisson ayant sauté sur la berge par erreur. Le sang lui était monté au visage et ses yeux semblaient dans le vague. Malden craignit que le vieil homme succombe à une crise d'apoplexie, mais au bout d'une minute, Barbacane s'était calmé.

— Je te raconterai la fin de l'histoire une autre fois.

— Bien sûr, répondit Malden. J'ai hâte.

Il alla jusqu'à la porte pour convoquer Tyburn. Celui-ci avait autrefois été le garde du corps personnel de Tailleserpe. Malden l'avait nommé castellan de son repaire souterrain.

— Assure-toi que Barbacane reste ici aussi longtemps qu'il le désire. Et veille à tous ses besoins.

— Oui, Monseigneur, répondit Tyburn. Velmont vous cherche. Il dit que c'est urgent. Et Onzedoigts est passé ce matin, il paraît que certains voleurs s'agitent.

— Que se passe-t-il ? s'enquit Malden.

— Ils disent qu'ils ont pillé à peu près toute la Côte Dorée. Toutes ces maisons abandonnées, sans sentinelles pour les surveiller… bref, c'est allé vite. Ils commencent à manquer de choses à voler.

Malden avait redouté cela. Il ne les changerait pas, et ils auraient toujours besoin de prodigieuses sommes d'argent pour payer toute la bière qu'ils descendaient quand ils ne travaillaient pas. Parallèlement, une délégation d'honnêtes citoyens – les mêmes honnêtes citoyens qui avaient dépecé Pritchard Hood membre après membre – était venue demander à Malden sa protection contre les bandits de toute sorte. Il se serait débarrassé d'eux avec un grand éclat de rire s'il n'avait pas déjà appris que les vols à la tire et les attaques à main armée se multipliaient en ville, alors même que la population des non-criminels peinait à joindre les deux bouts. À ce rythme, il ne resterait plus une pièce à Ness qui n'aurait pas été volée dans une poche pour être dépensée ailleurs. Malden était sans doute le premier maître de l'histoire de la guilde des voleurs à devoir trouver un moyen de réduire la criminalité. Même si cela l'exaspérait, il était obligé d'en tenir compte.

La Côte Dorée avait servi d'échappatoire aux voleurs. Les demeures y avaient été barricadées puis abandonnées – mais pas vidées. Les riches citoyens de Ness avaient laissé beaucoup de choses derrière eux en quittant la ville, et Malden avait donc envoyé ses hommes s'emparer de ce trésor sans surveillance. Il avait d'abord pensé qu'ils rechigneraient à cette tâche trop évidente. Il avait sous-estimé la nature paresseuse enfouie en chaque voleur. Tout l'intérêt de ce métier était l'argent facile qu'il procurait. Ils l'avaient donc acclamé et avaient proposé de lui reverser dix pour cent de leurs prises, avant même qu'il ait eu l'idée de les réclamer.

— Quand la Côte sera tarie, qu'il n'y aura plus d'endroit abandonné à vider, reviens me voir, dit Malden.

Tyburn acquiesça. Il n'avait pas l'air satisfait ; cela dit, depuis que Malden était devenu Seigneur Maire, il avait découvert que la politique n'était pas l'art de rendre les gens heureux, mais plutôt celui de s'assurer que nul n'était assez malheureux pour vous poignarder dans le dos.

— Et Velmont ? Allez-vous l'écouter, *lui* ?

— Oui. Juste le temps d'attraper mon manteau.

Velmont était devenu les yeux et les oreilles de Malden, se révélant chaque jour un peu plus précieux. Le Helstrovien n'avait pas d'amis à Ness, mais il disposait d'un regard nouveau, qui lui permettait de mettre le doigt sur des problèmes que Malden aurait manqués. Selon le Seigneur Maire, la ville avait toujours été au bord de l'écroulement – il ne savait que trop bien combien les institutions de sa cité natale étaient fragiles et instables. Au milieu de ce chaos ambiant, aucun problème particulier n'émergeait vraiment. Toutefois, quand Velmont en décelait un, Malden savait qu'il devait y remédier immédiatement. Il n'avait donc d'autre choix que de répondre à cette requête-là.

Chapitre 67

Il savait déjà ce que son second helstrovien voulait, mais il laissa néanmoins Velmont le lui expliquer en des termes particulièrement dramatiques. Cela, au moins, méritait de passer quelque temps sur les toits. Ils traversèrent tous deux le Remugle au pas de course, puis aboutirent dans la Fumée qui, désormais, portait bien mal son nom : cette zone de manufactures et d'ateliers qui ceinturait la ville était dorénavant particulièrement calme, froide et improductive. Même l'odeur terrible qui baignait l'endroit s'était dissipée.

— Là, mon frère, qu'est-ce que tu vois ? demanda Velmont en désignant la cour du plus grand moulin à grains de la ville.

— Je vois des roues qui ne tournent pas, et du blé pourrissant dans des sacs, répondit Malden.

Les énormes moulins avaient besoin de bœufs pour fonctionner, et les riches marchands avaient emmené les meilleures têtes de bétail dans leur fuite, bien avant le retour du voleur en ville. À présent, les roues étaient aussi silencieuses qu'immobiles. Certaines méritaient d'être remplacées, mais aucun des ouvriers demeurant dans la Fumée – il n'en restait qu'une poignée, après que le burgrave avait enrôlé la plupart des leurs – ne savait comment les détacher de leur axe.

— Crassier affirme avoir trouvé une solution, expliqua Malden à Velmont. (Le nain travaillait davantage encore que Malden, sur l'un ou l'autre projet.) Il veut se servir du courant de la Skrait pour les faire tourner.

— Ça va pas mouiller le grain de le tremper dans le fleuve ? s'étonna Velmont.

— N'essaie pas d'anticiper ce que va faire un nain quand il prétend avoir inventé quelque chose !

— Peu m'importe, de toute façon, répliqua Velmont, les épaules basses. Viens, essaie de me suivre en haut de la colline : j'ai autre chose de plus grave à te montrer.

Tous deux se précipitèrent sur les toits de la Fumée et gravirent la Côte Dorée en direction de Château-Haut. Malden aurait préféré ne jamais revoir cet endroit. Les décombres du palais et les bâtiments publics écroulés lui rappelaient silencieusement ce péché qu'il n'expierait jamais vraiment. Toutefois, quand Velmont le mena le long du mur noirci par les flammes jusqu'à un endroit à l'arrière de la cour, Malden comprit pourquoi ils étaient là, et son ventre se noua.

Six tours carrées s'élevaient le long de la muraille arrière de Château-Haut, chacune dépourvue de fenêtres mais dotée d'une épaisse porte à la base. Leur toit en plomb conique et raide empêchait la pluie et la neige de stagner dessus, mais chacun des toits avait fondu avec la chaleur.

— Pas les greniers, gémit Malden.

— Eh si, ta seigneurie. Tous jusqu'au dernier.

Velmont s'accroupit sur les créneaux puis bondit sur le sommet de la tour la plus proche. Malden le suivit à travers l'ouverture du haut du grenier ; ils progressèrent ensuite entre les poutres calcinées jusqu'à atteindre les réserves de grains.

Toute une récolte de blé avait été entreposée là avant que les barbares n'arrivent en Skrae. Un hiver entier de farine, une fois la céréale moulue et tamisée. La saison froide était toujours une période creuse à Ness, durant laquelle bon nombre d'indigents mouraient de faim. Le burgrave veillait à ce que ces greniers restent pleins pour avoir de quoi nourrir ses citoyens, ne serait-ce que pour les empêcher de se révolter tandis que lui se régalait au palais d'excellente venaison et des douceurs les plus rares.

Cette année, il n'y aurait rien à partager. Malden s'agenouilla sur le grain et en ramassa une poignée pour l'examiner dans la faible lumière. Le blé qui n'avait pas tout bonnement brûlé était complètement gorgé d'eau de pluie.

Il laissa retomber ses mains, et les grains grillés roulèrent entre ses doigts. L'odeur était délicieuse. Il en eut l'eau à la bouche. D'une certaine manière, l'incendie leur avait sans doute rendu service. Malden avait discuté avec assez de boulangers et de meuniers depuis sa prise de pouvoir pour en apprendre plus qu'il ne jugeait nécessaire sur les conditions d'ensilage et de traitement des céréales. Par exemple, il savait désormais que les grains grillés étaient plus difficiles à moudre en farine, mais qu'ils se conservaient mieux.

Ce qui n'était qu'un mince rayon d'espoir sur une énorme pile d'ennuis. Les grains rôtis pourrissaient peut-être moins vite, mais à condition de rester au sec. Il avait plu plusieurs fois depuis que les toits de plomb avaient fondu, et Malden sentait déjà l'humidité s'élever des récoltes. De la moisissure commençait probablement à se répandre dans chacune des tours, et les rats suivraient pas loin derrière. Le voleur pouvait toujours réparer les toits des greniers, le mal était fait.

Malden avait connu suffisamment de famines durant sa courte existence pour comprendre que ce désastre pourrait sonner le glas de sa carrière politique.

Il réfléchit à une solution.

— Nous allons avoir besoin d'une véritable petite armée pour déplacer le blé, déclara-t-il. Nous devons sauver ce qui peut l'être encore.

— Ça sera trop peu, souligna Velmont.

— Tu as une meilleure idée ?

Le Helstrovien haussa les épaules.

— Peut-être. Peut-être que toi et moi, on ne devrait pas rentrer à la maison ce soir, mais chercher un endroit où l'herbe sera plus verte. On a sans doute besoin de voleurs de haut vol dans les Royaumes du Nord, ou dans l'Ancien Empire. Être Seigneur Maire est certes un boulot en or, mais…

— Mais quand la population commencera à mourir de faim, je ne le garderai pas longtemps, compléta tristement Malden. J'aimerais tellement suivre ton conseil. Mais non : les citoyens de Ness dépendent de moi. Je dois trouver une solution.

Chapitre 68

Des cadavres jonchaient la cour du manoir d'Estecoque. Pas une seule de ces personnes n'avait été soldat. Il ne s'agissait que des domestiques du baron, ainsi que des rares paysans restés pour s'occuper de ses champs. Croy ne trouva aucune arme dans leurs mains froides, aucun signe indiquant qu'ils aient pu résister.

Le toit de la demeure s'était effondré, et toute l'aile sud n'était que décombres.

Il arrivait trop tard.

Il avait poussé son cheval au-delà de ses limites et, une fois le destrier mort, il avait poursuivi à pied. Il avait marché dans les marécages, s'enfonçant jusqu'à la poitrine. Il s'était débarrassé de son armure, devenue trop lourde. Il avait tout jeté à l'exception de Percespectre. Il n'avait pas dormi ni mangé depuis que les massacreurs lui avaient pris son armée.

Il tenait à peine debout. Pourtant, il traversa la cour, épée en main, au cas où Mörgain aurait laissé quelques hommes pour surveiller les lieux. Quelqu'un qui abattrait les traînards assez stupides pour revenir.

À l'intérieur de la maison, des oiseaux décollèrent du sol détrempé et volèrent dans sa direction. Il les éloigna avec de grands gestes. Trouva l'âtre froid. Constata la disparition de la nourriture.

Il n'aurait de toute façon rien avalé. Pas avant d'être sûr.

Les appartements du baron étaient couverts de sang. La porte en bois de la chambre de réception était sillonnée de coups de hache, et le verrou avait été grossièrement forcé. Il poussa le battant, qui grinça bruyamment sur ses gonds. Quelque chose remua furtivement dans la pièce.

Croy s'accroupit, Percespectre devant lui. Il avança d'un pas dans les ténèbres. Il aperçut le bureau du baron. Les cartes n'y étaient plus, pas plus que tous les comptes rendus que d'Estecoque avait accumulés. Tout ce que le baron savait des défenses de Skrae était désormais également connu des barbares.

Un rai de lumière jaune traversa un vitrail à l'arrière de la pièce. Il illumina un morceau de tissu maculé de sang. Croy s'en approcha pour le ramasser. Du lin. Enroulé autour d'un doigt sectionné. La chevalière du baron avait dû lui être arrachée.

Il sentit un mouvement dans son dos et fit instantanément volte-face, prêt au combat.

L'un des chiens d'Estecoque boitilla jusqu'à lui. L'animal était négligé et fou de terreur. Il dévoila ses crocs jaunâtres et grogna.

Son museau était couvert de sang frais.

Croy bouscula la bête. Celle-ci glapit et tenta de le mordre, mais le chevalier ne réagit pas et se dirigea vers le chenil à l'arrière de la demeure. Il y trouva le baron. D'Estecoque avait été massacré et jeté en pâture à son propre élevage. Les chiens n'avaient pas encore fini de lui ronger la tête, sans quoi le chevalier aurait été incapable de le reconnaître.

Il n'imaginait que trop bien ce que les barbares avaient pu infliger au roi. Ou à Bethane, la fille du souverain. Mörgain n'avait aucune affection pour les princesses. Croy se mit à sangloter en pensant à ce que la jeune fille avait dû endurer avant de périr.

Le froid toucher du fer lui caressa la nuque.

Croy pivota brusquement, et Percespectre trancha la hampe de bois d'une serpe, dont la lame s'écrasa au sol avec fracas. Il arma son deuxième assaut, qui infligerait le même sort à son ennemi.

Il parvint tout juste à s'arrêter quand il constata que ce n'était pas un barbare qui l'avait accosté, mais une vieille femme vêtue d'une tunique brun roux. Une paysanne. Comment avait-elle eu la force de brandir son arme ?

Croy estima que quand le besoin se faisait réellement sentir, le corps était capable de prouesses.

— C'est toi qu'on nomme Croy ? s'enquit-elle. (Elle ne semblait pas avoir peur, alors qu'il venait de la désarmer et avait failli la tuer.) Réponds-moi, mon gars, ou ça va chauffer.

Le chevalier réprima un rire. Puis il baissa la tête, et rengaina son épée.

— C'est bien moi.

La vieille acquiesça et se détourna. Elle se mit à marcher, et il lui emboîta le pas, car il avait le sentiment d'être la victime d'un rêve – ou d'un ensorcellement –, et que telle était la règle dans ce genre de cas. Quand un guide se présentait, il fallait le suivre. Toutes les histoires le confirmaient.

Les histoires. Malden avait l'habitude de se moquer des vieilles légendes qui mettaient en scène de vaillants chevaliers et leurs nobles croisades. Ces contes qui avaient nourri Croy durant son plus jeune âge, au même titre que le lait de sa nourrice. Croy avait toujours pensé que ces récits contenaient une vérité plus profonde, une couche de réalité sous les ternes banalités de la situation. Il avait toujours estimé qu'un homme au cœur pur servant une bonne cause ne pouvait que l'emporter, quels que soient les périls.

Et pourtant, il se retrouvait doublement privé de maître, chevalier errant sans même une vieille légende pour lui montrer la route.

Peut-être… peut-être la Dame l'autoriserait-elle à revoir Cythère, à présent. Peut-être retrouverait-il sa bien-aimée avant de mourir au bout d'une lame barbare.

La vieille femme le mena dans un bouquet d'arbres pas suffisamment profond pour qu'il s'agisse d'une forêt. Plutôt un petit bois, où les hommes du baron pouvaient ramasser de quoi alimenter les cheminées. Derrière les ténèbres des branches nues se trouvait une masure, une cabane de bûcheron. Croy n'avait encore jamais vu habitation si rudimentaire. Son toit de chaume pourrissait et ses murs d'osier étaient recouverts de crin et de crottin de cheval, afin de l'isoler du vent. Elle n'avait aucune fenêtre et sa porte était une simple planche que la vieille femme souleva pour l'écarter de l'embrasure. Elle n'avait pas même de quoi s'offrir des gonds.

La pièce à l'intérieur empestait la cendre froide et les légumes gâtés. Il y avait un foyer que Croy n'osait pas appeler un âtre. L'essentiel de la pièce était plongé dans une pénombre si profonde que le chevalier ne distinguait rien. La vieille paysanne entra et replaça la porte, les plongeant dans une obscurité qu'avaient peine à vaincre les maigres braises.

— Vous avez vu son visage ? s'enquit-elle. (Elle ne lui parlait pas.) Est-ce bien celui que vous cherchiez ?

Avait-il été amené là par des assassins ? Des brigands prompts à lui voler son épée pour la troquer contre une cruche de vin ? Croy n'était pas sûr d'avoir la force de se battre encore.

— Je l'ai vu. Faites de la lumière, ma bonne dame, répondit une voix.

Une voix que le chevalier reconnut.

Cependant… il ne pouvait pas le croire, pas avant que son hôte allume un bout de chandelle puante et qu'il les vît. La petite bâtisse était dépourvue de meubles, mais un tas de paille avait été aménagé dans un coin pour faire office de grabat. Ulfram V y reposait, endormi.

Sa fille la future reine, Bethane, se tenait à côté de lui.

Croy se laissa tomber à genoux. Il eut à peine la force de chuchoter :

— Comment ?

— Quand ils sont arrivés, nous en avons été avertis au dernier moment, expliqua Bethane. Un homme a accouru jusqu'ici en criant depuis la route. Cela nous a suffi. J'ai traîné père jusqu'ici. Le baron d'Estecoque s'est sacrifié en restant derrière. Il savait que Mörgain ne connaîtrait pas de répit avant d'avoir trouvé un noble qui oserait se dresser contre elle. Il est mort en jurant qu'il était seul à l'intérieur, et je présume qu'elle l'a cru.

Bethane avait donné ses explications d'une voix sans passion. Ses mots étaient aussi plats et dénués d'inflexions que ceux d'un prêtre de paroisse lisant un passage particulièrement âpre de la Parole de la Dame.

— J'ai vu l'essentiel de la scène, même si je n'ai pas osé m'approcher suffisamment pour intervenir. Je les ai vus mourir, poursuivit la princesse. (Elle ne pleurait pas.) J'ai vu mon pays mourir. Avant que tout soit terminé, je suis revenue ici m'agenouiller au côté de mon père afin de prier la Dame de le rappeler à Elle avant qu'il se réveille. Je ne veux pas qu'il découvre ce qu'est devenu son royaume.

Croy baissa la tête, accablé par le chagrin.

— Il n'est pas bon pour lui d'avoir été traîné si loin dans la boue, et l'air de cette pièce est indigne de ses poumons royaux. Approchez, sire Croy, et dites-moi ce que ce bruit signifie, même si je ne le sais que trop bien.

Croy alla s'agenouiller auprès de son roi. Ulfram vivait encore, mais sa respiration était bruyante et étouffée. Un son qui aurait pu passer pour un ronflement, si le chevalier ne l'avait jamais entendu auparavant.

— C'est son râle de mort, admit-il.

— Veillez-le avec moi cette nuit, demanda Bethane.

Et il lui obéit. Ils restèrent à genoux l'un à côté de l'autre, plongés dans la prière et la méditation. Le temps s'égrena.

Au matin, la vieille femme se leva de la pile de couverture qui lui servait de lit, et remua les braises.

— Il faut que je fasse chauffer de l'eau, si nous voulons avoir un peu de potage, décida-t-elle.

Ni Bethane ni Croy ne lui répondirent. Elle sortit, laissant la lumière se déverser dans la pièce quand elle ouvrit la porte.

Le soleil se posa sur le visage d'Ulfram V ; il était blême, et ses yeux vides ouverts en grand contemplaient le plafond.

Croy se tira de sa transe le temps de porter la main au cou du souverain. Aucun pouls n'y battait, et la peau était glacée.

— Le roi est mort, murmura-t-il. Vive la reine.

Alors seulement Bethane s'autorisa-t-elle à pleurer.

Chapitre 69

— Le roi est mort, annonça Coruth en arrachant de longs brins d'herbe jaune sur la berge de l'Isle aux Chevaux. (Elle déclara cela avec désinvolture, comme si elle commentait un amoncellement de nuages original.) Skrae est en lambeaux.

Cythère frissonna et resserra sa cape autour de ses épaules. Puis elle alla chercher d'autres branches de bois flotté pour les ajouter au feu.

Coruth avait installé une petite bouilloire sur un trépied bien à l'écart de la maison, et la mission de Cythère consistait à la maintenir au chaud, alimentant les flammes si nécessaire. De temps à autre, Coruth revenait avec une poignée de plantes qu'elle jetait dedans avant de replacer l'épais couvercle de fer.

— Tu tiens à Skrae, fit remarquer Cythère quand sa mère garda le silence un peu trop longtemps.

Coruth s'était montrée distraite toute la journée durant, à contempler inlassablement l'horizon par-dessus la surface de Plandest. Cythère savait pertinemment qu'elle n'observait pas le bouquet de cabanes et de maisons de l'autre côté. Elle envoyait son esprit en reconnaissance – pas entièrement, pas comme quand elle volait sur les ailes des oiseaux pour dominer le monde entier. Simplement quelques antennes, des tentacules de conscience palpant et sondant le flot des événements.

— Je pensais les sorcières au-dessus des petits problèmes politiques.

Coruth ricana.

— Tu veux savoir si la disparition d'Ulfram V me fend le cœur ? Quand même pas. Cet homme était meilleur que son père, mais pas tant que ça. Il avait l'habitude de parler à tout le monde d'égal à égal, et non de souverain à sujet. Cela me plaisait.

Cythère se remémora sa rencontre avec le roi, peu avant l'arrivée des barbares. À l'époque, elle pensait savoir de quoi l'avenir serait fait. Cela lui paraissait désormais si loin.

— Il avait l'air honnête.

— Mais idiot. Il se souciait trop de questions sans importance, des comptes du quotidien et de la façon dont gouverner son royaume. Il était incapable de se représenter le tableau dans son ensemble. Non, il y aura de meilleurs rois. À condition qu'il y en ait d'autres.

Cythère se leva et alla s'occuper de la bouilloire. Quand elle souleva le couvercle, il en émana une puanteur de vieille tombe qui lui fit tourner la tête. Le liquide à l'intérieur avait épaissi jusqu'à devenir une sorte de gelée recouverte d'une croûte d'immondices. Il avait la même couleur qu'un œil de poisson resté trop longtemps sur l'étal de son vendeur. Encore quelques heures et cela se figerait davantage pour devenir aussi rigide que de la cire.

Cythère pensait savoir à quoi cette substance allait servir. Cela lui faisait si froid dans le dos qu'elle n'osait pas même la regarder.

— Tu seras peut-être intéressée d'apprendre que Croy est toujours vivant, reprit Coruth.

— Je…, répondit Cythère, mais la pensée qui lui était d'abord venue, sa réaction instinctive, mourut en elle à peine éclose. Croy, répéta-t-elle. Est-il en danger ?

— Toujours, caqueta Coruth. C'est l'une des Sept Lames. Il vit pour combattre. Un tel homme ne peut qu'être en danger. Mais pour l'instant, il tient encore sur ses deux jambes. Si cela t'importe encore.

— Oui, confirma Cythère en baissant la tête.

Et elle savait qu'il en serait toujours ainsi. Même si son amour pour Malden grandissait sans cesse, il resterait éternellement une petite place pour Croy dans son cœur. Une pièce dont la porte serait toujours dépourvue de verrou.

Coruth vint se poster près d'elle et considéra la bouilloire de pommade.

— C'est bientôt prêt. (Elle avait changé, semblait revenue dans le présent, avoir réintégré son corps.) Tu sais de quoi il s'agit, n'est-ce pas ?

Cythère alla chercher du bois pour le feu avant de répondre.

— De l'onguent de sorcière. Cela permet d'ouvrir l'œil interne. D'apporter la seconde vue.

— Oui. Quand il sera prêt – quand tous les préparatifs seront achevés –, nous débuterons ton initiation.

Cythère ferma les yeux et tenta de ne pas pleurer.

Chapitre 70

Un millier de barbares marchaient vers le nord, tractant des chariots remplis d'ouvrages de Rougedigue. Ils grognaient sous leur chargement, se demandant ce que le Grand Chef pourrait bien faire avec tous ces mots. Mörget ne tenait aucun compte de leurs récriminations et commanda même qu'on double l'allure. Il lui tardait de revoir son père. Il avait quelque chose à lui dire.

— Ralentis, salopard. On marche depuis si longtemps que mes jambes sont couvertes d'ampoules. Putain de bordel, certaines sont même si profondément enfoncées dans mon cul que je peux en sentir le goût.

Mörget tira sur la chaîne de Balint. La naine trébucha dans sa direction, les yeux écarquillés de terreur. Il était pour une fois de bonne humeur, et ne lui fit donc aucun mal. Il se contenta de sourire à son visage poilu avant de partir de son rire sinistre et retentissant.

Même de bonne humeur, il restait effrayant.

Il apercevait au loin les murailles de Helstrow. Il cheminait depuis des jours en direction de la forteresse, ayant abandonné ses chevaux. Ceux-ci étaient si rares qu'il valait mieux les confier au nombre décroissant d'éclaireurs qu'il pouvait diriger. Les Skraeliens éparpillés dans la campagne prenaient un malin plaisir à massacrer ses cavaliers. Peu importait : il s'agissait d'un simple baroud d'honneur, la victoire lui étant d'ores et déjà acquise.

Un doute titillait néanmoins l'esprit du barbare, qui ne savait pas encore ce qu'il ferait quand il aurait conquis tout l'Ouest. Que subsisterait-il pour étancher sa soif de sang dès lors qu'il aurait asservi tout le continent ? Mörget s'efforçait de ne pas s'adonner à des réflexions aussi futiles. Il resterait toujours l'Ancien Empire, de l'autre côté de la mer Australe. Il y aurait toujours d'autres territoires à écraser.

Mörgain l'accueillit avec les honneurs à la porte de Helstrow. Elle le coiffa d'une couronne de roses séchées, parodiant ainsi la pompe occidentale. Elle s'était même donné la peine de retirer toutes les épines – ce qu'il interpréta comme une pique envers sa robustesse. Il était cependant habitué à son dédain. Il s'en nourrissait même.

— J'ai entendu dire que tu avais terrassé un baron, lui dit-il. Un petit imbécile vêtu de lin et de fourrure.

Elle le salua telle une courtisane skraelienne.

— Monseigneur est trop bon de se rappeler mes misérables succès. Même s'il semble avoir oublié que j'ai également vaincu sire Croy.

— Je n'ai rien oublié du tout. Il est encore vivant.

Mörgain éclata de rire.

— Je l'ai abandonné à une meute de massacreurs. Nous n'avons plus eu de ses nouvelles depuis. Toutefois, s'il avait survécu… il serait pour moi. Il est beau, d'une façon légèrement décadente. Je veux le voir déshabillé et attaché dans ma tente. Je veux découvrir le goût d'une peau occidentale. Je veux connaître les secrets de l'amour courtois.

— Tu ne l'auras pas. Je l'abattrai moi-même.

— Chercherais-tu à me commander maintenant, chef ?

Les yeux de Mörgain avaient une lueur assassine. Tous deux ne s'étaient jamais affrontés en un véritable duel sanglant. Leurs Lames ne s'étaient jamais entrechoquées dans le but de toucher l'autre. Mörget se demanda un instant combien de temps il lui faudrait pour venir à bout de sa sœur. Et si elle ferait un adversaire valable, s'il pouvait s'agir de l'ennemi qu'il recherchait depuis si longtemps.

Mais elle pouvait encore lui être utile. Il l'attrapa par la gorge – elle ne fit aucun geste pour l'en empêcher. Ses yeux dansèrent, et elle sourit quand il se mit à serrer.

— Que désires-tu vraiment, Mörgain ? J'ai besoin de ton aide aujourd'hui. Donne-moi ton prix, et je m'en acquitterai.

— Ce que je désire, répondit-elle en choisissant ses mots avec soin, c'est servir mes clans. Leur obéir et appliquer les décisions qu'ils prennent. Je ne souhaite rien pour moi. Je suis leur cheftaine, et ce qu'ils veulent est tout ce qui compte.

Il s'agissait d'une variation du serment que prêtait chaque chef lorsqu'il remportait son clan. Elle lui dissimulait ses véritables intentions en répétant les mots qu'il avait lui-même tant de fois prononcés. Des mots qui leur venaient de leur père.

Il la lâcha. Pendant quelques secondes, il s'attendit à ce qu'elle dégaine Brisecroc pour le pourfendre, mais elle se contenta de rire.

— Ah, ce spectacle attendrissant explique bien des choses, intervint Balint. (Elle s'était assise dans l'herbe devant la porte pour profiter de ce court répit.) Je me demandais comment vous pouviez être aussi dégénérés. Si tous les frères et sœurs de l'Est se comportent comme vous, ce putain de mystère est levé. Vous savez ce qu'on dit du fruit de l'inceste.

Mörgain gifla violemment la naine.

— Nous tuons ceux qui baisent en famille ! lança-t-elle. Et nous tuons également ceux qui portent de fausses accusations, petite catin.

Mörget envisagea de laisser sa sœur occire Balint. Cela pourrait se révéler distrayant. Cependant, il avait aussi besoin de la naine. Il savait précisément quelles paroles prononcer pour lui sauver la vie.

— Une cancanière a néanmoins le droit de s'exprimer ainsi en toute impunité, rappela-t-il à sa sœur.

Mörgain poussa un cri de défi.

— Ce n'est pas une cancanière ! Les cancaniers sont des guerriers ayant gagné le droit de dire la vérité à leurs supérieurs. Qui a-t-elle tué ?

— Des centaines de personnes… Au Vincularium et à Rougedigue, précisa Mörget.

— Elle n'a jamais brandi une lame de toute sa vie, contra sa sœur.

— Et elle n'a peut-être pas non plus l'expérience d'un cancanier, et elle ignore sans doute les kenningar et les distiques, mais elle connaît davantage de jurons et d'imprécations que Hurlind. (Il releva Balint en tirant sur sa chaîne.) Et chaque chef a le droit de nommer le cancanier de son choix.

Mörgain ne pouvait pas le contredire.

— Viens, cancanière. Mörgain, accompagne-moi aussi. Je suppose que tes esclaves peuvent s'occuper de mes hommes ?

— Ce sera fait.

Mörgain fulmina et franchit à grands pas la porte de la ville. Mörget la suivait de près.

— Écoute, essaya Balint, j'ai les pieds…

Mörget souleva la naine et la cala sous son bras imposant. Il pensait que cela suffirait à la faire taire, mais il se trompait.

— Je suis donc ta cancanière, maintenant, en plus d'être ton ingénieur en chef ? Je ne veux pas d'autres responsabilités, espèce de grand débile. Je ne sais même pas ce qu'une cancanière est censée faire !

— Oh, tu ne le sais que trop bien. Mais je ne t'ai pas confié cet honneur sans raison. Ce que tu as dit à ma sœur était impardonnable. Elle avait tous les droits de te trancher la tête sur-le-champ.

— Parce que je l'ai traitée de consanguine ?

— Ce sont nos traditions. Nous n'autorisons pas la calomnie. Sauf de la part d'un cancanier. Ces derniers peuvent moquer tout un chacun, et nul n'a le droit de se venger de leurs railleries. Eux seuls ont le droit de dire la vérité – et ainsi d'empêcher les chefs de croire en leurs propres fanfaronnades.

En faisant de toi ma cancanière, je t'ai sauvé la vie. À présent, tu dois trouver un moyen de payer ta dette.

—Adorable, commenta Balint. Et où on va maintenant?

—Je vais voir le Grand Chef. Tu m'attendras jusqu'à ce que je décide de te rejoindre.

Il attacha sa chaîne autour d'un poteau planté devant le portail menant à l'enceinte intérieure de la forteresse. La tête pourrissante d'un chevalier skraelien était toujours fichée dessus, exsudant un liquide noir. Mörget rit en voyant Balint lutter contre son collier clouté pour tenter d'éviter toute chute de putrescence sur ses vêtements.

Quand il se fut suffisamment distrait – après tout, le cancanier d'un chef avait pour autre responsabilité de l'amuser –, il se dirigea vers l'enceinte intérieure en compagnie de Mörgain.

Mörg attendait ses enfants sur les marches du palais de justice. Il les y reçut avec du vin pour sa fille et du lait pour son fils, et ils écoutèrent, plus ou moins impatients, Hurlind le cancanier conter les grandes victoires avec un minimum de reproches. Parfois, un cancanier devait aussi savoir dire qu'un homme était digne d'honneur.

Tandis que Hurlind enchaînait les éloges, le chien qui suivait Mörg partout émergea en trottinant de la salle et vint se rouler en boule aux pieds du Grand Chef. Cet animal ne faisait rien d'autre que dormir. Mörget le détestait : aucun barbare n'aurait jamais droit à tant de léthargie ou d'inutilité, et pourtant Mörg tenait à lui plus qu'il n'avait jamais tenu à la mère de Mörget. Ce dernier élabora diverses manières d'occire le chien en attendant que Hurlind termine.

—La moitié orientale de Skrae est à nous. Rougedigue est tombée, déclara enfin Mörg en posant la main sur l'épaule de son fils.

En temps normal, celui-ci aurait échappé d'un haussement d'épaule au toucher paternel, mais cette fois-ci il le toléra tout en adressant un sourire mesquin à Mörgain. Comme d'habitude, songea-t-il, il lui avait montré qui était le plus fort. Et comme d'habitude, il en était gonflé d'orgueil.

Pourtant, Mörg retira sa main bien trop tôt.

— Plus important encore : les derniers soldats de Skrae ont été vaincus, et toute résistance écrasée. Mörgain, tu m'as offert un demi-royaume en terrassant le dernier baron qui s'opposait à nous. De tous mes chefs, tu es celle qui en a fait le plus.

Mörget en resta bouche bée. Il n'arrivait pas à y croire. Il avait renversé une ville entière ! Qu'avait réalisé sa sœur, à part éliminer quelques rebelles ? C'était intolérable. Il ne devait pas laisser passer une telle offense !

Et pourtant… que pouvait-il faire ? Mörg lui avait déjà rendu hommage. Exiger davantage d'éloges serait désormais perçu comme un caprice de gamin irascible n'ayant pas eu assez de lait à téter. Bouillonnant de colère, il lança un regard meurtrier à sa sœur, qui ne réagit même pas. Pourquoi l'aurait-elle fait ? Elle était l'héroïne de la journée.

Mörg leva haut les mains et sourit à ses enfants.

— Nous avons gagné cette guerre, grâce à mon Get et mon Ain. Vous méritez tous deux des coffres débordant d'or, et des centaines d'esclaves pour vous servir.

— Je me passerais bien de l'or si tu pouvais m'appeler par mon véritable nom, grogna Mörget.

Il ne laissait plus personne l'appeler le Get de Mörg depuis fort longtemps. Pour rien au monde il ne tolérerait ce sobriquet honteux à cet instant.

— Comme tu le souhaites, Tuemontagne. Hum. C'est la première fois que j'économise autant d'argent en accordant à quelqu'un le respect qu'il mérite. Je devrais le faire plus souvent, plaisanta Mörg.

Il était très saoul et d'humeur joyeuse.

— Je garderai mon or, repartit Mörgain, profondément satisfaite.

Elle avait toujours été étrangement fière d'être l'Ain de Mörg, littéralement « l'une de celles de Mörg ». Les noms donnés aux enfants n'étaient pas faits pour les honorer, mais au contraire pour leur faire honte – ils n'obtenaient pas de véritable identité avant de l'avoir méritée. Toutefois, Mörgain se comportait comme si son patronyme était signe de distinction. Elle pensait peut-être, à l'instar des décadents Skraeliens, que l'on pouvait hériter de la gloire comme d'une épée ou d'un bouclier.

— L'or vaut toujours bien plus que les paroles, renchérit-elle. Même si j'avoue que j'apprécierais assez que l'on me nomme Baroncide.

— Désolé, la prime n'est pas négociable, rit Mörg en posant les mains sur les épaules de ses enfants. Je vous offrirai une chose gracieusement : ma fierté. Vous avez tous les deux très bien agi.

— Nous n'avons encore rien fait, insista Mörget en repoussant cette fois la main paternelle. (Il existait peut-être un moyen de retourner la situation, de minimiser la réussite de Mörgain en obtenant une nouvelle chance de récolter tous les lauriers.) La moitié ouest de Skrae reste à conquérir. Mes espions m'ont rapporté qu'une nouvelle armée se dressait contre nous, l'Armée des Hommes Libres. Ils disent qu'elle est dirigée par le burgrave de Ness en personne. Tant qu'il s'opposera à nous, notre emprise sur cette terre ne sera que provisoire.

— Tu désires donc repartir d'ici si tôt ? s'étonna Mörg.

Mörget voulut répondre, mais il se mordit la langue. Il avait failli en faire la demande à titre personnel, mais il se souvint des paroles de sa sœur devant la porte. Après tout, peut-être avait-elle quelque chose à lui apprendre.

— Je ne désire rien, expliqua-t-il. Je suis un chef, et tout ce qui compte est le souhait de mes clans.

Mörg hocha respectueusement la tête, comme le ferait tout joueur d'échecs face à un coup de maître de son adversaire. Cela signifia bien davantage aux yeux de Mörget que la *fierté* de son père.

— L'hiver arrive, déclara le Grand Chef. Ce matin, l'eau de ma cuvette était gelée. J'ai dû briser la glace pour me laver le visage. Mener campagne sur cette terre étrange en pleine saison froide risque d'être difficile. J'allais moi-même proposer d'attendre le printemps ici, et de reprendre les combats quand l'herbe serait de nouveau verte.

— Mes clans se languissent d'achever cette guerre, s'obstina Mörget. D'écraser Skrae tant que l'État est en pleine confusion. Si nous enfonçons le clou maintenant, nous affronterons des troupes éparpillées se cachant sous leur lit. La résistance de l'Est est peut-être vaincue, dit-il en agitant une main en l'air comme pour indiquer que ce n'était pas un exploit. Néanmoins, nombreux sont ceux qui s'opposent encore à nous dans l'Ouest. À l'heure actuelle, il ne s'agit que d'une cohue sans entraînement semblable à celle que Mörgain a eu tant de mérite à disperser. (Sa sœur étrécit les yeux, et il se demanda jusqu'où il pourrait la pousser avant qu'elle dégaine son épée et l'attaque ; une partie de lui avait hâte de pouvoir opposer sa Lame à la sienne.) Si nous attendons le retour du printemps, nous serons confrontés à une véritable armée bien préparée.

Mörg secoua la tête.

— Affronter même quelques hommes sur un champ de bataille causera fatalement quelques pertes. Ne serait-il pas préférable de les laisser venir ici, où nous avons de solides murailles pour nous protéger ?

— Tu imagines qu'ils attaqueront si nous ne faisons rien ? S'il était si sage pour nous d'attendre que le temps passe, en quoi serait-ce différent de leur côté ? Eux non plus ne voudront pas combattre en hiver. Servons-nous de ce fait pour les contraindre à livrer une bataille décisive.

Mörg leva les yeux au ciel, comme pour tenter d'estimer la date des premières neiges.

— Toi. Cheftaine. Tu représentes la moitié de mes clans. Qu'as-tu à dire ?

Mörgain resta muette un long moment, le crâne peint sur son visage déformé par la rage. À l'évidence, la manœuvre de Mörget avait fonctionné, et il lui avait dérobé une partie de sa gloire.

— Mes clans souhaitent entendre l'avis du Grand Chef avant de prendre leur décision. (Elle pivota pour regarder son frère droit dans les yeux.) Pour ma part, je désire de nombreuses choses. Mais naturellement, cela n'a pas d'importance.

Mörg hocha la tête.

— Très bien. Tu connais mon opinion. Rapporte-la à tes chefs, discutez-en toute la nuit autour de chopes d'hydromel et de concours de force. Fais-moi part de vos délibérations demain, et telle sera notre réponse.

Là. Elle l'avait enfin dit. Mörgain désirait quelque chose. Sans doute faire couler le sang de son propre frère. Mais cela n'avait pas d'importance.

Désormais, si elle refusait de partir vers l'ouest, cela aurait l'air d'une faiblesse. Autant supplier les cancaniers de l'appeler « la sœur froussarde de Mörget ». Il savait qu'elle ne survivrait pas à pareil affront. Elle proposerait à ses clans d'accompagner ceux de son frère, car elle n'avait pas d'autre choix. Tous les clans s'accorderaient sur le fait que la guerre devait se poursuivre vers l'ouest, jusqu'à Ness et aux montagnes au-delà, jusqu'à l'océan, jusqu'à ce que Skrae tout entière soit à leur botte. Quant à Mörg, il ne s'opposerait jamais aux clans s'ils prenaient une décision unanime.

Et même s'il essayait de le faire… eh bien, il n'était pas irremplaçable. Et Mörgain étant sur la défensive, incapable de faire autre chose que de réagir aux actions de son frère, seul un guerrier serait en mesure de prendre la suite.

Mörget s'éloigna du palais de justice avec un grand sourire sur le visage, même s'il avait été légèrement blessé par le Grand Chef. Nul n'osa lui demander ce qui le réjouissait tant. Il retourna à la muraille séparant les enceintes intérieure et extérieure, et vint chercher Balint. Alors qu'ils se dirigeaient vers sa tente, il lui raconta tout ce qui s'était dit entre père, fille et fils. Il voulait savoir si elle jugeait son plan d'envahir l'Ouest brillant ou impétueux.

— Est-ce vraiment important ? Cela implique plus de sang versé, et c'est tout ce que tu cherches, répliqua la naine, laissant pour une fois tomber son ton moqueur. (Elle semblait apeurée.) Cela implique de tuer d'autres hommes de Skrae.

Comme d'habitude quand elle n'essayait pas de faire de l'humour, Mörget réagit avec un éclat de rire tonitruant.

— Oh oui, admit-il, c'est sans conteste un des bons côtés de ce plan.

Son rire fit alors trembler les vitres de toutes les demeures voisines.

Chapitre 71

— La Pierdieu est fêlée. Il faut combler les fissures. Seul du sang peut convenir. Il veut du sang ! Comment pouvez-vous ne pas vous en rendre compte ?

Le dément, l'infanticide, était enchaîné aux barreaux de sa cellule. Il avait l'air salement amoché. Des hématomes lui recouvraient la poitrine, et l'un de ses yeux était poché. À l'évidence, ses geôliers l'avaient battu.

Malden se demanda s'ils avaient agi pour se défendre, ou parce que son crime les répugnait. Difficile de leur en vouloir. Il soupira néanmoins.

— Je veux qu'il soit aussi bien installé que possible. Il est fou, incapable de distinguer le vrai du faux. Il n'y a aucune raison qu'il souffre pour avoir perdu l'esprit.

— Tu pourrais abréger son supplice, suggéra Velmont.

Le voleur helstrovien ne semblait pas furieux. Il donnait même plutôt l'impression d'avoir pitié du pauvre homme. Et visiblement, il ne trouvait pas de meilleur moyen d'exprimer sa sollicitude qu'en proposant de lui trancher la gorge.

Les lois de Skrae – et les traditions de Ness – allaient dans son sens. Si n'importe qui d'autre que Malden s'était vu confier la charge de son destin, l'infanticide serait déjà mort. Mais il y avait forcément une meilleure solution… n'est-ce pas ? La mansuétude devait bien signifier quelque chose.

— Non, insista Malden. Il n'y aura aucune exécution tant que je serai Seigneur Maire. Le burgrave pendait les mendiants qui volaient une miche de pain. Les choses vont changer désormais.

—Il n'y a que six cellules dans cette prison, fit remarquer Velmont. Il y en aura bientôt d'autres comme lui.

—Alors nous construirons de nouvelles cages, persista Malden avant de se diriger vers les marches qui montaient jusqu'aux ruines de Château-Haut.

Velmont avait bien sûr raison. Ce cachot ne lui suffirait pas longtemps. Il n'était destiné qu'à détenir les criminels jusqu'à leur procès, pas à les enfermer plus d'une semaine. Les sanitaires étaient rudimentaires. Il n'y avait ni air ni lumière en sous-sol. Les prisonniers tomberaient malades et mourraient si on les séquestrait dans ce trou trop longtemps.

Toutefois, Malden était sûr d'être dans le vrai. Tuer un homme pour un simple crime ne réparait pas le mal commis. Cela ne ramènerait pas la fille du dément à la vie. Il devait exister une meilleure solution, et il lui appartenait de la découvrir.

Peut-être lui avait-on confié ces responsabilités non désirées pour une raison bien particulière, songea-t-il pour la première fois. Il pourrait se servir de son pouvoir, au lieu de se laisser manipuler par lui. Il pourrait changer les choses pour le meilleur.

Si seulement on lui en laissait l'occasion.

Quand ils furent de nouveau à l'air libre, il se tourna vers Velmont pour lui demander :

—Quelle quantité de grain avons-nous pu sauver des greniers ?

Velmont haussa les épaules.

—De quoi tenir un mois, avec de la chance.

—Dans ce cas, nous allons peut-être devoir le rationner, déclara Malden.

Il savait que ce ne serait pas une mesure très populaire. Depuis deux semaines qu'il était Seigneur Maire, le nombre de plaintes émanant de gens incapables de trouver de la farine pour faire leur pain avait triplé. Et cela allait fatalement empirer. Les affamés voudraient savoir pourquoi il ne les nourrissait pas. Ils commenceraient à se dire qu'il n'était pas l'homme adéquat. Chaque fois qu'il avait tenté d'expliquer la situation, il s'était retrouvé face à un regard vide.

Le pire était qu'il ne pouvait même pas le leur reprocher. Il ne pouvait pas s'emporter après ceux qui ne comprenaient pas. À l'époque où il était simplement Malden le Voleur, il aurait eu exactement la même réaction. Les citoyens d'une ville, vivant si loin des fermes et des champs, avaient tendance à oublier qu'il fallait cultiver la nourriture, avant de la récolter et de la transporter jusqu'à Ness pour l'entreposer. Quand il suffisait de se rendre au marché pour acheter un morceau de pain, nul ne réfléchissait jamais à son origine.

— On devrait peut-être envoyer des groupes d'hommes inspecter les fermes des environs. Les paysans qui se sont enfuis ont peut-être laissé des réserves derrière eux. Même si je présume que le burgrave les aura déjà pillées. Il faut bien qu'il nourrisse son armée, et...

Malden s'interrompit en entendant un bruit émanant de derrière la muraille de Château-Haut. Une sorte de grondement collectif, accompagné de huées et de sifflets.

— C'est mauvais signe, devina-t-il.

Ils se précipitèrent vers les portes détruites et coururent jusqu'à la place du marché. Une foule s'était amassée devant le pont du marché aux grains, une horde farouche de femmes et de vieillards qui jetaient des détritus sur une caravane de chariots. Malden fut tout d'abord soulagé que l'ire de la populace ne soit pas dirigée contre lui.

Puis il se dit qu'il était de son devoir de découvrir ce qui se déroulait... et d'y mettre un terme.

— Allons voir ce qui se passe.

— Ouaip.

Velmont commença à empoigner des gens pour les écarter sans ménagement de son passage. Avec force jurons et coups de pied, il parvint à leur frayer un chemin à travers le rassemblement, et Malden s'y faufila jusqu'à atteindre le pied du pont, où des légumes pourris et d'autres projectiles de toute sorte jonchaient les pavés.

Une dizaine d'hommes et de femmes étaient blottis les uns contre les autres afin de se protéger de cette pluie de missiles nauséabonds. Ils étaient vêtus de lourds manteaux et d'écharpes, comme s'ils s'apprêtaient à entamer un long voyage. Derrière eux, des mules tractaient trois chariots débordant de ballots et cageots.

— Que se passe-t-il ici ? s'enquit Malden.

Le chef du petit groupe leva le bras derrière lequel il s'était abrité. Il s'agissait du prêtre de la Dame qui avait dirigé les prières de Pritchard Hood, la nuit où le gouverneur était mort. Les autres, comprit Malden, devaient être les rares fidèles de la Déesse encore présents en ville. Les dernières semaines avaient dû être particulièrement difficiles pour eux.

Le prêtre lança au voleur un regard de haine pure.

— J'emmène mes ouailles sous des cieux plus cléments.

— Au-delà des murs de Ness ? C'est très dangereux.

— Moins que de rester, insista le prêtre. Des brutes nous agressent sans arrêt. Nos icônes sont détruites. Nos églises souillées par des voleurs et des catins ! Vous avez éloigné la Dame de cette ville, Seigneur Maire, et vous en subirez les conséquences.

Malden grogna de frustration. Il avait entendu parler de violences commises à l'égard des fidèles de la Dame, mais il n'avait pas pu y faire grand-chose. Ses plus farouches soutiens étaient également les gens les plus profondément attachés au Dieu Sang, et ils semblaient penser que les prêtres de la Dame constituaient des cibles de choix.

— Ne partez pas, lui demanda Malden. Je vous protégerai. Je déclarerai illégal de persécuter qui que ce soit pour ses croyances.

Cela faisait de toute façon partie des choses qu'il avait en tête. Il s'était dit qu'il avait tout le temps d'essayer de convaincre ses citoyens de tolérer chaque religion. Visiblement, c'était dès à présent qu'il devait s'y atteler.

— Nous tenterons notre chance avec les barbares, merci beaucoup. Si vous voulez vraiment nous aider, dispersez cette plèbe.

Malden secoua la tête.

— Et où irez-vous ?

— Les Royaumes du Nord ne vénèrent pas le Dieu Sang. Leur interprétation de la parole de la Dame est certes différente de la nôtre, mais nous partageons certains articles de foi. Peut-être accepteront-ils d'écouter nos sermons. Dans le cas contraire, eh bien... l'Ancien Empire compte nombre de religions. L'empereur accepte toutes celles qui ne prêchent pas contre son règne. Nous pourrons y vivre sans crainte de nous faire assassiner dans notre sommeil, simplement parce que nous croyons en la foi véritable, argumenta le prêtre.

Il paraissait déjà fatigué. Malden se demanda quelle distance il parcourrait avant que lui et les siens se fassent occire par des bandits pour le contenu de leurs chariots. Dix milles ? Vingt ? Les Royaumes du Nord étaient à deux cents milles, et traverser l'océan pour rallier l'Ancien Empire leur prendrait des mois – à condition que les pèlerins ne soient pas massacrés en route par des pirates et qu'aucune tempête ne détruise leur embarcation.

— Je ne vous en empêcherai pas, affirma Malden après y avoir réfléchi une minute. (Il se retourna pour affronter la foule.) Reculez tous et laissez-les passer. Et arrêtez de jeter ces détritus. Ils quittent la ville. N'est-ce pas ce que vous vouliez ?

Les protestataires reculèrent à contrecœur et leur ouvrirent un passage. Ils ne cessèrent pas de lancer quolibets et insultes, mais ils ne les accablèrent plus de leurs déchets. Malden salua le prêtre et lui fit signe d'avancer.

Velmont, en revanche, songea à une chose que le voleur avait omise.

— Chef, dit-il, qu'est-ce qu'ils ont dans leurs carrioles ?

Pour la première fois, Malden s'intéressa aux chariots du prêtre. Ils débordaient de vêtements, de tentes et d'outils. Mais surtout, ils étaient remplis de sacs de farine, de tonneaux de lard, de quartiers entiers de bœuf et de porc et de fûts de mauvaise bière.

De la nourriture. Suffisamment pour qu'ils puissent tenir jusqu'à destination. Ou pour nourrir une centaine de personnes à Ness pendant une semaine entière.

Malden était partagé. Il ne pouvait pas, en toute conscience, faire ce que la politique exigeait.

Mais il avait besoin de cette nourriture.

— Attendez, dit-il.

Le prêtre lui jeta un regard noir. Malden ôta une bourse de sa ceinture. Elle était pleine de pièces d'argent et de quelques royaux d'or.

— Je vous dédommagerai grassement pour la nourriture que vous emportez.

— Nous en aurons besoin sur la route, répliqua le prêtre.

Il le regardait toutefois d'un nouvel œil. Un œil terrifié.

Malden tenta de le forcer à accepter son offre. Le vieil homme refusa de prendre la bourse.

— Vous pourrez acheter des provisions en chemin. Cela allégera votre chargement.

— Laissez-moi passer, insista le prêtre d'une voix faible.

Il savait que, sans l'accord de Malden, il n'atteindrait même pas les portes de la ville.

— Vous pouvez rester et tout garder. Ou vous pouvez quitter Ness en laissant la nourriture, expliqua Malden entre ses dents serrées. (Son cœur se ratatina dans sa poitrine, tant il se détestait de prononcer ces mots.) Prenez ces pièces, maudit.

— Tous les démons de la fosse se relaieront pour dévorer votre âme, le menaça l'homme de foi.

Mais il empocha la bourse.

Chapitre 72

— Réjouis-toi, mon gars, lança Crassier en guidant Malden vers le bas de la montée Bouchemel. Vois le putain de bon côté des choses.

Devant eux se trouvait le bras le plus étroit de la Skrait, dont le courant froid et rapide était gonflé des eaux liées à la fonte du nord. Ce matin-là, des flocons blancs s'étaient déposés un instant dans la cour de *La Citronneraie*, fondant avant même que Malden puisse s'assurer de leur existence. L'hiver arrivait.

Le voleur peinait à imaginer un bon côté des choses, et encore plus à le voir. Il s'efforçait d'éprouver un peu d'optimisme mais ne parvenait qu'à adopter une forme de rationalisation.

— Les pèlerins mourront sur la route, bien avant de manquer de toutes ces provisions, déclara Malden, surtout pour se rassurer. Avec ce temps, ils gèleront avant de crever de faim.

— Ce n'est pas tout à fait ce que je voulais dire. Tiens, je vais te montrer un truc qui devrait te plaire.

Le nain se dirigea vers la berge, où sa dernière création pivotait librement sur un énorme axe d'acier. Cela ressemblait à une roue du chariot du Dieu Sang : des poutres de bois constituaient les rayons de ce cercle de vingt pieds de diamètre. Des pagaies en hérissaient la circonférence telles les rames d'une galère. Elles plongeaient dans l'eau, où le courant les propulsait de nouveau vers le haut, faisant goutter de l'eau en un torrent constant.

— Tu vois, la force de la rivière transmet à l'essieu un moment angulaire. Ainsi, grâce à une réduction du couple…

— Je ne parle pas le nain, et tu le sais pertinemment, l'interrompit Malden.

Il suivit Crassier jusqu'à un échafaudage branlant qui dominait ce qui avait autrefois servi d'entrepôt de barils de goudron. À présent, il s'agissait d'un moulin à grains. L'essieu de la roue hydraulique était relié grâce à quelque ingénieux mécanisme à un axe gros comme un tronc. Celui-ci tournait en permanence, activant une meule qui broyait le blé sans effort. Les meuniers humains qui travaillaient là semblaient terrifiés à l'idée de s'approcher des rouages, mais ils s'affairaient avec entrain à ensacher la farine.

— Cette bielle-ci actionne celle-là, qui fait tourner cette pierre, expliqua Crassier d'un ton légèrement irrité. Ça fonctionne, c'est tout ce qui compte.

Oui. Oui, effectivement. Le peu de grains que Ness conservait resterait inutilisable si on ne pouvait pas le moudre. Cette partie au moins du problème était désormais résolue. Malden ressentit une pointe d'espoir pour la première fois depuis des jours.

— Crassier, tu as encore réussi. Ton imagination est-elle donc sans bornes ?

— Eh bien, je ne peux pas légitimement prétendre avoir inventé ça, admit le nain. La Strow active des roues semblables à celle-ci à Rougedigue. C'était du moins le cas avant. Qui sait ce qu'il est advenu de cette ville ?

Malden acquiesça solennellement. Les nouvelles parvenant de l'est du royaume étaient extrêmement rares, mais toujours mauvaises. Les quelques voyageurs qui arrivaient jusqu'à Ness évoquaient une campagne ravagée par les barbares, regorgeant de bandits et de paysans affamés, trop terrifiés pour sortir de chez eux.

— Pour un temps, en tout cas, nous aurons de la farine, consentit à affirmer Malden, sachant que c'était ce que son compagnon voulait entendre. Tu as fait un boulot fantastique. Cette cité te décernera une médaille, ou quelque autre récompense. Je m'y engage personnellement.

— Mon gars, on s'en tape. Tu sais très bien que je me fous des honneurs. J'essaie simplement de t'aider, voilà tout. Et peut-être que je pourrai t'offrir autre chose, si tu veux bien passer par mon bureau.

Les yeux du nain luisaient d'excitation quand il mena Malden jusqu'à une cabane dans un coin de la cour du moulin. Il faisait froid dans cette pièce exiguë – le plafond était bien trop bas pour un humain –, mais quand il vit ce que Crassier avait en tête, il ne put plus détourner les yeux.

Un morceau de parchemin était déroulé sur la table. Un message y était inscrit en runes naines, sous chacune desquelles apparaissait une lettre de l'alphabet skraelien. Ce deuxième ensemble était séparé en mots.

— Tu l'as déchiffré ? s'enquit Malden, le souffle court.

Le code de Tailleserpe était devenu pour lui un véritable but en soi, un espoir auquel se raccrocher quelle que soit la conjoncture. Il s'était convaincu, sans la moindre preuve tangible, que s'il parvenait à le lire, tous ses problèmes seraient résolus. Durant ses instants de lucidité, il savait que c'était parfaitement insensé, mais tant de gens croyaient en lui que lui-même avait besoin de croire en quelque chose.

— Ah non, dit-il en considérant les lettres. C'est toujours du charabia.

— Ne jamais sous-estimer la paranoïa du maître d'une guilde des voleurs, déclara Crassier. Il n'a pas employé un système de cryptage, mais trois. D'abord, les symboles originaux, qui se sont révélés être des substituts de runes naines. J'ai dû traduire celles-ci dans ta langue, en comparant les sons qu'elles symbolisent. Ce n'était pas si simple ! Et même là, n'importe qui n'aurait pas pu le lire, parce qu'il a également crypté les runes. (Crassier secoua la tête.) Salopard génial.

— Une étape de moins, souligna Malden.

Il ne s'était pas attendu à ce que ce soit évident.

— Non, plus que ça, corrigea le nain. Regarde le dernier mot du message. RYGJJCQCPNC. Ça ne te rappelle rien?

— Rien du tout.

Crassier grommela.

— Réfléchis, mon gars ! Sers-toi de ces putains de trucs que Coruth t'a enseignés. C'est une simple substitution. Une rotation, c'est certain, j'en mettrais mes deux yeux à crever. Onze lettres. Dont une double, et une autre qui revient trois fois. Réfléchis !

Malden aurait préféré que le nain se contente de lui donner la réponse. Il n'avait pas dormi plus d'une heure ou deux ces derniers jours. Chaque fois qu'il fermait les yeux, il revoyait la peur dans le regard du prêtre quand il l'avait privé de ses provisions. Pour une fois, le nain pourrait rendre les choses simples. *Mais… d'accord*, songea-t-il. *Réfléchis. Onze lettres. Trois identiques, sans doute un A, un E ou un S… Une double au milieu. Forcément deux consonnes. La plupart des consonnes doubles sont SS, TT ou –ah !– LL…*

— C'est une signature, souffla Malden. C'est…

— Tailleserpe ! jubila le nain. Plus important encore, ça résout une partie de l'ensemble ! À présent, je sais que chaque fois que la lettre J apparaît dans le message, il s'agit en réalité d'un L. Que chaque C remplace un E. Remplis les trous, et voilà !

— Et voilà, répéta Malden.

— Ensemble, nous en viendrons à bout en moins d'une heure, affirma Crassier en hochant joyeusement la tête.

Une crainte étrange oppressa le voleur. Si proche. Il crevait d'envie de savoir enfin ce que contenait le parchemin. Et pourtant, s'il le faisait, son seul espoir s'envolerait. L'énigme ne contenait sans doute rien qui puisse l'aider à résoudre ses problèmes. Le message était bien trop court pour cela.

Pourtant, il devait le découvrir. Il devait impérativement savoir ce que Tailleserpe avait de si important à dire pour le dissimuler avec tant de soin.

— Je suis censé assister à une réunion de la guilde des cardeurs. Puis je dois présider une audience à la cour de justice. Velmont a planifié toute ma journée.

— Et donc… tu ne veux pas travailler là-dessus maintenant ?

— Bordel, non, ce n'est pas du tout ce que je voulais dire ! Mais il faut verrouiller la porte, pour qu'il ne puisse pas rentrer quand il viendra me chercher. Et donne-moi cette plume !

Chapitre 73

Croy garda son cheval au pas pour franchir lentement les marécages au nord d'Estecoque. Il se trouvait à Fangevert, l'ancien centre politique le plus influent de Skrae. Désormais, des détachements de barbares y étaient solidement établis. Il devait conserver en permanence un œil sur les arbres recroquevillés qui le cernaient, susceptibles de dissimuler n'importe quoi, et l'autre sur la terre meuble, dans laquelle il risquait de s'embourber.

La présence de Bethane derrière lui ne simplifiait pas les choses. Ils n'avaient pas réussi à lui trouver une deuxième monture : les barbares avaient ratissé les environs en quête du moindre morceau de cheval. Le problème n'était pas tant de devoir partager le destrier, car elle était suffisamment légère pour ne pas surcharger l'animal, et ne se plaignait jamais de sa position inconfortable sur le troussequin. Elle conservait les bras serrés autour de la taille du chevalier, sans pour autant l'empêcher de respirer.

Non, le problème était qu'elle n'arrêtait pas de bavasser. Il avait réussi à la convaincre de parler à voix basse, mais elle était sa reine, et il ne pouvait pas lui ordonner de rester silencieuse. Il ne réagissait jamais à ses propos, ce qui ne semblait pas la déranger.

— Quand je serai rétablie dans mes fonctions à Helstrow, dit-elle d'un ton enthousiaste, j'organiserai un grand tournoi en hommage à nos courageux soldats sacrifiés. Des chevaliers viendront de partout pour prouver leur courage et leur honneur. Des étendards lumineux flotteront autour de la forteresse en une mer multicolore. Naturellement, les tentes vertes ou blanches seront plus nombreuses.

Croy suivait les empreintes d'une biche à travers le marécage, une piste étroite à peine visible, même en plein jour. Son cheval la percevait mieux que lui et bronchait chaque fois qu'il s'écartait du chemin pour s'enfoncer dans la végétation plus dense. À présent que le soleil se couchait, l'animal semblait douter un peu, et Croy se demanda s'il parviendrait à progresser dans le noir. Mais ils ne pouvaient pas s'arrêter là.

— Il y aura des jongleurs, des fous, et les nains nous montreront leurs brillantes créations. Je ferai bâtir une grande fontaine, qui propulsera de l'eau si haut que tout le monde se perdra dans sa contemplation en se demandant combien de temps les premières gouttes mettront à retomber. Il y aura des faucons dont les vols seront très appréciés, et leurs dresseurs seront de braves hommes aux yeux d'acier qui ne parleront que pour diriger leurs féroces oiseaux.

Quelque chose bloquait la route devant eux. Pas un barrage – les barbares ne se donneraient jamais la peine de fermer un passage si éloigné de toute forme de civilisation. Non, peut-être un chablis, un châtaignier séculaire effondré dont les racines pointaient en l'air, lestées de terre humide. Croy scruta le sol autour de l'obstacle, cherchant un moyen de le contourner.

— Les dames de la cour seront vêtues de lin et de velours, et broderont de petites devises moqueuses dans leurs manches afin que tout homme y plongeant le regard se voie ridiculisé. Et il y aura de grandes compétitions d'adresse. Des concours de tir à l'arc qui dureront toute la journée. Et des hommes tenteront de grimper à des poteaux enduits de graisse ou d'attraper des poulets lâchés dans des enclos. Comme il sera amusant d'observer leurs cabrioles !

Alors qu'ils s'en approchaient, Croy découvrit enfin la nature de l'obstacle. Il ne s'agissait pas d'un arbre écroulé. Non, c'était une pile de cadavres couverts de sang, dont les os avaient été becquetés par les oiseaux. Il distinguait d'assez loin les blessures qui leur avaient coûté la vie. Des coups de haches avaient tranché des bras, des oreilles ou des visages. Les cadavres portaient encore les couleurs de Skrae. Avaient-ils fait partie de sa propre cohorte, les troupes qui avaient disparu pendant qu'il affrontait les massacreurs de Mörgain ? Ou était-ce des déserteurs, pensant avoir échappé à une mort certaine, mais n'ayant que repoussé l'échéance pour venir périr là, au milieu de nulle part ? En tout cas, leurs meurtriers n'avaient pas jugé bon de leur accorder un enterrement même rudimentaire. Ils avaient été laissés à se décomposer sur place. Croy se raidit face à pareil sacrilège, et sentit Bethane redresser la tête.

— Quelque chose ne va pas, sire Croy ? s'enquit-elle.

— Non, Votre Altesse.

Le chevalier réfléchit à ce qu'il devait dire. Comment Malden gérerait-il pareille situation ? Le voleur avait toujours été un vil flatteur, excellant dans l'art d'aplanir tout événement désagréable.

— J'étais simplement… frappé par la noblesse de votre projet. Je vous en prie, fermez les yeux pour mieux contempler pareille splendeur et mieux la relater.

Bethane soupira et s'appuya contre son dos.

— Vous avez raison. Je perçois mieux les choses ainsi. Oh, sire Croy ! Le rôle que vous jouerez ce jour-là. Vous serez à mon côté, naturellement. Je ferai de vous mon champion, dès que je serai dûment couronnée et que j'occuperai officiellement mes fonctions.

Croy fit avancer sa monture, évitant aussi prudemment que possible le tas de cadavres. L'animal s'ébroua et regimba face à cette odeur de mort, mais le chevalier lui flatta l'encolure pour l'apaiser.

— Vous serez couvert d'honneur, poursuivit Bethane. Vos couleurs flotteront en haut de la plus haute tour, juste à côté des miennes, et chaque chevalier en lice ce jour-là vous saluera pour reconnaître le fait que, quelles que soient ses victoires, elles n'égaleront jamais vos accomplissements.

Croy avait participé à un tournoi, une fois. Il avait jouté à la lance, participé à de fausses mêlées armé d'une épée en bois. Comme un enfant jouant à la guerre. Il avait récolté les hommages et les tributs de seigneurs et de dames. Il s'était érigé en modèle d'honneur et de vertu, pensant que les autres grandiraient à son contact, qu'il leur insufflerait le souffle nécessaire pour œuvrer à un monde meilleur.

À présent, il n'était plus qu'un homme chevauchant au hasard, une fille accrochée à son dos. Sa monture agonisait presque, et les deux cavaliers étaient sales, affamés et las de voyager. Le monde qu'elle évoquait n'avait jamais vraiment existé. Le seul environnement réel était cet endroit boueux, où la mort planait à chaque croisement. Le soleil avait brillé un peu plus durant l'été, voilà tout, et Croy s'était laissé aller à penser que l'herbe verte et le ciel bleu dureraient éternellement.

Vers le nord, songea-t-il. Il devait emmener Bethane jusqu'aux Royaumes du Nord, où elle serait en sécurité. Elle régnerait en exil, tandis que les barbares pilleraient ses terres. Mais elle vivrait. Et peut-être qu'un jour, l'un de ses descendants retournerait vers le sud avec une armée digne de ce nom et reconquerrait Skrae. Ou ce qu'il en resterait.

— Je vois les tables ployant sous le poids des viandes rôties et autres mets délicats que mes cuisiniers prépareront. Je vois les embarcations sur la Strow, le pavillon claquant dans la brise…

CHAPITRE 74

Malden tendit le bras pour attraper le groin d'une gargouille. Celui-ci commença à céder mais, malgré des années de négligence, le cavalier métallique qui le retenait était encore solidement ancré dans le mur et supporta son poids. Il grimpa tant bien que mal sur le dos en pierre et s'y reposa un instant.

Il avait connu des ascensions plus calmes. Gravi des parois qui lui convenaient davantage. La maison du chapitre n'avait pas bonne réputation.

Cet octogone doté d'une haute flèche faisait figure d'anomalie dans le Remugle – un lieu où aucun rebut de l'humanité ne se rendait jamais, une imposante pile de pierre au cœur d'une mer de bois et de chaume, fuie et abandonnée de tous. On racontait qu'il s'agissait du bâtiment le plus hanté de la Cité Libre, une construction jouissant d'une réputation plus sinistre encore que l'Isle aux Chevaux, car une malédiction avait continué d'emporter son lot de victimes bien après la tragédie qui l'avait causée.

Aux premiers jours de Ness – au temps des jeunes années de Skrae –, la Confrérie des Érudits de la Dame était une importante institution, un fanal de raison et de savoir sur une terre plongée dans les ténèbres de l'ignorance. Les frères avaient veillé sur les malades et nourri les pauvres à une époque où les prêtres du Dieu Sang ne pouvaient rien faire d'autre que d'exiger des sacrifices toujours plus nombreux et violents. La Confrérie avait attiré des milliers de convertis à la toute jeune religion de la Dame. La rumeur voulait également qu'ils possèdent des secrets que même les nains n'avaient jamais percés. Ils avaient construit la Sainte Bibliothèque de Rougedigue, qui renfermait la plus grande collection d'ouvrages et de manuscrits en dehors de celles de l'Ancien Empire. À Ness, ils avaient érigé la maison du chapitre, un lieu de rencontre pour toutes les personnes en quête de savoir et d'instruction. À l'origine, elle s'était trouvée hors des remparts de la ville, protégée par sa propre muraille, mais en s'étalant, la Cité Libre l'avait intégrée, même si la bâtisse était demeurée cloîtrée et à l'écart du reste. Au sein de leur édifice impressionnant, les Frères Érudits avaient conservé les règles de leur ordre, et aucun burgrave n'avait jamais osé s'immiscer dans leurs lois ou leurs us. De riches marchands avaient envoyé leurs fils les plus studieux étudier au chapitre, et la tradition voulait désormais que ces érudits deviennent les éminents professeurs de l'université naissante de Ness.

En revanche, une organisation d'hommes chastes finit toujours par devenir suspecte aux esprits plus cosmopolites, et la maison du chapitre ne fit pas exception. On parla de rites d'initiation allant au-delà du simple bizutage, de pédérastie autorisée et officialisée. Le titre autrefois honorifique de « Pupille du chapitre » devint bientôt le terme argotique pour giton. La Confrérie des Érudits gagna alors mauvaise réputation. Nul ne savait en quelles proportions celle-ci était effectivement méritée, mais deux cents ans avant la naissance de Malden, un certain Jarald d'Omburg était devenu le Grand Scoliaste du monastère. En moins d'un an, celui-ci avait été vidé et abandonné, ses portes enchaînées et sa source de connaissance s'était tarie.

Les burgraves n'avaient jamais révélé la véritable nature des crimes de Jarald, mais Malden avait grandi en entendant dire que des centaines de moines avaient été bannis de la ville avec des chaînes aux pieds, que des sentinelles s'étaient évanouies en découvrant des corps démembrés à l'intérieur, des blessures souillées de multiples façons. Sa mère parlait du chapitre comme du diable, menaçant le jeune Malden, s'il se comportait mal, de l'y envoyer pour devenir l'un des élèves du fantôme de Jarald. Pareille promesse avait du poids : les rares voleurs et vagabonds suffisamment désespérés pour tenter de pénétrer par effraction dans le bâtiment n'étaient jamais reparus, et même les vandales qui avaient osé ternir sa façade de leurs inscriptions avaient prétendument été punis par des forces spectrales.

Et il en fallait beaucoup pour détourner un voleur d'une bâtisse de Ness. La ville était célèbre pour ses portes fermées à triple tour et les pièges nains qui protégeaient les demeures des plus opulents. Le chapitre n'avait nul besoin de pareilles protections : les bandits l'évitaient autant que la potence.

Et voilà que Malden se voyait contraint de pénétrer dans ses murs mortels pour en sonder les recoins les plus sombres. Il s'était trouvé décontenancé après avoir enfin lu le message de Tailleserpe. Il avait sérieusement envisagé de déchirer la missive et d'en oublier le contenu. Toutefois, la promesse était telle qu'il fut incapable d'y résister. Une fois proprement déchiffrée, la lettre indiquait :

POUR MALDEN S'IL REVENAIT

TU AS DE NOMBREUSES QUESTIONS JE N'AI QU'UNE RÉPONSE
FAISONS UN ÉCHANGE SI MES TERMES TE CONVIENNENT
ESCALADE LE SEUL SOMMET EN VILLE QUE TU N'AS ENCORE JAMAIS TENTÉ ET TU RETROUVERAS MA TRACE
SUIS-LA AVEC SOIN CAR JE NE SUIS PAS SANS PROTECTION
SUIS-LA ET REJOINS-MOI JE T'ATTENDS

TAILLESERPE

Depuis la gargouille sur laquelle il était juché, Malden relut une dernière fois le parchemin ainsi traduit. Il était plus confus que jamais, davantage encore que lorsqu'il ne s'était agi que d'une succession de symboles dénués de sens. Cela ressemblait bien à Tailleserpe de se montrer si énigmatique – et menaçant –, de dresser tant d'obstacles sur sa route, sachant pertinemment qu'il n'aurait pas d'autre choix que de les surmonter. En revanche, cela ne lui ressemblait pas du tout de s'exposer à pareil risque. Malden s'était imaginé que le maître de la guilde avait fui la ville comme n'importe quel homme riche et sain d'esprit. Il avait supposé que Tailleserpe avait préféré sacrifier tout son empire en l'abandonnant à un voleur jeune et inexpérimenté, plutôt que de se risquer à faire face à son destin et aux barbares.

Le message laissait pourtant entendre le contraire. Que Tailleserpe s'était caché au beau milieu de sa ville. Qu'il n'avait jamais quitté Ness, attendant simplement que Malden le débusque.

Tailleserpe ne jouait pas uniquement pour sa survie. Malden aurait dû s'en douter.

Il reprit son ascension. Le clocher du chapitre était l'un des points culminants de Ness, même s'il se trouvait bien en contrebas de Château-Haut. Le bâtiment mesurait plus de dix étages, sans compter les fondations. Toutes les fenêtres et les portes avaient été scellées, mais le voleur était certain qu'il trouverait le moyen d'entrer une fois en haut.

Et il ne fut pas déçu. Le sommet de la flèche avait été foudroyé et jamais réparé. Tout un pan s'était écroulé. Malden se glissa entre les trois murs restants et se retrouva dans un espace étriqué, plein de déjections de chauves-souris et de toiles d'araignées. Il ne restait aucun meuble ou accessoire, mais une trappe avait été ménagée dans le plancher. Il tenta de l'ouvrir et se rendit compte que ses gonds avaient été rongés par la rouille. Le battant carré tomba de son jambage, rebondissant sur les poutres et chevrons dans les ténèbres du niveau inférieur. Par l'ouverture, Malden entendit alors le bruit des rouages d'un mécanisme se mettant lentement en branle.

Il avait imaginé le chapitre parfaitement silencieux, désert, aux meubles chargés d'humidité depuis longtemps ; un lieu dont même les fantômes auraient fini par se lasser. Il ne s'était certainement pas attendu à entendre le bruit d'une machinerie parfaitement huilée. Par le nom sacré du Dieu Sang, qu'avait donc pu trouver Tailleserpe à l'intérieur ? Ou qu'y avait-il construit lui-même, pour déconcerter ainsi son disciple ?

Malden savait que le maître n'allait pas émerger de la trappe pour venir le saluer avec un sourire chaleureux. Mais se trouvait-il vraiment à l'intérieur ? À quel genre de jeu jouait-il cette fois ?

Il n'y avait qu'une façon d'en avoir le cœur net.

Chapitre 75

Malden se glissa par la trappe à la force des bras. Il balança ses pieds d'avant en arrière jusqu'à découvrir une surface solide susceptible de supporter son poids, puis il bondit pour s'y percher. Il tira une bougie de sa tunique et l'alluma à l'aide d'un morceau d'acier qu'il frotta sur une pierre. Quand la mèche s'embrasa, il plaça le cierge dans un réflecteur en étain que Crassier lui avait fabriqué. Cela lui offrait un bon rayon de lumière jaune qu'il pouvait orienter à l'envi.

Il dirigea sa lampe vers le bas, et découvrit que l'intérieur du clocher était essentiellement vide, certains des paliers inférieurs s'étant écroulés au fil des années. Il se retrouvait donc au sommet d'un immense conduit plongeant dans les ténèbres. Il s'accroupit sur l'une des rares poutres qui n'avait pas encore pourri ni brûlé.

Il entendait les rouages pivoter plus bas, ainsi qu'un vrombissement régulier visiblement produit par un énorme objet en train de tourner à toute allure.

L'intérieur de la flèche fournissait d'innombrables prises, rendant la descente très facile, au moins sur les quinze premiers pieds. Là où les planchers s'étaient effondrés, il ne restait guère plus que d'étroites saillies désormais couvertes de morceaux de lattes brisées. Si rudimentaires qu'elles puissent paraître, elles conviendraient cependant parfaitement. Au-delà, le rebord s'élargissait et devenait bien plus régulier. La lueur de la bougie de Malden n'illuminait pas grand-chose. Il descendit rapidement jusqu'à un morceau de plancher encore soutenu par des chevrons vermoulus. Plus bas, il aperçut enfin la source de ce ronronnement continu.

La flèche était séparée du reste du bâtiment par un large espace circulaire. À l'intérieur de celui-ci, une grosse hélice en fer tournait sans fin, interdisant l'accès aux niveaux inférieurs. Elle pivotait si vite que Malden se trouva incapable d'en recenser le nombre de pales. Même si cela importait peu : il savait que s'il essayait de sauter au travers, il se retrouverait haché menu.

Il devait néanmoins exister un moyen de la franchir.

Le voleur débusqua un endroit où le plâtre s'était décollé du mur. Les lattes qui l'avaient accueilli juste avant apparaissaient désormais à nu. Il parvint à en arracher une, un bon morceau de bois d'un pouce de large pour six pieds de long. Il s'accroupit aussi bas qu'il put, et tendit la planche vers l'hélice.

Il ne fut pas surpris de la voir arrachée à sa main avant d'être réduite en échardes. Elle n'était pas suffisamment épaisse pour enrayer le mécanisme. Malden se demanda si ce dispositif expliquait la disparition de tous les voleurs qui avaient tenté de s'introduire ici avant lui. Puis il écarta cette idée. Il avait passé suffisamment de temps avec Crassier pour savoir que des machineries aussi complexes ne pouvaient pas perdurer deux siècles sans être régulièrement nettoyées et entretenues. C'était Tailleserpe qui avait activé cette hélice, et non les moines depuis longtemps décédés qui avaient bâti le chapitre.

Malden devait trouver un moyen de l'enrailler. Il portait Langacide à la ceinture, et supposait qu'elle se révélerait assez solide, mais il ne préférait pas mettre l'épée en péril pour une entreprise si hasardeuse – d'autant plus qu'il pensait pouvoir en avoir besoin plus tard. Il devait pourtant bien y avoir autre chose qu'il puisse utiliser. Il observa alentour et trouva rapidement son bonheur.

Le pourtour de la flèche était jalonné d'une série de colonnes de pierre, dont certaines étaient fêlées ou brisées. L'une d'elles était même tombée entièrement, et gisait en morceaux sur un coin du plancher. Il semblait presque qu'elle ait été abandonnée là exprès pour lui.

Cela n'avait rien de surprenant. Quand Tailleserpe élaborait un casse-tête, il se débrouillait toujours pour en laisser la clef bien en évidence. Il ne s'agissait pas uniquement d'éloigner les intrus du chapitre, mais de mettre le voleur à l'épreuve.

Le morceau de colonne en pierre brute était trop lourd pour que Malden puisse le soulever. Il mesurait trois pieds de long et était gros comme son bras. Il envisagea de le faire rouler jusqu'au rebord pour le faire basculer sur l'hélice, mais il savait qu'il n'aurait pas d'autre chance : si le bloc tombait entre deux pales, il serait perdu. Il devait trouver un moyen d'abaisser le bout de colonne jusqu'à la lame, tout en en maîtrisant la descente.

Il avait apporté avec lui une longueur de corde – sans laquelle il ne partait jamais quand il avait à escalader. Pour l'heure, elle était enroulée autour de sa taille telle une ceinture à nœud. Elle était assez robuste pour supporter son poids, mais le bloc de pierre pesait bien davantage. Comme d'habitude, il n'y avait qu'un seul moyen de s'en assurer. Malden attacha un bout de la corde autour de la partie cannelée de la colonne, puis fit rouler la pierre avec soin jusqu'à l'extrémité du plancher. Le chanvre grinça, gémit et faillit s'effilocher dès le début. Le voleur comprit en quelques instants qu'il allait craquer.

Mais peut-être pas avant qu'il s'en soit servi. Il laissa filer la corde aussi vite qu'il l'osa, veillant à ce que le morceau de colonne n'oscille pas trop à son extrémité. Pied après pied, seconde après seconde, alors que le lien se tordait et raguait, il sentit la pierre s'approcher de la lame fatale.

Le contact se fit au moment précis où le chanvre céda. Le pilier rebondit sur une pale avant de disparaître dans la pénombre. Malden jura de rage – puis se tut en observant ce qui se déroula ensuite.

Avec un terrible gémissement métallique, l'hélice ralentit puis s'immobilisa dans un soubresaut. La pierre avait gauchi la lame, qui ne pivotait plus dans l'espace qui lui était réservé. Elle tentait malgré tout de poursuivre sa rotation, mais ne parvenait qu'à grincer lentement sur son axe, frottant contre sa propre monture.

Malden se précipita dans l'interstice entre deux des six pales avant que l'hélice se dégage. Il se laissa tomber dans une petite pièce carrée presque entièrement remplie d'immenses rouages en fer et d'un énorme ressort central qui entraînait la lame. Un levier émergeait du sol, à l'évidence une sorte d'interrupteur pour cette machine de la mort. Tailleserpe s'était-il trouvé là quelques minutes plus tôt, et avait-il lui-même actionné le mécanisme ?

Jugeant plus prudent d'arrêter le hachoir une bonne fois pour toutes – il aurait peut-être à ressortir par le clocher –, le voleur empoigna le levier et le tira vers lui.

Il ne put s'en prendre qu'à lui-même quand le sol tout entier bascula sur une charnière, précipitant le voleur dans des abîmes ténébreux.

Chapitre 76

Malden laissa échapper sa bougie, qui s'éteignit instantanément. Il vit seulement la base orangée de sa mèche dégringoler loin de lui. Juste avant que la flamme meure, il avait aperçu des chaînes suspendues autour de lui, mais rien d'autre.

Il tombait en chute libre, et savait que cet état ne pourrait s'achever que de façon brutale – et prochaine.

Il battit désespérément des bras. Il effleura du bout des doigts la surface rugueuse d'une chaîne, qui oscilla loin de lui. Il en toucha une autre de la jambe gauche, et tenta d'y enrouler le pied. Elle se déroba à lui – mais pas avant qu'il ait eu le temps de se retourner et de l'empoigner.

Sa chute cessa brutalement avec une violente secousse qui faillit lui déboîter l'épaule. Ses doigts se mirent à trembler, mais il parvint à entortiller la chaîne autour de son autre bras afin de se retenir. De la poudre de rouille avait beau glisser sur son visage, il se cramponna patiemment jusqu'à reprendre son souffle.

Il n'y voyait goutte. Pas la moindre lumière ne filtrait à l'intérieur du chapitre. Il n'entendait rien d'autre non plus que le vent qui chuchotait sous les avant-toits abandonnés.

Il sentait en revanche quelque chose. Une odeur aiguë d'huile rance. Peut-être n'était-ce que la graisse des chaînes ? Cela ne lui plaisait guère.

Lentement, dès que sa main eut arrêté de trembler, il reprit sa descente. La chaîne se balançait sous son poids – à l'évidence, elle pendait librement à son autre extrémité. Il ignorait parfaitement ce qu'il allait trouver au bout. Une sorte d'instinct de survie lui commandait plutôt de remonter. De se faufiler de nouveau entre les pales de l'hélice, de quitter purement et simplement le chapitre.

Mais il devait savoir. Il devait trouver Tailleserpe et obtenir des réponses. Le mystère lui taraudait l'esprit tel un petit démon l'aiguillonnant sans cesse. Il descendit donc.

Il finit par atteindre les derniers maillons, et ne sut plus quoi faire. Il se laissa pendre de toute sa hauteur, espérant vainement trouver une surface dure. S'il lâchait prise, sa chute pourrait se prolonger sur des dizaines, voire des centaines de pieds, et il pourrait se casser la jambe ou se briser la nuque en atteignant le sol. Ou alors, ce dernier ne se trouvait qu'à quelques pouces. Impossible de s'en assurer sans la moindre lumière.

Il en eut bientôt plus qu'il n'en souhaitait. Au-dessus de sa tête, le bout de colonne dont il s'était servi pour arrêter l'hélice s'était logé dans les rouages. Toujours mue par son mécanisme, la lame avait toutefois fini par l'en dégager, et le bloc de pierre tomba juste à côté du voleur, lui écorchant même douloureusement l'oreille. Il poursuivit quelques secondes sa dégringolade avant de s'écraser.

Malden entendit comme des morceaux de métal crissant les uns contre les autres, puis un grand éclaboussement. Un souffle d'air retentit alors, suivi d'une explosion de lumière.

Le voleur serra fermement les paupières. Une vague de chaleur grimpa jusqu'à lui, et une odeur de fumée lui chatouilla les narines. Quand il eut recouvré la vue, il loucha vers le sol et distingua le piège astucieux dont seule son hésitation l'avait préservé.

Une immense cuve était remplie presque jusqu'à ras bord d'huile de lampe. Le baquet avait été couvert d'un grillage de bandes entrecroisées. La moitié d'entre elles étaient d'un matériau gris terne semblable à de la pierre. Les autres étaient des lames de métal brillant, ternies çà et là par des pointes de rouille.

Il devait s'agir de silex et d'acier. La moindre pression appliquée dessus causerait un frottement, créant ainsi l'étincelle qui embraserait l'huile. Si Malden s'était laissé tomber sur ces dix derniers pieds, il aurait lui-même activé le piège et aurait rôti vivant. Au lieu de quoi, la colonne avait allumé l'huile tandis que lui restait suspendu à sa chaîne, sain et sauf.

Pour l'instant, en tout cas. La chaleur intense et la fumée lui faisaient tourner la tête. Il n'arrivait pas à déterminer s'il allait d'abord tomber d'asphyxie, ou si la sueur qui perlait déjà sur ses mains allait lui faire perdre prise et le précipiter dans les flammes.

Il se balança vivement sur sa liane improvisée, espérant du fond du cœur tenir bon le temps de pouvoir descendre. Il y avait un espace libre sur le parquet à côté de la cuve d'huile. S'il parvenait à le survoler et à lâcher prise juste au-dessus…

Il atterrit mal, se tordant la cheville au passage. Les os ne craquèrent pas, mais il en serait quitte pour boiter quelque temps. Au niveau des flammes, la chaleur était plus qu'intense. Il sentait les petits cheveux sur sa nuque se recourber, roussissant avant de prendre feu. Il chercha un endroit où s'abriter de la fournaise. Le baquet reposait sur un échafaudage en bois, quelques pieds au-dessus du niveau véritable de la pièce. En observant entre les étais, il découvrit un escalier en colimaçon plongeant vers l'étage inférieur. Il s'y précipita, en baissant la tête pour ne pas se brûler au contact du dessous ardent de la cuve.

Il déboucha dans un couloir qui s'enfonçait dans les ténèbres. Il n'avait plus de bougie. Il pouvait très bien y avoir quelque piège aussi simpliste qu'une trappe devant lui, ou aussi vicieux qu'une plaque de pression qu'il devait éviter pour ne pas déclencher une volée de fléchettes empoisonnées. Rien ne laissait supposer qu'il avait franchi le dernier obstacle.

Il existait des moyens de contourner de telles difficultés, mais ils impliquaient de consacrer un temps infini à progresser avec toutes les précautions possibles. Malden doutait qu'on lui accorde un tel délai.

Ses soupçons se confirmèrent quand le piège suivant déboula dans les marches à sa suite.

Il entendit un ruissellement, puis l'odeur d'huile lui parvint depuis l'escalier. Un filet de liquide dégouttait le long des degrés. Le feu avait dû faire fondre le fond du baquet.

—Non, non, non, gémit-il quand le débit s'intensifia – et le goutte-à-goutte devenu ru s'embrasa.

Un ruisseau d'huile enflammée progressait désormais lentement dans sa direction.

Il se mit à courir droit devant lui. Il distinguait tout juste les parois de part et d'autre, et, grâce à la lumière des flammes, un peu du sol et du plafond. Il essaya de ne pas regarder derrière lui pour constater l'évolution du feu, mais s'autorisa un rapide coup d'œil…

Et dut s'immobiliser brusquement quand son pied gauche ne trouva plus d'appui.

Il écarta grand les bras, tentant de conserver l'équilibre malgré l'élan qui l'emportait, ne reposant plus que sur sa cheville blessée.

Une fosse s'étendait devant lui. Le plus ancien et le plus simple de tous les pièges. Il couvrait six pieds de long, et n'était nullement dissimulé. Il aperçut au fond des débris de bois et de pierre. D'innombrables clous et angles aigus.

Il leva la tête et ne vit rien de louche au plafond. Les murs de part et d'autre étaient parfaitement lisses.

Derrière lui, le ruisseau d'huile brûlante s'était mué en un véritable torrent. Il bondit en avant, prenant appui sur son pied faible, et franchit sans dommage la fosse piégée. Le plafond ne lui tomba pas sur la tête. Le sol en face n'était pas destiné à s'écrouler sous son poids. L'huile se déversa dans le trou, arrêtant là sa course.

Très bien, se dit-il. *Ça me va.*

Lentement, avec moult précautions, il se releva et reprit sa progression. Le couloir ne se poursuivait que sur vingt pieds avant de déboucher sur une porte. Un battant en bois normal, dépourvu de verrou. Le voleur hésita un long moment avant de toucher la clenche.

La fosse commençait à se remplir d'huile enflammée. Il ignorait combien de temps il lui restait avant que cela déborde.

Il poussa le loquet, et le vantail pivota devant lui. Il se retrouva dans une chambre agréablement décorée, illuminée de nombreuses bougies et où un feu brûlait dans l'âtre. Il y pénétra, se demandant quel stratagème mortel Tailleserpe allait cette fois diriger contre lui.

Chapitre 77

Malden ferma la porte derrière lui et se mit à quatre pattes pour observer l'interstice entre le battant et le jambage. Il ne voulait pas que l'huile enflammée s'immisce après lui. Par chance, la fosse semblait suffisamment large et profonde pour la contenir en entier – et ne déborda donc pas. Le volume de la cuve devait être inférieur à la capacité du trou, ce qui avait probablement été étudié lors de l'installation des pièges.

Il entendit du mouvement dans l'appartement secret, et se releva pour se tenir prêt à toute éventualité. Il ne fut pas entièrement surpris de voir Tailleserpe émerger de l'autre pièce, une coupe de vin à la main. Le maître de la guilde des voleurs ne semblait pas le moins du monde ému de découvrir Malden dans son repaire.

Tailleserpe leva un doigt pour lui intimer le silence. Puis il vida son verre et le posa sur une petite table élégamment sculptée. Tout sourires – Tailleserpe ne souriait presque jamais, mais quand il le faisait Malden grinçait des dents –, il s'approcha du voleur et s'agenouilla sur le parterre de jonc devant lui. Sans un mot, il baissa la tête pour exposer sa nuque.

Tailleserpe n'était pas un homme physiquement imposant. Il était plutôt petit et léger, et ses traits trahissaient une sensibilité qui correspondrait davantage au visage d'un clerc qu'à celui d'un homme de son statut. Malden pensa à l'espèce d'ogre unijambiste qui servait de chef aux voleurs de Helstrow – celui que Velmont avait abattu lors de leur désaccord.

Impossible d'imaginer deux hommes plus radicalement différents.

Des deux, Malden savait toutefois que Tailleserpe était de loin le plus dangereux.

Ce dernier avait recruté un assassin pour mettre un terme à la vie de son ancien employé. Malden en avait la preuve à l'intérieur de sa tunique : un contrat portant la signature du maître, un cœur transpercé d'une clef. Le voleur s'était même attendu à une nouvelle tentative. À un énième piège, qu'il ne pourrait cette fois pas déjouer. À une lame dissimulée, à une dizaine de tueurs tapis dans la plus proche armoire, prêts à bondir. Voire à un fil tendu à hauteur de cheville, qui aurait fait s'écrouler tout le chapitre sur sa tête.

Il soupçonnait désormais quelque chose d'encore plus tordu. Tailleserpe ne bougea pas plus qu'il ne parla. Il se contenta de rester à genoux, en attendant que Malden agisse le premier.

— Qu'est-ce que vous faites ? s'enquit le voleur.

— Je me présente à mon exécution, lui répondit Tailleserpe. (Sa voix était calme et posée, parfaitement neutre, comme à son habitude.) Tu as apporté ton épée, je suppose que tu es venu te venger.

Le sang de Malden ne fit qu'un tour.

— Maudit, cracha-t-il. Vous pourriez au moins avoir la décence de trembler.

Il dégaina Langacide. Des gouttes de vitriol sifflèrent sur le jonc.

— Tu serais parfaitement en droit de me décapiter maintenant.

S'agissait-il d'excuses ? Malden n'y comprenait plus rien.

— Vous ne niez donc pas avoir envoyé Prestwicke l'assassin à mes trousses ?

— Oh, non.

Malden leva son épée bien haut, ainsi qu'il avait vu Croy le faire quand il voulait porter un coup fatal. Il saisit la poignée des deux mains, se préparant à l'abattre violemment. La lame pouvait trancher n'importe quoi, si elle était maniée avec assez de force. La chair et les os de Tailleserpe n'y résisteraient pas un instant.

Un coup – et Malden aurait assouvi sa vengeance. Il aurait obtenu réparation pour l'injustice que cet homme lui avait fait subir. Plus important encore : il serait en sécurité. Tailleserpe ne pourrait jamais plus se retourner contre lui.

Alors pourquoi avait-il l'impression que ce serait la pire des erreurs à commettre ?

— Je ne vous ai jamais rien fait ! haleta Malden. J'ai rempli vos coffres d'or. J'ai renforcé votre organisation.

— Tu étais mon meilleur voleur, admit Tailleserpe. Peut-être le plus grand que j'aie jamais vu. (Il leva un instant les yeux vers son ancien protégé.) Tu devrais reculer ton pied gauche d'un pouce ou deux, ça te donnerait un meilleur angle. Et essaie de viser la partie la plus étroite du cou, juste là, dans l'alignement de la mâchoire.

— Je n'ai jamais comploté dans votre dos, si c'est ce que vous pensez. Je ne vous aurais jamais trahi ! Alors au nom des huit coudes de Sadu, pourquoi vous être retourné contre moi de la sorte ? Je vous faisais confiance. Je… je vous ai fait honneur. Et vous m'avez récompensé par votre déloyauté ?

— Est-ce vraiment ce que j'ai fait ? demanda Tailleserpe.

— Oui ! À moins…

Le visage de Malden ruisselait de sueur. À côté de quoi passait-il ?

— À moins ?

Les pièges des pièces précédentes étaient tous potentiellement mortels, mais pas suffisamment. Malden avait cru que la convocation de Tailleserpe n'était qu'un leurre destiné à l'entraîner dans un lieu où il serait certain de périr. Où la tâche de Prestwicke – l'assassin recruté par Tailleserpe – serait enfin réalisée. Le message codé était en soi le premier de ces irrésistibles appâts. Toutefois… Tailleserpe devait savoir

Malden en mesure de déjouer la lame, la cuve d'huile ou la fosse du couloir. Durant sa carrière de voleur, il avait déjà affronté plus terribles traquenards.

Mais nul autre n'en aurait été capable. Quiconque n'avait pas l'expérience de Malden aurait succombé. N'importe qui de moins preste… ou de moins chanceux.

— À moins que tout ceci n'ait été qu'un test. À moins que vous ayez vraiment voulu me faire venir ici, à cet instant.

— En vérité, j'espérais que tu arriverais plus tôt. Je ne pensais pas qu'il te faudrait si longtemps pour résoudre mon énigme.

— Ne me mettez pas en colère! cria le voleur. Votre vie est entre mes mains!

Tailleserpe éclata de rire.

— Je ne pense pas. Plus maintenant. Il y a quelques secondes, tu aurais encore pu le faire. Mais plus maintenant. Tu dois savoir, comprendre le *pourquoi*. Ce qui pourrait d'ailleurs suffire à expliquer que je t'aie infligé ça, à toi. Parce que tu es assez malin, Malden, pour ne jamais réagir à un malheur avant d'avoir compris pour quelle raison il était survenu.

Malden détendit sa prise sur l'épée. Il pouvait encore le faire. Abattre son fer. Décapiter ce salopard.

Mais non. Non, il n'en ferait rien. S'il tuait Tailleserpe tout de suite, il ne connaîtrait jamais la vérité.

Il rengaina son arme.

— Levez-vous, commanda-t-il. Levez-vous, et parlez.

Tailleserpe redressa la tête.

— Rien ne me ferait plus plaisir.

Chapitre 78

— Malden, personne ne m'aime, déclara Tailleserpe.

Il versa deux coupes de vin d'un pichet en étain. Il les tendit au voleur pour qu'il choisisse laquelle prendre. Malden se saisit de celle de gauche. Tailleserpe s'empressa de boire une gorgée de l'autre, afin de prouver qu'il ne les avait pas empoisonnées. Tout fut réalisé sans grand cérémonial, simple rituel informel qu'ils comprenaient tous deux d'instinct.

— Ce n'est pas… complètement vrai, repartit Malden. Les voleurs de votre guilde…

— Ils me craignent, acheva Tailleserpe. Peut-être que certains parmi les plus intelligents, ceux qui comprennent une fraction de mes agissements, me respectent même un peu. Je t'en prie, ne te méprends pas. Je ne cherche pas à être apprécié. Ça n'a jamais été le cas. Quand je m'efforçais de bâtir cette guilde, j'ai dû me faire passer pour un odieux et terrifiant personnage. Sais-tu comment je suis devenu celui que je suis ?

— S'agit-il d'un autre test ? s'enquit Malden.

— Si tu veux, oui.

Malden prit place dans un fauteuil confortable, posant Langacide sur son giron. Il réfléchit à ce qu'il avait entendu – surtout des rumeurs et des on-dit, mais avec le temps il avait fini par établir un certain nombre de faits.

— Votre origine reste mystérieuse, nul ne sait vraiment si vous êtes né à Ness ou ailleurs. Ce dont je suis certain, c'est que vous avez recruté un groupe de voyous et de criminels pour en faire le clan le plus dangereux de la ville. C'était il y a quoi… vingt ans ?

— Vingt-cinq, corrigea Tailleserpe.

Malden fronça les sourcils. Tailleserpe devait être plus âgé qu'il ne l'imaginait – ou avait dû commencer sa carrière criminelle invraisemblablement jeune.

— En assassinant les chefs d'autres bandes, vous avez assis votre pouvoir. Nombre de vos rivaux ont tenté de vous attirer dans une guerre ouverte en pleine rue, mais vous êtes davantage adepte du coup de poignard dans le dos, de l'accident préparé avec soin, voire, à l'occasion, conclut-il en contemplant sa coupe, de l'empoisonnement.

— La garde de la ville se fichait de découvrir l'un ou l'autre voleur mort au matin – mais elle n'aurait jamais toléré que des brigands s'entre-tuent en plein jour. (Tailleserpe haussa les épaules.) En outre, si j'avais massacré tous les malfaiteurs sans distinction, je me serais privé d'une certaine main-d'œuvre. Alors qu'en tuant un seul homme, je pouvais absorber ensuite toutes ses troupes, faisant ainsi croître mon organisation.

Malden acquiesça.

— En d'autres termes, vous avez obtenu votre pouvoir en vous montrant plus cruel que n'importe quel autre criminel de Ness.

— Disons plutôt que j'étais plus efficace. Plus pragmatique. J'ai dû à cette époque prendre des décisions délicates, répondre aux menaces dans l'heure où elles étaient proférées. Pendant des années, je n'ai pas dormi comme un homme normal. Encore aujourd'hui, le moindre son ou la plus légère odeur me réveillent. Ce n'est pas une existence que je recommanderais.

— Et pourtant, quand vous avez pris la fuite, vous me l'avez imposée. (Tailleserpe émit un petit rire désagréable qui n'arrangea en rien l'état de nerfs de Malden.) Pourquoi ? demanda le voleur. À l'origine, j'ai cru que vous aviez eu peur des barbares, comme tous les hommes riches. Que vous vous étiez réfugié dans un lieu plus sûr. Et pourtant, vous vous cachez précisément à l'endroit que vous êtes censé avoir fui. Dans ce cas, pourquoi avoir disparu ?

— Parce que ton heure était venue.

Malden le dévisagea sans rien répondre.

— Tu es capable de la seule chose que je n'aurais jamais pu accomplir. Parce qu'avec mon passé, les Nesséens me perçoivent comme un méchant de l'ombre. Un croque-mitaine pour effrayer les enfants, à l'instar de Jarald d'Omburg. (Tailleserpe leva les yeux au plafond, vers ce chapitre qui les abritait.) Toi, Malden, tu es vite devenu un héros populaire. Le fils d'une catin, sans le sou et détesté, devenu le plus courageux – et le plus fringant – des voleurs de Ness. Et aujourd'hui, bien plus encore. On composera bientôt des ballades sur toi.

— Vous me flattez.

— Jamais, répliqua Tailleserpe le plus sérieusement du monde.

Malden secoua la tête, tentant de faire le tri dans ses idées.

— Quand bien même, qu'est-ce que ça change ? La guilde était florissante. L'argent rentrait plus vite dans les caisses qu'il n'en pouvait sortir. Et même si la cité est désertée, nous réalisons encore de jolis bénéfices en pillant les maisons abandonnées. Pourquoi ne pas vous occuper de tout cela ?

Tailleserpe resta silencieux un moment. Il alla tisonner le feu. Il vida sa coupe, et les resservit tous deux. Malden se demanda s'il cherchait ses mots. Il n'avait jamais imaginé que le maître puisse se retrouver en défaut lors d'une conversation.

— Parce que, finit-il par dire, j'ai vu ce qui arrivait.

— Les barbares, devina Malden.

— Pas précisément. Mais j'ai compris que les choses allaient changer. Il existe des signes, quand on sait les reconnaître. Je savais que j'avais mené la guilde au plus haut de mes capacités. Certaines des forces en présence menaçaient déjà de détruire tout ce que j'avais construit. Ma relation privilégiée avec le burgrave devenait de plus en plus tendue. Autrefois, lui et moi avions un accord. Il était convaincu que la guilde des voleurs était utile à la communauté tant que le taux de criminalité restait raisonnable. Durant ces dernières années, en revanche, mon pouvoir n'a cessé de s'accroître. Il n'allait plus tarder à décider que j'étais devenu trop influent pour poursuivre. J'ai compris que les jeux étaient faits quand Pritchard Hood a été nommé gouverneur. Cet homme m'aurait tranché la gorge de sa main s'il en avait eu l'occasion.

— Il a très certainement essayé de me faire subir le même sort, abonda Malden.

— Si je voulais que mon organisation perdure, je devais éloigner la seule chose qui l'en privait. Qui l'empêchait de se développer. Et cette chose, c'était moi. Il fallait que je disparaisse pour que les gens oublient combien ils redoutaient la guilde – je devais dissiper sa sinistre réputation. Ce qui signifiait également que je devais désigner un successeur. Tu étais le choix le plus évident.

— Parce que les gens m'aiment ?

— Oui, d'une part. Et d'autre part parce que tu as la tête bien faite. Tu ne t'en sers pas toujours à bon escient, mais quand tu le fais, tu peux te tirer de la plupart des mauvais pas. Tu vois plus loin que les conséquences immédiates, et saisis le pourquoi du comment.

— Alors vous avez essayé de me tuer, sachant que je survivrais, devina Malden.

— Non. J'ai décidé de te tuer sachant que, si tu ne survivais pas, j'avais commis une erreur qui aurait pu tout me coûter. Il n'y avait aucune garantie pour toi, Malden. C'était impossible. J'ai également choisi Prestwicke avec soin.

Malden fronça les sourcils.

— Prestwicke.

Il réfléchit à une chose qui ne lui plaisait guère. Ce qui le convainquit immédiatement qu'il voyait juste.

— S'il m'avait tué – s'il avait rempli sa part du contrat…

— Alors, confirma Tailleserpe, il serait assis dans ce fauteuil, avec cette même épée. Il boirait mon vin à cet instant même.

Malden sentit sa gorge se serrer.

— Vous étiez deux candidats prometteurs. Je devais savoir lequel était le meilleur choix. C'est la raison pour laquelle j'ai tenté de te faire éliminer.

Malden bondit sur ses pieds, refermant la main autour de la poignée de Langacide.

— Prestwicke était un sadique. Un malade !

— Et un fervent serviteur du Dieu Sang, souligna Tailleserpe. Les gens ne l'auraient pas appelé Seigneur Maire, mais Grand Prêtre. Ce qui n'aurait rien changé au résultat.

Tailleserpe posa la main sur l'épaule de Malden. Ce dernier se retint de l'en chasser.

— Pour bien des raisons, je suis ravi que ce soit toi. Mais lui aurait fait l'affaire. À présent, veux-tu bien te rasseoir et écouter ce que j'ai à te dire ?

Chapitre 79

— Les barbares seront là dans la semaine, l'informa Tailleserpe.

— Si tôt ? s'étonna Malden, dont le cœur s'emballa. Je croyais qu'ils étaient embourbés à Rougedigue.

Il avait espéré – en vain, visiblement – que la horde de l'Est resterait coincée là-bas pour l'hiver, incapable de progresser à cause du mauvais temps et du manque de nourriture. Bien sûr, il connaissait Mörget et aurait dû se douter de ce qui allait vraiment se passer. Les barbares se nourrissaient de mort et de destruction. Ils préféraient sans doute rire au visage des tempêtes glaciales et avaler de l'herbe gelée plutôt que de ralentir leur avancée.

— Nous ne sommes pas prêts, déclara le voleur. Je ne sais pas vraiment comment nous aurions pu l'être un jour, mais là…

— Combien d'archers as-tu formés ?

— Pardon ? Des archers ? Ah…

Pourquoi n'y avait-il pas pensé ? Il en avait vu s'entraîner à Helstrow, par décret du roi. Il aurait dû appliquer le même programme à son peuple.

— Eh bien…

Tailleserpe secoua la tête d'un air las.

— Je suis sûr que tu as eu bien d'autres soucis en tête. As-tu au moins songé à renforcer les portes ? Le seul véritable avantage que tu auras face à eux est la muraille de la cité.

Elle les retiendra pour un temps, mais les entrées sont les brèches que tu devras colmater si tu veux avoir une chance.

Malden dut se contenter d'un haussement d'épaules. Les portes en question étaient d'imposants portails de bois renforcés de fer. L'idée qu'ils puissent être fortifiés davantage ne lui avait même jamais effleuré l'esprit.

— Charge tout de suite Crassier de le faire. Offre-lui tout ce dont il a besoin – tu n'auras pas de meilleur allié dans les événements à venir. Tu vas devoir subir un siège. Tu dois savoir comment cela se déroule, Malden.

Tailleserpe se leva et s'approcha d'une étagère derrière son successeur. Celle-ci croulait sous les livres et les vieux manuscrits.

— La Confrérie des Érudits a laissé certaines choses derrière elle quand elle a été chassée du chapitre. J'ai préservé ce que je pouvais. Tiens, dit-il en tendant un ouvrage au voleur. Voici le *Manuel des Fortifications* de Rus Galenius. Le meilleur document que j'aie pu trouver sur le sujet.

Malden en compulsa quelques pages. Il y avait de nombreuses illustrations. L'une d'elles montrait des hommes debout sur des remparts, activant une manivelle montée sur le rebord d'une bouilloire géante. D'autres en dessous levaient les bras en l'air pour se protéger de la pluie d'huile bouillante ou de plomb fondu qui s'abattait sur eux. La plupart des images étaient de simples schémas décrivant le bon usage des fascines et des mottes castrales, ou proposant des vues en coupe de tours de siège ou de mantelets. Le texte, en revanche, était rédigé dans une langue que Malden ne connaissait pas.

— Je ne peux pas lire ça, admit-il.

Tailleserpe le toisa longuement.

— Il s'agit de la langue érudite de l'Ancien Empire. Jusqu'à très récemment, chaque ouvrage était rédigé dans cette langue. Tu n'en connais même pas la grammaire de base ?

Malden fronça les sourcils.

— J'ai appris à lire afin de pouvoir tenir la comptabilité d'un bordel. J'ai déjà eu de la chance de recevoir une telle éducation. Mais je n'ai jamais eu l'occasion de découvrir les langues étrangères.

Tailleserpe opina lentement en réfléchissant à ces propos. Il chercha un autre ouvrage, et secoua la tête.

— Il est trop tard pour cela. Crassier saura au moins déchiffrer les dessins et diagrammes, mais il te faudra un traducteur pour le texte. Tous les prêtres de la Dame maîtrisent couramment la langue érudite.

— Peut-être, mais ils ont tous fui, répliqua Malden.

Ce que votre armée d'espions aurait déjà dû vous apprendre. Même ainsi terré dans le chapitre, Tailleserpe conservait forcément des yeux et des oreilles dans toute la ville, ainsi que des moyens de se tenir informé des derniers événements. S'il feignait l'ignorance à cet instant, c'était qu'il cachait quelque chose. Malden se demanda de quoi il retournait vraiment.

Tailleserpe s'assit et joignit les doigts sous son nez.

— Bien sûr, je la connais moi aussi. Oui, voilà ce que nous allons faire. Tu reviendras régulièrement ici pour prendre des leçons.

Et recevoir des conseils, compléta mentalement Malden. *Que cela me plaise ou non.*

Il comprenait désormais les règles du jeu. Face à Tailleserpe, il fallait toujours chercher les stratagèmes dissimulés. Ne pas les découvrir pouvait se révéler fatal. Quand il analysait les derniers événements de sa vie, il se rendait compte à quel point le maître de la guilde les avait façonnés, étape par étape. Quand le burgrave avait voulu tuer Malden, Tailleserpe l'avait contraint de l'épargner. Quand le voleur avait refusé de se rendre au Vincularium, Tailleserpe s'était assuré qu'il ait toutes les raisons de vouloir quitter Ness. Au retour de Malden, la direction de la guilde des voleurs l'attendait. Tailleserpe avait veillé à ce que tous les éléments s'emboîtent parfaitement. Si Malden ne s'était pas opposé si vite à Pritchard Hood, il se demandait comment Tailleserpe aurait provoqué cette confrontation. Il avait très certainement un plan.

Tailleserpe était passé maître en l'art de la manipulation, car il suivait une règle simple : lorsqu'il souhaitait convaincre quelqu'un d'agir selon ses souhaits, il faisait toujours en sorte qu'aucune autre ligne de conduite ne soit envisageable. Il n'imposait jamais directement sa volonté. Il se contentait d'énumérer les conséquences qu'aurait une action contraire.

— Je te conseillerai sur chaque aspect de l'organisation défensive de la cité. Je te donnerai des listes de choses à accomplir au plus tôt. Ensemble, nous leur tiendrons tête et sauverons Ness.

— Et si je refuse ? s'enquit Malden.

Tailleserpe cilla.

— Je te demande pardon ?

— Et si je refuse d'agir comme vous me le demandez ? Vous m'avez préparé pour ce poste. Jusqu'à présent, je n'ai jamais eu le moindre choix. Mais un homme libre doit toujours prendre ses propres décisions.

— Je te propose mon aide à un moment où tu en as grand besoin, souligna Tailleserpe. Quel genre d'imbécile refuserait une telle offre ?

— Le genre d'imbécile qui sait que tout a un prix. Vous m'avez dit plus tôt vouloir un homme doté d'un cerveau pour ce boulot. C'était un mensonge, n'est-ce pas ? Vous ne cherchez qu'une marionnette. Un faire-valoir, capable de se faire apprécier de la foule. Un pantin entièrement soumis à votre volonté, manipulé par les fils de vos conseils.

Tailleserpe dévisagea longuement le voleur sans dire un mot. Il finit par détourner la tête.

— Je crois que tu devrais bien y réfléchir avant de commettre une grave erreur.

Malden se leva et posa la main sur la poignée de Langacide.

— Vous ne vous attendiez pas à ça, pas vrai ? Vous n'avez pas de plan B au cas où je vous ferais faux bond.

Tailleserpe lorgna l'épée d'un œil noir.

— En es-tu bien sûr ?

Malden dégaina un pouce de sa lame. De l'acide goutta sur le jonc, qui siffla.

Tailleserpe ne tressaillit pas.

— Tu pourrais effectivement me tuer sur l'instant. Nous en avons déjà discuté. Mais réfléchis à ce que tu perdrais.

— Un boulot dont je n'ai jamais voulu ? Un maître qui me traite comme un simple apprenti ?

— Malden, reprit très lentement Tailleserpe. J'ai entendu parler de tes exploits face à sire Équarri à Helstrow. De la manière dont tu as démontré qu'un homme armé d'une épée n'arrive pas à la cheville d'un homme également armé d'une épée, mais qui sait s'en servir.

— Vous n'avez pas d'épée, à ce que je sache.

— Quand j'avais la moitié de ton âge, j'étais à la tête d'une bande de gamins mendiants. Nous nous battions quotidiennement dans la rue pour quelques pelures de navet ou les piécettes qui nous permettraient de passer une nuit froide dans une écurie, expliqua Tailleserpe d'un ton très calme. Je n'ai pas oublié ce que j'ai appris à cette époque. Je connais plus de coups bas que toi.

Malden ne se laissa pas fléchir.

— Très bien, reprit le maître avec un soupir. Tu m'as menacé. Je suis même prêt à te croire sincère. Mais m'opposer à toi aujourd'hui n'aiderait personne, et mettrait à mal bon nombre de plans sur lesquels je travaille depuis des années. Range cette épée. Je suis prêt à t'acheter ma vie.

— Je n'ai pas besoin d'or. J'en ai largement assez, rétorqua le voleur.

— Je ne pensais pas t'offrir des royaux. J'ai en ma possession une chose bien plus chère que de la monnaie. De l'autre côté de cette porte, dit-il en désignant un bout de la pièce, tu trouveras de grandes réserves de nourriture. Je savais que l'hiver risquait d'être rude, j'ai donc accumulé les provisions en vue d'une très longue attente.

— Vous espérez sauver votre vie grâce à un ou deux tonneaux de porc salé ?

— J'ai là derrière une centaine de fûts pleins de farine. Je les ai achetés pendant les récoltes, quand leur prix était encore abordable. Ils sont à toi, Malden.

Cent fûts de farine permettraient de nourrir toute la ville pendant une semaine entière. Malden en avait cruellement besoin. Il envisagea de s'en emparer mais de tuer Tailleserpe malgré tout.

Il finit toutefois par lâcher son épée et par lever les mains en signe de paix.

— J'accepte votre offre. La farine, et les conseils. Mais je tiens à ce que vous sachiez une chose : dorénavant, je ne travaille plus pour vous. Vous travaillez pour moi. En tant que conseiller. Je prendrai mes propres décisions, et tant mieux si elles correspondent à vos recommandations. Dans le cas contraire, je ne m'en excuserai pas.

Tailleserpe sourit.

— Je ne voyais pas les choses autrement.

Malden se demanda s'il venait de remporter une petite victoire – ou si la confrontation s'était déroulée exactement comme Tailleserpe l'avait prévu depuis le début.

Chapitre 80

Mörget tapait du pied au sommet de la colline couverte de givre, brandissant sa hache en l'air. Une flèche tourbillonna dans le vent et vint tomber à plat sur le sol à côté de lui. Il ne réagit pas.

— Approchez, bande de lâches ! Venez vous battre ! cria-t-il d'une voix qui tonna jusque dans les champs blancs en contrebas.

Les troupes qui y étaient postées le dévisageaient. Ils se revendiquaient de l'Armée des Hommes Libres, même si le soldat à leur tête était un cavalier ceint d'une couronne. Mörget dirigea sa hache vers les premiers rangs, qui se mirent à reculer, certains des fantassins trébuchant sur leurs voisins de derrière.

— La peur vous trahit ! La peur fait de vous ses esclaves. Des hommes libres ? Ah, ah ! Affrontez-moi ! tonna-t-il.

Une autre flèche fila vers lui. À cette distance, il eut le temps de l'écarter avant qu'elle l'atteigne. Le barbare se retourna vers le flanc de colline où Balint s'était cachée derrière un arbre frappé par la foudre. Les rares feuilles qui s'accrochaient encore à ses branches étaient couvertes de glace.

— Toi qui es si forte en provocations, aide-moi donc avec eux, lui intima Mörget. Explique-moi comment les mettre en rogne.

La naine jeta un coup d'œil autour d'elle, comme si elle redoutait que les Skraeliens la surprennent à cause du barbare qui venait de trahir sa position. Mörget savait que c'était peu probable. Ses guerriers avaient capturé certains soldats de cette Armée des Hommes Libres. Ils les avaient torturés pour en apprendre autant que possible, puis leur avaient accordé une mort digne. Même les éclaireurs les plus intrépides du burgrave n'oseraient plus s'approcher à portée de flèche de Mörget ou de ses clans. Chaque fois que les deux camps se faisaient face, le barbare pensait qu'ils allaient au moins échanger quelques coups, mais les pleutres de Skrae se repliaient, prenant leurs jambes à leur cou.

Même là, alors qu'ils pouvaient largement atteindre Mörget, ils battaient en retraite. L'homme à la couronne fit signe à ses officiers, faisant tournoyer une masse d'armes au-dessus de sa tête et désignant le nord à plusieurs reprises. Les sergents finirent par mettre leurs troupes en branle, mais celles-ci semblaient incapables de rester en formation. Elles étaient toutefois si heureuses de partir que l'armée tout entière ne mit pas longtemps à faire demi-tour.

— Dis-moi comment les insulter. Je ne suis pas cancanier. Qu'est-ce qui les offenserait le plus ? insista Mörget.

Balint fut parcourue d'un frisson, mais finit par retrouver sa voix.

— Baisse ton froc. Montre-leur ton cul, et écarte bien les fesses pour qu'ils voient ta rondelle. Ça leur donnera une cible à viser.

Mörget secoua la tête, et alla la rejoindre en tapant des pieds. Il la coinça sous son bras et la ramena à la route, deux petites collines plus loin, là où la horde barbare avançait vers l'ouest. Les clans étaient fatigués, avaient mal aux pieds, et commençaient à être à court de rations ; ils l'accueillirent néanmoins avec des acclamations chaleureuses.

Mörget se précipita vers la roulotte que son père et sa sœur occupaient en tête de convoi. Il trotta à côté du cheval de Mörg et cria :

— Ils se replient encore. Ils sont démoralisés. En les prenant en chasse, on les attraperait facilement.

— Oui, répondit le Grand Chef, comme s'il considérait sérieusement cette option. On pourrait détruire le gros de leurs troupes en un après-midi. Mais il nous faudrait les traquer pendant quinze jours. Ils veulent que nous les suivions. Ils veulent nous éloigner de Ness autant que possible. Non, Tuemontagne. Si nous ne pouvons pas les combattre, pourquoi nous donner tant de mal ?

Mörget tombait des nues. Les clans s'étaient décidés en faveur de la guerre. Ils avaient déjà remis en question le jugement de Mörg une fois, quand ils l'avaient contraint à faire route vers l'ouest depuis Helstrow. Et à présent, il envisageait de les défier en refusant l'affrontement ?

Mörg était certes en droit de prendre les décisions pour la horde tout entière. Telle était sa responsabilité de Grand Chef. Toutefois, refuser si ouvertement à son peuple ce que celui-ci désirait le plus…

Des rouages s'enclenchèrent dans l'esprit de Mörget.

— Papa, déclara-t-il en s'adressant volontairement à lui de la façon la plus familière et donc la moins respectueuse qui fût, un guerrier n'accorde pas sa pitié à ses ennemis sur le champ de bataille.

Si Mörg comprit effectivement ce que son fils sous-entendait – que le surnom Mörg le Miséricordieux n'avait rien de glorieux –, il préféra ne pas relever.

— J'ai la ferme intention de détruire cette armée. Mais pas tout de suite. Quand nous nous serons emparés de Ness, ils seront obligés de venir à nous – et nous serons en bien meilleure posture pour les écraser. Nous serons bien nourris, bien reposés, et protégés par d'épaisses murailles. Pour régner sur Skrae, la clef est d'en contrôler les trois villes : Helstrow, Rougedigue et Ness. Une fois que nous aurons accompli cela, ils ne pourront jamais nous faire desserrer l'étreinte. Tu voulais conquérir cette terre. Faisons-le dans les règles de l'art.

Mörget fulminait, il résista cependant à la tentation de traiter son père de froussard. Cela aurait pour seule conséquence de précipiter la mort de l'un des deux. Il devait faire preuve de stratégie. Ce qui n'était pas son point fort.

— Nous laisserions une armée derrière nous, ce qui mettrait en péril nos lignes de ravitaillement, contra-t-il.

Mörg pivota vers lui pour le regarder avec une sorte de fierté. Mörget ne se souvenait pas de la dernière fois que cela s'était produit.

— Bien réfléchi. Mais nous les priverions à l'inverse d'une base d'opération. Nous les bloquerions tout l'hiver dans ces champs déserts – ils auraient si froid que nous n'aurions plus qu'à revenir au printemps pour briser la glace qui les recouvre et les asservir.

Mörget se laissa distancer et alla récupérer sa propre monture. Il chevaucha parmi les chefs de ses clans – des hommes aussi sinistres que lui. Les grommellements allaient bon train, et il s'y joignit parfois. Quand ils dressèrent le camp pour la nuit, l'un des chefs le prit à l'écart derrière une tente.

— Ton père commet une erreur. Et ce n'est pas la première.

Mörget jaugea l'autre d'un œil critique. Il se nommait Thürbalt, et si sa barbe était clairsemée de blanc, ses bras étaient presque aussi gros que ceux de Mörget, et il n'avait jamais perdu un combat de lutte. Il dirigeait deux cents hommes et serfs, dont la plupart lui étaient liés par le mariage ou la bâtardise, et était en droit de s'exprimer. Mörget ne se rappelait toutefois pas la dernière fois qu'il l'avait fait.

Cette fois, cependant, cet homme avait choisi de rompre le silence. Avec une accusation en bonne et due forme. Les chefs qui commettaient des erreurs ne restaient pas chefs longtemps. Pas quand ils étaient si faciles à remplacer.

— Au nom de qui parles-tu ? s'enquit Mörget.

— De moi seul, répondit Thürbalt, de façon aussi prudente qu'appropriée.

— Quand tous penseront comme toi, fais-le-moi savoir.

Mörget lui-même devait faire preuve de retenue. Mettre en doute les décisions de Mörg n'était pas considéré comme de la sédition, pas au sein des clans. Mais rassembler des hommes qui partageaient la même opinion, chuchoter dans le noir, répandre la méfiance – ces choses-là avaient tendance à transformer rapidement les paroles en actes.

— J'obéis à la volonté de mes clans, conclut Mörget.

C'était une phrase toute faite, une figure de rhétorique. Mais il pouvait également s'agir d'une promesse.

Au matin, la file repartit à travers des champs couverts de givre qui s'étendaient à perte de vue dans toutes les directions ; des oiseaux tournoyaient dans le ciel en quête d'une graine oubliée ou de miettes échouées. Mörget, perdu dans ses pensées, ne voyait rien de tout cela, et ne fut tiré de sa rêverie que par un messager venu de la roulotte de tête, lui indiquant que Mörg souhaitait s'entretenir avec lui.

Il rejoignit le début de la colonne au petit trot, en se demandant vaguement si son père avait surpris ces murmures dans la nuit. Il pouvait s'agir d'un châtiment – ou d'un défi à son honneur. Les choses allaient peut-être finalement se précipiter.

Toutefois, quand il atteignit la roulotte, il vit Mörgain danser les bras en l'air, remerciant sa Mère la Mort. Certains des massacreurs l'avaient rejointe. Mörg était debout sur la fourche d'un arbre mort, une main en visière.

— Je me suis dit que tu aimerais voir ça, Tuemontagne. Approche.

Mörget escalada les branches qui grincèrent sous son poids, et vint se percher à côté de son père.

— Qu'y a-t-il ? l'interrogea-t-il. Je n'ai pas encore déjeuné.

— L'heure n'est pas aux paroles maussades, mon garçon. (Mörg peinait à dissimuler l'excitation qui l'habitait.) Là ! Regarde ! Tes jeunes yeux verront sans doute plus clair que les miens.

Mörget regarda. Et il vit. De l'autre côté de la plaine, à moins de quatre heures de marche, se dressait une forme étrangement régulière, une silhouette tout en lignes droites, et un amoncellement de briques brillantes encerclant une colline enclavée. Une muraille. Des remparts.

Les remparts de Ness.

Quatrième partie

Le siège de Ness

Intermède

Il n'y avait, en théorie, aucun officier supérieur au sein de l'Armée des Hommes Libres. On comptait bien sûr quelques sergents, car aucune armée ne peut fonctionner sans hommes pour aboyer des ordres aux troupes. Mais il n'y avait ni lieutenants, ni capitaines, ni généraux.

Et puis il y avait Ommen Tarness, le burgrave de la Cité Libre de Ness. Celui qui avait constitué cette armée et en était, de fait, le chef. Toutefois, il se donnait beaucoup de mal pour rappeler aux siens qu'il n'était qu'un soldat parmi les autres, et que s'ils acceptaient ses ordres et suivaient ses décisions, c'était simplement parce qu'ils admettaient qu'il avait les meilleures idées et qu'il fournissait les efforts les plus significatifs en faveur de leur cause.

Accompagné de certains des meilleurs éclaireurs de l'Armée, il alla espionner en personne la horde barbare quand elle se présenta aux portes de Ness. À l'instar de n'importe quel éclaireur, il s'allongea dans la boue sur une colline à un demi-mille du site, afin de découvrir quel genre d'adversaire l'Armée allait devoir affronter.

Bien sûr, il fallait conserver le sens des réalités, et si ses troupes se contentaient de couvertures élimées, lui pouvait bien se coucher sur une fourrure d'ours pour ne pas se salir. Son outre de vin était également pleine d'un délicieux malvoisie, et il avait apporté d'excellents morceaux de gibier séché à grignoter, tandis que les autres devaient se satisfaire de bière éventée et de pemmican. Et naturellement, il était comme toujours coiffé de son diadème en or, qui le distinguait du reste de ses hommes.

— Là, chuchota l'un des éclaireurs en désignant quelque chose dans la vallée. Ça doit être le premier d'entre eux.

Les guetteurs s'étaient mis en place avant l'aube. Trois heures après le lever du soleil, il n'y avait toujours aucun signe de l'ennemi. Visiblement, il n'était pas pressé.

Les barbares envoyaient toujours quelques patrouilleurs devant le gros de leurs forces – des sentinelles à cheval chargées de surveiller les abords de la route, pour se prémunir d'éventuelles embuscades. L'un des cavaliers fit faire volte-face à son cheval non loin de la muraille, largement à portée de flèche. Constatant que personne ne tentait de lui tirer dessus, il émit un sifflement perçant, que les éclaireurs entendirent parfaitement en dépit de la distance. Le reste des patrouilleurs prit position aux abords du chemin. Tous restaient sur leurs gardes, même si aucune résistance ne leur était opposée.

Peut-être en furent-ils tout aussi surpris que le fut Tarness. Ce que celui-ci percevait de l'intérieur de la ville était semblable à ce qu'il avait toujours connu. De la fumée s'élevait de centaines de cheminées. Les volets étaient ouverts pour laisser pénétrer la brise matinale et renouveler l'air qui venait à manquer. Le burgrave voyait même des gens arpenter les rues, vaquant à leurs occupations quotidiennes.

Rien n'indiquait que les habitants avaient conscience de l'imminence du siège.

— J'en attendais un peu plus de la part de Pritchard Hood, fit-il remarquer.

Il existait une liste de choses à faire quand on était confronté à un siège, des choses qui auraient dû être réalisées depuis fort longtemps. Aucune palissade n'avait été dressée sur les larges remparts, qui étaient même dépourvus de balistes ou d'onagres. Les portails étaient certes fermés, mais les poternes – par lesquelles les défenseurs pouvaient surgir pour harceler les forces offensives – également. Il n'y avait même aucun signe de troupes défensives. Il ne semblait pas non plus y avoir de délégation chargée de parlementer avec les barbares quand ceux-ci arriveraient.

Un peu plus loin sur la route, Mörg et ses enfants chevauchaient paisiblement, suivis d'une garde d'honneur composée de massacreurs. Les visages peints en rouge de ces guerriers déments étaient tirés de fatigue, mais ils trottinaient néanmoins pour suivre l'amble des chevaux. Tous avaient l'arme sur l'épaule, prêts à recevoir ce que la ville s'apprêtait à leur lancer.

— C'est étrange. Il devrait y avoir des drapeaux flottant sur Château-Haut, constata l'un des éclaireurs.

Tarness fronça les sourcils. L'homme avait raison. Pas une seule flamme ne battait au sommet de la cité. En réalité, plus le burgrave observait son palais et les casernes où sa garde résidait, plus il eut le sentiment que quelque chose manquait. Il n'arrivait pas à distinguer les détails de là où il se trouvait, mais il avait l'impression que l'enclave fortifiée d'où il gouvernait naguère était désormais déserte.

L'essentiel de la horde arrivait à pied, des centaines de pilleurs, de massacreurs et d'esclaves sans véritable organisation. Ils portaient de lourds paquetages sur le dos ou conduisaient des chariots lestés de provisions. Tarness aperçut des bouquets de longs pieux et de larges surfaces de peau de biche pour les tentes, un grand nombre d'enclumes, ainsi que des fûts et des tonneaux par centaines, dans lesquels devaient être entreposés de l'hydromel, de la bière, de la farine, de la viande séchée, des navets et du poisson mariné.

Tarness était général depuis très longtemps, bien plus qu'aucun de ses hommes ne le soupçonnait. Il fut pourtant frappé par la précision apportée au rangement des chariots, et par la quantité des provisions barbares. La plupart des armées peinaient à se nourrir – l'Armée des Hommes Libres, par exemple, vivait des produits de la terre, des quelques animaux que ses soldats parvenaient à attraper et du peu de céréales qu'ils réquisitionnaient dans les fermes du coin.

En revanche, lorsque l'on envisageait d'assiéger une ville, il était impossible d'envoyer les soldats chasser et pourvoir seuls à leurs besoins. Les terrains alentour seraient ratissés dès les premiers jours, contraignant ainsi les hommes à s'éloigner de plus en plus pour aller trouver de quoi se sustenter, étendant les lignes au point de rendre impossible toute répression d'un soulèvement de la ville. Les barbares s'étaient forgé une réputation de combattants irréfléchis, mais ce Mörg le Sage avait visiblement fait preuve de davantage de prévoyance que bien des généraux civilisés que Tarness avait affrontés.

Sous les yeux des éclaireurs, les barbares bâtirent leur campement à un quart de mille des remparts de la ville. Assez loin pour ne pas essuyer un tir de projectiles, mais suffisamment près pour rattraper quiconque tenterait de prendre la fuite. Le bivouac prit forme à une vitesse remarquable, comme si les barbares avaient déjà répété ces mêmes gestes des milliers de fois. De petites grappes d'hommes s'affairaient à monter un millier de tentes, tandis que d'autres creusaient de profondes latrines à l'écart. D'autres encore préparaient des ateliers de fortune pour les forgerons ou construisaient des fours en pierre pour préparer le pain qui nourrirait le camp. L'ensemble fut achevé bien avant le crépuscule, quand l'essentiel de la horde alla se coucher. Quelques sentinelles veillèrent autour de feux de camp ou montèrent la garde à la lisière du campement.

Tout fut réalisé avec davantage d'efficacité et de propreté que n'en avait jamais vues Tarness dans n'importe quelle armée civilisée. Les propres troupes du roi auraient mis plusieurs semaines à accomplir un tel exploit. À la nuit tombée, les barbares étaient déjà comme chez eux.

Une femme, au visage peint pour ressembler à un crâne, ouvrit divers tonneaux et laissa les hommes remplir des cornes et des coupes de cuir d'un hydromel épais, ce qui les fit rire si fort que Tarness les entendit depuis sa corniche. Mörg en personne monta sur une estrade grossière et se fendit d'un discours qui lui valut une belle ovation.

Le fils de Mörg, dont le visage était peint comme celui d'un massacreur, se sépara du groupe et vint se poster devant la Porte du Chasseur de la cité. Il ne bougea pas, tandis que les ténèbres s'épaississaient et que les lumières commençaient à s'allumer à l'intérieur de Ness. Il resta simplement immobile à contempler la muraille, comme s'il se sentait capable de l'abattre par un simple effort de concentration. Il attendait peut-être que quelqu'un l'interpelle depuis les remparts, entreprenne la moindre tentative de communication. Si tel était le cas, il patienta en vain.

Il se tenait toujours au même endroit quand Tarness fit signe à ses éclaireurs de se replier. Il en avait assez vu. Les hommes se relevèrent difficilement et descendirent retrouver leurs chevaux.

Le burgrave avait de nombreuses données à analyser. Ce qu'il avait vu contenait bon nombre d'enseignements – mais ce qu'il n'avait pas vu le troublait bien davantage. Hood aurait sans doute dû montrer quelque résistance. Au moins hisser les couleurs de Ness en signe de défi.

— Quelque chose, n'importe quoi, pour prouver qu'il n'est pas prêt à capituler, marmonna Tarness.

À moins qu'il l'ait trahi et qu'il ait conclu un accord avec Mörg, acceptant de lui ouvrir les portes et de laisser entrer les barbares. Non, c'était impossible. Tarness l'avait choisi pour son zèle et pour la haine qu'il vouait à tous ceux qui ne vénéraient pas la Dame. En outre, Mörg avait dressé le camp exactement comme s'il se préparait à un siège prolongé.

Par le nom sacré de la Dame, que se passait-il donc ?

— Retournons sans tarder au quartier général, suggéra l'un des éclaireurs avec toute la déférence des Hommes Libres.

Ils avaient appris à ne pas demander directement leurs ordres à Tarness, mais à exprimer d'eux-mêmes ce qu'il leur aurait répondu s'ils l'avaient interrogé. Libre à lui alors d'approuver ou de désapprouver, comme s'il dispensait de simples conseils. Tarness hocha la tête et les éclaireurs montèrent en selle.

À cet instant, un autre des hommes dégaina son épée.

— D'ici deux jours, nous reviendrons ici avec les Hommes Libres, tous prêts à mourir pour libérer la ville. Nous leur montrerons de quel bois Ness se chauffe !

Les autres se tournèrent vers le burgrave. Ils semblaient décidés à acclamer cette idée, mais avaient d'abord besoin de son assentiment.

Malheureusement, il ne le donna pas. Il se contenta de soupirer en grimpant sur sa monture.

— Hier, déclara-t-il, j'ai vu nos hommes s'exercer à former des carrés de piques.

Les éclaireurs se dévisagèrent mutuellement, comme s'ils ne comprenaient pas où leur chef voulait en venir.

— La plupart d'entre eux, reprit le burgrave, ont compris comment marcher en ligne droite. Ils savent même tourner quand on le leur ordonne. Même si certains doivent encore poser les armes et regarder leurs mains pour discerner leur gauche de leur droite. La moitié d'entre eux est atteinte de typhus, l'autre souffre de la vérole des marins à cause de tous ces suiveurs parasites que je vous ai demandé de chasser. Leurs armures sont rouillées, leurs armes tombent en miettes. Pas un seul d'entre eux n'a déjà pris part au combat.

L'un des éclaireurs secoua la tête.

— Ils ont toutefois du cœur – ils aiment leur ville et la défendront farouchement.

Tarness sourit au soldat. D'expérience, il savait que cela comptait – mais pas autant que de savoir tenir une épée ou résister à une charge de cavalerie.

— Vous savez tous que mon ancêtre, Juring Tarness, était un grand général. Il avait un dicton qui perdura au fil des générations : « Si quelqu'un veut être renommé pour ses grandes victoires, la meilleure chose à faire est de ne mener aucune bataille qu'il pourrait perdre. »

Tarness jeta un dernier coup d'œil en direction de Ness, même si la ville était désormais cachée par la corniche. Il n'avait toutefois pas besoin de la voir pour savoir à quoi elle ressemblait.

— Non, je suggère que nous restions à l'écart pour l'instant. Que nous poursuivions la formation de nos hommes, pour qu'ils soient aussi bien préparés que possible. En l'état actuel des choses, ce serait du suicide que de défier une armée tellement acharnée et si bien organisée. Ness va devoir résister seule un peu plus longtemps.

— Combien de temps ? s'enquit l'un des hommes, les yeux écarquillés.

Il avait l'air presque fâché de la proposition du burgrave. Tarness sourit.

— Jusqu'à ce qu'un miracle survienne, et que nous ayons enfin une chance. Mais ne vous en faites pas. (Il donna un petit coup de bride pour faire avancer sa monture.) La Dame est de notre côté.

Chapitre 81

Au nord de Helstrow, Croy choisit de prendre la route. C'était risqué, mais cela leur permettrait de couvrir chaque jour bien plus de terrain. Les barbares semblaient s'être complètement désintéressés de tout le territoire s'étendant au-delà de la forteresse royale. Le chevalier n'avait plus aperçu de patrouille ni même de sentinelles depuis des jours. D'ailleurs, il n'avait plus croisé âme qui vive. Les champs de part et d'autre de la route étaient parfaitement gelés, et si des paysans habitaient encore dans cette région glaciale, ils étaient assez sages pour ne pas mettre le nez dehors. Le chevalier était cependant légèrement inquiet de n'avoir pas distingué la moindre fumée de cheminée depuis un bon moment, mais il supposait que les autochtones se montraient prudents.

Il aurait dû suivre leur exemple.

Bethane s'était encore une fois endormie contre son dos, et il gaspillait davantage de concentration à ne pas la faire tomber qu'il n'en portait à la route en elle-même. Il avait vaguement conscience de s'apprêter à atteindre un bouquet d'arbres qui étrécissait le chemin, mais il ne s'en soucia guère – avant d'entendre tousser.

Il tira fermement sur les rênes. Son cheval regimba mais s'arrêta malgré tout. À cet instant précis, Croy entendit le bruit d'une corde tendue que l'on tranche. Un lourd rondin tomba de la cime des arbres, se balançant dans l'alignement de la route droit vers la poitrine du chevalier. Si celui-ci ne s'était pas arrêté à temps, il aurait été violemment percuté et serait allé s'étaler sur la route.

Au lieu de quoi, le tronc vint frapper l'encolure du cheval qui se cabra. Croy entendit les os se briser et la bête hurler, son souffle chaud provoquant des volutes de vapeur. Il sentit l'animal fléchir et commencer à s'effondrer.

Il bondit au sol, Percespectre en main, et recula en sautillant pour ne pas se retrouver coincé sous son destrier. Bethane, réveillée par le hennissement pitoyable, glissa de selle et manqua de se faire écraser par la monture. Croy n'eut pas le temps d'intervenir, car trois silhouettes monstrueuses émergeaient des arbres à une allure folle.

Elles étaient si lourdement couvertes de fourrure qu'il peina à estimer leur taille réelle, et même à se convaincre qu'il s'agissait bien d'hommes. Ils brandissaient des hachettes et des fourches aux dents atrocement pointues. L'une d'entre elles plongea vers lui avant qu'il se soit mis en garde, et il sentit le métal lui transpercer la chair.

Le jugeant peut-être à leur merci, les deux autres approchèrent pour lui porter l'assaut fatal. Croy donna un violent coup de taille et trancha le manche d'une fourche. Une hachette tourbillonna vers son visage, mais il bascula de côté et toucha son propriétaire à la poitrine, le faisant tomber par terre.

La fourche ensanglantée revint pour un second assaut, mais Croy la détourna du plat de sa lame. Son flanc le tirailla violemment quand il se contorsionna pour parer un nouvel assaut, mais il ne tint pas compte de la douleur en se ruant sur celui qui l'avait blessé. Percespectre déchira plusieurs épaisseurs de fourrure avant d'atteindre la chair et de sectionner la jugulaire de l'agresseur.

Ce dernier émit un gargouillis en tombant à genoux. Comprenant sans doute que Croy ne serait pas une proie aussi facile qu'ils l'avaient initialement espéré, les deux autres tournèrent les talons et déguerpirent vers les arbres.

Le chevalier retourna à sa monture le souffle court, voulant s'assurer que Bethane n'avait rien. Son cœur s'accéléra brutalement quand il se rendit compte qu'elle avait disparu.

Il regarda tout autour de lui et avisa un quatrième homme en train de détaler à travers champs. Bethane était à califourchon sur son épaule, le ruant de coups de poing et de pied. Il ne les sentait probablement même pas sous ses couches multiples de vêtements.

Croy le prit en chasse, mais le ravisseur avait plusieurs longueurs d'avance, et la blessure du chevalier l'empêchait de courir. Il le suivit néanmoins de son mieux, cherchant désespérément à ne jamais perdre sa cible de vue.

Elle disparut cependant un instant, mais Bethane se mit alors à hurler son nom, et il se précipita vers la source des appels au secours. Le bandit avait trouvé refuge dans un verger dépourvu de feuilles à un quart de mille de là. Croy plaqua une main sur sa plaie et courut jusqu'aux arbres. Il aurait évidemment pu s'agir d'un autre piège, mais il n'en avait cure. Il était prêt à terrasser tous ceux qui se dresseraient sur son passage, ou à mourir en essayant. Il ne laisserait personne s'emparer de la reine.

Une humble masure se dressait au cœur du verger, une petite chaumière dont le toit descendait à un pied du sol. L'entrée ressemblait davantage à un guichet qu'à une porte. Croy la trouva fermée de l'intérieur, mais il força le verrou du pommeau de Percespectre et l'ouvrit brusquement avant de basculer à l'intérieur du cabanon.

Il faillit trébucher et se briser la jambe. La maison était en bonne partie creusée dans la terre, et on y accédait par le biais d'une échelle menant à un sol boueux. Croy ne s'était pas attendu à cela, imaginant pénétrer de plain-pied dans la masure elle-même ; il s'écroula donc de tout son long, voyant la terre se rapprocher à une vitesse vertigineuse. Il parvint tout de même à pivoter – sa blessure s'élargit dans cet élan – et tomba dans une huche de pommes pourrissantes.

Quatre personnes se trouvaient dans la pièce. L'une d'elles était Bethane. Deux autres la maintenaient au sol, tandis qu'elle se débattait. La dernière brandissait un couteau rouillé.

Croy roula hors du coffre et enfonça Percespectre droit dans le cœur de l'homme armé. Il terrassa ensuite les autres avant même qu'ils puissent réagir, grognant de douleur tandis que sa plaie saignait abondamment. Quand tous les inconnus furent morts, il se laissa tomber au sol sans rien pouvoir faire d'autre que d'écouter Bethane hurler sans discontinuer.

Elle finit toutefois par s'arrêter. Elle s'approcha de lui et souleva sa cape. Son flanc était maculé de sang. Elle nettoya sa blessure avant de la panser. Il la remercia du mieux qu'il put, incapable de se lever.

Bethane se dirigea vers l'un de ses ravisseurs et entreprit de retirer les fourrures qui dissimulaient son visage. Elle souhaitait peut-être savoir si ses assaillants étaient des barbares ou de simples Skraeliens. Croy n'avait pas la force de l'en empêcher.

— Par le saint ourlet de la robe verte de la Dame ! jura la reine.

Croy contempla la figure qu'elle venait d'exhiber. Elle appartenait à un garçon. Un enfant, à peine plus âgé que Bethane. Le chevalier avait massacré un gamin.

Sa blessure l'empêcha peut-être de ressentir la culpabilité que l'honneur exigeait. Il ferma les yeux et tenta simplement de respirer. La plaie était profonde, et il craignait que quelque organe vital ait été atteint.

— Qu'est-ce qu'ils pouvaient bien nous vouloir ? s'exclama Bethane. Ils ne nous ont pas demandé d'argent. Je leur aurais volontiers offert quelques pièces pour qu'ils nous cèdent le passage.

Croy ne répondit pas. Il avait peur de savoir une chose qu'il ne pouvait pas exprimer.

Il ne retrouva la parole que lorsque Bethane s'approcha d'une marmite de soupe suspendue dans l'âtre. Il savait qu'elle avait faim : ils n'avaient guère avalé que quelques champignons et des infusions d'écorce durant les derniers jours. Il s'élevait du breuvage une odeur divine, consistante, riche et bien relevée. Un délicieux fumet de viande fraîche.

— Non, parvint-il à lancer. Ne regardez pas à l'intérieur.

L'avait-elle compris ? Il n'aurait su le dire. S'il en avait eu la force, il aurait concocté quelque histoire de chaudrons de sorcière et de ce qui arrivait aux braves qui avaient la sottise de vouloir y goûter en son absence. Ou de paysans du Nord habitués à un régime trop rudimentaire pour un estomac royal.

— Ne regardez pas, insista-t-il à défaut.

Elle s'éloigna de la marmite, et vint se lover à son côté.

Chapitre 82

— Encochez ! Armez ! Tirez !

Postiche, la matrone, criait en battant la mesure sur sa jambe à l'aide d'un éventail. Les femmes de toute une rangée libérèrent leur corde, et leurs longues flèches fusèrent en l'air. La plupart d'entre elles atteignirent au moins les mannequins à l'autre bout de la place – elles s'entraînaient sans discontinuer depuis que Malden les avait recrutées comme archères, et Postiche s'était révélée être un instructeur sans pitié.

— Encochez ! cria-t-elle encore.

Les filles, toutes employées à *La Maison des Soupirs*, mirent leur trait en position, le calant sur le pouce comme elles l'avaient appris.

— Armez !

Elles s'exécutèrent, même si l'une des plus jeunes, en bout de ligne, parvint à faire tomber sa flèche avant d'avoir bandé son arc complètement. Les autres se moquèrent d'elle. Postiche déboula, une colère froide dans le regard.

— Un problème, Guennie ?

— C'est juste que… je me suis cogné la poitrine en tirant sur la corde et… ça m'a surprise, se justifia-t-elle, tête basse.

— Dans l'Ancien Empire, on raconte encore des histoires relatant les exploits des guerrières de Thune, répliqua Postiche en dressant le nez. Elles étaient de loin plus courageuses que n'importe quel homme. Quand elles rencontraient le même problème, elles se saisissaient de torches pour se brûler le sein gauche. Ce qui facilitait de loin le bandage de l'arc. Tu veux peut-être faire comme elles ?

— Non, Madame, répondit Guennie en écarquillant les yeux.

— Alors prouve-moi que ce n'est pas utile, rétorqua la matrone. Ramasse cette petite chose rabougrie que tu appelles une flèche et arme !

Crassier éclata de rire quand l'archère se pencha pour récupérer son projectile et que Postiche en profita pour lui assener un coup d'éventail sur la nuque. Malden secoua la tête.

— Tailleserpe avait raison. Nous aurions dû nous y mettre il y a des semaines.

Il avait constaté de réels progrès durant ces derniers jours, mais les femmes étaient encore loin d'être prêtes – et la compagnie de Postiche était la meilleure d'entre toutes. Les troupes d'Elody étaient encore à peine capables de garnir leur arc d'une corde. Quant aux voleurs de la guilde, ils étaient plus souvent absents que présents aux entraînements, même si Velmont les menaçait des châtiments les plus cruels.

Malheureusement, en dehors des voleurs et des catins, Malden ne pouvait compter sur personne. L'immense majorité de la population convenable de Ness n'était plus composée que de vieillards et d'infirmes, ou de gamins trop jeunes pour porter une arme. Quant aux femmes honnêtes, elles étaient plus utiles ailleurs.

— Est-ce qu'elles seront prêtes, quand nous aurons besoin d'elles ? demanda Malden, surtout pour lui-même.

Le nain rit de nouveau.

— C'est sûr qu'elles ne seront jamais de foutues tireuses d'élite. Mais avec tous ces barbares, elles arriveront bien à en abattre un ou deux, ne serait-ce que par erreur. N'importe qui est fichu d'atteindre une cible de la taille d'une armée.

— Viens, décida Malden. Nous ne servons à rien, ici. Peut-être même qu'elles n'arrivent pas à tirer droit parce que nous les rendons nerveuses. Allons voir comment avance le reste.

Malden et Crassier se précipitèrent vers le nord pour s'occuper des renforts de la Porte du Magistrat. Selon les instructions du nain, certaines Nesséennes utilisaient des grues et des treuils pour empiler des ballotins – des paniers d'osier remplis de pierres – contre la porte, tandis que d'autres clouaient ensemble un groupe de poutres pour étayer les tas. Ils manquaient de fer pour soutenir efficacement l'échafaudage, mais un forgeron amputé d'une jambe supervisait la fabrication d'une impressionnante équerre qui pallierait en partie ce problème.

— Ce ne sera pas aussi solide que le reste de la muraille, constata le nain, mais j'aimerais bien voir la taille du bélier qui parviendra à franchir cet obstacle.

Il semblait particulièrement fier de lui.

Ils furent nombreux à partager le même sentiment ce jour-là. Grâce à la crainte que leur inspirait Postiche, les archères s'étaient levées au point du jour pour se mettre à l'œuvre. Les équipes aux portes plaisantaient entre elles et chantaient en travaillant.

Pour une fois, toute la population de Ness était à la fois heureuse et productive. Peut-être le fait d'être occupé était-il plus bénéfique que de se blottir chez soi en attendant que la mort surgisse. Peut-être était-il rassurant de ne pas pouvoir voir par-delà les remparts.

— On pourrait croire que les barbares ne sont même pas là, fit remarquer Malden.

Lui avait vu les troupes massées à l'extérieur. Et à présent, il était incapable de chasser cette image de son esprit. Chaque fois qu'il fermait les yeux, il se rappelait ce qu'il avait observé depuis le sommet de Château-Haut. Les barbares avaient encerclé la cité et leurs tentes occupaient les champs à perte de vue. Les massacreurs dansaient inlassablement sur les rives de la Skrait, tandis que Mörgain et son équipe de crânes peints parcouraient sans cesse la circonférence de Ness, se défiant les unes les autres d'approcher toujours un peu plus près de la muraille.

Jusqu'à présent, pas une seule flèche n'avait été tirée d'un côté ou de l'autre. Les barbares n'avaient pas tenté la moindre offensive, ni d'établir le contact avec les défenseurs. Malden savait que cela ne durerait pas. Des jours très sombres étaient à venir.

Toutefois, pour le moment, la bonne humeur régnait à Ness. Même le flot continu de pétitions et de demandes en tout genre adressées au Seigneur Maire s'était presque tari. Les maîtres des guildes des marchands de tissu et des cordonniers lui avaient envoyé des messages de soutien et de confiance. Les mendiants de la ville avaient pris un jour de congé pour organiser en son honneur un défilé impromptu et malodorant.

— Ne comprennent-ils pas qu'ils seront vraisemblablement morts ou asservis d'ici une semaine ?

— Ah, mon gars, tu surestimes les facultés de réflexion humaines, repartit Crassier. Ça fait sept putains de jours. Pour l'heure, ils sont en sécurité, et relativement bien nourris. Et ils sont en train d'apprendre une chose que les nains ont toujours sue : si tu n'as pas le temps de rester assis à rien faire, tu n'as pas le temps de te plaindre.

C'était vrai. Il y avait tant à réaliser que Malden avait trouvé de quoi occuper chaque main valide. Il fallait ériger des palissades en bois à des endroits stratégiques de la muraille, puis les recouvrir de peaux imbibées d'eau pour que les barbares ne puissent pas les enflammer. Il restait tout un arsenal à nettoyer, à affûter et à enduire de graisse animale pour le préserver de la rouille. Des tonneaux entiers contenaient des flèches à tailler, à redresser, à empenner et à doter d'une tête. Tous ceux qui pouvaient se tenir sur leurs deux jambes et disposaient d'au moins un bras valide devaient être formés et préparés au combat.

À une époque pas si lointaine, songea Malden, la simple perspective d'avoir à travailler dur ou – le Dieu Sang les préserve – à consentir un sacrifice suffisait à déclencher une émeute. À présent, la ville entière était mobilisée contre le siège.

— Ils sont unis pour la cause, finit par déclarer Crassier. Ils travaillent pour leur propre salut, et ils en ont conscience. Montre donc toi aussi un peu d'esprit civique, foutu salopard !

Il assena une claque sur l'avant-bras du voleur et éclata de rire.

— J'aimerais seulement que cela puisse suffire, admit Malden. Mais tout ce que nous pouvons préparer ne fera pas la moindre différence. Les barbares savent se battre contre des archers sur un rempart. Ils n'ont pas abattu les portes de Rougedigue ; nous ignorons toujours comment ils s'y sont pris pour faire tomber la muraille, mais ils ne sont pas passés par une porte. À Helstrow, la ruse et la vitesse leur ont permis de l'emporter. Si seulement je disposais d'une arme secrète, d'un pouvoir inattendu…

Il pensa alors à Coruth, qui enseignait à Cythère comment devenir une sorcière. La magie lui serait particulièrement utile à cet instant, mais il savait qu'il ne devait pas compter sur leur aide éthérée. Les livres d'histoire regorgeaient d'exemples de seigneurs qui s'étaient reposés sur des mages ou des sorcières, et qui en avaient payé le prix quand leur puissance s'était révélée moins fiable que le fer.

— Mon gars, reprit Crassier.

— Hum ?

— Mon gars, viens par ici, chuchota le nain. (Il mena Malden jusque dans une venelle ombragée.) Mon gars… j'ai peut-être ce qu'il te faut.

Le voleur eut l'impression de recevoir une douche froide.

— Ce qu'il me faut… ? demanda-t-il prudemment.

— Un putain de pouvoir inattendu. (Les yeux de Crassier luisaient dans la pénombre.) Ça ne sera pas facile. Ni gratuit.

— Tu as toute mon attention.

— Tu te souviens de ce bouquin que j'ai trouvé dans le Vincularium ?

— Pas vraiment, admit le voleur.

Crassier secoua la tête.

— D'accord, d'accord. Tu te souviens de la façon dont Balint a tout fait s'effondrer ?

— Très nettement.

Crassier opina.

— Il va me falloir un atelier. N'importe quel endroit de la Fumée suffira, tant que j'ai un peu d'intimité. Cela ne doit surtout pas s'ébruiter. Pas le moindre putain de mot. Et je ne te promets pas que ça va fonctionner.

— De quoi as-tu besoin ? demanda Malden.

— Eh bien, voyons voir… De charbon, pour commencer, autant que possible. Et autant d'urine rance, également.

Malden fit la moue.

— Ne me regarde pas comme ça. Les fouleurs s'en servent tout le temps. C'est comme ça qu'ils fabriquent le feutre. Tu en trouveras des fûts remplis dans toutes les laineries. Et on peut commencer à en récolter auprès des citoyens, même s'il nous faudra inventer une bonne excuse pour ça. Et j'aurai besoin d'un dernier ingrédient, qui ne sera pas facile à trouver : du soufre.

— Ne me dis pas que tu t'es mis à la magie et que tu veux invoquer des démons. Quoique, je te demanderais alors sans doute combien d'entre eux tu peux faire venir, et dans combien de temps.

— C'est peut-être encore mieux que ça, mon gars. Fais-moi confiance. J'aurai aussi besoin de main-d'œuvre. Des alchimistes, des apothicaires. Même des putains de tanneurs, s'ils ne puent pas trop. Des boulangers et des meuniers pourraient aussi m'être utiles. N'importe qui capable de broyer et de mélanger des éléments. Le mieux serait que je te fasse une liste, et que tu demandes à Velmont de s'en occuper.

Mais surtout, j'ai besoin de temps. Je n'ai jamais essayé ça. C'est purement expérimental.

— Le temps est la seule chose qu'il me manque, répondit Malden, mais je t'en accorderai autant que possible, je te le promets.

— Ça sera particulièrement dangereux. Il y a de bonnes chances pour que je sois réduit en cendres en bossant là-dessus. Auquel cas… jure-moi une chose.

— Tout ce que tu voudras.

— Tu m'organiseras les funérailles les plus grandioses que cette ville ait jamais connues. Tu ne regarderas pas à la dépense. Mais tu t'assureras que le cercueil reste fermé. Si j'en prends plein la gueule, ce qu'il subsistera de moi ne sera pas beau à voir.

— C'est prometteur.

Crassier éclata de nouveau de rire. Malden n'avait jamais entendu un nain s'esclaffer si souvent.

— Optimiste jusqu'au bout des ongles, c'est tout moi. Ce foutu esprit civique et tout ça.

CHAPITRE 83

— Ohé ! Ohé ! Ness ! Peuple de Ness ! Y a-t-il un responsable quelque part ? Il doit forcément y en avoir un. Les Skraeliens sont incapables de se torcher le cul si personne ne leur explique comment faire. Ohé ! Hé, les froussards ! On aimerait vous parler, les trouillards !

Toute la journée, Hurlind le cancanier avait appelé de la sorte devant la Porte du Roy. Il commençait à être enroué, mais nul ne venait lui répondre. Il y avait eu quelques tentatives de jet de détritus sur le bouffon, qui n'avaient fait que l'encourager dans ses invectives.

Mörget brûlait d'envie de le faire tomber dans la boue d'une gifle afin de rétablir un peu de calme. Il n'osait toutefois pas le faire. Hurlind agissait sur les ordres directs de Mörg. Le Grand Chef voulait s'entretenir avec les dirigeants de la cité. Les convaincre, en les raisonnant, qu'il était dans leur intérêt de se rendre.

— Ça ne marchera jamais, fit remarquer Balint.

Tous deux étaient assis, boudeurs, dans la tente de Mörg. Dehors, une pluie glaciale s'était mise à tomber. Ce qui ne semblait pas déranger Hurlind.

— Tu penses qu'ils manquent de bon sens ? s'étonna Mörget.

— Carrément pas. Ils sont plus malins que vous tous réunis. Bon, c'est aussi le cas d'un seau plein de navets. Non. Ils sont au courant de ce qui s'est passé à Helstrow. De la manière dont feu le roi Ulfram a tenté de parlementer avec

Mörg, et dont il s'est fait ramoner le tuyau à merde après ça. Non, ça m'étonnerait qu'ils la jouent dans les règles.

— Alors essayons de réfléchir à une meilleure solution, décréta Mörget. Il ne nous a pas fallu longtemps pour faire tomber Rougedigue.

— En sapant la muraille ? Ouais, on pourrait essayer ça, admit Balint avec un haussement d'épaules.

Elle semblait s'être finalement habituée au collier qu'elle portait autour du cou. Elle ne se plaignait plus que rarement de son asservissement.

— Mais les remparts d'ici sont mieux construits qu'à Rougedigue, objecta-t-elle. Plus épais, mieux renforcés, et ils s'enfoncent plus profondément, jusqu'à des fondations dignes de ce nom. Il semblerait qu'un burgrave puisse s'offrir les services d'ingénieurs plus talentueux qu'un groupe de moines impotents.

— C'est donc irréalisable ?

— Ce n'est pas ce que j'ai dit, tempéra-t-elle. Mais ça prendrait plus longtemps, et il faudrait creuser de multiples tunnels. Ça nécessiterait bien une semaine.

— Et pendant ce temps-là, qu'est-ce que tu préconises ? Tu as d'autres idées en tête ?

— On pourrait bâtir des engins de siège, proposa-t-elle. Je n'ai pas à ma disposition les outils ou la main-d'œuvre qualifiée pour construire des mangonneaux ou des tours, mais je devrais pouvoir pondre quelques trébuchets tout simples. Ce n'est pas ça qui fera tomber la muraille, mais peut-être qu'à l'intérieur ils se ratatineraient dans leur propre trou du cul.

Mörget acquiesça avec intérêt.

— Est-ce qu'on pourrait envisager de leur faire lancer de la poix enflammée ? Ça nous permettrait de cramer les contreforts en bois.

— Ça y est, tu commences à réfléchir, mon vieux. Eh bien, je connais une ou deux recettes qui...

Quelqu'un se racla la gorge devant le rabat de la tente. Mörget se redressa d'un bond et empoigna sa hache. Mörg, le Grand Chef en personne, épiait leur conversation.

— Ce sont de bonnes idées, déclara-t-il. On y viendra peut-être. Mais dans l'immédiat, je veux que vous cessiez d'en discuter.

— On n'a même plus le droit de réfléchir à voix haute ? s'étonna Balint. On ne planifiait rien de très concret.

— Pour l'instant, je veux essayer une tactique plus douce, rétorqua Mörg.

Mörget étrécit les yeux.

— Grand Chef. On se met à chuchoter dans les tentes. On recommence à t'appeler Mörg le Miséricordieux. Il est de mon devoir de fils de t'en informer.

— Et je t'en remercie. Mais je n'accorde que peu de crédit à ceux qui chuchotent. Ceux-là ont peur d'agir. Quand ils parleront ouvertement de révolte, reviens me voir. Suis-moi, Tuemontagne. Ness a finalement accepté de négocier.

Père et fils traversèrent à grands pas le campement boueux des barbares. Autrefois, il s'était agi de champs fertiles, produisant de hautes pousses qui dansaient dans la brise. Désormais, une espèce de mélasse marron aspirait les bottes et menaçait d'engloutir le camp tout entier.

L'élaboration d'un siège n'avait pas grand-chose de romantique. Partout, les barbares s'adonnaient à des travaux de construction : ils fabriquaient d'énormes fours à pain, assemblaient de grossiers mantelets, clôturaient les espaces destinés au bétail… Néanmoins, l'immense majorité de la horde se languissait dans des tentes humides, à s'abreuver d'alcool. Tous avaient conscience qu'ils pourraient rester là tout l'hiver, et étaient bien résolus à se réchauffer dès à présent.

— Père, essaya une nouvelle fois Mörget alors qu'ils sinuaient entre les tentes dressées au hasard, on raconte que tu as perdu la flamme. Que tu refuses le combat – et que si tu refuses le combat, il faudra nommer un nouveau Grand Chef. Quelqu'un qui sera prêt à écraser cet endroit.

— Si nous devons en arriver là, je leur souhaite bonne chance. Combien de villes as-tu assiégées, Tuemontagne ? Une ? Et elle est tombée en moins d'une semaine. J'en suis très fier, mon fils. Mais tant que tu ne seras pas resté devant une muraille pendant six mois, à t'engraisser et à devenir paresseux, te demandant sans cesse si ce jour sera le grand jour, celui où tu pourras enfin mesurer ton fer à celui d'un homme prêt à tout pour défendre ses enfants, eh bien… Ce n'est pas à ta grand-mère que tu vas apprendre à dépecer une biche.

Ils arrivèrent au bout du camp. Un vaste espace libre de deux cents mètres environ les séparait de la muraille – une distance assez grande pour que les archers y réfléchissent à deux fois avant de gaspiller leurs flèches par des tirs hasardeux. Mörgain et ses cavaliers étaient les seuls à oser pénétrer dans cette zone contestée. À présent, Mörg menait Mörget sur une herbe jaunie et, ensemble, ils contemplèrent la cité fortifiée.

— Ceci, déclara le Grand Chef, représente tout ce qui nous sépare des Occidentaux. Ils sont capables de bâtir des choses comme ces remparts. C'est là que réside leur force.

— Nous avons effectivement prouvé qu'ils n'en ont aucune dans les bras, plaisanta Mörget. Grand Chef, nous n'avons nul besoin de remparts ! Les tentes suffisent à nos guerriers.

Les murs avaient toujours symbolisé la grande injustice qui avait isolé les clans dans les terres arides et rigoureuses des steppes de l'Est. Les Skraeliens les avaient d'abord chassés de leurs villes, avant de les repousser au-delà de la chaîne de Murblanc, où ils étaient restés comme emprisonnés jusqu'à l'effondrement de Fendciel. Dans les histoires que contaient les cancaniers, les murs faisaient toujours l'objet de haine et de dérision.

— Des remparts ! Je démolirais ceux-là à mains nues si j'en avais le temps.

Mörg soupira.

— Regarde-les. Regarde-les bien. Pour l'heure, tu les perçois comme un signe de couardise et une source de frustration. Mais imagine-toi ce que ce doit être de posséder cela. De pouvoir s'installer derrière sans jamais plus s'inquiéter d'ennemis venant encore piller le camp.

Mörget devait bien reconnaître que c'était impressionnant. Vingt-cinq mètres de pierres parfaitement imbriquées, scellées par du mortier puis enduites pour protéger le ciment. Aucune force brute n'était capable de franchir cette défense. Ils allaient devoir employer la ruse, le génie ou les promesses, solution privilégiée par Mörg.

— Ils ont répondu il y a quelques minutes, annonça le Grand Chef. Ils vont envoyer un émissaire. Enfin.

— Parlementer. Ils veulent parlementer, murmura Mörget.

— Oui. Quand on souhaite proposer les termes d'une reddition, il faut parlementer, fit remarquer Mörg. Oh, ne te réjouis pas trop vite. Je doute qu'ils cèdent si facilement. Ils vont exiger des concessions, et nous allons devoir prouver notre bonne foi. Mais si nous pouvions nous emparer de cette ville sans perdre un seul massacreur, je serais prêt à y mettre le prix.

— Il serait plus glorieux de la prendre de force, souligna Mörget.

— Glorieux, oui. Dis-moi, Tuemontagne : qu'aurions-nous à gagner à démolir ce mur ?

Mörget détestait quand son père lui posait ce genre de question. Cela impliquait chaque fois qu'il aurait une leçon à en tirer. Il sentit son visage s'échauffer en dépit de la pluie glaciale qui s'abattait sur eux.

— Nous pourrions débouler à l'intérieur, massacrer les habitants et capturer cette ville.

— Et la tenir combien de temps ? L'Armée des Hommes Libres est à deux pas d'ici. Pour l'instant, ils ont peur d'engager le combat, mais qu'en serait-il si nous leur volions leur cité ? Crois-tu vraiment qu'ils se retiendraient encore ?

— J'attends impatiemment d'avoir une occasion de les massacrer.

— Ah, répliqua Mörg, mais l'auras-tu vraiment ? Quand nous serons à l'intérieur, nous serons à notre tour assiégés. Nous deviendrions les défenseurs. Et si la muraille est endommagée à l'arrivée du burgrave – si un trou béant lui ouvre grand la voie –, comment nous défendrons-nous ? Je veux conserver cet endroit intact, Tuemontagne. Je veux m'en emparer dans l'état même où je l'ai trouvé. Sans quoi, nous n'aurons rien à gagner à le conquérir. Permets-moi de te rappeler que c'est toi qui, le premier, as eu l'idée de venir ici.

Mörget bouillait de colère, mais il resta coi. Les chuchotements dans les tentes s'amplifiaient chaque jour. Quand on se mettrait à marmonner au grand jour, il agirait.

Pas avant. Mörget faisait confiance à son bras. À l'acier de sa hache. Il était toutefois assez avisé pour savoir que, sans le soutien des clans, sa force ne suffirait pas à lui rapporter ce qu'il désirait.

— Ohé ! hurla de nouveau Hurlind. Vous, là-dedans ! Montrez-nous que vous ne nous avez pas oubliés. Ça nous briserait le cœur ! Ohé ! Montrez-vous, sans quoi nous immortaliserons votre couardise. Ça vous plairait que vos enfants entendent des chants à ce sujet ? Souhaitez-vous vraiment que l'histoire se souvienne de vous comme de pleutres ?

Mörg tendit un doigt en l'air. Cela s'agitait enfin sur la muraille. Un homme approchait. Il portait une cotte de plaques qui le couvrait des pieds à la tête, ainsi qu'un grand heaume orné d'une corne d'abondance dorée. Il semblait avoir du mal à se mouvoir, comme s'il n'avait pas l'habitude de porter autant de métal.

Il se pencha par-dessus les créneaux et regarda en bas. Il remua alors son casque, afin d'avoir les yeux bien en face des fentes. Mörget l'entendit jurer, d'une voix creuse qui résonna dans le heaume. Puis le Nesséen s'en débarrassa avec un haussement d'épaules, et Mörget découvrit son visage.

— Malden ? cria-t-il à son intention.

Le petit voleur le dévisagea en retour.

— Mörget ? Qui aurait cru que l'on se reverrait en pareilles circonstances ?

— Imagine ma surprise de me faire saluer par un voleur, rétorqua le barbare.

— Je suis Seigneur Maire, désormais.

— Ils t'ont nommé à leur tête ? (Mörget éclata d'un rire tonitruant.) Malden ! Je dois bien avouer que ça me fait plaisir de te voir ici ! J'avais peur que cet endroit soit défendu par un vrai soldat !

— S'agit-il d'une sorte de pique à mon égard ? Je n'ai jamais très bien cerné ton esprit, Mörget. D'un autre côté, je ne me suis pas donné la peine de l'observer à la loupe. Bon, qu'est-ce que vous voulez ? Vous – l'autre, là –, vous êtes Mörg, c'est ça ? Le roi barbare ?

— Nous n'avons pas de roi, répliqua Mörg avec l'air de répéter des mots déjà prononcés des milliers de fois. Les clans se gèrent seuls. Ils m'appellent leur Grand Chef.

— Mörg le Sage ! Mörg le vainqueur de Tyndale du Nord, Mörg le Maître de Helstrow, Mörg l'ami des chiens ! Mörg dont l'épée n'est pas magique, mais qui n'a pas besoin d'un tel jouet pour…

Mörg fit taire Hurlind d'un regard assassin.

— Vous êtes donc le fameux Malden ? demanda le Grand Chef quand le calme fut revenu. Enchanté, mon ami. Mörget m'a beaucoup parlé de vous. Il dit que vous avez joué un rôle capital dans l'effondrement de Fendciel. Que, sans vous, il aurait pu se prendre le pied dans un piège et se blesser.

— Oh, voilà que vous m'insultez, à présent. Vous m'en voyez terriblement offensé.

Mörg sourit. Apparemment, il trouvait Malden divertissant. Mörget l'avait toujours jugé pénible. Une vraie mauviette. Il n'avait jamais compris pourquoi Croy avait choisi un tel rongeur pour porter l'une des Sept Lames.

Mörg s'inclina profondément devant le voleur.

— Pardonnez-moi. Je suis venu vous faire une proposition.

— Je vous en prie, ne soyez pas surpris quand je vous dirai d'aller vous faire foutre, rétorqua Malden. Mais je vous ferai l'honneur d'écouter votre offre avant de la décliner.

Mörg opina joyeusement.

— Très bien, dans ce cas ! Nous nous connaissons tous. Peut-être pouvons-nous discuter tels deux êtres rationnels. Malden, vous avez des problèmes. Je pense que vous le savez. Si nous devons prendre cette ville par la force, mes clans risquent de ne pas faire preuve d'une grande politesse. Ils violeront vos femmes, trancheront les oreilles de vos hommes et mangeront chaque animal qu'ils trouveront. Telle est notre coutume.

— C'est ce que j'ai entendu dire. C'est la raison pour laquelle je ne vous ai pas invités à petit-déjeuner avec moi ce matin.

Mörg haussa les épaules.

— Je ne pourrai pas les en empêcher si nous en arrivons là. Je ne pourrai plus leur dicter leur conduite, pas dans l'excitation de la victoire. En revanche, je peux vous laisser une chance. Ouvrez les portes maintenant. Sortez avec tout ce que vous pourrez transporter. Je vous donne ma parole qu'aucun citoyen de Ness ne sera blessé.

— J'ai aussi entendu parler de la valeur de votre parole, rétorqua le voleur. Ulfram V vous a fait confiance. Tout le monde en Skrae connaît votre secret, Mörg : vous trichez. Vous êtes incapable de gagner autrement.

— Je ne répéterai pas mon offre, insista Mörg.

— Très bien, répondit Malden. Alors je n'aurai pas à vous répondre de bouffer ma merde. Je n'ai jamais aimé les injures.

Sur ce, le voleur disparut des remparts.

Mörg sembla presque triste de voir son offre rejetée de la sorte. Pensait-il vraiment que les Occidentaux l'accepteraient ? Aucun guerrier n'aurait survécu à la honte de quitter le champ de bataille la queue entre les jambes. Bien sûr, Malden n'était pas un guerrier – Mörget le savait d'expérience.

Le Grand Chef tourna les talons et retourna au campement, son fils à sa suite. Ils se dirigèrent droit vers la tente de Mörg, où Balint les attendait. Une fois devant, le Grand Chef poussa un profond soupir. Il contempla l'herbe flétrie, semblant se convaincre de quelque chose. Son fils le laissa à ses pensées, sachant qu'il l'avait déjà assez aiguillonné pour la journée.

Après quelques secondes, Mörg hocha la tête d'un air décidé et entra dans la tente. Son fils l'imita.

— Vous avez bien discuté avec les autochtones ? s'enquit la naine. Des résultats ?

Mörg s'assit sur un tabouret et baissa la tête.

— Je dois m'emparer de cette cité, et vite, annonça-t-il à la naine. (Elle acquiesça, les yeux soudain brillants d'excitation.) Mais je ne veux pas endommager la muraille. Et je ne veux pas non plus incendier la ville à l'aide de poix enflammée. (Il soupira longuement.) En dehors de ça, je suis ouvert à toutes les suggestions.

Chapitre 84

— Débarrassez-moi de cet accoutrement ridicule, grommela Malden en essayant d'arracher le gantelet à sa main gauche.

Il avait l'impression que certains de ses doigts allaient venir avec s'il tirait trop fort. Crassier se précipita, armé d'un tournevis, pour l'aider à se dépêtrer, mais Cythère resta en arrière à se moquer de lui.

Velmont ne pouvait pas s'empêcher de jeter des coups d'œil par-dessus la muraille. Malden avait insisté pour que personne ne monte sur les remparts sans sa permission, précisant que c'était pour ne pas risquer de servir de cible facile à un archer barbare. En réalité, il voulait surtout éviter que les siens découvrent qui ils allaient affronter et perdent courage.

Un morceau de métal lui poinçonna douloureusement le flanc. Il eut l'impression que le sang allait couler.

— Plus vite, s'il te plaît, grogna-t-il.

— Tu veux que je fasse ça bien, ou que je t'arrache la moitié de la peau ? répliqua le nain.

Quand Malden avait finalement décidé d'écouter ce que les barbares avaient à dire – peut-être le seul moyen de faire taire leur cancanier –, il avait été décidé qu'il devrait avoir l'allure d'un véritable chevalier. Le problème était que le burgrave, en équipant son Armée des Hommes Libres, avait réquisitionné toutes les armures complètes disponibles en ville. Les quelques pièces que Crassier était parvenu à rassembler étaient de différentes tailles, et certaines montraient les signes d'un usage répété et maladroit. Le burgrave ne les avait pas oubliées par hasard. Malden avait souffert un véritable martyre pour se glisser à l'intérieur – en sortir était plus douloureux encore.

— Tu lui as bien causé pour sûr, déclara Velmont, d'une voix laissant suggérer qu'il avait croisé un fantôme. Bien répondu. Mais t'as au moins écouté ce qu'il proposait ?

— De nous laisser partir d'ici ? C'était une promesse vide, affirma le voleur.

Crassier entreprit de désassembler le motif élaboré des rivets qui maintenaient son plastron en place. Malden tenta d'oublier les pincements incessants sur sa peau en se concentrant sur le Helstrovien. Celui-ci n'avait pas seulement l'air terrifié : il semblait sur le point de se faire dessus.

— Mörg aurait peut-être tenu parole en nous laissant franchir la porte, insista Malden. Mais il n'a jamais dit ce qui se passerait ensuite. Il aurait vraisemblablement tenté de nous asservir tous. Et même s'il comptait nous laisser notre liberté, qu'est-ce que ça change ? Nous n'avons pas de nourriture à emporter. On aurait fini par crever de faim dans les champs, sans nulle part où aller. Autant rester ici à crever de faim bien au chaud.

— Tu aurais au moins pu demander le temps de la réflexion, contra Velmont. Ça nous aurait donné un peu d'air. (Il secoua la tête comme pour tenter de recouvrer ses esprits.) Désolé, patron. Mais ils sont tellement nombreux. Je ne donne pas cher de notre peau, voilà tout.

Malden pouvait difficilement le contredire sur ce point.

Velmont alla prêter main-forte à Crassier pour retirer les jambières, et Malden se retrouva bientôt nu sur la muraille, à grelotter dans le vent glacial. Cythère le drapa d'un manteau et l'aida à redescendre dans la rue. Alors qu'ils reprenaient le chemin de *La Citronneraie*, Velmont et Crassier lui firent un compte rendu de la situation. Le manque de nourriture était le principal sujet de préoccupation. Malgré le strict rationnement imposé aux Nesséens, la ville n'aurait plus la moindre miette à distribuer sous quinzaine. Malden avait déjà recruté une légion de pêcheurs d'huîtres et de poissons chargée de draguer la Skrait, mais huit cents ans de cultures intensives avaient largement appauvri le fleuve. Si la nourriture ne se mettait pas à pleuvoir (ou, légèrement plus probable étant donné l'inclination religieuse actuelle des habitants, à jaillir d'une fissure dans la terre avec une forte odeur de soufre), la population mourrait de faim.

— Galenius nous apprend que la famine est l'arme la plus efficace lors d'un siège, largement plus puissante que n'importe quelle catapulte ou bélier, réfléchit Malden à voix haute.

Il l'avait découvert lors de l'une de ses nombreuses sessions avec Tailleserpe. L'ancien maître de la guilde des voleurs lui lisait des passages du *Manuel des Fortifications*, telle une mère racontant des histoires à son bambin pour l'aider à s'endormir. Le contenu de l'ouvrage, en revanche, avait procuré plus d'une nuit blanche au voleur.

— Le siège de Sainte-Mede, il y a quatre siècles, a duré deux ans et demi. À l'origine, cent mille hommes et femmes se trouvaient à l'intérieur des remparts, et six mille seulement en sortirent quand les portes furent enfin ouvertes – sans que les envahisseurs ne tirent la moindre flèche ou ne salissent leurs épées. Naturellement, bon nombre de décès étaient dus à la soif ou à la maladie. Nous avons quantité de bière sous la main, et nous pourrons toujours boire de l'eau en dernier recours, mais nous devrons nous méfier des départs de peste. Velmont, souviens-toi de ça : je veux qu'on mette en place un comité de santé publique. Le moindre signe de maladie devra être observé avec le plus grand sérieux. Qu'on vienne m'en informer immédiatement si quelqu'un a ne serait-ce que le nez qui coule.

— Ma mère et moi pouvons t'aider un peu pour ça, intervint Cythère. Une bonne partie de la formation des sorcières consiste à étudier les questions de santé.

Malden acquiesça avec reconnaissance.

— Crassier, combien d'archers puis-je réunir pour l'instant ? Si les barbares décident d'escalader le mur cette nuit, serons-nous en mesure de les repousser ?

— Tout dépend d'eux, mon gars, admit le nain. S'ils attaquent tous en même temps ? Pas le moindre début de chance. S'ils ne sont que quelques-uns, ça pourrait aller.

Malden se tourna alors vers Cythère.

— Est-ce que Coruth surveille toujours le burgrave et ses troupes ? Galenius explique que la seule façon de briser un siège est de recevoir une aide extérieure. Il faut qu'ils arrivent, et vite.

Cythère soupira.

— J'aimerais t'annoncer le contraire, malheureusement le fait est que Tarness construit un camp d'hiver, à trente milles au nord. Il n'est pas loin, cependant rien n'indique qu'il compte venir à notre rescousse.

— Le salopard ! jura Malden. Il cherche sans doute à se venger de ce que nous avons infligé à Pritchard Hood.

— Ou alors, tempéra Crassier, il sait tout simplement qu'il n'a pas un demi-poil de cul de chance de vaincre Mörg, et il ne tient pas à tout perdre pour le prouver.

Malden soupira.

— D'accord. Nous avons fait notre possible. Galenius insiste également sur le fait que la première qualité d'un général assiégé est d'apprendre quand dormir. Il se peut que nous soyons coincés ici un bon moment, je suggère donc que nous tentions de rester aussi reposés et affûtés que possible. Je reviendrai vous voir demain matin.

Velmont et Crassier échangèrent un sourire discret.

Malden y répondit d'un simple haussement d'épaules. Peu importait qui savait que Cythère et lui passaient chaque nuit ensemble. Il l'aimait – et il avait toujours voulu l'étaler au grand jour. S'il avait tenu ses sentiments secrets, c'était uniquement pour éviter que Croy le tue en l'apprenant.

Désormais, c'était le cadet de ses soucis.

Cythère ouvrit leur lit à l'étage de *La Citronneraie* et y glissa une casserole remplie de braises. Malden l'observa s'atteler à cette simple tâche domestique et sentit son cœur se serrer. Il ne s'était jamais attendu à ce qu'elle devienne véritablement sa femme. Pas de la façon dont la plupart des hommes l'entendaient en tout cas : une main-d'œuvre gratuite qu'ils pouvaient exploiter à l'envi et battre quand elle s'en plaignait. Il n'avait jamais souhaité une chose pareille, surtout pas venant de Cythère. Il n'avait pas non plus envisagé qu'elle puisse un jour cuisiner pour lui.

Ni qu'elle pourrait raccommoder ses chausses. Ou partager son toit. Ou le prendre dans ses bras quand il se réveillait en hurlant au milieu de la nuit, terrifié à l'idée que les barbares puissent déjà se trouver dans l'enceinte de la ville.

Il n'avait même jamais envisagé qu'elle puisse un jour l'aimer vraiment.

Et pourtant, la voilà qui réchauffait sa couche. Au sens propre. Dans quelques instants, elle recommencerait, au sens figuré cette fois.

—Je t'aime, lui dit-il, car c'était la seule chose qu'il avait en tête.

—Je t'aime aussi, répondit-elle avec un sourire.

Cela ne durerait plus longtemps. Coruth avait déjà débuté l'initiation de Cythère. Et les sorcières ne se mariaient pas. Personne n'avait jamais su expliquer pourquoi à Malden, mais tout le monde le savait. Les sorcières vivaient seules, et vieillissaient seules, en se rabougrissant à mesure que leurs pouvoirs croissaient. Il existait d'innombrables légendes à leur sujet, sans qu'aucune d'elles ne mentionne jamais la présence d'un homme à la maison.

D'ici quelques jours, Cythère serait à son tour devenue une sorcière, et c'en serait fini de cette félicité domestique.

Quelques nuits supplémentaires devraient suffire. Cette fois, Malden était trop fatigué pour exprimer charnellement la portée de ses sentiments, même s'il fit de son mieux. Ils finirent par s'endormir lovés dans les bras l'un de l'autre. Malden aurait voulu passer la journée dans cette position.

Hélas, cela n'arriva pas. Peu après l'aube, un violent fracas retentit dans la ville entière, une détonation si violente que les quatre pieds du lit décollèrent du sol. Malden se leva d'un bond et ouvrit à la volée la fenêtre donnant sur Château-Haut.

Juste à temps pour assister à l'effondrement de la Dame chapelle sur la place du marché, avec un vacarme bien plus assourdissant que celui qui l'avait réveillé.

Chapitre 85

Malden se précipita dehors, se faufilant à toute allure jusqu'au pont menant à Château-Haut. Il doutait que quiconque se fût trouvé à l'intérieur de la Dame chapelle lorsqu'elle s'était écroulée – l'église était abandonnée depuis que le prêtre et ses fidèles étaient partis –, mais la place du marché était, elle, peut-être fréquentée par de rares chalands préparant leur étal en vue de vendre leurs dernières marchandises.

Il n'avait pas encore parcouru trois pâtés de maisons quand les barbares frappèrent de nouveau.

Il vit le coup arriver – avisa cette pierre d'une taille invraisemblable qui fendait l'air à toute allure. Son ombre croisa sa route, et il recula d'un bond comme si elle allait lui tomber dessus. Puis elle disparut au-delà des toits de l'autre côté de la rue.

Malden prit appui sur un madrier pour se hisser, tendit les bras et s'agrippa au rebord d'un balcon qui lui permit de grimper jusqu'au toit. Il courut jusqu'au faîte pour avoir une vue dégagée sur toute la ville, cherchant à voir où le deuxième projectile était passé. Celui-ci toucha au but au même instant avec un bruit tonitruant. La cité entière sembla remuer, et le voleur manqua de perdre l'équilibre. Il lutta pour se stabiliser afin de constater l'ampleur des dégâts.

Une maison du Remugle s'écroula sous ses yeux. Des morceaux de bois et de plâtre rompirent dans une série de hurlements ; des pierres roulèrent en rebondissant. Un nuage de poussière s'éleva dans l'air. Puis une femme se mit à crier, et il comprit qu'il y avait eu des victimes cette fois.

Il hésitait sur sa prochaine destination – la place du marché ou le Remugle, tous deux à équidistance – quand quelqu'un l'appela.

— Seigneur Maire ! Descendez de là ! Ce n'est pas sûr !

Malden courut jusqu'à l'extrémité du toit et se pencha par-dessus le rebord. Un mendiant manchot lui faisait signe depuis la rue. Il enfonça la tête dans ses épaules quand une troisième pierre survola la cité.

Le quémandeur n'avait peut-être pas tort. Malden s'empressa de se laisser glisser jusqu'au sol.

— Rentrez chez vous ! lança-t-il. Cachez-vous dans une cave, n'importe où, mais ne restez pas à découvert.

L'autre s'éloigna en hâte, avant que Malden se rende compte que le dernier endroit où il fallait se cacher quand une pierre détruisait une maison était bien dans la cave.

Trop tard. Il n'allait pas pourchasser un homme en bonne santé alors que d'autres mouraient peut-être dans les décombres. Il se rua vers la place du marché, espérant se rendre utile. Il devait bien pouvoir faire quelque chose. N'importe quoi.

Une fois sur place, il se rendit compte qu'il n'était pas le seul à avoir eu cette idée. Les Nesséens avaient beaucoup de défauts : ils étaient corrompus, paresseux, et pour la plupart stupides. Inutile de le nier. Mais en temps de crise, ils savaient se serrer les coudes.

Le clocher s'était décomposé en une série de gravats et de débris répandus jusqu'à la porte de Château-Haut, divisant la place en deux. Des groupes de citoyens soulevaient des morceaux de roche ou de bois, puis les empilaient sur les pavés comme pour les trier plus tard.

— Il y a une fille en dessous ! cria quelqu'un.

Malden se précipita et ramassa une demi-gargouille, qu'il tendit à un homme arrivé derrière lui. Il se mit en action sans penser à rien d'autre. Son dos lui faisait mal, ses bras faiblissaient. Peu importait. Peu à peu, il déblaya le terrain. Il ne s'arrêta qu'en entendant des cris de joie qui lui firent lever la tête. Un groupe de femmes creusait furieusement à un endroit précis des ruines.

Il s'empressa d'aller les rejoindre et, tirant profit de son statut, il se faufila à travers la foule de badauds. Les femmes avaient déjà déterré la fille. Son visage était couvert de poussière, en dehors de la traînée humide qu'avait laissée la salive échappée de sa bouche. Elle avait les yeux dans le vague. Quand ses sauveuses la relevèrent, sa tête et ses membres se mirent à pendre tels ceux d'une poupée.

— Est-ce qu'elle respire ? s'enquit Malden.

L'une des femmes haussa les épaules, mais une autre eut la présence d'esprit de vérifier.

La fille respirait. Elle était vivante. Même si la moitié de ses os semblaient brisés. Malden ignorait si elle survivrait assez longtemps pour les voir se ressouder, mais là n'était pas l'important. Elle était vivante.

— Emmenez-la sur l'Isle aux Chevaux, ordonna-t-il. Si quelqu'un peut l'aider, c'est bien Coruth la sorcière.

On avança un chariot. Il n'y avait pas de chevaux pour le tirer, mais un groupe de vieillards se proposa. Ils s'attelaient à faire demi-tour quand une quatrième pierre fendit le ciel.

Elle s'abattit sur la muraille intérieure de Château-Haut et rebondit sur les ruines du palais. Au moins, personne ne risquait d'être blessé, songea Malden. Puis il se souvint des prisonniers enfermés dans les cachots. Il réclama de l'aide et courut vers le portail en espérant qu'il ne soit pas trop tard.

La pierre avait cessé de rouler quand il entra. Elle s'était immobilisée dans la grande cour devant le palais, où la garde personnelle du burgrave avait autrefois paradé. Le projectile mesurait quatre pieds de large, et l'on s'était efforcé de le tailler pour lui donner une forme régulière. Il ne paraissait ni aussi gros ni aussi dangereux qu'en plein vol.

Malden ne s'attarda pas pour l'examiner et dévala l'escalier menant aux cellules. Les prisonniers hurlaient pour qu'on les libère voire qu'on les exécute plutôt que de les laisser souffrir de la sorte – ou qu'au moins on leur dise ce qui se passait. L'air était saturé de particules de poussière, et une longue fissure zébrait l'un des murs. Le geôlier n'était nulle part en vue, sans doute parti aider les gens sur la place. Malden trouva les clefs des trois cellules occupées et fit sortir les détenus l'un après l'autre. Il ignorait ce qu'il allait bien pouvoir faire d'eux. L'un était un violeur, un autre un mercenaire ayant tué pour de l'argent. Le troisième était le premier que Malden avait eu à juger, le dément qui avait offert sa fille en sacrifice au Dieu Sang. Il divaguait quand le voleur le tira hors de sa cellule et le mena jusqu'à l'escalier.

— Vous deux, lança-t-il au violeur et au mercenaire, grimpez là-haut et allez aider. Il y a peut-être d'autres gens sous les décombres.

— Que se passe-t-il ? s'enquit le sicaire.

— Les barbares nous attaquent avec une sorte de catapulte, expliqua Malden. Ils ont fait tomber le clocher de la Dame chapelle. Maintenant, allez aider !

Le dément ne semblait pas capable de sortir seul du cachot. Malden dut lui faire gravir une marche après l'autre. Quand ils émergèrent à la lumière du soleil, toute une foule l'attendait.

— Là ! Là, vous voyez ! hurla le fou. (Il désigna la ruine qui remplaçait l'église de la Dame.) Sadu a parlé ! Il l'a détruite. Il l'a détruite !

Malden tenta de se frayer un chemin parmi l'assemblée, mais le dément n'arrêtait pas d'empoigner des badauds, plongeant ses doigts dans leur tunique ou leurs cheveux.

— Il lui faut Son sang. Il lui faut Son sang ! délirait l'homme.

Malden se demanda s'il trouverait un endroit sûr où l'enfermer dans les Cendres, où ses élucubrations ne dérangeraient personne. Puis il perçut la portée de son erreur.

Un endroit sûr ? Quel genre d'endroit pouvait être sûr quand il se mettait à pleuvoir des pierres ?

— Il lui faut Son sang, ou nous serons tous maudits. Donnez-Lui Son sang !

— La ferme ! J'essaie de réfléchir.

Mais l'autre ne se laissa pas intimider.

— Son sang ! Donnez-Lui Son sang ! Son sang !

Puis la voix de l'homme résonna bizarrement. Malden était-il assourdi par le fracas des pierres tombées du ciel ? Il avait l'impression qu'un certain écho accompagnait les psalmodies du fou.

— Son sang ! Son sang Son sang Son sang Son sang !

Il comprit alors.

— Son sang !

— Son sang !

— Donnez-Lui Son sang !

— Il lui faut Son sang !

Le dément n'était plus seul. La moitié de la foule l'accompagnait, réclamant à son tour un sacrifice. Les divagations se répandaient comme une traînée de poudre.

Pensaient-ils Sadu capable d'arrêter les barbares ? Pensaient-ils que le Dieu Sang pouvait intercepter les pierres en l'air et les sauver tous ?

— Son sang ! Son sang ! Son sang ! Son sang ! Son sang ! Son sang !

Chapitre 86

— Fascinant. En l'espace d'une nuit, ils ont donc fabriqué trois trébuchets ? Je n'aurais jamais cru qu'ils en maîtrisaient la technique. (Tailleserpe médita là-dessus quelques instants.) À moins qu'ils aient reçu de l'aide. Peut-être un ingénieur capturé à Helstrow. Ou un nain.

— Mörgain pourrait bien avoir décroché un diplôme de théologie à l'université de Rougedigue. Voire deux, pour ce que ça importe, insista Malden. Ce n'est pas ça qui compte. Ils nous jettent des pierres dessus en ce moment même !

— Qu'en dit Crassier ? Je suppose qu'il a jeté un coup d'œil à ces engins ? A-t-il plutôt fait preuve d'admiration ou de mépris ?

Malden serra les dents.

— Plutôt du mépris, répondit-il. Apparemment, ils utilisent des machines à traction, c'est-à-dire qu'en lieu et place de contrepoids, ce sont des hommes qui bandent les cordes permettant de tirer. Il avait l'air de trouver ça terriblement inefficace. J'ai eu du mal à comprendre pourquoi, j'étais trop occupé à observer les gros tas de projectiles qui nous étaient déjà tombés sur la tête. Certains sont gros comme des maisons !

— Ils vont finir par en manquer. Il n'y a pas tellement de rochers sur les champs où ils ont monté leur campement, fit remarquer Tailleserpe. Ils ont probablement déjà dû commencer à démonter des bâtiments en pierre pour s'approvisionner.

— Vous ne comprenez pas, persista Malden. Mon peuple est en train de mourir.

Tailleserpe se rencogna dans son fauteuil et contempla le plafond. Il poussa un profond soupir avant de répondre simplement :

— Malden, tu dois réfléchir, pas ressentir.

Le voleur – le Seigneur Maire – bondit sur ses pieds.

— Quoi ? Qu'est-ce que vous dites ? Vous avez donc le cœur si sec que vous êtes incapable de pleurer vos concitoyens ? Une petite fille – tout juste une fillette – écrasée, broyée comme si elle avait été torturée pendant des mois. Toute une famille du Remugle, morte, en dehors de leur pitoyable mère, épargnée par quelque destin cruel tandis qu'elle regardait ses bébés partir…

— Malden, l'interrompit Tailleserpe d'un ton parfaitement calme.

— Quoi, maudit ?

— Malden, nous sommes en guerre. Je croyais que tu l'avais compris.

— Je n'ai que ça en tête depuis des jours !

Tailleserpe poussa un nouveau soupir, pratique que Malden en était venu à détester.

— En temps de guerre, des gens meurent.

— Peut-être des soldats volontaires. Des mercenaires étrangers. L'ennemi. Mais…

— Tu viens d'avoir ton premier aperçu de la guerre, et il est amer. C'est parfaitement compréhensible. Seule une statue de bronze n'aurait pas ce genre de réaction. Toutefois, tu ne dois pas te laisser consumer par cette horreur. Si tu ne te blindes pas dès maintenant, tu vas devenir fou en moins d'une semaine. Il y aura de nombreuses victimes. La moitié de ta population y restera peut-être avant que tout cela se termine. Et si tu ne remportes pas cette bataille, l'autre moitié sera asservie. Ou pire.

Le cœur de Malden s'emballa subitement. Il poussa un cri, un son inarticulé où se mêlaient la rage, la peur, et un profond chagrin.

— Je n'ai jamais voulu tout ça ! Je n'ai même jamais voulu devenir Seigneur Maire. Je ne voulais pas reprendre votre guilde ! Je n'ai jamais réclamé aucune de ces responsabilités, et je me passerais volontiers de chacune. Si j'ai fait tout ça, c'est uniquement parce que personne d'autre ne voulait le faire, ou ne le pouvait… parce que si je ne l'avais pas fait, le peuple de Ness serait dépourvu de protecteur. Et maintenant, j'ai l'impression de l'avoir trahi.

— En un sens, il est positif que son sort ne te laisse pas indifférent. Cela t'aidera à le motiver lorsqu'il fera face à une vague de désespoir. Ta sincérité sera une arme bien plus précieuse que ton épée magique.

— Je ne peux pas le supporter, gémit Malden.

— Si, tu le peux, et tu le dois. Je présume que tous les princes de l'histoire ont ressenti la même chose que toi. Ils ont appris à faire avec. Les bons, en tout cas. Et tu y arriveras également. Ils ont fini par comprendre que les pions sur un jeu de plateau ne pouvaient pas être considérés comme des individus. Il faut toujours réfléchir de façon stratégique, même lorsque ça fait mal au cœur.

Malden s'écroula sur son siège et contempla son interlocuteur.

Était-il vraiment possible d'être aussi insensible ?

Oui, sans l'ombre d'un doute. Il en avait déjà été témoin. Chaque fois que le burgrave avait ordonné une pendaison pour faire un exemple, afin de rétablir l'ordre public. Chaque fois qu'un salopard de magistrat bastonnait un paysan dans les champs, simplement parce qu'il ne travaillait pas assez dur, parce qu'il fallait moissonner sous peine de voir tout le monde mourir de faim. Il avait déjà connu des milliers de situations où il fallait avoir recours à la manière forte, sans tenir compte des excuses ou des appels à la compassion.

Il avait passé sa vie à lutter contre ceux qui dirigeaient le monde. Il avait appris à contourner leurs règles et leur autorité, à trouver un peu d'air, un soupçon de liberté. Il les avait toujours haïs pour leur cruauté.

Et à présent, il était l'un d'entre eux.

— Si tu veux t'imposer, reprit Tailleserpe, tu dois trouver un moyen de l'emporter contre les barbares. Tu ne peux plus te cacher. Essayons de trouver une méthode pour réparer cette injustice, d'accord ? Commençons par lire un passage de Galenius. Lors de notre dernière rencontre, nous avons évoqué le bon usage des fascines et des passerelles. Mets-toi à l'aise, et reprenons.

Malden se leva et se dirigea vers la porte.

— Pas maintenant, décida-t-il.

— Malden, si tu possèdes encore une once de bon sens, tu vas revenir t'asseoir et…

— J'ai dit pas maintenant, s'emporta Malden en sortant retrouver la lumière du jour.

Quelque part au loin, il entendait crier.

Chapitre 87

Bethane se laissa tomber sur un rocher pour se masser les pieds. Si elle avait autant d'ampoules que Croy, chaque pas devait être une véritable torture. Il aurait aimé la prendre sur ses épaules, mais lui-même commençait à faiblir depuis quelques milles. Sa blessure au flanc suppurait désormais, et il avait du mal à lever son bras gauche. Il s'agenouilla donc devant elle et déroula les morceaux de tissus dont il s'était servi pour panser les plaies de la reine. Le textile empestait, maculé de sang et de pus. Il se servit de leur précieuse eau pour la nettoyer, puis la rebanda avec les mêmes vieilles étoffes, n'en ayant pas de propres sous la main. Elle parvint finalement à se relever et à reprendre sa douloureuse marche.

Aucun d'eux ne prononça le moindre mot durant tout ce temps. Ce n'était pas la première fois qu'il lui lavait et lui soignait les pieds. Et ce ne serait pas la dernière.

Au nord du verger où Croy avait été blessé, les montagnes de Murblanc sinuaient vers l'ouest et s'amenuisaient pour devenir de simples collines au sommet parsemé d'arbres couchés par le vent. Cette terre était sinistre, sèche et froide, et en bien des endroits de la neige s'accumulait dans des ravins ou des défilés assez profonds pour engloutir un homme entier. La poudre blanche était désormais leur seule source de ravitaillement, mais pour la faire fondre ils devaient au préalable allumer un feu, et chaque foyer allumé était un phare pour leurs ennemis. Cette lande ne fournissait en outre pas la moindre miette de nourriture.

Croy craignait que ce chemin les achève. Il aurait volontiers bifurqué vers le sud, loin de cette terre désespérée. Toutefois, ces collines représentaient également son seul espoir. Elles formaient une frontière naturelle entre Skrae et Doigile, le plus proche des Royaumes du Nord. S'il parvenait à franchir cette zone dangereuse, il aurait accompli son devoir en menant Bethane vers une sécurité relative.

Alors, songea-t-il, il pourrait s'allonger et mourir. S'il n'y avait pas eu Cythère.

Sa promise ne quittait jamais ses pensées, et de telles images le torturaient autant qu'elles lui donnaient la force d'avancer. Cythère. La Dame les avait fait se rencontrer, il en était convaincu. Personne d'autre n'aurait pu lui faire pareil honneur. Il n'arrêtait pas de se remémorer le jour, à Ness, où elle avait failli signer les bans de leur mariage. Si une bouteille d'encre n'avait pas alors été malencontreusement renversée, elle serait sienne désormais. Au lieu de quoi, ils avaient repoussé l'échéance et s'étaient précipités au Vincularium pour une ultime aventure avant de démarrer une nouvelle vie.

Tout souriait alors au chevalier. Il avait la main d'une dame à embrasser, et un foulard à attacher au bout de sa lance. Tout était si évident.

À présent, Cythère se trouvait à des centaines de milles de là, à condition qu'elle ne fût pas déjà morte. Il n'avait aucun moyen de savoir si les barbares avaient déjà fait tomber Ness. Il était certain que, si tel était le cas, Malden ne les aurait jamais laissés emmener Cythère vivante : le voleur était un bon ami, et saurait ce que Croy aurait voulu si les choses en arrivaient là. C'était d'ailleurs la véritable raison pour laquelle le chevalier lui avait confié Langacide.

Il s'était dit – s'était même convaincu – que Malden pourrait un jour appartenir aux Sept Lames. Que le voleur avait le potentiel pour devenir quelqu'un d'autre. Personne ne l'avait alors pris au sérieux, pas même l'intéressé. Croy avait cependant persisté, sachant que, quelque part, son ami tenait presque autant que lui à Cythère. Il avait traité Malden en chevalier, car il voulait le voir se comporter comme tel. Il voulait que quelqu'un puisse s'occuper de sa promise quand il n'était pas en mesure de le faire.

Il espérait avoir fait le bon choix.

Devant lui, sur le chemin, Bethane trébucha et s'écroula tête la première, se rattrapant *in extremis* sur les mains. Croy accourut jusqu'à elle et l'aida à s'asseoir. Les paumes de la jeune femme étaient éraflées et crasseuses. Elle n'émit toutefois pas le moindre gémissement de douleur ou de gêne. Tous deux n'en étaient plus à quelques égratignures près. Croy lui épousseta au mieux les mains et la remit debout.

Il jeta un coup d'œil au sol, pour voir ce qui avait ainsi pu déséquilibrer la reine. Peut-être une racine, ou un passage un peu rugueux. Il ne s'attendait sûrement pas à découvrir le manche d'une hache d'armes gisant en travers du passage.

Bethane ne regarda même pas. Elle se remit à clopiner, alignant un pied après l'autre. Croy ne lui demanda pas de s'arrêter : chaque pas franchi était une petite victoire en soi.

Il se pencha aussi bas que possible sans grogner pour examiner la hache abandonnée. Le bois du bâton avait autrefois été poli jusqu'à devenir parfaitement lisse, mais à l'évidence il ne s'agissait pas d'une arme de parade tout droit sortie d'un arsenal rempli de toiles d'araignées. Le verni était usé depuis longtemps, si bien que le manche paraissait complètement terne. Croy fit courir ses yeux jusqu'à l'imposante tête de hache à la pointe recourbée. Des quatre-feuilles avaient été évidés pour laisser passer la lumière. Il ne s'agissait pas d'une arme barbare : elle était trop bien ouvragée, peut-être de manufacture naine. Ce qui l'inquiétait le plus était qu'elle avait été lustrée. Pas la moindre trace de rouille n'était visible sur sa surface. Quelqu'un avait pris grand soin de cette arme. Et récemment. Ce n'était pas le simple vestige d'une bataille lointaine.

Croy baissa les paupières en essayant de ne pas paniquer. Puis il se redressa, rouvrit les yeux, et trottina pour rejoindre Bethane au plus vite. Elle avait eu le temps de progresser d'une vingtaine de pieds.

Ils parcoururent ensemble un demi-mille supplémentaire avant le coucher du soleil. Ils bivouaquèrent à l'abri de quelques arbres, adossés à une paroi rocheuse. Le chevalier privilégia la survie à la prudence et alluma un petit feu. Ils s'installèrent dos à dos tout près du foyer, avides de sa chaleur.

Bethane tira sur les chiffons autour de ses pieds, peut-être parce qu'elle n'avait rien d'autre à faire. Croy affûta Percespectre, remontant régulièrement sa pierre le long de la moitié en fer de la lame, la laissant glisser dans l'air à l'extrémité avant de la faire redescendre vers la garde.

Entre le bruit de la pierre et le crépitement du feu, il s'attendait à ne rien entendre d'autre. Toutefois, quand une brindille craqua dans la pénombre, chaque muscle de son corps se raidit.

Bethane remarqua son inquiétude, mais elle avait appris au fil des jours à ne pas réagir et à ne pas poser de questions. Il leva légèrement la main gauche, paume vers le sol, pour lui indiquer sans un mot de se cacher. Elle obéit, même si elle était sa reine.

Croy se releva douloureusement et s'éloigna suffisamment des flammes pour laisser ses yeux s'accoutumer à l'obscurité. Il distinguait à peine les rochers alentour : il n'y avait pas de lune, et des nuages dissimulaient les étoiles. Une pâle lueur, à peine un léger rougeoiement, dessinait les contours des collines ; il leva donc la tête dans cette direction… et l'aperçut.

Un homme à cheval. Très loin de là. Trop loin pour avoir produit le son qu'il avait perçu. Ils étaient donc plusieurs.

Le chevalier se précipita vers le campement pour étouffer le feu. Bethane s'était abritée sous une roche en surplomb. Celle-ci pendait si près du sol qu'elle avait dû ramper pour s'y faufiler. Croy se glissa à sa suite, handicapé par sa plus forte carrure. Sans se soucier des griffures qu'il s'infligeait au dos et aux épaules, il se contorsionna pour rejoindre la reine.

Les dernières braises illuminèrent les yeux de Bethane, dans lesquels il lut de la peur. Apparemment, elle était donc encore en état de ressentir quelque chose, ne fût-ce que de la terreur. Il plaqua l'index en travers de ses lèvres, et elle acquiesça en réponse.

Il n'entendit plus rien cette nuit-là. Ceux qui étaient venus les chercher la veille ne les avaient pas trouvés – ou n'avaient pas jugé opportun de les extirper de sous leur roche. Croy monta néanmoins la garde jusqu'au petit jour, attentif au moindre son.

Finalement, une lumière grise recouvrit le monde extérieur, et l'aube inonda le ciel.

Même s'ils n'avaient pas profité d'une seule minute de sommeil, et bien que le corps du chevalier lui parût aussi raide que la pierre qui l'entourait, il parvint à se faufiler hors de la lézarde, attirant Bethane à sa suite. Comme ils n'avaient rien pour le petit déjeuner, ils reprirent la route sans attendre.

Moins d'une heure plus tard, Croy avisa de nouveau le cavalier. Cette fois, il ne tenta même pas de se mettre à l'abri : ainsi debout au sommet d'une colline, il était difficile à manquer. Les autres poursuivants, en revanche, étaient moins évidents à repérer, même s'il les entendait se déplacer parmi les arbres.

Il pouvait s'agir d'hommes des collines, les fameux sauvages de ces terres rocailleuses. Ou de gredins, de déserteurs ou de bandits de grand chemin issus de Skrae. Voire de barbares. Croy n'avait aucun moyen de le savoir.

Bethane riva sur lui des yeux qu'elle peinait à ne pas écarquiller.

Il hocha la tête, et désigna la sente devant eux. Elle continua de marcher.

Il dégaina Percespectre et la tint le long de sa jambe. Son seul réconfort était alors de savoir précisément quoi faire. Si les hommes du cavalier l'attaquaient, il tenterait de les repousser. S'ils étaient trop nombreux, cependant…

Pour une personne de sang royal comme Bethane, il existait pire sort que la mort. Il ne pouvait pas les laisser la capturer. Si les choses tournaient si mal, et que l'honneur le lui imposait…

Il s'en pensait capable.

Cythère, pria-t-il, ne trouvant pas de paroles à adresser à la Dame. *Cythère, pardonne-moi mes péchés. Chéris mon souvenir. J'ai fait mon possible.*

Chapitre 88

Les chuchotements se répandirent à travers tout le campement et se changèrent bientôt en regards dégoûtés. Mörget ne disait rien, mais s'assurait que chaque homme de la horde sache qu'il était prêt à écouter.

Et toujours aucun mot ne leur parvenait depuis l'intérieur de Ness.

Un guerrier de l'un des clans mineurs vint le trouver, un être chétif qui aurait dû être exclu depuis bien longtemps. Il s'appelait Horfnüng, et avait la réputation d'être l'esclave de sa femme. Toutefois, il eut le courage de s'entretenir d'homme à homme avec Mörget. Celui-ci le mena dans sa tente, et ils s'installèrent sur des tabourets pour partager la douce chaleur du poêle.

— Aujourd'hui, la neige tombe mais ne fond plus, fit remarquer Horfnüng.

— J'ai vu ça, répondit Mörget.

Il voulait le gifler du revers de la main pour lui faire ainsi perdre son temps, mais il se contenta d'opiner sagement, comme s'il s'était agi d'une observation fort avisée.

— Ce matin, je suis allé me soulager, et je n'avais pas terminé que ma pisse était déjà gelée, poursuivit Horfnüng.

S'il n'en venait pas rapidement au but, Mörget allait l'étriper.

— Chaque jour qui passe, nous jetons des rochers par-dessus cette muraille, tels de mauvais voisins balançant leurs ordures de l'autre côté de la clôture, insista le petit homme. À l'intérieur de ces murs, ils dorment dans des lits bien chauds, et profitent de leurs femmes. Je veux un lit. (Horfnüng sourit, comme n'importe quel quidam s'apprêtant à raconter une blague selon lui hilarante.) Je veux profiter de leurs femmes.

— Mörg, mon père – ah, et notre chef à tous –, précisa Mörget très lentement, a décrété qu'il ne fallait surtout pas endommager cette cité. Afin d'en profiter davantage quand elle sera nôtre.

— C'est ce qu'il nous répète, jour après jour. Et rien ne change. Pendant ce temps, une armée campe à moins de trente milles d'ici. Une armée que nous pourrions écraser à pieds nus. Mörg, ton père, les laisse vivre en paix.

— Telle est sa décision. Certains, par le passé, l'ont nommé Mörg le Sage.

— Et d'autres l'appellent aujourd'hui Mörg le Miséricordieux, souligna Horfnüng en crachant l'insulte.

Mörget acquiesça de nouveau avec sérieux.

— Au nom de qui parles-tu ? s'enquit-il.

— De moi seul, admit Horfnüng.

— Ah. Très bien. Je suis ravi de t'offrir l'hospitalité de ma tente, déclara Mörget en se mettant debout.

Horfnüng eut au moins assez d'esprit pour se lever à son tour et prendre congé.

Toutefois, arrivé au rabat de la tente, il s'arrêta un instant.

— Beaucoup d'autres que moi disent les mêmes choses.

— Alors qu'ils viennent me parler, il n'y a aucun mal à cela. À présent… sors de ma tente. Tu fais rentrer le froid, déclara Mörget en s'approchant d'un pas.

Horfnüng s'enfuit sans demander son reste.

— Quelle glaire, jura Mörget quand il fut parti.

Balint leva la tête de sa pile de fourrures dans un coin de la tente.

— On aurait presque dit une véritable insulte, déclara-t-elle. Je dois avoir une bonne influence.

Mörget ricana.

— Je me torcherais avec ce genre de bonhomme si…

— … si tu n'avais pas besoin de leur soutien, compléta la naine. Eh non, barbare, tu ne peux pas y arriver seul. Si tu as toujours l'intention d'agir. Il va falloir te décider, tu sais. Qui reste assis trop longtemps sur une clôture finit souvent avec un piquet dans le cul.

Néanmoins, Mörget avait déjà pris sa décision. Horfnüng avait dit vrai en déclarant que nombreux étaient ceux qui pensaient comme lui. Mörget avait déjà entendu semblables menaces à peine voilées de la part d'une centaine d'hommes, et savait que nul ne s'étonnerait de le voir agir. Le plan d'invasion de Mörg n'était pas assez efficace. Les barbares n'étaient pas connus pour leur patience.

— Je vais aller le défier sur-le-champ, si cela te va, petite personne.

Il tendit la main vers sa hache.

— Surtout pas ! Si tu te fais tuer, ils n'hésiteront pas à m'asservir. Je devrai trimballer des cailloux et aiguiser des armes jusqu'à la fin de mes jours. Bon, bien sûr, je pourrais sans doute me faire suffisamment baiser pour être affranchie en un mois, mais ce serait une période très odorante et douloureuse. Non, tu dois procéder de façon classique. De nuit, quand il n'y a pas de témoins.

Mörget fit la grimace. Il aurait préféré terrasser son père en plein jour. Elle n'avait toutefois sans doute pas tort. Mörg trichait – il était même célèbre pour ça. L'heure était venue de lui montrer ce que cela faisait de voir les règles transgressées en sa défaveur.

Chapitre 89

Les pierres n'arrêtaient pas de pleuvoir, même si la fréquence des bombardements avait faibli. La plupart des projectiles tombaient sur Château-Haut – émergeant au-dessus de la muraille, le palais faisait une cible facile – sans commettre de gros dégâts. La peur constante d'une attaque avait finalement peut-être aidé Malden, car la majorité des habitants ne traînaient plus dans les rues.

Pour couronner le tout – la famine, les voleurs avides, une horde de barbares –, il devait désormais s'assurer que la cité n'allait pas s'écrouler de l'intérieur, sapée par un groupe de fanatiques.

La demande de sacrifices humains s'était propagée dans toute la ville. Ses voleurs et ses prostituées y semblaient pour l'essentiel immunisés, mais les honnêtes Nesséens succombaient l'un après l'autre à cette folie religieuse. Ils étaient chaque jour plus nombreux à prétendre qu'une fois les sacrifices appropriés accomplis sur la Pierdieu, les barbares n'auraient d'autre choix que de plier bagage et partir. Inversement, une rumeur enflait selon laquelle la ville s'effondrerait si on ne donnait pas satisfaction au Dieu Sang.

Tout n'était pas non plus fondé sur de simples conjectures. Quand il était petit, Malden avait entendu raconter – les histoires d'horreur étant l'un des principaux sujets de conversations des gamins de la rue – que le jour où Juring Tarness avait érigé la muraille huit cents ans plus tôt, il avait sacrifié trois de ses principaux architectes à Sadu et mêlé leur sang au mortier qui scellait les briques. Ainsi, aucune arme mortelle ne pouvait plus franchir le mur. Cette théorie n'avait jamais réellement été mise à l'épreuve durant ces huit siècles. Désormais, il paraissait acquis que ce bouclier de sang devait être réalimenté en temps de crise.

Au cours de ses patrouilles quotidiennes, Malden commença à trouver des carcasses animales gisant devant la Pierdieu. Il préféra ne pas interdire une telle pratique – même si la cité aurait cruellement eu besoin de cette viande. Visiblement, la populace préférait mourir de faim que d'encourir la punition éternelle infligée par son dieu. Si l'autel avait été désacralisé quand les burgraves successifs avaient décidé d'interdire le culte de Sadu, il semblait à présent que la pierre avait recouvré son caractère saint. Pour la première fois depuis des siècles, elle servait son but initial.

L'ancienne religion n'avait jamais complètement disparu. Elle avait sommeillé quelque temps, mais commençait à frémir de nouveau, ramenant avec elle la démence qui l'accompagnait autrefois. Sadu réclamait du sang, et le peuple avait suffisamment peur pour accéder à sa requête.

Malden alla chercher conseil auprès de Tailleserpe.

— Ce matin, commença-t-il quand il fut confortablement installé devant l'âtre de l'ancien maître de la guilde, j'ai reçu une délégation. Cinq hommes venus me dire qu'ils souhaitaient être ordonnés prêtres du Dieu Sang.

— Intéressant. Voilà donc qu'ils te pensent en position de les bénir ?

Malden écarta les mains, en pleine confusion.

— Ils m'ont traité avec la déférence due à un prophète. Et ce n'est pas comme si quelqu'un d'autre jouissait de ce droit. Il n'y a plus eu un seul véritable prêtre de Sadu depuis quoi ? Un siècle ?

— Davantage, corrigea Tailleserpe. Un décret royal leur a interdit la prêtrise il y a près de trois cents ans, et le burgrave de Ness a renforcé cette loi quelques dizaines d'années plus tard. Et à raison.

Malden acquiesça. Les prêtres de Sadu pratiquaient jadis des sacrifices humains pour apaiser leur dieu. Certains ne reculaient pas même devant les enlèvements ou les meurtres pour s'assurer un flot de sang régulier, les volontaires ayant toujours été difficiles à recruter. Il n'était pas rare qu'un prêtre de Sadu soit également assassin professionnel, empochant l'argent de ses clients et récoltant le sang de ses victimes. Tel était le clergé que Prestwicke avait voulu restaurer. Les hommes qui étaient venus trouver Malden s'attendaient à une organisation légèrement plus orthodoxe, mais réclamaient malgré tout le droit de sacrifier des animaux, voire des humains, sur la Pierdieu.

—Je leur ai fait jurer de ne tuer personne. Cependant, tel n'était pas vraiment l'objet de leur visite. Ils prétendent avoir réellement besoin d'un poste officiel afin de convaincre les gens qu'ils sont bien les agents du Dieu Sang.

—Un poste officiel ? Ils n'attendent donc pas que ta bénédiction. Ils veulent faire partie de ton gouvernement.

—Ils voulaient que je les charge de distribuer les provisions.

—Ah. Afin d'être les premiers servis.

—Tout le monde a faim. C'est ce que je leur ai répondu : que je ne pouvais pas accorder de traitement de faveur à qui que ce soit. Ils ont paru offensés. J'ai alors dit qu'il me semblait que l'essence même de Sadu – la seule chose qui expliquait que les plus pauvres Le vénéraient encore – était que chaque homme était égal à Ses yeux. Que nous allions tous mourir et être jugés, et qu'aucun statut social ne rendait un homme plus irréprochable que son voisin. Ils ont alors pris la mouche, mais ils m'ont averti en partant : avec ou sans mon assentiment, le clergé renaîtra. Et les sacrifices recommenceront.

— Tu peux difficilement leur reprocher leur foi maintenant, intervint Tailleserpe sans la moindre compassion. Puisque c'est cette foi même qui t'a hissé au sommet de la gloire.

L'ancien maître de la guilde avait évidemment raison. Toutefois, cela fit regretter à Malden de ne pas avoir contraint le prêtre de la Dame à rester. Le Livre de la Dame interdisait de façon claire tout sacrifice sanglant. Les lois de Skrae avaient été écrites selon ce Livre et avaient permis d'éradiquer ces pratiques dans tout le royaume. Toutefois, ces règles n'avaient désormais plus cours : impossible en effet de faire appliquer des décrets imposés par un roi défunt et émanant d'une forteresse lointaine. Malden savait qu'il retrouverait donc bientôt l'un de ses citoyens devant la Pierdieu, la gorge tranchée dans les règles de l'art. Le prêtre de la Dame aurait au moins pu expliquer en quoi le sacrifice humain était mauvais. À présent, il semblait qu'il ne restait plus que Malden à partager ce point de vue.

Le voleur décida que, s'il voulait combattre la religion, il allait devoir faire appel à l'occulte. Dès que son emploi du temps le lui permit, il se rendit sur l'Isle aux Chevaux. Coruth lui avait promis toute l'aide qu'elle pourrait lui fournir, mais depuis le début du siège, on ne l'avait pas beaucoup vue en ville. Il emprunta une barque au pied de l'escalier de Bord-Fosse (le Seigneur Maire n'avait pas besoin de verser un dépôt de garantie), et rama lui-même jusqu'à l'île inhospitalière, qu'il atteignit à l'instant où le soleil caressait le haut de la muraille.

Alors qu'il grimpait la petite berge couverte d'herbe flétrie, il se prépara à une nouvelle attaque de chevaux fantômes. Celle-ci ne survint pas. Une lampe brûlait à l'intérieur de la cabane, mais nul ne vint l'accueillir. Il se dirigea lentement vers la porte, s'attendant à quelque sinistre surprise, quand il perçut un cri venu de l'intérieur.

C'était la voix de Cythère. Il se mit à courir.

Coruth le retrouva au niveau de la porte. Elle l'ouvrit à la volée d'une main squelettique et lui fit signe de la suivre.

— Vous êtes en retard, déclara-t-elle comme s'ils avaient rendez-vous.

Malden n'eut pas le temps de se demander ce qu'elle avait voulu dire, tout occupé qu'il était à se tenir là, horrifié. Cythère était allongée sur un grabat dans la pièce de devant, entièrement nue en dehors du drap qui lui couvrait une jambe. Elle semblait l'avoir repoussé au cours de convulsions liées à un terrifiant cauchemar. Sa peau était pâle et moite, ointe d'un onguent à l'odeur terrible. Ses yeux étaient grands ouverts, mais quand elle cilla Malden aperçut les symboles ésotériques peints sur ses paupières.

— Le Gardien de la Porte ! hurla-t-elle. Il voit à travers moi ! Il me juge !

Le voleur voulut demander ce qui se passait. Mais il se retint. Il savait. Cythère était en pleine initiation, cette cérémonie qui ferait d'elle une sorcière. Il savait que de telles choses comportaient des règles très strictes – des lois immuables qu'aucun homme n'aurait osé transgresser. S'il prenait la parole au mauvais moment, les conséquences pourraient se révéler désastreuses.

Coruth le toisait, un œil injecté de sang. La vieille sorcière avait l'air de ne pas avoir dormi depuis des semaines. Habituellement, elle se tenait droite et raide, mais elle apparaissait désormais voûtée et monstrueuse – à l'instar de n'importe quelle gravure de sorcière. Si une verrue lui avait poussé sur le nez et qu'elle s'était mise à chevaucher un balai, elle aurait pu servir de parfaite caricature à sa profession.

— Tenez, dit-elle en lui tendant une dague.

Il la saisit, pour la même raison qui l'avait poussé à rester silencieux jusqu'alors. L'arme était un poignard à petite lame, parfaitement dépourvu d'ornement, et ne semblait pas appropriée à quelque cérémonial. Sa pointe semblait particulièrement acérée.

— Que suis-je censé faire ? s'enquit-il.

— Posez la pointe ici, expliqua-t-elle en désignant un point légèrement à gauche du sternum de Cythère. Et quand je vous le dirai, enfoncez-la droit dans son cœur.

— Je ne peux pas faire ça, répondit Malden. Pas… pas à elle.

— Vous avez peur de perdre votre partenaire de galipettes ? demanda Coruth avec un sourire narquois. Toutes les bonnes choses ont une fin, mon garçon. Seul le mal véritable est éternel et abyssal.

Le voleur ne comprit pas ce que cela signifiait.

— Mon amour pour elle est véritable.

— C'est ce que tous les garçons prétendent depuis que la baise existe. Et tous sont honnêtes, en tout cas quand ils le disent. Vous pensez que je ne comprends pas l'amour ? Que je n'ai jamais eu d'amant ? J'ai dû tout abandonner pour devenir sorcière, mais je l'ai fait parce que Skrae avait besoin de moi. Cythère consentira le même sacrifice, parce que les événements l'exigent.

— Il doit y avoir un autre moyen. Elle pourrait renoncer à son pouvoir et…

— Arrêtez vos sornettes. Le temps nous est compté. Mettez la pointe à l'endroit que je vous ai indiqué.

— Je ne peux pas la tuer !

— À moins qu'elle ne soit plus idiote que je ne le pense, vous n'aurez pas à le faire, affirma Coruth. À présent, faites ce que je vous dis ! Vous n'imaginez pas tout ce qui en dépend.

Malden se mordilla les lèvres un moment, puis finit par obéir. Il s'assura d'apposer la pointe si délicatement sur la peau de Cythère que celle-ci ne devait même pas la sentir.

Elle n'était de toute façon pas en état de sentir grand-chose. Elle avait les yeux vides, et ses pupilles changeaient de taille rapidement. Cythère contemplait des choses invisibles, peut-être extrêmement lointaines.

Elle se débattait occasionnellement, comme pour essayer de briser l'étreinte de quelque monstre insaisissable. Parfois, elle criait. De larges coulées de sueur dégoulinaient dans ses cheveux, et pourtant elle frissonnait.

— Je vois le vieil homme à la lanterne, annonça Cythère. Sa lumière brille dans la forêt. Il est tellement seul. Il veut un baiser.

Malden se tourna vers Coruth. La vieille sorcière secoua la tête.

— Non, je comprends à présent, poursuivit la jeune femme. (Malden avait le sentiment qu'elle ne s'adressait à personne dans la pièce.) Sa veille ne peut pas être interrompue. Je vais traverser ces bois, au cas où il essaierait de me suivre. Oh. Oh ! Les arbres sont… les arbres sont vivants. Ils sont tellement… vivants.

— Où est-elle ? chuchota Malden.

— Ce n'est pas tellement un endroit, répliqua Coruth. Plutôt un chemin entre deux. Cela n'existe que dans un sens relationnel.

— Ah, répliqua le voleur, comme si cela expliquait tout.

— Il y a deux sentiers, mais lequel est le bon ? demanda Cythère. Celui de gauche est tellement rectiligne. Il mène droit au bout des bois. Il est pavé d'or, de… de pouvoir et… de gloire.

Coruth se pencha à l'oreille de sa fille pour lui crier :

— Et l'autre chemin ?

— Quoi ? Quelqu'un… quelqu'un chuchote… Je… Oh, le passage de droite semble si difficile. Il sinue et se replie sur lui-même, et il y a tant d'épines. Je ne pense même pas qu'il me mène où je veux aller !

Malden lui aurait conseillé d'emprunter le sentier le plus évident, de sortir de ces bois aussi vite que possible, mais Coruth le fit taire d'un regard.

— Choisis intelligemment, cria la vieille sorcière.

Puis elle adressa un signe de tête au voleur.

Le moment était venu. Le moment où elle lui demanderait de poignarder sa bien-aimée en plein cœur. Il en était incapable

– il n'existait aucune puissance en ce monde, aucun dieu, aucun homme ni aucune sorcière capable de l'y contraindre.

Il comprit alors précisément ce qui se jouait à cet instant. Comme si lui-même venait d'obtenir le don de seconde vue, ne serait-ce qu'une seconde. Cythère pouvait choisir la voie de la magie, de la démonologie et de la volonté pure, qui menait à la folie, à la difformité et au mal, mais également à un pouvoir incroyable. Ou celle de la sorcellerie, une forme de pouvoir qu'elle ne pourrait pas contrôler mais simplement influencer, un pouvoir issu du monde qui l'entourait. Un pouvoir avec des règles.

Si elle choisissait la magie, il recevrait l'ordre de l'exécuter sur-le-champ.

Et pourtant, il savait qu'il ne le ferait pas. Même si, à l'instar de son père Hazoth, elle devait devenir mauvaise, cruelle et dépourvue de toute compassion, il préférerait la savoir vivante.

Coruth ne partageait pas son opinion.

Par chance, Cythère opta pour la sente de droite. Sa souffrance semblait terrible.

— Les épines me lacèrent la peau ! Mes pieds sont en sang, gémit-elle en se recroquevillant sur sa paillasse. Où vais-je ? Je ne vois rien… Je suis aveugle ! Je me meurs !

Il y avait plus, bien plus, mais Malden n'y comprenait rien. Cythère devait accomplir des épreuves, franchir des portes. Elle s'y adonna avec crainte et douleur, mais elle y parvint parce qu'elle s'y était entraînée.

Finalement, sa voix dérailla et se mua en syllabes décousues qui ne formaient plus de mots. Malden craignit qu'elle ait échoué à un test décisif… mais Coruth se laissa tomber sur une chaise et ferma les yeux. Bientôt, elle se mit à ronfler.

Malden jeta la dague sur une table et s'agenouilla à côté du grabat, agrippant les mains de Cythère. Les doigts de celles-ci étaient mous entre les siens, et il n'était même pas sûr qu'elle fût encore présente. Néanmoins, il ne la lâcha pas. Il attendit de nombreuses heures à son chevet. Il comprenait désormais pourquoi Coruth n'avait pas voulu confier le poignard à n'importe qui. Elle l'avait fait venir ici – même s'il en avait pris lui-même la décision – pour réconforter Cythère. Pour se réconforter lui-même.

La journée s'écoula. Malden entendit le grand fracas d'une pierre s'écroulant sur la ville, mais, pour la première fois, il ne se soucia pas de savoir où elle avait atterri. Il ne pensait qu'à son amour.

Qui ne lui appartenait plus.

Finalement, les yeux de Cythère papillonnèrent et se fermèrent. Elle s'endormit. Elle cessa de trembler, et son corps se détendit. Malden remonta le drap sur elle. Il faisait froid à l'intérieur de la cabane de Coruth. C'était l'hiver.

La jeune femme s'éveilla avec le regard trouble, et n'eut même pas la force de s'asseoir. Mais elle lui sourit et lui caressa la joue d'une main chaude. Ils se mirent à chuchoter, sans rien échanger d'intéressant. Il ne lui demanda pas ce qui avait changé, car il le savait déjà. Elle ne lui fit aucune promesse, ce qui n'était de toute façon pas nécessaire.

Ils laissèrent Coruth dormir.

Finalement, Cythère se leva de sa paillasse et enroula les bras autour de son corps pour dissimuler sa nudité. Malden s'empressa d'aller lui chercher l'une de ses robes en velours, mais elle secoua la tête. Elle choisit à la place un vêtement informe dans le coffre de la chambre de sa mère. Une robe de sorcière. Elle l'enfila par la tête et en rabattit le capuchon sur ses cheveux luisant de sueur.

Quand elle l'embrassa, cela lui parut bizarre. Il eut l'impression d'être étreint par une statue.

— Épouse-moi, supplia-t-il. (Le désespoir l'envahit telle une profonde lassitude.) Ça ne peut pas être trop tard. Laisse tomber tout ça, et épouse-moi.

Elle posa de nouveau la main sur sa joue. Elle ne sourit pas, ni ne fronça les sourcils.

— C'est interdit pour une sorcière.

— Mais par qui ? Existe-t-il un grand conseil auprès duquel je puisse faire appel ? Y a-t-il quelque part une reine des sorcières qui dicte vos lois et vous dit quoi faire ?

Elle secoua la tête.

— Pas du tout. Nous sommes si peu nombreuses… Non, Malden. Nous n'avons pas de lois, seulement des serments à prêter. Une sorcière ne peut pas se marier parce qu'elle doit rester détachée des problèmes de ce monde, voilà tout. Elle doit prendre des décisions pour le compte d'autres personnes. Elle ne doit pas s'attacher à un seul être – pas quand ils sont si nombreux à dépendre d'elle.

Malden chercha le moyen de préserver ce qu'ils avaient construit. De conserver cet amour qu'il avait trouvé, même s'il le savait déjà parti.

— Ta mère et Hazoth étaient amants, plaida-t-il. Vous n'êtes tenues à aucun vœu de célibat, n'est-ce pas ?

— Leur union n'était qu'une affaire de pouvoir, pas d'amour, expliqua Cythère. Et ma mère n'était pas consentante. (Son sourire était si triste.) Je ne peux plus t'appartenir, Malden. Je ne peux plus appartenir à qui que ce soit.

— Ça n'a jamais été le cas, répliqua-t-il d'une toute petite voix.

Chapitre 90

Le cavalier était désormais tout proche. Il pouvait fondre sur Croy et Bethane en un instant seulement, et les pourfendre de sa lance. Une mort rapide était peut-être d'ailleurs la meilleure chose dont ils puissent rêver.

— Votre Majesté, déclara Croy, quand je vous dirai de courir, détalez aussi vite que possible, et ne vous retournez pas.

Il dégaina Percespectre. Bethane haletait déjà. Elle devait être terrifiée.

S'il le pouvait, il lui épargnerait ce qui allait arriver – mais pas encore. Pas alors qu'il leur restait une chance, si mince fût-elle. Croy s'était déjà trouvé dans cette position, à pied face à un adversaire à cheval. Il savait comment se comporter.

Il regrettait seulement de ne pas pouvoir voir les autres.

Il savait que le cavalier le rabattait, le menant droit dans une embuscade. Des fantassins l'y attendaient sans doute déjà, prêts à l'encercler, à stopper sa fuite. Il ignorait combien ils seraient ou ce qui composerait leur équipement. Il allait devoir improviser et se fier à son instinct.

Croy tenait à peine debout. Ses pieds étaient engourdis, ses jambes des piquets de bois qu'il parvenait encore à contrôler mais sur lesquels il ne pouvait plus vraiment compter. Son bras gauche était inerte, et la blessure à son flanc ne le lançait plus… encore un mauvais signe.

Cependant, il n'en demeurait pas moins l'une des Sept Lames. Il pouvait toujours se battre.

— *Var!* cria le cavalier. (Croy ne reconnut pas ce mot.) *Var uit!*

Hélait-il sa proie, ou les autres prédateurs ? Peu importait. Il les avait menés jusqu'à une haute corniche, un escarpement rocheux n'offrant qu'un chemin pour descendre. Plus loin sur la sente, des pierres se détachaient d'une faille étroite, peut-être le lit d'une ancienne rivière. Des parois minérales s'élevaient de part et d'autre. L'endroit idéal pour tendre un piège. Croy regarda à gauche, à l'opposé du cavalier qui se rapprochait à une allure tranquille. La pente était raide et jonchée de nombreux morceaux de roche, particulièrement dangereuse. Il pourrait se ruer par là, courir sur cette colline d'éboulis. Le dénivelé était bien trop important ; il parviendrait, dans le meilleur des cas, à maîtriser sa chute jusqu'en bas. Quelques arbustes rabougris émergeaient çà et là, à peine plus que des buissons squelettiques. Même s'il arrivait à éviter que la reine ne souffre trop de la descente, ils n'auraient guère d'endroit où s'arrêter.

Il observa de nouveau la faille, où les fantassins étaient sûrement terrés. Il n'avait plus le choix.

— Courez ! cria-t-il en tendant Percespectre pour indiquer la direction.

Bethane clopina en avant, et commença sans tarder à glisser le long de la pente pierreuse.

Elle hurla en sentant ses pieds se dérober, et continua sa dégringolade. Croy se précipita à sa suite, touchant à peine le sol, semblant danser à flanc de colline. Il l'attrapa de sa main gauche et tenta d'empoigner l'un des troncs d'arbres, mais il n'eut pas la force de s'y agripper assez fermement. L'écorce se déchira sous sa paume, le ralentissant à peine.

— Sire Croy ! l'appela Bethane, qui dévalait sur le dos, des dizaines de petits cailloux rebondissant autour de son visage.

Il plia les genoux et sauta, fendant l'air afin d'atterrir juste à côté d'elle. Il se réceptionna dans une roulade et culbuta en tentant désespérément de ralentir sa chute, de recouvrer un semblant de maîtrise. La princesse s'accrocha à sa tunique et se hissa vers lui, alors même qu'il avisait le tronc qui se rapprochait à grande vitesse.

Il fut pour une fois heureux de l'engourdissement qui envahissait ses jambes. Il percuta l'arbre du pied gauche, assez violemment pour sentir ses os vibrer. Il parvint comme par miracle à enrouler ses genoux autour de l'obstacle pour s'y retenir. Prise par son élan, Bethane poursuivit sa chute, le lâchant même au passage. Incapable de la rattraper de sa main gauche – qui n'aurait de toute façon pas eu la puissance nécessaire –, il se résolut à abandonner son épée.

Cela lui fit mal au cœur, mais il laissa choir Percespectre et la regarda glisser à flanc de colline, tandis qu'il saisissait le col de la robe de Bethane de la main droite. L'épée était son âme… mais Bethane était sa reine.

Deux doigts seulement se replièrent sur le tissu. Ses phalanges blanchirent sous le poids de la jeune femme, mais il résista.

— Je vous tiens ! lança-t-il. Je vous tiens, arrêtez de vous agiter !

Il observa la pente, en quête de Percespectre. Sans elle, il était vulnérable. Même si ses doigts le faisaient horriblement souffrir, il scrutait la terre de gauche et de droite, cherchant la Lame.

Au lieu de quoi, il découvrit les fantassins. Ils étaient déjà là, en bas de la descente. Ils l'attendaient. Deux dizaines d'hommes équipés d'armes d'hast. Leurs visages étaient dissimulés sous des heaumes d'acier.

— Croy, dit Bethane, je vous en prie – je vous en supplie, tenez bon ! Je vous sens lâcher prise.

Croy regarda sa main droite et se rendit compte qu'elle avait raison. Ses doigts tremblaient. Peu à peu, ils se détendaient, relâchant leur emprise. Il était trop faible pour la retenir.

— Croy, vous êtes mon champion, insista Bethane. Mon protecteur, mon…

Les doigts du chevalier cédèrent, et elle s'éloigna de lui en glissant droit vers les fantassins.

Il cria son nom et retira ses jambes du tronc d'arbre, se laissant tomber à son tour. Au moins, il serait à son côté en bas. Il affronterait ces spadassins à mains nues, s'il le devait. Il serra les dents en basculant cul par-dessus tête. Il lutterait jusqu'à son dernier souffle, jusqu'à ses dernières forces…

Une roche s'abattit sur sa tempe, et sa vision se troubla. Pendant un instant, il ne vit plus rien et sa tête bourdonna. Il lutta pour recouvrer ses esprits, pour s'éclaircir les idées, mais il ne cessait de culbuter et ne parvenait pas à réfléchir, à se concentrer, à…

Il s'écrasa sur une grosse pierre en bas de la pente, et se retrouva juste à côté de Bethane. Il sentit son squelette tressauter sous sa peau, et une douleur renouvelée émana de son flanc ; il parvint toutefois à ne pas crier. Il était trop occupé à observer sa reine. Si elle avait perdu connaissance, elle ne semblait pas avoir subi de blessure mortelle.

Un fracas d'acier fit s'emballer son cœur. Les fantassins les encerclaient désormais, prêts à les embrocher. Croy voulut se redresser d'un bond, et se trouva à peine capable de remuer la tête.

Il entendit des bruits de sabots alors que le cavalier contournait la pente au galop. L'homme se laissa glisser de sa selle et arriva en courant. Les autres s'écartèrent pour lui faire de la place. L'honneur lui revenait-il d'exécuter une reine et un chevalier ?

Le cavalier vint se pencher sur Croy, examinant son visage. Il avait les yeux écarquillés, semblant surpris de la réaction de son adversaire.

— *Var aus*, dit-il comme si le chevalier était censé comprendre. *Var aus gevuirten, ha ?*

— Laissez-moi me lever et me battre comme un homme, gronda Croy.

Il voulut cracher au visage du cavalier, mais il manquait de salive.

L'autre secoua la tête et désigna son oreille, puis sa bouche. Il secoua de nouveau la tête. Il essayait de communiquer – de lui dire qu'il ne comprenait pas ce qu'il racontait. Puis il montra la poitrine de Croy.

— Toi Skraelien.

Il opina sans attendre la réponse du chevalier. Puis il plaça sa main gantelée sur son propre torse.

— Moi Doigilien.

Il se pencha alors pour saisir la dextre de Croy, comme pour l'aider à s'asseoir.

— Skrae *ut* Doigile, reprit-il. Skrae *ut* Doigile amis.

Chapitre 91

Le cavalier de Doigile portait une cotte de mailles dont les longues pointes triangulaires lui tombaient jusqu'aux genoux. Des bandes d'acier pendaient des maillons qui lui barraient la poitrine, et tintinnabulaient joyeusement tandis qu'il chevauchait.

— Toi. Viens, répéta-t-il pour la centième fois, en pointant l'ouest de sa lance.

Croy grogna, mais continua de marcher derrière le cheval. De chaque côté de lui, les serviteurs du cavalier – des hommes maigres comme des clous équipés d'armures en cuir bouilli et d'armes d'hast similaires à celle qu'il avait trouvée sur le chemin – trottinaient sans effort. Adopter un rythme lent ne semblait pas leur poser de problème, mais leur chef trouvait vraisemblablement qu'ils n'avançaient pas assez vite. Il devait maintenir sa monture au pas pour ne pas distancer Bethane et Croy. Ce dernier avait demandé environ un millier de fois à ce que Bethane grimpe en croupe, ce qui était visiblement interdit. Le cavalier était apparemment adepte d'une religion particulièrement stricte qui interdisait à un homme et une femme de se toucher à moins d'être mariés.

Naturellement, par ordre de préséance, le Doigilien aurait dû descendre de cheval pour laisser place à la dame. Depuis le jour de leur capture, Croy avait tenté de diverses manières de lui expliquer qui elle était. Toutefois, parmi la vingtaine de mots skraeliens que le cavalier maîtrisait, et la demi-douzaine de termes doigiliens que Croy comprenait, « reine » ne figurait pas.

— Ce n'est pas grave, ne cessait de répéter Bethane. Au moins, nous sommes sains et saufs.

Elle lui adressa l'un de ses trésors de sourire, et il opina en retour.

Ils avaient récupéré Percespectre en bas de la pente et avaient autorisé le chevalier à la ranger dans son fourreau. C'était déjà ça. Pour le reste, Croy ignorait parfaitement les intentions des Doigiliens. Il savait simplement qu'il n'avait d'autre choix que d'obéir.

Ses forces étaient au plus bas. Sa blessure au côté empirait. Chaque fois qu'il soulevait le bandage, l'odeur qui en émanait menaçait de le faire tomber en pâmoison. Sa vieille douleur au coude gauche l'empêchait même de serrer le poing. Ses pieds n'étaient plus qu'ampoules.

Si les Doigiliens avaient décidé de les massacrer, lui ou Bethane, il aurait été incapable de résister.

Néanmoins, cela ne semblait pas faire partie de leurs projets. Le cavalier les guidait vers l'ouest, le long de la frontière, plutôt que vers le nord, au-delà de celle-ci. Le Doigilien n'avait en revanche pas l'air décidé à leur dire où il les emmenait. S'ils conservaient ce cap, ils atteindraient bientôt les berges du lac Marl. Les pêcheurs qui vivaient alentour commerçaient avec Skrae, et Croy y trouverait sans doute quelqu'un susceptible de servir d'interprète. Il pourrait ainsi expliquer au cavalier combien il importait que Bethane soit mise en sécurité.

Il avait cependant la désagréable impression qu'ils n'iraient pas si loin.

Et il ne se trompait pas.

Cette nuit-là, ils bivouaquèrent dans un défilé encaissé, d'où ils entendaient le vent rugir au-dessus de leurs têtes. Le cavalier leur donna de la nourriture ainsi que de confortables tapis de couchage, mais il s'assura que deux de ses hommes les surveillent en permanence. Croy eut le droit de conserver son épée, sachant cependant qu'ils la lui reprendraient s'il faisait mine de la dégainer. Il lui restait si peu de forces qu'il doutait même d'être capable d'affronter un seul de ces soldats bien entraînés.

Croy et Bethane avaient dormi blottis l'un contre l'autre pour ne pas perdre de chaleur, quand ils s'étaient trouvés seuls dans les collines. Désormais, les coutumes de Doigile imposaient qu'ils laissent au moins six pieds de distance entre eux. Croy fut surpris de découvrir que le contact humain lui manquait plus qu'il ne l'aurait pensé.

Le lendemain matin, il se réveilla fiévreux. La tête lui tournait, et il eut du mal à avaler le vin léger qu'ils lui versèrent directement dans la gorge. Il observa, les yeux embrumés, Bethane qui se disputait avec les serviteurs du cavalier, puis avec lui directement, jusqu'à ce qu'ils conviennent d'une sorte d'accord. La reine comprenait encore moins leur langue que Croy, mais d'une manière ou d'une autre elle était parvenue à se faire entendre. Il supposait que cela était dû à la longue lignée royale à laquelle elle appartenait.

Croy fut soulevé de terre puis attaché à l'arrière du cheval. Aucune loi ne semblait empêcher deux hommes de chevaucher ensemble.

Il passa la journée dans une semi-torpeur. Ses blessures l'élançaient douloureusement quand il était conscient, et son sommeil était infesté de rêves horribles et dénués de sens. Il voyait les collines par intermittence, tantôt comme si le cheval avançait au galop, tantôt comme s'ils progressaient plus lentement qu'un nuage dans le ciel estival – des arbres, des roches, du lichen émergeant de partout, croissant presque sous ses yeux…

… puis ils gravissaient un long promontoire, une sorte de grand-route naturelle flanquée de hautes murailles de pierre. Ils émergèrent sur le flanc d'une colline dominant une vallée couverte d'herbe jaune et morte. Croy avait mal à la tête rien qu'à la regarder danser incessamment dans la brise, et préféra donc se concentrer sur les formes qui ne bougeaient pas.

Des tentes. Des centaines et des centaines de tentes. Mais pas les tipis grossiers en peaux d'animaux des barbares. Il s'agissait là d'élégants pavillons dressés de façon militaire ; un étendard flottait devant le battant de chacun. Les drapeaux arboraient tous le noir et le jaune de Doigile, sauf un. Celui d'une tente particulièrement vaste près de l'embouchure de la vallée, et qui était de vert et d'or.

Les couleurs d'Ulfram V et, désormais, de Bethane Ière.

La reine s'empressa de venir envelopper de ses mains les joues et le menton ballants de son champion.

— Croy ! lança-t-elle avec une excitation depuis si longtemps oubliée qu'elle fit craqueler la commissure de ses lèvres gercées par le vent. Croy, vous avez vu ça ?

Il était incapable de répondre. Le Doigilien l'emmena jusqu'en bas de la colline, le cheval descendant à pas extrêmement prudents. Ils approchèrent du grand pavillon aux couleurs royales, devant lequel ils s'immobilisèrent finalement. Les hommes du cavalier s'alignèrent à la perfection. Leur chef descendit de sa monture, puis détacha Croy et le déposa avec précaution sur le sol gelé.

Le blessé essaya de s'asseoir. Comprit que cela lui était impossible. Bethane roula un tapis de couchage sous sa tête, afin qu'il puisse au moins observer les lieux. Il vit quelqu'un sortir de la tente – ou du moins découvrit des jambières d'acier depuis ce point de vue. Leur allure et leur conception étaient typiquement skraeliennes.

Il s'efforça de dresser suffisamment la tête pour apercevoir le visage de son compatriote.

Il crut alors avoir de nouveau sombré dans l'inconscience et être tourmenté par l'un des fantômes de ses rêves enfiévrés.

C'était le sourire inquiet du tant regretté sire Équarri, capitaine de la garde du roi. Alors que celui-ci avait trépassé à Helstrow, avec les autres Lames. Sire Orne, sire Rory et sire Équarri, tous morts dans les premières heures de l'invasion barbare, Croy restant le seul représentant de leur confrérie…

— Comment ? parvint à demander ce dernier.

Équarri sembla comprendre son interrogation.

— Sire Rory et moi avons tenté de rejoindre le donjon pour organiser nos lignes arrière, mais nous sommes arrivés trop tard. Mörget et ses hommes nous sont tombés dessus avant même que nous atteignions l'enceinte intérieure.

— Sire Rory ? s'enquit Croy.

Équarri secoua la tête.

— Il est mort aux mains de Mörget, quelques secondes après ton départ. Le barbare l'a tranché en deux. Pis encore : il a brisé Chantemort du même geste. L'une des Sept Lames, détruite par un barbare !

Croy repensa à Soiffarde, qui avait subi le même sort. Apparemment, même d'anciennes lames magiques ne résistaient pas à la force de Mörget. Son cœur se ratatina, et pas seulement parce qu'il venait d'apprendre la disparition de son ami Rory.

— Mörget a alors tenté de se ruer sur moi, mais j'étais occupé ailleurs. À terrasser tous ceux qui se présentaient à ma portée. J'étais résolu à me sacrifier pour ralentir le plus possible leur avancée, afin de te faire gagner plus de temps. (Il secoua la tête.) Ça n'a servi à rien. Un massacreur m'a cogné la tête avec sa hache tandis que je défendais le pont sur la Strow. Je suis tombé dans le fleuve et j'ai commencé à me noyer. Pas étonnant, avec une armure pareille. Mais la Dame avait encore besoin de moi. Elle m'a fait dériver jusqu'à une berge à deux milles au sud de la forteresse. Là, j'ai trouvé un cheval, et je suis venu jusqu'ici.

— Doi… Doigi…

— Assez. Je répondrai à toutes tes questions plus tard. Pour l'instant, reste tranquille. Tu nous as rendu un fier service en nous ramenant Bethane, déclara Équarri. J'en déduis qu'Ulfram est mort.

Croy hocha la tête, non sans efforts.

— Vive la reine, dit Équarri. À présent, dors, héros du royaume.

La vision de Croy se troubla, et il suivit l'ordre direct de son supérieur.

Chapitre 92

Mörg n'était pas un imbécile.

Il aurait forcément entendu certains des murmures qui circulaient sur le campement. On s'était même mis à parler ouvertement – comment aurait-il pu ne rien savoir ? Même si les chefs continuaient à détourner la tête et à se taire quand il s'approchait, il devait bien comprendre que cela ne durerait pas éternellement. Un défi l'attendrait bientôt.

Mörget surveilla la tente de son père toute la journée, bien décidé à ne pas lui non plus agir tel un imbécile. Il constata que les plus fidèles au Grand Chef trouvaient des excuses pour rester en permanence près de sa tente. Mörgain y pénétra tôt dans la matinée, à pas rapides, comme si elle y avait été convoquée. Elle repartit quelques instants plus tard, le visage déformé de colère, frappant chaque homme ayant l'heur de croiser son chemin. Elle n'y retourna pas, mais des massacreurs et des chefs loyaux se relayèrent devant, se réchauffant auprès du feu à côté duquel Mörg buvait son hydromel. Même ceux qui étaient chargés d'une mission bien spécifique – trouver de nouveaux projectiles pour les trébuchets, scruter les remparts de la ville assiégée, chercher des signes de nouvelles défenses – prenaient le temps de venir plaisanter avec Hurlind ou nourrir le chien galeux de Mörg.

Et toujours – toujours –, Torki, le champion du Grand Chef, se tenait, tel un chêne massif, devant le rabat de la tente. Torki et son visage brûlé. Torki et son imposante hache de guerre à deux lames. Torki demeurait immobile. Il ne souriait pas quand Hurlind le taquinait. Il ne buvait pas quand la corne d'hydromel passait devant lui.

Il restait debout et attendait.

— Si tu n'agis pas bientôt, souffla Balint, tu laisseras filer ta chance. Mörg est plus malin qu'un corbeau juché sur la branche d'un pendu. Il trouvera le moyen de convaincre les chefs que sa méthode est la bonne.

— Ils en ont assez de ce jeu de patience, répliqua Mörget. Ils sont prêts à passer à l'action.

— Ils en ont marre, et ils espèrent n'importe quelle distraction, corrigea Balint. Si tu ne la leur fournis pas, quelqu'un d'autre s'en chargera. Ils ne te soutiendront que si cela leur garantit une forme de récompense. Mörg aussi peut faire des promesses.

Mörget rugit et l'arracha à sa pile de couvertures.

— Ne devrais-tu pas être en train de construire un autre trébuchet ?

— Pourquoi ? demanda-t-elle alors qu'il la secouait comme un prunier. (Il devait bien reconnaître qu'elle n'était pas froussarde.) Il n'y a déjà plus assez de pierres pour les trois que nous avons.

Il laissa tomber la naine et retourna aiguiser sa lame, même si elle était déjà assez affûtée pour trancher de l'acier.

La nuit arriva vite, et avec elle vint la neige. De gros flocons cotonneux flottaient dans l'air et se déposaient partout, dansant dans les flammes crachotantes des nombreux foyers du camp, s'accrochant aux cheveux et aux barbes. La température chuta tant que même les barbares voulaient rentrer s'abriter du vent. Soudain, les massacreurs et les chefs loyaux ne s'affairaient plus autour de la tente de Mörg. Hurlind alla chercher le dîner de son maître.

— C'est le moment ! l'encouragea Balint. Si tu as quelque chose dans la culotte, l'heure est venue de le prouver.

— Je n'ai pas besoin de tes conseils, insista Mörget en lui lançant un coup de pied.

Elle parvint à rouler de côté pour éviter d'être pliée en deux par une telle attaque.

Torki était encore là, son visage pareil à celui d'un géant gelé, sa hache couverte d'une fine pellicule blanche.

Peu importait. Malden l'avait déjà vaincu. Il jeta sa propre hache au sol, déboucla sa ceinture et l'abandonna également. Puis il sortit dans la tempête.

Torki ne fit pas le moindre mouvement avant que Mörget arrive à sa portée. Alors seulement il remua sur un pied et ouvrit la bouche pour parler.

— Le Grand Chef est occupé, déclara-t-il.

— J'ai le droit de lui parler quand il me plaît, rétorqua Mörget.

— Même les chefs n'ont pas le droit de déranger leur meneur pendant ses repas.

— Mais ses fils le peuvent. Regarde-moi. Je n'ai pas d'armes.

Il ouvrit ses fourrures pour montrer qu'il ne portait rien de plus mortel qu'un petit couteau. Puis il tendit la main vers le rabat de la tente et essaya d'entrer.

Le plat de la hache de Torki l'atteignit dans les côtes, le faisant tomber en arrière.

— La prochaine fois, j'utilise le tranchant, menaça le champion.

Puis il reprit sa posture figée, attendant que Mörget retente sa chance.

— Un fils a le droit d'entrer chez son père ! hurla ce dernier.

Il se rua alors sur le champion.

Torki n'avait pas obtenu ce statut pour sa lenteur, ni pour son inaptitude au combat. La hache s'éleva plus vite que Mörget ne l'aurait pensé, et s'abattit vers sa gorge. Il plongea de côté alors que son adversaire armait déjà sa deuxième offensive.

Une hache de cette taille et de ce poids pouvait fendre un homme en deux – même quelqu'un d'aussi épais et musclé que Mörget. En revanche, il s'agissait d'une arme assez lente, difficile à retenir en pleine course. Mörget laissa Torki frapper de nouveau – puis fit un petit pas à gauche pour venir écraser son poing aussi violemment que possible sur le nez de son adversaire.

Le visage du champion fut inondé de sang. Torki tressaillit à peine. À peine, mais suffisamment. Mörget se pencha pour venir enfoncer son épaule dans l'aisselle de son ennemi. Puis il joignit les poings et les abattit ensemble vers la main qui tenait la hache. Il entendit les os craquer et vit l'arme tomber dans la neige. Mais Torki n'émit pas le moindre son.

Un combat de lutte s'engagea alors, et Mörget n'en avait pas perdu un seul depuis ses six ans. Torki tenta de le ceinturer, sans doute pour le projeter au sol, mais Mörget le contourna et l'étrangla d'un bras.

Une foule composée à parts égales des suiveurs de Mörg et des partisans de Mörget commençait à se former. Aucun d'eux ne vint à la rescousse de Torki. Ils observaient le combat, les yeux grands ouverts, sous les rafales de neige. Mörget chercha Mörgain du regard, mais ne la trouva pas.

Bien. Elle était capable de tout gâcher d'une simple parole ou d'un simple geste. Il l'espérait loin, très loin de là.

Torki se défendait vaillamment, alors que Mörget lui broyait la trachée. Le champion ruait et griffait son assaillant, mais Mörget ne se laissa pas impressionner par une légère douleur ou quelques gouttes de sang. Peu à peu, il sentit la vie quitter le champion en quête d'un oxygène qui le fuyait.

Torki résista de longues minutes, le visage écarlate, les veines de son cou et de ses épaules saillant avant d'éclater, l'une après l'autre. Mörget serra de plus belle, jusqu'à entendre craquer les vertèbres du champion. Alors seulement le relâcha-t-il.

Haletant légèrement, suant sous son manteau de fourrure, il défia du regard autant des hommes de la foule qu'il l'osât. Aucun d'eux ne s'avança. Il ramassa alors la hache de guerre et entra en trombe dans la tente.

Mörg était assis, nu, sur ses fourrures, en train de nourrir le chien pitoyable. Quand le Grand Chef leva la tête et découvrit son fils debout devant lui, il tapota le dos de l'animal et lui ordonna de partir. Étonnée, la bête détala entre les jambes de Mörget et sortit dans la neige.

— Regarde-moi dans les yeux, lança Mörget.

Mörg bâilla et étira les bras au-dessus de sa tête. Avait-il dormi toute la journée ? Il paraissait complètement détaché, pour un homme sur le point de mourir.

— Les clans ont parlé, l'informa son fils.

Mörg se contenta de hocher la tête. Il se servit une corne d'hydromel, et en avala une grande rasade.

Combien de fois Mörget avait-il rêvé de cet instant ? Déjà lorsqu'il était enfant, grandissant dans l'ombre de ce père, il avait imaginé cette scène des millions de fois. Avec l'âge, il avait compris combien cela serait difficile, à quel point Mörg était rusé. En tant que chef, il s'était mis à y songer plus sérieusement. Il avait tout planifié, envisagé la chose sous tous les angles. Il n'avait jamais douté que ce moment finirait par arriver. Qu'il serait celui qui ôterait la vie à son père.

Lors de ces rêves éveillés, il voyait souvent Mörg en train de l'implorer de l'épargner. Et supplier d'être exilé, alors qu'il s'agissait là du pire sort qu'un guerrier des clans puisse envisager. Dans d'autres visions, son père s'était contenté d'observer son fils avec un air approbateur, sachant qu'il prenait la bonne décision. De rares fois, Mörg prenait le temps de lui transmettre quelque secret. Une réponse à la question que Mörget ne se posait qu'en songe : *Où s'achève ma rage ? Quel but poursuit-elle ?*

Mörget hésita. La hache semblait peser une tonne. Il sentait les événements se liguer contre lui, les clans à l'extérieur retenir leur souffle. Il tenta de gagner du temps.

— Mörgain est venue ici un peu plus tôt. Elle n'a pas apprécié ce que tu lui as dit.

Mörg prit la parole pour la première fois.

— Je lui ai dit que je l'aimais.

Mörget sentit son sang siffler dans ses veines. Qu'il *l'aimait*? L'amour n'était pas un sentiment qu'un Grand Chef partageait avec ses chefs – ni même avec ses enfants. Il en parlait seulement à ses concubines asservies. Voire à son cheval.

— Je lui ai dit que j'étais fier d'elle, et que je l'aimais. (Mörg soupira.) J'ai toujours voulu lui en faire part, même si je savais qu'elle le prendrait mal. Ce qu'elle a fait. Mais dans ces circonstances… je ne pense qu'à moi. Assez! À qui d'autre pourrais-je penser maintenant? Bientôt, je ne penserai même plus à mes petits désagréments. La mort me débarrassera de tous mes tracas. Elle me laissera en paix, ce que j'ai toujours souhaité. C'est étrange, je n'y avais encore jamais réfléchi. J'ai passé tant d'années à chercher le calme dans la tempête de la vie. Et voilà que, maintenant, je l'ai trouvé.

— Et… et moi? demanda Mörget.

Il n'avait pas réussi à formuler une phrase complète.

— Qu'est-ce que tu veux dire, mon garçon?

Mörget se rembrunit, grogna, et se frappa vigoureusement la poitrine.

— Tu avais des choses à lui dire. En aurais-tu à me dire également?

Mörg le contempla alors de ses yeux aussi profonds que l'océan. Il n'y avait plus rien d'autre à l'intérieur qu'un abysse de sagesse. On l'appelait Mörg le Sage. Pour la première de sa vie, Mörget crut comprendre pourquoi. Le tourment que cela impliquait. De quelles horreurs avait-il été témoin? Il était déjà assez terrible de voir mille hommes mourir. Mais de le comprendre… de tout comprendre… Quelle malédiction plus grande pouvait-il exister?

— Une grande *wyrd* t'attend, mon garçon.

Ce terme pouvait désigner beaucoup de choses. Un destin, une malédiction. Dans la langue des barbares, ces deux concepts n'étaient pas très éloignés l'un de l'autre.

Cela signifiait la fatalité, la puissance en chaque homme qui lui permettait de réaliser des choses que d'autres auraient envisagées en blêmissant. Des choses qui le détruiraient – et feraient passer son nom à la postérité.

— Tu penses que je ne le sais pas ? demanda Mörget.

— Tu attends une leçon de sagesse ? De ma part ? Pourquoi te l'offrirais-je ? Ne dis rien. Je connais ta réponse. Tu vas me rappeler que tu es mon fils. (Mörg hocha pensivement la tête.) Et tu auras raison. Très bien.

Mörget approcha d'un pas. Il ne posa pas la hache.

— Tiens, voici le message que tu souhaites tant. À toi de l'interpréter comme il te siéra. Mörget Tuemontagne, tu ne pourras pas t'arrêter. Tu es trop faible pour vaincre ta propre force. Quelqu'un d'autre devra te faire cesser, et tu devrais prier pour que cela arrive vite.

Mörget poussa un hurlement de rage.

— Tu m'abreuves d'énigmes, comme un cancanier !

— Certaines vérités ne peuvent pas être exprimées de façon claire, tempéra Mörg. Elles doivent être vécues pour prendre tout leur sens. Bon.

— Quoi ?

— Fais-le. Tant que tu en as le cran. Tant que tu me hais ! Je ne supporterais pas que tu fasses ça en m'aimant !

Mörget vit rouge lorsqu'il abattit son arme. Encore. Et encore. Il ne s'en servait pas comme d'une hache, mais comme d'un marteau, pilonnant sans cesse. Parfois le tranchant atteignait la chair, d'autres fois le plat cognait sur l'os.

Quand tout fut terminé, les restes sanguinolents sur les fourrures de Mörg n'avaient plus rien d'humain et ressemblaient davantage à de la viande crue.

Mörget y plongea les mains, et se servit du sang de son père pour se peindre le visage. Les massacreurs se coloraient la moitié de la figure, car ils n'étaient fous que la moitié du temps. Mörget en recouvrit même son crâne rasé, sa nuque ; il s'en emplit les oreilles. Cela ne suffisait toujours pas.

Lorsqu'il fut dehors, l'air froid ne put l'atteindre. La neige fondait en essayant de se poser sur sa tête ou ses mains.

Il avait conscience de ceux qui l'entouraient, des bouches béantes et des yeux écarquillés, mais ils semblaient se trouver dans une autre dimension, n'avoir aucune importance. Il pensa à quelque chose.

— Le chien, déclara-t-il.

Son père adorait cet animal, qui le lui rendait bien. Était-ce ce que Mörg attendait de ses enfants ? Il ne pouvait pas le lui accorder, même dans la mort.

— Trouvez-moi ce chien. Rapportez-moi sa peau, que je puisse me l'enrouler autour du cou afin que tout le monde sache ce que j'ai fait !

S'il obtint la moindre réponse, il ne l'entendit pas.

Il retourna à sa tente, ignorant le monde extérieur, tout à sa fureur.

Il se jeta sur ses fourrures et attendit que sa colère retombe. Quand il fut de nouveau en état de s'exprimer sans crier, il se tourna vers Balint.

— À l'aube, tu agiras pour le pire. Si même le sang de mon père ne peut pas m'apaiser, je prendrai cette ville en compensation. Quel que soit le stratagème le plus sombre que ton cœur noir pourra élaborer, je ferai en sorte de le mettre en application.

— J'attendais que tu me dises ça, répondit-elle d'une voix basse et rauque. Tu viens de me rendre plus heureuse qu'une fille enceinte de neuf mois le jour de son mariage.

CHAPITRE 93

L'atelier empestait tant le soufre et l'urine que Malden en eut les larmes aux yeux. Il y faisait chaud, en dépit des six pouces de neige qui recouvraient chaque parcelle de terre. Crassier avait chargé ses ouvriers d'ôter les cristaux orange qui flottaient à la surface des cuves puantes ou de faire brûler du bois pour en tirer du charbon. D'autres, assis sur des bancs étroits, broyaient ensemble les trois ingrédients indispensables ou les faisaient rouler entre leurs doigts pour obtenir des boulettes de la taille de grains de maïs. Tous travaillaient nuit et jour.

— Plus fin ! Mouds-moi ça plus fin, espèce de salopard ! jura Crassier en passant au crible de petites pépites noires.

L'apprenti apothicaire qu'il venait de réprimander baissa la tête et retourna à son mortier et son pilon.

— Malden, ce doit être plus fin. Il me faudrait une sorte de moulin, peut-être même une roue pour écraser cette substance. Il me faut des chemises à tamis multiples pour produire une poudre plus fine. Je vais aussi avoir besoin d'une sorte d'affût pour le dispositif. Donc de fer, ou mieux : de bronze. Autant que tu pourras m'en procurer.

Malden haussa les épaules.

— Il y a un bronze de Juring Tarness sur la Côte Dorée. Je doute qu'il le prendrait mal si nous le faisions fondre.

Il ignorait ce que Crassier avait en tête. Le nain avait tenté à plusieurs reprises de lui expliquer la nature de son projet secret : apparemment, il s'agissait d'une sorte d'immense engin de siège, bien plus puissant qu'une baliste, fonctionnant toutefois selon des principes complètement différents. Il était question de feu et de projectiles, mais Malden n'avait pas compris grand-chose d'autre. Il supposait que Crassier savait ce qu'il faisait.

Il avait d'autres soucis en tête. Il doutait que le nain s'inquiétât réellement de ce qui se déroulait en dehors de son atelier : lui et les siens avaient la réputation d'être particulièrement obsédés par leurs projets en cours. Cependant, Malden devait s'entretenir de cette question avec quelqu'un, et Cythère était… indisponible.

— Six vaches massacrées et abandonnées devant la Pierdieu. Quelqu'un a dû les cacher la dernière fois que j'ai fait l'inventaire des réserves de nourriture. Tu sais quelle quantité de soupe ces animaux nous auraient permis de préparer ? Maintenant, les voilà gelés sur les pavés, et personne ne peut plus les faire bouger, même en se servant de barres à mine.

Crassier haussa les épaules.

— Les humains et la religion. Ça m'a toujours dépassé, mon gars. On dirait que vous autres avez besoin de quelqu'un pour vous dire quoi faire. Quand vous n'avez pas un seigneur pour être en permanence derrière vous, vous vous débrouillez pour en inventer un.

— Les barbares ne nous ont balancé qu'une pierre aujourd'hui, pour le moment, reprit Malden. Les gens commencent à penser que leurs sacrifices font peut-être effet, après tout.

Crassier le considéra d'un air dubitatif.

— Tu devrais écraser ce machin dans l'œuf, repartit-il. Bientôt, ils se diront qu'un sacrifice humain suffirait à tout régler. À moins qu'ils tentent quelque chose de pire encore.

— Pire que de s'entre-tuer pour faire couler le sang ? s'étonna Malden.

— Ouais. Peut-être qu'ils s'imagineront que du sang de nain fonctionnerait encore mieux, vu qu'il est plus rare.

Toi ! Tu ne dois pas plonger ta louche dans cette pisse, juste en écumer la surface, comme ça ! (Il effectua de petits mouvements circulaires de la main en guise de démonstration.) On ne veut récupérer que les flotteurs croustillants.

Malden posa la main sur l'épaule du nain et la serra amicalement. Crassier grimaça de douleur.

— Toi ! Fais attention au soufre ! Ça brûle si tu l'approches trop près des flammes, espèce de connard maladroit !

Malden prit congé sans dire au revoir. Il accueillit avec plaisir la froide caresse du vent sur son visage. Cela sentait en outre meilleur que dans l'atelier. Malden, qui avait grandi dans une ville dépourvue de tout système sanitaire et où la seule méthode connue pour se débarrasser de ses ordures était de les jeter dans le fleuve, n'avait jamais imaginé que Ness puisse sentir si bon.

Ness. Sa ville. Si menacée et en proie à la confusion qu'elle fût, il l'aimait toujours plus qu'il ne la détestait. Il souhaitait sincèrement la préserver de la destruction. Si seulement il parvenait à trouver comment… Jusqu'à présent, il n'avait fait que trouver des moyens de repousser l'inévitable. Il se creusait la tête en quête de réponses, de solutions. Il se mit à divaguer au fil de sa marche. Peut-être était-il simplement fatigué, n'ayant que peu dormi depuis plusieurs semaines. Peut-être…

Sa rêverie fut brusquement interrompue par le cri qui retentit au sommet de la muraille.

— Archers ! Archers, à vos postes !

C'était mauvais signe. Il escalada le mur d'une taverne jouxtant le tronçon de rempart le plus proche et grimpa jusqu'aux créneaux. Des hommes et des femmes couraient en tous sens, rassemblant arcs et carquois. Nul ne prit le temps de l'informer de la situation. Il se tenait tout près d'une palissade dressée pour que les archers puissent tirer sans s'exposer. Malden s'abrita derrière pour observer la scène par la meurtrière.

En contrebas, le camp de barbares était tel un océan déchaîné. Une vague de guerriers vêtus de fourrure déferlait vers la paroi. Les échelles qu'ils transportaient suffisaient à prouver leur intention d'escalader la muraille pour venir se battre à l'intérieur. *Nous y sommes*, songea Malden. L'instant qu'il redoutait tant, sachant qu'il ne pourrait pas sortir vainqueur d'une confrontation directe avec les barbares.

Ce qui ne lui donnait pas le droit de baisser les bras. Croy lui avait au moins inculqué cela.

— Des outils ! ordonna-t-il. (Il empoigna l'homme le plus proche de lui, un voleur si nerveux qu'il ne paraissait même pas en état de bander son arc.) Fais monter tous les hommes valides ici. Et qu'ils apportent des outils.

Le voleur parut surpris.

— Quel genre d'outils ?

— Aucune importance ! Des fourches, ou même des bêches, n'importe quel morceau de bois avec de la ferraille au bout. Vas-y ! Et fais dire à Velmont que j'ai besoin de lui.

Rus Galenius, dans son *Manuel des Fortifications*, décrivait les échelles de siège avec une grande précision – le meilleur bois dans lequel les fabriquer, quand et comment les utiliser, le nombre d'hommes devant se trouver sur chacune d'elles à un instant donné... La riposte face à ces échelles était si simple et si ancienne que l'auteur semblait répugner à la mentionner, l'évoquant en une seule phrase. Par chance, Malden avait été particulièrement attentif le jour où Tailleserpe lui avait lu ce passage.

La première échelle toucha le rempart à moins de cent pieds de l'endroit où se trouvait Malden, et des massacreurs entamèrent sans tarder l'ascension des barreaux.

— Vous, lança Malden en désignant un groupe d'archères derrière la palissade voisine. Empêchez-les d'atteindre le sommet.

Les cordes se tendirent et une volée de flèches plongea presque à la verticale. Les massacreurs offraient des cibles faciles, dans une position qui ne leur permettait pas d'esquiver les traits adverses. Bientôt, les plus proches du sommet de l'échelle ressemblèrent à des porcs-épics à cause des flèches qui leur hérissaient les bras et le dos. Insensibles à la douleur, ils poursuivaient néanmoins l'ascension jusqu'à mourir et tomber.

En bas de l'échelle, une centaine d'autres hommes attendaient leur tour.

Un vieillard armé d'une fourche s'approcha de Malden et le salua. Le voleur eut besoin d'une seconde pour se rappeler comment le saluer en retour.

— Grâce au Dieu Sang, vous voilà. Vous voyez cette échelle, qui dépasse du rempart ?

L'autre opina en adressant à Malden un sourire mauvais. Il brandit sa fourche, et s'approcha de l'échelle.

— Un instant, le retint Malden. Pas tout de suite. (Il attendit que le premier massacreur ait presque atteint le rempart ; sous ses pieds, l'échelle ployait sous le poids d'une demi-douzaine d'autres.) Maintenant ! commanda-t-il.

Le vieux coinça les dents de sa fourche autour du premier barreau et poussa. L'échelle était trop lourde pour lui, Malden vint donc lui prêter main-forte.

L'échelle ploya et tourna puis bascula en arrière. Certains des barbares qui y étaient accrochés lâchèrent prise. D'autres n'eurent pas la présence d'esprit de le faire. Les corps produisirent d'atroces bruits de craquement en venant percuter le sol gelé. L'échelle se brisa en tournoyant loin du mur.

— Bien ! s'exclama Malden. Comme ça. Chaque fois. Attendez qu'ils soient presque au sommet, pour en faire tomber autant que possible. Mais n'attendez pas assez longtemps pour qu'un seul d'entre eux franchisse les créneaux. (Il regarda autour de lui.) Où est Velmont ?

Son lieutenant helstrovien apparut un instant plus tard.

— Je suis venu aussi vite que j'ai pu, se justifia-t-il.

Malden lui attrapa les avant-bras et l'attira hors de la palissade pour faire de la place à d'autres archers.

— Quelque chose a changé, déclara-t-il. Je ne sais pas quoi, mais ça n'augure rien de bon. La nuit dernière, ils semblaient encore résolus à attendre – à nous laisser mourir de faim, jusqu'à ce qu'on les supplie d'entrer nous apporter de la nourriture. Et là, ils ont perdu patience. J'ignore pourquoi. Mais c'est précisément ce que je craignais. Une véritable attaque ! Fais monter tous les archers que tu trouveras. Poste des sentinelles à chaque tour, et rapporte-moi leurs rapports. Il faut que je sache si l'assaut n'a lieu qu'ici, ou s'ils sont partout. Va vite !

Velmont s'empressa d'obéir. Malden avait grand besoin de ces informations. Et pourtant, au fond de lui, il savait déjà ce que Velmont lui apprendrait.

Le jour était venu où Ness allait tomber. Tous les préparatifs qu'il avait faits, tout ce dur labeur tournait autour d'un principe simple : que les assiégeants attendraient dehors. À l'évidence, Malden s'était appuyé sur de mauvais principes. Il n'y aurait pas assez d'archers, pas assez de vieillards armés d'une fourche si les barbares envisageaient sérieusement de prendre les remparts d'assaut. Et d'expérience, il savait le peuple de Mörget très sérieux lorsqu'il affichait ce genre d'intention.

Chapitre 94

— Ils attaquent Murfosse, et il n'y a personne pour les arrêter ! (Cythère fit voguer sa conscience au-dessus de Ness, tentant de scruter toutes les directions à la fois.) Il y a deux autres échelles à Murgrain. L'une vient de tomber, mais… non ! Malden !

— Il n'est plus ton amant, gronda Coruth. C'est exactement la raison pour laquelle tu as dû renoncer à lui. Ne t'attarde pas sur lui… dis-moi à quels autres endroits les barbares attaquent.

Cythère vit Malden se précipiter vers Murfosse, réclamant fourches et archers. Si les assaillants atteignaient le sommet du rempart et l'encerclaient, même Langacide ne le sauverait pas de…

— Dis-moi ce que tu vois, ma fille !

La voix de Coruth était lointaine et métallique. Même si elle était assise juste en face de Cythère dans la pièce principale de leur maison de l'Isle aux Chevaux. Il était si difficile de conserver la conscience de son corps, de continuer de parler alors même que ses yeux surveillaient cent endroits à la fois. Comment quiconque pouvait-il accomplir pareille prouesse ? Comment une sorcière pouvait-elle tolérer de voir tant de choses sans se libérer de son enveloppe charnelle ?

— Tu es peut-être une initiée, mais tu es toujours en apprentissage, lui rappela Coruth d'une voix soudain bien plus puissante. (Cythère eut l'impression d'être tirée de côté, arrachée à Murfosse, tel un cerf-volant subissant une manœuvre brutale.) Regarde, ma fille. Regarde de partout… nous devons savoir ce qu'ils font.

— Mais pourquoi ? s'enquit-elle. (Elle ne voyait plus Malden… avait-il été surpassé ? était-il déjà mort ?) Quel est l'intérêt ? Savoir où les barbares sont n'apporte rien. Nous ne pouvons pas dire aux défenseurs où concentrer leurs forces. Nous ne pouvons pas nous battre nous-mêmes.

— Fais ce que je te dis !

Cythère tenta d'oublier Malden, d'ouvrir plus grand sa conscience. C'était si difficile – elle n'avait appris à le faire que quelques heures plus tôt.

— Mère, la ville va tomber dans l'heure… ils sont si nombreux !

Un barbare enjamba les remparts de Murseigle, mais fut abattu de trois flèches venant de directions différentes. Une fourche à Murouest repoussa une autre échelle, alors que les barbares en dressaient déjà deux autres.

— Nous devons empêcher cela ! Nous devons agir, pas simplement regarder !

— Et qu'envisages-tu ? s'enquit Coruth.

— De jeter un sort. D'incendier les échelles, ou… d'invoquer un violent orage, pour que les barreaux soient si détrempés qu'ils ne tiendront plus dessus.

— Et tu penses que de telles choses sont en mon pouvoir ?

Cythère ne pouvait pas supporter cela. Ness allait tomber. Les barbares allaient envahir la ville, et elle était parfaitement impuissante.

— Mère, ils vont tuer tout le monde. Jusqu'au dernier habitant.

— Ainsi, maintenant, tu as vu l'avenir ?

— J'en ai assez vu pour savoir quelle quantité de sang ils feront couler une fois à l'intérieur, insista Cythère.

— En ce cas, l'heure est venue, répondit Coruth.

— L'heure de quoi ? Mère, nous devons aider !

Cythère se sentait pareille à un morceau de soie flottant dans l'air. La tête lui tournait, ses sens la brûlaient.

Un léger fil s'accrocha quelque part, et claqua telle une corde d'arc brisée. Cythère eut la sensation d'être propulsée plus rapidement qu'un projectile de trébuchet, puis de tomber vite, si vite.

Elle vacilla brusquement en avant et se retrouva assise dans son fauteuil, de retour sur l'Isle aux Chevaux. Sa conscience avait réintégré son corps. Elle tenta d'étendre de nouveau sa vision, de voir plus loin, mais en fut incapable. Comme si elle n'avait jamais même été initiée.

Coruth était assise à côté d'elle, les yeux révulsés.

— C'en est assez pour aujourd'hui, déclara-t-elle.

— Comment ? Mais l'assaut… les barbares…

— Tu dois préparer le souper, lui rappela Coruth, comme s'il s'agissait d'une journée ordinaire. Et nettoyer l'âtre. Ça n'a pas été fait depuis toute une semaine. Je compte sur toi pour t'en occuper avant mon retour.

Cythère n'arrivait pas à y croire. Le siège allait s'achever, et sa mère la chargeait de corvées ?

— Attends… avant ton retour d'où ?

— J'espérais que nous aurions plus de temps pour te former avant de pénétrer dans cette zone sombre, répliqua Coruth. Je n'ai plus qu'à espérer que tu en sais déjà assez.

Puis son corps explosa en une volée d'oiseaux noirs qui tournèrent autour de la pièce, venant percuter les murs et le plafond en tentant désespérément de trouver une fenêtre ouverte.

Le fauteuil dans lequel elle s'était trouvée était désormais vide.

Chapitre 95

Il ne semblait pas y avoir de fin au déferlement de massacreurs se relayant pour gravir la paroi, même alors que chaque échelle finissait inexorablement par basculer, et que chaque assaillant se retrouvait immanquablement criblé de flèches. Des messagers accouraient sans cesse vers Malden pour l'informer que les assaillants s'en prenaient à d'autres parties du mur – les barbares étaient bien trop malins pour le laisser amasser ses tireurs en un endroit, et préféraient diviser les forces défensives en harcelant divers côtés de la ville. Ils avaient dû construire des centaines d'échelles durant la nuit. Il suffisait de les repousser à l'aide d'une fourche pour les détruire, et chaque fois une demi-douzaine de barbares les accompagnait dans leur chute.

Cependant, ils continuaient d'affluer.

— Deux à Murmarais ! cria un messager.

Malden envoya des archers déjà trop dispersés sur le tronçon de Murfosse où il se tenait. Il fit le tour de la ville au pas de course en réclamant des fourches et des soldats pour repousser les assaillants. Les volontaires ne manquaient pas : des femmes et des hommes se déversaient du Remugle, prêts à aider par tous les moyens possibles. Ils dégottèrent des outils auxquels Malden n'aurait jamais pensé – des fléaux à grain au manche de six pieds de long, de grands éteignoirs en cuivre récupérés parmi les décombres de la Dame chapelle –, et il les envoyait à la tâche aussitôt qu'ils se présentaient à lui. Les échelles continuaient à arriver.

Une équipe de vieilles femmes en repoussa une à moins de cent mètres de Malden – mais pas avant que l'un des massacreurs illuminés parvienne à s'accrocher à la palissade. Il se balança au bout d'une main tandis que les archers l'accablaient de flèches, mais il ne lâcha pas prise. Tel un démon surgi droit de la fosse, il éclata de rire et se débrouilla pour se hisser sur le rempart. Personne ne put l'arrêter. À l'instant où ses pieds touchèrent le chemin de ronde, l'envahisseur en fourrure se rua sur les vieilles femmes, la hache brandie. Visiblement, peu importait qui il tuait tant qu'il faisait couler le sang. Malden dut s'élancer de toute sa vitesse pour l'empêcher de commettre son forfait. Le barbare avait l'écume aux lèvres. Ses yeux injectés de sang ne se fermèrent à aucun moment quand le voleur dégaina Langacide et lui trancha la tête. Celle-ci vint rebondir à l'intérieur de la cité, percutant un conduit de cheminée sur le toit d'une maison. D'un coup de pied, Malden fit basculer le corps décapité de l'autre côté, afin qu'il vienne s'écraser sur le sol gelé.

C'était la première fois qu'il tuait un homme à l'aide de son épée magique. Tout son corps se mit à trembler, et il craignit de vomir. Mais désormais, il comprenait. Voilà pourquoi il n'avait pas eu le droit de la céder au burgrave. Voilà pourquoi Croy la lui avait confiée. Pourquoi le destin avait décrété qu'elle devait lui appartenir.

À cet instant précis, il se mit à détester le monde entier. Ce monde où de telles extrémités se révélaient nécessaires.

— Seigneur Maire, le héla quelqu'un.

La voix sembla lui parvenir de très loin. Puis il leva les yeux, et vit l'une des filles d'Elody qui l'observait. Elle ne devait pas avoir plus de seize ans. Elle tenait un arc dans une main, une flèche dans l'autre, et avait tout l'air d'une gamine avec ses jouets. Elle était terrifiée et avait cruellement besoin qu'on la rassure.

— Seigneur Maire, je vous en prie, ils arrivent encore.

Malden contempla la lame qu'il tenait toujours, et le sang qui la recouvrait, et soudain il fut de nouveau en mesure de réfléchir. Il baissa les yeux par-dessus le parapet et avisa une autre échelle qu'escaladaient déjà plusieurs barbares.

— Archers ! Envoyez-moi des archers ! hurla-t-il, pourtant conscient qu'il n'y en avait plus.

La muraille était si longue que s'il souhaitait répartir tout autour des tireurs de façon régulière, il devrait les poster à une centaine de pieds les uns des autres. C'était le seul moyen de couvrir chaque tronçon, mais cela ne suffirait pas à abattre tous les barbares tentant d'envahir la cité. Cinq ou six traits étaient nécessaires à en terrasser un seul. Malden en vint même à se demander s'il disposait d'assez de flèches, et s'ils ne risquaient pas de manquer de munitions.

— Choisis bien tes cibles, conseilla-t-il. (La fille d'Elody acquiesça avec détermination.) Ne tire que sur ceux qui sont au sommet des échelles – les plus susceptibles de franchir le mur. Vise les yeux – non – vise plutôt les mains. Qu'ils ne puissent plus grimper et ralentissent ceux d'en dessous !

Il courut de droite et de gauche, tentant de tout surveiller à la fois. Mais Ness était trop vaste. Ses archers étaient trop éloignés les uns des autres. Il surprit plusieurs barbares en train d'enjamber une partie non protégée de la muraille. Il courut vers eux, conscient d'avoir eu de la chance avec le massacreur qu'il avait décapité, et que lors d'un véritable combat il ne réussirait jamais à les contenir.

— Envoyez-moi tous ceux qui peuvent se battre ! ordonna-t-il. Et des archers, encore des archers !

Il se précipita vers les envahisseurs, faisant tournoyer Langacide autour de lui, tranchant des bras, des ventres et des visages. Certains des barbares hurlèrent en retombant de l'autre côté du mur, mais d'autres – des massacreurs – semblèrent ne pas se rendre compte qu'ils faisaient face à un dingue armé d'une épée magique. L'un claqua des dents en direction de l'arme, comme pour en arracher un morceau.

Sa hache siffla vers la tête de Malden, qui sut qu'il n'aurait pas le temps de la bloquer à temps. Il recula en grimaçant, convaincu de sa mort imminente.

Une dizaine de flèches apparurent soudain dans le cou du barbare, ainsi que sur ses flancs et dans son dos, le faisant basculer en arrière. Du sang jaillit de ses blessures. Il tenta malgré tout d'abattre son bras, d'achever son offensive – mais cinq autres traits percèrent les muscles de son épaule. Il s'effondra par-dessus le parapet et tomba dans la rue.

Malden pivota pour voir qui lui avait sauvé la vie – et avisa une dizaine d'archers. Il songea qu'ils avaient dû accourir des quatre coins de la ville, laissant des pans de mur entiers sans protection, dans le simple but de lui venir en aide. Sauf que ces hommes avaient quelque chose d'étrange : ils étaient parfaitement alignés, les pieds écartés à égale distance, l'arc tenu selon le même angle. Ils semblaient même être vêtus de la même manière. Malden examina leur visage, et y vit les traits de Tyburn, l'un de ses voleurs. Tous avaient la même tête que Tyburn.

Il se retourna lentement, et avisa dix archères derrière lui. Toutes ressemblaient comme deux gouttes d'eau à Guennie, l'une des filles de Postiche. Sous ses yeux ébahis, les dix Guennie bandèrent leur arc et firent facilement tomber un barbare d'une échelle. Les traits volèrent en parfaite harmonie, filant vers la même cible, l'atteignant à moins d'un pouce les uns des autres. De nouveaux barbares grimpaient déjà, mais six manchots jumeaux repoussèrent l'assaut à l'aide d'une fourche constituée de leurs béquilles réunies. L'échelle pivota et se brisa en s'écroulant.

Ni les archers ni les manchots n'avaient l'air de fantômes. Ils semblaient tout aussi tangibles que Malden. C'était pourtant impossible, parfaitement impossible.

— De la sorcellerie, suffoqua le voleur.

Une flopée d'oiseaux noirs tournoyaient au-dessus de Château-Haut, de plus en plus vite. Le simple fait de les regarder lui donnait le tournis. Malden pivota pour examiner la prochaine section de mur, que l'on nommait Murfosse. Elle était couverte d'archers et d'hommes armés de fourches. Ils se tenaient côte à côte, si proches que leurs coudes se touchaient. Non – ils ne se contentaient pas de se toucher. Quand ils effectuaient le moindre mouvement pour viser une nouvelle cible ou repousser une échelle, ils passaient les uns à travers les autres, même s'ils paraissaient parfaitement solides. Il s'agissait d'illusions nées d'un sort de Coruth.

Pourtant, leurs flèches étaient on ne peut plus réelles. Les fourches exerçaient une poussée évidente sur les échelles. Comment était-ce possible ? Malden avait toujours cru que de telles chimères ne pouvaient pas affecter les vivants, et encore moins les blesser. Il repensa aux chevaux fantomatiques sur l'île de Coruth, ou aux illusions qu'il avait vaincues dans la villa d'Hazoth l'été précédent. Tous ces pièges avaient été si intelligemment conçus qu'ils l'avaient mené vers la destruction, sans pour autant se révéler capables de lui faire du mal directement.

Les sosies créés par Coruth tuaient les barbares dès qu'ils s'approchaient un peu trop du haut du mur. L'énergie qu'elle consommait devait être considérable. Il observa de nouveau les oiseaux, et en vit un faiblir puis tomber telle une pierre. L'espace d'une seconde, Murparc fut de nouveau dépourvu d'archers, mais ils se rematérialisèrent dans l'instant qui suivit.

Coruth ne tiendrait plus très longtemps. Heureusement, cela ne serait pas utile. En découvrant ce qui les attendait sur les remparts, quelqu'un dans le camp barbare eut la présence d'esprit d'ordonner la retraite.

L'assaut s'interrompit aussi vite qu'il avait débuté. Les échelles furent laissées à l'abandon au pied de la muraille. Les cadavres restèrent où ils étaient tombés. Les archers fantômes continuèrent de tirer sur les barbares jusqu'à ce qu'ils soient hors de portée, et plus d'un massacreur, trop enragé pour se replier, fut abattu tandis qu'il s'en prenait au rempart à poings nus.

En l'espace de quelques minutes, le calme fut rétabli – les barbares repoussés à bonne distance, les archers de Coruth abaissèrent leurs armes. Désormais inutiles, ils disparurent l'un après l'autre dans un clignement. Seuls les originaux des hommes et femmes dupliqués restèrent en place.

Quelques oiseaux tournoyaient encore furieusement au-dessus de Château-Haut. Ils finirent cependant par ralentir et par voleter avec lassitude vers le perchoir le plus proche. Ils semblaient littéralement vidés de toute énergie.

Malden attendit qu'une heure s'écoule, afin de s'assurer que le repli barbare n'était pas une simple ruse. Il finit par s'asseoir sur le parapet et plaquer son visage contre la pierre froide d'un merlon.

Ce fut là que Crassier vint le retrouver.

— Mon gars, déclara le nain, il faut que tu voies ça.

Chapitre 96

Malden suivit le nain le long d'une volée de marches descendant jusqu'au niveau de la rue. Les cadavres de barbares morts gisaient là, sur les pavés, après avoir accompli un exploit dont peu pouvaient se targuer : celui d'avoir réussi à franchir le mur.

— Je me sens plutôt bien, là, déclara Malden. (Il était en réalité pris de vertiges, comme s'il avait bu trop de vin et risquait de s'évanouir.) Nous venons d'accomplir quelque chose de grand. Au moins, nous aurons gagné une bataille. Pourquoi ai-je l'impression que tu vas me gâcher ce moment trop rare de béatitude ?

Crassier fronça les sourcils et secoua la tête.

— Je ne voudrais pas te foutre en rogne, mon gars, mais...

Malden ferma les yeux et soupira.

— D'accord. Contente-toi de me dire ce qui ne va pas.

Le nain guida Malden jusqu'à une rue longeant Murseigle. Elle n'était large que de six pieds, flanquée d'un côté de la muraille, et de l'autre d'une rangée de maisons hautes qui formaient comme une enceinte. C'était là que Crassier avait dressé son étrange tableau. Seule une fine couche de neige s'était déposée dans cette fosse artificielle, mais le nain l'avait néanmoins balayée pour obtenir une surface pavée parfaitement déblayée. Il avait disposé une série de bols peu profonds, espacés d'une dizaine de pieds les uns des autres.

Il tenait un baril de vin sous le bras et entreprit d'en retirer la bonde.

— Ce n'est pas pour toi, mon gars. Normalement, j'utilise plutôt de l'eau, mais il fait tellement froid qu'elle risquerait de geler. Le vin fonctionnera tout aussi bien.

Il en versa un doigt dans chaque récipient. Puis il s'agenouilla près de l'un d'eux et en observa la surface.

— Tu essaies de lire l'avenir ? plaisanta Malden. Je croyais que les nains ne faisaient jamais appel à la magie. Mais bon, la situation étant désespérée…

Crassier se releva et lui jeta un regard noir.

— Prends-moi au sérieux, mon gars, car ce que je m'apprête à te dire n'a rien d'une blague. Crois-moi, l'attaque de la muraille n'était qu'un leurre.

C'était justement ce que Malden craignait d'entendre. Il aurait beau tourner l'affaire en dérision, les faits étaient là.

— Qu'est-ce qui te fait croire ça ? s'enquit-il.

— Si je ne me trompe pas, tout ce raffut était destiné à détourner l'attention de nos guetteurs. Maintenant, regarde, et tais-toi. Observe la surface du vin.

Malden s'agenouilla à côté de son compagnon et retint son souffle pour ne pas troubler le liquide. Il ne vit tout d'abord rien – puis la plus légère des ondulations roula dessus. Un instant plus tard, le même phénomène se reproduisit. Il aurait pu s'agir de la brise, mais… non. Le vin s'agitait selon un rythme régulier. Encore. Encore.

— C'est un vieux truc qu'on utilise dans les mines du Nord, chuchota Crassier. Quand tu penses que quelqu'un creuse trop près de ta concession, tu te sers de bols d'eau pour le pister. Les vibrations provoquées par ses outils se répercutent dans la terre, faisant remuer l'eau. Si tu disposes un nombre suffisant de récipients, tu peux calculer par triangulation à quelle distance il se trouve et de quelle direction il vient.

Le vin s'agita encore. Encore. Encore.

Crassier se releva d'un bond et s'approcha du bol suivant. Il attendit un instant au-dessus, puis se précipita jusqu'au troisième.

— Tiens, c'est plus fort ici.

Malden se rapprocha de lui. Le liquide remuait effectivement de façon plus visible, plusieurs ondes se dessinant clairement à sa surface.

— Qu'est-ce que cela signifie ? demanda Malden à mi-voix.

Les épaules de Crassier se raidirent.

— Des sapeurs. Des foutus sapeurs. Ils creusent un tunnel sous la paroi. Ils se servent de poutrelles pour étayer le plafond. Et quand ils seront allés assez loin, ils retireront les bouts de bois et – crac ! –, le poids du mur le fera s'effondrer.

Malden réfléchit à quelque chose.

— J'ai entendu une rumeur selon laquelle Mörget aurait réussi à abattre le rempart de Rougedigue en moins de trois jours. Je pensais qu'il avait dû se servir de pioches et de forets, mais…

— Ouais, mon gars. Il devait avoir des sapeurs là-bas aussi. (Il secoua la tête.) Entre ça et les trébuchets, alors que personne n'avait encore entendu parler de barbares tenant un siège… Eh bien, je dirais que Mörg doit avoir un putain de nain dans son camp. Quelqu'un qui s'y connaisse dans ce genre de coups bas.

Un nain, au service des barbares. C'était difficile à croire – et cela ne fut pas bénéfique à l'humeur du voleur. Un ennemi combinant l'incroyable aisance technique d'un nain et la soif de sang impitoyable d'un barbare n'était pas loin d'être invincible.

— D'après toi, dans combien de temps ce tunnel sera achevé ?

Crassier haussa les épaules.

— Ces murs sont solides, et leurs fondations profondes. Ça prendra plusieurs jours. Peut-être une semaine. Si on ne les arrête pas d'ici là.

— Il serait donc possible de les arrêter ? s'enquit Malden, sentant l'espoir renaître.

— Peut-être, mon gars. En théorie, c'est même plutôt simple. Il suffit de creuser notre propre tunnel jusqu'au leur. Et là, on bute chacun de ces salopards.

— Mais alors un passage reliera directement leur campement à l'intérieur de la ville. Qu'est-ce qui empêchera les barbares d'envoyer toute une armée par là ?

— Ils peuvent toujours essayer, répondit Crassier avec un demi-sourire. S'ils veulent prendre le risque qu'on leur fasse tomber l'ensemble sur la tronche quand ils seront engagés trop loin pour faire demi-tour.

— Rappelle-moi de ne jamais m'opposer à toi, dit Malden. J'aurais trop peur de ta vengeance. Tu as fait de l'excellent boulot, Crassier. D'une façon ou d'une autre, toute la ville te remerciera un jour. Y a-t-il la moindre récompense que je puisse t'offrir ?

— Rajoute dix heures à chaque foutue journée, répliqua le nain. Entre le forage de ce contre-tunnel et mon projet secret, j'en aurais grand besoin. (Il haussa les épaules.) Je suis de tout cœur avec toi, mon gars. Moi aussi, je risque ma tête si on perd.

Malden serra l'épaule de son compagnon. Cette fois-ci, celui-ci ne broncha pas.

Chapitre 97

Croy pouvait se lever et, en se servant de Percespectre comme d'une canne, il parvenait même à marcher. Il repoussa les mains de l'infirmière doigilienne qui veillait sur lui et sortit de sa tente. La tête lui tournait et des taches noires apparaissaient dans sa vision périphérique, mais il était bien déterminé à ne plus s'arrêter.

Le campement grouillait, comme d'habitude, de soldats courant de-ci de-là, affairés à creuser des fossés, à construire des palissades ou simplement à s'entraîner. Ils étaient incroyablement bien organisés et disciplinés. Si Croy avait disposé d'une telle compagnie lorsqu'il avait croisé la route de Mörgain à Fangevert, il l'aurait emporté haut la main.

Malheureusement, ils s'étaient alors trouvés à deux cent milles de là. Croy clopina à travers un terrain de manœuvres pour rejoindre la tente où sire Équarri et Bethane tenaient un conseil permanent. Quand il souleva le rabat, dix-huit pouces d'acier bondirent jusqu'à sa gorge. Il parvint tout juste à chanceler en arrière pour éviter la décapitation.

Équarri prononça quelques mots en doigilien, et le garde retira son arme sans une excuse. Croy n'en attendait aucune : l'homme ne faisait qu'obéir aux ordres.

— Tu es debout, déclara Équarri en lui adressant un signe de tête. Bien. Tu vas pouvoir nous éclairer sur la situation à Helstrow. Notre Altesse a eu la gentillesse de nous expliquer ce qu'elle a pu, mais naturellement elle n'a pas été formée en stratégie militaire. Sans vouloir vous offenser, ma reine.

Bethane était installée dans un fauteuil sculpté au fond de la tente, emmitouflée dans de gros édredons.

— Je comprends. (Elle se leva pour se jeter au cou de Croy.) J'ai cru que vous ne survivriez pas, mon champion.

Croy fit de son mieux pour ne pas s'écrouler sous son poids.

— Votre Altesse. Selon l'étiquette, je…

— Peu me chaut. Sans vous, je serais morte à l'heure qu'il est. Et il m'appartient sans doute de pouvoir toucher les sujets de mon choix. Surtout ceux qui ont été blessés à mon service. On prétend que mon contact peut soigner la scrofule, vous savez ?

— Je… l'ai effectivement entendu dire.

Personnellement, il n'avait jamais vu le miracle se produire, mais de nombreuses légendes assuraient que les rois et reines de Skrae étaient capables de guérir diverses maladies grâce à une simple palpation. Il secoua la tête, se rappelant le franc-parler et les manières directes d'Ulfram V. À l'évidence, le père avait transmis ces traits de caractère à sa progéniture.

— Sire Équarri, je dois te parler sur-le-champ, reprit-il.

— Mais bien sûr. Nous sommes en train de réfléchir à notre prochain mouvement. Comme tu fais partie des Sept Lames, il est normal que ton avis soit écouté, commenta Équarri en faisant entrer Croy.

La tente était claire et spacieuse, et tout reflétait les couleurs des toiles peintes. Une dizaine de chevaliers doigiliens se tenaient avec Équarri autour d'une table sur laquelle reposait une carte du royaume. Tous étaient vêtus d'armures d'acier rutilant, comme s'ils s'attendaient à une attaque imminente.

— J'espérais m'entretenir seul à seul avec toi. Ces hommes sont… des mercenaires, n'est-ce pas ?

— Tout à fait. Ulfram V, que la Dame bénisse son nom, a eu la sagesse de les envoyer quérir avant même l'arrivée des barbares. Les contrats sont signés et les acomptes versés. Tu peux leur faire confiance. De toute façon, aucun d'eux ne parle notre langue.

Croy croisa le regard de l'un des Doigiliens. Celui-là même qui l'avait trouvé dans les collines et l'avait ramené à Équarri.

— Très bien. Je voulais te demander de m'aider à secourir la Cité Libre de Ness.

Équarri secoua la tête et se pencha sur sa carte.

— Crois-moi, je le regrette, mais je dois refuser. Ness est une cause perdue. Huit mille barbares ont encerclé la ville, et selon mes derniers rapports, elle ne tiendra plus que quelques jours. Non, nous devons reprendre Helstrow, et nous partirons demain.

Croy boitilla jusqu'à lui et prit appui sur la table.

— Je dois te prier d'y réfléchir à nouveau. Si la horde s'empare de Ness, elle contrôlera la moitié du royaume, et…

— Et si nous récupérons Helstrow, puis Rougedigue, nous conserverons l'autre. La moitié est. Nous nous trouverons entre eux et les renforts potentiels dont ils pourraient attendre la venue depuis l'autre côté de Murblanc. (Équarri fit courir son doigt sur toute la longueur de la carte.) Si nous contrôlons la Strow, nous ne serons pas loin de récupérer nos terres. (Il abattit son poing sur la table et regarda Croy droit dans les yeux.) Je sais que ton cœur est à Ness. Que tu y as passé l'essentiel de ta vie. Mais dorénavant, tu dois penser comme un général.

Croy ferma un instant les yeux. Équarri avait raison. Tout l'indiquait sur la carte. Lui-même en était convaincu, quand il se fiait à son instinct militaire. Helstrow serait mal protégée, et la garnison barbare à Rougedigue serait bien maigre. Deux victoires faciles qui pourraient suffire à renverser la situation – à transformer une défaite inéluctable en succès soudain, sans presque verser de sang.

Mais peu importait.

— Si tu laisses les barbares s'emparer de Ness, sa population endurera des souffrances inimaginables, insista Croy.

Et celles de Cythère seront… insupportables, songea-t-il. Elle était peut-être déjà morte. Non, il ne saurait le tolérer. La Dame l'avait épargné tant de fois. Elle l'aurait sans doute laissé mourir si ce n'était pour accomplir cela. Pour sauver Cythère.

S'il suivait le commandement d'Équarri, et chevauchait en sa compagnie jusqu'à Helstrow, il pourrait récupérer la moitié orientale du territoire avant que l'hiver ne fige toutes les troupes. Toutefois, il faudrait alors patienter plusieurs mois avant même d'envisager de rallier Ness. Pendant ce temps, Cythère demeurerait seule et sans défense.

Il ne pouvait l'accepter.

— Nous sommes en guerre, Croy. Les gens souffrent en temps de guerre. Même ceux que nous aimons.

Croy acquiesça.

— Je le comprends. J'en ai même été témoin. J'étais là, quand le baron a effectué son baroud d'honneur à Fangevert. Je me trouvais sur ce champ de bataille.

C'était un coup déloyal, laissant suggérer que, pendant qu'Équarri prenait la fuite, lui s'était battu pour le royaume. Il ne pouvait cependant plus retirer ses paroles.

Équarri tira sur le capuchon de mailles de son haubert et sur le jaque matelassé qu'il recouvrait. Il se frotta les oreilles comme si elles le chauffaient.

— Je t'ai offert une place dans mon conseil, Croy. Ne t'imagine pas que cela te confère une quelconque autorité. N'oublie pas ton statut.

— Je suis l'une des Sept Lames, tout comme toi, repartit Croy.

Encore quelques paroles, une nouvelle mise en cause de la suprématie d'Équarri, et ils ne pourraient plus échapper au duel. L'honneur d'une Lame était son bien le plus précieux, et si Croy insistait davantage, il traînerait très clairement celui d'Équarri dans la boue. Croy avait été contraint de tuer Bisbille, son formateur et ancien possesseur de Langacide, à cause de paroles malvenues. Il ne désirait pas affronter Équarri et Glaivefroid simplement parce qu'il n'était pas capable de rester à sa place.

Toutefois, il ne pouvait plus reculer. Il avait respecté un contrat sacré en menant Bethane en sûreté, il devait désormais en honorer un autre. Il envisagea même de demander un cheval et de partir seul à Ness. Mais à quoi bon ? Il se ferait massacrer par le premier groupe barbare qu'il croiserait. Mourir de cette façon rendrait grâce à la mémoire de Cythère, mais cela ne la sauverait pas.

Non. S'il voulait lui venir en aide, il avait besoin des mercenaires doigiliens. Il lui fallait une armée.

— Toi, mon ami, tu es un chevalier errant. Et moi, poursuivit Équarri en choisissant ses mots avec soin, je suis le capitaine de la garde du roi.

Une insulte – d'une logique implacable. Équarri lui offrait une dernière chance. Il pouvait choisir de prendre ombrage d'avoir été appelé chevalier errant, et le provoquer en duel sans plus tarder. Ou il pouvait reconnaître qu'Équarri était son supérieur hiérarchique, et se contenter de son rôle de lieutenant. Et les lieutenants ne donnaient pas les ordres de bataille.

Croy avait déjà la main sur la poignée de Percespectre. S'il la dégainait ne fût-ce que d'un pouce, la décision serait prise. Il resserra les doigts.

— Qu'en est-il de la garde de la reine ? s'enquit doucement Bethane.

Équarri et Croy se tournèrent vers elle comme un seul homme. Les Doigiliens, qui ne comprenaient rien à cette conversation, se dévisagèrent et haussèrent les épaules. Ils sortirent de la tente, préférant visiblement laisser les Skraeliens régler seuls leurs différends.

— Votre Altesse, répondit Équarri, les sourcils froncés. Votre père entendait me laisser la responsabilité de ce poste, en tant que protecteur de sa fille et de la couronne.

— Mon père est mort, fit remarquer Bethane. Je peux choisir seule mon protecteur. Et si je me fie à celui qui a le plus d'expérience dans cette tâche, mon choix est clair.

Le visage d'Équarri s'assombrit de colère, ou peut-être de peur.

— Ma reine, permettez-moi de vous rappeler que vous n'êtes pas encore en âge de régner.

— C'est exact, admit Bethane.

Cela ne semblait pas la déranger pour autant.

— Jusqu'à votre dix-huitième anniversaire, et votre majorité, poursuivit prudemment Équarri, vous ne pourrez officiellement gouverner le royaume de Skrae.

— Je connais la loi, répliqua-t-elle.

Son visage ne trahissait rien.

— Ainsi, je suis désolé de vous rappeler que vous ne pouvez pas me relever de mes fonctions, acheva Équarri comme s'il énonçait la dernière partie d'un raisonnement mathématique.

Bethane hocha aimablement la tête.

— C'est exact, sire Équarri. De bout en bout. Je ne peux pas encore vous commander. Toutefois, n'est-il pas également exact que, lorsque le monarque n'a pas encore atteint sa majorité, la loi impose la nomination d'un régent ? Une personne majeure capable de gouverner en son nom, selon sa volonté ? Je crois que la loi ne précise pas clairement qui doit nommer ce régent. Traditionnellement, ce privilège incombe à la famille royale, qui doit se réunir pour prendre une décision.

Sire Équarri resta coi. Il ne put que déglutir docilement en observant la jeune femme. Sa reine. Il pensait peut-être la même chose que Croy. Qu'il n'avait jamais vu meilleure preuve du sang royal qui coulait dans les veines de Bethane. Elle ne s'exprimait pas comme une jeune fille de quatorze ans, mais comme un monarque. Un souverain.

— Puisque je suis la dernière survivante de la famille royale, jusqu'à preuve du contraire, j'en déduis qu'il me revient de désigner mon propre régent. Sire Équarri, vous restez donc capitaine de la garde de la reine. Quant à vous, sire Croy, vous pouvez venir vous agenouiller devant moi.

Croy s'exécuta, même s'il faillit tomber en voulant se mettre à genoux.

— Soyez ma voix, et mon vouloir, et au nom de la Dame, servez Skrae jusqu'à votre mort, déclara Bethane. Jurez-vous de faire respecter la loi et de protéger le peuple ?

— Au nom de la Dame, je le jure, répondit Croy.

— Ainsi soit-il. Je vous lègue tous les pouvoirs de ma couronne, et tous les droits, les rangs, les privilèges et les titres associés, jusqu'à la fin de ma minorité. Seigneur Croy, veuillez vous lever pour devenir le régent de Skrae.

Croy se remit debout avec peine. Il se tourna vers Équarri, veillant à réprimer le sourire moqueur qui menaçait de se dessiner sur ses lèvres. Ce qui serait discourtois au possible.

— Veuillez informer vos mercenaires que, dès demain, nous partirons secourir le peuple de Ness, annonça-t-il d'un ton formel.

Une simple déclaration pouvait faire une telle différence... Au cours des quatre prochaines années, Croy dirigerait le royaume, avec les mêmes pouvoirs qu'un roi. Du point de vue de la loi, il était d'ailleurs le souverain de Skrae.

Il laissa un instant à Équarri pour digérer cette information. Puis il haussa un sourcil, car le chevalier ne lui avait pas répondu. Il le toisa jusqu'à ce que son ancien ami lui adresse une révérence bien raide avant de se redresser.

— Comme vous le souhaiterez, souffla alors Équarri, le visage dénué d'expression. Sire.

Chapitre 98

Une seule pierre de trébuchet survola la ville ce jour-là. Elle atterrit sur Château-Haut, parmi les ruines d'un bâtiment déjà détruit, et n'eut d'autre effet que d'effrayer quelques badauds. La veille, aucun projectile n'était tombé. Depuis que l'attaque du rempart avait été repoussée, les barbares semblaient moins confiants en leurs engins de siège.

Ce calme relatif suffit à créer une illusion de paix et de sécurité. Malden s'en réjouissait, même s'il savait à quel point cette impression était erronée. Les barbares n'avaient pas baissé les bras, loin de là : ils s'étaient contentés de se tourner vers un autre moyen d'arriver à leurs fins. Crassier avait commencé à travailler sur son contre-tunnel, et s'était rendu compte que les sapeurs œuvrant dans l'autre conduit étaient plus talentueux qu'il ne l'avait imaginé. Ils avaient creusé une sorte de dédale, rempli d'impasses et de boyaux parallèles, qu'ils avaient ensuite comblé de déchets et de débris dans le simple but de l'égarer.

— Ce qui signifie que je sais qu'ils sont là, et qu'ils savent que je sais, et donc qu'ils savent foutrement que je sais qu'ils savent. Ils vont tendre des pièges dans leurs faux tunnels, juste au cas où je tomberais dessus en creusant. Et ils vont poster des gardes armés dans le vrai tunnel pour me faire regretter de l'avoir trouvé. (Le nain secoua la tête, désemparé.) Je n'ai pas encore capitulé, mon gars. Mais tu ferais mieux d'élaborer un plan de secours, dans l'éventualité où ils auraient le dernier mot.

— Et ton projet secret ? s'enquit Malden.

— S'il est prêt à temps, et s'il fonctionne effectivement – je ne te promets rien, hein ? –, ça leur fera une sacrée putain de surprise. Une seule. Cela ne résoudra rien, ça nous permettra simplement de gagner un peu de temps. (Il contempla ses mains.) Je suis navré. Je sais que tu comptais sur moi…

— Tu m'as déjà aidé plus que je ne pouvais l'espérer, le rassura Malden. Nous surmonterons ça. Je vais voir Tailleserpe. Il a oublié plus de tours pendables que toi ou moi n'en connaîtrons jamais.

— C'est un fieffé salopard. Cela dit, je me demande si on peut lui faire davantage confiance qu'à ces grands cons là-dehors.

— Aujourd'hui, chaque ami m'est précieux, répondit Malden.

Il quitta l'atelier puant du nain et traversa la ville en direction de la maison du chapitre. Pour une fois, il passa par la rue, tel un homme honnête. Il mettait un point d'honneur à se montrer aux Nesséens. S'ils le voyaient marcher devant chez eux, rassuré et souriant, cela leur regonflerait le moral.

Il aurait toutefois dû y réfléchir à deux fois car, avant même d'avoir atteint sa destination, son humeur s'était déjà largement assombrie. Partout il avisa des preuves de folie religieuse. Chaque maison était désormais ornée de rubans rouges, symbolisant les sacrifices sanglants que Sadu réclamait. Des figures du dieu aux huit bras avaient été érigées sur chaque place et dans chaque recoin – il s'agissait pour la plupart d'idoles grossières faites de morceaux de bois cloués ensemble et équipés d'armes et de dents d'animaux. Il croisa plus d'une vieillarde et plus d'un boiteux méchamment balafrés aux bras et aux mains, arborant fièrement leurs cicatrices pour montrer à tous leur contribution à l'effort de guerre – en faisant couler leur propre sang.

Quand il atteignit le bureau secret de Tailleserpe, il ne put que secouer tristement la tête.

— Les barbares n'ont plus qu'à attendre que nous nous saignions à blanc tout seuls, déclara-t-il.

Tailleserpe le laissa entrer sans un mot. Il tenait un morceau de parchemin plié qu'il ne quitta pas des yeux, même quand il servit une coupe de vin à Malden. Puis l'ancien maître de la guilde des voleurs s'affala dans l'un des fauteuils et plaqua une main sur son front.

Il ne semblait pas souhaiter discuter de ce qui le tracassait. Malden ne l'avait jamais vu si agité, et cela le troubla plus qu'il n'aurait voulu l'admettre. Il tenta de tirer son ancien chef de sa mélancolie en l'informant des dernières évolutions.

— Il y a eu du changement à l'extérieur. Je ne saurais dire de quoi il s'agit, mais ils ont radicalement modifié leur stratégie. Alors qu'ils semblaient jusqu'à présent se satisfaire de nous laisser mourir de faim, ou de nous aplatir sous des rochers, ils ont désormais l'intention d'abattre la muraille.

— Du changement. Oui.

Tailleserpe contempla une fois encore son parchemin.

— Mauvaise nouvelle ? s'enquit Malden.

— Un rapport de l'un de mes espions, admit Tailleserpe. Mörg est mort.

— Mörg ? Le Grand Chef ? Eh bien, c'est la meilleure annonce de la journée !

— Pas vraiment.

Tailleserpe se leva de sa chaise et commença à faire les cent pas. Il finit par jeter la missive au feu et la regarda se consumer.

— Un instant, dit Malden qui venait de songer à quelque chose. Vous avez des espions parmi les barbares ? Et vous ne m'en avez jamais parlé ?

— Pas des espions. Disons plutôt des contacts. J'en avais un. Je n'en ai plus.

Malden n'arrivait pas à y croire.

— Mörg travaillait pour vous ?

Tailleserpe secoua la tête.

— Non, Malden. C'était un ami. Un… collègue. Il n'a jamais trahi son peuple, ni ne m'a jamais transmis une information que tu aurais dû connaître. Et je ne lui ai jamais rien appris dans mes messages non plus. Nous nous respections intellectuellement, tout simplement.

Tailleserpe était l'être le plus intelligent que Malden ait jamais rencontré. Il peinait à croire qu'un barbare ait pu rivaliser d'esprit avec lui.

— Vous devez tout me dire dans le moindre détail. Je n'aime pas ça du tout.

L'ancien maître de la guilde poussa un profond soupir, puis il hocha la tête.

— Je t'ai déjà parlé de l'époque où j'ai mis sur pied cette organisation. Mais pas de ce qui s'est passé depuis. Dès que j'ai contrôlé Ness – j'avais la moitié des officiels à mes pieds, et l'autre moitié était terrifiée à l'idée que je puisse lancer sur eux mes assassins en cas de désaccord –, je me suis demandé comment élargir mes horizons. J'ai pris contact avec mes homologues dans d'autres villes. D'abord des criminels. La reine pirate de l'archipel de Hure, le Prophète Mendiant de Ranmark, et d'autres. Ils se sont tout d'abord montrés circonspects, craignant que je veuille les supplanter. J'ai toutefois fini par les convaincre que nous pouvions nous entraider à distance, sans nous faire concurrence. J'ai aussi envoyé mes antennes plus loin, en quête de penseurs partageant ma philosophie, parfois même d'honnêtes gens. J'en ai par exemple trouvé beaucoup parmi les nains, ainsi qu'au sein de la Confrérie des Érudits ou du Collège des Doyens de la grande université de Vijn. Et j'ai fini par tomber sur Mörg. J'ai rarement croisé un esprit plus éclairé. Et aussi désireux de laisser un héritage autrement que par de grandes conquêtes ou qu'en faisant couler le sang. Il voulait rendre son peuple plus fort, Malden.

— Afin de pouvoir abattre des remparts à poings nus ?

Tailleserpe émit un sifflement de frustration.

— Il considérait que la force d'un peuple ne se mesurait ni à ses bras, ni à son acier, mais à sa capacité à travailler ensemble, et à la faculté de chacun de prendre ses propres décisions sans avoir une épée pointée en permanence sur sa gorge pour l'y aider. Par bien des manières, la nation qu'il a construite est plus élaborée, plus équitable que la nôtre ne le sera jamais.

Malden garda le silence. Tailleserpe était visiblement en deuil. Le voleur avait une bonne dizaine de reparties sur le bout de la langue, mais il se força à les ravaler.

— À présent, tout ceci est perdu. La nation qu'il désirait tant créer ne pouvait pas survivre à sa mort – c'était sa plus grande crainte. Que ses enfants n'entendent pas les leçons qu'il voulait leur transmettre. Tu as rencontré Mörget et Mörgain.

— Oui… on peut le dire, confirma Malden.

— L'un d'eux deviendra le prochain Grand Chef, c'est à peu près sûr. Cette paix étrange que tu as ressentie dernièrement ? Ce changement de rythme dans les bombardements ? Cela ne durera que le temps qu'ils décident lequel des deux sera l'élu.

Malden sentit sa gorge se serrer. Il pensait savoir qui l'emporterait. Mörgain était une femme hors du commun, mais son frère avait le cœur d'un lion blessé.

— Et qu'arrivera-t-il ensuite ?

— Alors ils s'abattront sur toi tel le marteau sur l'enclume. Tous deux sont assez avisés pour savoir qu'ils vont devoir prouver leur puissance pour conserver le pouvoir. Ils voudront écraser Ness, quel qu'en soit le prix. Je crois que tu n'auras droit qu'à deux autres jours de répit, Malden. Ensuite, tu auras intérêt à être prêt.

Le voleur oublia alors de quoi il était venu discuter avec Tailleserpe. Il trouva une excuse – il était fatigué et devait aller dormir – et prit congé. Une fois dehors, il s'appuya aux pierres froides du chapitre et tenta d'apaiser sa rage. Il finit par respirer de nouveau normalement et par ne plus sentir le sang lui battre aux tempes. Ce n'était cependant pas la menace d'un nouvel assaut qui le mettait dans cet état, mais un simple fait…

Tailleserpe avait disposé d'un espion dans le camp barbare ! Et à présent, cette ressource inestimable était perdue à tout jamais – sans avoir fourni la moindre information de valeur. Maudit Tailleserpe ! Maudit fût-il pour ne pas lui en avoir parlé plus tôt. Qu'auraient-ils pu apprendre ? Et à présent, il ne connaîtrait jamais ne serait-ce que le nom de cet informateur.

Il tourna les talons. Alors seulement remarqua-t-il le chien miteux roulé en boule devant la porte, comme pour attendre le retour de son maître. Malden fronça les sourcils, se demandant ce qu'il pouvait bien faire là – Tailleserpe n'avait encore jamais montré le moindre intérêt pour les chiens.

Il se pencha pour caresser la créature avant de partir, sans se soucier des puces qui ne manqueraient pas de lui grimper dessus. Le chien arqua le dos et pantela joyeusement à ce contact. Qu'il était bon d'avoir quelqu'un – ne fût-ce qu'un animal – qui ne l'assommait pas de paroles sévères ou de terribles imprécations.

Chapitre 99

Malden enveloppa une miche de pain dans un morceau de soie – le contenu était désormais de plus grande valeur que le contenant – et se dirigea vers l'Isle aux Chevaux afin d'aller remercier Coruth. Elle venait de sauver la ville, ou tout au moins de lui accorder une journée supplémentaire de liberté, et il comptait bien honorer cet acte.

Toutefois, quand il arriva à Plandest, l'eau était gelée et les bateaux renversés et bâchés pour l'hiver. La seule personne qu'il croisa en bas des marches fut une vieille femme assise près d'un trou foré dans la glace, une canne à pêche entre les mains.

— Impossible de traverser maintenant, Seigneur Maire, caqueta-t-elle. À moins d'y aller à pied.

Malden contempla la banquise le séparant de l'île de Coruth. Elle grinçait et chantait au soleil, tandis qu'une eau sombre montait en dessous. La glace pouvait rompre à tout instant.

Malden s'arma de courage.

— Je suis plutôt léger, décréta-t-il.

Toutefois, il se demanda dès le premier pas s'il se montrerait suffisamment leste. La mare gelée s'agitait sous ses pieds, et une eau glaciale vint même recouvrir ses chaussures de cuir. Il progressa lentement, écartant largement les jambes afin de mieux répartir son poids, mais il entendit bientôt la glace se fissurer. Un point noir apparut devant lui quand de l'eau vint clapoter sur une fine couche de givre, qui se brisa alors en minuscules éclats.

— Merde ! jura-t-il.

Il se retourna pour revenir sur ses pas. Il allait devoir attendre un jour plus froid. Il se dirigea vers la rive.

Sous son pied, une zébrure apparut, qui traversa bien vite toute la surface gelée avec un bruit de papier déchiré.

Malden sauta de côté sur un bloc en apparence plus solide… qui bascula sous son poids, une extrémité plongeant dans le fleuve tandis que l'autre bondissait vers le soleil. Il glissa vers l'eau et parvint à bondir sur une surface plus robuste, juste à temps pour ne pas être englouti.

Un répit très temporaire. L'îlot sur lequel il venait de trouver refuge était cerné de toute part d'une eau sombre. Le soleil brillait continuellement depuis un ciel sans nuages, provoquant de nouvelles fissures tout autour de lui.

Le glaçon qui lui servait de juchoir n'était pas assez gros pour supporter son poids. Pouce après pouce, il se mit à sombrer.

Malden savait nager, et avait même appris précisément à cet endroit. Mais il était sûr de ne pas pouvoir atteindre la rive à travers ces eaux glaciales. Son lourd manteau et l'épaisse tunique qu'il recouvrait l'entraîneraient vers le fond. Le froid le saisirait jusqu'aux os, ses muscles se tétaniseraient…

Après avoir survécu à tant de périls, résisté à une invasion barbare et à un siège mortel, allait-il périr en ayant voulu commettre une simple folie ? Il se mit à maudire le destin.

Il cessa cependant en apercevant Cythère qui sortait de la cabane de sa mère et traversait la neige jusqu'à la rive rocailleuse de l'Isle aux Chevaux. Elle lui adressa un signe de la main – non, elle levait simplement la main en l'air. Sa tête bascula en arrière et ses yeux se fermèrent.

Tout autour de Malden, la glace se fêlait et éclatait. Le voleur sentit basculer le morceau sur lequel il se tenait, tandis qu'une nouvelle banquise se formait en dessous. La surface de Plandest étincela quand de longs cristaux ondulèrent jusqu'à se rejoindre, formant un sentier solide entre l'île et le naufragé.

Malden ne perdit pas un instant à s'interroger sur ce petit miracle. Il courut sur le chemin, glissant à chaque enjambée, jusqu'à pouvoir sauter sur les rochers où se tenait Cythère.

Celle-ci rouvrit alors les yeux. La glace derrière Malden tomba instantanément en miettes. La sorcière haleta, et sembla sur le point de s'évanouir. Le voleur lui passa un bras autour de la taille pour la soutenir, et elle se laissa aller contre sa poitrine. Elle était brûlante de fièvre, même s'il savait que c'était simplement dû aux énergies ésotériques auxquelles elle avait fait appel et qui coulaient encore dans ses veines. Il l'aida à tituber jusqu'à la maison.

À l'intérieur, il lui tendit le morceau de pain qu'il avait apporté. Elle le contempla d'un air hébété, comme si elle n'envisageait plus de manger un jour.

— C'est trop, dit-elle. Des gens meurent de faim dans tout Ness, et tu nous apportes une miche entière ? (Elle le dévisagea longuement.) Cela doit valoir son pesant d'or, désormais. Depuis quand n'as-tu rien avalé ?

— J'ai pris une poignée d'avoine ce matin, expliqua Malden. Tout va bien. De toute façon, ta mère mérite une récompense bien plus importante que celle-ci.

— Ma mère… (Cythère porta une main à sa joue comme si elle se sentait défaillir.) Malden… tu devrais aller la voir. Lui dire ça en personne.

— Avec plaisir, répondit-il, même si quelque chose dans le ton de son amie l'inquiétait.

Elle le mena jusqu'à une pièce à l'arrière de la cabane, une chambre rendue poisseuse par l'épaisse fumée qui s'élevait des braseros remplis d'herbes médicinales, dont l'odeur en dissimulait une autre, plus maladive. Une pestilence nauséabonde qu'il se refusait à identifier.

Un imposant lit à baldaquin occupait l'essentiel de l'espace. Coruth gisait dessus. Ou ce qu'il restait d'elle.

Elle paraissait minuscule au milieu de toutes ces couvertures. C'était étrange. Malden l'avait toujours vue comme une personne immense et dominante, plus grande que son interlocuteur quel qu'il soit. Toutefois, à bien y réfléchir, il se rendit compte qu'elle était bien plus petite que lui, et bien moins large d'épaules. Et quand il chercha à comprendre pourquoi il l'avait toujours perçue de façon démesurée, il songea à sa propre mère. Elle avait toujours été fine, et pas particulièrement élancée, mais lui-même n'était alors qu'un petit enfant, à côté duquel elle faisait figure de géant. Coruth devait lui faire le même effet.

À présent, la maladie avait ravagé le corps de la sorcière, à tel point qu'elle n'était plus que l'ombre d'elle-même. Ses cheveux tissés d'argent étaient rejetés sur son oreiller, et son visage hautain et ensommeillé tombait, complètement flasque. Tandis qu'il la contemplait, horrifié, elle se retourna et retira une main de sous les draps. Ses doigts n'étaient plus que des brindilles – de véritables brindilles en bois, sur l'une desquelles poussait même une feuille ratatinée. Son bras ressemblait davantage à une branche d'arbre qu'à de la chair humaine.

— Est-elle… ? demanda Malden, refusant cependant d'employer le terme « mourante » en sa présence.

— Peut-être, répondit Cythère. Il est aussi possible qu'elle se transforme pour quelque temps. Durant sa captivité, elle s'était changée en sorbier, tu te rappelles ?

Malden acquiesça. C'était sous cette forme qu'il l'avait vue pour la première fois chez Hazoth.

— Cela lui permet de se soigner, poursuivit Cythère avant de secouer la tête. Je commence à saisir le concept, mais les détails m'échappent encore. Apparemment, la transformation n'est qu'un tissage différent de ses propres atomes, expliqua-t-elle. Quant à savoir en quoi cela accélère le processus de guérison…

Malden se mordit la lèvre. Cythère était devenue une sorcière, tout comme sa mère. De tels mystères ne lui seraient plus inaccessibles, si elle décidait d'en chercher l'origine. Pour lui, ils resteraient éternellement obscurs.

— Tout ceci lui arrive parce qu'elle a trop repoussé ses limites, n'est-ce pas ?

Cythère opina.

— Elle a créé une illusion, faisant apparaître bien plus d'archers que nous n'en avons en vérité, poursuivit-il en repensant à ce dont il avait été témoin la nuit précédente. Mais cela seul ne l'aurait pas tant affaiblie. En revanche, quand elle a rendu les flèches assez réelles pour tuer…

Cythère détourna rapidement la tête. Malden fronça les sourcils, se demandant pourquoi elle fuyait son regard. Il n'avait fait qu'énoncer un simple fait.

— L'as-tu… aidée à jeter ce sort ? s'enquit-il.

— C'était une opération nécessitant une grande puissance, répondit-elle. Une conjuration qui aurait découragé bien des mages. Si je l'avais aidée, cela m'aurait détruite. Non… elle a dû s'en charger seule. Et elle a failli en mourir.

— Elle nous a tous sauvés, déclara Malden.

Il s'assit sur le bord du lit et posa une main sur le front de la sorcière. Sa peau avait la même consistance que de la cire.

— La ville vous remercie. *Je* vous remercie.

Il faillit s'enfuir à toutes jambes quand la vieille femme entrouvrit un œil. Il était rivé sur lui et Malden se sentit cloué sur place, comme si ce simple regard pouvait le transpercer aussi facilement que de l'acier. Elle essaya de chuchoter quelque chose, mais il ne parvint pas à en distinguer les mots. Il se pencha vers elle, l'oreille tout contre sa bouche, et perçut quelques bribes.

— … jamais trop tard. Par le cœur. Son père…

Elle se tut, et sa paupière se ferma. Quand le voleur se releva, il fut surpris de découvrir une petite feuille marron dans une mèche de cheveux gris et gras. Le simple fait de parler avait dû coûter beaucoup d'énergie à la sorcière. À l'évidence, elle avait tenu à transmettre un message.

Malheureusement, il ne l'avait pas compris. Encore une nouvelle énigme, qu'il n'avait pas le temps de résoudre.

Il voulut prendre congé, ne souhaitant pas la déranger plus longtemps.

— Peux-tu m'aider à rejoindre la rive opposée ? demanda-t-il à Cythère.

La jeune sorcière hocha la tête et le raccompagna.

— Malden, dit-elle quand ils arrivèrent au bord de la glace. Elle savait que cela arriverait. Elle savait qu'elle n'aurait pas assez d'énergie pour t'aider. Mais elle a saisi le caractère indispensable de son sacrifice. J'espère que toi aussi.

Il inclina la tête. Elle tentait de lui expliquer pourquoi ils ne pouvaient pas rester ensemble.

— Je comprends que le destin joue aux dés avec nous, et qu'ils sont généralement pipés en notre défaveur. (Il secoua la tête.) Je comprends ce que ta mère a fait, et ce que cela lui a coûté. Cela me touche au-delà des mots, lui affirma-t-il.

— Elle a suivi sa voie. La voie des sorcières. Nous nous rendons en des endroits que les autres fuient, et nous prenons des risques que les autres ne peuvent envisager, pour le bien de tous. C'est une très noble vocation, et je suis fière d'avoir été admise dans ce cercle. Elle avait vu que cela se produirait et s'est assurée de m'initier avant de s'épuiser, afin qu'il reste une sorcière à tes côtés. Cela ne m'apparaît que maintenant.

Malden voulut lui prendre la main, mais elle la dissimula sous sa cape informe.

— Tu dois néanmoins comprendre une chose, poursuivit-elle. Mon talent est encore maigre, je ne peux que réaliser des exploits mineurs. Je réussis mieux que certains à manipuler les énergies naturelles, cependant... je ne pourrais pas reproduire le centième de ce qu'elle a réalisé hier soir. Je n'aurais pas pu créer cette illusion. Ne compte pas trop sur moi, Malden. N'élabore aucun plan qui nécessite le soutien d'une magie puissante. Je t'aiderai dès que je le pourrai, et dans la mesure de mes moyens, mais cela ne suffira pas forcément.

— J'aimerais mieux avoir ton amour que le soutien de toute la sorcellerie contenue dans les livres de Rougedigue.

Il n'est peut-être pas trop tard. Tu peux… tu peux peut-être encore abandonner. Laisser tomber la sorcellerie, et m'épauler simplement en tant que femme.

— Oh, si seulement c'était si simple, répliqua-t-elle d'un ton très calme. Mais pourrais-tu n'être qu'un homme, avec moi ?

— Quand je suis avec toi, je ne suis jamais rien d'autre que ton homme.

Elle resta muette.

Il ouvrit la bouche pour reprendre la parole, mais elle avait déjà levé les mains et rejeté la tête en arrière. La glace commença à se former au bord de l'eau. Malden savait qu'elle ne tiendrait pas longtemps. Ravalant ses sentiments, il courut jusqu'à l'autre berge, jusqu'à rejoindre l'escalier de Bord-Fosse et la terre ferme.

Chapitre 100

La Citronneraie ne pouvait plus contenir tous ceux qui souhaitaient que Malden leur accorde un peu de son temps si précieux – et certains des citoyens les plus pieux commençaient à s'indigner de devoir entrer dans un lupanar pour se faire entendre. Malden s'en froissa, mais il avait assez d'expérience pour ne pas se mettre les habitants à dos en déchargeant sur eux sa mauvaise humeur. Il investit donc la chambre des métiers, un imposant bâtiment de pierre situé dans les Flèches, tout près de la place du marché. Naguère, les maîtres de chaque guilde s'étaient réunis là pour débattre de la politique de la ville. À présent qu'ils avaient tous fui, avant même l'arrivée des barbares, elle restait vide, les cheminées éteintes.

Velmont démarra un feu dans l'âtre gigantesque de la grande salle de réunion, tandis que Malden tournait autour de la table en chêne, observant les armoiries suspendues aux poutres. Les guildes auxquelles appartenaient ces blasons avaient construit la cité et l'avaient rendue libre, parachevant l'œuvre de Juring Tarness – c'était en effet l'argent accumulé qui avait conféré son pouvoir à Ness. À maintes reprises au cours de l'histoire, des rois avaient tenté d'assujettir la ville à l'impôt, ou d'asservir sa population en dépit de sa charte. On les avait toujours convaincus de n'en rien faire grâce à divers dons ou à des pots-de-vin rondelets. Ness avait acheté sa sécurité et son indépendance avec l'argent de durs labeurs ou d'affaires judicieuses.

Telle était en tout cas la version officielle. Qui passait sous silence le fait que, depuis la création du système de guildes, les travailleurs – les ouvriers, les manœuvres ou les éternels apprentis – avaient été exploités et violemment réprimés afin que les riches marchands qui se réunissaient dans cette salle puissent obtenir un nouveau quartin à la sueur du front de ces indigents.

— Je suis allé en bas, dans le cellier, annonça Velmont une fois que son feu brûlait joyeusement, réchauffant la pièce qui en avait grand besoin. J'y ai vu des insignes rutilants. Des symboles de guildes en or, et assez d'hermine et de martre pour ouvrir une ménagerie.

Malden opina.

— Ils organisaient un grand défilé chaque année. Ils en profitaient pour exhiber les symboles de leurs mystères – des outils ornementaux, des robes et des chapeaux de cérémonie, ce genre de choses. Une façon comme une autre de célébrer leur propre grandeur.

— Je me demandais juste…, poursuivit Velmont avec un regard entendu.

Malden soupira. Il avait compris la requête du Helstrovien. Pour la première fois, un soupçon de mauvaise conscience le tirailla. Les emblèmes au sous-sol étaient imprégnés de secrets et de traditions – ils faisaient partie de l'héritage populaire de Ness, et voilà que Velmont envisageait de les piller ? De quel droit ?

Malden, autrefois connu sous le nom de Malden le Voleur, ne put s'empêcher de se moquer de lui-même. Que de chemin parcouru. À une époque, il n'aurait pas hésité à se jouer du Helstrovien pour se servir le premier.

Désormais, il réfléchissait à la façon d'utiliser ces insignes pour raffermir son emprise sur son peuple.

— Fais descendre une équipe de voleurs. Choisis les meilleurs archers, et les plus loyaux. Emmène tout, mais n'en parle pas.

Les équipes recommençaient à râler, car il ne restait plus grand-chose à dérober en ville. Ils étaient heureux de servir Malden le Seigneur Maire, de leur propre aveu, mais s'il souhaitait également rester le maître de la guilde, il allait devoir leur remplir les poches. Il ne pouvait pas se permettre de perdre leur soutien, pas alors qu'ils représentaient le plus grand réservoir de valides compétents.

Les putains, à l'inverse, ne s'étaient jamais plaintes. Elles semblaient avoir obtenu ce qu'elles désiraient réellement – la reconnaissance pleine et entière de leur citoyenneté, et un peu de respect – rien qu'en se trouvant associées à lui. Il avait au moins la certitude de pouvoir compter sur Elody, Postiche et les autres maquerelles.

Quant aux gens honnêtes, qui représentaient quatre-vingt-dix pour cent de la population, il n'était jamais à l'aise avec eux, et s'inquiétait de ne pas savoir les apaiser. Si Tailleserpe voyait juste et que le siège ne tarderait pas à reprendre de plus belle – et il n'avait aucune raison d'en douter –, alors il était grand temps de consolider son pouvoir. L'heure était venue de faire cause commune avec les siens, afin qu'ils n'hésitent pas un instant quand il leur demanderait de se battre – et de mourir – pour lui.

Durant près d'une semaine, il avait refusé toute rencontre avec des délégations, car il avait plus important à gérer que leurs petits tracas. Qu'ils meurent de faim, soient terrifiés par les bombardements, ou souffrent simplement du besoin d'exister, il ne pouvait pas se permettre de les écouter s'épancher. Désormais, il se disait qu'il avait sans doute commis une erreur. Ils ne se seraient peut-être pas tournés en si grand nombre vers le Dieu Sang et le surnaturel si leur Seigneur Maire s'était soucié d'eux.

Ce jour-là, il était d'humeur à leur accorder tout ce qu'ils désiraient. Tant que cela ne précipitait pas sa déchéance.

Velmont partit en courant alors que les premiers porteurs de doléances arrivaient. Malden les reconnut sur-le-champ, même s'ils avaient changé de tenue. Ils étaient désormais vêtus d'écarlate et de cramoisi, et même leurs pièces de cuir étaient teintes en bordeaux.

Les prêtres autoproclamés du Dieu Sang. Peut-être ses pires opposants, songea-t-il. Au moins, avec les barbares, il savait à quoi s'en tenir.

Ils étaient trois. Trois hommes maigres, aux yeux écarquillés, aux cheveux et à la barbe ébouriffés. Le voleur parvenait à peine à les différencier. Un seul d'entre eux s'exprima, ce qui évita à Malden la peine de se rappeler trois noms différents.

— Hargrove, c'est bien cela ? demanda-t-il en se laissant tomber sur un siège en bout de table. (Il étendit une jambe par-dessus le bras du fauteuil et s'examina les ongles.) Je vais vous demander d'aller droit au but pour ne pas me faire perdre mon temps. J'ai une guerre à livrer, voyez-vous ?

Hargrove se rembrunit et fit un signe compliqué devant sa tête. Sans doute quelque exhortation à l'adresse de Sadu.

— Monseigneur, nous ne sommes pas venus vous condamner, ni vous réprimander. Vous êtes Son instrument en ce monde. Nous l'avons bien compris. Néanmoins, certaines questions subsistent.

Malden leva les yeux au ciel.

— De quelle sorte ?

— Seigneur Maire, vous n'avez jamais fait preuve de véritable dévotion. En tout cas, pas depuis que vous avez rétabli le caractère saint de la Pierdieu. Vous n'assistez pas à nos cérémonies. Vous n'avez pas offert depuis le moindre sacrifice. Le peuple veut savoir que vous croyez autant que lui.

— Le peuple ferait mieux de m'aider à briser ce siège, rétorqua Malden.

— Mais c'est précisément de cela qu'il s'agit ! Les barbares ne peuvent pas être repoussés par la force des bras. Si grande soit-elle. Notre seule chance de les refouler serait d'obtenir une assistance divine.

— Mmm. Ma mère était une femme bien, répliqua Malden.

Le visage de Hargrove se chiffonna. Il était de notoriété publique que la mère du Seigneur Maire était une catin.

— Puis-je vous demander ce que cela a à voir avec…

— C'est elle qui m'a tout appris sur la religion. Sur Sadu.

Les trois prêtres baissèrent la tête en entendant le nom de leur dieu. Ils joignirent les mains et prononcèrent rapidement quelques paroles rituelles.

— À cette époque, le Dieu Sang n'avait ni prêtre ni église en ville. Toutefois, les gens Le vénéraient toujours au fond d'eux. Ils ont alimenté cette flamme que tant de burgraves ont voulu moucher. Ma mère m'a appris que c'était là l'essentiel. Qu'il suffisait de Le remercier chaque jour pour la justice qu'Il apportait à ce monde – la seule justice dont les indigents profiteront jamais.

— Les choses ont changé, argumenta Hargrove. Aujourd'hui, nous avons une meilleure méthode pour L'approcher. Une méthode plus efficace pour solliciter Son aide.

Malden opina. Il savait précisément de quoi il était question.

— Une méthode plus visible, plus… pragmatique. Une manière d'exposer notre foi en public, et de la partager avec tous.

Hargrove arbora un sourire réjoui.

— Exactement ! Une église vivante, pour la première fois depuis des siècles. Mais cette église ne peut pas exister sur notre simple foi. Si vous pouviez assister à certains de nos offices, ou…

— Et si je vous accordais officiellement certains pouvoirs ?

— Eh bien, euh, cela nous aiderait grandement à raviver la flamme de ceux dont… la foi vacille, ici, à Ness.

— Parfait. Voyons voir. La première fois que vous êtes venus me trouver, vous m'avez demandé le pouvoir de distribuer les réserves de nourriture de la cité.

— Cela a toujours été du domaine du clergé dans l'ancien temps. Le grain était rassemblé à l'église à l'automne, puis réparti par les prêtres au fil de l'hiver. C'était la seule façon de s'assurer que les pauvres auraient de quoi se nourrir. Cette tradition de charité a fait survivre Ness au cours de bien des hivers rigoureux.

— Aucun ne l'a été autant que celui-ci, admit Malden. Loin de moi l'idée de m'opposer à la charité et à la compassion.

Ou à la corruption, songea le voleur, *ou à l'accumulation, ou au fait que les prêtres soient les premiers servis, avant tous ceux qui n'ont d'autre choix que de quémander un bout de pain pour faire vivre leur famille.*

— Je suis résolu à vous accorder exactement ce que vous me demandez. En échange, j'aimerais obtenir votre bénédiction – et l'assurance que vous ne remettrez plus jamais en question ma dévotion.

— Je peux vous assurer, s'exclama Hargrove en inclinant profondément la tête, que de telles interrogations ont totalement fui notre esprit.

Malden raccompagna les prêtres hors de la chambre des métiers. Il retrouva Velmont devant la porte ; celui-ci avait déjà réuni assez de voleurs pour vider le cellier.

Malden leur fit signe de se diriger sans plus attendre vers le sous-sol, mais il attrapa la manche de Velmont tandis que les autres se ruaient joyeusement à l'intérieur.

— Qu'as-tu surpris de ma conversation ? demanda-t-il au Helstrovien. Sais-tu ce que les prêtres ont demandé ?

— J'ai entendu que tu leur accordais ce qu'ils réclament depuis le début, alors que tu le leur refusais jusqu'à présent.

Velmont paraissait déconcerté.

— Ah, mais à l'époque, il y avait de vraies réserves de nourriture à prendre en compte. Qu'en reste-t-il maintenant ?

— Presque rien, admit Velmont. De quoi tenir quelques jours, à condition que tout le monde se limite à un repas frugal quotidien. Quel imbécile donnerait ses dernières miettes à des hommes prêts à cracher sur son ombre ?

— Le même imbécile qui ne veut plus avoir à s'occuper des réserves demain. Demain, quand elles seront vides. Quand la faim obligera la population à réclamer du pain, elle se tournera vers les prêtres, pas vers moi. Je pourrai déclarer que j'en ai confié la responsabilité aux hommes les plus dignes de confiance de tout Ness. En outre, il reste peut-être quelques têtes de bétail dissimulées quelque part. Quelles sont les chances de voir les prêtres gâcher ces animaux pour leurs sacrifices, alors qu'ils savent qu'il n'y a plus de viande ailleurs ?

Velmont éclata d'un long rire bruyant.

— Tu commences à être doué, patron.

— J'ai eu un bon professeur, lui répondit Malden. Bon, va donc chercher le prochain mendiant qui viendra me réclamer ce que je n'ai pas. Je suis prêt.

Il retourna se poster sur son fauteuil sculpté, et reprit sa pose d'une nonchalance étudiée, une jambe sur le bras du siège. La moitié du pouvoir d'un homme résidait dans l'image qu'il offrait. Tailleserpe lui avait aussi appris cela.

Chapitre 101

Les gémissements des guerrières de Mörgain mettaient les nerfs de Mörget à rude épreuve. Elles étaient installées depuis six heures devant la tente du Grand Chef défunt, à s'arracher les cheveux et à hurler à la mort. Elles pratiquaient une ancienne coutume tombée en désuétude depuis un siècle, mais visant à produire un bruit horrible afin de chasser les fantômes affamés susceptibles de venir arracher l'âme de Mörg avant que la Mort vienne s'en emparer. Certaines d'entre elles martelaient des tambourins, d'autres entrechoquaient des épées pour ajouter au vacarme.

D'elles toutes, seule Mörgain restait silencieuse. Elle était assise dans la neige devant la tente maculée de sang, Brisecroc dégainée sur ses genoux. Elle conservait les paupières closes – tout le monde savait qu'on ne pouvait pas voir arriver les fantômes, et qu'il fallait donc les entendre traîner au sol leurs pieds ensanglantés pour les repérer –, et la peinture sur son visage ne l'avait jamais fait ressembler davantage à un véritable crâne.

— Elle pense influencer les chefs en montrant sa loyauté à un homme mort, expliqua Mörget, qui ruminait dans sa tente.

Il se levait régulièrement pour aller jeter un coup d'œil par le battant, afin de voir si sa sœur avait bougé. Pas d'un pouce.

— Elle veut donner une mauvaise image de toi, confirma Balint. Arrête de faire rentrer du froid, tu veux ? J'ai déjà les tétons si durs que je pourrais m'en servir pour couper ma viande.

— Tu penses qu'elle se comporte de la sorte pour me ridiculiser ? Je n'ai rien fait de mal. J'ai agi selon la volonté des clans, se défendit Mörget.

— Tu m'as dit que ce rituel n'était jamais pratiqué pour les guerriers morts au combat.

— Non, bien sûr que non. Tout le monde sait que la Mort vient directement les chercher. Après tout, elle se promène déjà sur le champ de bataille avec ses enfants.

Balint soupira.

— Vous autres les Orientaux êtes tellement transparents, et pourtant vous êtes convaincus que vos motivations demeurent secrètes. Ce qu'elle fait est aussi banal que la gueule de ta mère était quelconque. Ta sœur laisse entendre que tu as privé Mörg d'une mort digne de ce nom, en le massacrant alors qu'il ne s'y attendait pas. Elle espère ainsi ruiner tes chances d'être choisi comme prochain Grand Chef. (La naine secoua la tête.) Tu ne comprends rien aux femmes, pas vrai ?

Elle se leva pour aller remettre du bois dans le poêle. Il s'agissait de l'une des dernières bûches de la réserve – le combustible commençait à manquer. Si Mörget ne s'emparait pas bientôt de la ville, le gel prélèverait son dû sur les clans postés à l'extérieur.

Le barbare contempla sa cancanière naine un instant.

— Tu ne devrais pas être en train de creuser un tunnel ?

— J'ai chargé vingt de tes meilleurs hommes de le faire pour moi. Ils s'ennuyaient.

Le sang de Mörget ne fit qu'un tour. Il bondit sur ses pieds et empoigna d'un même mouvement Aubelame et sa hache.

— Maudite sois-tu. Et maudite soit-elle. Si elle croit qu'ils vont la prendre à ma place…

— Elle a ses chances, l'interrompit Balint. La moitié des clans lui sont loyaux, et elle recevra le soutien de tous les chefs qui étaient favorables à Mörg.

Mörget étrécit les yeux.

— Pas si elle est morte. Ils ne pourront pas la choisir, dans ce cas.

Il n'apprécia pas l'expression bien trop suffisante qu'il perçut alors sur le visage de Balint. Était-il réellement si prévisible ? Il repensa à ce que Mörg avait dit avant de mourir. Qu'une grande *wyrd* attendait Mörget. Un tel destin pouvait faire avancer un homme tête basse, comme un cheval muni d'œillères, jusqu'à ce que sa soif de sang le précipite dans une falaise.

À l'inverse, il pouvait également le mener à une gloire éternelle. Le barbare se rua hors de la tente et se précipita vers sa sœur, toujours assise.

— Lève-toi, lança-t-il.

— Frère, répondit-elle sans ouvrir les yeux. J'ai entendu tes pieds traîner dans la neige. Es-tu venu t'asseoir à ma place pour protéger l'âme de notre père ?

— Tu sais foutrement bien que non, rétorqua-t-il. Elle peut bien errer éternellement dans ce monde, peu m'importe. Qu'il vienne me hanter, s'il estime que je me suis mal comporté. Aucun homme véritable ne peut partager son point de vue. Je t'ai dit de te lever.

— Je suis plutôt à mon aise. Cette neige est aussi moelleuse qu'un oreiller occidental. Et mon chagrin me tient chaud.

Mörget grogna.

— Nous avons à parler. Seule à seul. S'il devait y avoir une élection entre nous, les clans seraient à jamais désunis, peu importe qui en sortirait vainqueur. Nous devons choisir nous-mêmes.

— Tu veux dire que nous devons tous les deux te choisir, toi.

Elle ouvrit les yeux pour l'observer. Ses pupilles étaient de tailles différentes. Il comprit qu'elle avait dû boire de l'hydromel sombre pour être engourdie de la sorte. Toutefois, sa voix ne trahissait rien de l'état délirant inhérent à la boisson.

— Je n'ai pas encore fini ma veillée. Et ce n'est pas le bon endroit pour discuter. Connais-tu le lieu, à un mille d'ici, où une potence marque le croisement de deux routes ?

— Nous l'avons démontée pour en récupérer le bois il y a une semaine, l'informa-t-il.

Elle le dévisagea sans ciller.

— Oui, je sais où c'est, finit-il par répondre.

— Je t'y retrouverai dans trois heures, décréta-t-elle.

Mörget contempla le soleil. Il était déjà bas, simple tache lumineuse derrière les nuages menaçants. Elle lui donnait rendez-vous bien après la tombée de la nuit. Parfait.

Il tourna les talons et s'éloigna sans un mot. Il se rendit à la tente du forgeron pour faire affûter son épée.

Quand l'heure décidée par Mörgain arriva, il l'attendait sur les lieux de la rencontre, prêt à tout. Elle lui avait peut-être tendu une embuscade, avec sa cohorte de guerrières. Sauf si elle souhaitait uniquement discuter, ainsi qu'elle l'avait laissé entendre. Dans tous les cas, il comptait bien l'enterrer là, et prétendre qu'elle avait fui car elle savait qu'elle ne supporterait pas la défaite.

Elle arriva néanmoins sans qu'il la vît. Elle ne trahit pas non plus sa position, de façon qu'il ne puisse pas frapper. Il entendit simplement sa voix, portée par le vent.

— Frère, appela-t-elle. Je dois savoir : que t'a-t-il dit, avant que tu l'assassines ? À moins que tu l'aies pris par surprise, et qu'il n'ait pas eu le temps de se défendre ?

Mörget tourna lentement sur lui-même, la cherchant du regard. Si elle voulait le tuer, elle avait bien choisi son endroit. Il ne voyait guère plus loin que le bout de sa lame, éclairée des rares rayons de lune qui filtraient à travers les nuages. Avec le vent, il était impossible de savoir d'où venait sa voix. Il y avait même une cachette idéale, derrière un amas de roches situé pile au croisement des deux routes.

Il fit face au cairn et lui mentit.

— Il a dit que je devrais devenir le prochain Grand Chef. Et qu'il fallait que je t'offre une belle récompense, en compensation. (Mörgain éclata d'un rire semblable à un glas.) Je sais ce qu'il t'a dit, poursuivit Mörget. (Il avança vers le tas de pierres.) Il a dit qu'il t'aimait. (Il mit autant d'ironie qu'il le put dans sa phrase.) Qu'as-tu ressenti alors ?

— J'ai eu envie de l'abattre moi-même pour cet affront. Et de te voler ton heure de gloire.

— Et pourtant, tu n'en as rien fait, commenta Mörget.

Il avança d'un pas de plus.

— Au final, j'ai préféré lui rendre honneur d'une façon qu'il pouvait comprendre. J'ai donc ravalé ma bile, et je lui ai rétorqué que je l'aimais aussi. C'était précisément ce qu'il voulait entendre.

Mörget eut un rictus.

— C'est bien qu'une femme pense aux désirs d'un homme. Et qu'elle les comble.

Mörgain rit de nouveau.

— Parlons plutôt de ce que tu comptes m'offrir, en échange de mes chefs. Une grande récompense, disais-tu.

— Oui, confirma Mörget. Qu'est-ce qui te ferait plaisir ? Tu désirais de l'acier nain, autrefois. Et de l'or.

— Aujourd'hui, je n'ai plus qu'à me baisser pour les ramasser. Tu vas devoir trouver mieux.

Où était-elle ? Il distinguait parfaitement les roches, à présent, et se rendit compte qu'elles n'en étaient pas. Il s'agissait de pierres tombales. Aucune d'elles n'indiquait de nom ni de dates, mais elles avaient la forme arrondie que les Occidentaux donnaient à leurs stèles. Le barbare se rappela qu'en Skrae on enterrait les suicidés et les traîtres à la croisée des chemins, afin que leur fantôme ne puisse pas retrouver la route des vivants pour venir les hanter. Encore un message subtil que Balint ne manquerait pas d'interpréter, songea-t-il.

— J'ai un autre cadeau pour toi. Je peux t'offrir tout l'Est. La terre où nous sommes nés. Sois une grande cheftaine là-bas, tandis que je régnerai sur Skrae.

Cela suffit à la faire taire. Mörget jura silencieusement. Il avait espéré la surprendre assez pour la faire sortir de son abri.

— Tu ne peux pas donner cette terre. Elle appartient aux chefs.

— Tu crois qu'ils me contrediront ?

— Non, admit-elle. Ils ne l'oseraient jamais. Ils ont peur de toi. Mais moi, je te connais, mon frère. Tu n'abandonnerais jamais un tel pouvoir.

— Sauf si je sais que je ne peux pas l'assumer. Quand cette guerre sera terminée, quand nous aurons pris Ness et que Skrae nous appartiendra, les clans seront trop étalés. Aucun homme – ni aucune femme – ne pourra tout gouverner. Je suis prêt à partager ce pouvoir avec toi – si tu t'inclines devant moi, maintenant.

Cela aussi la fit rire.

Se cachait-elle derrière les stèles ? Mörget savait que s'il se faufilait entre elles, il lui donnerait l'avantage. Il serait trop concentré sur le risque de trébucher pour avoir le pied sûr. Intéressant.

— Tu ne veux donc pas le pouvoir. Alors dis-moi ! Qu'est-ce que tu veux ? Que souhaites-tu, pour ne pas t'opposer à ma candidature ?

Il abattit avec fracas le plat d'Aubelame sur le sommet d'une pierre tombale. La lame s'illumina, comme chauffée à blanc, et la lumière déchira un instant les ténèbres. Cela suffit néanmoins à prouver que Mörgain ne se tenait pas parmi les tombes.

Elle lui répondit alors, sa voix toute proche. Avant même qu'elle ait fini sa phrase, il sentit sa présence. Elle était derrière lui depuis le début, se servant du vent pour le dérouter sur la provenance de sa voix.

— Je souhaite venger le seul homme que j'aie jamais aimé, déclara-t-elle.

Il eut le temps de découvrir qu'elle avait passé ses fourrures et son visage à la suie pour se fondre presque complètement dans le noir. Puis Brisecroc s'éleva et étincela dans la pâle lueur, détournant l'attention de Mörget.

Par leur mère la Mort, qu'elle était rapide avec cette épée !

Avant même qu'il puisse brandir la sienne, elle avait tracé un sillon à travers sa gorge. Du sang gicla de sa blessure, un sang sombre et épais ; il comprit alors qu'elle lui avait tranché la jugulaire.

Cet assaut hâtif n'avait pas mordu profondément dans les chairs – mais il avait été parfaitement porté, et n'importe quel homme se serait écroulé sur-le-champ. Mais Mörget n'était pas n'importe quel homme. Surpris, blessé, et alors même qu'il sentait sur son épaule la main de sa mère la Mort, il eut cependant la force d'abattre sa hache en l'un des coups les plus formidables qu'il eût jamais portés.

Le poids de son arme vint traverser du vieux fer. Il sentit ses os grincer, mais il ne broncha pas.

Pour la troisième fois, il avait détruit l'une des Sept Lames, et la moitié du fort de Brisecroc tomba dans la neige en tournoyant.

Mörgain était déjà partie, aussi leste qu'une biche.

— Froussarde ! lança-t-il dans un gargouillis.

Naguère, ce simple terme aurait fait bouillir sa sœur et l'aurait poussée à faire demi-tour pour terminer le combat. Mais il savait qu'elle n'avait désormais plus rien à lui prouver. Pas alors qu'il serait mort dans quelques secondes. Il trouva le morceau de Brisecroc qui gisait à ses pieds. Il aperçut dans sa surface réfléchissante la plaie à son cou et le liquide qui s'en écoulait. Il se vidait de son sang.

Il s'écroula à genoux.

Tu ne pourras pas t'arrêter, lui avait dit Mörg. *Tu es trop faible pour vaincre ta propre force. Quelqu'un d'autre devra te faire cesser, et tu devrais prier pour que cela arrive vite.*

Sa propre force – une force qu'il partageait avec Mörgain. Voilà donc ce que le vieil homme avait voulu lui dire. *C'est la fin. J'ai finalement trouvé l'ennemie que je ne pourrai pas vaincre, et elle était là depuis le début.* Sa *wyrd* était accomplie.

Alors pourquoi espérait-il d'autres morts, une ultime chance de prouver sa valeur ?

— Tu ne ressembles à rien, mon garçon, dit Balint en émergeant des ténèbres.

Elle avait un morceau de tissu à la main, ainsi qu'une aiguille et du fil. Il ignorait qu'elle l'avait suivi. À présent, il la considérait tel un fantôme venu quérir son âme.

— N'essaie pas de me remercier, conseilla la naine, ou ta tête risquerait de se détacher. Et si ça ne suffirait sans doute pas à achever quelqu'un d'aussi borné que toi, je n'ai pas apporté assez de fil pour faire tout le tour de ton cou. (Elle commença alors à éponger le sang, puis elle enfonça l'aiguille dans sa peau.) Ne me demande pas non plus pourquoi je fais ça, car c'est de la pure folie. Je serais mille fois mieux sans toi.

Toutefois, Mörget pensait comprendre. La naine avait elle aussi sa *wyrd*. Elle devait accomplir le mal en ce monde, partout où elle le pouvait. C'était son unique raison de vivre. Et il lui offrirait toutes les chances de s'épanouir.

Il se mit à rire, sans se soucier du fait qu'il expulsait ainsi des geysers de sang hors de ses veines.

Chapitre 102

— Avancez ! Venez profiter de la générosité de Sadu ! De la nourriture pour tous, un festin offert par votre Dieu ! Voyez le miracle qu'Il a accompli !

Le prêtre teint en rouge qui distribuait du pain sur la place de la Pierdieu ne faisait pas partie de ceux que Malden avait adoubés. Les émissaires du Dieu Sang avaient ordonné de nouveaux serviteurs chaque jour. Cela n'avait cependant pas été leur seule occupation. Ils avaient ouvert des églises officielles dans plusieurs quartiers de Ness, et s'étaient à l'évidence relayés aux fourneaux pour produire tant de nourriture. Une fois que Malden leur eut cédé les misérables réserves de grains subsistantes, les prêtres avaient déclaré pour toute la ville un jeûne destiné à la prière. Il s'était alors dit qu'ils avaient décidé de tout garder pour eux. Il avait enduré les nombreuses plaintes, ainsi que les réclamations de son propre ventre, car il pensait avoir donné aux ecclésiastiques une longueur de corde toute juste assez longue pour se resserrer autour de leur cou.

À présent, toutefois, il commençait à douter.

Le prêtre se tenait sur une estrade de bois haute comme un gibet. Derrière lui, des centaines de miches de pain étaient empilées dans d'immenses paniers en osier, en compagnie de gigantesques cruches de soupe et de dizaines de tourtes à la viande. De la viande ! Où l'avaient-ils trouvée ?

Il n'y avait bien sûr qu'une réponse possible à cette question. Ils avaient dû cacher un troupeau entier quelque part, des têtes de bétail qu'ils conservaient pour leurs sacrifices. Et à présent, ils semblaient considérer le simple fait de manger plus important que celui de verser du sang.

Il les connaissait trop bien pour savoir qu'ils n'abandonneraient pas pour autant leurs oblations. Ils devaient disposer d'autres réserves, ailleurs. Ou ils se préparaient pour leur premier sacrifice humain.

— Avancez ! De la nourriture pour tous ! Sadu a entendu vos prières, Il mesure votre faim, et Il vous ravitaille. Une miche pour chacun, du potage pour tous !

Le peuple affamé de Ness se bousculait pour tenter de se rapprocher autant que possible de l'estrade. Des acolytes en tuniques d'un rose délavé distribuaient le pain, prononçant chaque fois une courte prière avant de délivrer leur offrande.

— Il y en aura pour tout le monde ! Il pense à chacun d'entre nous dans Sa grande miséricorde !

Malden pivota pour s'adresser à Velmont, mais le Helstrovien avait disparu. Le maître de la guilde fouilla la foule du regard et le retrouva, penché sur une tourte, en train d'écouter les paroles d'un acolyte qui lui murmurait à l'oreille. S'il s'agissait d'une prière, celle-ci était particulièrement longue et fervente.

Le voleur helstrovien acquiesça et adressa un geste entendu à son interlocuteur, puis il revint en courant vers Malden. Il avait déjà ôté la croûte immangeable qui recouvrait son plat et piochait des morceaux de viande avec les doigts. Il avait l'air parfaitement émerveillé. Depuis combien de temps n'avait-il pas mangé de viande ? Malden ne se rappelait pas lui-même la dernière fois qu'il en avait avalé. Il avait mis un point d'honneur à ne jamais s'octroyer une ration plus importante que celle qu'il accordait à ses concitoyens.

Il se surprit à saliver d'envie en voyant Velmont aspirer et mâcher longuement chaque bouchée de ce mets délicieux.

— Que je sois damné si ce n'est pas du cochon de lait ! s'exclama le Helstrovien, les larmes aux yeux.

Malden réprima l'envie de se précipiter à son tour jusqu'à l'estrade.

— Que t'a dit cet acolyte ? As-tu appris quoi que ce soit ?

Velmont rougit, mais ne s'arrêta pas de manger pour autant.

— Rien d'intéressant, patron. Je lui ai demandé si ça allait se reproduire, ou s'ils avaient des réserves. Il m'a répondu que son dieu en fournirait davantage, mais c'est le genre de machin que les prêtres disent tout le temps, pas vrai ?

Il détourna la tête.

— C'est tout ce qu'il t'a raconté ?

Ils avaient l'air d'avoir discuté bien plus longtemps.

— Ça, répondit Velmont en haussant les épaules, et un tas de blabla religieux que je n'ai pas vraiment écouté. Dès que l'odeur de cette viande a commencé à me chatouiller les narines, j'ai été un poil distrait.

Malden opina. Quelque chose le mettait mal à l'aise. Il était presque certain qu'il n'y avait rien d'extraordinaire à ce miracle apparent. Les prêtres avaient simplement épuisé les ultimes réserves de la ville pour un dernier banquet, et quand le festin serait fini, il ne resterait plus rien. Ils avaient octroyé à tous un jour de répit, mais la chute n'en serait que plus brutale.

Il s'étonnait lui-même de constater à quel point il souhaitait les voir échouer. Il acceptait de voir son peuple mourir d'inanition, si cela pouvait signifier que les prêtres en paieraient les conséquences. Une pointe de culpabilité le tirailla, chassant provisoirement sa faim. Commençait-il à considérer les gens comme de simples pions, ainsi que Tailleserpe l'encourageait à le faire ?

Il n'avait jamais voulu cela.

Il n'avait jamais rien voulu de tout cela. Ni son titre, ni ses responsabilités. Et certainement pas ce devoir. Le devoir était l'apanage de Croy.

— Viens, dit-il. Nous devons aller retrouver Crassier. Tu n'auras qu'à manger en chemin.

Il mena Velmont derrière une maison, depuis laquelle ils grimpèrent sur les toits pour franchir plus rapidement les ruelles étroites, s'agrippant d'une cheminée à l'autre entre chaque bond. Au moins, il restait les toits à Malden. Il pouvait toujours traverser sa ville, libre comme l'air. Ils ne l'avaient pas encore privé de ça.

— Quelle est l'humeur générale ? s'enquit-il en se juchant sur un clocher des Flèches.

Son perchoir était à deux pas du toit de l'arsenal. Devant lui s'étendait le cloître de l'université, dans la cour duquel Crassier avait établi son nouvel atelier, affirmant qu'il lui fallait d'épaisses cloisons de pierre pour son projet. Le cloître était abandonné : les étudiants étant tous de jeunes et forts idéalistes, ils avaient été parmi les premiers à rejoindre les rangs de l'Armée des Hommes Libres du burgrave.

— Les gens commencent à avoir moins peur, depuis que ces salopards ont cessé de nous balancer des pierres, expliqua Velmont. Et les prêtres ont redonné le sourire à tout le monde. Ça grondait pas mal, surtout à cause de la nourriture. Mais ça ira mieux après aujourd'hui.

Malden acquiesça d'un grognement. Les choses changeraient le lendemain, quand il n'y aurait plus de nourriture ; d'ici là, au moins, son poste ne risquait rien. Cela lui permettrait de respirer un peu. Si Tailleserpe ne se trompait pas, cela ne durerait pas. Dès que Mörget et Mörgain auraient réglé leurs différends et choisi un nouveau Grand Chef, le siège virerait au carnage. En outre, les sapeurs continuaient à progresser, pouce après pouce, sous les remparts de la ville, et Crassier n'avait toujours pas trouvé le moyen de les en empêcher.

Malden devait mettre à profit ce moment de répit pour réfléchir, élaborer un plan, achever les préparatifs, se tenir prêt. Il lui fallait…

Dans la cour de l'université, la fosse du Dieu Sang s'ouvrit, et une boule de feu jaillit dans le monde des humains.

Des flammes orange cernées d'étincelles violettes bondirent vers le ciel, et une onde de choc et de fumée déséquilibra Malden. Il parvint d'une main à se rattraper à une gargouille. Velmont glissa devant lui, son visage déformé par une grimace de surprise tandis que les restes de sa tourte lui échappaient des mains et se répandaient tout autour de lui.

Cinquante pieds les séparaient du sol. Si Velmont tombait, il se briserait telle une poupée de porcelaine. Malden voulut le retenir de sa main libre mais le rata. Puis il sentit un poids soudain l'entraîner vers le bas, et lâcha la gargouille. L'espace d'un terrible instant de chute, il vit la mort se ruer vers lui.

Il parvint par quelque miracle à attraper la rambarde ciselée d'un balcon. Il s'y agrippa des deux mains. De la fumée bouillonnait tout autour de lui, et des débris lui retombaient sur le dos et la tête, certains assez violemment pour lui couper la respiration. Il fut à deux doigts de chuter de nouveau.

Quand il eut enfin recouvré la vue – à défaut de son souffle –, il se rendit compte que Velmont empoignait désespérément le fourreau de Langacide. Le Helstrovien menaçait de faire choir Malden, qui envisagea de se débarrasser de lui d'un coup de pied, quitte à le précipiter vers une mort certaine.

Non. Il valait mieux que cela. Faisant appel à ses dernières forces, il bascula un coude par-dessus le balcon, puis hissa le haut de son corps de l'autre côté. Il eut alors les mains libres pour aider son compagnon à grimper à sa suite.

Aucun d'eux n'était en mesure de parler, trop occupés qu'ils étaient à tousser et à suffoquer. Malden brisa le vitrail qui donnait sur le balcon et se jeta à l'intérieur, loin des débris qui continuaient à pleuvoir.

Il se retrouva dans l'arsenal, sur une galerie qui dominait des râteliers remplis d'armes d'hast et d'arbalètes aux cordes rongées par le temps. Au niveau du sol, une grosse dizaine d'ouvriers s'affairaient à polir et à racler la rouille qui recouvrait de vieilles lames de fer. Ils le dévisageaient à présent, tel un démon venu réclamer leurs âmes.

Il n'avait pas le temps de les rassurer. Quand il eut enfin empli ses poumons d'air pur, il saisit le bras de Velmont et le tira au bas d'une volée de marches menant à la rue. Dehors, les pavés étaient couverts de poussière et de cendre. Il courut vers l'université, alors qu'une seconde explosion ébranlait la cité entière.

Tout un pan du cloître s'était effondré. Dans la cour, tout n'était que flammes et décombres.

— Crassier ! appela-t-il. Quelqu'un est en vie ? Si oui, répondez-moi !

La fumée était si épaisse qu'il s'étouffa sur ses propres mots. L'air empestait l'œuf pourri – l'odeur du soufre, l'haleine même de Sadu.

— Mon gars ! entendit-il.

La voix était faible et lointaine, mais il se rendit compte qu'il ne percevait guère autre chose que ses propres battements de cœur. Le bruit de l'explosion avait dû l'assourdir à moitié.

Il courut en direction du gémissement, et découvrit Crassier sous une pile d'éboulis. Seuls l'un de ses bras et une partie de son visage étaient visibles. Malden le montra à Velmont et, ensemble, ils entreprirent de déblayer le terrain. Quand Crassier fut suffisamment dégagé, Malden l'extirpa des décombres.

Le bras gauche du nain s'arracha à son épaule quand le voleur le libéra. Il ne pendait qu'au bout d'un lambeau de peau avant de tomber. Le reste de son corps n'était pas en meilleur état. Malden étreignit la petite forme squelettique, certain de voir son ami mourir d'un instant à l'autre. Le visage du nain était grièvement brûlé, et sa barbe avait disparu. Des larmes gélatineuses s'accrochaient aux rares cils qui cerclaient encore ses yeux jaune et rouge. Du sang inondait la partie gauche de son corps.

— Mon gars, croassa le nain, j'ai enfin trouvé les bonnes quantités. Putain, ouais. Ça fonctionne ! Ça fonctionne ! Ça va nous être foutrement utile.

Puis le nain éclata de rire, un rire joyeux.

Chapitre 103

Croy chevauchait à la tête d'une armée de deux mille hommes, dont à peine une centaine pouvaient comprendre ses ordres. Cela n'avait pas d'importance. Les Doigiliens avaient fourni d'excellents interprètes. Ils avaient l'habitude de procéder de la sorte.

Les Royaumes du Nord étaient perpétuellement en guerre les uns contre les autres, leurs frontières se déplaçant de quelques milles d'une année sur l'autre. Les territoires changeaient de mains si vite que les cartographes ne parvenaient pas à suivre ; par conséquent, une carte des Royaumes indiquait seulement les zones où la domination de chacun était la plus forte. Cependant, ces conflits se poursuivaient depuis si longtemps qu'ils avaient fini par s'organiser et par se dérouler selon des règles très strictes. Ainsi, chaque royaume ne combattait qu'un mois dans l'année. Maintenir, payer et nourrir une armée engendraient des coûts extraordinaires, et les Doigiliens amortissaient ces dépenses en louant aux plus offrants les services de leurs soldats.

Cela signifiait que les guerriers doigiliens qui accompagnaient Croy étaient bien entraînés, parfaitement disciplinés, et équipés des meilleures armes disponibles sur le continent. Le chevalier était convaincu qu'ils sauraient tenir tête à un nombre de barbares équivalent.

Toutefois, selon les estimations les plus optimistes, il y avait huit mille assaillants autour de Ness, installés dans un campement gigantesque. Parmi eux se trouvaient peut-être sept cents massacreurs – et même un mercenaire doigilien pourvu d'une armure lourde aurait du mal à combattre ces soldats fous.

Sire Équarri ne s'était pas trompé. Il serait sage de faire une démonstration de cette force nouvelle à Helstrow. Car nul ne savait ce qu'ils parviendraient à accomplir à Ness.

Croy s'en fichait.

Cythère était en danger, et rien d'autre n'importait.

Équarri ne lui avait plus causé le moindre souci. Croy était devenu régent, et si tout allait bien, il resterait roi de Skrae pendant quatre ans. Équarri lui obéissait donc sans poser de question. Si son regard trahissait parfois ses sentiments, Croy avait bien vite appris à l'éviter. Bethane, en revanche, était moins malléable. Elle avait tenu à l'accompagner lors de sa marche vers Ness.

— C'est trop risqué, lui avait-il opposé.

— Je ne suis en sécurité qu'auprès de vous, avait-elle répliqué.

Il avait tenu bon. En tant que régent, il commandait même à la reine, bien que la loi lui imposât de formuler ses ordres dans le parfait respect de la courtoisie et du protocole. Il l'envoya finalement vers le nord avec une garde d'honneur composée de dix chevaliers doigiliens. Elle passerait l'hiver à Doigileville, la capitale, en tant qu'invitée d'honneur du roi et de sa cour. Au printemps, ils détermineraient sa prochaine destination. S'il en existait une.

Croy et Équarri chevauchaient vers Ness et le sud-ouest, contournant largement Helstrow tout en empruntant la route la plus directe. Ils progressaient lentement. Ils avaient largement assez de chevaux pour eux et les chevaliers Doigiliens, mais cela ne représentait qu'un dixième de leur contingent. Les autres allaient à pied, servant d'écuyers. Les fantassins ne pouvaient guère couvrir plus de vingt milles par jour. Parfois bien moins, quand ils devaient cheminer dans une neige épaisse. Rien d'étonnant à ce que les armées ne se déplacent pas beaucoup durant l'hiver. Croy les poussait dès que possible à traverser vingt-cinq milles quotidiennement, sachant pertinemment qu'ils arriveraient épuisés et donc bien moins efficaces.

Il n'ordonnait que de rares pauses. Équarri lui rabâchait sans cesse qu'il devait leur octroyer une journée de repos s'il voulait qu'ils soient en état de combattre, mais il continuait à avancer. Cependant quand ils ne furent plus qu'à cinquante milles de Ness, soit à deux jours de marche, il ordonna à ses troupes de s'arrêter au sommet d'une colline aride, dominant une vallée ravagée.

Il avait perçu un lointain roulement de tonnerre. Au loin, il vit une colonne de fumée fendre le ciel.

— Cela pourrait être n'importe quoi, tenta de le rassurer Équarri, d'une voix pour une fois compatissante.

— C'est Ness.

Équarri soupira.

— Les barbares ont très bien pu incendier un village. Il est impossible de déterminer la distance de cette fumée – si ça se trouve, elle prend naissance juste devant nous. Ce n'est peut-être rien d'autre que le domaine seigneurial de Miholt.

Croy regarda la fumée s'élever vers un ciel parfaitement calme.

— C'est Ness, répéta-t-il.

La ville entière devait être en proie aux flammes. Les barbares l'avaient peut-être même envahie et rasée. Cythère était peut-être morte, ou encore… ou encore…

Il baissa les paupières un court instant et pria. Il supplia la Dame de le laisser revoir sa bien-aimée une dernière fois. Ne serait-ce qu'une seconde avant sa mort.

Puis il rouvrit les yeux.

— Il n'y aura pas de jour de repos, annonça-t-il.

Sire Équarri ne discuta pas. Les interprètes transmirent les ordres aux capitaines, qui les relayèrent à leurs sergents, qui les communiquèrent enfin aux soldats en des termes qu'ils pouvaient comprendre. Il y eut probablement bon nombre de grommellements, mais Croy n'eut pas à les écouter. C'était l'un des avantages de son nouveau statut de chef.

— Reprenons la route, deux fois plus vite, ordonna le régent.

Derrière lui, les tambours se mirent à battre et un fifre tenta d'accompagner ce rythme exubérant.

Chapitre 104

Mörget courut pour retourner au camp ; Balint, sur ses talons, lui braillait de se ménager afin de ne pas rouvrir sa blessure.

Il ne s'était jamais senti plus en forme ni plus vigoureux. Il serrait d'une main l'éclat brisé de Brisecroc. De l'autre, il tenait Aubelame hors de son fourreau. Preuve, si besoin était, qu'il était bien le plus fort des chefs.

Il terrasserait Mörgain devant tous les guerriers de la horde – après tout, elle avait entamé ce duel, et nul ne l'empêcherait, lui, de le terminer. Il n'aurait alors plus d'autre rival. Personne ne contesterait plus sa suprématie.

Cependant, en arrivant au campement, il découvrit qu'un tiers des tentes avaient déjà été démontées et rangées. Partout, des barbares pliaient leurs épaisses fourrures, comme s'ils se préparaient à un long voyage dans la neige.

Hurlind gisait, ivre mort, dans l'allée séparant les tipis de deux clans. Le cancanier inutile observa Mörget d'un œil vitreux. De l'hydromel séché formait une croûte autour de sa bouche.

— Saluez le retour du héros, bredouilla-t-il en se redressant sur un coude. Qui vient de subir une rude épreuve. Tout le monde ne peut pas se prendre une fessée par sa petite sœur et rentrer la tête haute.

Mörget gratifia le vieil homme d'un violent coup de pied dans les côtes.

— Tu n'es plus le favori du Grand Chef. Rien d'autre qu'un guerrier, à peine capable de tenir une épée. Si tu peux te battre, alors lève-toi. Dans le cas contraire, je te prends comme esclave.

Rien ne plairait plus à Mörget que d'achever le pauvre hère sur place, mais la loi était claire : les cancaniers, même ceux des chefs morts, ne pouvaient pas être tués pour leurs paroles. Seulement pour trahison ou parce qu'ils lassaient leur public.

Balint se pencha sur le vieillard et lui jeta un regard mauvais.

— Où est la sœur de Mörget ? Mon maître a des affaires en cours avec elle.

— Elle est là, répondit le cancanier en désignant vaguement le centre du camp. Elle rassemble ses guerriers. Elle te prétend mort, Tuemontagne.

Mörget lui balança un nouveau coup de pied et se précipita dans le dédale de tentes. Leur démontage continuait sous ses yeux. Les mâts étaient désassemblés, les peaux vigoureusement secouées pour en ôter la couche de glace qui les recouvrait, puis pliées et fourrées dans les paquetages.

Mörget attrapa le premier homme qu'il croisa et le fit tomber dans la neige.

— Remonte cette tente, ordonna-t-il.

Le guerrier le dévisagea sèchement.

Assez. Tous lui obéiraient quand il serait nommé Grand Chef. Ils apprendraient à le craindre, tous autant qu'ils étaient. Il courut jusqu'à l'endroit où l'essentiel de l'activité semblait concentré, là où les chevaux étaient chargés de matériel et les haches enduites de graisse animale pour les préserver de la rouille.

Mörget se fraya un chemin entre les combattants et les esclaves jusqu'à ce qu'il repère Mörgain, juchée sur sa monture au milieu de ce désordre.

Elle eut un rire cruel lorsqu'elle l'aperçut.

— J'aime bien ton nouveau collier, déclara-t-elle en désignant le fil grossier qui maintenait sa gorge en place. (Balint était une piètre couturière, même si elle avait sauvé la vie au barbare.) Je pourrais t'offrir la ceinture qui va avec, en te tranchant en deux…

— Ça risque d'être compliqué, avec une épée brisée, rétorqua Mörget en exhibant au soleil la lame de Brisecroc.

Pendant un instant, toute autre activité cessa sur le camp. Les hommes laissèrent tomber leur barda et ne s'occupèrent plus des tentes encore debout, s'accoudant même dessus.

Tout le monde voulait savoir ce qui allait arriver.

Le cheval de Mörgain hennit, sentant peut-être que quelque chose – n'importe quoi – pouvait se produire d'un instant à l'autre. La guerrière flatta l'encolure de sa monture.

Mörget brandit Aubelame, et l'abattit sur le morceau de métal qu'il tenait dans l'autre main. De la lumière jaillit de la Lame, une lumière plus intense que le reflet du soleil.

— Je souhaiterais poursuivre notre conversation, déclara-t-il.

Les bretteurs occidentaux employaient ce terme pour désigner les tintements produits par deux épées engagées dans un duel. Tout l'auditoire saisit la plaisanterie. Certains hommes ricanèrent même.

Mörgain tira de son fourreau ce qu'il restait de son arme. Même si Brisecroc était désormais bien plus courte qu'Aubelame, elle demeurait plus large et plus lourde. Elle ressemblait davantage à un fendoir à viande qu'à une épée. Mais elle restait en état de tuer.

Surtout un homme qui avait été mortellement blessé la nuit précédente, mais sauvé par les soins d'une naine brillante.

Mörget avança d'un pas vers sa sœur. *Si cela doit se terminer de la sorte, alors ainsi soit-il*, songea-t-il. *Qu'elle me pourfende, et j'accepterai bien volontiers d'admettre que ma* wyrd *a achevé son chemin.*

Il semblait cependant que son destin devait le porter plus loin.

Avec un regard de profond dégoût, Mörgain rengaina sa lame amputée.

— Rien ne me ferait plus plaisir, mon frère. Malheureusement, je n'en ai pas le temps. Mes clans ont parlé. Nous repartons vers l'est, pour passer l'hiver à Helstrow. Où nous aurions dû rester depuis le début. Après tout, tel était le souhait du Grand Chef, avant que tu le pièges en le convainquant de venir ici, où nous n'avions rien à gagner.

— Le Grand Chef est mort, fit remarquer Mörget. Ce qu'il souhaitait…

— Ce qu'il souhaitait reste notre ligne de conduite, car il n'a pas été remplacé. Personne n'unit plus les clans. Nul ne parle en notre nom à tous.

— Organisons un conclave. Que chaque chef vienne nous rejoindre. Nous allons élire un nouveau Grand Chef, ici et maintenant.

De nombreuses acclamations s'élevèrent de la foule, même si celle-ci n'était pas unanime. Plusieurs chefs demeurèrent immobiles, le regard fixe et les lèvres pincées.

— Je ne pense pas, répliqua Mörgain. (Un large sourire fendit son visage peint pour ressembler à celui d'un crâne.) Tu sembles oublier, mon frère, que je suis moi-même toujours une cheftaine. Un conclave ne peut être réuni à moins que tous les chefs y consentent. Je m'y oppose.

Un chœur de quolibets et d'insultes se mit à pleuvoir sur Mörgain telle une volée de flèche – mais là encore, la foule n'était pas unanime. La barbare se retourna et fit signe à ses esclaves. Ils se remirent lentement à l'œuvre, démontant les tentes et chargeant les chevaux. Ils s'apprêtaient à partir sur-le-champ.

Et Mörget ne pouvait rien faire pour les en empêcher.

Sauf une chose. Il pouvait la défier officiellement. Il pouvait la traiter de pleutre. Il pouvait demander à ses propres chefs de se retourner contre Mörgain et ses clans. Il pouvait lui déclarer la guerre.

Une guerre civile – alors que l'Armée des Hommes Libres campait à moins de trente milles de là, et que Ness les dominait silencieusement, toujours insoumise. Cette idée seule aurait fait s'écrouler de rire Mörg le Sage. Il faudrait un chef outrageusement dérangé pour envisager cette possibilité.

Mais la *wyrd* de Mörget estimait que c'était précisément la chose à faire.

Sa sœur le toisa depuis son cheval, attendant de voir quelle tournure les événements prendraient. Elle était parée à toute éventualité.

Mörget bouillonnait, son cœur et sa tête distribuaient déjà les coups de l'affrontement à venir.

— Tu serais un imbécile de ne pas ranger cette épée, lui souffla Balint. Aucun homme ne dirige une nation avec la bite qui sort du pantalon.

Elle marquait un point. La raison lui imposait un chemin, et parfois même la soif de sang devait savoir s'incliner face à elle.

Mörget sourit à la naine. Puis il rengaina Aubelame. Il garda cependant en main le morceau de Brisecroc, le seul symbole de gloire qu'il lui restait, la seule chose que Mörgain ne pourrait pas lui retirer.

— Combien de clans vont accompagner ma sœur ? cria-t-il.

Près d'un tiers des chefs rassemblés devant Ness prononcèrent leur nom. Deux mille guerriers et esclaves iraient avec elle.

Ce qui laissait tout de même un bon contingent fidèle à Mörget. Bien plus qu'il n'en fallait pour faire tomber la Cité Libre.

— Quand j'en aurai fini ici, je me lancerai à vos trousses. Je n'aurai pas de répit tant que vous n'aurez pas payé pour cette trahison.

— Tu sais où nous trouver. Viens à Helstrow, nous t'y attendrons. Enfin, si tu passes l'hiver, le railla Mörgain.

Puis elle éperonna sa monture et s'éloigna.

— Allez-y, lança Mörget aux chefs perfides qui l'accompagnaient. Allez vous abriter de la neige et du vent derrière une haute muraille, bande de pleutres.

Il continua à les abreuver d'insultes jusqu'à ce que le dernier d'entre eux ait pris la route de l'est. Puis il fit volte-face et se dirigea vers Hurlind, qui gisait toujours dans la neige.

Il avait besoin de faire couler le sang. S'il ne pouvait pas se venger sur sa sœur, il s'en prendrait au dernier fidèle de son père. Il le harcèlerait de coups de pied jusqu'à être légalement provoqué, puis il l'étriperait comme une oie.

Toutefois, avant qu'il puisse rejoindre le cancanier, un grondement terrible fit trembler la terre, et Mörget fut précipité dans la neige. Balint, tombée à côté de lui, se débattit pour se relever.

Il observa les murs de la cité et vit une immense colonne de fumée s'élever vers les cieux.

— Au nom de ma mère la Mort, que s'est-il passé ?

La naine suivit la direction qu'il indiquait.

— Ils ont peut-être compris qu'ils ne pourraient plus résister très longtemps, et préfèrent incendier la ville.

— Si je m'empare de Ness pour mettre la main sur une coquille brûlée, on écrira des chansons pour moquer ma folie. Et je ne deviendrai jamais Grand Chef. Abats-moi cette muraille.

— J'y travaille, mais on ne peut pas davantage précipiter un siège qu'une merde, insista Balint.

— C'est toujours possible, quand l'alternative consiste à te faire ouvrir le ventre et traîner par les boyaux à l'aide d'un cheval.

Il la saisit par le col. Les clous du collier mordirent dans sa main jusqu'à le faire saigner.

— Je veux voir ce mur effondré au matin. Sers-toi de tous les hommes de ce campement, équipe-les de toutes les pioches et de toutes les pelles. Tu peux même creuser de tes ongles cassés s'il le faut. Mais tu as intérêt à faire tomber ce rempart avant qu'un seul autre chef décide de suivre ma sœur, sans quoi je me servirai de ton crâne comme pot de chambre.

La vulgarité de son imprécation sembla retenir l'attention de la naine. Elle courut jusqu'à l'entrée des tunnels, plus vite qu'il n'avait jamais vu un membre de son espèce se mouvoir.

Chapitre 105

Malden ordonna à Velmont de chercher d'autres survivants dans le cloître de l'université et d'organiser des chaînes humaines pour éteindre le feu. Il prit Crassier dans ses bras et l'emmena loin des décombres. Le corps mutilé n'était pas bien lourd – les nains étaient des créatures frêles de nature, et avec un bras en moins et la moitié de la peau calcinée, celui-là ne pesait guère plus qu'un enfant désormais.

Le nain ne prononça plus un mot tandis que Malden titubait dans les rues couvertes de neige. Avant qu'ils quittent la zone des fumées étourdissantes de l'incendie, Crassier avait perdu connaissance. Il était probablement même déjà mort.

Le voleur n'eut pas le cœur de s'en assurer.

Il ignorait quelle distance il avait parcouru avec son petit compagnon dans les bras. Il ne savait pas précisément où il était quand Cythère le trouva. Il entendit la sorcière parler, et vit sa bouche bouger, mais ses paroles pénétrèrent dans son esprit et s'y perdirent dans le même dédale qui emprisonnait ses propres pensées. Il se rendit soudain compte qu'elle essayait de lui prendre Crassier. Il lui résista, même s'il aurait été incapable d'expliquer pourquoi.

Cythère lui fit signe de la suivre. Elle se dirigea vers la maison la plus proche, le manoir de quelque riche marchand. La porte était barrée de planches, mais toutes les fenêtres de l'étage avaient été brisées – sûrement par des voleurs, quand il restait quelque chose à piller sur la Côte Dorée. Malden commença à escalader la façade, mais il ne put grimper bien loin avec le nain dans les bras. Cythère secoua la tête. Puis elle leva la main, et les planches en travers de l'entrée craquèrent ; les clous qui les maintenaient virèrent au rouge, avant de fondre telle de la cire. Les panneaux de bois se fracassèrent au sol.

Elle lui avait dit que ses pouvoirs étaient faibles et sa sorcellerie inexpérimentée. Il se demanda quels miracles elle pourrait accomplir quand elle en aurait appris davantage.

L'intérieur de la maison était frais, vide et silencieux. Ils se rendirent dans la cuisine, et Cythère parvint à convaincre le voleur de déposer Crassier sur la table en chêne. Elle montra l'âtre du doigt, et une flamme jaillit des cendres froides.

— Va chercher du combustible, ou il va se rééteindre.

Elle dut lui répéter trois fois ces instructions.

Malden finit par sortir pour récupérer les planches dans la rue. Il les disposa sur le feu. Constatant qu'elles ne s'embrasaient pas immédiatement, il alla chercher un fauteuil cossu dans la pièce principale et en fit du petit bois.

Lorsque les flammes prirent enfin correctement, Cythère s'affairait déjà sur le corps meurtri. Elle nettoya la suie et le sang qui recouvraient les nombreuses plaies, et Malden découvrit pour la première fois à quel point son ami avait été blessé. Il dut détourner la tête. Il en avait le souffle coupé.

— C'est... grave, lui dit-elle, d'une voix légère et fragile. Il vit encore, mais son cœur palpite comme celui d'un oiseau pris au piège. Il ne lui reste peut-être que quelques minutes. Il va bientôt cesser de respirer, puis il va convulser et après... plus rien. Ah. Oh, Malden. Ça y est. Il meurt.

— Je t'en supplie. C'est mon ami. Tu dois bien pouvoir faire quelque chose. Peut-être... au moins en le mettant à l'aise. Empêche-le de souffrir.

Cythère contempla Malden d'un air désespéré. Il ne comprenait pas – elle perdait du temps, un temps qui manquait déjà à Crassier.

— Tu es une sorcière, à présent. Ça ne compte donc pas ? plaida-t-il.

— Ça compte beaucoup, au contraire. C'est justement pour ça que je ne peux pas…

— Tais-toi ! Je vois dans tes yeux que tu en as le pouvoir. Tu te fiches donc de Crassier ? Comment peux-tu le regarder sans agir ?

— Je suis censée rester détachée, répliqua-t-elle.

Mais elle semblait surtout vouloir s'en convaincre. Malden ignorait ce que signifiaient ses paroles. Peu lui importait de toute façon.

— Tu ne m'aimes donc plus ? Fais-le pour moi, Cythère. Sauve-le par amour pour moi !

— Tu n'as pas idée de ce que tu me demandes.

Elle avait parlé d'un ton très ferme, mais il savait qu'il avait marqué un point. Elle allait le faire, il en était certain. Il ouvrit la bouche pour répéter ses supplications, quand quelque chose en elle l'en dissuada. Elle finit par détourner les yeux.

— C'est donc ça. L'instant que Mère a vu, quand je romps la promesse que je lui ai faite. (Ces mots n'étaient pas destinés à Malden, et il ne chercha pas à les comprendre.) Je pensais qu'il serait plus facile de résister. Mais certaines tentations nous dépassent, n'est-ce pas ?

— Cythère, gémit Malden. Il est en train de mourir.

— Oui, répondit-elle. Même Coruth ne pourrait plus le sauver à présent.

Elle se mit alors à prononcer des incantations, à marmonner des mots qui n'appartenaient pas au langage humain. Malden perçut soudain la pestilence du soufre, et une lumière rouge ondula sur les murs. Il sentit quelque chose remuer derrière lui et se retourna, s'attendant à découvrir… en réalité, il ne savait pas à quoi s'attendre. Il n'y avait rien, bien sûr. Il voulut faire de nouveau face à Cythère et Crassier, mais l'air semblait s'être solidifié, et il parvenait à peine à bouger.

— Ne me regarde pas, ordonna Cythère.

Il aurait tout aussi bien pu être fait de marbre. Son cou refusait de pivoter. Il ne pouvait que contempler fixement les murs rouges, et s'interroger sur ce qui se déroulait.

— Cythère, tenta-t-il.

— Je vais lui sauver la vie, l'interrompit-elle. Mais il y aura un prix à payer.

— Tout ce qu'il faudra, s'exclama Malden. Te faut-il de l'or ? des herbes rares ? de la poudre de diamant ? Dis-moi ce que tu veux, je te l'obtiendrai.

— Ce n'est pas à toi qu'il en coûtera, répondit-elle d'une voix presque tendre. Malden… est-ce un mal de soigner ? Dans certaines circonstances ?

— Je ne pense pas, répondit-il. Quel est ce prix ?

Elle refusa de lui répondre.

— Je peux le faire, déclara-t-elle. Je le peux.

Elle œuvra pendant près d'une heure. Malden resta tout ce temps figé. Il entendit… des choses indescriptibles, incompréhensibles, s'affairer dans la pièce. Il les entendit murmurer des mots horribles à Cythère.

Il l'entendit leur répondre de la même manière.

Si impossible que cela puisse paraître, si terrifié qu'il fût, Malden sombra dans une sorte de torpeur avant qu'elle ait terminé. Quand elle eut fini, il se réveilla instantanément et se rendit compte qu'il pouvait de nouveau bouger. Il fit brusquement volte-face et la vit affalée sur la table, couchée en travers du corps du nain, comme si elle priait par-dessus son cadavre. Son dos se soulevait avec effort ; elle semblait vidée de toute énergie.

— J'ai dû faire appel à certains… esprits. Des créatures qui hantent l'éther, cherchant en permanence à pénétrer dans notre monde pour s'échapper de leur prison. Il est interdit de leur ouvrir un passage.

Elle resta silencieuse quelques instants. Il l'entendit haleter.

— Les as-tu laissées entrer ? s'enquit Malden.

Il se fichait que ce soit le cas, même s'il commençait à comprendre ce qu'elle avait fait. Si la vie de Crassier n'avait pas été en jeu, cela aurait été parfaitement impardonnable. Les esprits dont elle parlait étaient des démons, il en était convaincu. Des habitants de la fosse aux âmes de Sadu. Ces mêmes créatures que Croy avait juré de combattre. Les démons que Langacide avait été forgée pour occire.

— Non, répondit-elle, même si elle n'en semblait pas certaine. J'avais besoin de leur savoir, pas de leur présence physique. J'ai réussi à les persuader de me dire ce que je voulais apprendre sans les libérer.

— Alors tu as fait ce qu'il fallait, lui assura Malden.

— C'était difficile. Les nains repoussent toutes les formes de magie, déclara-t-elle. (Sa voix n'était pas plus forte que le bruit d'une page tournée du bout de l'index.) Les… esprits répugnaient à m'aider. Je n'avais pas la force de les faire fléchir. Je les ai donc contraints. Je les ai contraints, Malden. Une sorcière n'emploie jamais la contrainte. Une sorcière négocie, cajole, supplie, trompe, triche… mais ne contraint pas. C'est ce que Mère m'a appris. À ne jamais faire ça.

Malden ne comprenait pas tout ce qu'elle disait, mais il la savait perturbée par ce qu'elle venait d'accomplir. Il posa une main sur son dos pour la réconforter.

Elle tressaillit.

Puis elle se tourna vers lui. Il vit qu'une zébrure blanche était apparue parmi ses cheveux sombres.

Il avait vu des adeptes de la magie – des mages, pas des sorcières – déformés à force d'avoir frayé avec les démons. Leur visage et leur corps n'avaient plus rien d'humain. Il ne s'agissait là que d'un changement mineur. Et pourtant, il comprenait. Ce n'était que le début. Le processus était graduel, mais irréversible. Chaque fois qu'elle ferait appel à ce genre de pouvoir, les altérations seraient de plus en plus visibles.

— Mon père m'a aussi appris des choses, précisa-t-elle.

Malden se rappela avoir pointé un poignard sur la poitrine dénudée de Cythère. Il se souvenait de l'ordre de Coruth, qui souhaitait qu'on l'élimine si elle se tournait vers la magie plutôt que vers la sorcellerie. Si elle suivait la voie de son père, et non celle de sa mère.

Il se remémorait les mots que Coruth lui avait chuchotés, lorsque Cythère et elle avaient repoussé les échelles barbares. La sorcière avait tenté de l'informer que sa fille pourrait suivre l'exemple d'Hazoth.

— Cythère, souffla-t-il.

— Me trouves-tu toujours belle, Malden ? Parviens-tu encore à me regarder dans les yeux ?

Sa voix était si discordante que le voleur craignit d'en être incapable – qu'un simple regard suffise à le tuer. Il se contraignit à la prendre par les épaules pour l'observer bien en face. Il ne découvrit rien de diabolique sur son visage, rien de dangereux. Elle était toujours Cythère. La femme qu'il aimait.

— Tu es aussi belle que jamais, répondit-il très sincèrement.

Elle hoqueta de surprise. Puis elle se détourna et secoua la tête.

— Bientôt, je devrai porter un voile, lui dit-elle.

Le voile faisait partie des atours traditionnels des mages. Son père en avait porté un.

— Non. Promets-moi simplement de ne plus jamais te servir de ce pouvoir.

— Et si ça avait été toi sur cette table ? Ou Croy ? Je n'aurais pas hésité. Je n'hésiterai pas, quand l'heure viendra.

Malden regarda derrière elle, où Crassier dormait paisiblement sur la table. Ses brûlures étaient toujours roses et sensibles, de la couleur d'une cicatrice récente. Mais la plupart de ses blessures avaient tout bonnement disparu. Il était aussi blême qu'un cadavre – mais tel était le teint d'un nain en parfaite santé.

À la place de son bras gauche, à la place de ce moignon de viande crue, il n'y avait plus qu'une couche de chair lisse, sans cicatrices ni défauts. Il semblait être né avec un seul bras.

— Tu as fait ce que tu avais à faire, déclara Malden. Et tu l'as fait parce que je te l'ai demandé.

— Il est aussi mon ami, répliqua-t-elle. (Il voulut l'étreindre, mais elle le repoussa.) Regarde, dit-elle.

Les yeux de Crassier s'ouvrirent en papillonnant. Pendant un instant, ils ne se rivèrent sur rien de précis, et Malden craignit que le nain replonge dans l'inconscience. Puis une vitalité nouvelle parut s'emparer de lui, tous ses muscles se bandèrent d'un coup, et ses globes oculaires roulèrent brusquement dans leurs orbites. Il serra les lèvres, puis les entrouvrit. Il s'assit et se mit à bredouiller.

— Le récipient est prêt, mais je n'ai pas eu le temps d'en ôter les impuretés, il pourrait se fissurer. Pas pu préparer non plus le projectile, il va falloir utiliser… mais l'excédent de pression… de la bourre, peut-être, ou une sorte de gâche, sauf que… sauf que… les tunnels ! Il faut aller voir les tunnels !

Chapitre 106

Malden contempla Cythère. Elle était vidée ; pis encore, elle luttait contre une force intérieure qu'il n'imaginait même pas. Elle ne pouvait pas croiser son regard, ni même se tourner vers lui. Que lui avait-il infligé ? Qu'avait-il infligé à Crassier ? Il avait voulu sauver Ness. Cela justifiait-il de détruire tous ceux qu'il aimait ?

— Mon gars ! Viens avec moi ! Nous devons aller voir les tunnels – il y avait un truc… un truc…

Crassier débordait d'une force nouvelle. De désespoir, aussi.

— Un truc différent. Il faut y aller. Tout de suite.

Malden tendit la main vers le bras de Cythère.

— Accompagne-le, Malden. Va faire ce que tu fais le mieux, lui dit-elle.

— Et au nom de tout ce qui est bon dans ce monde, qu'entends-tu par là ?

— Agir intelligemment. Sournoisement. Trouve un moyen de nous sauver tous, répliqua-t-elle.

— Mon gars ! Viens avec moi. Maintenant !

Malden partit avec le nain. Que pouvait-il faire d'autre ?

Ils traversèrent la ville au pas de course, Crassier ouvrant la voie, sans cesser de marmonner au sujet de dangers, de craintes, et de la vitesse à laquelle des gaz se dilataient dans un récipient clos. Malden n'entendit rien de ce qu'il racontait. Il se laissa mener sans poser de questions.

— Ça va être un grand spectacle, disait Crassier. (La sinistre magie que Cythère avait employée pour lui sauver la vie semblait l'animer encore, emmêlant ses pensées tout en le dotant d'une énergie sans limites.) Il faut optimiser l'effet de surprise – c'est le seul moyen d'en tirer profit – ils y réfléchiront à deux fois, c'est toujours ça de pris. Mon bras, déclara-t-il soudain. Il me manque un putain de bras.

Malden fut brusquement tiré de sa rêverie. Il s'arrêta dans l'air glacial et contempla le nain, horrifié. Crassier venait-il juste de remarquer l'absence de l'un de ses membres ? Avait-il tout oublié de l'explosion ? Ils avaient peut-être commis une erreur en le réveillant.

— Il y a eu un violent incendie dans ton atelier, expliqua Malden. Comme une éruption issue de la fosse. Je t'ai tiré de là, mais tu avais déjà perdu un bras. Cythère n'a pas pu t'en faire repousser un.

Crassier observa son épaule un moment, comme si le membre qui lui manquait tant réapparaîtrait s'il regardait avec suffisamment d'intensité. Puis il poussa un soupir, privé soudain d'une partie de son incroyable énergie.

— Je me rappelle, mon gars. Je me souviens de la lumière, de la chaleur. C'était le prix à payer, hein ? (Il contempla alors le voleur avec un sourire malicieux.) Heureusement que j'en avais un de rechange. Allez, viens, tu me fais perdre mon temps.

L'entrée du contre-tunnel de Crassier se trouvait dans la cave d'une maison à l'ouest de la ville, tout près de Murseigle. Autrefois, ce sous-sol avait servi à entreposer des racines et de la viande séchée en prévision d'un hiver rigoureux, mais toute cette nourriture avait été réquisitionnée depuis longtemps. À présent, la pièce ne comportait plus que des sacs de débris issus du tunnel en dessous. Si les barbares trouvaient le conduit et décidaient de s'en servir pour envahir la ville, les sacs pourraient toujours être vidés par l'ouverture, la scellant instantanément.

Crassier décrocha une lanterne et la tint devant lui le temps que Malden l'allume. Puis ils empruntèrent ensemble la pente raide qui conduisait au boyau. Le plafond était si bas que le voleur devait se pencher, et rien n'avait été fait pour lisser les parois. Les racines qui en émergeaient venaient accrocher le manteau de Malden, tandis que les deux compagnons se précipitaient entre les étais placés en hâte pour empêcher le tunnel de s'effondrer sous le poids de la terre.

Le passage n'était pas particulièrement long. C'était inutile. Les sapeurs barbares avaient déjà creusé sous le mur de la ville, et entreprenaient désormais de forer des conduits parallèles qui affaibliraient d'autant les pierres de soutènement. Une fois au bout du contre-tunnel, Malden aperçut un grand nombre de bols remplis de vin.

Des ondulations se formèrent à la surface de chacun, puis le liquide redevint parfaitement lisse. Le même motif se répétait régulièrement.

— Ils sont en train de creuser, comprit Malden.

— Ouais, confirma Crassier. (Le nain ramassa une pioche qui gisait au sol.) Jour et nuit. Ils sont pressés.

— Ne devrait-on pas creuser aussi de notre côté, dans ce cas ? s'étonna le Seigneur Maire.

— Inutile. J'ai renvoyé tout le monde chez lui. Nous sommes prêts.

Le nain recula d'un pas, puis courut jusqu'au mur du fond et y assena un violent coup de pioche. Des mottes de terre et de cailloux en tombèrent en cascade. Crassier frappa encore, et encore.

— Mon gars, dit-il le souffle court, on ne serait pas trop de deux pour faire ça.

Malden trouva à son tour un outil et cogna aussi fort qu'il put. Bientôt, il passa au travers. Ils venaient de déboucher sur un tunnel barbare.

Ensemble, Crassier et lui déblayèrent un passage assez large pour s'y faufiler. Même Malden pouvait se tenir debout dans le conduit derrière.

— Il est plus grand que le nôtre, constata-t-il.

— Et les barbares sont plus grands que toi, souligna Crassier. En outre, je faisais mon possible, moi, pour *ne pas* faire tomber la muraille.

Les poutres qui étayaient le boyau ennemi étaient plus fines que celles de Crassier. Elles semblaient presque disposées au hasard. Du travail de piètre qualité, mais ainsi que l'avait fait remarquer le nain, ce tunnel n'était pas fait pour durer. Il était perpendiculaire à celui de Crassier et partait dans les deux directions. Le nain tourna la tête à droite et à gauche, puis sembla choisir un sens au petit bonheur la chance. Il tendit la lanterne à Malden, et se plaqua un doigt en travers des lèvres pour lui intimer le silence.

Ils progressèrent rapidement dans le conduit. Malden avait tous les sens en alerte, à l'affût du moindre signe indiquant qu'ils risquaient de tomber nez à nez avec une équipe d'ouvriers barbares. Il entendait au loin le bruit faible et étouffé d'outils en fer en train de mordre la terre à un rythme régulier. Il savait d'expérience que le son se propageait de façon étrange en souterrain, et n'était donc guère rassuré par la distance apparente des coups portés.

S'il avait été moins vigilant, il n'aurait peut-être pas repéré le piège. Crassier faillit tomber en plein dedans. Au dernier moment, Malden le rattrapa par le col de sa tunique et le tira en arrière.

Devant eux se trouvait un étai particulièrement fin, maintenant en place un pan de plafond qui pendait dangereusement vers eux. De petits câbles de cuivre s'en éloignaient en étoile. Dissimulés sous une fine couche de poussière, ils étaient tendus jusqu'aux murs et reliés à la base du poteau.

Le moindre pas supplémentaire aurait écarté celui-ci de son alignement. Sans doute pas de beaucoup, un pouce tout au plus. Mais Malden ne doutait pas que cela aurait suffi à faire s'écrouler le plafond sur leur tête.

Il désigna les fils, et le nain hocha la tête, l'air consterné.

— Bien vu, mon gars, chuchota-t-il.

Malden se contenta d'un haussement d'épaules.

Ils reprirent leur route, traquant le moindre signe de piège ou de danger. Après une cinquantaine de pieds, ils parvinrent à une bifurcation offrant deux nouveaux passages. Le bruit des sapeurs était bien plus fort ici. Malden craignait que les ouvriers se trouvent même juste à l'angle. Il entendait les barbares discuter entre eux dans leur langue gutturale. Puis il discerna une autre voix, qui s'adressait aux travailleurs.

— Si vous creusiez avec la moitié de l'engouement que vous avez quand vous tirez sur votre petit tuyau, nous serions déjà à mi-chemin de Helstrow.

La phrase en skraelien avait été prononcée avec un fort accent nain.

Malden savait précisément à qui cette voix appartenait. Et Crassier aussi, à en juger par sa grimace.

— Ne vous relâchez pas, n'imaginez même pas faire une pause. Tuemontagne bouffera le premier d'entre vous qu'il verra lambiner, ne l'oubliez pas. Maintenant, je vais baisser mon froc et poser quelques mines. Et gare à vous si je vous surprends en train de mater.

Malden et Crassier se dévisagèrent. Ils étaient sur la même longueur d'ondes. Le voleur souffla la flamme de leur lampe, les plongeant dans l'obscurité la plus complète.

Quelques instants plus tard, il retint son souffle en entendant quelqu'un approcher. Il aperçut une lumière – une petite flamme vacillante – qui vint éclairer le mur non loin de lui.

C'était Balint. Malden aurait dû le deviner. Les barbares ne savaient pas construire de trébuchets, ni creuser un tunnel de sape. Crassier s'était même douté qu'un nain travaillait pour eux. Et qui d'autre que Balint pouvait aider un monstre tel que Mörget ? Elle portait toutefois une chose étrange autour du cou, comme une collerette de fer. Une marque de statut ? Un bijou que Mörget lui avait offert pour services rendus ? Malden n'aurait su le dire.

Elle ne les aperçut que trop tard. Crassier attrapa l'une de ses tresses et la fit basculer sur le dos au milieu du tunnel. Elle écarquilla les yeux, et sa bouche sembla sur le point d'émettre un cri de détresse.

La loi imposait à Crassier de ne commettre aucune violence à l'égard de quiconque, pas même d'une naine. Malden fut ravi de s'en charger pour lui. Il se servit du pommeau de Langacide pour l'assommer.

La loi était *très* claire quant à la pénalité encourue par le voleur pour avoir agressé une naine. Il devrait être rôti vivant. Bien sûr, Malden incarnait la loi à cent milles à la ronde, et avait mis un terme à la peine capitale dans la Cité Libre.

Il ramassa Balint et la ramena jusqu'à la cave de Murseigle, Crassier sur ses talons. Une fois là, la naine commença déjà à recouvrer ses esprits.

Quand ils émergèrent dans la rue, Crassier lui écrasa une boule de neige sur le visage, ce qui suffit à la réveiller instantanément.

Elle découvrit d'abord Malden. Et sourit joyeusement.

— Grâce aux anciens, c'est toi.

Ce fut au tour de Malden de faire les yeux ronds.

— Vous êtes contente de me voir ? s'étonna-t-il. Mesurez-vous l'ampleur de vos problèmes ?

— Ils sont bien moindres qu'ils l'étaient tout à l'heure. Mörget a fait de moi son esclave.

— C'est ça, votre excuse pour avoir construit des trébuchets et pilonné la ville ? Pour avoir essayé de faire tomber notre muraille ?

— Si j'avais refusé, il m'aurait découpée en morceaux et dévorée toute crue, insista Balint. Je n'avais d'autre choix que de lui obéir si je voulais rester en vie. Mais il allait de toute façon finir par me tuer. Il tue tous ceux qu'il devrait protéger.

Ce gars baiserait son cheval à mort juste pour prendre son pied. Tu m'as préservée de cela, et je t'en remercie.

— Peut-être suis-je tout aussi dangereux, rétorqua le voleur en portant la main à la poignée de son épée.

Balint éclata de rire.

— Ça m'étonnerait.

— J'ai toutes les raisons du monde de vous massacrer ! s'exclama-t-il. Vous n'aurez plus jamais l'occasion de commettre tant de mal.

— De mal ? (Balint haussa les épaules.) Qu'ai-je fait de pire que toi ?

Ce fut au tour de Malden d'éclater de rire.

— Vous avez aidé mes ennemis en temps de guerre.

— En effet. Mais j'ai aussi poussé leur futur chef à tuer son père et à chasser sa sœur. J'ai attisé sa soif du sang de Skrae. Et à raison. Je n'ai jamais fait qu'obéir aux ordres de mon roi. Tant que les barbares s'attarderont ici, ils ne tourneront pas leurs yeux ensanglantés vers le royaume des nains. J'ai protégé mon peuple, au péril de mon cul magnifique.

— Balivernes ! s'écria Malden. Vous êtes tout simplement une ordure, qui vit pour faire le mal. Vous êtes une…

— Ça suffit, vous deux ! Les tunnels ! insista Crassier en agitant impatiemment la main. Balint… Dis-moi la putain de vérité. Dans combien de temps seront-ils finis ?

La naine n'avait aucune raison de tout avouer – mais aussi peut-être aucune de mentir.

— Oh, mais ils sont terminés. J'ajoutais juste quelques fioritures pour le plaisir des yeux. Je suis une foutue artiste, tu sais ? La muraille tombera à l'aube. Mörget a beaucoup insisté pour qu'il en soit ainsi.

Malden sentit une peur glaciale l'envahir, et craignit un instant de défaillir. Si vite ?

— Comment l'empêcher ?

Crassier se chargea de répondre.

— C'est impossible, mon gars. J'en ai vu assez là-dessous pour savoir qu'elle dit vrai.

Malden cracha la bile qu'il avait jusqu'alors retenue.

— Alors voilà ? Tout est foutu ?

— Ouais, croassa Balint.

— Peut-être, répondit Crassier. (Il se tourna vers le Seigneur Maire.) Alors comme ça, tu veux abandonner ? Capituler et négocier ?

— Avec Mörget ? Il ne nous offrira rien, répondit Malden.

Il savait qu'il avait raison. Il avait passé suffisamment de temps avec le barbare pour savoir qu'il tuerait tous les hommes, femmes et enfants de Ness, pour les punir de lui avoir déjà donné tant de fil à retordre.

— Alors remettons-nous au boulot. Ça ne change rien, décréta Crassier. (Son expression le trahissait, mais il resta inflexible.) Ça ne change rien du tout. Tu vas la tuer, maintenant ?

Malden considéra le visage de Balint. Il n'y lut aucune peur – comme si elle savait déjà qu'il ne pouvait pas l'abattre. Qu'il ne le ferait pas. Était-il vraiment si prévisible ?

— J'ai refusé d'exécuter l'infanticide. Je n'ai pas non plus voulu la mort du prêtre, ni même celle de Pritchard Hood. Non. Je ne tue que pour me défendre.

— Bien, répondit Crassier. Parce que je pourrais avoir besoin d'elle.

— Pour ton projet secret ? s'enquit Malden. Pourquoi t'aiderait-elle ?

— Parce que c'est une putain de naine, voilà pourquoi.

— Va te faire voir, rétorqua-t-elle.

Pour une fois, sa grossièreté sembla s'arrêter là.

Ce fut au tour de Crassier de sourire.

— Oh, ma dame, vous chanterez un air tout différent quand vous serez sur cette affaire. Je connais bien ceux de notre espèce. Tu ne pourras pas résister quand tu verras ce que je construis. C'est brillant à ce point.

Malden contempla les deux petites créatures.

— Tu penses sincèrement qu'elle va gentiment accepter de bosser avec toi ?

— Oh oui, mon gars.

Crassier avait une lueur étrange dans les yeux. Une sorte d'étincelle. Balint avait dû la repérer elle aussi, car elle se mit à l'observer avec un regard qui n'aurait pu signifier qu'une chose chez une humaine. Si Malden ne connaissait pas toute l'histoire, il jurerait que…

… peu importait. Cela ne le concernait pas.

— Alors, prends-la. Enfin, emmène-la où tu veux. J'ai encore un million de choses à régler, si demain est effectivement le grand jour.

Chapitre 107

Allongée dans son lit, Coruth luttait pour chaque inspiration. Ses cheveux étaient pleins de feuilles racornies, et l'un de ses bras n'était plus qu'une branche ridée. Elle vivait toujours. Cythère était à peu près certaine qu'elle s'en sortirait. Toutefois, elle s'était tant dépensée, avait tant repoussé ses limites, qu'elle n'aurait même plus été en mesure de chasser une simple mouche, et encore moins une horde de barbares.

Ce qui était sans doute pour le mieux, songea Cythère. Quand elle annoncerait à sa mère ce qu'elle avait fait, cette dernière voudrait la tuer.

Elle s'humecta les lèvres, et se força à garder les bras le long du corps. Il fallait qu'elle le fasse. Elle le devait à sa mère.

—J'ai…, commença-t-elle.

Mais elle se découvrit incapable de poursuivre. Être dans l'obligation de faire une telle confession était inhumain.

D'un autre côté, elle était une sorcière à présent. Une sorcière, et même plus.

—J'ai commis un acte que tu jugeras impardonnable, dit-elle.

Elle se contraignit à ne pas baisser les yeux.

La bouche de Coruth s'ouvrit un peu plus, et Cythère s'attendit à l'entendre jurer, la fustiger vivement. Après tout, elle le méritait. Toutefois, aucun son n'émergea de ces lèvres sèches.

— Je me suis servie de la magie, déclara Cythère en veillant à bien articuler chaque mot.

À les prononcer de façon claire et intelligible. Une sorcière assumait ses responsabilités. Elle reconnaissait ses erreurs, et acceptait son châtiment.

— Je sais que je n'ai pas d'excuses à te faire. Tu dois néanmoins savoir que c'était pour la bonne cause, j'en suis convaincue. Je l'ai fait pour sauver un ami.

Les yeux de Coruth n'arrivaient pas à se concentrer sur sa fille mais ils roulèrent dans leurs orbites.

Cythère hocha la tête, comme si sa mère avait parlé, car elle savait parfaitement ce qu'elle aurait répondu.

— Tu as raison, admit-elle. Je m'accroche encore à mes proches. Je devais renoncer aux relations de ma vie d'avant. Cela faisait partie de mon initiation – de me débarrasser de mes anciens désirs et liens affectifs. Crassier allait mourir, et je n'ai pas pu m'empêcher de lui porter secours. Cependant, je sais que je n'aurais pas dû. Si son heure était venue, alors il ne m'appartenait pas de le retenir. Il y avait peut-être une raison à sa mort. Ce projet sur lequel il travaille, cette chose qui a failli le tuer, est une sorte d'arme miraculeuse. En le sauvant, j'ai peut-être introduit une chose terrible en ce monde, une chose qui provoquera des souffrances indicibles. Et cela s'est produit parce que je tenais à lui. Peut-être trop.

Coruth ferma la bouche. Elle remua sur sa couche, comme si elle luttait pour s'asseoir, ou pour parler. Elle n'avait la force ni de l'un ni de l'autre.

— Une sorcière ne peut pas se permettre de favoriser une vie aux dépens de centaines, voire de milliers d'autres. C'est pourquoi je ne peux plus être la maîtresse de Malden. Je le sais – tu me l'as bien expliqué. Je peux toutefois dire que j'ai appris de mon erreur. J'ai déjà payé.

Elle se toucha les cheveux. Les mèches blanches resteraient toujours. Elles lui rappelleraient en permanence le prix du pouvoir.

— Tu disais que quand… quand ça arriverait, Malden ne me regarderait plus jamais en face. Tu te trompais, Mère ! Il a plongé ses yeux droit dans les miens, jusqu'aux tréfonds de mon âme, et il n'y a vu aucune trace de perversion. J'ai commis une grave erreur. Mais pas aussi grave que tu ne l'avais perçue. Ton entraînement m'a suffi – m'a conféré la discipline suffisante pour n'employer qu'un peu de magie, juste assez pour faire une chose bien.

Elle ferma les yeux.

— Mère, je te le promets désormais, sur ma vie, sur mes vœux de sorcière. Je te jure que je ne commettrai plus jamais cette erreur. J'ai retenu la leçon, et je t'assure que je sais à quel point j'ai péché. La sorcellerie n'est peut-être pas aussi puissante que la magie, mais elle est propre. C'est le seul moyen juste de se servir de son pouvoir. Je le sais au plus profond de moi. Et je mourrai avant d'entrer de nouveau en contact avec la fosse.

Elle rouvrit les paupières et se rendit compte que Coruth la dévisageait. Elle ne put s'empêcher de tressaillir et de fuir son regard.

— Certains, déclara Coruth avant de déglutir. (Elle grimaça alors comme si ce simple mot lui avait causé une douleur intolérable.) Certains démons, poursuivit-elle à force d'efforts, sont plus petits que d'autres.

Cythère recula comme si elle venait de recevoir une gifle.

— Non, répondit-elle. Non. J'ai ouvert un passage entre les deux mondes, je l'admets. Mais une simple fissure, trop étroite pour que quoi que ce soit puisse s'y engouffrer. J'ai fait preuve d'une vigilance de tous les instants. J'ai soumis les démons dans lesquels j'ai puisé mon pouvoir. Rien n'a pu traverser, mère – je n'aurais jamais laissé un démon pénétrer dans ce monde ! Même pendant mon moment de faiblesse, même quand j'ai eu la stupidité de faire ça, j'ai conservé suffisamment de force pour m'assurer que cela ne se produise pas !

Le menton de Coruth tressauta. Elle acquiesçait.

— C'est vrai, siffla-t-elle. Ça n'est… pas arrivé. Rien n'a traversé.

Un immense soulagement déferla dans les veines de Cythère. Si elle avait échoué, si quoi que ce fût avait pénétré dans ce monde, elle n'aurait jamais pu se le pardonner. Elle tourna les talons pour quitter la pièce et laisser Coruth se reposer paisiblement. Elle savait que, si elle restait, sa mère se sentirait obligée de la réprimander davantage.

— Pas… cette fois, conclut Coruth.

Cythère quitta la chambre, tête basse.

Chapitre 108

Lors d'une marche collective, l'on sombre bien trop facilement dans une sorte de transe. Au début, chaque mille est balisé. Mais il y en a tant, et chacun d'eux, une fois accompli, semble être une conquête si vaine, qu'une sorte de mouvement automatique se met alors en branle, comme un réflexe ancré au plus profond des corps. Croy maintenait son cheval sur la route, conservait un rythme régulier, mais ne voyait guère le décor défiler tandis que ses pensées vagabondaient librement. Il visualisait Cythère, et imaginait ce qui pourrait advenir d'elle. Ce qui lui était peut-être déjà arrivé. Rien d'autre.

Toutefois, il appartient au guerrier de rester silencieux l'essentiel du temps, tout en se tenant en permanence sur ses gardes. Quand quelque chose vient rompre la routine, la réplique doit être immédiate.

Un cheval se cabra un peu plus loin sur le chemin, et un autre hennit de panique. Croy s'efforça de rester en selle. Il balaya l'horizon du regard, cherchant à découvrir ce qui avait pu rompre l'hypnose de la route. Il ne remarqua d'abord que sa propre escorte. Les chevaliers doigiliens rompirent les rangs pour se disperser, sans attendre les ordres de couvrir les flancs. Les tambours appelèrent aux armes, et sire Équarri galopa vers l'avant pour venir se poster près de Croy, faisant signe au porte-drapeau de hisser haut les couleurs de Skrae.

Puis le nouveau régent aperçut la menace et dégaina Percespectre d'un geste souple et maintes fois répété.

Tout autour d'eux, répartie en lignes parfaites et en carrés de piques, une armée de fantassins traversait les champs. Ils étaient des milliers. Avançant tel un seul homme, ils vinrent encercler la colonne doigilienne et posèrent un genou à terre, tendant leurs armes d'hast devant eux, comme pour recevoir une charge de cavalerie. Croy faillit même l'ordonner, craignant d'être pris dans une embuscade barbare.

Toutefois, ces soldats ne portaient pas de fourrures, mais étaient emmitouflés dans des couvertures ou de vieilles capes bon marché. Ils ne portaient ni haches ni épées, mais étaient équipés de serpes et de vouges. Les sergents brandissaient des hallebardes dépareillées et, au milieu des carrés de piques, des arcs longs apparaissaient, bandés.

Les troupes adverses n'avaient ni bannière, ni quelque emblème que ce soit. Et Croy n'apercevait ni chevaliers ni capitaine parmi eux. Par la Dame, qui donc étaient-ils ?

Quelqu'un cria au loin. Croy porta le regard au-delà des lames de fer qui lui faisaient face et avisa un unique cavalier avançant parmi ses troupes, un homme seul sur un cheval. Les simples soldats s'écartèrent pour lui ouvrir la voie, comme le feraient des vagues fendues par la proue d'un navire.

Quand le cavalier fut plus près, Croy se rendit compte qu'il était vêtu d'une armure de plates complète, qui étincelait plus encore que la neige. La visière de son heaume était baissée, et un simple diadème doré ornait son casque. Croy ne connaissait que trop bien cette couronne.

— Tarness, cria-t-il, qu'est-ce que tout cela ? Rangez-vous et laissez-nous passer.

— Sire Croy, répondit le burgrave de la Cité Libre de Ness, j'ai entendu dire qu'on n'avait pas retrouvé ton cadavre à Estecoque. Je suis heureux de te savoir vivant.

Croy n'avait pas de temps à perdre en civilités.

— Déplacez vos hommes, insista-t-il.

Il jeta un coup d'œil méfiant au carré de piques qui longeait la route sur sa gauche. S'ils attaquaient à cet instant, il aurait bien du mal à les repousser. Son bras gauche était encore trop faible pour supporter le poids d'un écu.

— Des affaires importantes m'attendent, expliqua-t-il.

Tarness approcha encore un peu. À l'arrière de sa selle, une lance fendait l'air froid. Elle n'arborait aucune flamme, même si elle était peinte aux couleurs du burgrave.

— À une époque, Croy, tu m'as juré fidélité, rétorqua Tarness. Et à présent, c'est *toi* qui me donnes des ordres ? Aurais-tu par hasard oublié qui je suis ?

Sire Équarri avança à son tour, pointant Glaivefroid sur le burgrave.

— Votre seigneur vous a donné un ordre, Monsieur. Il n'est plus sire Croy. Il est désormais Croy, régent de Skrae et votre maître.

— Peut-être, répondit Tarness. Si nous pouvons encore nommer Skrae cette terre que nous foulons. D'aucuns prétendent que ce n'est plus le cas.

Croy étrécit les yeux. Ses éclaireurs l'avaient informé de l'existence de l'Armée des Hommes Libres. Il en avait déduit que, tout comme lui, ils se battaient pour préserver la monarchie de Skrae.

— Selon la charte de Ness, il m'appartient d'exploiter ce terrain et d'en faire ce que bon me semble, poursuivit Tarness. Ces champs sont sous ma protection. Nul ne peut franchir ces routes sans mon accord.

— Une charte, insista Équarri, ratifiée par le roi de Skrae à Helstrow. Et stipulant expressément qu'aucun sujet n'est en droit de bafouer l'autorité du roi.

— Oui, du roi, à Helstrow. Il n'y a plus de roi, ni à Helstrow ni ailleurs. Je suppose que Bethane est désormais reine, et qu'elle t'a nommé régent, mais je présume également qu'elle n'a jamais été officiellement couronnée par un prêtre de la Dame. En outre, j'imagine que, puisque Helstrow se trouve entre les mains des barbares, elle n'est pas, en ce moment, assise sur un trône digne de ce nom.

— C'est exact, admit Croy.

— Tu comprends donc à quel point cela complique les choses.

Sire Équarri leva Glaivefroid, comme pour donner le signal de l'attaque, mais Croy l'interrompit d'un geste las.

— Qu'attendez-vous de nous ? demanda Croy à Tarness.

— Tout d'abord, que vous me révéliez vos intentions.

Croy acquiesça. Très bien. Si cet homme voulait jouer à l'insurrection, Croy jouerait avec lui – jusqu'à un certain point.

— Nous sommes venus libérer Ness des barbares. Allez-vous vous opposer à ce but ?

— Certainement pas, puisque je partage le même. Nous poursuivons donc un objectif commun.

Croy soupira. La loi l'autorisait à exiger de Tarness et de ses troupes qu'ils se joignent à lui dans sa conquête. Il était le plus haut gradé de tous. Il avait cependant le sentiment qu'en tentant d'imposer sa volonté, il se verrait opposer davantage de réticence. Tarness jouait un jeu dangereux. Libérer Ness ne serait que la première manche. Il réfléchissait déjà à la deuxième, ainsi qu'aux suivantes. Ce qui n'avait rien d'étonnant venant de lui. Croy était l'une des rares personnes au monde à connaître son secret – que c'était l'âme de Juring Tarness, à l'intérieur de la couronne, qui s'adressait à lui. Juring Tarness avait été un stratège hors pair, tant sur le champ de bataille qu'en dehors.

Croy devait lui-même penser tactique. Le chevalier qu'il avait été aurait ordonné l'assaut et se serait frayé un passage à travers ces prétendus Hommes Libres. Le régent qu'il était devenu devait agir différemment.

— Alors soyons alliés, déclara-t-il, et tels deux bœufs tirant une même charrue, joignons nos forces. D'accord ?

Tarness éclata de rire.

— Monseigneur, vous pensez comme moi.

Croy opina. L'important était de dégager la route, quels que soient les problèmes que cela poserait plus tard. Il y avait encore de nombreux milles à parcourir avant de rallier Ness. Le chevalier fulminait d'impatience pendant que le burgrave commandait à ses hommes de libérer la voie afin d'ouvrir un passage aux mercenaires doigiliens. Cela sembla prendre la journée entière.

Tandis que les Hommes Libres se réorganisaient, le burgrave s'approcha suffisamment de Croy pour pouvoir s'entretenir avec lui d'homme à homme.

— Je dois bien reconnaître que je suis ravi de vous voir ici. La bataille qui nous attend sera rude, même si nous nous unissons.

— La Dame nous viendra en aide, si tel est Son souhait, répondit Croy sans s'intéresser aux propos futiles de son interlocuteur.

— Naturellement. Elle m'a déjà souri. Quand j'ai appris qu'une armée de Doigiliens marchait sur Skrae, je ne m'attendais pas à vous voir venir si loin à l'ouest. J'étais certain que vous vous rendriez d'abord à Helstrow.

Croy jeta un coup d'œil à Équarri. Celui-ci s'obstina à leur tourner le dos, même s'il avait dû entendre les paroles du burgrave.

— J'ai de bonnes raisons de vouloir protéger Ness, affirma Croy.

— Oui, je le sais, admit Tarness. Des raisons de cœur.

Croy se raidit sur sa selle. Était-il à ce point transparent ? ou entiché ?

— Vous voulez parler de…

— De Malden, votre ami intime. Je suis bien placé pour me rappeler les exploits du chevalier et du voleur. Combien d'aventures cette paire étonnante a-t-elle partagées ! Vous êtes venu sauver votre ami.

— En… effet.

Mieux valait peut-être que le burgrave pense qu'il venait secourir un ami qu'une fiancée.

— J'ai reçu il y a deux jours à peine un message émanant de l'intérieur de la ville. Vous serez ravi de savoir que Malden est toujours vivant, lui apprit Tarness. Plus que ça : il a gravi les plus hauts échelons. On l'appelle à présent le Seigneur Maire de Ness, et il dirige la cité en mon absence.

Croy n'arrivait pas à y croire. En réalité, sa première réaction ne fut pas de la surprise. Il se dit tout d'abord : *Au nom de la Dame, il a toujours été un voleur audacieux, mais il vient de dérober une ville entière !*

— J'ai été tout aussi étonné que vous de l'apprendre. Étant donné que j'avais nommé un autre homme à sa place en partant. Cependant, mieux vaut que ma cité soit dirigée par l'un de mes citoyens que par les barbares, pas vrai ?

Tarness se pencha vers le régent, tout heureux de pouvoir partager avec lui des informations si croustillantes. Il poursuivit d'un ton lascif.

— Il paraît même qu'il résiste à nos adversaires grâce à une armée de voleurs et de catins. Imaginez la débauche qui doit avoir cours entre ces murs. On dit aussi qu'il a élu domicile dans un lupanar, où il passe ses journées alangui en compagnie de sa sorcière, même s'ils ne sont toujours pas mariés.

— Sa sorcière ? s'étonna Croy sans pouvoir réprimer un éclat de rire. Mon bon seigneur burgrave, je pense que cette histoire a été considérablement exagérée. Coruth est une femme extraordinaire, mais bien trop âgée pour s'éprendre de quelqu'un comme Malden.

Il ne parvenait même pas à se les imaginer ensemble dans un lit. Pourquoi…

— Je ne parle pas de Coruth, mais de sa fille, répondit le burgrave en riant à son tour.

Quelque chose éclata telle une bulle de savon à l'intérieur du crâne du chevalier. L'espace d'un instant, il ne put plus ni entendre, ni voir, ni réfléchir. L'impensable s'était produit, et il était désormais dans l'incapacité même de comprendre des mots tout simples.

Le moment suivant, quand il eut recouvré ses esprits, il décida qu'il avait probablement mal compris.

— Pourriez-vous répéter qui est cette amante que vous lui prêtez ? Je crois avoir mal entendu.

Tarness releva la visière de son heaume. Il avait un regard mauvais et malveillant – à moins que Croy ait également imaginé cela ?

— Il se débauche sans vergogne avec cette femme nommée Cythère, précisa le burgrave. Il me semble que vous la connaissez, n'est-ce pas ?

Chapitre 109

Malden n'avait pas le temps de réfléchir à tout ce qui s'était passé, pas le temps de penser tout court. Il courait de maison en maison, martelant les portes pour réveiller les habitants.

— Aux armes ! Aux armes ! hurlait-il.

Et chaque fois qu'il croisait un homme doté de deux jambes en état de marche, il l'envoyait transmettre le même message.

— Nous combattrons à l'aube. À l'aube, les barbares attaqueront Murseigle ! Aux armes !

— Les prêtres disent qu'on peut les contenir, lui répondit un garçon à la jambe atrophiée.

— Et c'est ce que nous ferons, affirma Malden en lui donnant une tape dans le dos.

— Ils disent qu'il suffit de Lui donner Son sang.

Malden se retourna pour répondre, mais le gamin avait déjà disparu.

Il se précipita jusqu'à l'arsenal, et en ouvrit les grandes portes à la volée. Une foule s'y était déjà réunie, chacun se juchant sur les ruines du cloître de l'université, investissant la place du marché, jouant des coudes pour être le premier armé. Malden avait craint que son peuple soit trop terrifié à l'idée de s'équiper de lances ou d'arbalètes le moment venu. À l'évidence, il avait sous-estimé leur patriotisme – ou leur terreur. Ils semblaient prêts au combat. Prêts à tuer quiconque tenterait de pénétrer chez eux.

Il les observa qui entraient et sortaient en file du grand bâtiment, chaque homme et chaque femme en émergeant équipés d'une hache de guerre rouillée ou d'une vouge cliquetante. Les autres les acclamaient, impatients d'obtenir à leur tour de quoi protéger leur famille.

Ils résisteraient.

— Pour le Dieu Sang ! hurla un homme qui quittait l'armurerie.

Des vivats lui répondirent.

— Je ferai couler le sang au nom de Sadu ! renchérit un deuxième.

Tant qu'ils étaient prêts, Malden se fichait bien du nom saint qu'ils invoquaient. Il traversa ensuite le pont menant à la Fosse Royale, afin de s'assurer qu'il pouvait toujours compter sur les arcs des filles de joie.

— Sur les remparts, au niveau de Murouest et Murmarais. N'allez pas à Murseigle, ordonna-t-il à Postiche, Elody et aux autres maquerelles. La muraille va s'écrouler.

— Juste comme ça ? s'étonna Elody, les yeux luisant de terreur. Par magie ?

Malden secoua la tête.

— Ne me demande pas comment ils vont procéder. Il s'agira toutefois de diablerie naine, pas de magie. Tout ce qu'il faut savoir, c'est que la paroi va tomber à l'aube.

L'une des filles, une enfant maigrelette aux cernes marqués, chuchota à l'une de ses amies, qui hocha la tête d'un air entendu.

— De quoi parlez-vous ? demanda-t-il en désignant les bavardes.

Postiche toisa la coupable d'un air si mauvais que celle-ci finit par approcher.

La fille contemplait ses pieds, refusant de croiser le regard de Malden.

— Si cela vous sied, Seigneur Maire… nous pourrions compter sur quelque chose d'autre.

Malden soupira.

— Le Dieu Sang ?

La prostituée opina et sourit d'un air affecté.

— Nous avons entendu dire que si nous consentions le sacrifice approprié, Il nous sourirait. Le sacrifice *approprié* est…

— La ferme, petite sotte, la réprimanda Postiche. Ne l'écoute pas, Malden. Nous ne sommes pas toutes aussi idiotes.

Le voleur fronça les sourcils, n'étant pas sûr de comprendre. Visiblement, les prêtres de Sadu avaient travaillé dur à répandre leur venin. Peut-être avaient-ils fini par réclamer un sacrifice humain. Il fallait absolument les en empêcher, mais Malden n'avait pour l'heure pas le temps de percer à jour leurs intentions. Il courut jusqu'à la frontière est du Remugle. Il traversa le quartier par les toits, entendant les crieurs transmettre l'appel aux armes. Apparemment, de nombreux citoyens s'étaient réunis sur la place de la Pierdieu, espérant sans doute qu'on leur dirait où aller. Un prêtre se tenait là, à distribuer du pain – probablement les dernières réserves de nourriture. *C'est de bonne guerre*, songea-t-il. De toute façon, mieux valait mourir le ventre plein que vide. Il poursuivit sa route jusqu'aux ateliers de la Fumée, où les guildes œuvraient jour et nuit à la réalisation d'engins défensifs. Le *Manuel* de Rus Galenius proposait des schémas représentant d'improbables constructions de bois visant à ralentir, voire à endiguer, une armée ennemie. De gros rondins hérissés de pieux et montés sur des roues censés servir de barricades mobiles. D'énormes soufflets de cuir capables de provoquer des bourrasques d'huile enflammée forçant l'envahisseur à rebrousser chemin. Des mantelets, des boucliers géants sur roues derrière lesquels les arbalétriers pouvaient s'abriter le temps de recharger leur arme.

— Envoyez tout ça vers Murseigle, commanda Malden. Je me fiche qu'ils ne soient pas terminés, déplacez-les !

Un ancien compagnon de la guilde des charrons salua le Seigneur Maire en lui promettant que les machines seraient en place à l'heure, même s'il devait les y tirer lui-même.

— Sadu sait aider ceux qui s'aident eux-mêmes, expliqua-t-il en lui adressant un clin d'œil complice.

Malden avait déjà repris sa course, mais il s'arrêta.

— J'ai l'impression que tu en dis plus que tu n'en dis vraiment, si tu vois ce que je veux dire.

— Moins on en dit, mieux c'est, répondit l'homme dans un gloussement. Sachez seulement, Seigneur Maire, que nous apprécions tous ce que vous avez fait pour nous. Et ce que vous allez faire à l'aube.

Le voleur était plus perplexe que jamais.

— Eh bien, de rien. J'espère que vous n'aurez pas changé d'avis demain.

Des énigmes ! Des énigmes innombrables ! Et il y avait encore tant à préparer.

Et si peu de choses susceptibles de faire la différence. Les barbares ne se laisseraient pas arrêter par une cohorte de citadins, si désespérés fussent-ils. Mörget ne céderait pas avant que tout le monde soit mort, que tout le monde…

Non. Malden n'allait pas céder à l'abattement. Crassier avait raison. Il fallait poursuivre la lutte, ou rendre les armes. Et si Malden décidait de capituler tout de suite, il n'aurait d'autre choix que de se terrer dans un coin en tremblant de peur, dans l'attente du massacre. Au moins, s'activer sans cesse l'empêchait de perdre courage.

Et qui sait ? Peut-être le Dieu Sang allait-il effectivement leur venir en aide au dernier moment. Qu'Il allait ouvrir la fosse d'où émergerait une légion de démons, toutes dents et griffes dehors, venue sauver la ville.

Malden rit tout seul à cette idée et remonta sur les toits pour filer jusqu'aux Cendres et au quartier général de la guilde de Tailleserpe. S'il riait, c'était parce qu'il commençait lui-même à croire en cette idée. La foi semblait contagieuse.

Quand il atteignit la taverne calcinée au-dessus de l'antre des voleurs, il se laissa tomber au niveau de la rue et pénétra dans la ruine, s'attendant à y trouver Onzedoigts ou Trismus.

L'un des deux était censé en garder l'entrée, mais aucun n'était présent.

Peu importait. Puisqu'il n'y avait plus de sentinelles en ville, plus de gouverneur susceptible de débarquer sur place, la sécurité de la tanière était secondaire. Malden espérait au moins que les vieillards prenaient du bon temps, buvant une dernière fois ensemble ou profitant des ultimes caresses d'une jeune femme. Il s'empressa de descendre par la trappe pour rejoindre la salle commune, puis se dirigea vers le bureau de Tailleserpe. Velmont devait s'y trouver, à rassembler les dernières informations transmises par les voleurs de Malden.

Le Helstrovien était effectivement à l'intérieur, c'était déjà ça. Il était installé derrière la vieille table de travail, à compter le nombre de pièces d'un sac.

— Ce sera demain à l'aube, l'informa Malden. Fais passer le mot. Je veux voir tous les voleurs de la ville sur les toits devant Murseigle. Assure-toi qu'ils aient le plein de flèches, et que… et que…

Il y avait *beaucoup* de pièces sur le bureau. Et toutes étaient en or.

Velmont s'empressa de les faire glisser dans sa bourse, comme s'il redoutait que Malden s'en empare. Étrange.

— Où les as-tu eues ?

— Une dernière mission, répondit le Helstrovien avec un haussement d'épaules. Tu ne m'en veux pas, patron ? Il faut bien gagner sa croûte dans ce monde quand l'occasion se présente.

— Je serais une étrange sorte de voleur si je ne partageais pas ton avis. Profite de ta fortune toute neuve tant que tu en as l'occasion. Mais veille simplement à ce que ces archers soient en place avant d'aller trouver un moyen de la dépenser.

— Ce sera fait, pour sûr.

Quelque chose clochait. La ville s'apprêtait à être prise – saccagée par les barbares –, mais Velmont paraissait plus calme qu'il l'avait été ces dernières semaines. Comme s'il savait qu'il serait loin de là quand les événements surviendraient.

Tant de pièces dans ce sac. Tant d'or.

— Tu n'as pas l'intention de me faire faux bond maintenant ? demanda Malden en riant, feignant la plaisanterie.

— Sûrement pas ! (Velmont se leva de son siège et alla chercher une bouteille de vin sur un guéridon.) On a vécu une sacrée aventure, pas vrai ? Je ne m'attendais pas à ça en signant.

Il déboucha la flasque avec les dents.

— J'espère que ça aura été suffisamment lucratif pour que tu ne regrettes pas ta décision, lui dit Malden.

Velmont eut un large sourire et emplit une coupe qu'il tendit à son compagnon avant de s'en servir une autre.

— J'adorerais rester boire avec toi, crois-moi, s'excusa Malden en avalant une lampée, mais je crains de ne pas avoir le temps.

— Juste assez pour porter un petit toast, décréta Velmont. Après, tu pourras partir.

Malden soupira, mais leva sa coupe et la cogna contre celle de Velmont.

— Et à quoi boit-on ? À l'argent ? À… la loyauté ?

— À l'honneur des voleurs, répondit le Helstrovien en inclinant la tête de côté. La denrée la plus précieuse de ce triste monde, hein ?

Malden éclata de rire.

— Car la plus rare, admit-il.

Il vida sa coupe d'un trait.

Quelque chose en racla le fond. Une substance blanche à moitié dissoute. Elle glissa sur la lie et vint effleurer les lèvres de Malden. Qui s'engourdirent immédiatement.

Le Seigneur Maire laissa tomber sa coupe. Il voulut saisir la poignée de Langacide, mais son bras pendait déjà tel un morceau de corde. Il sentait à peine sa main.

— Espèce de sa… de sa…, bredouilla-t-il.

Une tapisserie s'écarta du mur, et une demi-douzaine de prêtres du Dieu Sang se ruèrent dans la pièce.

Chapitre 110

— Débarrassez-le de cette épée, ordonna Velmont.

Il ne quitta jamais Malden des yeux, tandis que ce dernier se débattait vainement pour tenter de repousser les prêtres qui le dépouillaient de Langacide. Il était déjà aussi faible qu'un chaton au fond d'un sac.

— Du p… poison, cracha-t-il.

— Ce serait de la folie furieuse, pas vrai ? demanda Velmont. De te tuer maintenant, alors que ces gentils messieurs ont d'autres projets pour toi. (Le Helstrovien ricana.) Ils ne me le pardonneraient pas. Non, je viens juste de te rendre service, patron.

Malden voulut faire un pas vers le traître, mais ses jambes étaient comme des ressorts, et il tomba à genoux.

— Ce n'était qu'un calmant. Comme un anesthésiant. Ainsi, quand ils te planteront, tu ne sentiras rien ou presque.

Malden s'agrippa au bureau, mais ses doigts étaient semblables à dix brindilles de bois mou. Deux prêtres le remirent debout.

— De l'a… argent, dit Malden.

— Oui, patron, ils paient rudement bien. Assez pour me tirer de ce trou à rats et démarrer une belle petite vie ailleurs. Ils vont même m'y aider. Ils m'ont dégotté un bateau, une petite barque qui mouille à Plandest, et à bord de laquelle je ramerai jusqu'à la mer demain, pendant que les barbares seront distraits.

Malden s'affala sur les prêtres qui le retenaient, mais l'un d'eux lui tira sur le col pour le redresser. Le voleur se tourna pour la première fois vers ses ravisseurs. Ils étaient vêtus de rouge, la couleur de leur dieu, mais il fut surpris de les découvrir si jeunes. Il ne les avait encore jamais vus jusqu'alors. Apparemment, Hargrove n'avait pas perdu de temps à recruter de nouveaux acolytes. Malden regrettait de n'avoir pas prêté davantage attention à ce clergé grandissant – ou de ne pas l'avoir étouffé dans l'œuf quand il en avait eu l'occasion.

— Du s… s… s…, bava-t-il.

Si la drogue n'avait aucun effet sur son esprit, son corps lui paraissait de plus en plus distant.

— Du sang, l'aida l'un des prêtres. *Son* sang. Dans l'ancien temps, quand le peuple affrontait certains périls, une seule chose pouvait le sauver : un sacrifice d'une ampleur suffisante. Au cœur du plus grand danger, seul du sang royal peut faire l'affaire. Le vôtre devrait convenir. Sadu ne vous a-t-il pas choisi, parmi tant d'autres, pour faire renaître l'ancienne religion ? N'a-t-il pas agi à travers vous, durant ces dernières semaines ? Votre sang sanctifié servira à oindre la Pierdieu et à achever Son œuvre sacrée. Vous allez devenir un martyr, Seigneur Maire. Les fidèles vous prieront pour l'éternité.

Une terreur glacée s'empara de Malden, qui luttait contre la drogue. Si cela ne suffit pas à lui donner l'énergie de se battre, il recouvra néanmoins l'usage de sa langue.

— Traî…tre, lança-t-il avant de cracher au visage de Velmont.

Le Helstrovien s'essuya du revers de la main. Il ne semblait pas particulièrement offensé. Après quelques instants, il afficha un sourire triste.

— Tu as eu ta chance, patron. Quand Mörg nous a offert un sauf-conduit, tu aurais dû sauter sur l'occasion. Enfin, si ceux-là disent vrai, tu auras une autre chance de sauver ton peuple, pas vrai ? C'est bien ce que tu voulais, non ?

Velmont attacha son sac de pièces à sa ceinture. Il était si lourd qu'il tirait sur un pan de sa tunique, mais le Helstrovien n'avait pas l'air gêné par son poids. Il s'approcha de la tapisserie derrière le bureau de Tailleserpe, et en souleva le coin.

— Porte-toi bien, patron. Je ne peux pas dire que ça n'a pas été un plaisir de travailler pour toi.

Il adressa à Malden une parodie de salut, puis disparut derrière la tenture. Un passage remontait jusqu'au Remugle, à plusieurs pâtés de maisons de là. Malden s'en était souvent servi.

Les prêtres lui firent traverser la salle commune, puis parvinrent à le hisser par la trappe qui débouchait sur les Cendres. Devant les ruines de la taverne, un chariot les attendait, tracté par un cheval souffrant d'un éparvin et aux côtes si saillantes qu'on eût dit un squelette. Malden fut jeté sur le plateau et maintenu en place par deux prêtres, tandis qu'un troisième montait à l'avant pour conduire.

Le voleur parvenait à peine à tourner la tête pour observer. Peu importait. Il savait où ils se dirigeaient. Quand il avait vu la foule amassée autour de la Pierdieu, il avait pensé qu'elle s'était rassemblée seulement pour réclamer du pain. Désormais, il comprenait : tous étaient venus assister au grand spectacle que représentait un sacrifice humain.

Et il n'y avait plus moyen de l'empêcher. Le voleur aurait eu autant de chances de repousser Mörget et sa horde de barbares d'une seule main que de se libérer de ces hommes qui le maintenaient en place. L'un d'eux arborait même Langacide à sa propre ceinture – avaient-ils l'intention de s'en servir comme d'une lame sacrificielle ? Malden savait qu'avec un peu de force, il parviendrait à empoigner le pommeau, dégainer l'arme et massacrer ses ravisseurs sans qu'ils puissent réagir. Malheureusement, cette force lui manquait.

Il ne pouvait que contempler les étoiles froides en se demandant comment il en était arrivé là. Il n'avait jamais voulu devenir Seigneur Maire. Il n'avait souhaité que deux choses dans toute son existence : posséder assez d'argent pour vivre confortablement, et épouser Cythère.

Il se dit que ce n'était pas le Dieu Sang qui avait fait prendre cette tournure aux événements. L'un des anciens noms de la Dame était *Fama*. C'était Elle qui élevait les hommes d'un statut à l'autre, qu'ils le veuillent ou non. Elle qui, dans son autre rôle, celui de *Fortuna*, leur remettait violemment les pieds sur terre.

Sadu ne s'adonnait pas à un jeu aussi cruel. Il se contentait d'apporter la justice – et dans la plupart des cas, la plus équitable de toutes : la mort.

Le chariot cahotait sur les pavés, faisant rouler Malden de gauche à droite. Il percevait à peine les nids de poule ou les bosses, et n'eut que vaguement conscience de l'arrêt du véhicule. Ça y était donc. Ils avaient dû arriver à la Pierdieu.

Toutefois, il n'entendait pas les clameurs de la foule, ni les imprécations réclamant du sang, ainsi qu'il s'y était attendu. Il observa de tous côtés de ses yeux paresseux, et n'aperçut que des bâtiments qui ne correspondaient pas à l'endroit auquel il pensait. Ils se trouvaient au milieu de la Fumée, bien loin de leur destination.

— Vous, cria le conducteur. Vieil homme. Écartez-vous de la route, s'il vous plaît. Nous sommes en mission sacrée, et ne pouvons souffrir aucun retard.

L'un des prêtres qui tenaient Malden le lâcha et se leva sur le plateau du chariot.

— Quel est ce désagrément ? s'enquit-il.

Un carreau d'arbalète vint soudain se ficher dans son œil gauche. La pointe acérée émergea à l'arrière du crâne du prêtre, accompagnée d'un petit jet de sang.

Malden le vit s'écrouler. Cela sembla prendre un temps infini.

Il entendit un gémissement de douleur et tendit le cou autant qu'il put pour voir le conducteur basculer sur la route. Le troisième prêtre, celui qui portait Langacide, s'accrocha, paniqué, au rebord du chariot. Celui-ci tangua quand quelqu'un sauta à l'intérieur. Le dernier des prêtres dégaina maladroitement la Lame de son fourreau et la tendit devant lui. Malden voyait sa pointe vaciller tant les mains de l'acolyte tremblaient.

Une goutte d'acide vint s'écraser sur le plateau du chariot, à quelques pouces du visage du voleur. Ce dernier tenta désespérément de tourner la tête pour éviter la prochaine larme de vitriol, mais ne réussit qu'à peine à la remuer.

Juste assez pour découvrir qui avait occis les deux autres prêtres. Qui se trouvait désormais dans le chariot, face à Langacide.

Tailleserpe. L'ancien maître de la guilde des voleurs, vêtu d'une tunique brun roux informe à la manière d'un paysan.

Il attrapa le prêtre par le baudrier. L'homme d'Église tenta d'abattre Langacide pour se protéger, mais il fut trop lent. Tailleserpe écrasa douloureusement son front sur le nez de l'autre. Le cartilage se brisa avec un bruit écœurant, et du sang inonda l'avant de la tunique cléricale, dont le tissu rouge parut soudain noir sous l'éclairage de la lune. L'épée tomba mollement sur le chariot, dans une flaque de son propre acide.

Tailleserpe tenait un couteau, guère plus gros que celui qu'il devait utiliser pour couper sa viande. Il l'enfonça trois fois dans la gorge du prêtre, avec une précision presque chirurgicale. L'acolyte chuta dans la rue sans un bruit. Malden savait que l'autre était mort avant même d'avoir heurté les pavés.

Tailleserpe attrapa alors son ancien employé et le tira hors du chariot. Il le poussa vers un abreuvoir abandonné qui avait gelé durant la nuit. Il se servit de sa lame ensanglantée pour briser la glace, et enfonça la tête du voleur dans l'eau mordante.

L'effet fut immédiat. Le froid donna un coup de fouet à l'organisme de Malden qui, bien que toujours aussi faible qu'un enfant malade, fut toutefois capable de respirer et de regarder autour de lui. Il avisa le chariot immobile, et son cheval attendant patiemment un ordre qui ne viendrait jamais. Il considéra les rues désertes alentour. Découvrit les trois cadavres gisant sur les pavés.

—Comment… ? demanda Malden, sans avoir la force de poursuivre sa pensée.

Comment avez-vous su ce qu'ils préparaient ? Comment saviez-vous où me trouver ? Et ce n'étaient que ses questions les plus pressantes.

Tailleserpe, cependant, ne trahissait jamais aucun de ses secrets. Plutôt que de répondre, il empoigna le visage de Malden et le gifla sans pitié.

—Bats-toi, mon garçon. Tu vas devoir marcher un moment. Après quoi, il te faudra courir.

Malden se força à serrer le poing gauche. Il n'y parvint pas tout à fait, mais il sentit le sang affluer dans ses doigts. Il essaya de nouveau. Tailleserpe hocha la tête et se dirigea vers le chariot. Il revint avec Langacide, dans son fourreau, et la ceinture de Malden. Il l'aida à la remettre.

—Pas… votre style… habituel, haleta le voleur.

Il n'avait même jamais imaginé Tailleserpe capable de quitter l'une de ses innombrables planques. Et encore moins susceptible d'entreprendre une opération de secours aussi risquée – et brutale.

—En fait, ça l'était, à une autre époque, avoua Tailleserpe. En des temps moins convenables. Aujourd'hui, je suis effectivement plus à l'aise dans l'ombre, à échafauder des stratégies. J'ai toutefois connu mon lot de situations désespérées dans le passé, quand mes plans ne se déroulaient pas exactement comme prévu. J'ai encore besoin de toi, Malden. Je n'en ai pas tout à fait fini avec toi. Il me faut toujours un héros pour sauver ma ville.

—Dommage que vous n'ayez… que moi, plaisanta Malden.

—Tu sais que je déteste la fausse modestie. Tu es précisément l'homme de la situation. De toute façon, il n'y a personne d'autre pour endosser ce rôle. Plie-moi ce genou, ordonna Tailleserpe. Plus que ça. Ça te fait mal ?

Malden secoua la tête.

— Je ne sens rien du tout.

— Ça ne va pas tarder. Quand la drogue se sera dissipée, tu vas souffrir le martyre. Bon, plie l'autre genou maintenant. C'est bien. Encore.

Chapitre III

Une heure avant l'aube, la neige luisait d'un bleu profond. Les foyers étaient presque éteints dans le camp barbare, à présent que les hommes censés les entretenir s'imaginaient déjà bien au chaud à l'intérieur de l'enceinte. Mörget s'agenouilla devant le rempart de Ness et écarta grand les bras, car c'était ainsi que priaient les gens de l'Est.

Ô Mère, Ô Mort, viens chercher mes ennemis ce jour, implora-t-il silencieusement, car aucun Oriental ne psalmodiait ouvertement quand on pouvait l'entendre. *Ô ma Mère, viens également quérir les miens, mes guerriers, que je terrasserais moi-même pour te plaire, jusqu'à ce que le monde soit recouvert de sang. Empare-toi de ce petit peuple de l'Ouest, et vaincs leurs petits dieux. Prends les innocents. Prends les femmes. Prends les enfants, et même les bébés.*

Étanche ma soif d'un sang chaud.

Mais viens, et récolte autant d'âmes que tu le pourras.

Nul n'était présent pour lui demander ce qu'il désirait. Hurlind le cancanier était ivre mort dans sa tente. Balint la naine avait disparu, escamotée dans ses propres tunnels par des mains inconnues. Mörgain chevauchait vers Helstrow, largement hors d'atteinte de son frère. Mörg le Sage, Mörg le Miséricordieux, Mörg le Grand Chef était mort de la main rouge de son fils. Les chefs qui restaient, leurs pilleurs et leurs guerriers, leurs esclaves et leurs massacreurs, n'osaient pas approcher un homme communiant avec sa *wyrd*.

Mörget était seul. Il ne restait personne pour partager sa gloire.

Ce qui signifiait qu'elle lui appartiendrait, et à lui seul.

Tout était prêt, tout était planifié. Les massacreurs iraient en premier, et déjà ils dansaient devant la ville, dansaient sauvagement pour échauffer leur sang, dansaient et chantaient en poussant des ululements féroces accompagnés de scansions atones et inarticulées destinées à les rendre fous. Quand le rempart s'effondrerait, ils se précipiteraient à l'intérieur et massacreraient tous ceux qu'ils croiseraient. Les clans déferleraient alors, rivière de fer venant emporter les derniers défenseurs. Mörget serait parmi eux, hache et Aubelame en mains, et la moisson serait riche.

C'était ainsi que les choses étaient prévues, en tout cas. Toutefois, la destinée, ou la fatalité, peu importait, était connue pour se jouer des hommes prévoyants. Et ce jour ne ferait pas exception à la règle.

Le signe annonciateur de ce qui allait réellement se produire fut le tintement de l'acier contre le fer, répété non pas une fois, mais une centaine de fois avant que Mörget lève les yeux de sa prière. Derrière lui, à l'orée du campement, les chevaux hennirent et les hommes hurlèrent de douleur. Mörget bondit sur ses pieds et attrapa ses armes.

S'il ne s'attendait pas à cela, un sourire naquit néanmoins sur son visage. Il dépassa quelques chefs à l'air surpris, debout devant leur tente, puis quelques esclaves en train de tendre les cordes qui abattraient la muraille de Ness. Il se précipita jusqu'aux troupes armées, se frayant un passage pour finalement découvrir quel présent sa Mère lui avait apporté.

Un cavalier en armure faillit pourfendre la poitrine du barbare de sa lance. Mörget esquiva par réflexe, et enfonça profondément sa hache dans la croupe du cheval. L'animal s'effondra, et le chevalier dut sauter de sa selle pour atterrir dans la neige.

Mörget ne reconnaissait ni l'armure que son ennemi portait, ni la manière dont il avait taillé sa moustache. Cet homme ne venait pas de Skrae. Il trouva cet élément particulièrement intrigant.

L'autre se releva, et Mörget le laissa faire. Le barbare aurait déjà pu le tuer une dizaine de fois, mais il voulait découvrir ce que ce nouvel adversaire avait à lui apprendre. Le chevalier portait un long écu fuselé au bras gauche, et sa main droite brandissait un fléau doté de trois boules hérissées qu'il faisait tournoyer au-dessus de sa tête. Si elles parvenaient à atteindre Mörget, elles déchireraient la peau et le muscle, et lui broieraient les os. Avec l'aisance et la grâce nées d'une centaine d'affrontements semblables, Mörget entra dans le périmètre de son adversaire et brandit Aubelame. L'arme irradia de lumière lorsqu'elle vint entraver les chaînes retenant ces sphères mortelles ; ces dernières s'enroulèrent dans un grand fracas métallique autour du faible de la lame.

Mörget porta alors un coup latéral à l'aide de sa hache, qui s'enfonça dans le bois du bouclier monté à sa rencontre. Les planches gémirent et éclatèrent, tandis que le bandage d'acier qui cerclait le tout se libéra dans un bruit de ressort. L'écu tomba en pièces et le bras en dessous fut inondé de sang.

Le chevalier abandonna son arme – désormais inutile – et porta un coup de poing de sa main gantelée d'acier au visage du barbare. La tête de celui-ci pivota brusquement de côté, et de la bave jaillit d'entre ses lèvres tandis que son crâne résonnait encore de l'impact.

Il s'ébroua pour recouvrer ses esprits et redressa le chef à temps pour voir son adversaire reculer en sautillant, puis dégainer le long poignard qu'il portait au côté.

— Parfait ! s'exclama Mörget. Tu es très bon, déclara-t-il tout en tirant d'un coup sec sur Aubelame pour la libérer du fléau emmêlé.

Le chevalier ne répliqua pas mais tendit sa lame à la diagonale devant lui, comme pour parer le prochain assaut barbare.

Mörget feignit un coup de hache, et l'inconnu prépara sa riposte, exposant ainsi sa poitrine, que pourfendit Aubelame. Celle-ci s'illumina à l'intérieur du corps du chevalier, et un éclat rougeâtre émana de l'intérieur de la cage thoracique du mourant.

Mörget pivota alors, tout en libérant son épée du cadavre. D'autres chevaux lui tournaient autour, montés par des hommes qui brandissaient des masses d'armes ou des lances de cavalerie et abattaient esclaves et guerriers.

Qui étaient ces chevaliers ? De quelles contrées arrivaient-ils ? Ils étaient presque aussi agressifs et bien entraînés que les combattants de Mörget, et savaient comment utiliser leur monture à leur avantage. Pour une fois, ils représentaient une véritable menace, et le sang du barbare se mit à chanter d'excitation. Une vraie bataille !

Puis, derrière les chevaux, il aperçut des carrés de piques qui se dirigeaient vers lui. Chacun était composé d'une vingtaine de personnes, tenant toutes une perche de dix pieds équipée d'une pointe en fer. Cinq hommes progressaient épaule contre épaule, sans le moindre interstice pour les séparer, tandis que cinq autres avançaient de côté sur les flancs, et que les cinq derniers fermaient la marche à reculons, comptant sur leurs équipiers de tête pour leur ouvrir la voie. Des armes simples, une tactique simple, mais Mörget ne sous-estimait pas la dangerosité d'un carré de piques. La longueur des perches empêchait d'assaillir directement ceux qui les tenaient, sous peine de finir empalé.

Bien sûr, cette stratégie misait sur le fait que, face à une telle muraille de lances, n'importe quel guerrier normalement constitué battrait en retraite. Dans les territoires civilisés, les carrés de piques pouvaient repousser tout un flanc d'adversaires, voire briser une troupe entière de fantassins, ou même tenir bon face à une charge de cavalerie. Mais Mörget n'avait rien de civilisé. Et n'était pas tout à fait normalement constitué.

Il poussa un cri de guerre, et fonça droit sur les piques. L'une d'elles se logea dans son cou, mais il l'arracha et poursuivit son offensive. Sa hache décrivit un large arc vertical qui fendit les hampes de plusieurs autres, tant et si bien qu'elles rebondirent à ses pieds.

Aubelame emporta dans son élan la tête d'un piquier, et soudain il y eut une ouverture dans le carré ; tout aussi brusquement, Mörget s'y engouffra, et se retrouva face aux dos des fantassins qui progressaient à reculons. L'un d'eux jeta un coup d'œil par-dessus son épaule et, terrifié, lâcha son arme.

Le carré tenta alors de se retourner vers l'intérieur, mais les lances étaient parfaitement inefficaces au corps à corps. Les piquiers avaient autant de chances de se blesser mutuellement que d'atteindre Mörget. La hache et l'épée du barbare s'abattirent à gauche, étincelèrent à droite, tournoyèrent, virevoltèrent, tranchant de toutes parts, dépeçant, pourfendant, perçant et taillant jusqu'à ce que vingt cadavres se retrouvent sous les pieds du barbare, menaçant de lui faire perdre l'équilibre. Il sauta par-dessus les corps avant même qu'ils cessent de respirer et leva les yeux pour découvrir quatre autres carrés de piques s'approchant de lui ; ce faisant, les chevaliers traversaient le campement en massacrant les hommes encore à moitié endormis.

— Bien joué, déclara Mörget en s'adressant à l'instigateur invisible de cette embuscade.

Cependant, une démonstration de force, si soudaine fût-elle, n'était pas nécessairement synonyme de victoire. Cet assaut mêlant fantassins et cavaliers pouvait certes lui être fatal, mais seulement tant qu'ils restaient en extérieur. S'il parvenait à faire entrer ses clans dans la cité avant qu'ils se fassent tailler en pièces, il pourrait ériger une barricade défensive et contenir éternellement ses ennemis à l'aide de flèches.

Il se précipita vers le rempart, alors que les premières lueurs de l'aube apparaissaient à l'horizon, et hurla :

— Les cordes ! Les cordes ! Abattez la paroi, maintenant !

Ô Mère, pria-t-il, *Ô ma Mère la Mort, tu m'as exaucé ce jour !*

Chapitre 112

Dès que Malden put se tenir debout, Tailleserpe disparut dans les ténèbres sans même un ultime conseil. Le voleur songea que l'ancien maître de la guilde avait peut-être une telle confiance en lui qu'il ne jugeait plus opportun de le guider dans ses choix.

À moins que Tailleserpe ne cherchât à quitter lui-même la ville, à l'instar de ce qu'avait réalisé Velmont, tant qu'il était encore temps de le faire.

Malden serra les poings, puis les détendit. Le bout de ses doigts le brûla quand le sang s'y engouffra. Tailleserpe l'avait prévenu qu'il risquait d'avoir mal quand…

— Argh ! cria-t-il, incapable de s'en empêcher.

Une crampe soudaine s'empara de tout son flanc gauche tandis que son tronc recouvrait quelque sensation. Il sentit la veine de sa tempe enfler et cracher son venin tel un serpent, et hurla derechef.

La douleur était si violente qu'il se retrouva à genoux.

Malheureusement, il n'avait pas le temps de s'adonner à sa souffrance : sa plainte avait attiré l'attention des rues voisines. Un homme équipé d'une torche apparut à un croisement, devant une demi-douzaine d'autres citoyens curieux. L'un des six était tout de rouge vêtu, comme un prêtre.

Si les acolytes l'attrapaient à cet instant, il se doutait qu'ils ne s'excuseraient pas de l'avoir capturé et d'avoir voulu le sacrifier.

— Malédiction, pesta Malden en cherchant une ombre assez profonde pour l'abriter.

L'homme à la torche criait déjà qu'il avait trouvé le Seigneur Maire. Malden jeta un coup d'œil au chariot qui l'avait mené jusque-là et aux trois cadavres qui l'entouraient. Il scruta intensément le cheval, qui attendait toujours patiemment ses ordres.

L'animal tourna la tête vers lui pour l'observer d'un œil impassible.

Malden savait – mal – chevaucher. Même s'il n'était encore jamais monté en selle sans aide. *Aucune importance*, décréta-t-il. Il n'avait de toute façon pas le temps de dételer la bête.

Il leva donc la tête, son instinct le poussant à grimper chaque fois qu'il était poursuivi. Il courut jusqu'à un mur à colombage offrant tant de prises qu'il aurait pu s'agir d'une échelle et bondit pour s'agripper à une poutre épaisse.

Cependant, la drogue que lui avait administrée Velmont circulait toujours dans son organisme. Il manqua complètement son saut, et si ses doigts se refermèrent à l'endroit voulu, il eut toutes les peines du monde à ne pas choir.

Il se retourna, et constata que ses poursuivants n'étaient qu'à quelques secondes de là.

— Tenez bon, saloperies, grogna-t-il à l'encontre de ses mains.

Elles ne lui avaient encore jamais fait défaut. Il parvint à basculer un bras pour attraper le rebord de la fenêtre de l'étage. Les crampes qui saisirent simultanément ses deux chevilles lui coupèrent le souffle. Quand ses muscles se détendirent enfin, il balança la jambe droite pour prendre appui sur le haut du chambranle de la porte.

— Seigneur Maire ! l'appela quelqu'un au niveau de la rue. Par pitié, votre peuple a besoin de vous ! On vous attend à la Pierdieu !

— Il a massacré son escorte, intervint un autre d'une voix caverneuse. (Une femme cria.) C'étaient des émissaires de Sadu, qu'a-t-il fait ?

— Je vous en prie, renchérit une troisième voix. Pensez à nous, à notre sécurité !

Malden n'avait pas d'oxygène à perdre en réponses vaines. La douleur lui tenaillait les bras, mais il parvint à se hisser sur les bardeaux du toit. Il y resta à haleter quelques instants, les yeux rivés vers le ciel, tandis que de nouvelles supplications lui parvenaient du sol.

Le firmament était d'une étonnante couleur pourpre. Il tourna la tête, et aperçut des nuages orange à l'horizon. *Non – non, pas déjà !* Mais c'était indéniable. L'aube s'apprêtait à poindre.

Il devait se rendre à Murseigle aussi vite que possible, afin de mener la contre-offensive.

Il roula de côté, puis se leva douloureusement. Il avait la moitié de la ville à traverser, et ne pouvait guère compter sur ses jambes. Et s'il était pris de crampes tandis qu'il sautait d'un toit à l'autre ?

Il n'avait toutefois aucune alternative. Il allait devoir courir le risque.

Détalant aussi vite qu'il l'osait sur ses pieds à moitié engourdis, il grimpa jusqu'au faîte pour redescendre de l'autre côté. Par chance, la rue voisine était particulièrement étroite, et il parvint à la franchir. Il roula sur les bardeaux de l'autre côté. Des morceaux de bois, rendus cassants par le froid, se brisèrent sous son poids et cascadèrent dans la rue, mais il parvint à recouvrer l'équilibre. Devant lui s'étendait une longue lignée de toitures, les maisons en dessous étant attenantes. Il traversa cette voie royale courbé en deux, alors que des appels s'élevaient tout autour de lui.

— Son sang ! Il exige Son sang ! psalmodiaient les habitants en chœur.

Malden se rembrunit, mais ne s'arrêta pas. Il n'avait pas le temps de chercher à les convaincre qu'il leur était plus utile vivant que mort.

Une large route se détachait devant lui : l'avenue Groscrocs, où une bonne dizaine de bouchers tenaient leur boutique. La béance devant lui aurait été trop large à traverser même s'il avait été en bonne condition. Il courut donc jusqu'au bord et regarda en bas.

La rue enneigée était presque déserte, mais pas complètement. Des femmes munies de bougies fouillaient chaque allée, chaque alcôve. Elles cherchaient sans doute le sacrifié promis à leur dieu. Les prêtres avaient dû crier haro sur lui. Les imbéciles ne semblaient pas comprendre que Ness avait besoin de chaque citoyen valide pour repousser les barbares – ces femmes paraissaient largement assez fortes pour porter des armes d'hast.

Il n'y avait rien à y faire. Malden allait devoir descendre discrètement jusqu'à la rue, puis remonter sur les toits de l'autre côté. Si les mégères tentaient de l'en empêcher, il serait contraint de les affronter. Il se laissa glisser le plus silencieusement possible le long d'une gouttière, priant pour que la pénombre demeure l'alliée qu'elle était pour lui depuis si longtemps.

À mi-chemin, une douleur fulgurante lui traversa le ventre, et ses mains se refermèrent, prises de spasmes. Il lâcha prise et poussa un cri d'agonie en tombant sur une congère dix pieds plus bas. Il ne put tout d'abord rien faire d'autre que de se tordre en deux et de cligner les yeux pour en chasser la sueur qui y coulait.

La souffrance semblait ne jamais devoir l'abandonner. Paralysé, il était incapable de penser à autre chose qu'à la douleur qui lui vrillait le corps. Il dut faire de gros efforts pour parvenir à respirer. Tandis que la neige le brûlait en fondant sur ses mains et son visage, il tenta de reprendre le dessus, de rouvrir ses paupières closes.

Il finit par y parvenir.

Quand il leva la tête, il découvrit le petit groupe réuni autour de lui qui l'observait à la lueur de bougies.

— Seigneur Maire, déclara une femme, vous avez retrouvé la raison. À présent, veuillez nous accompagner, nous ne voulons pas d'ennuis.

Malden se leva avec précaution, la douleur l'empêchant encore de se tenir droit. Il voulut dégainer Langacide d'une main qui lui répondait à peine.

Les choses auraient alors mal tourné si Crassier n'était pas arrivé en hurlant.

— Dégagez ! Dégagez si vous ne voulez pas vous faire écraser, putain de vermine !

Chapitre 113

La foule des dévots poussa un cri de surprise et déguerpit tandis qu'un imposant chariot recouvert de toile goudronnée dévalait la colline dans leur direction. Une dizaine d'hommes couraient devant, tentant vainement de freiner son élan.

En tête de file, Crassier portait un long mât de cuivre surmonté d'un crochet lui donnant une allure de serpent. Pendant ce temps, juchée sur le chargement, Balint agitait un torchon d'avant en arrière, en jubilant et en jurant gaiement.

— Vous serez tous plus plats que les nichons d'une vieille fille si vous ne foutez pas le camp ! caquetait-elle.

Elle avait l'air de ne s'être jamais autant amusée de toute sa vie.

— Je suis sincèrement ravi de te voir, dit Malden quand Crassier se précipita vers lui. J'imagine qu'il s'agit de ton projet secret ?

— S'il dégringole de cette colline trop vite, ce sera surtout le tas de détritus le plus cher de l'histoire ! expliqua Crassier. Viens nous aider !

Malden courut jusqu'au chariot. Les ouvriers qui s'échinaient à le ralentir travaillaient tous à l'atelier de Crassier. Certains avaient le visage brûlé et les mains pansées, mais ils semblaient moins se soucier de leurs blessures que de la vitesse du véhicule. Le voleur plaqua son épaule contre les planches de celui-ci, et fut surpris de le découvrir si lourd.

— Qu'est-ce que c'est, Crassier ? Du plomb doublement raffiné ?

— Du bronze, surtout. Collez-y le dos, les gars !

Ils mirent toutes leurs forces dans la bataille, courant tout en poussant tant et plus. Le chariot grondait en roulant sur les pavés. Les roues hurlaient et les essieux crachaient des étincelles. Par miracle, ils parvinrent à ne pas s'écraser en bas de la colline. Il fut dès lors bien plus facile de manœuvrer la carriole à travers les rues relativement planes, même sans l'aide d'animaux de trait. Soudain, Crassier ordonna une halte, et Malden releva la tête pour la première fois.

Il se trouvait juste devant Murseigle.

Depuis les toits, ses voleurs et ses filles tiraient au hasard vers l'extérieur. Trismus et Onzedoigts arpentaient les remparts de Murouest et Murmarais, donnant des ordres tels des sergents en puissance, désignant des cibles. Quand il aperçut Malden, Trismus le salua joyeusement – alors même qu'une flèche barbare lui rasait l'oreille, manquant de peu de l'embrocher.

— Ça a commencé, mon garçon, lui lança le vieil homme. Tu ferais bien de venir me rejoindre là-haut.

Malden attrapa Crassier par l'épaule – celle qui était toujours reliée à un bras.

— Tu es prêt ? demanda-t-il.

— Aussi prêt qu'il est foutrement possible de l'être, s'exclama le nain.

Malden loucha vers Balint.

— Elle ne t'a pas causé d'ennuis ?

Un léger sourire se dessina sur le visage de Crassier, qui tenta de garder une contenance.

— Oh, elle m'a légèrement distrait. Mais après le… euh, après quelques pleurnicheries initiales, on a, euh… fini par trouver un terrain d'entente. Elle a même eu d'excellentes idées sur la brisance et le confinement. (Il redressa la tête.) Beaucoup d'imagination, cette Balint.

Malden éclata de rire et donna une bourrade à son compagnon.

— Et à quoi dois-je m'attendre avec ça ? reprit le voleur en remettant la conversation sur les bons rails. Tu vas tirer une sorte de flèche géante sur les barbares, ou une roche enflammée comme avec une catapulte ?

— Ni l'un ni l'autre. Soit ça va exploser à l'allumage, et provoquer davantage de dégâts qu'au cloître de l'université, admit Crassier, soit ça va réellement fonctionner. Auquel cas… (Un air d'excitation sinistre apparut sur son visage.) Auquel cas ces suce-bites puants auront une peur bleue de tous ces foutus nains.

— Agis pour le pire, dès que je te donnerai le signal, commanda le voleur.

Puis il gravit l'escalier étroit qui menait au sommet de Murouest.

Alors seulement découvrit-il vraiment ce qu'il s'apprêtait à affronter. Les barbares s'étaient réunis et armés ; une mer de fer, de crânes rasés et d'yeux brûlants de haine et assoiffés de sang s'agitait devant lui. L'océan de guerriers s'étendait à perte de vue. Au loin, certains semblaient se battre entre eux, ce que Malden ne parvenait pas à comprendre. Peut-être s'agissait-il d'un simple échauffement… à moins qu'ils n'en aient eu tellement marre d'attendre le carnage qu'ils avaient décidé de s'entre-tuer pour s'occuper un peu.

Ou alors…

Non. La chance ne pouvait pas lui sourire à ce point. Jusqu'à présent, tout ce qui pouvait potentiellement mal tourner l'avait fait, et l'idée même de voir la Providence lui sourire lui paraissait totalement inenvisageable.

Pourtant, il dut bientôt se rendre à l'évidence.

— Regardez ! cria l'une des archères en désignant une colonne de bannières en arrière-plan, juste à l'endroit où les barbares se battaient. Ce sont les couleurs du burgrave !

Malden n'avait pas d'aussi bons yeux qu'elle, mais il les plissa autant que possible et… oui. Il la voyait. L'Armée des Hommes Libres était enfin venue soutenir la ville.

À présent qu'il était sans doute trop tard. Devant la muraille, des centaines de massacreurs dansaient en grondant. De la bave écumait sur leurs lèvres et leurs joues, et leurs yeux écarquillés leur conféraient des airs de déments. Les troupes du burgrave étaient nombreuses, mais mal entraînées, mal équipées… tout l'inverse des barbares. Tarness pourrait au mieux aiguillonner la horde, mais sans doute pas la transpercer à temps pour empêcher Murseigle de s'écrouler ou les massacreurs d'envahir la cité.

Un petit coup de chance bien trop tardif, songea Malden. Il allait devoir s'en tenir au plan initial.

Malden fit signe aux archères qui l'entouraient – les filles d'Elody, qu'il connaissait depuis des années. Elles l'observaient avec confiance. Il se rendit compte qu'elles comptaient sur lui. S'attendaient à un miracle. Il espérait sincèrement qu'il lui en restait un en réserve.

— Ne vous fatiguez pas avec les massacreurs, sauf si vous pensez vraiment pouvoir en abattre quelques-uns. Ils ne ressentent ni la douleur, ni les blessures. Quand ils franchiront le…

La voix de Mörget résonna depuis le sol.

— Tirez, mauviettes ! hurlait le barbare. Tirez ou crevez !

Les pierres du rempart commencèrent à s'ébranler.

— Reculez ! Reculez loin de Murseigle ! commanda Malden, encore et encore.

Bien vite, il n'entendit même plus le son de sa voix. Le tumulte émanant du mur d'enceinte était trop puissant.

Tout commença par un simple craquement, semblable à celui produit par une charnière mal huilée qu'on arracherait à ses fixations. Puis il se mua en un gémissement lugubre, accompagné d'une pluie de pierres tombant d'une bonne hauteur. Murseigle vacilla sous les yeux horrifiés du voleur ; le rempart semblait comme sujet à la houle.

— Tirez ! hurla de nouveau Mörget. (Étrangement, *sa* voix portait.) Encore ! Tirez !

Derrière Malden, au niveau de la rue, Crassier arracha la bâche qui recouvrait son arme secrète.

— C'est ça ? s'étonna le voleur.

Cela n'avait l'air de rien. Un simple tube de métal long d'une dizaine de pieds et large de deux, d'une teinte jaunâtre. Des bandes d'acier le cerclaient tels les anneaux d'un tonneau. L'une de ses extrémités était ouverte, et Balint y fourrait des poignées entières de clous, d'armes détruites ou de vieux fers à cheval. Crassier s'affairait un peu plus loin autour d'un petit feu de charbon de bois. Il semblait juste vouloir se réchauffer.

— C'est là-dessus que tu as travaillé tout ce temps ? C'est ça qui est censé les repousser ? insista Malden. On dirait un pilon géant. Tu veux que je rassemble les barbares dans le plus gros mortier du monde ?

— Tirez ! rugit Mörget.

Et Murseigle céda.

Chapitre 114

Croy fit décrire un arc de cercle à Percespectre et éventra un pilleur à la barbe grise, puis il se baissa pour esquiver une hache qui siffla au-dessus de sa tête. Il avait perdu son cheval un peu plus tôt – il se rappelait à peine quand – et n'avait depuis lors cessé de parcourir la mêlée, abattant tous ceux qui se dressaient sur son passage. Le fracas des coups sur son armure et sur son heaume l'empêchait de penser. Il progressait à la seule force de son bras valide.

Il portait des coups de gauche et de droite, accordant tout juste un coup d'œil à ceux qu'il venait d'occire. Tant qu'ils portaient des fourrures ou avaient le crâne rasé, tout allait bien. Percespectre s'élevait et s'abattait, tournoyait en ôtant des vies. Le chevalier esquiva nombre d'assauts qui auraient fendu son armure comme de la soie pourrie, s'éloignant d'une roulade dès qu'on le faisait choir avant de se relever d'un bond. Les blessures n'importaient pas davantage que l'épuisement lié à sa longue marche vers le sud. La colère – à défaut d'autre chose – suffisait à le sustenter. La rage.

Cythère, songeait-il sans arrêt. Son simple nom. Son visage dansait devant ses yeux, ce visage adoré à présent terni par la trahison. Il lui avait fait confiance. Il avait cru en sa promesse, en sa bonne foi, en sa constance. *Cythère*, pensa-t-il en enfonçant sa lame dans un rein. Ses lèvres formèrent son nom quand il trancha les tendons d'un cou barbare. Cythère.

Malden. Malden, à qui il avait confié la protection de Cythère. Malden, à qui il avait demandé – qu'il avait même supplié ! – de veiller sur la chasteté de la jeune femme. Qu'avait-il eu en tête ? Cet homme était un voleur ! Malden ne s'intéressait aux biens des autres que pour les dérober. Croy ouvrit le ventre d'un pilleur et fut éclaboussé de sang chaud. Bien sûr, Malden s'était emparé du seul butin de valeur de tout Skrae !

— Malden ! cria-t-il.

Trois hommes, armés de haches et de massues, se ruèrent simultanément sur lui. Ils fondirent sur le chevalier en hurlant comme des loups, mais Croy en pourfendit un avant d'en assommer un autre du pommeau de son épée qu'il venait d'arracher aux tripes du premier. Le troisième brandit son gourdin dans le but évident de briser le crâne du Skraelien, mais un cavalier arriva alors au grand galop et sectionna jusqu'à la moelle la gorge du barbare.

Dans les premières lueurs de l'aube, Croy distingua sire Équarri, qui revenait en trottant vers lui pour le saluer. Il se contraignit à se concentrer, à écouter ce que son frère des Sept Lames avait à lui dire.

— Ça tourne mal pour les Hommes Libres, mais ils tiennent bon. En revanche, ces Doigiliens sont épatants. Ils valent bien dix fois le prix que nous avons payé pour eux. Et aucun massacreur ne s'en est encore pris à nous. Pensez-vous que Mörget les réserve pour plus tard ?

Croy haletait. Il essuya son épée sur la fourrure du dernier barbare tué. Il savait qu'il devait répondre – donner un ordre, ou exiger un rapport plus détaillé. Il était toutefois trop contrarié par cette interruption pour cela. Faute d'ennemis à harceler, son cerveau se remettait à réfléchir.

Des images de Cythère encombraient toutes ses pensées. Cythère, que Malden chevauchait, sur le lit d'une catin…

L'effondrement de la muraille de Ness fut presque un événement bienvenu.

Le burgrave s'approcha d'eux à toute allure, la lance brandie en l'air.

— Pas ma ville, non ! hurla-t-il en ouvrant la voie à une centaine d'Hommes Libres armés de serpes, qui crièrent à leur tour en se ralliant derrière leur chef.

Sire Équarri contempla la cité.

— Des sapeurs, je dirais, déclara-t-il, sous le choc. S'ils parviennent à pénétrer dans l'enceinte…

— Nous devrons assiéger Ness nous-mêmes, compléta Croy en acquiesçant.

Ce qui se révélerait quasiment impossible par un hiver pareil, la température ne cessant de chuter et la neige de s'amonceler. Ils ne pourraient pas nourrir les mercenaires doigiliens pendant une semaine supplémentaire, pas en encerclant la ville en même temps.

— Quels sont les ordres ? s'enquit Équarri.

Le régent secoua la tête.

— Poursuivez l'offensive. Faites-leur aussi mal que possible avant qu'ils se retrouvent à l'intérieur.

Il pensait désormais comprendre pourquoi Mörget n'avait pas lâché ses massacreurs sur eux. Une fois que ces guerriers fous auraient franchi l'enceinte, plus rien ne pourrait les contenir. Ils assassineraient tous les citoyens de Ness, sans exception, tranchant et taillant dans la chair jusqu'à ce que les rues soient poisseuses de sang.

Dès que le carnage débuterait, il n'y aurait plus rien que Croy – ou le burgrave, ou Équarri, ou quiconque – puisse faire pour l'arrêter.

Chapitre 115

Quand Murseigle s'écroula, Malden fut déséquilibré. Il eut davantage de chance que certaines de ses archères, qui furent précipitées à bas de leur perchoir. De la poussière satura le ciel et des pierres rebondirent sur les toits voisins, renversant des cheminées avant de venir fêler les pavés dans un fracas assourdissant. Quand le nuage obscurcissant commença à se dissiper, le voleur se releva et observa à travers la grande faille ménagée dans le mur, par laquelle une armée entière pouvait s'engouffrer.

Ce qui était précisément ce que Mörget avait en tête.

— Pour notre mère la Mort ! s'exclama le chef, et six mille voix bourrues lui répondirent dans une acclamation qui fit vibrer les dents du voleur.

En bas, les massacreurs mordaient leur bouclier et se ruaient en criant vers la béance, la hache au clair, prêts à tuer sans discernement. Ils ne tentèrent même pas de se mettre en formation avant de franchir le rempart, et trébuchèrent les uns sur les autres, tout à leur rage, leur visage peint d'autant plus rougi par l'afflux de sang.

Une fois à l'intérieur, une fois l'obstacle de la muraille enfin dépassé, l'orgie de mort qu'ils espéraient assouvir serait inéluctable. Malden ordonna à ses archers de les abattre, mais les filles comme les voleurs étaient trop étourdis pour tendre leur arc.

Par chance, les nains avaient conservé toutes leurs facultés.

— C'est chargé ! cria Balint en s'éloignant à toutes jambes de l'engin de Crassier, comme si elle craignait qu'il entre en éruption d'un instant à l'autre.

Les massacreurs escaladèrent la pile de gravats qui constituait l'unique vestige de Murseigle. Ils sautaient et poussaient des cris d'oiseaux de proie.

Avec le plus grand calme, Crassier approcha une paire de pinces du feu. Il en extirpa un morceau de câble rougeoyant, qu'il fixa sur la tête de serpent de son mât de cuivre.

Il semblait parfaitement inconscient de la horde de massacreurs furieux qui serait sur lui d'ici quelques secondes.

Malden contempla avec horreur ce flot humain en train de déferler vers son ami. Les sacrifices de Cythère, le bras perdu de Crassier, ses propres tentatives désespérées, les plans de Tailleserpe et les peurs cumulées de toute une ville allaient donc aboutir à cela ? À un nain jouant avec un câble chaud ?

Malden discernait à peine le minuscule trou foré dans l'embout fermé du tube de bronze. Il contempla, sans savoir qu'en penser, Crassier insérer délicatement son câble dans l'ouverture... puis laisser tomber son mât et courir aussi vite que ses petites jambes pouvaient le lui permettre.

— Allez, allez, allez ! criait Mörget.

Il semblait se trouver juste sous les pieds de Malden.

Puis il y eut un bruit tel que le voleur n'en avait encore jamais entendu. Un bruit aussi terrible que soudain, plus violent qu'un coup de tonnerre, qui parcourut le corps du Seigneur Maire, menaçant de lui fêler les os.

Ce bruit seul aurait pu suffire à tuer un homme.

Mais ce bruit n'était qu'un effet secondaire de ce que Crassier avait créé de toutes pièces. D'immenses gerbes d'étincelles et de fumée jaillirent de la gueule de l'engin. La puissance ainsi déployée fit reculer l'arme secrète, qui vint s'écraser contre la façade d'une maison pile en face des ruines de Murseigle. Le plâtre et les poutres n'y résistèrent pas, et tout le bâtiment s'embrasa.

Dans la faille du rempart, les massacreurs se figèrent, soufflés par l'explosion. Ils semblaient comme cloués sur place, tandis qu'un millier de sons sifflants filaient autour d'eux, un million de traits d'étincelles et de flammes. Des clous en fer, des médaillons de cuivre, des morceaux de verrou brisés et tordus, des cuillers à soupe et des pièces de monnaie, des chenets, des éteignoirs, des poinçons à cuir, des chevalières et des éperons en acier – toute la ferraille que Crassier avait amassée au dernier moment, des dizaines de livres de métal, un nombre incalculable d'objets – volèrent hors du tube avec une puissance telle qu'ils perforèrent la chair, lacérèrent les tissus, firent éclater les os en morceaux. Des lignes sanguinolentes apparurent sur le visage et sur les mains de chaque massacreur. Des membres sectionnés virevoltèrent en l'air, alors que le temps s'écoulait au ralenti. Des corps entiers furent dépecés aussi complètement – bien que moins proprement – que si des maîtres bouchers s'y étaient attelés. Des cheveux prirent feu. Des boucliers tournoyèrent telles des roues de chariot. Des mains brisées et couvertes de sang lâchèrent la hache qu'elles tenaient.

Les rares massacreurs qui survécurent à la déflagration s'immobilisèrent net, bouche bée, yeux écarquillés, dépossédés de leur fureur. Pour la première fois de toute l'histoire des clans de l'Est, quelqu'un avait trouvé le moyen de rompre la transe des massacreurs.

Les barbares fous ne hurlaient plus, n'écumaient plus, mais imploraient pitié. Ils tournèrent les talons et détalèrent aussi vite que possible pour rejoindre la sécurité relative de leur campement. Pas un seul d'entre eux ne franchit la faille dans le rempart.

Chapitre 116

— Par la Dame, qu'est-ce que c'était ? s'exclama Équarri.

Croy ne connaissait pas la réponse. Il avait entendu le ciel s'ouvrir, aperçu la trace de la boule enflammée qui se dirigeait droit dans la brèche de la muraille. En revanche, il était bien incapable d'imaginer ce qui avait pu provoquer une langue de feu aussi mortelle.

Ce qu'il savait toutefois, c'était que tout venait de basculer.

Une mêlée comme celle-ci était toujours synonyme de chaos : des commandants hurlaient pour savoir ce qui se passait, des soldats couraient en tous sens pour obéir à des consignes qu'on avait annulées sans le leur dire, des formations entières tournaient du mauvais côté car il était impossible, au vu de la configuration, de respecter les procédures à la lettre. Un bon officier apprenait à prendre la température d'une bataille, à se reposer non pas sur du concret, mais sur sa seule intuition, et à réagir en conséquence. Croy avait développé une sorte de sixième sens en ce domaine.

Un instant plus tôt, il était encore convaincu que Skrae était déjà perdu, que l'Armée des Hommes Libres ne tarderait plus à être mise en déroute. Que l'offensive était vaine et qu'il n'aurait plus eu qu'à se retirer si l'honneur l'y avait autorisé.

Désormais, le vent avait tourné, apportant un souffle d'espoir terrifiant. Croy semblait avoir encore une chance.

Quelque miracle de magie et de feu venait d'éclater derrière les murs de Ness, peut-être l'œuvre d'un mage ou d'une sorcière, voire… une intervention divine ou…

peu importait. Tout ce qui comptait était qu'il devait à présent impérativement profiter de l'avantage qui lui était conféré avant que les choses reviennent à la normale.

— Persévérez, ne baissez pas les bras ! commanda-t-il. Envoyez nos fantassins sur la gauche – ce sont surtout des esclaves par là-bas. Des esclaves qui capituleront rapidement, ouvrant une brèche dans la défense. Nous pouvons diviser la horde en deux. Que les Hommes Libres se chargent d'une moitié, et…

— Vous pensez qu'il s'agissait de sorcellerie ? s'inquiéta Équarri à mi-voix. Qu'un démon a été libéré ?

Croy s'approcha de lui à grands pas et lui cogna la jambière du plat de son épée. L'impact sembla suffire à ramener Équarri à la raison.

— Poursuivez cette putain d'offensive, insista Croy.

Il n'employait pas souvent ce terme. Et il obtint l'effet recherché. Équarri alla relayer l'ordre. Croy le suivit avec peine. Son armure d'acier le lestait, rendant chacun de ses mouvements maladroit. Il lui tardait de s'en débarrasser. Il lui tardait de se ruer dans la bataille, de s'oublier dans la joute.

Soudain, tous les barbares s'éloignèrent de lui, courant vers la ville. Voulaient-ils tous aller s'abriter derrière la muraille ? Ils semblaient pourtant se diriger vers une section du mur encore intacte, et non vers le tronçon qu'ils avaient abattu. La force infernale qui y avait déferlé semblait avoir terrifié les peuples de l'Est. Ils n'étaient pas les seuls à paniquer. Même les chevaliers doigiliens répugnaient à s'approcher des débuts d'incendie qui brûlaient encore autour de la cité. Croy agita Percespectre à leur intention.

— Repoussez-les vers le rempart pour qu'ils ne puissent plus se replier. Poursuivez l'assaut !

Son ordre fut traduit en doigilien. Ses interprètes étaient donc toujours en vie. Bien.

— En avant ! cria-t-il.

Un grondement collectif lui répondit en écho. Il courut aussi vite qu'il le put vers le gros des forces barbares, insouciant du nombre de victimes qu'il causait, insouciant de sa propre sécurité.

Il arriva juste à temps pour voir Mörget se précipiter vers lui avec un groupe de pilleurs. Le géant tenait une hache dans une main, Aubelame dans l'autre, et ne montrait pas le moindre signe de peur.

Parfait. Enfin un ennemi qui n'allait pas fuir.

Toutefois, avant que le régent puisse atteindre Mörget, sire Équarri le rattrapa du haut de sa monture, et se servit de Glaivefroid pour terrasser autant de barbares que possible. Il ne cherchait pas à les pourfendre, mais se contentait de toucher de sa Lame leur peau nue. Leur visage virait alors au bleu, et ils étaient contraints de lâcher leurs armes pour tenter de se réchauffer en se frictionnant, car la magie les avait dépossédés de leur chaleur. Glaivefroid plongea vers Mörget, mais le chef était trop rapide pour Équarri. Il bascula en avant et plongea entre les jambes de l'étalon du chevalier, éventrant la bête avant d'émerger de l'autre côté.

Sire Équarri était un vieux chevalier aguerri. Il avait déjà perdu bien des chevaux et savait comment ne pas se faire démonter. Il bondit au sol autant qu'il s'y laissa glisser, et atterrit sur un genou, le bouclier déjà dressé alors que Mörget se ruait sur lui.

— Tu n'es pas celui que je cherche, gronda le barbare.

Équarri commença à se lever, au moment même où l'autre se mettait à marteler son écu d'Aubelame. Celle-ci s'illumina, encore et encore.

Équarri propulsa son bouclier en avant, sans doute pour essayer d'étourdir Mörget. Autant foncer tête baissée dans un mur. La hache barbare fendit en deux le canon d'avant-bras de son adversaire. La lame en ressortit maculée de sang, et Équarri ne sentit plus le membre qui soutenait son bouclier. Croy se précipita pour lui venir en aide, mais ne put que constater les dégâts quand le barbare pivota au niveau de la taille, assenant un nouveau coup de hache aussi puissant qu'un torrent déchaîné.

Équarri brandit Glaivefroid pour parer. La hache et l'épée se croisèrent dans un fracas déchirant, qui fit trembler des dents à plusieurs mètres de là.

Le tranchant de la hache mordit le fer doublé de givre de Glaivefroid, ralentissant à peine sa course lorsqu'il détruisit la Lame.

Mörget éclata d'un épouvantable rire.

— Encore une !

— Essaie donc avec celle-ci, intervint Croy en enfonçant profondément Percespectre dans le flanc du colosse.

Il avait profité de la joie du barbare pour franchir la distance qui les séparait encore.

Chapitre 117

Crassier jubilait en sautillant.

— Mon gars ! Mon gars ! Putain, tu as vu ça ? lança-t-il à Malden, toujours debout sur le rempart.

— Oui, répondit le voleur.

Il se retourna vers l'autre côté de la muraille et baissa les yeux. Les barbares avaient déguerpi de la faille. La peur les étreignait, nombreux étaient ceux qui avaient même lâché leurs armes. Toutefois, des milliers d'autres apparaissaient derrière eux, sans doute surpris, voire légèrement effrayés par tout ce bruit et cette fumée, mais qui n'avaient rien vu du fonctionnement de l'engin de Crassier. Ils avançaient toujours vers Ness. Ils ne cessaient pas leur attaque.

Malden chercha Mörget du regard, sachant que dès que le colosse aurait compris ce qui venait d'arriver, il lancerait immédiatement une nouvelle offensive. Même le feu et la destruction n'étaient pas en mesure d'arrêter cet homme.

Ce n'était pas terminé. Cela commençait juste.

Une terreur froide tordit les intestins de Malden, qui craignit de souiller son pantalon. Ils avaient effectivement repoussé la première vague. Crassier avait réussi. Toutefois, il y avait désormais une brèche énorme dans leur défense. Et Malden n'avait aucun moyen de se battre efficacement sans un mur pour le protéger.

Le dernier espoir de Ness résidait dans l'Armée des Hommes Libres – mais c'était un espoir bien mince. Cette cohue n'aurait aucune chance face aux troupes unies de

Mörget. Elle parviendrait potentiellement à ébrécher légèrement l'arrière-garde, mais elle ne pourrait en aucun cas l'emporter sur le reste des troupes orientales.

Malden se frotta le visage. Le froid était mordant le long des créneaux, où les bourrasques de vent cinglaient la moindre portion de chair exposée, et pourtant le voleur dégoulinait. Une sueur graisseuse et aigre coulait par le col de sa tunique, formant une petite mare dans le bas de son dos. Il devait faire quelque chose. Agir !

Il descendit en hâte de la muraille et courut rejoindre Crassier, qui avait ramassé son mât à tête de serpent.

— Tu viens me féliciter ? s'enquit le nain.

Balint inspectait le rempart effondré, examinant des morceaux de débris avant de les balancer au loin. Malden la saisit par le bras et la tira jusqu'à Crassier.

— Vous deux êtes sans doute les plus brillants ingénieurs que ce monde ait jamais portés. Et vous méritez déjà une sacrée récompense. Mais je dois vous demander de vous remettre au travail. Faites en sorte que votre arme soit de nouveau prête à tirer. Dès que les barbares auront recouvré leurs esprits, nous devrons les frapper encore. Et encore.

Les deux nains le dévisagèrent, incrédules.

— Je sais que je vous demande beaucoup, mais…

Malden s'interrompit. Il savait ce qu'ils allaient lui répondre. Cependant, il répugnait tant à l'entendre qu'il leva la main pour les empêcher de parler.

Il se tourna vers le projet secret, ce tube de cuivre géant que Crassier avait fabriqué. Le recul l'avait précipité dans une maison de l'autre côté de la rue, en détruisant la façade et l'enfouissant à moitié sous une pluie de bois et de brique.

Le tube était en outre fissuré. De longues zébrures en parcouraient toute la longueur, et l'embouchure avait explosé, le métal brillant s'étant ouvert en corolle telle une fleur de laiton. De la fumée en émanait encore.

Il était évident pour tout le monde, même pour ceux ayant reçu aussi peu d'éducation que Malden, qu'il ne fonctionnerait plus jamais. Il avait accompli sa tâche, au péril de son existence.

— C'était… tout, bredouilla le voleur. C'est ça ? Il ne pouvait tirer qu'une salve ?

— Je t'avais prévenu, mon gars, répondit Crassier d'une toute petite voix.

Malden ferma les yeux. Était-ce la fin ?

— Alors nous n'avons plus qu'à espérer que Tarness soit vraiment le grand général qu'il prétend être.

Chapitre 118

Mörget hurla de douleur et, l'espace d'un instant, s'immobilisa, incapable de poursuivre son assaut. Cela laissa à Équarri le temps de s'éloigner en crabe, et à Croy la place de venir se positionner directement face à son ennemi. Il savait bien que son estocade n'avait pas tué le barbare, même s'il était certain d'avoir percé quelques organes vitaux.

Son coup n'était pas particulièrement vertueux. Il avait frappé aveuglément dans le seul but de sauver Équarri, mais Mörget méritait mieux que de mourir en se faisant éventrer par surprise sur son côté vulnérable. Croy recula d'un pas, nettoyant Percespectre d'un geste sec, tandis que le géant barbare se penchait sur sa blessure pour voir son sang couler au sol.

Ces choses-là devaient respecter une certaine étiquette. Quand deux grands bretteurs s'affrontaient en duel, on appelait cela une conversation, car les épées résonnant l'une contre l'autre pouvaient donner l'impression qu'elles se disputaient d'une manière proche du langage humain. Mais également parce qu'un tel face-à-face devait débuter par une véritable joute verbale.

Chaque parti devait exposer sa situation – expliquer, par le détail, en quoi il méritait de remporter le combat. Pourquoi le destin devait le favoriser. Un rituel ancien, qui avait en outre un objectif parfaitement fonctionnel. Les badinages précédant les échanges de coups pouvaient pousser l'un ou l'autre combattant à faire montre de colère, de peur ou de résignation face à la mort. Bon nombre de conversations touchaient donc à leur fin avant même que les épées soient dégainées ou que le premier sang soit versé. Croy maîtrisait tous les aspects de l'escrime, et savait aussi bien provoquer et lancer des accusations que parer, feinter ou se fendre.

— « Mon épée est mon âme », récita Croy. (Le credo des Sept Lames.) Tu n'as pas d'âme, n'est-ce pas, Mörget ? Tu salis Aubelame rien qu'en la touchant.

— Une âme ? s'étonna Tuemontagne.

Il semblait se contenter volontiers de discuter philosophie plutôt que de poursuivre le combat. Comme si sa blessure ne lui procurait pas la moindre douleur. Le barbare avait peut-être appris une manière de la réprimer à l'époque où il était massacreur.

— Peut-être pas, poursuivit-il. Mais une *wyrd* m'attend.

Croy n'avait pas la plus petite idée de ce que ce terme pouvait signifier. Il savait en revanche qu'il s'apprêtait à affronter d'une main un géant capable de manier deux armes à la fois.

— As-tu le moindre honneur ? lui demanda-t-il. Affronte-moi, lame à lame. Tel un chevalier. Prouve-moi que tu mérites de porter Aubelame. Ou meurs, et laisse-moi te la reprendre. Tel est l'un des vœux que formulent les membres des Sept Lames. Si nous ne parvenons pas à nous montrer dignes de notre épée, elle nous sera arrachée. Avant d'être confiée à quelqu'un de plus vertueux.

— Dans ce cas, viens la chercher, car je n'ai pas la moindre vertu, rétorqua Mörget. Je suis trop honnête pour des mensonges tels que l'honneur ou la bravoure. Je ne connais que la force et la gloire.

Croy essaya de rire. Seul un raclement sec émana de sa gorge.

— Tout compte fait, tu n'es qu'un barbare. Sans éducation, ignorant tout du véritable honneur. Tu n'as jamais mérité Aubelame. Regarde-toi, tu la tiens de la même manière que ta hache. Comme un paysan brandissant un outil. Un véritable guerrier ne se sert que de son épée.

Mörget sourit, dévoilant des dents aussi grosses que les chevilles sur une tête de luth. Il s'inclina légèrement. Puis il laissa tomber sa hache avec grandiloquence.

Croy s'autorisa à jeter un rapide coup d'œil tout autour de lui. Des pilleurs l'encerclaient, mais ils restaient à l'écart – soit parce qu'ils savaient que Mörget voudrait affronter le chevalier seul à seul, soit parce que les chevaliers doigiliens les harcelaient sans cesse, les empêchant d'approcher du régent de Skrae.

Le destin avait manipulé les événements pour réunir ainsi les deux combattants. Enfin. Dès l'instant où Croy avait pris conscience que Mörget n'était pas mort – quand il avait terrassé sire Orne et brisé Soiffarde, tandis que lui-même emmenait le roi endormi à l'écart de Helstrow –, il avait su que ce moment viendrait.

La justice, l'honneur et la Dame étaient tous de son côté.

Mörget avait pour lui une grande réserve de force et un naturel scandaleusement brutal. Cela n'allait pas être facile.

— Je t'ai autrefois appelé frère, déclara Croy en faisant un pas de côté, vers le flanc gauche de son adversaire, moins aisé à défendre. C'était une erreur.

— J'ai autrefois saisi ta main en toute amitié, répliqua Mörget sans se soucier de suivre le jeu de jambes du chevalier. C'était la chose la plus intelligente de toute ma vie. Regarde où cela m'a mené !

— Cela va te conduire à ta perte, rétorqua Croy.

Mörget eut l'air de réfléchir à une repartie.

Le chevalier n'attendit pas qu'il la trouve. Il bondit vers lui, portant un coup d'estoc à la cuisse du colosse. Percespectre tinta comme une cloche quand Aubelame para l'assaut. La lame de Mörget s'illumina.

— Honni ! pesta le Skraelien en clignant furieusement des yeux.

L'éclat brutal l'avait momentanément étourdi, mais cette fraction de seconde suffisait largement pour lancer une contre-attaque.

Toutefois, le barbare n'en profita pas.

— Tu pourrais être l'ennemi après lequel je cours, déclara Mörget. L'homme que ma *wyrd* pourchasse depuis tant de temps. Cependant, je vois que tu as été blessé, et que tu n'as pas eu le temps de guérir. Souhaites-tu que nous repoussions ce combat à un jour ultérieur ?

Croy tournoya, faisant siffler Percespectre au-dessus de sa tête. Aubelame la repoussa sans effort. Au moins, le chevalier n'oublia pas cette fois de ne pas regarder la lame magique.

Il tenta d'enchaîner avec un coup de taille dirigé vers la poitrine du barbare, mais celui réagit si vite que Croy n'eut pas le temps de le voir parer. Il recula d'un demi-pas, puis entama une succession d'estocades qui ne tueraient pas Mörget mais pourraient le faire saigner.

Aubelame tinta et s'illumina, puis une deuxième fois, puis une troisième fois encore. Jamais Percespectre ne franchit ce rideau de fer.

Croy recula en chancelant, le souffle court. Il manquait d'endurance. Il était possible – tout juste possible – qu'un homme doté d'une énergie inépuisable parvienne à user Mörget, après un long moment. Toutefois, les membres du chevalier étaient déjà fourbus, et son armure ne lui avait jamais paru plus lourde.

— Tu as donc pris ta décision, dit Mörget. Je peux te laisser le temps de prier, si tu le désires. Avant de te trancher en deux. Je me suis peut-être trompé. Ce n'était sans doute pas de toi que mon père parlait. Peut-être…

Croy jeta ses dernières forces dans un ultime assaut irrépressible, le genre de frappe susceptible de découper un homme comme une oie. Il s'agissait de la botte la plus dangereuse qu'il connaissait, et le désespoir le fit cogner plus fort qu'il ne l'avait jamais fait.

Aubelame s'abattit lourdement, et les deux Lames se heurtèrent dans un craquement sinistre.

Une vive lumière envahit tout le fort d'Aubelame. Percespectre chauffa entre les mains de Croy, tandis que le fer forgé à froid de son arme encaissait l'énergie de l'impact et manquait de perdre les facultés liées à sa trempe presque magique. Des éclats argentés jaillirent de son bord de fuite.

Nul ne put plus bouger. Les épées s'étaient agrégées l'une à l'autre, fusionnant pour ne devenir qu'un unique morceau de fer. Même le temps sembla alors se figer, comme pour mieux témoigner des événements à venir.

Puis Mörget empoigna à deux mains la poignée d'Aubelame. Il pivota le buste et tendit ses bras imposants jusqu'à ce que les veines en saillent et que Croy puisse voir son pouls battre en dessous.

Il y eut un violent fracas, semblable à celui qu'auraient produit deux immenses meules frottant l'une contre l'autre, puis un claquement révoltant. Aubelame émit un dernier petit éclat lumineux.

Les deux épées explosèrent en morceaux qui tournoyèrent et flottèrent dans l'air, avant de s'écraser sur la neige et de réfléchir les rayons du soleil. Les deux hommes restèrent figés, chacun ne tenant plus que la moitié d'une arme désormais inutile.

— Mon âme, chuchota Croy. Mon épée…

— Je la vois, maintenant, déclara Mörget.

Il leva sa main libre comme pour saluer le ciel. Ses yeux ne contemplaient plus Croy, mais un mort.

— Je la vois, père. *Voilà* ma *wyrd*. Mon destin. Je ne dois pas détruire les hommes, mais leurs épées. Pour être l'ultime rescapé des Sept Lames, et connaître leur fin. Voilà ce qui me poussait, et maintenant…

Croy se jeta en avant. Un bon pouce et demi de métal irrégulier et tranchant émergeait encore de sa poignée. Percespectre servirait Skrae une dernière fois.

Il enfonça la lame brisée dans l'œil gauche du barbare. Il la fit tourner jusqu'à sentir l'os craquer.

Mörget lâcha ce qui restait d'Aubelame en poussant un cri perçant de douleur mêlée de rage. Puis il assena à Croy un puissant coup de poing à la mâchoire, et le chevalier sentit sa tête tourner, un éclat blanc dansant sous son crâne, avant de s'assombrir rapidement.

Il s'écroula dans la neige jonchée de fer, incapable de se relever, incapable de fixer du regard un point précis. Des chevaliers doigiliens l'entraînèrent à l'écart, puis le giflèrent en répétant son nom jusqu'à ce qu'il recouvre la vue et puisse de nouveau entendre les bruits de la bataille. Celle-ci faisait toujours rage tout autour de lui.

— Mörget, dit-il. Mörget – est-il encore en vie ? Avez-vous vu son corps ?

Mais les Doigiliens ne comprenaient pas sa langue, et aucun de ses interprètes ne se trouvait à proximité.

Chapitre 119

La fumée provoquée par l'explosion de l'arme de Crassier formait encore d'épais nuages étouffants. Malden se précipita vers la portion de mur écroulée, se tordant régulièrement les chevilles tandis qu'il gravissait le tas de décombres et les cadavres de massacreurs. Il entendit du bruit devant lui et dégaina Langacide. Impossible d'estimer ce qui pouvait se tapir là, derrière le rempart.

Un groupe de citoyens armés s'était formé derrière lui. Ils marmonnaient et gémissaient entre eux, aussi terrifiés que lui, mais aussi impatients de découvrir ce qui se passait par-delà la muraille. Prêts à toute éventualité, ou en tout cas aussi prêts qu'ils ne le seraient jamais.

Cette fois, au moins, ils ne réclamaient pas son sang. Ils n'exigeaient pas qu'il se sacrifie sur la Pierdieu pour sauver la ville.

Malden marcha sur le bouclier d'un massacreur mort, qui craqua sous son pied. Il avait été tant criblé d'éclats que le bois s'effritait comme du vieux fromage. Devant lui, dissimulé par la fumée, quelque chose se mouvait rapidement dans son champ de vision.

Le voleur s'accroupit en position défensive. Il se souvint de l'armure dépareillée qu'il avait portée quand il s'était adressé à Mörg depuis les créneaux. Si douloureuse qu'elle fût à porter, il en regrettait désormais la protection.

Il avança, faisant un signe de sa main libre pour indiquer à la cohorte derrière lui de le suivre. Il ne se donna pas la peine de se retourner pour s'assurer que ses ordres étaient respectés. Il s'enfonça d'un pas supplémentaire dans la fumée. Puis d'un autre. La pointe de Langacide s'agitait devant lui, comme cherchant quelque cible à frapper.

Quand le pilleur lui tomba dessus, il n'était toujours pas prêt. L'homme était immense, une vraie montagne de muscles ; son visage était couvert de sang, sa hache brandie bien haut. Il semblait encore plus terrifié que Malden, mais le voleur savait que la peur pouvait rendre un adversaire plus redoutable qu'un lion.

La hache s'abattit avant même que le Seigneur Maire puisse réagir, sa pointe méchamment affûtée fendant l'air. Malden voulut l'esquiver en plongeant de côté, mais le coup était trop rapide, trop brutal. Il grimaça alors, s'attendant à se faire découper en morceaux.

Cependant, l'arme vint percuter une pierre à ses pieds, la réduisant en miettes.

— Où es-tu, salopard d'Occidental ? demanda le pilleur. Je te sens ! J'ai déjà le goût de ton sang dans la bouche.

Alors seulement, le voleur comprit que son ennemi était aveugle. Un coup d'épée l'avait atteint au visage, lui crevant les deux yeux. D'autres blessures barraient ses bras et sa poitrine. Il avait dû être blessé au combat, avant de venir se perdre de l'autre côté de la brèche sans même s'en rendre compte.

Malden ressentit une profonde pitié à l'égard du barbare, en dépit du fait que ce dernier venait d'essayer de le tuer. Ce monde n'était pas fait pour les aveugles.

— Rends-toi, lança-t-il en le suppliant presque. Capitule, et tu seras épargné, je te le promets…

— Crève, salopard ! brailla une voix au-dessus de Malden.

L'une après l'autre, cinq flèches vinrent transpercer le corps déjà mutilé. Le barbare grimaça et chancela vers l'arrière à chaque impact ; puis il s'écroula à genoux, et poussa un dernier râle.

Le voleur se tourna pour observer ses archers au sommet du rempart. Ils le saluèrent gaiement, et il leur répondit à contrecœur en agitant Langacide. Une goutte de vitriol coula le long de la lame et vint lui ronger les doigts, mais il mit un point d'honneur à ne pas ciller.

Il se remit dans l'axe de la brèche et s'enfonça à l'intérieur de la fumée, avec toutes les précautions du monde. Il fut bientôt aussi aveugle que l'homme qui était mort sous ses yeux. L'odeur de soufre lui piquait la gorge, et il n'aurait pas été surpris d'émerger en plein cœur de la fosse.

Quand il sortit enfin du nuage, il découvrit une scène pas si éloignée que ça de cette vision. Des corps jonchaient le sol, des cadavres en lambeaux abandonnés sans cérémonie. Un peu plus loin, une armée d'hommes – des Hommes Libres, mais également des cavaliers – menait une offensive, enfonçant lances et piques sous les gémissements des barbares mourants. La horde, repoussée contre la muraille, ne pouvait plus fuir nulle part, et était flanquée de part et d'autre de troupes alliées.

— Par Sadu, s'exclama Malden, on est en train de gagner ?

Il peinait à y croire. Cependant, il en avait la preuve sous les yeux.

Les barbares étaient abattus par vagues. Certains tentaient de jeter leurs armes et boucliers de côté, mais les Hommes Libres les pourfendaient malgré tout. Les piquiers devaient s'arrêter de temps en temps pour déplacer les piles de cadavres afin de pouvoir poursuivre leur avancée.

— Ils abandonnent, annonça quelqu'un derrière Malden.

Celui-ci pivota, et découvrit qu'une centaine de ses concitoyens – ses troupes dérisoires – étaient venus assister au spectacle.

— Ness est sauvée !

Il voyait leur air sanguinaire, la joie qu'ils ressentaient à contempler pareil spectacle. Il ne pouvait honnêtement pas leur en vouloir. Depuis combien de temps vivaient-ils dans la terreur de la menace barbare ? Depuis combien de temps s'attendaient-ils à voir cette horde balayer leur demeure, assassiner sauvagement tous ceux qui croiseraient leur route ? Désormais, ils tenaient leur revanche.

— C'est votre victoire, Seigneur Maire ! Que Sadu soit loué !

Pour Malden, cette vision était répugnante. Les barbares étaient abattus par centaines, exécutés par les soldats. Ils ne combattaient même plus. Mörget allait-il venir les rejoindre ? Où était Mörgain ? Les chevaliers poussèrent un cri et se frayèrent un chemin entre les piquiers, comme s'ils redoutaient que les fantassins s'amusent sans eux.

— Regardez ! Là ! C'est sire Croy !

Malden en eut le souffle coupé. S'agissait-il d'un fantôme ? Mais non, juste là se trouvait le chevalier errant, en train de clopiner dans son armure, une main compressant son flanc. Ses couleurs, noir et argent, étaient facilement identifiables ; de toute façon, malgré la distance, le voleur n'eut aucune peine à reconnaître ce visage. Un fourreau vide rebondissait sur sa cuisse. Où était Percespectre ? Malden ne se rappelait pas avoir déjà vu Croy sans.

Plus important encore : le chevalier était donc réellement venu à Ness ?

Enfin, songea Malden, Croy allait mettre un terme à ce carnage. Il allait arracher ces hommes à leur folie et les empêcher de massacrer jusqu'au dernier barbare présent sur le champ de bataille. D'une minute à l'autre, il en était certain, le chevalier allait leur faire quartier d'une voix puissante, et mettre un terme à ces effusions de sang. L'honneur l'exigeait sans doute.

Quelqu'un amena une monture à sire Croy. On l'aida à grimper en selle. Cela sembla durer une éternité, durant laquelle le génocide se poursuivit. Les barbares tentèrent de se rendre tous en même temps, levant haut les bras, leurs armes empilées en tas étincelants devant eux. Cela ne fit pas la moindre différence. Les chevaliers et les piquiers auraient tout aussi bien pu traquer des animaux sauvages.

— Interviens, Croy, chuchota Malden. Pour l'honneur.

Le chevalier était debout sur ses étriers. Il chercha de la main une épée qui n'était plus là, et se contenta donc de brandir un poing ganté.

— Pas de quartier ! hurla-t-il.

Les armées civilisées prirent cela pour un encouragement et redoublèrent d'efforts, alors que les barbares braillaient des suppliques de paix, de miséricorde, de justice.

Malden recula en vacillant jusqu'à la brèche dans le mur. Il se faufila, seul, dans l'enceinte réconfortante de sa cité. Crassier vint à lui en courant et agrippa de son unique main l'ourlet de sa tunique.

— Qu'y a-t-il, mon gars ? Qu'est-ce que tu as vu ?

— Nous avons gagné, lui répondit Malden.

Il ne désirait rien tant que d'aller s'asseoir quelque part.

Chapitre 120

La Citronneraie était si loin de Murseigle que Malden n'entendait même pas le bruit des maçons s'affairant à reconstruire la muraille. Il ne sentait pas non plus l'odeur des cadavres au-delà, tout ce qui restait de la horde barbare, qui n'avait pas même été enterré, sauf par la neige. Dans sa chambre privée à l'étage, un feu brûlait joyeusement ; et s'il n'avait rien à manger, il avait quantité de vin à offrir, ou de bière, si ses hôtes préféraient.

Il ne leur présenta aucune excuse pour le fait de les recevoir dans une maison de passe. Ils ne parurent d'ailleurs pas s'en offusquer, en tout cas pas ouvertement. Elody les mena jusqu'à la porte des appartements de Malden et leur adressa une profonde révérence, comme si elle n'était pas certaine de la manière dont elle devait recevoir trois invités si prestigieux. Jamais quelqu'un de leur statut ne s'était jusqu'alors rendu dans son humble demeure – typiquement, s'ils avaient cherché le genre de service qu'elle avait à offrir, ils se seraient plutôt tournés vers *La Maison des Soupirs* de Postiche.

Les soldats qui les accompagnaient n'étaient pas du même monde, et se satisfirent pleinement des distractions proposées dans la cour.

Pendant un long moment de gêne, aucun des quatre hommes ne parla ; ils n'osaient pas même se regarder dans les yeux. Sire Croy avait refusé de s'asseoir. Il restait posté devant la porte, comme pour la garder. Évidemment, une telle tâche ne lui incombait plus désormais – Malden avait appris pour son nouveau statut. Le chevalier avait dégotté quelque part une couronne en argent, dont il se coiffait pour revendiquer son statut de régent de Skrae. Une telle ostentation ne lui ressemblait en rien, mais il devait apparaître comme étant au moins l'égal d'Ommen Tarness, le burgrave, qui ne se départait jamais de son diadème.

Sire Équarri, le capitaine de la garde de la reine, ne portait que les couleurs de son souverain. Son bras gauche était dans une attelle, plaquée au niveau de sa taille, mais il semblait pourtant le plus joyeux des trois arrivants. Tandis que Tarness et Croy échangeaient des regards assassins, Équarri accepta une coupe de vin d'épices chaud.

— Précisément ce dont mes vieux os fourbus ont besoin, commenta-t-il en la buvant d'une traite.

Malden le resservit.

— J'ai cru comprendre que tu avais été blessé par Mörget, déclara le voleur. Peu d'hommes peuvent se targuer de cet exploit. Peu d'hommes encore en vie, en tout cas.

Équarri le gratifia d'un sourire chaleureux.

— Ça guérira. Nul n'est sorti indemne de ces affrontements. Même si certains ont su en tirer profit. N'est-ce pas, Seigneur Maire ?

Malden lui rendit son sourire sans rien ajouter.

Les trois visiteurs avaient la ferme intention de le dépouiller de ce titre, d'une manière ou d'une autre. Le burgrave voulait récupérer sa ville. Après l'avoir dirigée pendant huit cents ans, il semblait considérer qu'elle lui appartenait. Croy et Équarri voulaient en faire une arrière-base – une forteresse qu'ils pourraient défendre pendant l'hiver, en attendant que le printemps libère les routes et qu'ils puissent fomenter une attaque contre Mörgain dans le but de reprendre Helstrow.

Jusqu'alors, Malden était parvenu à les tenir tous à distance. Il avait refusé de leur ouvrir les portes tant qu'il n'avait pas obtenu des garanties relatives à sa sécurité et à celle de son peuple – ainsi que certaines autres certitudes. La plus importante d'entre toutes : la liberté de vénérer le dieu qu'il leur plaisait, un droit qui devait être inscrit à perpétuité sur la charte de la cité. Pour lui et ses voleurs, il avait obtenu l'immunité pour le meurtre de Pritchard Hood, le pillage de la Côte Dorée, la saisie de l'arsenal et bien des crimes encore.

Équarri et Tarness avaient volontiers accepté, dépêchant des messagers pour indiquer que Malden obtiendrait tout ce qu'il désirait. En retour, le Seigneur Maire avait autorisé les trois hommes, ainsi que quelques gardes du corps, à entrer pour venir discuter des conditions.

Évidemment, toutes ces politesses n'étaient qu'apparences : les portes étaient peut-être fermées, mais tant que la béance à Murseigle ne serait pas réparée, n'importe quelle armée pourrait sans mal envahir la ville. Malden avait anticipé des mesures aussi drastiques de main de maître ; Tailleserpe devait être fier de lui. Plutôt que de menacer deux armées qu'il serait bien incapable de vaincre, il avait promis à chacune la récompense qu'elle espérait le plus.

— Peut-être que tu pourrais continuer à en profiter, poursuivit Équarri. Je vois que tu portes toujours Langacide. (Le chevalier désigna du menton l'épée à la ceinture du voleur.) Je suis sûr que tu n'as pas oublié ce qu'il t'en a coûté quand tu as essayé de t'en servir contre moi.

Malden éclata d'un rire sincère.

— Oublier ça ? Jamais de la vie. Parfois, je me demande si c'est la rudesse hivernale que je ressens, ou le simple souvenir du toucher de Glaivefroid.

Tous les occupants de la pièce étaient pleinement conscients que ni Équarri ni Croy ne portaient plus leur Lame.

— Peut-être me ferais-tu l'insigne honneur de me laisser t'entraîner comme il sied au propriétaire de cette arme ? demanda le vieux chevalier. Je connais ton potentiel. Tu es rapide comme le vent. Il ne faudrait pas longtemps pour faire de toi un bretteur éminent. Et en tant que membre des Sept Lames, tu te verrais octroyer toutes sortes de privilèges.

Des maisons, des terres, peut-être ton propre manoir. En fait, Malden, tu pourrais à terme devenir un vrai gentilhomme.

Le voleur tenta de croiser le regard de Croy afin de déterminer à quel point cette proposition jouissait du soutien royal. Le régent avait toute latitude pour lui décerner les titres de chevalerie ou de noblesse qu'il jugerait appropriés. Il y avait désormais bien peu de limites au pouvoir de Croy – du moins tant que Bethane n'aurait pas atteint sa majorité.

Toutefois, ce que le chevalier avait en tête à cet instant n'était connu que de lui seul. Son visage était aussi expressif que s'il avait été sculpté dans du marbre.

Équarri se racla la gorge et sourit quand Malden se retourna vers lui.

— Ce que j'essaie de te dire, c'est que tu t'es comporté en héros, et que tout Skrae peut être fier de toi. J'aimerais te récompenser pour cet extraordinaire accomplissement. Néanmoins, avant cela, je voudrais que tu ouvres les portes de la ville à nos amis doigiliens. Et, naturellement…

— Oui ? l'encouragea Malden.

L'appât gigotait. Les poissons allaient prendre.

— Nous aimerions nous entretenir avec ton nain.

Et voilà. Ils avaient mordu à l'hameçon.

Crassier avait inventé une chose terrible et étrange. Une nouvelle arme, susceptible de changer le déroulement des guerres. De révolutionner le monde entier. L'armée qui détiendrait cette formule secrète serait presque invincible.

— Il serait profondément lamentable qu'un tel savoir tombe entre de mauvaises mains, expliqua Équarri. Des mains, pour parler clairement, susceptibles de diviser cette terre un peu plus. Puis-je faire appel à ton patriotisme, à présent ? Puis-je te demander de m'aider, de façon très simple, à sauver ton pays, de la même manière que tu as su sauver ta ville ?

Le burgrave ricana avec ironie.

— Sa ville ? Ce n'est pas sa ville.

— Ce n'est pas la vôtre non plus, rétorqua Équarri, l'air soudain très sérieux. Plus maintenant.

— Elle n'appartient à personne. Et à tout le monde, répliqua Tarness. À chaque homme libre. Livre-moi le nain, Malden. Et ouvre les portes de la cité à mon armée.

Malden s'assit sur le lit. Le choix de son siège ne sous-entendait rien, mais il vit tressauter le menton de Croy, comme s'il venait d'enfreindre un tabou sacré. Pendant quelques secondes, plus personne ne parla, même si tout le monde devait se poser la même question. À quoi donc pensait le régent ?

Sire Équarri rompit le silence en s'éclaircissant la voix.

— Il ne semble rien vouloir t'offrir en échange, déclara-t-il en inclinant la tête du côté du burgrave.

— Est-ce exact ? s'enquit Malden.

— Ça l'est, en effet. Je ne t'offre rien, Malden. Je ne te dois rien. Tu as protégé cette ville parce que tu étais un de ses citoyens. Chaque habitant de Ness en aurait fait autant.

— Mmm, commenta le voleur.

— Je ne t'offre donc rien d'autre que la liberté. Non seulement pour toi, mais pour tous ceux qui voudront se donner la peine de la cueillir.

— Faites attention où vous mettez les pieds, Tarness. (Sire Équarri se leva.) Vous parlez mutinerie. Insurrection.

— Je parle de droits. Pas uniquement de ceux accordés par une charte antédiluvienne ratifiée par un roi mort depuis longtemps. (Le burgrave fronça les sourcils et leva les yeux au plafond.) Je parle des droits que chacun obtient de fait à la naissance.

Malden but une gorgée de vin. Il attendait de voir s'il y aurait autre chose. De nouvelles propositions, de nouvelles demandes. Il n'y en eut aucune. Les trois hommes avaient dit ce qu'ils avaient à dire.

Et voilà. Apparemment, Malden devait désormais choisir entre un souverain et un autre. Il pouvait autoriser le burgrave à reprendre ses quartiers à Château-Haut – il devrait tout d'abord reconstruire son palais, mais ce n'était qu'un détail – et redonner à Ness ses habits d'antan. Ou il pouvait confier la ville à la charge d'Équarri et de Croy, se prononcer en faveur du royaume, et devenir ainsi un seigneur de plein droit.

Ou – et cette pensée le fit sourire malgré lui – il pouvait refuser les deux propositions. Il pouvait maintenir les portes fermées. Il pouvait rester Seigneur Maire. Oh, cela ne leur plairait pas. Le burgrave et le régent voudraient récupérer Ness à tout prix. Mais Malden avait de quoi les soudoyer. Il pouvait livrer Crassier à l'un ou à l'autre, et conserver Ness comme son fief.

Le peuple le soutiendrait. D'une certaine façon, ils aimaient le burgrave – tout autant qu'ils le détestaient. Et tous étaient des Skraeliens, loyaux au drapeau et à la reine Bethane – aussi loyaux que le peuple libre d'une cité libre exonérée d'impôts pouvait l'être. Le Seigneur Maire, en revanche, faisait figure de héros. Il avait sauvé Ness dans ses heures les plus sombres. Il avait fait des miracles avec trois fois rien, et les avait préservés d'une mort certaine.

Il lui faudrait se battre pour cela, mais il pouvait rester exactement à la place qu'il occupait.

Et en vérité, cette perspective ne lui déplaisait pas. Il était né parmi la lie. Fils d'une catin, devenu voleur. À présent, il était un grand homme apprécié, et détenait tous les pouvoirs de la ville. Même si chacune de ses journées de règne n'avait été que souffrances et labeur, parsemés d'innombrables problèmes – dont la plupart subsistaient encore : la ville mourait toujours de faim, et les voleurs s'impatientaient de n'avoir plus rien à voler –, il avait, l'espace d'un instant – d'un court instant –, su dépasser sa condition. On le respectait, et on l'adorait. Et il détenait les pleins pouvoirs ce qui, apparemment, était ce qui s'apparentait le plus à la liberté dans ce monde.

Il avait en cours de route perdu Cythère. Il avait aussi failli perdre Crassier. Velmont l'avait trahi, et Tailleserpe l'avait exploité sans vergogne. Mais partout où il se rendait, les gens lui souriaient, lui adressaient un signe de la main, et étaient ravis de le voir.

— Peut-être aurez-vous la gentillesse de me laisser la nuit pour réfléchir ? demanda-t-il en tapotant les draps de façon provocatrice.

Il ne s'attendait pas à ce qui survint alors.

— Non, maudit ! s'exclama Croy en se ruant sur lui. (Il se pencha vers Malden et, pendant une seconde, leurs yeux se croisèrent.) Réponds-nous maintenant !

Le voleur entendit les mots. Son cerveau ne s'attarda cependant pas sur cette information-là, car Croy lui avait communiqué une nouvelle bien plus importante d'un simple regard.

Il sait, songea Malden.

Il sait ce que Cythère et moi avions construit.

Il contempla le lit sur lequel il était assis. Ce même lit où sa maîtresse et lui avaient joué au couple parfait pendant de trop rares nuits perdues à jamais.

Croy émit un grondement guttural, proche de celui des barbares.

Ah. Bien. Cela changeait tout, n'est-ce pas ?

— Parfait, répondit Malden en se levant avec précaution. (Croy ne recula pas, le voleur dut donc le contourner.) Parfait. Il vous faut une décision tout de suite. Je comprends. Vous devez être bien impatients, après tout ce que vous avez enduré.

Il s'approcha de la table où reposait la bouteille de vin. Le soleil vacillant de cette fin d'après-midi pénétrait dans la pièce par la fenêtre à battants qui la surplombait.

Malden était un voleur. Qui pensait encore comme tel.

Quand il s'était installé dans cette chambre, il s'était assuré que cette ouverture soit bien déverrouillée. Au cas où.

— Alors voilà ce que j'ai à vous dire.

Tous trois se penchèrent vers lui pour l'écouter.

— Démerdez-vous tout seuls !

Il posa un pied sur la table et bondit par la croisée, qui s'ouvrit sous son poids. Trois visages vinrent l'observer grimper sur le toit de *La Citronneraie*, puis danser le long des faîtes.

Épilogue

Il avait pris sa décision, contraint de choisir entre ses responsabilités ou la mort. Comme tout voleur qui se respecte, il avait privilégié la troisième possibilité, celle que nul n'avait envisagée : la liberté.

Une petite barque l'attendait en bas de l'escalier de Bord-Fosse. Cette même barque que Velmont avait prévu d'utiliser pour quitter la ville. Malden n'avait pas pu établir précisément ce qui était arrivé au Helstrovien – mais il savait de source sûre que le traître n'aurait plus besoin de cette embarcation. Tailleserpe y avait veillé.

Crassier se trouvait déjà à bord. Le nain s'était équipé d'une prothèse en bois pour remplacer le bras qui lui manquait. Il salua joyeusement Malden quand il le vit arriver, agrippant de sa main valide l'amarre qui retenait l'esquif. Balint, qui semblait s'ennuyer ferme, tenait la barre, impatiente de partir. Malden avait cependant un dernier arrêt à faire.

Tailleserpe était assis sur un tabouret devant un petit cabanon non loin, un simple comptoir où les pêcheurs pouvaient avaler un ragoût de poisson avant de prendre le large. Le maître de la guilde des voleurs avait rabattu sur ses yeux un chapeau à large rebord.

— La moitié de la ville est à tes trousses, l'informa-t-il. Il semblerait que tu aies laissé quelques affaires en suspens.

— Pas vraiment. J'ai fait ce que je m'étais engagé à faire : protéger la cité des barbares.

— Ah, mais les responsabilités ne connaissent jamais de fin, répliqua Tailleserpe. Je suis bien placé pour le savoir. Un problème résolu n'est qu'un pas supplémentaire vers le suivant. Toutefois, j'imagine que nos souverains sages et justes se débrouilleront très bien sans toi. Dis-moi : est-ce que cela a été difficile d'abandonner tout ce pouvoir ?

Malden haussa les épaules.

— Vous êtes bien placé pour le savoir également.

Tailleserpe acquiesça.

— Et pourtant, te revoilà à fuir comme un voleur.

— Croy me tuera à la première occasion, admit Malden. Il sait que j'ai eu une liaison avec sa fiancée. Il se fiche éperdument de savoir ce qu'elle en pense.

— Le burgrave aurait pu te protéger, suggéra Tailleserpe.

— Tarness ? Dès l'instant où il a été contraint d'admettre mon existence, il n'a cessé de vouloir me tuer pour une raison ou pour une autre. Et aujourd'hui, il a vraiment de quoi m'en vouloir : je lui ai volé sa ville.

— Tu fuis donc parce que ta vie est en péril.

Oui, songea Malden. *N'est-ce pas une raison suffisante ?*

Ça ne l'était pas.

Malden leva les yeux sur les vestiges de Château-Haut.

— Si je restais, Ness aurait de nouveaux ennuis, et elle a déjà assez souffert ces derniers temps. Si je privilégiais une armée plutôt que l'autre, la seconde ne partirait jamais. Le perdant assiégerait la ville – encore –, ne faisant qu'accroître sa misère. Si les deux partis tiennent à cette cité, ils vont devoir œuvrer de conserve pour la remettre sur pied. Pendant un temps au moins, ils vont devoir agir comme s'ils s'appréciaient. Et tant que cette paix fragile perdurera, le peuple de Ness ne souffrira pas, et ne mourra pas pour des idéaux qu'il n'a jamais compris et en lesquels il n'a jamais cru.

Tailleserpe acquiesça.

— Bien joué.

Malden poussa un soupir.

— Les citoyens ne verront pas cela du même œil. Certains me traiteront de pleutre. Ceux-là même qui m'acclamaient hier en héros. Je dois bien admettre que cela m'ennuie.

— Je n'aurais jamais cru que tu cherchais l'amour des gens, dit Tailleserpe. C'est pourtant une denrée suffisamment fragile pour ne pas durer.

— Est-ce pour cela que vous travaillez toujours dans l'ombre ? demanda Malden.

— Le pouvoir est souvent sa propre récompense.

— Le pouvoir, répéta Malden. Le pouvoir. Je croyais qu'avoir du pouvoir me rendrait libre. Mais c'est parfaitement l'inverse, pas vrai ? Plus on a de pouvoir, plus les chaînes qui nous entravent se resserrent. Pour avoir du pouvoir sur les autres, il faut accepter de leur donner du pouvoir sur soi. La liberté et le pouvoir sont incompatibles.

Tailleserpe secoua la tête.

— Tu vas me manquer, Malden. C'était agréable d'avoir quelqu'un d'aussi retors à mes côtés. Quelqu'un dont l'esprit suit les mêmes traces que le mien. (Il tendit la main.) Fais-moi l'honneur d'accepter ça, tu veux ? Cela te désignera comme l'un de mes amis aux yeux de ceux qui comprendront.

Malden saisit le badge que Tailleserpe lui offrait. Il s'agissait d'une petite épingle en émail, sur laquelle avait été peint un cœur transpercé d'une clef. L'emblème personnel de Tailleserpe, ses armoiries.

— Sans vouloir vous offenser, j'ai l'intention de me rendre à un endroit où ils n'auront jamais entendu parler de vous, affirma Malden. Et de poursuivre ma route encore un peu plus loin.

Tailleserpe sourit.

— Alors il te faudra voyager très, très longtemps. J'ai des amis dans bon nombre d'endroits. Tu les reconnaîtras quand tu les rencontreras. Si tu as un jour besoin de leur aide durant ton périple, montre-leur cet insigne.

Malden soupira de nouveau.

— Merci. Vous savez, je ne me suis jamais vengé de vous pour avoir essayé de me tuer.

— Tu t'attends peut-être à des excuses ?

— Je suppose que non.

Malden se dirigea alors vers la barque. Entre lui et les nains, ils n'eurent aucun mal à lever l'ancre. Plandest était gelé, mais partout où l'esquif passait, la glace s'ouvrait devant la proue avant de se refermer immédiatement derrière la poupe.

— Malden, demande à ta garce de sorcière si elle peut aussi me dégeler le cul, dit Balint. Je vais finir par chier des glaçons à force d'être restée assise si longtemps dans cette baignoire percée.

Malden ne répondit pas. Les piques de la naine ne pouvaient pas l'atteindre pour le moment.

Sur le chemin de l'océan, ils dépassèrent l'Isle aux Chevaux. Une silhouette vêtue d'une robe noire les contemplait depuis la berge. Cythère portait également un voile, désormais, qu'elle en ait ou non besoin. Elle avait fait son choix.

Malden se refusait pourtant à admettre que tout était bel et bien terminé. Il lui adressa un signe de la main, l'encourageant à venir les rejoindre. À l'accompagner, où qu'il aille. Il savait qu'elle refuserait. Cela la contraindrait à sacrifier tous ses pouvoirs, la magie comme la sorcellerie. Cela l'obligerait également à abandonner sa mère, toujours coincée sous la forme d'un arbre tandis qu'elle essayait de récupérer de ses efforts.

— Viens quand même. Je te jure qu'on ne s'ennuiera pas, souffla-t-il dans le vent.

Elle se contenta de le regarder partir, sans même lever la main en guise d'adieu.

Quand elle fut si petite à ses yeux qu'il ne put plus la voir, la barque avançait déjà à vive allure sur une eau épargnée de la glace par les courants, et non par les pouvoirs de la jeune femme. Malden sentit un liquide iodé couler sur ses joues.

— Tu n'es quand même pas en train de chialer, mon gars ? demanda Crassier.

Balint leva des yeux avides, toujours en quête d'armes pour de futures railleries.

— C'est juste les embruns, répliqua-t-il.

Et ainsi, Malden le Voleur, Malden le Seigneur Maire, quitta la Cité Libre de Ness. Et ainsi obtint-il le droit de porter à sa ceinture l'épée nommée Langacide, la toute dernière des Sept Lames.

Achevé d'imprimer en janvier 2013
Par CPI Brodard & Taupin - La Flèche (France)
N° d'impression : 72025
Dépôt légal : février 2013
Imprimé en France
81120893-1